Heinz G. Konsalik

Zum Nachtisch wilde Früchte

HEINZ G.
KONSALIK

Zum Nachtisch
wilde Früchte

Roman

WELTBILD VERLAG

Lizenzausgabe mit Genehmigung des BlanvaletVerlages GmbH
für Weltbild Verlag GmbH
© 1967 bei Heinz G. Konsalik und BlanvaletVerlag GmbH, München
Einbandgestaltung: Agentur Zero GmbH
Titelfoto: Tony Stone Bilderwelten
Gesamtherstellung: Presse Druck Augsburg
Printed in Germany
ISBN 3-7951-1481-0

1

Am 21. Januar 1945 rannten fünf Männer bei Meseritz an der Obra durch den Schnee. Sie rannten um ihr Leben.

Um sie herum schlugen heulend die Raketengeschosse der Stalinorgeln ein, wirbelte der Boden zu schmutziggrauen Fontänen auf, zirpten die Kugeln überschwerer Maschinengewehre an ihren schweißnassen, in Angst und Entsetzen verzerrten Gesichtern vorbei.

»Nach links! Jungs, nach links!« schrie der Vorderste und zeigte auf eine Talsenke, über die ein leichter Schneenebel wehte. Er blieb stehen und blickte zurück zu den anderen vier taumelnden Gestalten.

Wie Riesenhasen, im Zickzack, hetzten sie durch den aufstaubenden Schnee. Zwei hatten einen dritten in ihre Mitte genommen und schleiften ihn an den Armen mit sich.

Am Rande des Wäldchens südlich Meseritz waren Panzer aufgefahren. Klobige, dunkle Riesen. Russische T 34. Hinter ihren träge drehenden Türmen hockten Rotarmisten in langen, erdbraunen Mänteln.

Die sowjetische Offensive an Warthe und Oder hatte begonnen.

Jenseits des Wäldchens loderte Flammenschein. Meseritz brannte. Ein stiller, verträumter, sauberer, glücklicher Ort, eine der vielen kleinen Städte, die zu Asche verfielen und von denen später niemand mehr sprechen würde.

»Ich kann nicht mehr...!« schrie der Mann, den man an den Armen durch den Schnee schleifte. Ein junges Gesicht hatte er, fast ein Kind war er noch. Die blonden Haare hingen ihm über die Augen, und am Hals lief ihm das Blut in den Kragen. »Laßt mich liegen! Lauft doch... ich kann nicht mehr!«

»Unsinn, Toni!« Die beiden blieben stehen. Auch der vor ihnen laufende Mann drehte um und kam zurück. Sie packten den Jungen, trugen ihn auf Armen und Beinen und rannten dann weiter, der Senke zu, dem Schneenebel, dem Leben . . .

Kurz vor dem Abhang erreichten sie den fünften Mann. Der Offiziersrock hing ihm zerfetzt über der Schulter, nur ein Schulterstück hatte er noch, aber es genügte, um ihn als Major auszuweisen.

»Was ist denn?« schrie der Major. »Wollt ihr euch abknallen lassen wie auf'm Schießstand! Los . . . runter ins Tal!«

»Der Toni ist ohnmächtig!« schrie jemand.

Der Major schwieg. Er lief zurück, packte das noch freie Bein des Verwundeten, und so hetzten sie weiter, eine dunkle, geballte, kleine Masse Mensch, umgeben von der Vernichtung, im Herzen die Angst vor dem Tod.

Und so traf sie auch die Granate aus einem der sowjetischen Panzer am Waldrand, bevor sie die rettende Senke erreichen konnten.

Neben ihnen schlug eine Riesenfaust in die Erde, wirbelte sie durch die Luft wie Papierschnitzel und ließ sie wie Eiszapfen zurück in den Schnee fallen.

Dort wurden sie wenige Minuten später von sowjetischen Sanitätern aufgesammelt, in das brennende Meseritz gebracht, verbunden, mit Tee erfrischt und nach drei Wochen weitertransportiert nach Sibirien.

»Wenn wir jemals wieder zurückkehren nach Deutschland«, sagte einer der fünf, als sie auf dem blanken, nassen Boden einer zerstörten Scheune lagen, bewacht von einem kalmückischen Soldaten, »wollen wir zusammenbleiben wie Brüder. Jeder soll dem anderen helfen.«

Sie gaben sich die Hände. Ein Schwur der aus der Hölle Entronnenen.

Meseritz an der Obra.

Am 21. Januar 1945.

Und sie kamen wieder zusammen.

1950 legten sie ihre Hände übereinander. Symbolisch, wie ein Berg der Treue.

Der Major a. D. Konrad Ritter.

Der Diplomingenieur Richard Erlanger.

Der Modeschöpfer Hermann Schreibert.

Der Ingenieur und Erfinder Alf Boltenstern.

Und der Architekt Toni Huilsmann. Der blonde Junge, den sie damals ins Leben schleppten.

In Düsseldorf war es.

Ihre Freundschaft war unauflöslich.

Gemeinsam eroberten sie das neue Deutschland. Gemeinsam hatten sie Erfolge, wurden reich, angesehene Bürger, vom Glück geküßte Wirtschaftswunderkinder. Ihr Leben wurde beneidenswert.

Bis zu jenem Tag, an dem eine neue Hölle vor ihnen aufriß, schrecklicher als bei Meseritz an der Obra.

Noch einmal ging Toni Huilsmann durch alle Räume. Er freute sich. Es ist eine besondere Gabe, sich noch freuen zu können, wenn man alles besitzt, was man sich wünschen kann, und Huilsmann gehörte zu den Glücklichen, der seine blauen Augen beim Erwerb eines handgetriebenen Zinnlöffels glänzen lassen konnte, als habe er einen Rembrandt erworben. Auch über das Erreichte freute er sich . . .

Die Villa Toni Huilsmanns lag am Stadtrand Düsseldorfs in einem alten, verwilderten Park, den er verwildern ließ, weil diese Wildnis zur besonderen Note des Hauses gehörte. Wer nach Passieren des hohen Schmiedeeisentores und einer ungepflegten Auffahrt zwischen wilden Büschen von Holunder, Rotdorn und Jasmin plötzlich vor der Villa stand, war überwältigt. Ein langgestreckter Bau aus Glas und Travertin-Marmor empfing ihn, und wenn man eintrat, umgab den Besucher eine Halle, die überging in einen riesigen Wohnraum, dessen Glaswand wiederum zu einem Atrium führte, in dem exotische Pflanzen in tropisch temperierten Glashäusern blühten.

Ein Kamin beherrschte den riesigen Raum, und es war jedesmal ein fast theatralisches Erlebnis, wenn Huilsmann bei einer Gesellschaft die Lampen ausdrehte, auf einen Knopf drückte und die Decke aufflammte mit Hunderten von kleinen Sternen ... die Unendlichkeit des Firmaments in einem Wohnraum.

»So etwas wirkt!« sagte Huilsmann einmal, als seine Freunde ihn einen Spinner nannten. »Ein Architekt, der Traumvillen bauen soll, muß diese Träume erst einmal selbst vorweisen. Das hier ist meine Visitenkarte. Wer hier gesessen hat und in meinen Sternenhimmel blickte, der achtet nicht mehr auf die Zahl, die er auf den Scheck schreibt. Und darauf kommt es an ...«

»Alles in Ordnung?« fragte Huilsmann das Hausmädchen, das hinter ihm her trippelte. »Was ist im Eisschrank?«

»Kalte Hühnerbrüste, Fasanenschlegel, Krebsschwanzsalat, Wildpastete, Waldorf-Salat, geräucherte Forellenfilets ...«

»Bestens, mein Kleines!« Huilsmann kniff das Mädchen in die Wange und sah sich in dem riesigen Zimmer noch einmal um.

Die Ledersessel waren bis auf einige weggetragen. Auf den Orientteppichen standen afrikanische Sitzkissen, davor kleine Lacktischchen mit indischen Kerzenhaltern. Neben dem Kamin glitzerten geschliffene Kristallflaschen mit Whisky, Kognak, Likören und fertigen Cocktails auf einem langen niedrigen Tisch mit einer Platte aus angeschliffenen Halbedelsteinen.

»Sehr gut«, sagte Huilsmann noch einmal. »Und nun können Sie gehen, Else. Montag morgen um neun Uhr. Früher brauchen Sie nicht hier zu sein. Wo wollten Sie noch einmal hin?«

»Zu meiner Tante nach Neuß.« Das Häusmädchen Else sah Huilsmann verliebt an. Ein halbes Jahr war sie jetzt in diesem Märchenhaus, und bis auf ein anerkennendes Kneifen in die Wange hatte Huilsmann einen kühlen Abstand gewahrt. Er übersah die engen Pullover Elses, die schillernden Äuglein, den wiegenden Gang, die über die Marmorböden klappernden Beinchen, das rotgeschminkte Mündchen mit dem auffordernden Lächeln. »Aber wenn Sie mich brauchen, Herr Huilsmann –«, sagte Else gedehnt.

»Nein! Ich brauche Sie nicht.« Huilsmann ging zum Kamin und legte noch ein Scheit Buchenholz in das klein glimmernde Feuer. »Gute Fahrt und viel Vergnügen!«

Huilsmann setzte sich in einen der übriggebliebenen Ledersessel, steckte sich eine Zigarette an und sah auf die Uhr.

19.12 Uhr.

Düsseldorf, am 21. Mai.

Ein Freitag.

Ein etwas unfreundlicher Tag, regnerisch, kühl und fast herbstgrau.

Noch eine Stunde, dachte Huilsmann, dann sieht es hier anders aus. Dann sitzen wir auf den orientalischen Kissen, und um uns herum hüpfen die Mädchen. Und um Mitternacht, wenn ich meinen privaten Himmel anstelle ... Sprechen wir nicht darüber! Wenn der Richard bloß nicht immer so moralisch tun würde!

Toni Huilsmann lehnte den Kopf weit zurück und schloß die Augen.

»Warum eigentlich immer freitags?« fragte Jutta und knotete ihrem Vater den Schlipsknoten. »Mir fällt das schon langsam auf, Paps.«

Alf Boltenstern lachte und küßte seine Tochter flüchtig auf die Stirn. Er war ein mittelgroßer, eleganter, aber doch unauffälliger Mann mit melierten Haaren und weißen Schläfen. Sein Haus war ein moderner Bungalow bei Oberkassel am Rhein, ein normales, modernes Bauwerk, ohne den Luxus der Huilsmann-Villa. Das Haus eines gut verdienenden Bürgers: mit Parkettböden, einer mechanisierten Küche, Tiefkühltruhe und Gartenschaukel. Als freischaffender Ingenieur und Erfinder verdiente Boltenstern nur einen Bruchteil dessen, was seine anderen Freunde auf die Bankkonten legten. Zwei Patente hatte er auswerten können, automatische Meßinstrumente für die Höhenforschung, Patente, die ihm Richard Erlanger abgekauft hatte, um damit ein gutes Geschäft zu machen.

Aber Boltenstern war zufrieden. Nachdem vor elf Jahren seine Frau an einer Gallenblasenoperation starb, war seine Tochter Jutta sein ganzer Lebensinhalt. Und um ihr zu zeigen, wie notwendig sie für ihn war, spielte er seit Jahren einen etwas tolpatschigen Vater, der sich die Schlipsknoten binden ließ und der nur ein Brot aß, wenn es von Jutta geschmiert war.

»Mein Vater könnte am Eisschrank verhungern«, sagte Jutta

9

einmal von ihm. »Wenn ich ihm nichts zu essen mache, sitzt er rum wie ein ausgestoßenes Kind.«

Boltenstern ließ seine Tochter in diesem Glauben. Seine Liebe zu ihr war geradezu fanatisch. »Einen Schwiegersohn?« rief er, als Jutta ihm berichtete, sie habe einen jungen Mann kennengelernt, der ihr sehr gefalle. »Mein Kind ... der Schwiegersohn, der vor mir bestehen will, muß von Gott extra geschaffen werden! So etwas von Mann gibt es noch gar nicht!«

Der Schlipsknoten war gebunden. Boltenstern drehte sich im Spiegel herum.

»Vollendet!« sagte er. »Was wäre ich ohne dich, Schätzchen?«

»Warum immer freitags?« wiederholte Jutta ihre Frage.

»So eine Frage sollte eine Journalistin und angehende Weltreporterin nicht stellen!« Boltenstern kämmte sich die melierten Haare. »Geschäfte werden von Montag bis Freitag gemacht. Dann ist Schluß! Am Wochenende gehört Papi der Familie ...«

Er lachte, aber er fand mit seinem faden Witz keine Gegenliebe. Jutta bürstete ihm Haare von der Schulter und vom Revers und schüttelte den Kopf.

»Morgen bist du wieder groggy und hast einen Affen!«

»Wie redest du mit deinem Vater, du kleine Kratzbürste!«

»Ist Onkel Richard auch da?«

»Ich glaube.« Boltenstern strich sich mit dem Zeigefinger über die Nase. Er tat das immer, wenn er nachdachte. »Es geht ja um so ein dummes Patent, das man von mir kopiert hat.«

»Und wann kommst du wieder nach Hause?«

»So früh wie möglich, mein Schätzchen!« Boltenstern dehnte sich, als habe er lange gesessen und müsse die Muskeln bewegen. »So eine Konferenz ist immer zum Kotzen, Kleines. Stinklangweilig. Man ödet sich an, klopft Sprüche, ist höflich gerade zu denen, die man am liebsten ohrfeigen möchte ... ich bin früh wieder da. Aber du brauchst nicht aufzubleiben, Spätzchen, und zu warten ...«

Er verließ das Schlafzimmer, ging hinüber in sein Büro und schloß die Schreibtischschublade auf, nachdem er hinter sich die Tür verriegelt hatte.

Aus einem Kästchen nahm er etwas heraus und steckte es zwischen zwei Plastikblätter in seine Brieftasche.

Wie einige Blätter Löschpapier sah es aus.

Weißes Löschpapier.

»Wieviel Uhr haben wir?« schrie Hermann Schreibert durchs Atelier.

Er kniete vor einem schlanken, hochbeinigen Mädchen, das nur mit BH und Höschen bekleidet war, und drapierte auf den nackten Körper einen schweren Seidenstoff. Ein Abendkleid sollte es werden, die Zeichnungen dazu lagen um ihn herum auf der Erde, aber Schreibert hielt mehr davon, den Stoff am lebenden Modell zu probieren und zu gestalten, als sich auf eine Zeichnung zu verlassen, wo alles so saß, wie es sitzen mußte. Ein menschlicher Körper aber ist ein sich ständig verändernder Gegenstand . . . jeder Schritt, jede Armbewegung, jede Drehung, jedes Bücken verändert die Proportionen und Formen.

Der Erfolg hatte Schreibert recht gegeben. Seine Modeschöpfungen erregten sogar die Hochburg Paris. Um sich nicht Konkurrenz zu machen, hatte er mit drei großen Modehäusern an der Seine Austauschverträge abgeschlossen. Seitdem lebte Schreibert wie ein Fürst und hielt sich eine Geliebte. Madeleine Saché hieß sie, war rotgold gefärbt und wurde in Schreiberts Betrieb eingegliedert als Star-Mannequin.

»Was er anfaßt – alles muß ihm gelingen!« sagte man von Hermann Schreibert. »Selbst aus den Stoffabfällen macht er noch Kleider im Pop-art-Stil!«

»Wieviel Uhr?« schrie Schreibert wieder und riß den Stoff von dem halbnackten Mädchen. Die Hüfte saß nicht, es war zum Kotzen.

»Gleich halb acht!« rief Madeleine, die Rote, zurück. »Warum?«

»Himmel, Arsch und Zwirn!« Schreibert warf den wertvollen Stoff in die Ecke. »Schluß, Mädchen! Morgen weiter! Schon halb acht! Ich kann mich nicht mehr umziehen.«

»Wozu?« Madeleine kam in den Probierraum des Ateliers und setzte sich auf einen Barockstuhl. »Wo willst du denn hin?«

»Sitzung des Vorstandes deutscher Textilhersteller.« Schreibert zog seine Jacke an und starrte in den großen Spiegel, der fast die ganze Rückwand einnahm. »Wie sehe ich denn aus! Nicht mal rasiert bin ich! Los, los, den Elektrorasierer! Ich kann doch nicht wie ein Zigeuner bei der Sitzung aufkreuzen.«

»Das scheint mir eine merkwürdige Sitzung zu sein!« Madeleine Saché wölbte die Unterlippe vor. Wenn sie das tat, sah sie aus wie ein Frosch, der nach einer Fliege spuckt. Schreibert rannte in den Nebenraum, holte einen Elektrorasierer und schüttelte den Kopf.

»Blödsinn! Du kennst doch die Sitzungen.«

»Du hast aber in der letzten Zeit viele solcher Zusammenkünfte.«

»Das Geschäft wird ja auch immer größer!« Schreibert sah seine Geliebte ärgerlich an. »Was soll das überhaupt? Willst du Theater machen? Fehlt dir etwas, wenn ich nicht da bin?«

»Am nächsten Tag bist du immer schrecklich müde«, sagte Madeleine anzüglich. »Wo ist denn diese Tagung, Liebling?«

»Im Park-Hotel.«

Zehn Minuten später sprang Hermann Schreibert in seinen schweren Reisewagen und fuhr davon. Links von ihm leuchtete Schloß Benrath, angestrahlt von grellen Scheinwerfern.

Hermann Schreibert wohnte in einer feudalen Gegend.

Und er lebte auch wie ein Lebemann und nannte sich »Künstler der Schere und Künstler des Herzens«.

Er war aber auch ein Künstler der Ausreden ...

»Ich habe heute gar keine Lust«, sagte Richard Erlanger und stellte die Teetasse ab. Er saß im Salon seiner Frau Petra, einer blonden, kühlen, damenhaften Schönheit, die wie eine Madonna lächeln konnte. Unmöglich war es, anzunehmen, daß von diesen Lippen jemals ein hartes Wort gekommen war; aber ebenso unmöglich schien es, daß diese schmalen Lippen unter Küssen aufblühen könnten, daß sie sich im Liebesrausch verzerrten und sinnlose Laute stammelten. Das Fluidum der ›großen Dame‹ umwehte Petra Erlanger so klar, daß man sie sich am Hofe Ludwigs XIV. hätte denken können, in einer seidenen Krinoline, vor ihr die Kavaliere, tief geneigt und mit gebeugten Knien.

»Du willst noch einmal weg, Richard?« Petra Erlanger goß sich noch einen Schluck Tee in die dünne, chinesische Tasse. Ihr Salon in Blau und Gold war ein Entwurf Huilsmanns... man braucht also nicht mehr darüber zu sprechen. Man weiß, wie traumhaft er war.

»Ich sollte. Aber ich sage ab.« Erlanger erhob sich. »Immer diese Besprechungen. Alf hat da wieder ein Patent entwickelt, und nun wollen einige Schweizer darüber verhandeln.«

»Kaufen wir Alfs neues Patent, Richard?« Es klang kühl. Man hörte heraus, sie fragte es nur, um Erlanger ein Stichwort zur Weiterrede zu geben. Es interessierte sie überhaupt nicht.

»Ich glaube nicht. Alf macht in letzter Zeit merkwürdige Erfindungen. Industriell kaum auszuwerten... und dann ist er wütend, wenn ich absage.« Erlanger nickte mehrmals. »Einen Augenblick, Petra... ich rufe nur schnell an und lasse mich entschuldigen.«

Er ging in seine Bibliothek und wählte Huilsmanns Nummer.

»Bist du verrückt?« sagte Huilsmann, als Erlanger zur Begründung seiner Absage ansetzte. »Vier entzückende Pussies kommen! Mensch, Richard... sei kein Spielverderber! Was heißt hier müde von der Arbeit? Die Mädels machen dich schon munter. Die haben dafür garantiert wirksame Tricks! Du wirst dir vorkommen wie ein Stehaufmännchen! Richard, Junge, sei kein Fisch! Natürlich kommst du! Extra für dich habe ich eine ausgesucht! Lange schwarze Haare. BH-Größe 6! Zwei Drittel Beine, das andere Kurven! Richard... du willst doch nicht kneifen! Soll ich dem Mädel sagen: Der Richard kann nicht mehr...!«

»Ich bin todmüde, Toni.« Erlanger sah zur Tür. Wenn Petra hereinkam, würde er das Telefonat sofort abbrechen. »Ihr hättet keine Freude an mir.«

»Das mußt du nachher die Mädels fragen, alter Junge! Also los, setz dich in deine Blechkiste und komm! Soll ja heute gar

13

nicht so spät werden! Kleines Pfänderspiel mit Sekt und Pipapo. Vor allem Po! Haha! Richard, ich bin beleidigt, wenn du kneifst!«

»Also gut – ich komme!«

Erlanger legte auf und kehrte in den Blauen Salon zurück.

»Ich muß«, sagte er gequält. »Aber ich komme so schnell wie möglich zurück.«

Petra Erlanger nickte. Sie las in einem amerikanischen Magazin und knabberte Gebäck. Als er sie küßte, hielt sie ihm die Stirn hin und lächelte schwach. Wie eine Schlafpuppe lächelt, wenn man sie hinlegt.

Als Erlanger fortfuhr, stand Petra hinter der Portiere des Salons und sah ihm nach. Langsam glitt der Wagen durch den Park und verschwand zwischen den Blumen zur Ausfahrt.

Sie ging zurück zu ihrem blauen Seidensessel, aber sie setzte sich nicht. Eine innere Unruhe ergriff sie.

Ich habe vergessen, wo die Tagung ist, dachte sie. In einer Stunde hätte ich ihn angerufen und zu ihm gesagt:

»Richard, ich liebe dich! Komm nach Hause . . .«

Ob er gekommen wäre?

Sie lief hinaus in die Halle, aber sie wußte nicht, was sie tun wollte. Nur Unruhe war in ihr. Eine merkwürdige Angst.

Und eine noch merkwürdigere, aufglühende, sie ganz erfassende Liebe zu Richard Erlanger . . .

Um 20 Uhr trat der Kriminalassistent Werner Ritter seinen Nachtdienst im Polizeipräsidium an. Zimmer 101. Morddezernat.

»Wird ein stiller Tag«, sagte Kommissar, der den Schreibtisch räumte. »Die Ganoven sind ins Grüne gefahren. Wochenende! Haben jetzt auch die 42-Stunden-Woche! Und 'n Mord. Müßten schon verdammt Glück haben, Ritter! Samstag-Sonntag, da schon eher. Aber der Freitag ist immer schlaff! Da haben die Kollegen von der Körperverletzung mehr zu tun. Lohntüten-Ball. Ist denn etwas Besonderes im Fernsehen?«

»Eine Oper«, sagte Werner Ritter und packte eine Thermosflasche und ein Paket Butterbrote aus der Aktentasche.

»Auch das noch! – Na, auch die Nacht geht 'rum!«

Werner Ritter lächelte schwach, half dem Kommissar in den Mantel und war dann allein im Morddezernat. Nebenan langweilten sich zwei Kriminalwachtmeister, spielten Schach und erzählten sich Witze, die sie von der ›Sitte‹ gehört hatten.

Eine lange Nacht begann.

In Düsseldorf-Derendorf setzte sich der Major a. D. Konrad Ritter bequem in seinen Lehnsessel zurecht, rückte Bier und mit Cervelatwurst belegte Brote – schönes, kräftiges, dunkles Kommißbrot – auf dem Tisch zu sich heran und streckte die Beine von sich.

Die Abendnachrichten der Tagesschau.

Wetterkarte.

Dann die Oper.

Ein schöner Feierabend.

Und im übrigen war er guter Laune. Vor einer Stunde war er angerufen worden. Aus Nürnberg.

»Alles klar, Herr Major!« hatte die Stimme des Hauptmanns a. D. Willerecht gemeldet. »Wir bekommen das Maifeld für unser Divisionstreffen im August. War eine schwere Arbeit bei den jungen Schlipsen, die jetzt in der Verwaltung sitzen. Aber Tradition ist eben nicht schlagbar! Gott sei Dank lebt der deutsche Geist noch in den höheren Klassen. Es ist überhaupt eine Schande, wie das völkische Bewußtsein verwässert. Für ein Beat-Konzert kriegt man Säle nachgeworfen ... aber bei einem Divisionstreffen ziehen sie saure Gesichter! Es wird Zeit, daß der preußische Geist wieder Fuß faßt. Unser Divisionstreffen kann da einen großen Beitrag leisten ...«

Major a. D. Ritter hatte dem beigepflichtet, Hauptmann Willerecht belobigt wegen des Maifeldes und zufrieden aufgelegt. Ein gutes Telefongespräch. Man muß der heutigen Jugend ein Beispiel geben ...

Und nun die Oper.

20.15 Uhr.

Beim letzten Zeitzeichen.

Beim letzten ...

2

Der erste, der bei Huilsmann eintraf, war Boltenstern. Der gläserne Palast strahlte mit vollem Licht, die Eingangstür stand offen.

»Allein?« fragte Boltenstern, als er Huilsmann am Kamin sitzen sah. »Ich denke, zwei süße Nymphen empfangen mich und geleiten mich zum rosengeschmückten Pfühl . . .«

»Die Mädels kommen noch. Mit 'nem Omnibus . . .«

»Mit was?« Boltenstern warf sich in einen der schwarzen Ledersessel.

»Mit einem Bus! Sie kommen aus Dortmund.«

»Bist du verrückt? Warum denn das?«

»Es sind Klasseweiber, Alf! Habe die Adresse von einem Industriemanager aus Essen erhalten. Läßt die Hüpferchen immer kommen, wenn dickleibige Partner aus der Schweiz oder Holland Schwierigkeiten machen. Und siehe da . . . am nächsten Morgen sind die Verträge unterzeichnet. Mit Herzblut!« Huilsmann lachte und schenkte Boltenstern einen Genever ein. Er wußte, daß Boltenstern ihn gern trank. »Ich habe vier ausgewählt, Alf, ich sage dir . . . da wird Paris selbst zur Jungfrau! Wenn du die Telefonnummer haben willst . . . Anruf genügt!«

»Mit 'nem Bus.« Boltenstern schüttelte den Kopf. Dann sah er Huilsmann nachdenklich an. »Und wer fährt die Karre?«

»Die Direktrice . . .«

»Himmel, so etwas haben sie auch?«

»Es ist alles bestens durchorganisiert. Die Direktrice wartet im ›Tannenbusch‹ und holt die Miezchen gegen 5 Uhr wieder ab.«

Boltenstern schwieg und sah in seinen Genever.

5 Uhr früh.

Noch neun Stunden.

Und er hatte plötzlich den Wunsch, aufzustehen und wegzugehen. Zurück zu Jutta, seiner Tochter.

»Jungs, nun sind wir alle wieder zusammen!« rief Huilsmann und rannte mit einem Tablett herum, auf dem Kognakgläser schaukelten. Das grelle Decken- und Seitenlicht war ausgedreht. Nun leuchteten nur noch die Glasbehälter mit den exotischen Pflanzen im Atrium und eine indirekte Beleuchtung in dem marmorverkleideten Rundbogen, der die Halle von dem Wohnraum optisch abtrennte. »Wann haben wir uns zum letzenmal gesehen?«

»Vor vierzehn Tagen, du Dussel!« Schreibert saß schon auf einem der orientalischen Sitzkissen, bewunderte zum vielleicht dreißigsten Male die raffinierte Lichtwirkung der gläsernen Blumenkästen und massierte sich die Knie.

Das war ein altes Leiden von ihm. Eine Berufskrankheit. Ein Modeschöpfer – so sagte er einmal – ist frömmer als eine Betschwester ... sie kniet nur stundenweise, aber ein Modeschöpfer liegt dauernd auf den Knien ... beim Anprobieren, beim Drapieren am lebenden Modell, beim Abstecken, beim Beobachten der Falten- und Gangbewegungen des Kleides, kurzum: Schreiberts Knie waren stets gerötet, leicht geschwollen und anfällig gegen Kälte und Nässe. Darum massierte er sie auch dauernd, wenn er saß.

»Das war in Köln. Alf hatte Mädchen vom Ballett besorgt.« Schreibert streckte das massierte Bein weit von sich. »Kinder, das wäre beinahe schiefgegangen. So ein Häschen tauchte doch plötzlich bei mir im Atelier auf und wollte Mannequin werden. Hatte ich eine Not, Madeleine zu beruhigen! Mit einer Vase voller Wasser ist sie auf die Kleine los!«

Boltenstern und Erlanger standen am Kamin und tranken mit kleinen Schlucken den angewärmten Kognak. Noch war ihre Stimmung kühl. Im Raum lag etwas Bedrückendes, von dem niemand sagen konnte, was es war. Aber jeder spürte es, sogar Huilsmann, der als einziger laut sprach und in seinem riesigen Wohnzimmer herumrannte wie ein Kellner, der drei Kegelklubs zu bedienen hat.

Sonst, bei ihren früheren Zusammenkünften, war es anders gewesen. Da gab es schon an der Tür ein Hallo und Schulterklopfen, Schreibert – ja, meistens war es Schreibert – erzählte den neuesten Witz, und brüllend betrat man das Zimmer, in dem nach einer Stunde die angesehenen Herren der Düsseldorfer Gesellschaft ihre Jacken und mit ihnen ihre Zurückhaltung abwarfen und sich benahmen wie betrunkene Mongolen. Wenn man sich dann gegen Morgen trennte, mit geröteten Augen, schwitzend, etwas außer Atem, in den Fingern noch das Gefühl nackter Mädchenkörper, mit Kußflecken vom Kinn bis zur Kniekehle, gab man sich die Hand, sah sich blinzelnd an und sagte: »War mal wieder Klasse, Junge! So etwas ist nötig! Ein Ballon, der fliegen soll, muß ab und zu aufgeblasen werden!«

Und dann fuhr man nach Hause, legte sich ins Bett, verschlief den halben Tag und sagte am Mittagstisch mit verquollenen Augen: »Also, der Alf, der kann ja einen wegsaufen! Nie wieder, sage ich, nie wieder mache ich das mit!«

Aber das Datum der neuen Zusammenkunft trug man bereits im Gehirn. Es ist nicht einfach, ein erfolgreicher Mann zu sein . . .

An diesem 21. Mai fehlte die Stimmung völlig. Auch als Huilsmann von der Halle hereinstürzte und rief: »Die Süßen kommen!« verwandelten sich die vornehmen Herren nicht in jungenhaft bewegliche, angegraute und ausgehungerte Kavaliere, sondern blieben in dem matt erleuchteten, exotischen Zimmer und nippten an ihren Kognakschwenkern.

»Wir sollten eine Pause einlegen«, sagte Erlanger. »So langsam wird es fade. Immer die gleiche Sorte Mädchen, immer die gleichen Spiele, immer das dumme Seufzen von Liebe und Schätzchen und ›oh, wie wild bist du, Schatzi‹ und ›au, du tust mir weh!‹ – und du weißt, daß das alles im Programm steht und mit bezahlt wird und zum Pussiesein dazugehört, wie das Stöhnen und Brüllen der Catcher. Wir wollten uns 'was anderes einfallen lassen.«

»Nach Paris«, rief Schreibert und massierte sein linkes Knie. »Ich sage ja immer: Macht euch einmal drei Tage frei und kommt mit nach Paris. Stellt euch vor: Die Tochter einer russischen Großfürstin kostet 100 Francs! Bevor es losgeht, singt sie die ›Wolgaschlepper‹ . . . und hinterher die ›Abendglocken‹.«

»Schnauze!« knurrte Boltenstern. Durch die Halle kamen die Mädchen aus Dortmund, angeführt von Huilsmann, der glänzte wie ein in Fett gerösteter Fasan. »Ich nehme die Schwarze.«

Schreibert atmete schnaufend durch die Nase. »Rot habe ich zu Hause als Hausmannskost . . . ich nehme die Blonde.«

»Du die Platinweiße?« fragte Boltenstern und stieß Erlanger in die Seite.

»Ich weiß nicht.« Richard Erlanger drückte das Kinn an. »Am liebsten möchte ich gehen. Es kotzt mich alles an! Alf, ich glaube, wir sind zu satt. Wir sollten uns einmal richtig vor uns selbst übergeben . . .«

»Jetzt macht er wieder in Moral.« Schreibert erhob sich von seinem afrikanischen Sitzkissen und breitete die Arme aus. Die Mädchen in der Halle winkten fröhlich. Huilsmann nahm ihnen die Regenmäntel ab. Darunter waren sie sehr sommerlich bekleidet, mit tief ausgeschnittenen Blusen, kurzen Röcken und wenig Unterwäsche. Schreibert sah es sofort mit seinem geschulten Blick und schnalzte mit der Zunge. »Hierher, ihr Süßen!« rief er. »Für Onkel Hermann ist blond immer gleichbedeutend mit Honig!« Er ging den Mädchen entgegen, umarmte jede und küßte sie ab. Erlanger knurrte leise wie ein zorniger Hund.

»Man sollte meinen, er käme aus dem Urwald und hätte seit einem Jahr keine Frau mehr gesehen«, sagte er.

Boltenstern zählte mit den Augen die Mädchen. »Vier –« Er schüttelte den Kopf. »Es müssen doch fünf sein!«

»Willst du zwei haben?« fragte Erlanger sarkastisch. »Übernimm dich nicht, Alf.«

»Die Direktrice fehlt.«

Huilsmann kam ins Zimmer. Er hatte die Platinweiße und die Schwarze untergefaßt und führte sie zu Erlanger und Boltenstern. »Eine kleine Umdisposition!« rief er. »Die vier Hübschen sind allein gekommen, mit einem Personenwagen. Die Direktrice hat plötzlich Mandelentzündung bekommen.«

»Wir werden ihr eine Karte schreiben.«

Boltenstern schien wütend zu sein. »Und nun? Jemand von euch muß doch fahrfähig bleiben.«

»Ich.« Das schwarzgelockte Mädchen blinzelte Boltenstern zu. »Ich bin Karin.«

»Alf –«, sagte Boltenstern knapp.

19

»Ich bin auch nüchtern eine fröhliche Natur. Du brauchst kein saures Gesicht zu ziehen, Schatzi! Laß dich überraschen.«

»Musik!« brüllte Schreibert aus dem Hintergrund. Er saß bereits auf seinem afrikanischen Kissen, hatte die Blonde auf dem Schoß und herzte und küßte sie. »In einer Stimmung bin ich, Leute! Bei so viel jugendlicher, unverdorbener Schönheit fühle ich mich wie ein Seehund im Heringsschwarm!«

Die Mädchen lachten. Huilsmann stellte die Stereoanlage an. Leise, zärtliche Musik wehte irgendwoher aus den Winkeln des riesigen Raumes. Sie füllte den Raum aus und war doch nicht greifbar.

»Ich bin Beatrice«, sagte die Platinweiße zu Erlanger und hakte sich bei ihm ein. »Gib mir einen Schluck von deinem Kognak.«

»Richard.« Erlanger hielt Beatrice sein Glas hin und beobachtete sie, wie sie trank. Wie ein Vögelchen, dachte er. Mit gespitzten Lippen, die einem Schnäbelchen gleichen.

Huilsmann hatte die rote Mary untergefaßt und zog sie mit zur Küche. Boltenstern verteilte Gläser mit Sekt, Schreibert hielt der blonden Lola einen Vortrag über französische Unterwäsche.

»Du bist so ernst, Richard«, sagte Beatrice zu Erlanger. »Komm, laß uns tanzen. Oder gefalle ich dir nicht?«

»Doch, doch. Du bist ein bezauberndes Mädchen.« Erlanger drückte sie an sich, legte die Hand um ihre Hüfte und begann nach der unsichtbaren Musik zu tanzen. Ein Wiegen und Gleiten war es, ein gegenseitiges Streicheln der Körper, ein raffiniertes Spiel mit der inneren Spannung.

Aber er tanzte etwas hölzern, und während Beatrice ihren Kopf an seine Schulter lehnte und die Arme um ihn schlang, sah er über ihre platingefärbten Haare hinweg auf die anderen.

Huilsmann kam aus der Küche und balancierte einige Silbertabletts. Die rote Mary schob einen Servierwagen vor sich her. Sie hatte ihr Kleid bereits ausgezogen und trug über Höschen und Büstenhalter nur eine kleine Servierschürze mit gekräuselten Spitzen. Das sah entzückend aus. Huilsmanns Augen glänzten.

Dann aßen sie. Hummercocktail, geräuchertes Forellenfilet, Wildpastete mit Jägersoße, Toast, und dazu tranken sie Sekt.

Kurz vor dem Ende des Essens stand Boltenstern auf und ging hinaus. Er schloß die Badezimmertür und nahm seine Brieftasche heraus.

Zwischen den beiden Plastikblättern lagen schmale Streifen Löschpapier, voneinander getrennt durch Aluminiumfolie. Vier Löschblätter hatten einen rosa Schimmer, die anderen vier glänzten weiß in dem kalten Licht der Neonröhren.

Vorsichtig löste Boltenstern die Löschblätter von der Aluminiumfolie, hob sie an die Nase, schnupperte, schüttelte den Kopf, denn sie rochen nach gar nichts, nahm dann eins der Löschblätter heraus, hielt es gegen das Licht und schüttelte wieder den Kopf. Darauf packte er die Blättchen wieder in die Brieftasche zwischen die Plastikschützer, schob das Lederetui in seinen Anzug und verließ das Bad.

In dem halbdunklen Riesenzimmer mit den matt leuchtenden Glaskästen der exotischen Pflanzen herrschte bereits ein freudiges Durcheinander. Huilsmann und Schreibert hatten ihre Jacken ausgezogen, die Mädchen lachten girrend, denn Schreibert hatte in ihren Sekt Kognak gemischt, und nun merkten sie die Wirkung des Alkohols. Sie kicherten, lagen vor den Sitzkissen auf dem Teppich und rollten sich unter den Händen der Männer wie mit Wollknäueln spielende Katzen.

»Ende des Essenfassens!« schrie Schreibert gerade, als Boltenstern aus dem Bad kam. »Marscherleichterung, Kameraden! Alles fertigmachen zum Picknick!«

Am Kamin stand Erlanger und küßte Beatrice; sie hatte das rechte Bein um seine Hüfte geschlungen, wie eine Liane sich um einen Baumstamm klammert.

»Die Jagd beginnt!« brüllte auch Huilsmann. Er war sichtlich angeschlagen und benutzte den Körper der roten Mary als Fußbank. »Jungs, womit fangen wir an? Sektkreisel? Pfänderspiel? Rate mal, was kommt denn da . . .? Im übrigen – es muß viel mehr gesoffen werden!«

»Fällt uns nichts Neues ein?« sagte Erlanger und goß der platinweißen Beatrice Sekt ins Glas.

»Vielleicht doch.« Boltenstern setzte sich auf die Platte des

Couchtisches neben dem Kamin und schob mit beiden Händen die Kristallkaraffen mit den Likören zusammen. »Wenn ihr mitmacht ... wenn ihr keine Angst habt ... ich kann euch eine völlig neue Welt bieten ...«

»Zum Mond habe ich jetzt keine Lust«, sagte Schreibert.

»Wenn du Fantasie hast, bist du in einer Stunde oben! Ich habe LSD mitgebracht.«

»LSD?« schrie Schreibert und zog die blonde Lola an sich. »Junge, Alf ... ist das eine neue nette Schweinerei?«

»LSD heißt Lysergsäurediäthylamid –«

»Aufhören!« brüllte Schreibert. »Jetzt wird der wieder wissenschaftlich! Mädels, schnappt euch ihn! Der verdirbt uns die ganze Laune.«

Boltenstern blieb sitzen und winkte nur Karin ab, die mit wiegenden Hüften und zwei Sektgläsern auf ihn zukam.

»Dieses LSD ist ein Rauschgift«, sagte Boltenstern ruhig. »Das stärkste Rauschgift, das man kennt.«

»Oha!« Huilsmann stellte sein Glas ab. »So 'ne Art Haschisch?«

»Stärker! Es schlägt sogar das Meskalin.«

»Das wird aus einer mexikanischen Kakteenart gewonnen, wenn ich mich nicht irre«, sagte Erlanger.

»Aus der Kaktusart ›Peyotl‹. Stimmt.«

»Ist das denn die Möglichkeit! Wir haben hier die süßesten Mädchen zwischen Düsseldorf und der Ostsee auf dem Schoß, und die Kerle unterhalten sich über Kakteen!« Schreibert nahm sein Glas und warf es nach Boltenstern. Es flog an dessen Kopf vorbei und zerschellte an der Kaminwand.

»Ich habe es aus Paris mitgebracht«, sagte Boltenstern und holte seine Brieftasche aus dem Rock.

Plötzlich war es still um ihn. Sogar Schreibert stellte seine Empörung ein und schob das zweite Glas, das er nach Erlanger werfen wollte, auf den Tisch zurück.

»Paris –«, sagte er gedehnt. »Das ist immer anhörenswert.« Was aus Paris kam, wurde von Schreibert akzeptiert. Paris war seine große Sehnsucht. Paris galt für ihn als der Nabel der Welt.

Boltenstern sah über die verstreut herumliegenden Freunde

und die Mädchen mit ihren zerwühlten Haaren. Ein leichtes, unmerkliches Lächeln zuckte in seinen Mundwinkeln.

»Ich war vor drei Tagen in Paris –«

»Du Heuchler!« rief Schreibert. »Und nichts erzählt er davon.«

». . . am letzten Abend war es, da gehe ich spazieren an der Seine. Es ist ein unvergeßlicher Anblick, am Quai zu stehen und hinüberzusehen zur Notre-Dame, wenn der Mondschein über ihre Dächer gleitet und die Hunderte von Steinfiguren zu leben beginnen. Ich stütze mich auf die steinere Brüstung, beuge mich etwas vor und sehe unter dem Brückenbogen ein kleines Feuer. Um das Feuer sitzen etwa zwanzig dunkle Gestalten, Männer und Frauen; Zeitungen, alte Teppiche, Decken, zerschlissene Matratzen und sogar ein Schaukelstuhl mit zerfetztem Rohrgeflecht liegen herum. In der Mitte des Kreises, beschienen vom Feuer, hockte ein Mädchen mit langen Haaren. Es hatte die Arme weit emporgestreckt zur feuchten Brückendecke, bewegte den Oberkörper hin und her, wie das Pendel eines Metronoms, und dabei stammelte es Worte, lachte und wimmerte dann wieder leise. Mein Gott, denke ich. Das sieht ganz nach einer Trance aus. Gehe einmal hinunter und sieh dir das an. Und so war's. Die dunklen Gestalten musterten mich, als ich unter ihren Brückenbogen trat, meistens junge Leute waren es mit ausgezehrten, bleichen Gesichtern, und das Mädchen in der Mitte begann nun zu singen, mit einer hohen, unwirklichen, lispelnden Stimme und drehte den Kopf, schneller, immer schneller, als säße er auf einem Kugellager. ›Was ist das?‹ frage ich den vor mir hockenden Mann. Der sieht mich an, grinst und hebt den Zeigefinger. ›LSD, Monsieur‹, antwortet er. ›Nie gehört‹, sagte ich. ›Rauschgift?‹ Und der Mann nickt, in seine Augen kommt ein fiebriger Glanz, er holt aus der Tasche seines zerschlissenen Anzuges ein flaches Stanniolpäckchen und zeigt es mir. ›Hier ist der Himmel drin, Monsieur‹, sagte er. ›Eine violette Welt! Sie wissen nicht, wie herrlich die Welt ist, wenn Sie nicht LSD genommen haben! Gestern war ich ein Inka-Prinz! Vierzig Mädchen suchte ich mir aus den Schönsten meines Landes aus und zog mit ihnen in den Tempel –‹«

»Der Angeber!« sagte Schreibert laut in die Stille hinein. »Vierzig!«

Boltenstern hob die Hand wie ein ägyptischer Märchenerzähler. Seine Stimme war ruhig und völlig leidenschaftslos und deshalb so wirkungsvoll.

»»Und das Mädchen?‹ fragte ich den jungen Mann. ›Was ist mit ihr?‹ – ›Sie erlebt die Geburt der Sterne aus dem Gesang purpurner und goldener Wolken, so sagt sie.‹ Der Mann hielt mir das Stanniolpäckchen hin. ›Probieren Sie, Monsieur. Pro Blatt zehn Francs! Wo können sie für zehn Francs das Wunder erleben, außerhalb Ihres Körpers zu sein?‹ Ich habe ihm das Stanniolpäckchen abgekauft!«

Völlige Stille war in dem riesigen Zimmer. Die Mädchen starrten auf die Brieftasche in Boltensterns Hand. Huilsmann hatte zu schwitzen begonnen, Schreibert massierte sich wieder die Knie, Erlanger trank langsam den Rest seines Sektes aus.

»Ist die Sache gefährlich?« fragte Erlanger und sprach damit die Gedanken aller aus.

»Nur auf die Dauer, wenn man süchtig wird.« Boltenstern drehte die Brieftasche zwischen seinen Händen. »Ich habe mir noch in Paris alles kommen lassen, was man über das LSD weiß. In den USA gibt es bereits 1 000 000 Männer und Frauen, die sich mit LSD in eine andere Welt flüchten. Es erzeugt eine künstliche Schizophrenie, einen Spaltungsirrsinn, der uns Dinge erleben läßt, die tief in unserem Unterbewußtsein schlafen. Nach acht Stunden ist alles vorbei, man hat einen Kater . . . aber das ist auch alles. In amerikanischen Kreisen wie unser geselliges Zusammensein« – Boltenstern lächelte mokant – »gilt ein LSD-Rausch schon zu den üblichen Gesellschaftsspielen. Immerhin ist es etwas anderes als diese dummen Pfänderspiele . . . und ihr wolltet ja etwas Neues haben.«

Richard Erlanger streckte die Hand aus. »Zeig mal das Zeug, Alf.«

»Es ist gut verpackt, sonst verdunstet die Feuchtigkeit. Sie ist minimal. Für die Mädchen 50 Mikrogramm, für die Männer 80 Mikrogramm. Das sind ein achtzigmillionstel Gramm!«

»Unvorstellbar!« sagte Schreibert und schnaufte.

»Ja.« Boltenstern erhob sich von dem kleinen Couchtisch. »Ich habe euch das nur erzählt, weil ich es interessant finde. Und jetzt Musik, Sekt und gedämpfteres Licht, wenn ich bitten darf!«

Huilsmann reagierte nicht auf diese Aufforderung. Er blieb neben der roten Mary sitzen, und in seinen Augen tanzte ein goldener Punkt. Es mochte der Widerschein einer Lampe sein, aber es sah aus, als gehörten diese Augen nicht mehr zu Toni Huilsmann.

»Probieren wir es, Jungs?« sagte er heiser. Und als er keine Antwort erhielt, sprang er auf und trat in die Mitte des Kreises. »Stellt euch vor . . . wir sind andere Wesen. Wir erleben eine andere Welt!«

»Bei manchen erzeugt das LSD auch einen Sexualrausch«, sagte Boltenstern trocken.

»Angenommen!« Schreibert klatschte in die Hände. »Wenn Alfs LSD ein Reinfall ist . . . das Flaschenkarussell können wir noch immer machen. Ihr Süßen, was haltet ihr davon?«

Die Mädchen nickten. Sie hatten Angst, man sah es ihnen an. Sie waren nach Düsseldorf bestellt worden, um vier Herren eine Nacht lang zu erfreuen. Dazu gab es viele Möglichkeiten. Von einem Rauschgiftversuch war nie die Rede gewesen. Nur die rote Mary winkte ab, als die Mädchen aufstanden und ihre Kleidung etwas ordneten.

»Ist alles halb so schlimm«, sagte sie. Eine ordinäre Stimme hatte sie, etwas kratzig und laut. »Ich habe auch schon mal Opium geraucht. Das schlimmste ist der Kater am nächsten Morgen, aber auch der geht vorbei.«

»Also? Wollen wir?« Boltenstern klappte die Brieftasche auf. »Karin, schütt die Sektgläser voll. Richard, sieh mich nicht so an . . . wenn's gefährlich wäre, würde ich bestimmt nicht mitmachen.«

Auf einem Tablett brachte Karin die acht gefüllten Gläser. Boltenstern nahm zwischen den Plastikblättchen vier schmale Streifen rosa Löschpapier heraus und hängte sie kurz in die Sektgläser.

25

»Die Damen zuerst«, scherzte er und beobachtete, wie die vier Mädchen ihre Gläser nahmen. Die nassen Löschpapiere warf er in den Kamin hinter sich und nahm dann aus seiner Brieftasche die weißen Blättchen.

Während er den ersten Löschblattstreifen in das Glas Schreiberts hing, sah er sich um. Die drei Freunde umringten die Mädchen und schnupperten über den Gläsern. Boltenstern legte in das Glas Erlangers den dünnen weißen Papierstreifen.

»Es ist geruch- und geschmacklos, Freunde. Und farblos.«

»Ein Teufelszeug.« Erlanger griff nach dem Glas, das ihm Boltenstern hinhielt. »Und was geschieht nun, wenn ich den präparierten Sekt trinke?«

»Zunächst gar nichts. In zwanzig Minuten oder einer halben Stunde beginnt dann dein gespaltenes Ich mit dem Erlebnis.«

Boltenstern hob sein Glas. Im Kamin verbrannten acht kleine nasse Löschpapierstreifen.

»Prost, Freunde!« rief er.

»Hinauf zu den Sternen!« schrie Huilsmann enthusiastisch. »Alf, wenn du mir mehr versprochen hast, als nachher wahr wird, schmeißt du eine Runde!«

»Drei, wenn es sein muß.« Boltenstern trank mit langen Schlucken sein Glas leer, und die anderen, die ihm zusahen, folgten seinem Beispiel. Sie sahen die Entschlossenheit und Sicherheit, mit der er trank. Das beruhigte sie. Boltenstern ist sonst ein ganz Vorsichtiger, dachten sie. Er ist der einzige, der nicht viel gewagt hat im Leben, und deshalb ist er auch der Ärmste in unserem Kreis. Immer geht er auf Sicherheit. Es wird schon nicht so schlimm sein mit diesem LSD . . .

»So, Freunde«, sagte Boltenstern, als alle die leeren Gläser auf die Tischchen abstellten. »Und nun seien wir fröhlich wie immer. Wir haben die Nacht ja noch vor uns.«

Er sah auf die Uhr auf dem Kaminsims.

20.19 Uhr.

Als erste zog die blonde Lola ihr Kleid aus und begann, dem in die Hände klatschenden Schreibert etwas vorzutanzen.

Auch die anderen zogen sich aus. Ihre herrlichen, schlanken

Mädchenkörper schimmerten im ungewissen, indirekten Licht aus den exotischen Glaskästen.

Huilsmann schwankte zu einem Schalter. Das Licht erlosch bis auf wenige leuchtende Blüten im Atrium. Dafür glitzerte sein berühmter Sternhimmel auf, mit lautem Ah und Oh begrüßt.

Boltenstern beobachtete seine Partnerin Karin. Etwas Hektisches lag in ihren großen braunen Augen. Eine Fröhlichkeit, die irgendwie verkrampft wirkte.

Beginnt es schon? dachte er. Wer wird der erste sein, der in den Rausch verfällt?

Und wie wird das Erwachen sein ...?

20.49 Uhr.

Huilsmann hockte in einer Ecke des Zimmers, zwischen zwei Sessellehnen. Sein Blick war starr, aus den Mundwinkeln lief ihm Speichel und tropfte auf das vor der Brust aufgerissene Hemd. Er hatte vom Tisch ein Brokatdeckchen gezogen und stopfte es durch die zusammengepreßten Knie zwischen seine Schenkel. Sein ganzer Körper zitterte, und er stieß Laute aus, die einer völlig fremden Stimme gehörten.

Ein Saal ... ein riesiger Saal ... ein Saal, der ins Unendliche führt ... Und er rennt durch diesen Saal und überall sind Türen, Hunderte, Tausende Türen, Türen, die bis zum Himmel reichen ... Er sucht ein Klosett ... die Blase zerspringt ihm fast ... er ertrinkt im eigenen Urin ... und so rennt er von Tür zu Tür, aber immer, wenn er vor ihr steht, ist sie zugemauert ... Weiter, weiter ... hundert Türen, tausend Türen, überall Türen, und alle zugemauert, alle mit Steinen verschlossen ... und er platzt ... er muß platzen ... sein Körper ist voll von Urin wie ein Weinfaß bis zum Deckel ... Hilfe! schreit er. Und immer neue Türen und alle zugemauert ... Und dann platzt er ... ist eine Wolke, und er läßt es auf die Erde regnen, wo die Blumen verdorren, die Bäume welken, in den Flüssen die Fische sterben und die Menschen zusammenschrumpfen, als beregne man sie mit Säure –

Toni Huilsmann kroch noch tiefer in seine Ecke.

Dann fiel er um, trat mit den Beinen um sich und röchelte.

Die rote Mary hatte sich zusammengekugelt und rollte durch das große Zimmer wie ein Ball. Dabei wimmerte sie laut, lachte ab und zu grell und schrie: »Schälen! Schälen!«

Eine Apfelsine war sie. Auf einem Teller lag sie ... und dann rollte sie herunter, über den Boden, aus dem Haus hinaus, über die Straße, schwamm in der Gosse bis zu einem Gully und blieb dort liegen. Ein Riese beugte sich über sie. Schäl mich, schrie die Apfelsine. Schäl mich! Bitte schäl mich! Aber der Riese nahm ein Messer und setzte an, die Apfelsine mitten durchzuschneiden. Nein, schrie die Apfelsine, nein! Und sie rollte weiter ... auf einem alten Zeitungsblatt lag sie ... und das Blatt begann zu schweben, wurde zu einem silbernen Teller, und sie lag darauf und zwei Mäuse tanzten Twist auf ihrer Schale. Das kitzelte ... oh, wie das kitzelte ...

Die rote Mary rollte weiter durch das Zimmer. Sie kicherte dabei, zog sich an den Haaren und spuckte um sich.

Hermann Schreibert raste durch das Zimmer, zog sich die Schuhe aus, warf sie gegen die Wand, verkroch sich dann hinter der Couch und versuchte, seinen Kopf in die Erde zu bohren. Sein Mund war aufgerissen, aber kein Schrei kam aus der Kehle, nur ein trauriges Seufzen und merkwürdiges helles Piepsen.

Sibirien ... die Taiga ... unendliche Wälder ... riesige Zedern und Fichten ... Schneemassen, die alles Leben begraben ... der Eissturm heult durch die Zweige ... der Himmel fällt auf die Erde ... Aber da ist ein Nerzmännchen ... es schwingt sich von Baum zu Baum ... turnt von Ast zu Ast ... und unten, im Schnee, tappt auf den breiten tungusischen Schneeschuhen ein Jäger und schießt auf den Nerz. Ein breites Gesicht hat er, seine Augen sind schräg, ein wilder Bart umwuchert das Kinn ... und der Jäger lacht dröhnend ... er droht dem flüchtenden Nerzmännchen ... er legt an ... er schießt ... und das Nerzmännchen schwingt sich weiter von Ast zu Ast, flüchtend in Todesangst, und es klettert höher, immer höher, dem Eissturm entgegen, dem schweren, grauen Himmel ... Aber der Kopf des Jägers klettert mit ... O Himmel, nur der Kopf ... er schwingt sich auch von

Ast zu Ast . . . der Kopf mit dem lachenden, aufgerissenen Maul und den glühenden Augen.

Richard Erlanger lag auf der Couch und zuckte mit den Beinen. Er rollte auf den Teppich, riß den Tisch um und wälzte sich zwischen zerbrochenen Gläsern, zerstampftem Gebäck und weggeworfenen Kleidungsstücken. Die Augen hatte er weit aufgerissen. Alles Blut war aus Gesicht und Lippen gewichen . . . bleich, phosphoreszierend sah er aus.

Ein Urwaldpfad . . . er geht ihn entlang . . . aber er ist kein Mensch mehr, sondern eine Riesenspinne . . . Er sieht sich . . . seine Augen, sein Kopf, aber dahinter der eklige, behaarte Leib des Riesenviehs . . . Ein Tiger kommt ihm entgegen . . . und sie stehen sich gegenüber, starren sich an, und jeder hat Angst vor dem anderen, aber einer muß aus dem Weg gehen . . . Der Tiger duckt sich . . . er, die Spinne, spreizt den Giftstachel . . . aber da hängt eine Schlange plötzlich vom Baum über ihm . . . eine widerliche, weiße seidenglatte Schlange . . . sie ringelt sich um seinen Hals . . . sie würgt ihn . . . Luft . . . Luft . . . Luft . . . und der Tiger lächelt, und sieht jetzt aus wie Boltenstern, und er geht zurück in den Dschungel . . . aber die Schlange würgt weiter . . . eine weiße, seidige Schlange . . . Luft! Luft! Und dann platzt der Himmel und es regnet blutige Tropfen in den Urwald . . .

Richard Erlanger streckte sich auf dem Teppich aus.

Beatrice warf sich über ihn, ihr platinweißes Haar stand ab wie die Schlangen am Medusenhaupt. Sie lachte hysterisch, riß sich die letzten Fetzen vom Körper und biß Erlanger in die Schulter. Dann blieb sie ruhig liegen und schmatzte leise.

Sie war ein schwarzer Panther, der zufrieden im Gras lag und fraß . . .

Um 4.43 Uhr verließ Hermann Schreibert schwankend die Huilsmann-Villa, kletterte ächzend in seinen schweren Reisewagen und fuhr davon. Er war völlig nüchtern, hatte sich von Erlanger, Boltenstern, Huilsmann und den Mädchen verabschiedet und freute sich auf sein breites Bett.

So wenigstens sah er sich; er war nicht müde, ein fader Geschmack lag zwar wie Lederbeize in seiner Mundhöhle, sein Kopf brummte etwas, aber er fühlte sich frischer als sonst nach solchen ›Konferenzen‹.

Der Morgen war regnerisch und dunkel. Die Straße vor ihm flimmerte und glänzte, die Scheinwerfer warfen das Licht blendend zu ihm zurück, und er kniff die Augen zusammen, um klar zu sehen.

Die Chaussee nach Benrath. Wie schnell die Rückfahrt ist! Die bekannten Bäume links und rechts, dazwischen das glatte, asphaltierte Band der Straße.

Wie der Regen von den Bäumen tropft. Man hört es fast.

Klick – klick – klick –

Bäume.

Die Taiga!

Riesenbäume. Im Eis erstarrt.

Der Kopf des Jägers . . . er schwingt sich noch immer von Ast zu Ast . . . er jagt noch immer das ängstliche, um sein Leben kletternde Nerzmännchen . . .

Höher! Höher! Gott hilf! Er fängt mich . . . er hat ein Netz bei sich . . . In einem Käfig werde ich leben . . .

Und das Nerzmännchen breitet die Beinchen aus, wirft sich hoch in die eisige Taigaluft und läßt sich an dem rollenden Jägerkopf hinabfallen.

Hinunter in den Schnee, vorbei an den Bäumen, deren Kronen im Himmel wiegen.

Es fällt und fällt . . . und dann schlägt es auf . . . mit dem Gesicht zuerst, und der Schnee ist verharscht und vereist, und das kleine Nerzmännchen schreit auf, denn sein Gesicht brennt und Blut läuft ihm über die Augen . . .

Auf der Straße nach Benrath wichen zwei Radfahrer in diesem Augenblick einem schleudernden Wagen aus. Mit einem Satz sprangen sie in den Straßengraben und warfen die Räder im Fallen von sich. Drei Bäume hinter ihnen ertönte ein schauriges Krachen, splitterndes Blech heulte auf wie sterbende Pferde, ein Kreischen zerriß die Nachtstille und dann ein tiefes Ächzen, als habe ein Auto auch eine Seele, die es aushauchen könne.

»So ein besoffenes Schwein!« stotterte der eine Radfahrer. »Frontal drauf!« Er kniete auf der nassen Erde und starrte auf die Trümmer des schweren Wagens. Aus der aufgesprungenen Tür hing ein Körper, die Arme pendelten noch, der Kopf war unkenntlich.

»Der ist hinüber«, sagte der andere Radfahrer und klopfte sich den Erddreck von den Hosenbeinen. »Ich bleib hier . . . Los, fahr zum nächsten Haus und ruf die Polizei. Immer diese Besoffenen!«

Von den Bäumen tropfte die Nässe, und der zertrümmerte Blechberg glänzte wie mit Öl eingerieben.

Toni Huilsmann lag in seinem Bett und schlief mit röchelndem Atem. Mary, Beatrice und Lola saßen bereits im Wagen, ein Häuflein müde und ausdruckslos vor sich hinstarrender Wesen, die ihre zerrissenen Kleider wieder angezogen hatten. Aber das sah man nicht . . . die Regenmäntel verdeckten es.

In dem Riesenzimmer mit der flimmernden Sternendecke stand Alf Boltenstern am Kamin und zählte aus seiner Brieftasche sechs Hundertmarkscheine ab. Karin stand neben ihm, hatte sich an seine Schulter geklammert und starrte auf einen Gegenstand auf dem Teppich.

»Sechshundert für das Experiment«, sagte Boltenstern und schob Karin die Geldscheine in den Büstenhalter. »Zufrieden?«

»Das ist ja schrecklich . . .«, stammelte Karin und drückte ihr Gesicht gegen die Brust Boltensterns. »Das ist ja grauenhaft.«

»Man muß die Ruhe bewahren, Mädchen. Du fährst jetzt mit deinen drei Kleinen ab und vergißt, daß du jemals in Düsseldorf gewesen bist.« Er hob ihr Gesicht zu sich empor und küßte Karin auf die entsetzten Augen. »Vergessen, Liebling. Es wird nicht dein Schaden sein. Ich erinnere mich gern an Menschen, die mir geholfen haben . . .«

»Aber das . . . Alf . . . das da . . .« Sie wagte nicht, sich umzublicken. »Wie ist das denn möglich . . .?«

»Das werden die anderen klären. Das sind Fragen, die nicht für deinen hübschen Kopf gemacht sind. Geh jetzt . . . fahr ab . . .«

Boltenstern zog den Telefonapparat zu sich und wählte eine Nummer. Er mußte lange warten, bis sich auf der anderen Seite jemand meldete.

Major a. D. Konrad Ritter hatte fest geschlafen. Nach zwei Flaschen Bier und vier Kognaks und einem bis zum Ende genossenen Fernsehprogramm darf man müde sein. Außerdem hatte er gerade geträumt, und der schrille Ton des Telefonweckers riß ihn weg, als er gerade anlegen wollte, um einen makellosen Zehnender zu schießen. Beim Durchziehen des Fingers klingelte es, und der Hirsch entfloh in den Tannen.

»Ja?« brüllte Ritter deshalb auch ungnädig. »Wer ist da?« Falsch verbunden, dachte er. Das fehlte mir jetzt noch.

Boltenstern lehnte am Kamin und hatte den Arm um die zitternde Karin gelegt. Sie war nicht zu bewegen, einen Schritt zu gehen.

»Hier Alf . . .«, sagte Boltenstern mit völlig nüchterner Stimme. »Komm sofort her, Konrad.«

»Wohl verrückt, was?« Major a. D. Ritter setzte sich ins Bett. »Total besoffen, was! Wo bist du?«

»Bei Toni. Stadtwaldstraße 19. Komm her!«

»Was ist denn los?« Ritter schob die Beine aus dem Bett. »Weißt du überhaupt, wie spät es ist?«

»Ich habe die Uhr neben mir.« Boltenstern schob Karin von sich, die ihn wieder mit entsetzensweiten Augen umklammerte. »Frag jetzt nicht, Konrad . . . komm sofort zu uns. Wir brauchen dich.«

Er legte auf, ohne eine Antwort Ritters abzuwarten. Dann faßte er Karin unter, schob sie fast durch das völlig durchgewühlte Zimmer, zog sie aus dem Haus und bis zu dem Wagen mit den wartenden Mädchen. Sie lagen in den Autositzen und schliefen fest.

»Los, fahr . . .«, sagte er.

»Ich kann nicht, Alf –«, stammelte das Mädchen.

»Du kannst! Ich habe dir kaum LSD ins Glas gegeben.«

»Es ist zu furchtbar –«

»Gib Gas und hau ab, Kleines. Und vergiß diese Nacht.« Bol-

32

tenstern beugte sich vor und küßte noch einmal die bleichen, eiskalten Lippen Karins. »Vergiß alles!«

Sie nickte, zog die Tür zu, ließ den Motor an und raste aus dem Park zur Straße, als verfolge sie der Satan.

Boltenstern wartete, bis er kein Motorengeräusch mehr hörte, das in der stillen Nacht noch weithin zu hören war. Dann ging er zurück in die Villa, schloß die Tür, stieg wie ein Seiltänzer vorsichtig über das Chaos auf dem Boden, und nahm wieder den Hörer des Telefons ab.

»Bitte die Kriminalpolizei«, sagte er deutlich und akzentuiert, als sich die Vermittlung des Präsidiums meldete. Es knackte ein paarmal in der Leitung, und dann war die Stimme eines Beamten der Bereitschaft da. »Bitte, kommen Sie zu Huilsmann. Stadtwaldstraße 19.« Boltenstern strich mit gespreizten Fingern über das Goldgehäuse der Kaminuhr. »Wenn ich mich nicht irre, hat Kriminalassistent Werner Ritter heute Nachtdienst.«

»Allerdings.« Die Stimme des Beamten wurde klar, die Schläfrigkeit verflog. Eine durchwachte, ruhige Nacht macht müde. Man kann nicht bis zum Morgen Doppelkopf spielen. »Aber was wollen Sie von Herrn Ritter? Das ist doch die Mordkommission.«

»Ich weiß. Sagen Sie Herrn Ritter, bei Huilsmann liegt ein Toter . . .«

Boltenstern legte auf, ging zu den Lichtschaltern und drehte alle Lampen an. Dann setzte er sich in eine Ecke auf einen Sessel, zündete sich eine Zigarette an und wartete.

Es war genau 5 Uhr.

Auf der Chaussee nach Benrath hielt der Krankenwagen neben dem blechernen Trümmerhaufen, und zogen drei Sanitäter den bewußtlosen Schreibert aus der verbogenen und verklemmten Tür.

Es begann wieder zu regnen.

3

Der erste, der in der Huilsmann-Villa eintraf, war nicht die Kriminalpolizei, sondern der Major a. D. Konrad Ritter. Er kam in einem alten, klapprigen Wagen, denn ein pensionierter Offizier kann keine großen Sprünge machen; sein Ruhegeld reicht gerade aus, nicht den Anschluß an das Sattsein zu verlieren. Jeder ungelernte Akkordarbeiter verdiente mehr, und das war einer der Kernpunkte von Ritters soziologischen Reden, die er auf der Versammlung des BUNDES DEUTSCHER DIVISIONEN, kurz BdD genannt, mit ergreifendem Pathos und anklägerischem Zeigefinger hielt. »Der Dank des Vaterlandes –«, rief er dann. »Wie bitter ist dieses Wort, Kameraden! Wir haben die Knochen hingehalten und bekommen dafür ein Trinkgeld! Und diffamiert werden wir auch noch! Jawohl, diffamiert! Wie sähe Deutschland heute aus, wenn es uns nicht gegeben hätte.«

Zwar lachten einige nach diesem Satz und applaudierten heftig, aber der BdD hatte für solche Elemente seine Saalordner, die kurz entschlossen zugriffen und die Störenfriede an die Luft setzten. Meistens waren es junge Burschen, die Ritter verächtlich vaterlandslos, entwurzelt, pazifistisch infiziert und kommunistisch nannte, und einmal hatte er sogar erlebt, daß sein eigener Sohn, der Kriminalassistent Werner Ritter, zu ihm sagte: »Paps, deine Einstellung zur Vergangenheit in allen Ehren – aber daß du behauptest, wir hätten den Krieg nur durch inneren Verrat verloren, scheint mir völlig widersinnig zu sein.«

Wenn die Unterhaltung zwischen Vater und Sohn so weit gekommen war, war es der Major a. D., der das Feld räumte, in sein Schlafzimmer ging, die Tür hinter sich zuknallte und sich aufs Bett setzte. Einmal schlage ich ihm eine runter, dachte er dann. Auch wenn er 25 Jahre alt ist. Er bleibt mein Sohn! Und er beleidigt seinen alten Vater bis ins tiefste Herz!

Konrad Ritter also traf als erster ein und schellte an der verschlossenen, gläsernen Haustür Sturm. Boltenstern öffnete ihm, ein wenig bleich und stark nach Alkohol riechend.

»Man kann euch nicht allein lassen!« sagte Konrad Ritter

streng und zog seinen nassen Regenmantel aus. »Was ist denn los? Um 5 Uhr früh!« Er blickte an Boltenstern vorbei in das große Zimmer und sah einen Teil des chaotischen Durcheinanders auf dem Boden. »Ihr habt ja wieder herrlich gezaubert, was? Und nun seid ihr alle so besoffen, daß ich euch nach Hause bringen soll? Sind die Weiber auch noch da?«

»Nein«, antwortete Boltenstern kurz. »Komm ins Zimmer, Major.«

Seit dem Tag bei Meseritz an der Obra nannten die vier Freunde ihren damaligen Vorgesetzten nur noch einfach Major. Im sowjetischen Lazarett von Minsk war es gewesen, in der Gefangenschaft, im Holzfäller-Lager bei Irkutsk, in den Viehwagen, mit denen sie neun Wochen durch Rußland zur Entlassung rollten. Und das blieb in all den Jahren des gesellschaftlichen Aufstieges bis zum heutigen Tag: Der Major half. Der Major war die Feuerwehr ihres oft brandigen Lebens. Der Major war Sicherheit. Er ersetzte ihnen die mütterliche Wärme und die väterlichen Ermahnungen.

Konrad Ritter hängte seinen nassen Mantel in die Garderobe und folgte Boltenstern in das hell erleuchtete Riesenzimmer. Vor dem Kamin sah er die langgestreckte Gestalt auf dem Teppich. Mit einem Ruck blieb er stehen. Das Gesicht des Liegenden war von einem umgestürzten Tischchen verdeckt.

»Himmeldonnerwetter!« sagte Ritter mit plötzlich belegter Stimme. »Alf . . . das ist doch nicht wahr!«

»Leider doch, Major. Er ist tot . . .« Boltenstern setzte sich neben den hingestreckten Körper auf eines der orientalischen Lederkissen. »Du mußt helfen.«

Konrad Ritter war an der Rundbogentür stehengeblieben und starrte auf den Toten. Dann wischte er sich über das Gesicht und zog sich den Schlips herunter. Ihm war plötzlich heiß geworden. Glühend heiß.

»Wer ist es denn?« fragte er.

»Richard Erlanger.«

»Aber wie kam das denn? Herzschlag?«

»Nein. Selbstmord.«

Boltenstern beugte sich vor und schob das Tischchen von Erlangers Kopf.

Die Augen waren weit aufgerissen und glasig. Der Mund klaffte offen, als sei er durch einen Beilhieb geöffnet worden. Um seinen blau angelaufenen, geschwollenen Hals war ein weißer Seidenschal geknotet, so fest geschnürt, daß Kinn und Wangenfleisch darüber hingen.

Konrad Ritter setzte sich erschüttert. »Erwürgt«, sagte er tonlos. »Richard! Das ist doch völlig sinnlos. Er war doch der Reichste von euch, er hatte keine Sorgen, keine Schulden, keine Feinde. Er war ein Glückskind!«

»Du siehst es ja, Major.« Boltenstern starrte in den erloschenen Kamin. »Ich wußte mir keinen Rat mehr. Ich mußte dich rufen.«

»Wo sind die anderen?«

»Huilsmann schläft, Schreibert ist nach Hause gefahren.«

»Und die Weiber?«

»Mit einem Taxi weg.«

Konrad Ritter nickte. Eine gute taktische Überlegung ... Räumung des Schauplatzes von möglichen Zeugen. »Wir müssen die Polizei anrufen, Alf.«

»Ist schon geschehen, Major. Dein Sohn ist unterwegs.«

»Das ist schlecht.« Konrad Ritter stieß zerbrochenes Glas über den Teppich. »Er wird nun wieder alles ganz genau wissen wollen.«

»Dazu bist du ja nun da.«

»Wer war dabei, als Richard sich umbrachte?«

»Wir alle. Aber die Mädchen haben es gar nicht mitbekommen, und Huilsmann war zu betrunken.«

»Und Schreibert?«

Boltenstern sah an die Sternendecke, die jetzt im grellen Lichtschein kitschig und überladen wirkte.

»Hermann war ein paar Minuten mit Richard allein. Ich war auf der Toilette. Toni lag schon betrunken zwischen den Mädchen. Als ich zurückkam, fand ich Richard so vor, wie er jetzt auf dem Teppich liegt. Mit dem seidenen Schal um den Hals. Und

36

Hermann saß auf der Couch, mit blutunterlaufenen Augen und trank Kognak aus der Flasche.«

Boltenstern hob die Schultern, als Konrad Ritter ihn stumm und entgeistert ansah.

»Das ist doch nicht möglich«, stotterte Ritter, als Boltenstern das Gesicht in beide Hände legte, als könne er den Toten nicht mehr ansehen. »Schreibert ... du willst doch nicht behaupten, daß Schreibert ... daß es kein Selbstmord ist ... daß ... daß ... Mensch, Alf, das darfst du gar nicht aufkommen lassen! Es *war* ein Unfall!«

»Ich weiß, daß Richard sich für eines der Star-Mannequins Hermanns interessierte. Wir kennen Schreibert doch alle zu gut und wissen, wie er darauf reagiert. Irgendwie muß bei ihm heute nacht der Faden gerissen sein –«

»Das darfst du nie sagen, Alf.« Konrad Ritter sprang auf. »Wir müssen uns einigen, daß Richard in Volltrunkenheit sich selbst umgebracht hat. Junge –« Ritter trat nahe an Boltenstern heran und legte ihm beide Hände auf die Schultern. »Wir waren fünf Kameraden, fünf Freunde, die durch dick und dünn gegangen sind. Wir haben Sibirien überlebt, die Hungerjahre im Lager, die Strafmonate im Bergwerk, als wir zusammen flüchteten und zusammen wieder eingefangen wurden. Nichts konnte uns kleinkriegen ... und jetzt wollen wir schlappmachen? Was hier passiert ist ... es ist tragisch, es ist eine Riesensauerei – aber mit der müssen wir fertig werden. Ich werde heute noch mit Schreibert sprechen.«

»Ich danke dir, Major.« Boltensterns Stimme war belegt wie mit Schimmel. »Ich wußte, daß du immer einen Ausweg weißt.«

Vor dem Haus knirschten Bremsen. Jemand hupte. Boltenstern schrak auf.

»Die Polizei«, sagte Konrad Ritter.

»Dein Sohn.«

»Überlaß das mir, Alf.« Ritter ging durch das Zimmer in die große Halle. Er ging wie zu einer Parade, mit hocherhobenem Kopf und festem Schritt.

»Was machst denn du hier?« begrüßte Werner Ritter seinen

Vater, der ihm die Tür öffnete. Aus den beiden dunklen Wagen vor dem Haus stiegen weitere Beamte. Ein Fotograf lud aus dem Kofferraum Stativ und Plattenkamera aus.

Konrad Ritter blickte über die Männer in Regenmänteln. »Wen hast du denn alles mitgebracht?«

»Die gesamte Mordkommission, Vater.« Werner Ritter lächelte schwach, als er die gerunzelte Stirn seines Vaters sah. »Willst du uns nicht einlassen? Es regnet . . .«

»Ach ja.« Konrad Ritter gab den Eingang frei. Die Beamten traten ein und klopften die Nässe von ihren Mänteln. Boltenstern kam aus dem Zimmer. Sein Gesicht trug noch die Spuren großer Erschütterung.

»Guten Morgen, Werner«, sagte er heiser. Dann wurde sein Blick plötzlich hart. Um seine Mundwinkel blitzte ein Zucken, und die Lippen verengten sich zu einem blassen Streifen.

Durch die Tür, hinter dem Polizeifotografen, betrat ein Mädchen das Haus. Die rotbraunen Haare hatte sie nach hinten gekämmt und mit einer Schleife zusammengehalten. Um den Kopf trug sie ein buntbedrucktes Kopftuch. Der Regen perlte von ihrem Trenchcoat und fiel auf ihre weißen halbhohen Stiefelchen. Ein hübsches, sportliches, unbefangenes, modernes Mädchen. Vor der Brust pendelte eine Kamera in einer ledernen Schutztasche.

»Was soll denn das?« fragte Boltenstern laut und hart. Ein Klirren war in seiner Stimme, das selbst Konrad Ritter aufhorchen ließ.

»Guten Morgen, Paps.« Jutta Boltenstern streifte das nasse Kopftuch von ihren Haaren und schüttelte es aus.

»Wo kommst du her?« Boltenstern sah Werner Ritter an und dann den Major. Was nun? hieß dieser Blick. Damit hat niemand gerechnet. Wie kommt meine Tochter um 5 Uhr früh in den Wagen der Mordkommission?

»Du warst weg«, sagte Jutta und musterte ihren Vater mit dem unverhohlenen Blick des Mißfallens. Bisher hatte sie wenig Gelegenheit gehabt, ihren Vater nach seinen ›Konferenzen‹ zu sehen oder gar zu sprechen. Nur das Schlafzimmer roch immer nach Alkohol, und einmal verwebte sich mit ihm der Duft eines süßlichen Parfüms, das Jutta widerlich fand, weil sie eifersüchtig auf jede Frau war, die Alf Boltenstern zu verstehen gab, daß er ein attraktiver und erfolgreicher Mann sei . . . auch bei Frauen. Nun sah sie ihren Vater nach einer solchen ›Konferenz-Nacht‹, und was sie immer geahnt hatte, konnte sie nun mit eigenen Augen besichtigen. Ein betrunkener Boltenstern, ein Haus, durchsetzt mit Alkoholdunst, vielleicht noch irgendwo Spuren von Frauen. Bitterkeit stieg in ihr hoch. Enttäuschung. Das Bild ihres Vaters, das vor ihren Augen immer umkränzt war, die Unfehlbarkeit eines inneren Vorbildes waren angestaubt.

»Ich hatte Langeweile, bin zum Verlag gefahren, habe mich in der Nachtredaktion herumgedrückt und hörte dann über den Polizeifunk, daß die Mordkommission zu Onkel Toni gerufen wurde. Da bin ich sofort hinüber zu Werner und habe ihn gebeten, mich mitzunehmen. Als Reporterin des ›Tages-Anzeigers‹, wohlgemerkt. Du kannst dir denken, daß mich das sehr erschüttert hat. Mordkommission bei Onkel Toni!« Sie sah an Boltenstern vorbei in das wüste, zerwühlte Zimmer. »Was ist denn passiert, Paps?«

»Zunächst gehst du zurück in den Wagen . . . und über alles Weitere sprechen wir zu Hause!« Die Stimme Boltensterns klang kalt und duldete keinen Widerspruch. »Kümmere dich um Einweihungen von Schwimmbädern und Weihen von Vereinsfahnen und schreibe darüber. Hier hast du nichts zu suchen! Also geh bitte.«

Während Boltenstern mit seiner Tochter sprach, waren Werner Ritter und seine Beamten in das große Zimmer gegangen. Konrad Ritter stand unschlüssig am Rundbogen; er wußte nicht, wo er zuerst eingreifen, helfen und vermitteln sollte.

Blitzlichter zuckten auf. Der Fotograf machte die ersten Situationsaufnahmen.

Umgebung. Lage des Toten. Bilder eines Chaos.

Werner Ritter kniete neben dem Toten und betrachtete den verknoteten Schal. Er berührte Erlanger nicht, bis der Polizeiarzt kam. Er mußte in wenigen Minuten eintreffen.

»Du mußt unterscheiden, Paps, zwischen deiner Tochter und

39

einer Zeitungsreporterin. Wenn ich dir zu Hause den Schlips binde, bin ich die kleine Jutta. Jetzt bin ich die Journalistin Boltenstern.«

»Setz dich ins Auto und warte!« sagte er hart.

»Wie du willst, Paps.« Jutta warf den Kopf trotzig in den Nakken. Die Schleife löste sich, und die rotbraunen Haare ergossen sich über die Schulter. »Soll ich schreiben: Presse wird behindert und in ihrer Informationsfreiheit eingeschränkt?«

»Ein paar hinter die Ohren kannst du haben!« sagte Boltenstern kalt. »Du wirst kein Wort darüber schreiben, was du hier gesehen hast!« Er blickte seine wütende Tochter mit fast bittenden Augen an. Dieser Mund, dachte er. Diese wilden Blicke.

»Willst du mir Unannehmlichkeiten machen, Jutta?« fragte er leise. »Willst du deinen Vater in eine ganz dumme Sache hineinreißen?«

Der Trotz erlosch wie eine ausgeblasene Kerze. Das weiche Gesicht ihrer Mutter sah Boltenstern an. Etwas wie Mitleid trat in ihre Augen.

»Du . . . du bist darin verwickelt, Paps?« fragte sie stockend.

»Ja, Kind.« Boltenstern atmete auf. Die kritische Minute war vorüber.

»Was ist geschehen, Paps?«

»Onkel Richard ist tot . . .«

Ein paar Sekunden lag Schweigen zwischen ihnen. Jutta nestelte nervös an ihrer Kamera vor der Brust.

»Was habt ihr bloß getan?« fragte sie dann, und ihre Stimme war kläglich wie die eines ängstlichen Kindes. »Müßt ihr denn solche Dummheiten anstellen? Ihr seid doch reife, erfahrene Männer, ihr habt erwachsene Kinder, ihr solltet uns doch Vorbild sein . . . Auch Onkel Hermann ist schwer verletzt –«

»Was?« Boltensterns Kopf zuckte zurück. »Hermann ist . . .«

»Mit dem Auto. Auf der Chaussee nach Benrath. Gegen einen Baum.«

»Aber er lebt noch?«

»Ja.«

Boltenstern wischte sich mit plötzlich zitternden, unruhigen

40

Fingern über die Haare. Sein Gesicht machte in diesen Sekunden einen alten, verfallenen, ja zerstörten Eindruck. »Woher weißt du das denn, Spätzchen?«

»Auch über den Polizeifunk. Zuerst kam die Meldung von dem Unfall – da wollte ich sofort ins Krankenhaus. Und gleich danach die Durchsage von der Mordkommission. Da bin ich natürlich sofort zu Werner. Ich habe so eine Ahnung gehabt.« Jutta legte plötzlich den Kopf an die Schulter Boltensterns. Eine Schwäche überkam sie. Er legte den Arm um sie und sah hinaus in den regentropfenden verwilderten Park der Villa.

»Kann ich jetzt mit ins Haus?« fragte Jutta an Boltensterns Schulter.

»Wenn du starke Nerven hast, Spätzchen. Und kein Wort in die Zeitung.« Sie schüttelte den Kopf und wischte sich die Haare aus dem Gesicht, als sie den Kopf zurücknahm. »Herzschlag?« fragte sie leise.

»Nein! Erdrosselt!«

Juttas Lippen klafften auseinander, aber der Aufschrei blieb ihr in der zusammengeschnürten Kehle stecken. Nur ihre tiefbraunen Augen spiegelten die Starre blanken Entsetzens.

»Komm, mein Kleines«, sagte Boltenstern dumpf. »Sei stark. Wir erleben jetzt eine kritische Stunde. Nicht nur ich . . . wir alle . . .«

Werner Ritter, der junge Kriminalassistent, saß in einem der Ledersessel nahe dem Kamin und wartete, bis der Polizeifotograf seine Aufnahmen abgeknipst hatte. Dann ließ er eine Tischdecke über Kopf und Oberkörper Richard Erlangers breiten, ohne den Toten weiter zu berühren. Der fest verknotete weiße Seidenschal blieb um seinen geschwollenen Hals.

In der Tür zum Schlaftrakt erschien nun Toni Huilsmann. Ein Beamter hatte ihn geweckt. Er kam in einem seidenen Schlafanzug herein und schwankte, als sei er noch volltrunken. Seine Augen glänzten unnatürlich, um seinen Mund lag ein merkwürdiges, infantiles, ja irres Lächeln. Er blieb mitten im Zimmer ste-

41

hen, verbeugte sich nach allen Seiten und sah Major Ritter ehrfürchtig an.

»Majestät –«, sagte Huilsmann mit klarer, aber leiernder Stimme, als liefe in ihm eine Sprechplatte mit falscher Umdrehungszahl ab. »Es ist selbstverständlich, daß Majestät einen Harem mit gläsernen Wänden bekommen! Und gläsernen Betten, natürlich. Nur die Statik macht mir Sorge. Die Statik, Majestät. Majestät wiegen immerhin 240 Pfund! Welches Glas hält diese Belastung aus?!«

Boltenstern sah Huilsmann, den Benjamin ihres Freundeskreises, unter zusammengezogenen Augenbrauen an. Seine Backenmuskeln zitterten unter der Haut. Er ist noch im LSD-Rausch, dachte er. Zum Glück hält man ihn jetzt für betrunken. Es wäre eine Katastrophe, wenn jemand eine Ahnung von diesem Rauschgift hätte.

Die Stimme Konrad Ritters enthob ihn weiterer Überlegungen.

»Kannst du nicht auf die Vernehmung Tonis verzichten, bis er nüchtern ist?« fragte er seinen Sohn, der nachdenklich den Schwankenden und dumm Lächelnden ansah. »Du siehst und hörst doch, daß er blau wie eine Haubitze ist!«

Werner Ritter sah sich um. Sein Blick fiel auf Jutta. Wie ein verschüchtertes Mädchen klammerte sie sich an ihrem Vater fest. Er lächelte ihr zu, und sie lächelte dankbar zurück. Aufmerksam beobachtete Boltenstern diese sekundenschnelle Szene. Aha, dachte er. So ist das. Man unterhält sich schon mit Blicken und versteht sich.

Diese Feststellung stimmte ihn sehr zufrieden. Bisher hatte er noch nie bemerkt, daß zwischen Werner Ritter und Jutta mehr war als eine Jugendfreundschaft. Sie war durch die Freundschaft der Väter zwangsläufig entstanden. Zugegeben, Boltenstern hatte sich nie darum gekümmert, wie er überhaupt wenig von dem wußte, was Jutta innerlich beschäftigte. Sie war ein modernes Mädchen geworden, das dem Leben nüchtern und mit dem klaren Blick für die Realitäten gegenüberstand. Eigentlich hatte er nie Angst um sie gehabt.

Das ist eine gute Entwicklung, dachte Boltenstern zufrieden.

So etwas sollte man pflegen. Er legte den Arm um seine Tochter, als wolle er damit ausdrücken: Zu Jutta führt der Weg nur über den Vater, und wartete auf den Fortgang der Dinge.

»Ich will heute gar keinen verhören«, sagte Werner Ritter. »Ich warte auf den Polizeiarzt, auf den Leichenwagen und auf das Einsammeln der Asservate. Die Sachlage ist klar, das Haus wird plombiert, und morgen werden wir die einzelnen Befragungen vornehmen.«

»Plombiert? Wozu denn das?« Konrad Ritter schüttelte den Kopf. »Wo soll denn Toni wohnen?«

»Zwei oder drei Tage im Hotel. Bis dahin haben wir alles hier aufgenommen.«

»Erlaube mal. Machst du immer so einen Rummel um einen Selbstmord?« rief Major a. D. Ritter.

Werner Ritter sah seinen Vater mit geschürzten Lippen und hochgezogenen Brauen an. Dann wandte er plötzlich den Kopf zur Seite und schoß eine Frage ab.

»Wer war alles anwesend, Herr Boltenstern?«

Alf Boltenstern war nicht zu überraschen. Er nahm den Arm von Jutta und trat einen Schritt vor.

»Wir vier Freunde. Sie kennen sie ja, Werner. Oder verlangt es die Amtshandlung, daß man sie namentlich aufzählt: Hermann Schreibert, Richard Erlanger . . .«

»Keine Mädchen?« unterbrach Werner Ritter laut.

»Nein!« antwortete Boltenstern ebenso klar.

»Dann muß ich annehmen, daß einer der Herren abartig veranlagt ist . . .«

»Junge! Bist du verrückt?« rief Major a. D. Ritter. »Das geht doch wohl zu weit.«

»Bitte.« Ritter bückte sich und holte unter seinem Sessel einen ziemlich demolierten Büstenhalter hervor. Er hielt ihn hoch und schwenkte ihn vor den konsternierten Augen seines Vaters. »Wenn keine Mädchen hier waren, hat also einer der Herren einen BH getragen. Mit einem süßlichen Parfüm sogar. Da sind wohl Rückschlüsse erlaubt.«

Hilflos sah sich Konrad Ritter um. Die Situation war teuflisch, empfand er. Einen Brückenkopf kann man stürmen, einen Panzer kann man knacken, und mit einem MG 42 hatte er schon manchen sowjetischen Angriff aufgehalten. Aber einem zerfetzten BH gegenüber war er machtlos. Da nutzte keine Tapferkeit mehr und keine Taktik.

»Es waren Mädchen hier«, sagte Boltenstern kurz.

»Woher?« fragte Ritter ebenso kurz zurück.

»Wie soll ich das wissen? Jeder brachte seine Dame mit.«

»Sie auch?«

»Ja.« Boltenstern sah auf den dicken Teppich. »Ich habe sie auf der Kö in meinen Wagen gebeten.«

»Paps –«, sagte hinter ihm Jutta leise.

»Paps! O wei, o je! Was soll das?« rief Konrad Ritter. Er wollte an Ansehen retten, was noch zu retten war. Es war wie das Strampeln einer Maus in den Krallen einer Katze. »Geben wir uns doch nicht moralischer als wir sind! Was ist denn schon geschehen? Was haben die Herren denn gemacht? Zum Nachtisch haben sie ein paar wilde Früchte vernascht – das ist alles!«

»Und ein Mord ist geschehen!« sagte Werner Ritter ruhig.

Lähmende Stille breitete sich aus. Sogar die Beamten, die in einiger Entfernung herumstanden, hoben die Köpfe.

»Das ist doch wohl der größte Blödsinn, den du je gesagt hast, Junge . . .«, stammelte Konrad Ritter.

»Ein Mord!« Werner Ritter erhob sich. Diesmal sah er Jutta nicht an. Er konnte es nicht. Er wußte, was er in ihren Augen lesen würde. »Der Polizeiarzt wird es bestätigen! Es gibt keinen Menschen, der sich einen Schal so fest um den Hals knotet, daß er erwürgt wird. Auch ein Betrunkener nicht. Das ist technisch und physisch einfach nicht möglich . . .«

»Also ein Mord!« sagte Boltenstern in die Stille hinein. Konrad Ritter wandte sich ab. Er dachte an die Worte, die er vor dem Eintreffen der Polizei mit Boltenstern gewechselt hatte. Schreibert. Hermann Schreibert erwürgt seinen Freund Richard Erlanger. Wegen eines Mannequins! Wohin sind wir gekommen. Mein Gott, uns hat doch Rußland zusammengeschweißt wie einen Stahlbock.

44

Die Stimme Boltensterns riß ihn aus seinen Gedanken.

»Wenn es ein Mord war«, sagte er gerade, »dann gibt es nur die Auswahl zwischen drei möglichen Mördern . . . Huilsmann, Schreibert und ich! Es ist eigentlich eine leichte Aufgabe für Sie, Werner. Völlig überblickbar. Ich werde interessiert auf die Schärfe Ihres Geistes warten . . .«

Das klang bitter, ironisch und grenzenlos überheblich. Das wehte genauso kalt heran wie die Kälte, mit der diese vier Freunde ihre Geschäfte gemacht, einen Namen erworben, Ansehen errungen und Millionen verdient hatten.

Die ironische Kälte des erfolgreichen Emporkömmlings. Die Arroganz der Geldaristokratie.

Werner Ritter erhob sich und steckte den zerrissenen Büstenhalter in seine Hosentasche.

Vor dem Haus hielten neue Wagen. Ein Beamter öffnete die große gläserne Tür.

Der Polizeiarzt.

Der Leichenwagen mit einem Sarg. Ein schöner, schwerer, heller Fichtensarg, auf dem Deckel ein großer Palmwedel in Bronze. Die Griffe schlugen gegen das Holz, als vier Männer ihn in das Zimmer trugen. Wie dumpfer, ferner Trommelklang war es.

Major a. D. Konrad Ritter nahm Haltung an, als der Sarg an ihm vorbeigetragen wurde.

Boltenstern hatte es übernommen, Petra Erlanger die Nachricht zu überbringen. Konrad Ritter, der darum gebeten wurde, hatte sich rundheraus geweigert.

»Alles mache ich für euch!« hatte er gerufen. »Aber so etwas ist mir unmöglich! Im Krieg war das was anderes. Da konnte man sagen: In stolzer Trauer! Aber jetzt! Ich würde stammeln wie ein Schwachsinniger.«

Es war kurz nach 7 Uhr, als Boltenstern bei Erlanger eintraf. Die Hausmädchen hatten die Teppiche aufgerollt und wischten die versiegelten Parkettböden, Putzeimer, Staubsauger, Besen und Schrubber lagen herum. Samstagmorgen. Um 9 Uhr stand die gnädige Frau auf. Dann mußte alles Putzen vorüber sein. Man

45

kann nicht frühstücken zwischen aufgerollten Teppichen und beim Surren der Staubsauger.

Boltenstern ließ sich zum Haustelefon führen. Es dauerte etwas, bis sich Petra Erlanger meldete, mit einer sanften, verschlafenen Stimme.

»Was ist denn?« fragte sie.

»Hier ist Alf. Entschuldige, Petra, wenn ich dich aus dem schönsten Schlaf reiße. Ich weiß, es ist eine gemeine Zeit zum Wecken . . . aber es ist dringend.«

»Du willst Richard sprechen?« Er hörte, wie Petra sich im Bett aufrecht setzte und anlehnte. Jetzt fährt sie mit der freien linken Hand durch ihr mattblondes Haar und gähnt, dachte Boltenstern. Ob Richard zu Hause ist, kann sie nicht feststellen. Seit fünf Jahren haben sie getrennte Schlafzimmer. Weil Richard auch nachts noch lange im Bett liest und Akten durcharbeitet, haben sie beide damals gesagt.

»Ich weiß nicht, ob Richard ansprechbar ist«, sagte Petra. Etwas wie eine stille Anklage lag in ihrer Stimme. Es war nicht ihre Art, heftig zu werden. »Es muß spät geworden sein, nicht wahr? Daß du schon wieder auf den Beinen bist, Alf. Junggesellen und Witwer vertragen anscheinend mehr als entnervte Ehemänner.« Das klang bitter und doch sanft. Boltenstern nagte an der Unterlippe. Arme Petra, empfand er. Du hättest vor zehn Jahren anders wählen sollen. Nicht Richard . . . ich habe dich geliebt. Und an dieser Liebe hat sich in diesen zehn Jahren nichts geändert. Wenn du nur nicht so stolz und ich in deinen Augen ein so armer Schlucker wäre. Petra Wollhagen. Erbin der Wollhagen-Werke. Das Leben ist sadistisch . . . in fünf Minuten wirst du es erkennen.

»Ich möchte nicht Richard, ich möchte dich sprechen«, sagte Boltenstern mit fester Stimme. »Kann ich heraufkommen?«

»Natürlich, wenn dir der Anblick einer ungeschminkten Frau erträglich ist.«

Boltenstern legte auf und stieg die breite Marmortreppe hinauf zu den Schlafzimmern und Salons. Schloßähnlich war das alles, pompös, Reichtum aus jeder Fuge schwitzend. Der alte Kommerzienrat Wollhagen hatte diesen Besitz erbaut, in einem sinnlosen Wettlauf mit seinem Freund und Konkurrenten Stinnes. Stinnes blieb Sieger, aber Wollhagen konnte sagen: »Ich habe sogar einen Lokus aus Carara-Marmor! Weißer Marmor! Behauen. Mit griechischen Allegorien! Das hat der Hugo Stinnes nicht!« Und jeder bewunderte diesen Lokus. Um den WC-Topf hüpften leichtgeschürzte Nymphen. Zwei schlanke, marmorne Frauenhände hielten die Papierrolle. Auf der Außenseite des Bidets jagte ein Faun eine flüchtende Elfe.

Es war zu schön . . .

Petra Erlanger empfing Boltenstern in einem Morgenmantel aus blaßgelber Seide, besetzt mit weißem Nerz. Die Haare hatte sie kurz durchgekämmt, in weichen Wellen flossen sie um ihr schmales, ebenmäßiges, sanftes Gesicht. Berauschend sah sie aus. Boltenstern drückte ergriffen das Kinn an und bekam leicht rote Ohren.

»Tritt ein, Alf . . .«, sagte sie mit einem milden Lächeln. »Die Zeit ist vorbei, als Richard eifersüchtig auf jeden war, der von mir auch nur dreißig Quadratzentimeter Haut sah . . .«

Boltenstern schwieg und betrat an Petra vorbei den Blauen Salon. Mit einem schnalzenden Laut fiel hinter ihm die Tür zu.

Was in der folgenden Stunde zwischen Petra Erlanger und Alf Boltenstern gesprochen wurde, erfuhr niemand. Wie er den Tod des Freundes berichtete, wie er zu trösten versuchte, was er erklärte, wie Petra die Schreckensnachricht aufnahm, welche Fragen sie stellte . . . keiner weiß es.

Als sich die Tür des Blauen Salons wieder öffnete, hatte Boltenstern ein ernstes, verschlossenes Gesicht. Petra Erlanger folgte ihm. Sie trug ein schlichtes schwarzes Kostüm, ohne Schmuck, ohne Zierat. Das Blond ihrer Haare wirkte zu diesem tiefen Schwarz wie ein Feuer in einer mondlosen Nacht. Über ihren Augen wehte ein kleiner Schleier . . . halb das Gesicht verdeckend bis zur Nasenspitze. Sie war vom Weinen gerötet, aber mit zartbraunem Make-up überpudert worden. Vor dem Haus wartete schon der über die Sprechanlage herbeigerufene Chauffeur mit dem Wagen. Die Hausmädchen starrten ihr nach, als sie wie eine aufgezogene Puppe die breite Marmortreppe hinunterging, über die zusammengerollten Teppiche stieg und das Haus verließ. Noch wußte das Personal von nichts. Aber es spürte, daß etwas gründlich Veränderndes in der Luft lag. Eine drückende Schwüle wehte durch das schloßähnliche Haus.

»Wohin?« fragte Petra Erlanger, als sie neben Boltenstern im Wagen saß. Der Chauffeur wartete mit gezogener Mütze noch auf dem Weg. »Wo liegt er, sagst du?«

»Im Gerichtsmedizinischen Institut.« Boltensterns Stimme war kratzig, als habe er stundenlang geschrien. »Es ist ein ekelhafter Ort, Petra . . .«

»Ich möchte Richard sehen.« Ihre Stimme war sanft wie immer. Ein Ton, mit Samt umkleidet. »Ich muß mit ihm allein sein, bevor sie alle kommen . . .«

An diesem Morgen lieferte Werner Ritter seinem Kriminalrat den Bericht der nächtlichen Ereignisse ab. Er erzählte knapp den Vorfall in der Villa Stadtwaldstraße 19 und legte die schriftlichen Untersuchungen auf den Tisch. Kriminalrat Dr. Lummer – im Kollegenjargon ›Kotelett‹ genannt – überflog den Bericht und schob die noch dünne Akte über den Tisch zu Ritter zurück.

»Übernehmen Sie den Fall, Ritter«, sagte er. »Nach dem ersten Studium ist nicht viel drin! Wirtschaftswunderknaben, Party, kleine Mädchen, Sekt und Cocktails, hier ein Griffchen, dort ein Griffchen, und noch einen drauf, bis man stockbesoffen ist und nicht mehr weiß, was man tut! Der eine kriegt dann einen Herzinfarkt – er hat sich aufgerieben für sein Werk, heißt es dann im Nachruf –, der andere bringt sich mit einem Schal um. Sie sollen mal lesen, was man über diesen Erlanger schreibt. Vom guten Papi bis zum rüstigen Turnbruder ist alles drin!« Dr. Lummer, das ›Kotelett‹, suchte in seiner Rocktasche nach einem Feuerzeug. Ritter beugte sich vor und gab ihm ein brennendes Streichholz. Dr. Lummer rauchte eine Zigarre an, die Morgenzigarre, von der er behauptete (mit Erfolg), sie sei besser als fünf Abführpillen. Deshalb war Dr. Lummer auch nie von 8.15 bis 8.25 Uhr zu sprechen. Jeden Morgen. Und wenn es zehn Lustmörder vom Himmel hagelte.

»Der Befund des Institutes steht noch aus?« fragte er.

»Der Tote wird zur Stunde untersucht, Herr Kriminalrat.«

»Wenn die Sache klar ist, können Sie die Akten schließen und die Leiche zur Bestattung freigeben.«

»Und wenn es Mord ist?«

Dr. Lummer sah seinen jungen Assistenten fast väterlich an.

»Ritter! Nicht immer mit Kanonen nach Fliegen schießen. Ich weiß, man sagt Spatzen ... aber das hier ist eine kleine, dumme, erbärmliche Fliege! Vier Männer saufen und machen Ringelpietz mit Anfassen, und einer dreht durch! Sie sind noch jung, Ritter. Wenn Sie erst mal Mitte Vierzig sind, werden Sie die erschreckende Diskrepanz zwischen Wollen und Können auch entdecken.« Dr. Lummer erhob sich und legte die angerauchte Zigarre in einen blechernen Aschenbecher. Behördeneigentum. 8.15 Uhr. Die Zigarre wirkte. »Aber wenn es Mord ist, Ritter ... so viel Glück können Sie gebrauchen! Es wäre für Sie das Sprungbrett zur Beförderung zum Kommissar –«

Dr. Lummer eilte aus dem Zimmer.

Er rauchte Zigarren zu 60 Pfennig ... wenn es jemanden interessiert.

Eine Stunde später empfing der Oberstaatsanwalt Dr. Breuninghaus den Major a. D. Ritter.

Zwischen Dr. Breuninghaus und Konrad Ritter bestand seit dem Lager 2109 in Nowosibirsk eine tiefe, echte Freundschaft. Ritter hatte dem damaligen Oberleutnant Breuninghaus das Leben gerettet. Als es im Winter 1946 nichts zu essen gab und die Plennies als letzten Ausweg Hühnerfutter erhielten, vermischt mit kleinen, getrockneten, sprottenähnlichen Fischen, nach deren Genuß man einen höllischen Durst bekam, denn sie waren gesalzen, hatte Konrad Ritter, Leiter einer Häuserbau-Brigade, aus der Stadt Nowosibirsk Grieß und Mehl mitgebracht. Auf dem nackten Leib hatte er es ins Lager geschmuggelt, in Säcken, die er zwischen sei-

49

ne Beine schnallte, denn – so sagte sich damals Konrad Ritter – überall tasteten sie ab, aber nicht an dieser Stelle!

Und so war es. Jeden Tag, wenn Ritter aus der Stadt ins Lager gebracht wurde, hatte er seine Säckchen mit Grieß und Mehl und einmal sogar mit kleinen Suppennudeln bei sich. Sie retteten Breuninghaus das Leben, der sich bei dem Hühnerfutter die Galle vor Ekel aus dem Leib würgte.

Dr. Breuninghaus vergaß das nie. Bei jedem Divisionstreffen kam diese Geschichte zur Sprache, und Konrad Ritter wand sich unter dem Beifallsklatschen der Kameraden wie eine verschämte, alternde Diva, der man applaudiert, weil sie vor zwanzig Jahren einmal »O Schatzi, fahr mit mir im Sündenkarussell« gesungen hat.

»Das ist schön, Konrad, daß du mich in meiner muffigen Behördenbude besuchst!« rief Dr. Breuninghaus und drückte Ritter beide Hände. »Nimm Platz! Eine Zigarre? Auch 'n Kognak hab ich hier! Sogar obrigkeitssanktioniert, um verstockten kriminellen Elementen die Zunge zu schmieren! Ha-ha! Alter Junge! Alter Schwede! Gut siehst du aus! Die Pensionäre! Ich sag es immer ... geh in Pension und du wirst wieder jung! Vater Staat bezahlt die Revolte der Hormone! Du glänzt ja vor Frische. Kaum Falten in der Visage. Junge Mädchen, was, alter Gauner? Sah ein Knab' ein Röslein stehn ... haha! Wie ist das so? Hältst du's noch aus? So junge Weiber sind nicht zufrieden mit einem Schaukeln und Killekille.«

Konrad Ritter ließ den Redefluß ohne Unterbrechung über sich hereinstürzen. Erst als Dr. Breuninghaus Atem holte, schnippte er die Asche von seiner Zigarre.

»Ich komme dienstlich zu dir, Hubert.«

»Dienstlich? Mal nicht so geheimnisvoll, Konrad!« Dr. Breuninghaus hieb sich auf die Schenkel. »Süße Kleine vernascht und noch keine sechzehn Jahre? Sieht aus wie zwanzig? Man kann ja nicht immer nach dem Personalausweis fragen! Verlangt man, wenn man ein Glas Milch trinkt, auch einen Nachweis aus dem Zuchtbuch? Haha! Konrad, alter Junge, sag, ist's so etwas?«

»Nein!« Konrad Ritter sah auf seine Zigarrenspitze. »Mord!«

Über das breite, lachende Gesicht Dr. Breuninghaus' fiel ein schwerer Vorhang. Alle Fröhlichkeit erstarrte.

»Mord . . .«, wiederholte er irritiert.

»Oder auch nicht, darauf kommt es an! Mein Junge . . .«

»Tüchtiger Kriminalist. Habe von ihm gehört.«

» . . . mein Junge recherchiert auf Mord! Dabei ist es ein Selbstmord. Ein Unfall, wenn man so will. Einer unserer Kameraden –«

Dr. Breuninghaus sprang auf. Er war ehrlich entsetzt. »Einer von uns?« rief er.

»Erlanger.«

»Unser Millionär? Was ist mit dem?«

»Heute morgen gegen fünf Uhr rief Boltenstern im Präsidium an. Erlanger hatte sich umgebracht. Mit einem Schal erdrosselt. In einer Trinkerpsychose, anders ist es nicht erklärlich. Und jetzt geht mein Junge hin und behauptet: Das ist Mord.«

Dr. Breuninghaus kratzte sich die dicke Nase, nahm seine Brille ab, hauchte gegen die Gläser und putzte sie mit einem Lederläppchen, das er aus der Brusttasche nahm.

»Anhaltspunkte? Verdachtsmomente?«

»Alles lapidar, Hubert. Stell dir vor . . . Schreibert, Huilsmann, Boltenstern und Erlanger waren zusammen bei Toni und haben einen draufgemacht. Natürlich mit Weibern. Kö-Bienen. Wer soll da wen umbringen? Vier alte Kameraden, vier Blutsbrüder, möchte man fast sagen! Das ist doch absurd.«

»Allerdings.« Dr. Breuninghaus zuckte mit den Augenbrauen. Er war innerlich äußerst aufgewühlt. Erlanger tot, dachte er. Solch ein feiner Kerl und Kamerad. 1949 hat er mir seinen Mantel gegeben, als wir in einen plötzlichen Wintereinbruch bei Irkutsk gerieten. Ein echter Kamerad! Und erdrosselt sich! Man sollte heulen vor so viel Perfidie des Schicksals! »Und was soll ich dabei tun, Konrad?« fragte er nach dieser Schweigeminute der Erinnerung.

»Nichts, Hubert, was du nicht verantworten kannst.« Ritter sah seinen Freund treuherzig an. »Wenn du den Fall in die Hände nimmst . . . wenn du dich ein wenig darum kümmerst . . . die jun-

51

gen Beamten, diese Generation ohne soldatischen Kameradengeist . . . forsch sind sie, ja, aber der Weitblick fehlt ihnen.«

»Genau das! Genau!« Dr. Breuninghaus nickte mehrmals. »Ich
werde mir die Akte kommen lassen. Und deinen Jungen dazu! Es
wird in der Justiz sowieso zuviel im Kreis gearbeitet! Du kannst
ganz beruhigt sein, Konrad . . .«

Und völlig beruhigt verließ Major a. D. Konrad Ritter auch die
Staatsanwaltschaft. Er hatte nicht das Gefühl, etwas Unlegales ge-
tan zu haben. Im Gegenteil: Ist es verwerflich, dem oft blinden
Schicksal den rechten Weg zu weisen?

Man muß das so sehen . . . ob es einem gefällt oder nicht.

Konrad Ritter gefiel es.

Am Nachmittag besuchte Boltenstern den schwerverletzten Hermann Schreibert. Toni Huilsmann, den er zu diesem Besuch ab-
holen wollte, war nicht ausgehfähig. Er lag im Bett, hing mit dem
Oberkörper über einem emaillierten Eimer und erbrach Magen-
säure und Galle. Das Hausmädchen Else lief verwirrt herum wie
ein gerupftes Huhn, kochte Pfefferminztee, toastete Weißbrot
und hielt ihrem Herrn ab und zu den kalten, schwitzenden Kopf
über den Eimer. Huilsmann bedankte sich mit einem matten
Streicheln über ihre Oberschenkel, was Else zu tiefen Seufzern
anregte.

»Ein Sauzeug ist dieses LSD!« hustete er, als Boltenstern allein an
seinem Bett saß und Else ein Glas Martini holte. Werner Ritter hatte
doch darauf verzichtet, die ganze Villa zu plombieren. Huilsmann
durfte in den hinteren Räumen wohnen; nur die Halle und das große Wohnzimmer waren behördlich versiegelt. »Ich kann mich an
nichts mehr erinnern. Nur, was ich im Rausch erlebt habe . . . o Junge, das war was!« Er lehnte sich zurück und schloß keuchend die
Augen. »Erlanger tot. Schreibert schwer verletzt! Das ist eine komplette Sauerei.«

»Niemand darf wissen, daß wir LSD genommen haben«, sagte
Boltenstern leise, aber eindringlich. »Versprich dich nicht bei den
Verhören! Die Polizei, alle glauben daran, daß wir sinnlos besof-
fen waren. Von LSD keine Rede. Sie kennen es ja auch nicht ein-

mal! Also, Toni... Schnauze halten, und wenn du redest...
überleg es dreimal, ehe du den Mund aufmachst.«

»Grüß Hermann von mir.« Huilsmann angelte wieder nach seinem Eimer und würgte. Ich kotze mir die Seele aus dem Leib,
dachte er. Nie, nie wieder nehme ich dieses LSD!

Im Flur zum Küchenausgang traf Boltenstern auf Else. Er nahm
ihr den Martini ab, trank ihn mit einem tiefen Zug und verließ
grußlos das Haus.

In der Klinik hatte er Schwierigkeiten, zu Schreibert vorgelassen zu werden. Keinen Besuch, hatte der Chefarzt angeordnet.
Nur die nächsten Verwandten.

Da Schreibert keine nächsten Verwandten mehr hatte, saß Madeleine Saché an seinem Bett und weinte in ein fliederfarbenes
Taschentuch. Die roten Haare hingen ihr ins Gesicht, und wenn
sie aufschluchzte, machte sie einen Kickser mit der Stimme, was
sehr wirkungsvoll war. Das Bild einer trauernden Frau stand ihr
gut... ihr Körper zeigte intensive Bewegungen beim Weinen
und Schluchzen.

Als es Boltenstern nach Rücksprache mit dem Oberarzt doch
gelang, Schreiberts Zimmer zu betreten, eilte ihm Madeleine entgegen. »Wie schrecklich...«, stammelte sie. »Wie gräßlich. Mein
Böckchen... wie er daliegt! Was ist denn bloß vorgefallen? Warum müßt ihr bloß so saufen? Und dann noch Auto fahren! Gibt
es keine Taxis? Ich habe ja gleich gewußt, daß er keine Besprechung im Park-Hotel hatte. Ich habe ja eine Stunde später angerufen. Nichts bekannt! Ihr habt ihn auf dem Gewissen! Oh, mein ar-
mes Böckchen...«

Boltenstern schob Madeleine Saché zur Seite wie eine im Wege
stehende spanische Wand und beugte sich über Schreibert. Der
Kopf war völlig verbunden, eine einzige weiße Kugel. Blaß lagen
die Hände auf der Bettdecke, und als Boltenstern sie hochhob,
fielen sie schlaff wieder zurück.

»Er ist noch immer besinnungslos«, jammerte Madeleine. »Er
hat sich noch nicht gerührt. Wenn er stirbt... ihr seid schuld, ihr
Säufer, ihr Wüstlinge! Ihr habt mein Böckchen verführt! Immer
habt ihr das getan!«

53

Boltenstern verließ das Zimmer, ohne sich um Madeleine zu kümmern. Er hatte Schreibert nie verstanden, wie er sich eine solche Geliebte zulegen konnte. Sie war unter seiner gesellschaftlichen Stellung. Aber vielleicht kam es daher, daß sie Madeleine hieß und Pariserin war. Bei Paris wurde Schreibert unlogisch, das war schon immer so.

Im Chefarztzimmer traf Boltenstern mit dem Oberarzt zusammen. Dort erfuhr er die völlige Wahrheit.

»Ein paar Prellungen, ein Rippenbruch, ein Bruch des linken Unterschenkels, aber das sind alles kleine Fische.« Der Oberarzt blickte in das Krankenblatt. Seine Miene drückte ehrliches Mitleid aus. »Nicht mehr reparabel ist sein Gesicht. Als Herr Schreibert gegen den Baum fuhr, mit voller Fahrt, ist er zuerst gegen den Stamm geprallt und zwar so, daß die Rinde wie ein Schmirgelpapier wirkte. Erst dann fiel er aus der Tür.« Der Oberarzt stockte. Es kostet auch für einen Chirurgen eine Überwindung, das folgende zu sagen. »Herr Schreibert hat sein Gesicht verloren. Er sieht nicht mehr wie ein Mensch aus. Sein Antlitz, das, was ihn zu Hermann Schreibert machte, ist abgeschmirgelt. Wenn er überlebt, wird es Jahre dauern, bis es wieder menschlich aussieht.«

»Mein Gott . . .«, sagte Boltenstern. Als er aufstand, schwankte er leicht. »Mein Gott, das ist das Fürchterlichste, was es gibt . . .«

Mit gesenktem Haupt verließ er die Klinik.

4

Trotz einiger Bedenken der Kriminalpolizei hatte der Staatsanwalt die Leiche Erlangers zur Bestattung freigegeben. Dr. Breuninghaus hatte dafür gesorgt. Die medizinischen Berichte lagen vor, die Aufnahmen des Toten waren gestochen scharf . . . man brauchte den Körper nicht mehr. Vor allem hatte Dr. Breuninghaus das Wichtigste unterbunden: In die Presse kam keine Zeile! Der Fall Erlanger wurde von der Justizstelle verschwiegen.

»Selbstmord ist tiefste Intimsphäre!« hatte der Oberstaatsanwalt verlauten lassen. »So etwas gehört nicht in die Zeitung und als Lektüre zum Morgenkaffee!«

Einen Tag nach der Freigabe Erlangers erschienen in allen großen Zeitungen an Rhein und Ruhr und überregional in den großen deutschen Blättern halbseitige Todesanzeigen. Mit dickem schwarzem Rand, mit diskreter Schrift, mit einem Text, den Boltenstern gestaltet hatte und der von Petra Erlanger genehmigt worden war.

Er starb in voller Schaffenskraft ... stand da. Sein Tod hinterläßt eine Lücke, die nie zu schließen ist ... Um sein Andenken werden wir uns scharen und ihn uns für immer zum Vorbild nehmen ...

Und der BUND DEUTSCHER DIVISIONEN hatte eine Riesenanzeige eingesetzt, mit einem großen Eisernen Kreuz und der dicken Überschrift: Leb wohl, Kamerad! Dann wurde an Rußland erinnert, an die großen Schlachten, an den Blutzoll deutscher Männer, an die Ehre ...

Es war wie eine Rede Konrad Ritters, gehalten zum Jahrestag der Vernichtung der Division im Januar 1945 bei Meseritz an der Obra.

Am Begräbnistag, dem 28. Mai, einem Tag nach Himmelfahrt, schien eine strahlende, warme Sonne über dem Parkfriedhof.

Seit zwei Stunden fuhren die Autos vor und füllten den Parkplatz vor dem großen Gittertor. Fünf Omnibusse waren gekommen ... zwei mit Divisionskameraden, einer mit dem Gesangverein ›Liedertafel 1898‹, einer mit dem Turnverein ›ASV 1901‹ und einer mit dem Kegelklub ›Schiefe Klötz‹. Feuerwehr, Kriegerverein, die Schützen-Gesellschaft von 1923 und der Fußballklub, dessen Mäzen Richard Erlanger gewesen war, kamen zu Fuß. In Marschkolonne, mit Fahnen, um die Fahnenspitzen flatternder Trauerflor, mit gedämpfter Musik und ernsten Gesichtern. Ein grandioser Aufmarsch war es, der die Beliebtheit Erlangers bewies und seine freigebige Hand, die nun für immer von ihnen ging und in der Erde verdorrte.

So etwas ist sichtbarer Trauer würdig, zumal die Witwe am Grabe stand und es bemerken mußte.

In der Friedhofskapelle fand die letzte Trauerfeier statt. Petra Erlanger saß tief verschleiert neben Boltenstern, der tröstend ihre weiße, kalte Hand hielt. Rechts von ihr saß Jutta und weinte leise in ein zerknülltes Taschentuch.

Der Pfarrer sprach. Kurz, sachlich, ein erfolgreiches Leben aufrollend und es Gott empfehlend. Er segnete den hellen Eichensarg, drückte der Witwe und auch Boltenstern, wie zur Familie gehörend, die Hand und setzte sich neben Jutta.

Dann sprach Major a. D. Konrad Ritter.

Eine große Stunde begann. Wie eine Fanfare war seine Stimme, mit kurzen, knappen, hellen Tönen, als stände er vor seinem Bataillon und verlese einen Tagesbefehl.

»Kamerad Erlanger, du warst uns Vorbild!« sagte Ritter zum Abschluß. »Als Soldat, als Kamerad, als Mensch . . . an der Front, in sowjetischer Gefangenschaft, in den bitteren Jahren deutscher Nachkriegserniedrigung und im Glanz eines neuen blühenden Vaterlandes! Sieh aus dem Himmel auf dein Deutschland hinab! Es vergißt dich nicht!«

Dann spielte ein Organist den Trauermarsch aus ›Götterdämmerung‹ von Wagner und – als die Trauergäste sich vor der Kapelle zum Trauerzug aufstellten und sich die Ehrenformationen der Vereine und Verbände formierten, der Sarg von sechs Schützenbrüdern in grünen Uniformen vom Katafalk gehoben und an der Witwe vorbeigetragen wurde – den ›Walkürenritt‹ aus der Walküre.

Am offenen, mit Tannengrün ausgeschlagenen Grab, war kaum noch Platz für Petra Erlanger, Boltenstern, Jutta und Konrad Ritter und die Direktoren der Wollhagen-Werke. Ein Wald von Fahnen ragte in den sonnigen Maitag, Uniformen belebten das schwarze Bild der Trauernden, am Grabe standen sich sieben Gewehrträger gegenüber . . . sieben von der Schützengilde, sieben vom BUND DEUTSCHER DIVISIONEN.

Wegen dieser vierzehn Mann hatte es vor dem Begräbnis noch einen häßlichen Streit gegeben. Jeder wollte für sich allein einen

Abschiedssalut schießen, aber das erwies sich als zu lang und zu unschön, denn zweimal drei Schuß konnte man den Nerven der Witwe nicht zumuten. Nach langem Gespräch, bei dem es heftig zuging, was zu einem deutschen Verständigungsgespräch gehört wie Salz in eine Suppe, einigte man sich, daß Schützengilde-Schießer und BdD-Saluter gemeinsam abdrückten unter dem Kommando des neutralen ehemaligen Leutnants Heinrich Rasselt vom Kegelklub ›Schiefe Klötz‹.

Noch einmal wurden Reden gehalten. Markige Worte mit zak-kigen Stimmen.

Kamerad, wir werden dich ...

Guter Freund, dein Vorbild ...

Kegelbruder Richard, wir werden immer in deinem Geist ...

Major a. D. Konrad Ritter räusperte sich.

»Ich hatt' einen Kameraden –«

Petra Erlanger tastete nach der Hand Boltensterns. Er beugte sich zu ihr vor. Hinter dem dichten Schleier sah er ihre geröteten, gequälten Augen.

»Ich kann nicht mehr, Alf ...«, flüsterte sie. »Führ mich weg ... ich kann nicht mehr ...«

Boltenstern nickte Konrad Ritter zu, der mit gefalteten Händen sang.

» ... im gleichen Schritt und Tritt –«

Ritter nickte zurück. Boltenstern faßte Petra vorsichtig unter und führte sie durch eine sich bildende Gasse vom Grabe weg.

Langsam gingen sie zum Ausgang des Friedhofes. Petra lehnte sich beim Gehen an die Schulter Boltensterns, und er stützte sie und streichelte dabei ihre Schulter.

Abseits der geballten Trauergemeinde, an einem hohen Grab-stein lehnend, stand Werner Ritter und beobachtete das Begräb-nis. Petra Erlanger und Boltenstern gingen an ihm vorbei, ohne ihn zu bemerken; aber er bemerkte das Streicheln von Bolten-sterns tröstender, stützender Hand und die scheue Zärtlichkeit, mit der sich Petra trotz allen Witwenschmerzes an Boltensterns Schulter lehnte.

Am Grab erschallten die Salutschüsse der vierzehn vereinigten

57

Schützen. Die Gemeinsamkeit klappte nicht recht . . . zwei schossen nach. Es war später nicht feststellbar, wer die beiden waren. Auf keinen Fall jemand vom BUND DEUTSCHER DIVISIONEN!

»Was nun?« fragte Petra Erlanger, als sie das Tor erreicht hatten. Sie sahen nicht, daß Werner Ritter ihnen gefolgt war. Sie sahen sich nicht um.

»Das ist keine Frage, Petra«, sagte Boltenstern fest und führte ihre Hand in den langen schwarzen Seidenhandschuhen an seine Lippen. »Das Leben geht weiter . . .«

Zwei Tage nach dem Begräbnis, von dem sogar die Tagespresse Bilder brachte und ein linksintellektuelles Blatt – wie konnte es auch anders sein! – einen bissigen Kommentar zu der Rede des Majors a. D. Ritter, fuhr Werner Ritter noch einmal zur Huilsmann-Villa, erbrach die Siegel an den Türen und betrat das riesige Zimmer.

Es war noch alles unverändert. Die Kissen lagen herum, die zerbrochenen Gläser, die Kleiderfetzen, das zertretene Gebäck, die halbgefüllten Sektkelche. Wo die Leiche Erlangers gelegen hatte, war der wertvolle Teppich mit Kreide verunziert. Ein Beamter hatte die Umrisse des Toten aufgezeichnet.

Werner Ritter setzte sich in dieses Chaos und dachte nach.

Was war an diesem 21. Mai von 20 Uhr bis 5 Uhr früh geschehen?

Wer hatte Erlanger den weißen Seidenschal um den Hals gelegt? Warum hatte er sich nicht gewehrt? Warum hatte es keiner gesehen? Warum hatte es keinen Kampf gegeben?

Vier Männer und vier Frauen waren in diesem Raum gewesen. Sie alle mußten diesen Mord gesehen haben, wenn es ein Mord war. Sie alle, mit sechzehn Augen, mußten gesehen haben, wie jemand den Seidenschal um den Hals Erlangers knotete.

Und doch hatte es keiner gesehen.

Werner Ritter kroch auf dem Teppich herum, untersuchte noch einmal jeden Zentimeter des Chaos, suchte Spuren von Blut, suchte etwas, was er selbst nicht erklären konnte.

So kam er an den Kamin.

Die Asche war graubraun, pulvrig. Buchenholz.

Aber zwischen der Asche staken einige kleine Fetzen unverbranntes, nur angekohltes, zum Teil sogar erhalten gebliebenes Papier.

Mit einer Pinzette, ganz vorsichtig, hob Werner Ritter diese Papierreste aus der Asche und legte sie in eine kleine Glasschale. Dann hob er sie gegen das Licht und betrachtete sie genau.

Wie Löschpapier sah es aus.

Wie weißes und rosa Löschpapier, das nicht völlig verbrennen konnte, weil es zu naß gewesen war.

Von dieser Bestimmung an hatte es Werner Ritter eilig. Er verzichtete auf alle weiteren Durchsuchungen, versiegelte die Räume wieder und fuhr verkehrswidrig schnell in die Stadt zurück.

Zum Polizeilabor.

Noch ahnte er nicht, welchen Schlüssel er da in einer einfachen Glasschale mit sich trug.

Er wußte nur eins: Dieses Löschpapier wurde in der Nacht verbrannt, als Erlanger starb.

Es gehört zu den Aufgaben des Hauspersonals, neugierig zu sein. Man sollte das nicht als eine abwertende Feststellung ansehen, sondern als eine kulturgeschichtliche Tatsache. Das Intime eines Hauses kannten im alten Rom die Masseure, zur Zeit Ludwigs XIV. die Mätressen, im Rokoko der Barbier und in den zwanziger Jahren die Freundin der Frau oder der ledige Chauffeur, vorher Kavallerieoffizier und 1920 Gigolo.

Heute sind es die Haushaltshilfen, die mit gespitztem Ohr und flinken Mausäuglein dafür sorgen, daß jeder Laut innerhalb des Hauses erst durch ihre Ohren fliegt. Sie haben einen sechsten Sinn für das, was ein Geheimnis sein soll, und sie sind gerade immer da, wo sie in diesem Augenblick nicht zu sein brauchten.

Auch Else Lechenmaier, das Hausmädchen Toni Huilsmanns, ließ sich durch amtliche Siegel und den Titel eines Kriminalassistenten nicht abhalten, Werner Ritter bei seinem zweiten Besuch an diesem 30. Mai zu beobachten. Es war ein Sonntag, und wenn ein Beamter am Sonntag Siegel erbricht und auf dem Teppich herumkriecht, muß es sich um etwas ganz Besonderes handeln.

Else hatte ein gutes Versteck. In der großen Halle stand ein Barockschrank, und während Werner Ritter zentimeterweise den Teppich absuchte und zwischen den orientalischen Sitzkissen und umgeworfenen kleinen Tischchen auf den Knien rutschte, huschte Else in die Halle, schlüpfte in den Schrank und beobachtete durch ein Loch in der Schnitzerei, was im Zimmer weiter geschehen sollte.

Dieser Barockschrank war für Else Lechenmaier schon oft die Loge eines intimen Theaters gewesen. Seitdem sie durch Zufall, beim Säubern des Schrankinneren dieses Loch in der Tür entdeckt hatte, durch das man hindurchsehen konnte wie durch einen Sehschlitz, baute sie sich in dem großen Schrank einen regelrechten Beobachtungsstand. Einen Schemel, eine Taschenlampe, ein Kissen – denn der Schemel wurde zu hart, wenn man länger sitzen mußte –, ja sogar ein paar Flaschen Mineralwasser und eine Flasche erfrischenden Cinzano hatte sie in den Schrank getragen. Hier erlebte sie, wie Toni Huilsmann seine Junggesellenspäße trieb, wie das riesige Zimmer mit seinem künstlichen Sternenhimmel zu einem Sündenpfuhl wurde und die Herren, die am Tage im dunklen Anzug und mit silbergrauen Schlipsen in getäfelten Büros saßen, Industrie-Imperien regierten und Aktienkurse bestimmten, sich hier ihrer Hemden, Hosen und Unterhosen entledigten und ebenso sommerlich bekleideten Mädchen girrend und prustend nachjagten wie Faune den Elfen.

Dann saß Else mit brennenden Augen auf ihrem Schemel, die Augen an ihrem Sehschlitz, ihre Lippen zuckten, die Hände wurden ihr feucht, und ganz schlimm wurde es, wenn Toni Huilsmann an ihrem Schrank vorbeikam und so aussah, wie eine Else Lechenmaier eigentlich ihren Hausherrn nicht sehen sollte.

Wenn Huilsmann dann am nächsten Morgen kurz angebunden, höflich aber unnahbar war, kam für Else eine Zeit der Qual. Sie rannte dann vor den Spiegel, drehte sich und begriff nicht, daß Huilsmann nicht entdeckte, wie schön sie sei ... viel schöner als die Mädchen, die sie aus ihrem Schrank gesehen hatte.

Auch Werner Ritter sah Else nicht, als sie in den Schrank huschte. Nachdem er die kleinen Löschpapiere sorgfältig verpackt hatte, verließ er schnell das Haus, schloß ab und klebte die Siegelmarken über die Türen. Else wartete, bis sie das Abfahren des Wagens hörte, dann schlüpfte sie aus ihrem Versteck, rannte zu dem Kamin und starrte in die Asche.

Was hat er mitgenommen? dachte sie. Was hat da gelegen? Sie hockte sich vor das Feuerloch und schob mit dem Zeigefinger vorsichtig die Asche hin und her. Aber sie sah nichts als Buchenreste, verkohlte Holzstückchen und den Fetzen eines Taschentuches.

Enttäuscht wanderte Else in dem großen Zimmer herum. Sie trank einen Kognak und wurde sich danach mit einem eisigen Schrecken bewußt, daß sie eingeschlossen und versiegelt war.

»Das kann lustig werden!« sagte Else laut, aber es war ihr durchaus nicht fröhlich zumute. Sie ging zum Telefon und rief über die Haussprechanlage alle Zimmer an, bis sie Huilsmann fand. Er saß in seinem Architekten-Atelier und zeichnete eines seiner kaum bezahlbaren Traumhäuser.

»Ich bin eingeschlossen!« sagte Else kläglich. »Was soll ich tun, Herr Huilsmann?«

»Wo sind Sie eingeschlossen?« Huilsmann schien an alles zu denken, nur nicht daran, daß Else Lechenmaier im versiegelten Zimmer hockte. »Wer hat Sie eingeschlossen? Woher rufen Sie eigentlich an? Wieso kann man Sie einschließen?«

»Ich bin im Wohnzimmer, Herr Huilsmann.«

»Wo?« Else hörte, wie Huilsmann aufsprang. Der Stuhl fiel polternd um.

»Der Kriminalbeamte hat mich eingeschlossen! Er war eben noch einmal hier . . . hat etwas im Kamin gefunden . . . und ist wieder weg. Ich bin ihm nachgeschlichen . . . und nun bin ich in dem versiegelten Zimmer.« Else wurde immer ängstlicher, je weiter sie sprach. Ihre Lage begriff sie erst jetzt richtig.

Toni Huilsmann war Elses Qual gleichgültig. Er hatte etwas gehört, was ihn maßlos erregte. »Er hat etwas mitgenommen?« fragte er laut.

»Ja. Aus dem Kamin.«

»Was denn?«

»Ich weiß es nicht. Wie Papierschnitzel sah es aus. Er hat sie ganz vorsichtig aus der Asche geholt. Mit einer Pinzette. Und in eine Glasschale hat er sie gelegt.«

»Das wissen Sie genau?«

»Ich habe es doch gesehen, Herr Huilsmann.«

»Das haben Sie brav gemacht, Else!« sagte Huilsmann kurz und legte auf.

»Herr Huilsmann!« schrie Else und schüttelte den Hörer. »Wie komme ich denn hier heraus?! Ich kann doch nicht durch die Tür ... ich werde doch bestraft, wenn das Siegel ... Herr Huilsmann ...«

Sie ließ es wieder im Atelier schellen, aber Huilsmann meldete sich nicht. Dafür hörte sie draußen das Aufheulen des weißen Sportwagens. Huilsmann fuhr davon.

»Ich will hier raus!« schrie Else und warf den Hörer gegen die Wand. Der Kunststoffhörer zersplitterte, und dann nahm sie in aufbrausender Wut und als Ableitung ihrer jagenden Angst den ganzen Apparat, warf ihn auf die Erde und zertrampelte ihn.

Ohne zu ahnen, was daraus noch erwuchs, öffnete sie einfach das Fenster der Halle, kletterte nach draußen und drückte das Fenster wieder zu, so gut es ging. Dann lief sie durch den Kücheneingang wieder ins Haus, rannte zum Atelier und starrte das große Foto Huilsmanns an, das als Dekoration zwischen Aufnahmen seiner Bauten an der Längswand hing.

»Du kalter Schuft!« schrie sie. »Alles tue ich für dich! Warum bemerkst du denn nicht, daß ich dich liebe?! Und warum bin ich bloß so blöd, mich in dich zu verlieben?! Ein Schaf bin ich! Jawohl. Ich weiß es! Aber ich kann ja nichts dafür, daß ich keinen Vater habe und meine Mutter mich ins Waisenhaus gegeben hat, und daß ich deinen Dreck wegkehren muß und nicht so ein feines Püppchen bin wie deine Weiber, die sich nackt auf dem Teppich kugeln und schreien, die Welt sehe violett aus und die Bäume schwitzten Perlen aus! Blöde Weiber sind das! Blöde! Nur dein Geld wollen sie! Und du fällst auf sie herein! Aber ich bin für dich ja nur ein lebender Besen, ein sprechender Staubsauger! Du Idiot!«

Sie warf den Kopf in den Nacken und verließ etwas befreit das Atelier ihres Hausherrn.

»Er hat noch Löschpapierschnitzel gefunden?« sagte Boltenstern. Als Huilsmann kam, saß er gerade an der Schreibmaschine und schrieb einen Brief an einen seiner Gläubiger. Es war ein Schweizer Fabrikant, der zur Entwicklung eines Patentes einen großen Vorschuß gezahlt hatte und nun drängte und Erfolge sehen wollte.

»Ja. Else sagt es. Mit einer Pinzette . . .«

»Das kann eine Schweinerei geben, Toni!« Boltenstern band seinen Schlips um und sah den Freund mahnend an. »Du hast doch keinem erzählt, was am 21. vorgefallen ist?«

»Sehe ich so aus?« Huilsmann rauchte mit nervös bebenden Fingern eine Zigarette. »Ich begreife nur immer noch nicht, wieso Erlanger sich den Schal —«

»Es war nicht Erlanger«, sagte Boltenstern hart. »Durch Vermittlung Konrads ist es gelungen, die Selbstmordthese aufrecht zu halten und die Akten zu schließen. Die Staatsanwaltschaft ermittelt nicht mehr.« Boltenstern band sich den Schlipsknoten elegant und schnell. Wäre Jutta im Haus gewesen, hätte er gerufen: »Spätzchen! Komm doch bitte . . . ich kämpfe wieder mit einer Hydra! Bei mir hat der Schlips immer sechs Enden!«

»Dann war es Mord!« sagte Huilsmann leise.

»Ja!« Eine klare Antwort war das.

»Wer?« Huilsmann legte die Zigarette weg. Sie wog jetzt in seinen Fingern wie eine Eisenstange.

»Hermann Schreibert.«

»Du bist verrückt, Alf!«

»Jeder wird mich für verrückt halten. Darum bleibt es auch unter uns beiden, Toni! Richard ist tot, Hermann schwer verletzt . . . wir zwei sind die einzigen, die mit einem klaren Kopf und unversehrt aus diesem teuflischen LSD-Rausch herausgekommen sind. Darum müssen wir zusammenhalten, gegen alle Sauereien, die

63

noch folgen können, wie damals in Meseritz, Toni! Wir haben noch eine Schlacht zu schlagen!« Boltenstern warf seine Sommerjacke über und deckte die Schreibmaschine ab. »Ich habe gesehen, wie Hermann mit einem Schal Richard erdrosselte.«

»Du hast...«, stotterte Huilsmann. Er war plötzlich bleich wie ein Ausgebluteter.

»Ja. Ich habe nur das halbe Quantum LSD in mein Glas getan. Ich wollte sehen, wie ihr euch alle benehmt.«

»Und... und wie habe ich mich benommen...«, stotterte Huilsmann.

»Davon später. Aber Schreibert... er war wie ein wildes Tier. Er raste herum, er riß in der Halle Richards Schal vom Haken, kam zurück, schlang ihn um Richards Hals, verknotete ihn, zog und zog... und ich sah das alles, hockte im Sessel, war gelähmt, wollte mich auf Schreibert stürzen, aber das LSD klebte mich im Sessel fest... Da habe ich geschrien, gebrüllt, gekreischt... doch was hilft das in solchem Rausch? Erst als Richard längst erwürgt war, ließ Schreibert los, warf sich auf die Erde und schrie: ›Dawai! Dawai! Du bekommst mich nicht, haha!‹ – Es war fürchterlich! Ich wünschte damals, ich hätte wie ihr das volle Quantum LSD genommen, um das nicht gesehen zu haben! Gelähmt dazusitzen und zuzusehen, wie ein Freund den anderen Freund ermordet... das ist eine Hölle, Toni! Nein... Nein, so schrecklich kann die Hölle gar nicht sein!«

»Und nun?« fragte Huilsmann, als Minuten lähmender Stille vergangen waren.

»Nun fahren wir zu Konrad Ritter!« Boltenstern trat vor den Spiegel und kämmte sich sorgfältig. »Er soll seinem Jungen einmal auf die Finger klopfen! Was sind das für Zustände? Die Staatsanwaltschaft stellt die Ermittlungen ein, und dieser junge Schlips spielt auf eigene Faust Sherlock Holmes. Um Kommissar zu werden, soll er sich um andere Dinge kümmern, aber nicht um abgelegte Kleider!« Boltenstern klopfte Huilsmann auf die Schulter. »Komm, mein Junge! Ich glaube, wir sollten Konrad Ritter einmal daran erinnern, daß wir damals dafür gesorgt haben, daß er nicht zum Holzfällerkommando in die Taiga kam, sondern als Brigadier zum Hausbau. So sehr mir das widerstrebt –«

»Es war Schreibert, der das damals machte. Er hatte doch ein Verhältnis mit der zweiten Ärztin . . .«

»Eben! Und nun soll Konrad Ritter mal etwas für Hermann tun . . . ohne natürlich zu wissen, wie die Dinge wirklich liegen.« Boltenstern verließ den Raum, aber in der Diele faßte er Huilsmann noch einmal hart an die Schulter. »Toni, von alledem kein Wort zu den anderen!«

»Hältst du mich für einen Idioten, Alf?« rief Huilsmann fast beleidigt.

»Nein! Aber du warst immer ein leichtsinniger Vogel, dem der Verstand verdunstete, wenn die Hose aufsprang!«

»Alf!«

»Machen wir uns doch nichts vor, Toni! Wir sind alle etwas degeneriert, weil es uns zu schnell zu gut ging. Auch du! Da hast daneben gestanden, als Schreibert mit dem Schal Richard erdrosselte und hast dazu in die Hände geklatscht wie ein afrikanischer Mau-Mau-Trommler.«

»Das ist nicht wahr . . .«, sagte Huilsmann tonlos. »Das ist gelogen. Ich habe im Rausch eine riesige Halle gesehen und ich rannte . . .«

Boltenstern schnitt mit einer weiten Armbewegung Huilsmann das Wort ab. »Zwischen Rauscherleben und äußerem Rauschverhalten ist ein großer Unterschied. Du kannst im LSD-Rausch eine Nordpolfahrt erleben und ziehst dich in Wirklichkeit dabei aus! Alles ist ja verkehrt in diesem Teufelsrausch, nichts stimmt mehr zueinander.« Boltenstern nickte Huilsmann freundlich zu, der ihn mit starren Augen anblickte. »Laß uns davon schweigen, Junge! Dieser 21. Mai soll aus unserem Leben gestrichen werden. Und dazu muß der junge Ritter erst auf Vordermann gebracht werden! Unser Major schafft es schon! Kopf hoch, Junge!«

Werner Ritter kam mit einer gewissen Hochstimmung nach Hause. Im Polizeilabor hatte man zwar den Kopf geschüttelt, als er mit seinen Papierschnipseln ankam, hatte sie unters Mikroskop gelegt und dann gesagt: »Löschpapier.«

»Das weiß ich auch!« Werner Ritter klopfte mit dem Zeigefinger auf den Labortisch. »Aber mit dem Papier ist etwas los.«

»Es ist ungebraucht. Keine Tintenpartikel –«

»Es war feucht oder sogar naß, denn es verbrannte nicht vollständig im Kamin. Welche Nässe war in dem Löschpapier aufgesogen?«

»Himmel noch mal, was ihr Kriminalisten alles verlangt!« Der Polizeichemiker, der heute Sonntagsdienst hatte und darauf eingestellt war, Blutproben auf die Schnelle nach Alkoholgehalt zu bestimmen, stieß sich vom Tisch ab und rollte auf seinem fahrbaren Stuhl so weit weg, daß er die Beine auf den Tisch legen konnte. »Welche Feuchtigkeit war in einem verbrannten Löschpapier? Alles können wir auch nicht!«

»Können Sie Professor Ebbertz erreichen?« fragte Werner Ritter unbeeindruckt von dem Klagegesang des Chemikers. Er kannte so etwas.

»Sie wollen doch nicht wegen einiger verkohlter Löschpapierfetzen den großen Ebbertz . . .« Der Polizeichemiker beugte sich zu Werner Ritter vor. »Sie sind noch jung, Ritter! Sie haben noch den Elan der jungen Hengste! Sie gebärden sich so wie die Revolvermänner in den amerikanischen Filmen! Glauben Sie mir . . . wir können hinterher nicht mehr feststellen, welche Phonstärke ein Furz hatte! Das geht nur bei unmittelbarer Messung!«

»Trotzdem.« Werner Ritter nahm vorsichtig mit einer Pinzette den Löschpapierfetzen vom Objektträger des Mikroskopes und legte ihn wieder in die Glasschale wie einen selten reinen, blauweißen Brillanten. »Professor Ebbertz soll sich die Dinge einmal ansehen und analysieren. Ich habe es in der Nase, Doktor . . . in diesem Löschpapier war Rauschgift.«

»Morphium, Kokain, Opium, Meskalin, Dolantin, Preludin und wie die ganzen Sächelchen heißen, können wir feststellen. Aber die verpackt man nicht in Löschpapier.«

»Also ist es etwas anderes. Ich wünsche Professor Ebbertz viel Glück . . . es kommt einer Mondreise gleich . . .«

Vorsichtig stellte der Polizeichemiker die Glasschale in einen durch mehrere Schlösser gesicherten Schrank. –

Nun war Werner Ritter zu Hause, zog den Rock schon in der kleinen Diele aus, schob den Schlipsknoten herunter und öffnete den Kragenknopf. Aus dem Wohnzimmer tönte Musik. Major a. D. Konrad Ritter saß vor dem Fernsehgerät und ärgerte sich über einen Bericht, der sich mit den ostdeutschen Landsmannschaften befaßt hatte.

»Du kommst mir gerade richtig!« schnaufte Ritter, als sein Sohn ins Zimmer trat, eine Flasche Bier in der Hand. »Nicht allein, daß die Politik zum Kotzen ist – jetzt fängt im eigenen Haus auch noch die Revolution an!«

»Was ist denn los, Vater?« Werner Ritter setzte sich an die andere Schmalseite des Tisches. Major a. D. Ritter stand auf, drehte das Fernsehen aus und blieb mit angezogenem Kinn und den Händen in den Hosentaschen am Gerät stehen.

»Die Staatsanwaltschaft hat die Akte Erlanger geschlossen.« Konrad Ritter atmete schwer. Seit einem Jahr war er etwas asthmatisch. »Wegen völlig klarer Lage der Dinge geschlossen!«

»Ach! Daher weht der Wind«, sagte Werner Ritter und ließ den Bierflaschenstöpsel schnalzen. Konrad Ritter zuckte zusammen, als habe ihn ein Schuß getroffen.

»Laß die dummen Halbstarkenbemerkungen deinem Vater gegenüber!« schrie er. »Das mag der Ton sein, der jetzt in Deutschland üblich ist – jeder Zeitirrsinn hat seine Sprache, von da-da über balla-balla bis Yeah-Yeah-Yeah – aber nicht bei mir! Bei mir nicht! Ich rede ein kerniges Deutsch! – Du ermittelst aber weiter in Sachen Erlanger?!«

»Woher weißt du das, Vater?«

»Penetrantes riecht man!« Konrad Ritter schnaufte tief. »Willst du unsere Freunde, willst du den ganzen BdD brüskieren?!«

»Einer dieser Freunde ist ein Mörder!« sagte Werner Ritter ruhig und schüttete sich ein Glas Bier ein.

Major a. D. Ritter zuckte hoch. »Ich verbiete dir . . .«, brüllte er, aber sein Sohn hob den rechten Zeigefinger, als zeige er in der Schule auf. Verblüfft unterbrach Ritter seinen Ausbruch.

67

»Auf dem Schal, mit dem Erlanger erdrosselt wurde, befinden sich in einmaliger Klarheit die Fingerabdrücke Schreiberts. Bevor du, lieber kerndeutscher Papa, auch die Kunst der Daktyloskopie anzweifelst, möchte ich dir sagen, daß auch in deinem damaligen Idealdeutschland die Kriminalbeamten nach Fingerabdrücken Mörder verhafteten. Es ist also keine billige und verwerfliche Nachkriegserfindung von Demokraten und Pazifisten.«

»Wie redest du mit mir?« sagte Konrad Ritter starr. Mit steifen Beinen ging er zu seinem Sohn und baute sich vor ihm auf. »In welch impertinentem Ton redest du da?! So spricht man mit Nazis!«

»O Gott, Vater! Erlaß mir eine Antwort!«

»Es gibt keinen Mörder!« schrie Ritter.

»Doch! Es gibt einen!«

»Nein! Wir waren fünf Kameraden! Wir sind durch Sibirien, durch die Taiga, durch Hunger und Fieber und Durst und Elend marschiert, wir waren immer zusammen, wir fünf, undenkbar wäre es gewesen, zu denken, wir könnten uns trennen ... bis heute ist es so. Bis heute! Und einer soll nun ein Mörder sein? Das ist Irrsinn, Junge!«

»Du schaltest ja schon mal aus, Vater.«

»Und der Ermordete auch, denn er hat sich ja selbst umgebracht.«

»Nein!«

»Es war nicht Schreibert!« schrie Konrad Ritter. »Der arme Kerl liegt ohne Gesicht in der Klinik und kann sich an nichts mehr erinnern! Und er weiß noch gar nicht, daß er für sein ganzes Leben verstümmelt ist, daß er wie eine Fratze aussehen wird, daß die Mädchen vor ihm weglaufen, wenn er lächelt, denn es wird wie das Grinsen eines Totenkopfes aussehen! Und diesen armen Kerl, diesen treuen Kameraden –«, Ritters Stimme schwankte vor Ergriffenheit –, »dieses arme Schwein, das so elend daliegt, daß man laut heulen sollte, diesen armen Mann willst du zum Mörder stempeln! Wenn du nicht mein Sohn wärst ... anspukken würde ich dich! Dir ehrlosem Gesellen würde ich in die Fresse schlagen!«

»Vater!« Werner Ritter war aufgesprungen. Dabei fiel das Bier um. Ein schaumiger gelber Bach kroch über die Tischdecke und tropfte dann an der Tischkante auf den Linoleumboden. »Bis zu einer gewissen Grenze lasse auch ich mir etwas gefallen! Aber die Grenze ist nun überschritten!«

»Du hast kein Gefühl für unverbrüchliche Kameradschaft!« keuchte Konrad Ritter. Ganz dicht standen sie sich gegenüber ... ihr erregter Atem stieß aneinander. »Du bist auf die Knochen demokratisch infiziert! Du bist der Typ des deutschen politischen Paralytikers!«

»Und du bist einer der ewig Gestrigen. Die nichts gelernt haben! An denen zwei Weltkriege spurlos vorbeigegangen sind. Die noch immer Hurra schreien, wenn sie eine Uniform sehen, die bei Marschmusik plötzlich Hummeln im Hintern haben und mitmarschieren müssen, denen die Augen feucht werden, wenn von Deutschlands großer Zeit gesprochen wird ... eine Zeit mit 55 000 000 Toten! Glaubst du, mit deinem Kaiser-Wilhelm-Hirn ist ein Deutschland aufzubauen?«

»Oh, diese Jugend!« brüllte Konrad Ritter und ballte die Fäuste. »Seid ihr blind? In jedem Amtszimmer der USA hängt eine Fahne der Nation, de Gaulle geht herum und küßt die Fahnen der Truppen, über dem Sarg Kennedys lag die Flagge, die englische Königin weiht jedes Jahr Fahnen ihrer Armee, überall in der Welt ist die militärische Tradition ein Grundstein der Nation, sogar in Rußland, sogar dort – nur uns will man alles nehmen, allen Gemeinschaftsgeist, alle preußische Tradition, alle Größe deutscher Seele! Aber typisch ist das! Typisch! Nach jedem verlorenen Krieg wird der Deutsche pervers und wühlt in seiner eigenen Scheiße!«

»So können wir nicht miteinander reden, Vater«, sagte Werner Ritter steif.

»Nein! Das können wir nicht.« Konrad Ritter lehnte sich erschöpft gegen den Tisch. Er spürte einen plötzlichen Schwächeanfall. Die Aufregung war zu groß gewesen. Der eigene Sohn stand abseits. Wer soll das ohne Erschütterung erkennen? »Du ermittelst also weiter in Sachen Erlanger.«

»Ja, Vater.« Das klang endgültig. Konrad Ritter nickte.

»Gut denn«, sagte er seufzend, und jetzt sprach er wie ein alter, müder Mann. »Dann muß ich Dr. Breuninghaus ganz deutlich sagen, daß er meinem Sohn auf die Finger schlägt. Ahnst du wenigstens, wie schwer ein solcher Gang für einen Vater ist?«

Werner Ritter schwieg. Er drehte sich herum und verließ das Zimmer. Wenig später klappte auch die Flurtür. Konrad Ritter war wieder allein.

Er setzte sich, legte die Hände flach auf die Knie und starrte ins Leere. »Mein Junge«, sagte er leise, »es gibt Dinge, die du noch nicht verstehst . . .«

Am Mittwochmorgen war die Laboruntersuchung beendet. Professor Ebbertz hatte selbst zwei Tage lang die Löschpapierschnipsel analysiert. Das Ergebnis war mager, wenn man den Bericht las . . . ließ man alle Umschreibungen und Fremdwörter weg, war es gleich Null.

Die Flüssigkeit, mit der das Löschblatt getränkt worden war, ließ sich nach diesem hohen Verdunstungsgrad nicht mehr feststellen. Nur soviel war herausgekommen: Spuren von Weinsäure konnte man nachweisen.

Das Papier war also mit Wein oder Sekt in Berührung gekommen. Von Rückständen eines Rauschgiftes konnte gar keine Rede sein.

Oberstaatsanwalt Dr. Breuninghaus bestellte den Kriminalassistenten Werner Ritter zu sich. Er ließ nicht bitten – er bestellte. Jeder deutsche Beamte kennt diesen Unterschied und kneift die Backen zusammen. Auch Kriminalrat Dr. Lummer, das ›Kotelett‹, sah Ritter skeptisch an.

»Das geht ins Auge, Ritter, passen Sie auf«, sagte er ahnungsvoll. »Ich habe Sie gewarnt! Mord! Wo alles klar auf der Hand liegt! Denn man los . . . gehen Sie straffen Halses zum Oberstaatsanwalt. Denken Sie an Robespierre, der klagte auch nicht auf den Stufen der Guillotine! Und wenn Sie wiederkommen, kriegen Sie von mir Ihre Zigarre!«

Dr. Breuninghaus sah Werner Ritter kurz an, als er eintrat.

Dann beugte er sich wieder über die Akten, denn auch das ist eine Eigenart deutscher Beamter, Untergebenen zu zeigen, wie sehr man beschäftigt ist. Auf die Glaubwürdigkeit kommt es dabei gar nicht an.

»Sie kennen den chemischen Bericht?« fragte Dr. Breuninghaus kurz und abgehackt. Es war der preußische Offizierston, der Subalternen in die Knochen geht. Werner Ritter nickte.

»Ja, Herr Oberstaatsanwalt.«

»Und was haben Sie dazu zu sagen?«

»Nichts.«

»Das ist ja erstaunlich viel! Übernehmen Sie sich nicht damit, Herr Assistent!« Der Akzent lag klar auf dem Assistent. Er zeigte, wie armselig das Menschlein war, das da vor dem Oberstaatsanwalt stand. Ein Assistent. Ein besserer Briefmarkenanlecker.

Werner Ritter wurde es ein wenig heiß unter der Hirnschale. Noch immer blätterte Dr. Breuninghaus in den Akten, eine deutliche Demonstration, wie gering er Ritter einschätzte. Werner war nicht gewillt, sich diese Behandlung gefallen zu lassen. Auch ein Beamter unterer Gehaltsstufe ist ein Mensch, und er hat einen persönlichen Ehrbegriff, der mindestens ebenso ausgeprägt ist wie der eines Oberstleutnants a. D.

»Der Laborbericht sagt nichts – das stimmt«, sagte er mit fester Stimme. »Aber da sind noch andere Fakten. Zunächst die Verknotung des Schales um den Hals des Toten. So kann ein Selbstmörder nicht einen Schal um seine Gurgel legen ...«

»Hören Sie mal, Ritter!« Dr. Breuninghaus klappte die Akte zu und funkelte den Assistenten durch seine Brillengläser an. »Ihr Vater ist mein Freund und Kriegskamerad! Was das bedeutet, können Sie nicht ermessen ...«

Werner Ritter sah an die Decke. Nun fängt das hier auch schon an, dachte er betroffen. Und wenn sie sich in Rußland gegenseitig vom Galgen geschnitten hätten ... was hat das mit einem Mord zu tun, der hier passiert ist und von dem keiner etwas wissen will?

» ... Nur aus Rücksicht auf Ihren Vater sage ich Ihnen nicht Dinge, die jeder andere von mir hören würde! Ritter! Ich spreche

71

zu Ihnen als väterlicher Freund. Ich kenne Sie noch als Obersekundaner, einmal habe ich Ihnen sogar eine Mathematikaufgabe gelöst . . .«

»Ich kann mich daran nicht mehr erinnern, Herr Oberstaatsanwalt.«

»Aber ich! Ich! Und nun kommen Sie daher und machen solch einen Quatsch! Sie sehen Mauern, wo ein Loch in der Luft ist! Sie sammeln Löschpapier und belästigen Professor Ebbertz damit! Was soll das, Ritter? Unser gemeinsamer Freund Erlanger ist begraben, unser aller Mitleid und Fürsorge gilt der armen Witwe, die Kameraden werden Richard nie vergessen . . . aber vergessen *Sie* endlich Ihre dämliche Theorie von einem Mord!« Dr. Breuninghaus gab sich sehr jovial, er beugte sich sogar zu Werner Ritter über die Schreibtischplatte. »Waren Sie noch nie besoffen, Werner?«

»Doch. Aber immer so, daß ich wußte, was ich tat.«

»Aha! Sehen Sie! Unsere Freunde aber haben einen drauf gemacht, daß die Wände wackelten und die Erde bebte. In Rußland haben wir das ein paarmal erlebt . . . mit Samogonka, einem Knollenschnaps! Drei Tage ist man verblödet, mein Lieber!« Dr. Breuninghaus erhob sich abrupt. Unwillkürlich straffte sich auch Werner Ritter. »Graben wir also das Kriegsbeil ein, Werner! Werden Sie kein Don Quichotte, der mit Windmühlenflügeln kämpft!«

»Jawohl, Herr Oberstaatsanwalt.« Werner Ritter fiel es schwer, dies zu sagen, und er wußte, daß er damit log.

»Sie stellen die Ermittlungen ein.«

»Ja.«

»Alle Akten Erlanger zu mir.«

»Ich lasse sie gleich zu Ihnen schicken.«

»Und zum nächsten Divisionsstammtisch lade ich Sie ein.«

»Ich bedanke mich, Herr Oberstaatsanwalt.«

Dr. Breuninghaus lächelte freundlich. »Ihr Vater macht das ganz falsch, mein Bester. Er redet! Er ist eben ein Mann des gewaltigen Wortes! Aber man muß die Jugend an die Quellen heranführen, aus denen die Nation Kraft trinkt! Wir werden Ihnen beim Divisionsstammtisch eine Welt zeigen, von der man Ihnen nie erzählt hat in dieser schwindsüchtigen Demokratie.«

Bedrückt verließ Werner Ritter das Zimmer Dr. Breuninghaus'. Im Morddezernat wartete Kriminalrat Dr. Lummer ungeduldig auf seinen jungen Assistenten.

»Na, was ist?« fragte er, kaum daß die Tür aufging und er das Gesicht Ritters sah. »Durch die Mangel gedreht?«

»Kaum, Herr Rat.« Ritter setzte sich kopfschüttelnd auf den einfachen Buchenstuhl, auf dem schon Mörder und Sexualverbrecher gesessen hatten und ihre schauerlichen Geständnisse abgaben. »Aber ich verstehe vieles nicht mehr.«

»Das ist gut!« Dr. Lummer griff zu seinen höllischen Zigarren. »Was hat er gesagt?«

»Alle Akten Erlanger zu ihm! Einstellen.«

»Ein Bote saust sofort los! Ich bin froh, wenn ich diesen Mist aus dem Zimmer habe!«

»Waren Sie auch Soldat, Offizier?« fragte Ritter langsam. Dr. Lummer schüttelte den Kopf.

»Nein. Ich war untauglich. Ich hatte zwei Magengeschwüre und in der Musterungskommission einen guten Freund.« Er lachte schallend, gab Ritter eine seiner gefürchteten Zigarren und bestand darauf, daß er sie vor seinen Augen anrauchte.

Das war schlimmer als der donnerndste Anpfiff Dr. Breuninghaus'.

Eine halbe Stunde verbrachte Werner Ritter hinterher auf der Toilette. Ihm war speiübel.

5

Schreibert lag allein in seinem kleinen Zimmer, starrte durch die Schlitze des dicken Kopfverbandes gegen die weißgetünchte Decke und trank über einen dünnen langen Gummischlauch Fruchtsaft aus einer Flasche, die an einer Art Galgen über seinem Kopf hing.

Madeleine Saché hatte man aus dem Krankenzimmer entfernt. Es hatte sich als unmöglich herausgestellt, sie länger bei Schreibert zu lassen, denn als die Mannequins seines Modesalons damit begannen, große Blumensträuße und nette Kärtchen mit lieben Worten zu schicken, benahm sich Madeleine wie ein Pariser Fischweib, warf die herrlichen Rosenbuketts an die Wand, zerfetzte die Kärtchen, nannte jede Absenderin eine Hure und beschuldigte den wehrlosen Schreibert, mit jeder der Rosenschickenden schon im Bett gelegen zu haben. Sie tobte in einer solch leidenschaftlichen Eifersucht, daß der Chefarzt ihr eine Beruhigungsinjektion geben mußte, sie nach Hause fahren ließ und ihr das Betreten der Klinik einfach verbot.

»Das war eine gute Tat!« Es waren die ersten deutlichen Worte, die Schreibert aus seinem dicken Verband heraus sprechen konnte. »Lassen Sie sie bloß nicht wieder herein!«

»Keine Sorge, Herr Schreibert.« Der Chefarzt setzte sich auf die Bettkante und sah den unförmigen, umwickelten Kopf an. Aus zwei Schlitzen blickten ihn die blauen Augen Schreiberts an, ein dritter Schlitz gab den Mund frei, verkrustete, aber noch gut erhaltene Lippen. Nur unterhalb des Mundes, zum Kinn hin, begannen wieder die Mull-Lagen und ahnte man die grauenhafte Verstümmelung dieses früher immer lachenden, genußfrohen Gesichtes.

»Wie fühlen Sie sich?« fragte der Arzt.

»Saumäßig! Ich bin auf die Visage gefallen, was?«

»Ja.«

»Schlimm?«

»Es läßt sich alles reparieren.« Der Arzt wich aus. Gerade in der Medizin gibt es elegante Möglichkeiten, Patienten zu beruhigen. Schreibert war zufrieden. Er hatte seinen Kopf abgetastet und einen Moment an die vielen Witzzeichnungen gedacht, die Männer mit völlig umwickelten Köpfen zeigen und davor die schimpfende Ehefrau: »Lach nicht so unverschämt!« Über den wirklichen Ernst seiner Lage war er nicht unterrichtet. An die Tragik, mit einem nicht mehr menschenähnlichen Gesicht herumzulaufen, dachte er überhaupt nicht. Dieser Gedanke war so unmenschlich, daß er Schreibert gar nicht in den Sinn kam.

Am Nachmittag besuchte ihn Boltenstern. Er brachte eine Flasche leichten Rotwein mit – vom Chefarzt erlaubt – und klopfte Schreibert auf die Schulter. Es war das erstemal, daß sie sich nach der Party sahen ... zwei Besuche Boltensterns hatte Schreibert nicht wahrgenommen, weil er noch besinnungslos oder – beim zweitenmal – gerade in der Narkose lag und aus dem OP heraufgebracht worden war.

»Das ist schön, daß du kommst, Alf«, sagte Schreibert und umklammerte Boltensterns Hand. »Da liege ich nun mit zerschundener Fresse! Junge, Junge, ist das ein Teufelszeug, dieses LSD! Wenn ich das vorher gewußt hätte ...«

»Hast du schon davon erzählt?« fragte Boltenstern ruhig. Er entfernte die leere Fruchtsaftflasche aus dem Galgengestell, entkorkte mit einem Taschenkorkenzieher die Rotweinflasche, hing sie in die Halterung und steckte den dünnen Gummischlauch in den Flaschenhals. Gierig sog Schreibert zwei tiefe Schlucke und grunzte wohlig.

»Französischer ...«, sagte er sachkundig.

»St. Emilion 1959.«

»Du bist ein Goldstück, Alf.« Schreibert spuckte den Gummischlauch aus, und Boltenstern nahm ihn und hing ihn an einen Haken neben der Flasche. »Was ist eigentlich alles an diesem Abend passiert?« fragte er.

»Allerhand, Hermann«, antwortete Boltenstern trocken.

»Ich habe nur eine vage Erinnerung. Nachdem ich aus der verdammten Taiga heraus war –«

»Wo warst du?«

»Als Nerzmännchen in der Taiga! Aber das erzähle ich dir später.« Schreiberts Lippen zuckten. Sein Gesicht brannte trotz der kühlen Salbe, die auf seiner zerstörten Haut lag. »Ich habe da die Mädchen auf dem Teppich liegen sehen, eine mit den Beinen an der Wand hoch, und dann bin ich weggegangen, weil mir der Kopf summte wie mit tausend Bienen gefüllt, bin in meinen Wagen gestiegen ... und ich wache auf hier im Bett.«

75

»War die Kriminalpolizei schon bei dir?« fragte Boltenstern langsam. Durch den Körper Schreiberts flog ein Zittern.

»Die Krim . . . Nee, warum?«

»Erlanger ist tot.«

»Richard –« Schreiberts Augen mit den Sehschlitzen des Verbandes flackerten. »Auch . . . auch mit dem Auto?«

»Nein. Ermordet.«

»Er–«

»Mit einem Schal, seinem eigenen Seidenschal, erwürgt. In Tonis Wohnung . . . auf unserer Party . . .«

»Um Gottes willen!« Schreibert wollte sich aufrichten, aber es gelang nicht. Sein linkes Bein war bis zum Oberschenkel eingegipst, um seinen Oberkörper hatte man feste Bandagen gewickelt. »Alf! Das kann doch nicht wahr sein! Gerade Richard . . .«

»Wir haben ihn am 28. Mai in allen Ehren begraben.«

»Und . . . und . . . wer hat Richard . . .«, stammelte Schreibert. Sein dickumwickelter Kopf wühlte sich in die Kissen. Entsetzen überfiel ihn. Es sah aus, als wolle er sich verkriechen.

»Du!« sagte Boltenstern kurz.

»Nein!« Ein Aufbrüllen war das, ein Schrei, der in einem Gurgeln erstickte. »Nein . . . nein . . .«

»Du hast den Schal geholt . . . Richard erwürgt . . . und dabei hast du immer ›Dawai, dawai‹ geschrien. Ich habe dabeigesessen und konnte mich nicht rühren . . . Und dann bist du weggegangen.«

»Das ist nicht wahr«, wimmerte Schreibert. Seine Stimme war kindlich und kläglich. »Ich weiß doch von nichts . . . Ich war in der Taiga, ich war ein Nerzmännchen, und ein Jäger verfolgte mich . . . sein Kopf kletterte hinter mir her, auf die höchsten Bäume. – Ich habe doch keinen umgebracht! Ich war es nicht!«

»Du *weißt* es nicht, Hermann.« Boltenstern legte seine Hände begütigend auf die zuckenden Arme Schreiberts. »Du hast es im LSD-Rausch getan. Käme es zu einer Verhandlung, wäre das ohne weiteres eine Tat im Sinne des § 51,1. Völlige Unzurechnungsfähigkeit. Aber es kommt zu keinem Verfahren. Konrad Ritter hat über Breuninghaus die Ermittlungen einstellen lassen. Es heißt

Tod durch Selbstmord in Volltrunkenheit. Von LSD und allem anderen weiß keiner etwas. Auch Konrad nicht! Darum sage ich dir das alles so klar und grob, Hermann. Auch du weißt von nichts. Wir haben Alkohol getrunken, uns mit den Miezchen beschäftigt, und dann Sense!«

»Ich habe Richard nicht umgebracht . . .«, stammelte Schreibert. »Richard war mein bester Freund. Wie Brüder waren wir. In Rußland —«

»Hör jetzt auf mit Rußland, Hermann! Wir müssen uns einig sein: Wir haben nie etwas von LSD gehört.«

»Nie!« sagte Schreibert kaum hörbar.

Und dann sah Boltenstern, wie aus den Sehschlitzen des Verbandes langsam kleine Tropfen rannen. Die Schultern Hermanns zuckten, und die verharschten Lippen waren aufgesprungen wie eine frische Wunde.

Schreibert weinte.

Er weinte um seinen Freund Erlanger, er weinte über sich selbst, er weinte um diesen sinnlosen Mord, den er begangen haben sollte, er weinte um die Erkenntnis, daß so etwas überhaupt möglich sei.

Leise verließ Boltenstern das kleine Zimmer, an dessen Tür das Schild ›Eintritt verboten‹ stand.

Schreibert sah ihm nach. Die Tränen brannten auf seiner zerstörten Haut.

Und während er weinte, gebar sein Herz einen plötzlich aufwallenden unbändigen Haß gegen den Mann, der ihm die Wahnsinnsdroge LSD mit einem Streifchen Löschpapier in das Sektglas gegeben hatte.

Ein Haß, der, je länger Schreibert über ihn nachdachte, ihm den Atem nahm.

Zehn Minuten später mußte er eine Herzspritze und eine Beruhigungsinjektion bekommen.

Es war Mitte Juni, an einem warmen, hellen Abend, als sich Jutta Boltenstern und Werner Ritter im Rosengarten von Schloß Benrath trafen. Nicht zufällig, nein, so etwas wollen wir nicht anbieten. Die Realität ist wesentlich romantischer und doch moderner:Jutta und Werner liebten sich bereits seit einem halben Jahr.

Niemand wußte es, nicht einmal ahnen konnte man diese Liebe. Als Boltenstern zum erstenmal die heimlichen Blicke bemerkte, die Jutta und Werner miteinander wechselten, damals, an diesem schrecklichen Katermorgen vom 22. Mai, als Richard Erlanger vor ihnen verkrümmt auf dem Teppich lag, waren sie sich schon lange darüber einig, daß sie zueinander gehörten. Was ging diese Liebe ihre Väter an? Konrad Ritter lebte sowieso in einer Welt, die für Werner versunken war wie Atlantis, und er sah seinen Vater wie den letzten Anbeter eines Fetisches an, den irgend jemand mit anderen Fossilien ausgegraben hatte. Er gab ihm eine Art Narrenfreiheit, aber sie brachte es auch mit sich, daß Werner Ritter nie über seine eigenen privaten Probleme mit seinem Vater sprach. Auf die Frage aller Väter: »Sag mal, du bist jetzt 26 Jahre, willst du nicht bald heiraten?«, antwortete Werner dann immer: »Wird schon werden, Vater!« Und damit war der Einbruch in die persönliche Sphäre abgewehrt und bereinigt.

Mit Jutta war es nicht anders. Sie versorgte ihren in den Alltagsdingen tolpatschigen Vater wie eine geduldige Ehefrau (wir wissen ja, daß Boltenstern diese Rolle vollendet spielte), erzählte von ihrem Reporterinnendasein, brachte ihre Berichte mit, die Boltenstern lobte oder kritisierte, aber was sonst mit Jutta geschah, lag wie hinter einer dicken Milchglasscheibe. Manchmal sah Boltenstern Schattenrisse darauf ... neue Kleider, neue Frisuren, einen Tanzabend, Partys mit Journalistenkollegen, ein paar harmlose Flirts ... aber in ihre Gedanken drang er nie, und noch weniger in ihr Herz.

Und so kam es, daß weder Konrad Ritter noch Alf Boltenstern wußten, daß Jutta und Werner sich heimlich trafen, aber eigentlich war das ja gar nicht heimlich, denn sie verbargen ja nichts und hätten sich zueinander bekannt, wenn man sie überhaupt gefragt haben würde. An diesem warmen Mittjuniabend wartete Werner Ritter schon im Rosengarten von Schloß Benrath, als Jutta Boltenstern mit einem Taxi vorfuhr, bezahlte und ihm entgegenlief. Sie kam von einer Reportage und mußte sofort wieder zum Verlag zurück, damit der Bericht noch in die Morgenausgabe aufgenommen werden konnte.

»So wichtig?« fragte Werner Ritter ein wenig enttäuscht. »Vierlinge geboren? Oder eine Riesenkartoffel von fünf Pfund geerntet?«

»Du sprichst wie mein Vater!« Jutta Boltenstern verzog den hübschen, blaßrot geschminkten Mund. »Um das Redaktionsgeheimnis zu brechen: Ich hab' ein Interview mit dem Schuhkönig von Amerika. Mr. Josuah Abram Rilley. Wohnt im ›Breitenbacher Hof‹. Rilley gilt als presssescheu ... aber ich habe ein Interview. Was sagst du nun?«

»Wer so aussieht wie du, dem springen alle Türen auf! Das ist kein Kunststück!« Ritter lachte, umfaßte Jutta und gab ihr einen Kuß.

»Du bist verrückt!« rief sie und sah sich um. »Vor allen Leuten!«

»Im Rosengarten sind genau vierzehn Menschen, sieben Männer, sieben Frauen. Immer paarweise! Man braucht kein Kriminalist zu sein, um zu kombinieren, daß diese sieben Paare mit sich selbst so intensiv beschäftigt sind, daß sie sich um ein achtes, sich aus tiefster Überzeugung küssendes Paar in keiner Weise kümmern ...«

»Das war bestes Amtsdeutsch! O Himmel, Werner, sollten wir jemals heiraten ... das wird eine merkwürdige Ehe!«

Ritter legte den Arm um Juttas Schulter, und so gingen sie um die Rosenrabatte und den kleinen Springbrunnen in der Mitte, reihten sich ein in die Promenade der anderen sieben Paare und umkreisten die süß duftenden Blüten, ohne sie zu riechen noch bewußt zu sehen. Auch darin hat sich in der Liebe nichts geändert.

»Dr. Lummer hat angedeutet, daß ich bei der Beförderungsvorlage im nächsten Jahr auf der Liste zum Kommissar stehe«, sagte Werner Ritter. »Dann können wir heiraten.«

»Und im nächsten Jahr ist meine Probezeit als Volontärin vorbei, und ich bekomme einen richtigen Journalistenjob.«

79

Jutta Boltenstern blieb stehen und hob die Finger, als wolle sie wie ein Kind einen Auszählvers absingen.

»Wieviel verdienen wir dann eigentlich?« fragte sie. »Ich vielleicht 500 Mark. Und du?«

»850, denke ich.«

»Macht zusammen 1450 DM. Davon kann man einen Hausstand gründen.«

»Das denke ich auch!« Werner Ritter nahm die Hände Juttas und drückte sie an seine Lippen. Es war eine Zärtlichkeit, die sie nicht von ihm gewöhnt war. Verwundert zog sie ihre Hände weg.

»Was hast du?« fragte sie.

»Angst, mein Liebling.«

»Angst? Wovor?«

»Vor deinem Vater.« Werner Ritter wandte sich etwas zur Seite und sah hinüber zu dem leise plätschernden Springbrunnen. Über die Wipfel der Parkbäume zogen die Schatten des Abends.

Werner Ritter konnte in diesen Minuten nicht in die Augen Juttas blicken. Noch weniger war es ihm möglich, ihr die volle Wahrheit zu sagen, die er seit drei Tagen wie eine Zentnerlast mit sich herumschleppte.

»Mein Vater würde sich freuen –«, sagte Jutta langsam. Aber in ihrer Stimme schwang gleichzeitig eine unausgesprochene Frage.

»Das glaube ich nicht.« Werner Ritter verfolgte die Wasserkaskaden des Brunnens mit unruhigen Blicken. »Es sind Dinge eingetreten, die mich zwingen, wieder zu ermitteln.«

»Wegen Onkel Richard?«

»Ja.«

»Aber der Oberstaatsanwalt . . .«

»Dr. Breuninghaus weiß noch nichts von der neuen Lage. Ich unterrichte ihn auch nicht! Ich will mir diese neue Spur auch nicht wieder abwürgen lassen! Mit einem deutlichen Beweis gehe ich zu ihm, den kann er nicht abtun mit Reden über Kameradschaft und Freundschaft.«

»Und mein Vater . . . mein Vater . . .« Jutta sprach nicht weiter. Aber sie faßte Ritters Arm, und ihre Nägel drangen durch den Stoff der Jacke in seinen Oberarm.

80

»Kennst du LSD?« fragte Ritter mit belegter Stimme.

»Nein.«

»Ich kannte es auch nicht. Vor einer Woche gelangte ein Bericht zu uns auf die Dienststelle, zusammengestellt vom Landeskriminalamt. ›Erfahrungen mit dem Rauschgift LSD‹, hieß er. Es war eine Sammlung von Polizeiberichten aus den USA, England und Frankreich. In diesen Berichten waren Partys beschrieben, die man vor allem in Amerika mit diesem LSD veranstaltete ... Partys, bei denen die Teilnehmer sich völlig veränderten, eine neue, wahnwitzige Welt wahrnehmen, sich in Tiere oder Pflanzen verwandelten oder in Traumwelten lebten, als Inkaprinzen, als Seeräuber, als Großwildjäger. Einer war sogar ein ›Kaiser der Eskimos‹ und wohnte in einem Eispalast auf Grönland.«

»Verrückt«, sagte Jutta Boltenstern, »aber interessant.«

»Dieses LSD wude in der Schweiz entdeckt, durch Zufall, von einem Dr. Hofmann im Labor der Sandoz-Werke. Bei einem Destillationsvorgang atmete er geruch- und geschmacklose Dämpfe ein und verfiel in einen grauenhaften schizophrenen Anfall. Das war die Geburtsstunde des Abfallproduktes LSD. Lysergsäurediäthylamid.«

»Ein Bandwurmwort.«

»Die nüchterne Bezeichnung für eine Wahnsinnsdroge. Seit einer Woche habe ich mir alles kommen lassen, was man bisher über dieses LSD weiß. Aus Basel von Sandoz selbst, aus England von Scotland Yard, aus Paris, aus Rom und aus Washington vom FBI. Ich habe die einschlägige medizinische Literatur in der Bibliothek der Medizinischen Akademie durchgelesen. Es ist erschreckend! Seit 1943 kennt man dieses LSD! Seit 1949 weiß man durch Versuchsreihen an gesunden und echten schizophrenen Patienten und Versuchspersonen, daß dieses LSD das stärkste, persönlichkeitsverändernde Rauschgift ist, das es überhaupt gibt. Schon 100 Mikrogramm genügen, um einen Menschen für neun Stunden wahnsinnig zu machen. Zwei Pfund in die Trinkwasseranlage Londons geschüttet, und 5,2 Millionen Menschen wären für einen ganzen Tag nur noch lallende Idioten! Und was sind zwei Pfund! In Amerika erzeugen schon jetzt Chemiestudenten das LSD in primitiven Giftküchen, die sie sich in der Garage oder im Keller eingerichtet haben. Es ist gar keine Kunst, die Menschheit wahnsinnig zu machen! Und das alles weiß keiner! Über alles das hat man den Schleier des Schweigens gezogen, weil die Wahrheit zu grauenhaft ist! In den USA gibt es jetzt schon mindestens 100 000 LSD-Süchtige. Morde sind passiert, Selbstmorde, Verbrechen im LSD-Rausch ... und kein Täter ist verantwortlich, denn er ist ja zur Zeit seiner Tat nicht Er, sondern ein anderes, völlig unkontrollierbares Ich.«

»Nach Deutschland wird dieses LSD nicht kommen!« sagte Jutta.

»Bis Paris ist es schon.«

»Wir brauchen ja nicht jeden ausländischen Blödsinn mitzumachen.«

»Mein liebes Kind, wenn du wüßtest, wie übersättigt unsere Wohlstandsgesellschaft ist. Immer nur Striptease, immer nur rosa Licht und minderjährige Mädchen – das kotzt allmählich an. Wenn das LSD auch nach Deutschland kommt, wird sich die Partygesellschaft mit einem Schrei der Wonne darauf stürzen und sich mit geiler Freude zu Schizophrenen verwandeln, weil es mal etwas anderes ist. Wahnsinn als Gesellschaftsspiel.«

»Das sind böse Visionen.« Jutta Boltenstern schüttelte den Kopf. »Ich glaube nicht daran.«

»In den USA verkauft man das LSD als getränkte Würfelzuckerstückchen. In England und Frankreich saugt man es in kleine Streifen Löschpapier auf, die man dann nur in die Gläser zu hängen braucht.« Werner Ritter wischte sich über das Gesicht. Es war feucht.

Die nicht verbrannten Löschpapierstreifen im Kamin Huilsmanns.

Die völlige Erinnerungslosigkeit aller Gäste dieses 21. Mai.

Drei Tage vor dieser Party war Boltenstern aus Paris zurückgekommen.

In Paris, wo man das LSD in Löschpapier aufgesogen verkauft.

Seit drei Tagen wußte Ritter das alles. Seit drei Tagen lag er nachts wach, starrte an die Decke und bat das Schicksal, daß sein

Verdacht nicht Wahrheit war. Seit drei Tagen hatte er Angst um seine Liebe zu Jutta.

»Komm«, sagte er rauh, umfaßte ihre Schulter und zog sie an sich. »Das ist alles viel zu trübe, um unseren Abend schön werden zu lassen. Gib mir einen Kuß, Jutta . . . ich bin ein Idiot, daß ich dir solche dämlichen Dinge aus meinem Beruf erzähle. Kein Wort mehr aus unserem Alltag! Küß mich!«

Sie umarmten sich, und da auch die anderen Paare nichts anderes taten, küßten sie sich und vergaßen dabei ihre Umwelt.

Werner Ritter schrak hoch, als ihm jemand auf die Schulter tippte. Auch Jutta fuhr mit einem leisen Aufschrei zurück und bekam einen feuerroten Kopf.

Neben ihnen stand Major a. D. Konrad Ritter und sagte:

»Das nenne ich wirklich die richtigen Ermittlungen! Mein Junge, schreite zur Verhaftung und sammele so viel Indizien, daß es für lebenslänglich reicht!«

»Vater!« sagte Werner Ritter verstört. »Was machst du denn hier?«

»Onkel Konrad . . .«, Jutta nagte an der Unterlippe, »sagst du Paps was davon?«

»Zwei Fragen auf einmal!« Konrad Ritter faßte seinen Sohn und Jutta unter und zog sie mit sich fort. »Kann ein alter Mann nicht auch einmal Luft schnappen?«

»Um diese Zeit? Im Rosengarten?«

»Ich liebe die süße Rosenluft.« Konrad Ritter blinzelte. »Komme da ahnungslos über den Weg, und wen sehe ich am Brunnen stehen und knutschen . . . meinen braven Sohn und die noch bravere Jutta! Kinder, wie lange geht das denn schon?«

»Ein halbes Jahr, Vater.«

»Und Boltenstern weiß nichts?«

»Nein.« Jutta blieb stehen. »Sagen Sie bitte, bitte, Paps noch nichts davon. Wir wollen noch bis zum nächsten Jahr warten.«

»Wegen Geld?«

»Ja.«

»Blödsinn! Dein Vater hat genug.«

»Wir wollen auf eigenen Beinen stehen, Vater«, sagte Werner Ritter. »Du kennst meine Ansichten.«

»Blöd sind sie, jawohl!« Konrad Ritter warf den Kopf in den Nacken. »Ich danke dem Himmel, daß du wenigstens eine vernünftige Frau bekommst! Mein Sohn und Jutta Boltenstern ... Kinder, das habe ich mir ganz tief im Herzen immer gewünscht. Und ihr habt geschwiegen. Ihr habt dem alten Ritter nicht vertraut! Das ist fast eine Beleidigung! Aber trotzdem ... Kinder, das feiern wir! Darauf trinken wir eine Flasche Wein! Und kein Wort zu Boltenstern! Ich bin jetzt euer Mitverschwörer!« Er legte den Arm um Werner und Jutta, und es sah von weitem aus, als ließe er sich von ihnen abschleppen. »Kinder, bin ich glücklich! Endlich hat mein Junge einmal einen vernünftigen Gedanken gehabt.«

Sie gingen aus dem Park und am Schloß vorbei. Eine kleine, glückliche Familie.

Und Jutta Boltenstern vergaß sogar ihre Reportage mit dem amerikanischen Schuhkönig Josuah Abram Rilley.

An diesem Abend besuchte Alf Boltenstern mit einem großen Blumenstrauß Petra Erlanger.

In der schloßähnlichen Villa war es still. Seit dem Tode Erlangers schien alles Leben in diesen riesigen, prunkvollen Räumen wie in Watte gepackt.

Die Fabriken führten jetzt die Subdirektoren, ein Gremium von Juristen überwachte alles. Der Kopf der Wollhagen-Werke fehlte jetzt zwar, aber es zeigte sich schon nach einer Woche, daß dieser Kopf nur eine Schraube gewesen war, die man durch eine neue Schraube ersetzen konnte. Natürlich sprach das niemand aus ... in der Halle des Verwaltungshochhauses wurde ein Ölbild Erlangers enthüllt und jeden Tag mit frischen Blumen geschmückt ... aber von der am Grabe vorgetragenen ›Arbeit in seinem Geist‹ war wenig mehr die Rede. Neue Ideen gewannen Raum.

Petra Erlanger saß im großen Wintergarten, als Boltenstern eintrat. Sie trug ein raffiniert schlichtes, schwarzes Kleid aus Seiden-

84

crêpe, gerade so weit geschnitten, daß man den Ansatz ihrer hohen, aber mädchenhaften Brust sah.

»Das ist schön, Alf, daß du kommst«, sagte sie mit ihrer sanften, samtweichen Stimme. »Ich bin so schrecklich allein.« Sie lehnte sich zurück, legte die Rosen Boltensterns in ihren Schoß und schloß die Augen. Boltenstern starrte sie an wie das Erlebnis der Geburt einer Venus aus dem Schaum des Meeres. »Eigentlich war ich immer allein, die ganzen Jahre, aber ich habe es nie so gespürt wie jetzt, nachdem Richard nicht mehr da ist. Das große Haus, die herumschleichenden Menschen . . . wie in einer Gruft komme ich mir vor. Wie eine Inderin, die mit ihrem Mann von der Welt muß . . .«

»Das war vor 200 Jahren, Petra«, sagte Boltenstern, beugte sich über sie und küßte ihre Stirn. Nur ein Hauch war's, die Andeutung eines Kusses.

»Ich fühle mich 400 Jahre alt.«

»Und siehst aus wie ein Gemälde Boticellis.«

»Was bringst du Schönes, Alf?« Petra richtete sich auf. Ihre blauen Augen hatten einen verträumten Blick. »Wenn ich dich nicht in den vergangenen Wochen gehabt hätte . . .«

»Du weißt, ich bin immer für dich da, Petra.« Das klang erbärmlich abgeleiert, aber was sollte man darauf sagen? Boltenstern setzte sich Petra gegenüber. Es war ein Rokokostuhl, etwas niedriger als Petras Stuhl, und so sah Boltenstern auf ihre langen, schlanken Beine in den hauchdünnen schwarzen Strümpfen. Ein Gefühl inniger Verbundenheit mit dieser Frau überflutete ihn. Ein Gefühl von Stolz, obwohl er noch gar keine Rechte genoß.

»Ich möchte verreisen«, sagte Petra und blickte in den nächtlichen Park. »Weg von hier, die Stunden des Schreckens vergessen, etwas anderes sehen als nur trauernde Gesichter. Könntest du mich begleiten, Alf?«

»Zu jeder Zeit, aber nicht vor September.«

»Ach.«

»Es sind noch dringende Geschäfte zu erledigen, Petra.«

»Sind sie dringender als ich?«

»Ja!« sagte Boltenstern klar.

Petra sah Boltenstern einen kurzen Augenblick erstaunt und wie fasziniert an. So hatte Richard nie zu ihr gesprochen. Er war immer ein etwas weicher Mann gewesen, ein Mensch in Moll, der Härten auswich und Petras Launen duldete. Boltenstern aber sagte ein klares Ja oder Nein. Er war kraftvoll und selbstbewußt. Sie hatte das früher nie bemerkt oder erkannt. Nun sah sie ihn mit den Augen einer gereiften Frau an, einer Frau, die seit Jahren in einem goldenen Käfig gelebt, die man mit goldenen Körnern gefüttert hatte und der man einmal in der Woche die Federchen streichelte. Eine Kalenderliebe. Ein Termin, wie hundert andere Termine Erlangers. Samstag, nach Feierabend: Petra umarmen.

»Wenn du meinst«, sagte Petra gedehnt.

»Ja. Ich habe triftige Gründe, Petra.« Boltenstern beugte sich vor. Er legte seine große, feste Hand auf ihre Knie, und sie empfand diese Berührung als angenehm, ja sogar elektrisierend, als sei sie noch ein junges Mädchen. »Aber ich habe einen anderen Vorschlag. Wir reiten aus. Jeden Morgen eine Stunde ... das tut dir gut. Das befreit von allen dunklen Gedanken. Du sollst sehen – es wirkt Wunder. Die Depressionen verfliegen bei einem richtigen Galopp!«

»Eine gute Idee, Alf.« Petra erhob sich. Die Hand Boltensterns glitt an ihrem Bein hinab ... aber das war sicherlich nur Zufall, eine Folge des plötzlichen Aufspringens. »Wer reitet noch mit?«

»Nur meine Tochter Jutta.«

»Ein liebes Mädel.«

»Ja.«

»Sie sieht aus wie deine Frau.«

»Du kennst sie noch?«

»Natürlich. Damals war ich 21 Jahre, als sie starb. Und ich war damals beleidigt, als du knapp nach Ablauf des Trauerjahres mich fragtest, ob ich dich heiraten wolle. Weißt du noch?«

»Ja, Petra. Und kurz danach hast du Richard geheiratet.«

»Mein Vater wollte es so. Und du kamst mir damals wie ein Windhund vor. Wer seine Frau so schnell vergißt und eine andere heiraten will ...«

»Sprechen wir nicht mehr darüber, Petra. Das war vor elf Jahren.« Boltenstern stand ebenfalls auf. »Man kann aus Fehlern lernen. Man sollte es sogar!«

Vierzehn Tage später, Ende Juni, geschah in der Klinik etwas Fürchterliches.

Man hatte Hermann Schreibert den Kopfverband abgenommen. Die Wunden waren soweit abgeheilt, daß ein Verband nicht mehr nötig war. Nur über die ganz üblen Verletzungen klebte man Heftpflaster.

Die Schwestern, die Assistenzärzte, ja sogar der Oberarzt und der Chef nahmen ihre Nerven und vor allem ihre Mienen in die Gewalt, als die letzten Zellstoffhüllen vom Gesicht Schreiberts losgelöst wurden. Schreibert lag in Narkose, denn die Prozedur der Verbandablösung war ungemein schmerzhaft.

Was ihnen da entgegensah, im harten Licht der OP-Scheinwerfer, war eine blutrote, runzelige, schartige Fratze. Die Nasenspitze fehlte, die Wangen waren abgeschabt bis auf die Knochen, das Kinn war eingedrückt. Hier lag nicht mehr Hermann Schreibert – hier lag die Wahrheit gewordene Ausgeburt einer höllischen Fantasie. Ein lebendes Modell Hieronymus Boschs.

»Mein Gott –«, sagte eine junge Ärztin leise. »Das ist ja furchtbar. Wenn er erst die volle Wahrheit erkennt . . .«

»Wir müssen sie so lange hinausschieben, bis wir mit den Hauttransplantationen beginnen können. Ganz vorsichtig werde ich ihn auf seinen Zustand vorbereiten.«

Man versorgte die noch blutenden Wunden, verklebte sie mit Heftpflaster und fuhr Schreibert in einen anderen Raum, an dessen Tür zur Abschreckung: Achtung, Lebensgefahr. Bakteriologisches Labor! stand.

Es war ein Zimmer, aus dem man alle blanken Teile entfernt hatte. Jeden Spiegel, jede Möglichkeit der Spiegelung . . . auch die Fenster waren aus dumpfem Milchglas.

Hier erwachte Hermann Schreibert, freute sich, daß er endlich seinen heruntergerutschten Turban los hatte – wie er den Kopfverband genannt hatte –, und tastete sein Gesicht ab. Er fühlte die Leukoplaststreifen, spürte die schartigen Wunden, aber er war sich nicht bewußt, daß er über ein Gesicht fühlte, daß kein Gesicht mehr war.

Bis zu jenem Morgen, an dem ein greller Schrei aus dem Zimmer bis in den Flur drang und den Visite machenden Oberarzt herumriß.

»Alf!« schrie Schreiberts grelle Stimme aus dem verschlossenen Zimmer. »Alf! Hilfe! Hilfe! Mein Gesicht! Mein Gesicht! Er hat mir mein Gesicht genommen!«

Als der Oberarzt, die Stationsschwester und der Assistenzarzt in das Zimmer stürzten, saß Schreibert im Bett und hielt in der Hand einen einfachen Eßlöffel. Er hatte sich schon zum Morgenkaffee Pudding gewünscht, und die Morgenschwester hatte ihn gebracht, ahnungslos, mit einem blanken Löffel. Und in diesen Löffel starrte nun Schreibert, drehte ihn vor seinem zerstörten Gesicht und heulte und schrie und war doch gelähmt vor Grauen.

»Alf!« brüllte er, als der Oberarzt ihm den Löffel aus der Hand riß. »Boltenstern soll kommen! Sofort! Sofort! Er hat mein Gesicht! Er hat mein Gesicht! Holt Boltenstern ... oder ich ... ich weiß nicht, was ich tue ... Mein Gesicht ...«

Er fiel nach hinten in die Kissen, warf die Arme hoch, umklammerte hinter sich die Stangen des Eisenbettes, rüttelte an ihnen wie an einem Gitter, und dabei heulte er wie ein angeschossener sibirischer Wolf.

»Mein Gesicht – er hat mir mein Gesicht genommen ...«

Fast eine Stunde dauerte es, bis Alf Boltenstern in der Klinik eintraf. In seiner Privatwohnung hatte sich niemand gemeldet; sein Büro gab die Auskunft, daß er eine Zusammenkunft mit südamerikanischen Geschäftsfreunden in einem Hotel habe. Welches Hotel, das wußte man auch nicht. Die Schwester in der Telefonzentrale der Klinik rief daraufhin alle Düsseldorfer Hotels an, und als sie überall eine verneinende Auskunft erhielt, hatte sie einen guten Gedanken und telefonierte mit den Lokalen, zu denen man ausländische Besucher gern hinführt, um ihnen Düsseldorfer Fluidum zu vermitteln. So erreichte sie Boltenstern im ›Malkasten‹, dem Künstlerdomizil, und Boltenstern setzte sich sofort in den Wagen, überließ den Besuch aus Argentinien seinem Prokuristen und jagte quer durch die Stadt zum Krankenhaus.

Schreibert hatte sich etwas beruhigt. Der Chefarzt hatte ihm eine Injektion gegeben, kein schweres Mittel, denn das Herz Schreiberts war schon sehr belastet. Aber das Medikament dämpfte etwas, und so lag Schreibert tief und keuchend atmend in seinem Bett, als Boltenstern eintraf und das Zimmer allein betrat.

»Er will Sie unter vier Augen sprechen«, sagte der Oberarzt, der Boltenstern erwartete. »Trotz großer Bedenken geben wir dem statt. Aber wenn er sich wieder maßlos aufregt, läuten Sie bitte. Er war vorhin in der Verfassung, daß er sich sein Gesicht – oder das, was er noch davon hat – mit den Fingernägeln zerreißen wollte.«

Boltenstern nickte stumm und zog leise hinter sich die Tür zu.

Schreibert saß halb im Bett und sah Boltenstern an. Viel Selbstbezwingung gehörte dazu, diesen Anblick ohne ein Zeichen von Erschrecken oder Grausen zu ertragen. Eine vernarbte, blutverkrustete Fratze hockte da in den Kissen . . . nur die Augen gehörten noch zu Hermann Schreibert und die wenigen dunkelblonden Haare am Hinterkopf. Die vordere Seite des Schädels hatte man ihm glattrasiert. Hier durchzog eine breite Narbe die Kopfhaut.

»Na, alter Junge«, sagte Boltenstern krampfhaft fröhlich. Er hatte sogar die Nerven, zu lächeln und mit beiden Händen zu winken. »Ich muß doch mal wieder nach dir sehen . . .«

»Hat man dich gerufen?« fragte Schreibert dumpf. Der Anblick seines Sprechens war fürchterlich. In einer verwüsteten Landschaft sprang plötzlich ein Spalt auf, und aus diesem roten Loch sprudelten die Worte.

»Gerufen? Nein! Ich bin gekommen, um dich zu besuchen. Vor fünf Tagen war ich das letztemal hier . . .« Boltenstern zog einen Stuhl heran, setzte sich neben Schreibert und sah ihn mit einem Blinzeln an. »Die ganze Sache mit dem jungen Ritter ist bereinigt, Hermann. Dr. Breuninghaus hat ihn ausgewrungen.«

»Du sprichst so, als wäre gar nichts geschehen«, sagte Schreibert und zog die Schultern hoch. »Sieh mich doch an!«

89

»Das tue ich doch die ganze Zeit, Hermann.«

»Mein Gesicht —«

»Ein paar Schrunden und Narben ... Mensch, Hermann, benimm dich nicht wie eine Diva, die einen Pickel am Po entdeckt. Mit ein paar kleinen kosmetischen Operationen kommt das wieder hin. Hinterher siehst du schöner aus, als du je warst! Sie werden dich verjüngen!«

»Laß das, Alf ...«, stotterte Schreibert. Ein Zucken lief durch seinen Körper. »Ich habe kein Gesicht mehr ... Ich habe mein Gesicht verloren ... Sieh mich nicht so tröstend an! Ich weiß, wie ich aussehe! Ich habe das ja selbst an anderen gesehen. Weißt du noch ... in Perwo-Uralsk. Das Plenny-Lazarett und die Abteilung der Gesichtsverletzungen? Wir haben damals Kartoffeln und Kohl hingebracht und sahen die armen Kerle in ihren Zimmern. Fratzen, Alf ... Alpträume von Köpfen ... Wesen eines anderen, schrecklichen Sterns ... Und wir haben uns damals angesehen und zu uns gesagt: Lieber 10 Jahre Sibirien und Bleibergwerk ... aber das Gesicht behalten! Nicht so aussehen wie die armen Kerle da ... sie sind ja keine Menschen mehr ...« Schreiberts Kopf sank zurück in die ihn stützenden Kissen. »Und jetzt sehe ich auch so aus ... jetzt bin ich kein Mensch mehr! Mein Gesicht!« Er zuckte hoch und brüllte wieder: »Du hast es mir genommen! Du!«

Vor der Tür zuckte die Stationsschwester zusammen, lief in die Teeküche und rief den Oberarzt an. »Ich glaube, es geht wieder los«, meldete sie. »Er schreit schon wieder.«

Boltenstern drückte Schreibert in die Kissen zurück. Die Gefahr, daß Schreibert in dieser seelischen Verfassung alles verriet, war akut. Hier half keine Drohung mehr, hier verschloß der Schock, der Mörder Erlangers zu sein, nicht mehr seinen Mund ... hier half nur die Kraft der Überzeugung, die Argumentation der Hilfe.

»Du redest dir da einen Unsinn ein, Hermann«, sagte er eindringlich, »der schon pathologisch ist! Ein paar Narben im Gesicht ... Mensch, als Student der schlagenden Verbindungen hättest du dich direkt danach gedrängt, ein paar Durchzieher im

Gesicht zu haben! Kein deutscher Geist ohne Narbe über die Backe. Zwei Mensurnarben sind ein besserer Paß als ein dickes Bankkonto. Wer in der deutschen Gesellschaft mitsprechen will, muß eine zerschlagene Fresse haben, Hermann, du kennst doch den Witz: Sehen da zwei mit Narben übersäte Akademiker einen dritten, der mit einem glatten Gesicht herumläuft. Sagt der eine zum anderen: ›Sieh dir den an. Glatt wie ein Kinderpopo. Ist wohl schräg, der Junge!‹ – Nun lach doch schon, Hermann!«

Schreibert starrte Boltenstern aus seinen von Krusten umgebenen Augen an. Auch die Augenbrauen waren weg. Es sah aus, als habe man die Augen willkürlich in diese zerklüftete Fläche gebohrt.

»Hast du einen Spiegel bei dir?« fragte er leise.

»Nein, Hermann.«

»Warum lügst du, Alf? Ich weiß, du hast immer einen Taschenspiegel bei dir. In der linken Rocktasche ist er. Gib mir den Spiegel!«

»Ich habe mit dem Chefarzt gesprochen«, plauderte Boltenstern tapfer weiter. »In vier Wochen kannst du entlassen werden. Dann fahren wir beide zwei Wochen in die bayerischen Berge. Würzige Bergluft, Almwiesen, Höhensonne, süße Sennerinnen ... und im August geht's dann nach Nürnberg zum Kameradentreffen. Eine Mordsgaudi soll es werden, sagt Konrad. Fast 2000 Kameraden haben sich schon angemeldet, ein richtiges Volksfest mit Karussells, Schießbuden, Riesenrad und Achterbahn wird aufgebaut, der alte General v. Trettenheim wird eine Rede halten, vier Traditionsfahnen werden geweiht ...«

»Den Spiegel ...«, sagte Schreibert gefährlich sanft.

»Im Winter haben wir dann Zeit genug, an deine Verschönerung zu denken! Und wenn wir später zusammen spazierengehen, werden uns die Mädels nachsehen und denken: Donnerwetter, hat der alte Boltenstern einen netten Sohn! Den hat er uns ja bisher vorenthalten.«

»Gib den Spiegel her!« schrie Schreibert auf.

Boltenstern zögerte noch einmal, dann zuckte er mit den

Schultern, griff in die linke Rocktasche und gab Schreibert den kleinen, runden, in Leder gefaßten Spiegel.

Lange starrte sich Schreibert an. Er tobte nicht mehr, er hieb nicht mehr in wilder Verzweiflung um sich ... wie versteinert lehnte er in den Kissen, sah sich – oder das, was er noch war – stumm an, und der Anblick brannte sich in sein Hirn ein wie ein unverwischbares Brandzeichen.

Auf dem Löffelrücken hatte er sich nur schemenhaft gesehen, verwischt, verzerrt, aber es hatte genügt, um ihm die Wahrheit zu zeigen. Nun war die volle Wahrheit vor ihm, brutal scharf in dem geschliffenen Spiegelglas ... jede Schrunde, jede Narbe, jedes wilde Fleisch, das sich gebildet hatte, jede Höhlung, jedes Loch in seinem Gesicht. So haben die mittelalterlichen Maler nicht einmal den Teufel hingestellt, dachte er. So schrecklich war ihre Fantasie nicht, wie es die Wirklichkeit schaffen kann.

»Hermann«, sagte Boltenstern leise und nahm ihm behutsam den Spiegel aus den verkrallten Fingern. »Es sieht nur so wüst aus, weil es noch frisch ist, noch nicht völlig ausgeheilt –«

»Dein verdammtes LSD!« Schreibert warf den Kopf zurück und starrte an die Decke. »Ich bin erledigt! Durch dich erledigt ... durch deine Teufelsdroge ...«

Der kritische Punkt war erreicht. Die wichtigsten Minuten im Leben Boltensterns hatten begonnen. Schreibert gab auf, er resignierte, er beugte sich seinem grauenhaften Schicksal ... und in dieser Verfassung war er bereit, aller Welt zu verkünden, wer ihn dazu gebracht hatte.

»Ich habe diese Wirkung auch nicht gewußt, Hermann«, sagte Boltenstern leise. »Ihr habt alle auf dieses LSD reagiert, als wäret ihr unheilbar Verrückte. Wer konnte das denn wissen?«

»Du!«

»Ich habe es in Paris einmal gesehen. Unter den Seine-Brükken.«

Schreibert schloß die Augen. Die beiden sinnlosen Löcher in der Mondlandschaft verloschen. »Ich werde der Polizei alles erzählen«, sagte er leise. »Alles!«

»Und warum?«

»Um wenigstens meinen inneren Frieden zu haben. Ich habe kein Gesicht mehr, ich soll Richard, meinen besten Freund, erdrosselt haben, um mich ist eine ganze Welt zusammengebrochen, und in dieser neuen Welt hüpfe ich herum wie ein Gnom, mit einem Kopf wie eine verkrüppelte Wurzel . . .«

»Hermann«, sagte Boltenstern ehrlich erschüttert. »In einem, spätestens aber im übernächsten Jahr wird man nichts mehr von deinen Verletzungen sehen. Ich habe mit dem Chefarzt gesprochen . . . es gibt da Spezialkliniken. In Bayern, bei Oberstdorf. Und wenn es ganz schwierige Operationen werden sollen, fliegen wir nach Amerika.«

»Und wer soll das alles bezahlen?« Schreiberts Augen blieben geschlossen, aber unter den roten Wimpern sickerte es feucht über die zerstörten Wangen. »Mein Atelier, meine Modelle, meine Entwürfe, mein internationaler Ruf . . . alles ist vorbei.«

»Ich sorge für dich, Hermann.« Boltenstern beugte sich über den weinenden Freund. »Du ziehst zu mir, wir fahren zu den besten Gesichtschirurgen, ich werde einen guten Designer in dein Atelier nehmen, der den Betrieb fortführt . . . du brauchst dir gar keine Sorgen zu machen, Hermann.«

»Und wovon willst *du* das bezahlen?« Schreiberts schrecklicher Kopf drehte sich zu Boltenstern. »Alf, wir kennen uns doch alle viel zu gut. Du hast ein gutes Leben, klar – aber es reicht auch gerade für dich . . .«

»Es wird sich vieles ändern, Hermann.« Boltenstern lehnte sich zurück. »Du bist der erste, der es erfährt: Petra und ich werden nach Ablauf des Trauerjahres heiraten . . .«

Die Augen Schreiberts schwammen, aber trotzdem erkannte man, wie hart plötzlich der Blick war.

»Aha!« sagte er. »Du und Richards Frau!«

»Wir kennen uns schon seit elf Jahren . . . das wißt ihr doch alle!«

»Ja. Und Richard war damals der Sieger. Warum hast du eigentlich elf Jahre gewartet . . .?«

In Boltenstern erstarb in diesem Augenblick alles Mitgefühl. Steif saß er auf dem unbequemen Stuhl und sah Schreibert kalt an. Es war der Blick einer Schlange, die ein sich windendes Kaninchen betrachtet, bevor sie den Giftzahn in das Fell schlägt.

»*Du* hast Richard erwürgt«, sagte er frostig.

»Mit deinem Gift im Körper!«

»Wer konnte so etwas voraussehen?«

»Du hast Richard nie leiden mögen, seitdem er Petra geheiratet hatte. Daß er dir deine Patente aufkaufte, daß du praktisch von ihm ernährt wurdest, hast du nie überwunden. Du hast Richard immer um seinen Erfolg beneidet. Wir alle wußten das – aber unter Kameraden spricht man nicht darüber.«

»Es wäre gut gewesen, wenn auch du jetzt nicht darüber gesprochen hättest«, sagte Boltenstern ernst. »Es sind alles Hirngespinste. Wichtiger ist, ob du den Mund hältst.«

»Was macht Toni?«

»Er schweigt wie ein Fisch. Er hat nie von LSD gehört.«

»Und die Mädchen?«

»Toni hat nie Mädchen besorgt. Jeder von uns hat seine Gespielin mitgebracht.«

»Das bestätigt Toni auch?«

»Natürlich.«

»Und wenn ich die volle Wahrheit sage . . . von deinem LSD, von den Dortmunder Mädchen . . .«

»Man wird dir nicht glauben, Hermann.«

»In meinem Körper wird man das LSD feststellen können.«

»Auch ein Irrtum!« Boltenstern lächelte bitter. »Rückstände des LSD sind nur im Urin feststellbar. Spätestens in zwei Tagen . . . dann ist alles aus dem Körper hinausgeschwemmt. LSD ist zu späteren Zeitpunkten nicht mehr vorhanden.«

»Das alles wußtest du.«

»Ich habe mich *hinterher* erkundigt. Nachdem ich die Wirkung gesehen habe, die es bei dir hatte! Eine möderische Wirkung –«

Und jetzt traf dieses Wort wieder. Jetzt war der seelische Tiefstand überwunden . . . Schreibert hatte die Erkenntnis gewonnen, daß Klagen und Toben sinnlos waren, daß er mit dem Gesicht weiterleben mußte, das er jetzt besaß. Ein Gesicht ohne Menschlichkeit.

94

»Du wirst mich zeit deines Lebens auf dem Hals haben, Alf«, sagte er leise. »Du wirst mich durch dein Leben mitschleppen müssen wie einen auf deinem Rücken festgewachsenen Rucksack. Ich habe dich in der Hand!«

»Ich weiß es, Hermann.« Boltenstern erhob sich. »In ein paar Wochen wirst du das alles anders sehen. Du bist erregt, du bist völlig am Ende mit deinen Nerven. In ein paar Wochen wird es keine Schuldfrage mehr geben ... wir haben alle dieses LSD genommen, jeder hat so reagiert, wie es in seinem Charakter liegt, du selbst warst der erste, der dem Experiment zustimmte ... wir sollten jetzt nicht klagen und jammern und nach Schuldigen suchen ... wir sind Freunde, wir sind durch zwanzig Jahre miteinander gegangen, und es waren harte Jahre ... wir sollten zusammenhalten und versuchen, das beste aus dem zu machen, was nun ist.«

»Das hast du getan ... du heiratest Petra und mit ihr ein Vermögen von 10 Millionen. Aber mein Gesicht ist weg!«

»Ich werde dir auf jede Backe eine halbe Million legen, Hermann. Einverstanden mit diesem Pflaster?«

»Und wann?«

»Nächstes Jahr, wenn ich Petra geheiratet habe. Ein Jahr geht so schnell herum!«

Schreibert antwortete nichts. Eine Million für ein zerstörtes Gesicht, dachte er. Das ist ein Geschäft. Ein bitteres zwar ... aber es soll ein Wort sein!

»Wann kommst du wieder?« fragte Schreibert, als Boltenstern ihm die Hand hinreichte.

»Wenn du willst, jeden zweiten Tag.«

»Das wäre schön.«

»Soll ich Madeleine etwas bestellen?«

»Ja. Sie soll zurück nach Paris fahren. Ich kann ihr nicht zumuten, mit einem Marsmenschen zu schlafen.«

»Das ist schön, Hermann.« Boltenstern lachte, wenn es auch etwas trocken und kehlig klang. »Du hast schon wieder Humor. Nur weiter so, alter Junge ... nicht unterkriegen lassen!«

Schreibert sah Boltenstern nach, wie er das Zimmer verließ. Er

95

ging aufrecht und forsch, eine Verkörperung des siegreichen Lebens.

Ich habe dich in der Hand, dachte Schreibert dumpf. Mein Gesicht wird auch *dein* Leben verändern, lieber Kamerad Alf Boltenstern –

6

Es war Oberstaatsanwalt Dr. Breuninghaus unangenehm, aber er konnte nicht anders: Er mußte Kriminalrat Dr. Lummer anhören. Schon telefonisch hatte er versucht, abzuwinken, aber Dr. Lummer kam mit Argumenten, die Dr. Breuninghaus ein unangenehmes Gefühl im Magen verursachten. So einen Druck hat man nach dem Genuß einer zu fetten Gans, oder nach gekochtem Eisbein mit Sauerkraut... dann setzt man ein paar klare Schnäpschen auf die fetten Speisen und fühlt sich wohler. Hier aber halfen keine klaren Schnäpse, das erkannte Dr. Breuninghaus, als Kriminalrat Dr. Lummer ihm ein paar Bücher und einen Bericht auf den Tisch legte.

Experimentelle Psychosen, hieß das eine Buch.

Handbuch der Pharmako-Psychologie.

Und der Bericht hieß nüchtern: »Zusammenstellung und Kommentierung von Verbrechen im LSD-Rausch«.

»Was ist denn das?« fragte Dr. Breuninghaus kühl.

»Eine kriminalistische Bombe, Herr Oberstaatsanwalt.« Dr. Lummer tippte auf das engbeschriebene Papier. »Das wirft ganz neue Probleme auf.«

»Wer hat die Bombe gelegt?«

»Ritter.«

»Der Mann ist meines Wissens Kriminalassistent und kein Feuerwerker! Noch immer in dieser Sache Erlanger?«

»Wenn Sie diesen Bericht studieren, werden Sie überzeugt sein, daß eine Wiederaufnahme der Ermittlungen notwendig ist.«

»Glauben Sie, Dr. Lummer?«

»Ja, Herr Oberstaatsanwalt.«

»Kein Selbstmord mehr?«

»Ich weiß es nicht.« Dr. Lummer war elegant genug, sich nicht festzulegen. »Die ganze Sache, diese verhängnisvolle Party, bekommt ein ganz anderes Licht.«

»Natürlich! Rot wie in einem Puff!«

»Nein . . . violett wie die Welt der LSD-Berauschten.«

Dr. Breuninghaus verzichtete auf weitere Gespräche . . . das drückende Völlegefühl im Magen nahm zu. Er verabschiedete Dr. Lummer jovial, setzte sich dann zurecht und las den Bericht Werner Ritters durch.

Mit nervöser Hand griff er danach zum Telefon, nahm seine Brille ab, putzte die Augen, polierte die Gläser mit dem Lederläppchen und rief Major a. D. Konrad Ritter an.

»Konrad«, sagte Dr. Breuninghaus etwas steifer, als er sonst mit alten Kameraden zu sprechen pflegte, »dein Sohn ist in juristischen Augen ein Genie . . . uns Freunde aber steuert er einer gesellschaftlichen Katastrophe entgegen. Ich habe hier von ihm einen Bericht liegen, der es mir unmöglich macht, ihn zum Verbrauch ins Archiv abzuschieben. Kennst du LSD?«

»Nee!« sagte Konrad Ritter. »Ein neuer Verein? LSD? Landsmannschaft Sudetendeutscher?«

»Quatsch!« Dr. Breuninghaus hatte jetzt keinen Sinn für Ritterschen Humor. »Ein Teufelszeug von Rauschgift! Und es scheint, als hätten unsere Kameraden davon mehr als genug genommen!«

Konrad Ritter fiel vor Schreck der Hörer aus der Hand. Er unterbrach damit die Verbindung zu Dr. Breuninghaus, aber er benötigte auch keine weiteren Angaben mehr.

Rauschgift!

Er rief sofort Boltenstern an.

Die Umgebung Düsseldorfs ist ländlich-schön, sanft hügelig mit sich zwischen Birken- und Kiefernwäldchen einschmiegenden kleinen Orten und Bauerschaften, ein ruhiges, sonnenreiches, gesundes Land, durchschnitten von der Autobahn, aber in seiner Stille ein Fleck der Erholung. Niemand denkt hier daran, daß unmittelbar hinter dieser bäuerlichen Beschaulichkeit eine Großstadt Geld ausschwitzt, die Schornsteine der chemischen Werke schwefelgelbe Wolken erzeugen und nördlich das Ruhrgebiet beginnt, der deutsche Kohlenpott, die Dunstglocke einer Industrielandschaft.

Hier, in dieser Oase der Stille, der grünen Hügel und verträumten Wäldchen, spielt sich ein großer Teil des gesellschaftlichen Lebens der Geldaristokratie ab. Hier liegen die Tennisplätze mit den feudalen Klubhäusern, hier dehnen sich weite Rasenflächen, gepflegt wie ein sanftgrüner Teppich, nur ab und zu betupft mit ein paar einsamen Gestalten, die Schläger schwingen und dann mit einem Köcherträger weitergehen und einen kleinen, weißen, harten Ball suchen. Golf. Das sportliche Vergnügen des kleinen Kreises, der bestimmt, welche Aktien an den Börsen gehandelt werden.

Und die Reitställe sind hier. Gepflegte, edle Hannoveraner oder gar Trakehner stehen hier, umsorgt von Stallmeistern und Pferdeknechten. Samstags und sonntags, aber auch an den schönen Wochentagen sieht man sie dann durch die hügelige Landschaft reiten . . . zu zweien, in kleinen Gruppen, nie mehr . . . nur wenn es eine Schnitzeljagd gibt oder ein Fuchshetzen und hinterher einen Reiterball, der zum Heiratsmarkt der Industrietöchter wird, ballen sich die Reiter zusammen, in schwarzen Hosen, roten Röcken und schwarzen Kappen, Amazonen und junge Helden, auch wenn ihnen die weißen Haare unter der Kappe flattern. Das Glück der Erde auf dem Rücken der Pferde – sie haben es erreicht. Und die Wirtschaftskrise ist weit weg, nur aktuell für die Arbeiter, die man leider in Gruppen entlassen muß . . . und die Worte von Sparsamkeit und Beschneidung, von Konjunkturbremsung und Übersteigerung des Wohlstandes – das sind Worte für das Volk.

Boltenstern hatte seinen Vorschlag in die Tat umgesetzt. Jeden Tag holte er Petra Erlanger ab und fuhr mit ihr zum Reitstall des Hauptmanns a. D. Müllenberg. Dort hatten Erlanger und Boltenstern ihre Pferde in Pflege, während Huilsmann und Schreibert den Nebenstall ›Haus Haberkampp‹ bevorzugten. ›Haus Haberkampp‹ war bekannt für freie Sitten, und wer dort ritt, gab sich mit dem Schenkeldruck auf einem Pferd nicht zufrieden. Ein Reiterfest bei Haberkampp endete immer erst beim Morgengrauen.

Es war ein schöner, warmer Junitag, als Boltenstern und Petra Erlanger ausritten. In der Reithalle trafen sie Jutta an, und sowohl Boltenstern wie auch Jutta waren sehr verlegen, als sie sich begegneten.

»Du, Paps?« sagte Jutta. »Um diese Zeit?«

»Die Frage muß ich dir zurückgeben, Spätzchen! Ich denke, du bist in der Redaktion oder auf der Jagd nach Sensationen?«

»Ich habe heute vormittag frei, Paps!«

»Aha! Und das erfährt man so durch Zufall!«

Damit war das Gespräch auch schon beendet. Jutta begrüßte Petra Erlanger und bewunderte den Sitz ihres Reitkostüms, die schlanken, langen Beine und die golden glitzernden, blonden Haare, die in raffiniert einfachen Wellen das schmale Gesicht umflossen und fast bis auf den Kragen der weißen Reitbluse reichten.

»Sie ist eine schöne Frau, Paps«, sagte Jutta leise, als Petra zu ihrem Pferd gerufen wurde, das Hauptmann a. D. Müllenberg selbst gesattelt hatte und nun aus dem Stall führte. Ein wertvolles hellbraunes Pferd mit dem schlanken Kopf, der arabisches Blut verriet. »Aber kalt!«

»Was verstehst denn du davon, du Kröte?« sagte Boltenstern und kniff seine Tochter in das Gesäß.

»Ich bin auch eine Frau, Paps.«

»Ein kleines Gör bist du!«

»Sie hat sich sehr verändert. Früher, als wir sie noch Tante Petra nannten, war sie anders. Fröhlicher und nicht so samtweich und doch statuarisch.«

»Der Tod von Onkel Richard hat sie sehr mitgenommen.« Boltenstern sah hinüber, wo Petra Erlanger aufsaß. Ein schönes Bild war es, ein Gemälde von Sicherheit und Reichtum. Ein edles Pferd, eine edle Frau ... Alf Boltenstern atmete tief auf. »Willst du mit uns reiten, Fratz?«

»Wenn ich euch nicht störe, Paps.«

»Eins hinter die Ohren bekommst du gleich.« Boltenstern zog seine Tochter an den kurzen, rotbraunen Haaren und lachte jungenhaft. Er kam sich jung vor, jünger noch als vor 11 Jahren, als er bei Petra Wollhagen vor Richard Erlanger unterlegen war, vor allem, weil der alte Kommerzienrat gesagt hatte: »Der Boltenstern ist mir zu unstet. Ich brauche für meine Werke einen kühlen Kopf. Einen nüchternen Rechner. Fantasten gibt es genug. Ich bin kein Zauberbudenbesitzer, sondern ein Industrieller!«

Vor 11 Jahren. Wie die Zeit vorbeigerast ist! Und nun war es wie damals ... man ritt zusammen aus, es war ein warmer Tag, Petras goldene Haare leuchteten in der Sonne.

Sollte es wirklich möglich sein, die Zeit zurückzudrehen?

»Ich begleite euch nur ein kleines Stück«, sagte Jutta und stopfte ihre Bluse in die Reithose. »Dann biege ich ab.«

»Aha! Ein Rendezvous!« rief Boltenstern.

»Mit 23 Jahren scheint mir das natürlich zu sein, Paps.«

»Ganz schön frech bist du heute morgen!« Boltenstern straffte sich. Sein Pferd wurde herangeführt. Ein hoher, starker Rappwallach. Vulkano hieß er. Als er Boltenstern erkannte, schnaubte er und begann unruhig zu tänzeln.

»Wer ist der glückliche junge Mann?« fragte Boltenstern, bevor er die Stiefelspitze in den Steigbügel schob und den Sattelknopf seines flachen englischen Sattels ergriff.

»Wird noch nicht verraten, Paps! Wer zeigt denn seine Weihnachtsgeschenke schon zu Ostern?«

Boltenstern lachte wieder und ritt hinüber zu Petra Erlanger. Alles geht nach Wunsch, dachte er zufrieden. Ich werde um Petras Hand anhalten, und der junge Ritter wird in die Familie aufgenommen. Eine reiche Frau, einen Schwiegersohn, der nie gegen seinen Schwiegervater ermitteln wird, um dessen Tochter nicht zu verlieren ... das Schicksal ist eine blinde, alte Frau, die man behutsam durch alle Gassen führen muß.

Für Boltenstern begann ein schöner Tag der Erfolge.

»Du hättest Seelenarzt werden sollen!« rief Petra Erlanger. In einem leichten Trab ritten sie jetzt durch einen von der Sonne golden durchfluteten Wald, und die Haare flatterten ihr vor den blauen, großen Augen, die alles Samtene verloren hatten und fast hektisch glitzerten. »Deine Idee, jeden Morgen zu reiten, ist ein Gesundbrunnen für das Herz!«

Jutta, die auf einem Schimmel hinter ihnen ritt, blieb etwas zurück, nahm die Zügel straffer und ließ ihrem Vater und Petra Erlanger einen größeren Vorsprung. Dann bog sie in einen Seitenweg ein, der zu einer Hügelgruppe führte mit einem Birkenwäldchen und hohen Haselbüschen.

Boltenstern sah sich schnell um, als er die Hufe von Juttas Schimmel nicht mehr hörte. Er sah sie noch in den Seitenweg einbiegen und blickte unauffällig auf seine Uhr.

»Wir sollten einmal in aller Klarheit miteinander sprechen, Petra!« sagte er und ritt nahe neben sie. Ihre Beine berührten sich, schabten beim Trab gegeneinander. Gerade, mit hocherhobenem Kopf, stolz wie eine Königin, ritt sie dahin. Durch die dünne Bluse drückte sich ihre kleine, feste Brust, unbeweglich trotz des Trabens, als sei sie aus Marmor geformt. Boltenstern bekam einen trockenen Hals.

Die Zeit dreht sich wahrhaftig zurück! Elf Jahre versinken im Nichts. Wir sind wieder jung und verliebt . . . und kein Hindernis ist vor uns, das wir überspringen müssen, mit der Angst im Nakken, daran zu scheitern.

»Petra!«

»Was wolltest du sagen, Alf?« Sie sah ihn durch ihre flatternden Goldhaare an, und plötzlich erkannte Boltenstern, was Jutta ihm vor einer halben Stunde gesagt hatte: Sie ist kalt! Sie hat die Schönheit eines glatten, kühlen Marmors. Und er wird nicht wärmer, wenn man ihn in einen geheizten Raum setzt.

Sie weiß, wie schön sie ist . . . aber auch ein Eisberg ist herrlich, wenn er auf dem Meer herantreibt, bläulich glitzernd in der Sonne, bizarr und faszinierend . . . bis man an ihm zerschellt.

»Du hast Richard nie geliebt«, sagte Boltenstern. »Gib es zu, Petra. Ich weiß es von Richard selbst . . .«

»Das ist eine Lüge!« Stolz sagte sie das, wie eine Königin, der man auf die Schleppe ihres Kleides getreten hat, ohne sich nachher kniend zu entschuldigen. »Ich habe Richard sehr geliebt.«

»Und er?«

»Ich weiß es nicht. Er ging seit Jahren seine eigenen Wege. Wege, die zu euch führten, seinen Freunden. Wege zu Parties mit käuflichen Mädchen. Habt ihr geglaubt, man durchschaue euch nicht? Die Dummheit der Männer ist ein Rätsel! Sie regieren die Welt und benehmen sich wie Jungen, die Kirschen stehlen. Du und Huilsmann und Schreibert . . . ihr führt ein barockes Leben.«

»Wir sind alles Junggesellen oder Witwer. Aber Richard hatte dich . . . hatte die faszinierendste Frau weit und breit.«

Petra Erlanger überhörte diese versteckte Liebeserklärung.

»Willst du über Richard Gericht halten, Alf?« fragte sie. »Toten steht ein gewisser Glorienschein zu . . . lassen wir ihn ihm. Er war ein kluger, guter Mensch – so wollen wir an ihn denken.«

Boltenstern griff nach Petras Arm. Sie zog die Zügel an, das Pferd stand, und auch Boltensterns Vulkano stemmte sich in den weichen Boden des Waldweges.

»Ich liebe dich, Petra«, sagte Boltenstern ernst. »Ich bin kein junger Phantast mehr. Ich weiß, was ich sage und tue.«

»Richard ist gerade vier Wochen begraben, Alf.«

»Es soll auch kein Antrag sein, Petra. Du sollst nur wissen, wie ich empfinde.«

»Ein Trauerjahr kann lang werden, Alf!«

»Ich habe elf Jahre auf dich gewartet . . . auch das zwölfte wird vergehen.« Boltenstern griff nach ihrer Schulter. Sie wehrte sich nicht, als er sie zu sich herumdrehte. Aber ihre Augen hinter dem flatternden Schleier ihrer goldenen Haare hatten wieder den sanften Blick angenommen. Fast körperlich, wie ein Eiswind, wehte ihre Kühle zu ihm. Das erschreckte ihn, aber er preßte die Lippen zusammen. Nicht aufgeben vor dem Ziel! »Könntest du mich auch lieben, Petra?« fragte er, und seine Stimme war plötzlich rauh.

»Frag mich in einem Jahr wieder, Alf. Würde ich dir jetzt antworten, wäre es eine Beleidigung Richards.«

Sie ließ es zu, daß sich Boltenstern hinüberbeugte, die Haare aus ihrem schmalen Gesicht strich und sie küßte. Aber es war ein einseitiger Kuß. Ihre Lippen waren zusammengepreßt und kalt.

Auch ihre großen blauen Augen bewegten sich nicht... sie sahen an Boltenstern vorbei oder hindurch, als sei er aus Glas.

Kurz darauf drehten sie um und ritten zum Reitstall zurück. Während Petra noch eine Einladung Hauptmann Müllenbergs zum Kaffee annahm, blieb Boltenstern auf seinem schwarzen Vulkano sitzen und ritt wieder zurück in den Wald. Der zweite erfolgreiche Teil des Tages mußte vollendet werden.

In dem kleinen Birkenwald trafen sich Werner Ritter und Jutta Boltenstern.

Ritter war mit seinem alten klapprigen Auto gekommen und wartete schon in dem Hohlweg, als er das malmende Trappeln der vom sandigen Boden gedämpften Pferdehufe hörte. Er lief Jutta entgegen, und mit ausgebreiteten Armen fing er sie auf, als sie vom Pferd sprang.

Junge, moderne Leute haben eine besondere Art der Unterhaltung. Die Küsse sind altmodisch, gewiß aber nach dem ersten Sturm der Begrüßung breitet sich keine romantische Stimmung aus, sondern die klare Betrachtung der gegenwärtigen Lage.

Und so sagte Jutta auch, als sie sich bei Werner Ritter einhakte: »Mein Alter ist im Gelände! Stell dir vor... ich sehe mir in der Reithalle die jungen Pferde an, und wer steht plötzlich da mit Tante Petra... mein Paps!«

»Mit Petra Erlanger?« fragte Ritter. Er holte eine Schachtel Zigaretten aus der Tasche, bot Jutta eine an, und rauchend gingen sie zu dem Birkenwald. Der Schimmel trottete hinterher... er war diese Situation schon gewöhnt.

»Ich glaube, da bahnt sich etwas an.« Jutta blieb stehen und schüttelte den Kopf. »Wenn ich mir vorstelle, daß Petra meine Stiefmutter wird? Ein merkwürdiges Gefühl ist es doch.«

Werner Ritter schwieg. Er dachte an seinen Bericht über das LSD und über die Reaktion, den er bei Dr. Breuninghaus hinterlassen hatte. Die Staatsanwaltschaft hatte ihm überraschenderweise ›grünes Licht‹ gegeben. Dr. Lummer hatte ihm die Hand geschüttelt. Sein Vater hatte ihn angeknurrt, aber keine Vorträge über Korpsgeist mehr gehalten. Es schien, als habe das LSD selbst in dieser nüchternen Berichtsform gewirkt. »Seien Sie bei allem vorsichtig!« hatte Dr. Lummer ihm noch gesagt. »Sie stoßen vielleicht in ein Wespennest, und Sie wissen, wie Wespen stechen können! Auch die Gerechtigkeit ist nur bis zu einem gewissen Grade gerecht!«

Zwischen den Birken hatte das Forstamt eine kleine Waldhüterhütte gebaut. Nur ein einziger Raum war es, mit einem Kanonenöfchen in der Mitte, und sie diente weniger einem Aufenthalt, als vielmehr der Ablage von Geräten, Werkzeugen, einer Kreissäge, Säckchen mit Viehsalz (zum Streuen der Straßen bei Glatteis) und einigen eisernen Schubkarren. Werner Ritter hatte, als sie diese Hütte entdeckten, seine berufliche Ehre abgedeckt und das Schloß mit einem Dietrich geöffnet. So wurde im Laufe der Wochen diese Hütte zu einem heimlichen Liebesschloß, und oft hatten Jutta und Werner hier gesessen, während draußen der Regen rauschte oder der Wind tobte, hatten sich verliebt angesehen und geküßt.

Um die Hütte herum war der Boden allerdings feucht und wie Morast, das Grundwasser mußte hier ziemlich hoch stehen und den Boden dauernd durchweichen. Ein paarmal hatte Werner – vor allem nach einem Regen – Jutta in die Hütte tragen müssen, weil ihm der Morast bis über die Schuhe quoll.

Sie banden den Schimmel an einem eisernen Haken neben der Hüttentür fest, setzten sich auf zwei große Hauklötze, die neben dem Eingang standen, und sahen hinüber zu einem anderen Hügel, durch dessen Laubwerk ein breites rotes Dach schimmerte. Das Klubhaus eines Tennisklubs.

»Ich habe Paps verraten, daß ich ihn Weihnachten mit einem Schwiegersohn überraschen werde«, sagte Jutta und lachte hell, als sie Werners verblüfften Blick sah. »Nein! Einen Namen habe ich noch nicht genannt! Das soll ja die große Überraschung sein! Wird Paps Augen machen, wenn ich dich ins Zimmer schiebe und sage: Und hier, Paps, mein Weihnachtsgeschenk in Lebensgröße!«

»Du hast eine Begabung für theatralische Auftritte«, sagte Werner Ritter. Er war gar nicht davon überzeugt, daß Boltenstern sich

104

freuen würde. Weihnachten! Was konnte bis dahin noch geschehen?! In drei oder vier Tagen fing es schon an, wenn die letzten Erfahrungsberichte aus London vorlagen. Verhör Alf Boltensterns über den Gebrauch von LSD. Es war keine Empfehlung für einen zukünftigen Schwiegersohn.

»So, jetzt muß ich wieder in die Stadt«, sagte Jutta nach einem langen Kuß, der sie etwas atemlos gemacht hatte. »12 Uhr Chefkonferenz. Wir werden gerade noch hinkommen!«

»Noch einen Kuß!« sagte Werner Ritter. »Wann sehen wir uns denn wieder?«

»Morgen abend? Gehen wir ins Kino?«

»Abgemacht, Liebling.«

Er küßte sie noch einmal, hob sie dann in den Sattel und band den Schimmel vom Haken. In diesem Augenblick ertönte ganz in ihrer Nähe ein einsamer Schuß. Nicht laut, aber er genügte, um das Pferd unruhig zu machen. Es warf den Kopf hoch, blähte die Nüstern, die Ohren legten sich nach hinten, und dann stieg es unvermutet hoch, stellte sich auf die Hinterfüße und wieherte.

Das alles geschah so plötzlich, daß Jutta das Gleichgewicht verlor, sich nicht mehr im Sattel halten konnte und seitlich hinunterfiel in den morastigen Boden.

»Welch ein Idiot knallt denn da durch die Gegend?« schrie Werner Ritter, bückte sich und hob Jutta auf. Der Schimmel lief noch ein paar erschrockene Schritte, blieb dann stehen, sah sich um und kam langsam zurück.

»Himmel, wie sehe ich aus!« sagte Jutta und blickte an sich herunter. Reithose und Bluse waren schmutzig. Nasser Waldboden klebte an ihnen. »Ade Chefkonferenz! So kann ich doch nicht nach Hause reiten! Jeder wird denken, Schneeflöckchen hat mich abgeworfen! Das sanfte Pferdchen! Wer glaubt mir denn die Wahrheit? Und überhaupt die Hütte. Unser Schloß soll niemand wissen!«

»Warten bis es trocknet?«

Jutta sah sich um. In einer Tonne unter der Regenrinne stand das aufgefangene Regenwasser bis zum Rand. In der Hütte waren Eimer, ein Tisch, Stricke und ein Ofen.

»Auswaschen!« sagte sie nüchtern. »Du machst den Ofen an, ich wasche im Regenwasser alles aus, und in einer Stunde ist alles getrocknet und sauber.«

Und so geschah es. Sie gingen in die Hütte, Werner holte zwei Eimer Regenwasser und Jutta zog die Bluse und die Reithose aus. Während sie das tat, stand Werner am Ofen, mit dem Rücken zu ihr, und schürte die Flammen.

»Sag bloß, du wirst noch rot, wenn du mich ansiehst«, lachte sie und tauchte die verschmutzten Kleidungsstücke in die Eimer. »Wir sind doch keine Kinder mehr. Und im Bikini siehst du mehr. Und überhaupt – was siehst du schon?«

In Büstenhalter und Höschen lief sie herum, spannte die Leine von Wand zu Wand, über den Ofen und an der langen Ofenröhre vorbei, und Werner Ritter sah ihr zu und lächelte und kam sich vor wie ein alter Ehemann, dem es etwas Alltägliches war, seine Frau so zu sehen. Dann hängten sie die Reithose und die Bluse auf die Leine, schoben die Stiefel in die Nähe des Ofens und setzten sich auf zwei Kisten, die an der Wand standen und feinen Basaltkies enthielten.

»Daß du dich gar nicht schämst . . .«, sagte Werner Ritter und legte den Arm um Juttas nackte Schulter. »Ich wollte an und für sich ein anständiges Mädchen heiraten.«

»Mit einem Nachthemd vom Kinn bis zu den Zehen.«

»Genau.«

»Oh, du Heuchler!« Sie kniff ihn in die Nase und strich ihr rotbraunes Haar aus der Stirn. »Aber bitte, mein Herr, wenn Ihre Moral leidet . . . dort liegen Säcke. Holen Sie sie und bedecken Sie mich damit.«

»Unmöglich!« Werner Ritter hob den rechten Zeigefinger. »Ich werde doch nicht Kalbfleisch in rohes Leinen verpacken!«

»Du Schuft!« Sie wollte nach ihm greifen, er sprang zur Seite, sie lief ihm nach und vor dem Ofen bekam sie ihn zu fassen und riß ihn zu sich herum. »Zur Strafe einen Kuß!« lachte sie. »Einen langen Kuß –«

»So lange wie der Weg nach Düsseldorf?«

»Bis nach Rom, du lahmer Wanderer!«

Aber sie küßten sich nicht... ihre Bewegungen, ihre ausgebreiteten Arme, ihr fröhliches Lachen erstarrten.

Die Tür der Hütte sprang auf. Ein Mann in Reitdreß kam herein, die Reitgerte schlagbereit in der Hand.

»Aha!« schrie der Mann, warf die Tür zu und überblickte mit einem Rundblick den kleinen Raum. »Da bin ich in der richtigen Minute gekommen!«

»Paps!« schrie Jutta auf. Sie war die erste, die sich aus der Schrecklähmung befreite. Sie riß einen alten Lappen vor ihre Brust und wich bis zum Ofen zurück. »Du verkennst die Situation!«

Boltenstern schüttelte den Kopf. Er wippte mit der Reitgerte und sah Werner Ritter an, als wolle er sich gleich auf ihn stürzen.

»Ich sehe richtig!« schrie Boltenstern. »Meine Tochter dreiviertel nackt allein mit einem Mann in einer Hütte, die normal verschlossen ist. Ich will nichts hören!« brüllte er, als Jutta etwas sagen wollte. »Ich will von *dir* überhaupt nichts hören! Dieser Herr hat zu reden! Wenn eine Dame in einer solchen Situation ist, hat der Herr dafür Rechenschaft abzulegen! Also bitte, Herr Ritter!«

»Sie verkennen wirklich die Lage«, sagte Werner Ritter dumpf. Er stellte sich vor Jutta, als sei er ein lebender Schild, und sie versteckte sich hinter seinem Rücken vor den Blicken ihres Vaters. »Ich versichere, Herr Boltenstern, daß Ihre Tochter...«

»Auf Ihre Versicherungen pfeife ich! Meine Tochter und Sie verbergen sich in skandalöser Nacktheit in einer Waldhüterhütte, und ich soll Erklärungen entgegennehmen? Für was halten Sie mich denn?! Wenn das damals im Offizierskorps vorgekommen wäre, hätte ich Sie gefordert! Kein Wort, Jutta! Zieh dich an! Als ich hereinkam, habe ich gesehen, wie dieser Herr da hinter dir herjagte wie ein trunkener Faun!«

»Herr Boltenstern!« Werner Ritter trat einen Schritt vor. »Um die Ehre Juttas zu schützen...«

Boltenstern machte einen schrecklichen Eindruck. Aber das war geübt, das war ein vollendetes Theater, in dem er sich selbst bewunderte. Das ist mein Triumph, dachte er dabei. Petra Erlanger als meine Frau und nun diesen Werner Ritter...

»Die Ehre Juttas?!« brüllte er mit der ganzen Stimme, die in seinem Brustkorb wohnte. Sie zerschellte fast in dem engen hölzernen Raum. »Wollen Sie noch von Ehre sprechen, Sie?«

Er hob die Reitgerte, schwang sie über seinem Kopf, Ritter wich zurück und hob schützend beide Arme vor sein Gesicht, und Jutta umklammerte ihn von hinten und zog ihn weg aus dem Bereich der Peitsche.

»Vater!« schrie sie hell. »Wenn du zuschlägst . . . wenn du zuschlägst . . . Ich liebe ihn . . .! Wir wollen heiraten! Vater!«

Und plötzlich lag unheimliche Stille zwischen ihnen, und sie kamen sich vor wie in einem luftleeren Raum, in dem man nicht mehr atmen konnte und die Lungen platzen.

»Ihr wollt heiraten?« sagte Boltenstern in die gefährliche Stille hinein. Die Reitgerte sank herab, es war noch ein Schlag, aber er traf nicht mehr Werner Ritter, sondern klatschte gegen die Stiefel Boltensterns.

»Ja!« antwortete Ritter tonlos. »Ja, wir wollen heiraten.«

»Soll ich das als einen Antrag ansehen, junger Mann?« Boltensterns wütende Enttäuschung über seine Tochter schien sich zu glätten. Jutta atmete auf, riß die Bluse von der Leine und streifte sie über. Sie war noch halb feucht, die Nässe lag kalt auf ihrer Haut, sie fröstelte, aber sie knöpfte sie zu, mit gesenktem Kopf, ein Zittern in allen Gliedern. Ein merkwürdiger, fast rührender Anblick war es.

Boltenstern sah Werner Ritter unter zusammengezogenen Augenbrauen an. Er wartete nicht ab, bis der junge Mann weitere Berichtigungen der Situation geben konnte.

»Ich erwarte Sie am Sonntagvormittag zwischen elf und zwölf Uhr bei mir«, sagte er knapp. »Ich habe erwartet, daß der Sohn meines Freundes und Kriegskameraden ein Ehrenmann ist. Ich bitte um Entschuldigung für meine Erregung, die aber jedem Vater in meiner Lage verständlich erscheint.« Boltenstern nahm die Hacken seiner Reitstiefel zusammen und machte eine kurze, knappe Verbeugung. Werner Ritter sah ihn hilflos an und nickte zurück.

»Ich werde um elf bei Ihnen sein«, sagte er bedrückt.

»Laden Sie bitte Ihren Vater zu dieser für unsere Familien wichtigen Stunde ein.« Boltenstern beobachtete aus den Augenwinkeln, wie Jutta ihre Reithose von der Leine nahm und auch sie, so feucht wie sie war, überstreifte. »Darf ich Sie bitten, uns jetzt allein zu lassen, Werner? Das Betrachten einer sich entkleidenden oder ankleidenden Dame gehört nach meiner Moralauffassung nicht zu den Gewohnheiten eines guten Bekannten. Mehr sind Sie in meinen Augen noch nicht bis zu unserer Einigung am kommenden Sonntag.«

Boltenstern wartete, bis Werner Ritter die Waldhüterhütte verlassen hatte und draußen der klapprige Motor aufheulte. Dann drehte er sich wieder zu seiner Tochter um und setzte sich auf eine Tonne mit Viehsalz.

»Zieh dich wieder aus, Spätzchen«, sagte er mit der milden, väterlichen Stimme, die nur Jutta an ihm kannte. »Laß die Sachen richtig trocknen. Wir haben Zeit . . .«

Jutta blieb am Ofen stehen, den Kopf in die Schultern gezogen, ein Bild des Trotzes und des offenen Widerstandes.

»Du hast dich unmöglich benommen!« sagte sie hart.

Boltenstern hob die Augenbrauen. Zum erstenmal hörte er an seiner Tochter diesen Ton. Er wußte, daß sie böse sein konnte, aber ihm gegenüber war sie immer das zärtliche Kind gewesen, die große Tochter, die ihren Paps bewunderte.

»*Ich* habe mich unmöglich benommen?« sagte er gedehnt und zeichnete mit der Reitgerte abstrakte Muster in den Staub auf dem Boden. »Bist du mit Werner Ritter so intim, daß du dich vor ihm ohne Scham ausziehst?«

»Wir sind doch keine Kinder mehr!«

»Ich wüßte nicht, daß ab einem bestimmten Alter die Moral ein Märchen wird!«

»Im Strandbad, an der See, im Schwimmbad, überall zieht man sich aus, und niemand findet etwas dabei.«

»Es ist etwas anderes, ob man sich auszieht und hat einen Badeanzug an, oder ob man in einer einsamen Hütte sich verbirgt und in der dünnsten Unterwäsche, die es gibt, herumspringt!«

Boltenstern ließ sich die Reitgerte auf eine der herumstehenden Kisten klatschen. »Zieh dich wieder aus, Spätzchen ... du erkältest dich in dem nassen Zeug und bekommst eine Grippe.«

Jutta überhörte es. Mit harten, fast verächtlichen Augen sah sie ihren Vater an.

»Glaubst du, daß du der richtige Apostel einer Moral bist?« sagte sie kalt, und sie nahm sich und allen Mut zusammen, als Boltensterns Kopf hochzuckte und sie neuen Zorn in seinem Blick aufflammen sah. »Welches Leben führt ihr uns vor? Von der Jugend verlangt ihr äußere und innere Ordnung ... wo ist sie bei euch? Eure Parties – oh, bitte, unterbrich mich nicht, Paps – ich weiß, was passiert, wenn ihr alten Kameraden eure ›geschäftlichen Zusammenkünfte‹ habt. Ich weiß, was ihr dann treibt, hinter dicken Vorhängen und bei gedämpftem Licht. ›Ein wenig die Lebensgeister aufmöbeln‹, nennt es Onkel Hermann ... ich habe es einmal zufällig gehört, wie er es zu dir sagte, als er dich zu einem ›Treffen der Modeindustrie‹ abholte. Und bei Toni Huilsmann habe ich im Zeichenatelier – auch zufällig – in einer Ledermappe geblättert, die in einem Stahlschrank lag, den Huilsmann unglücklicherweise offen ließ, als er hinausging. Es war ein Fotoalbum ... und ich habe zum erstenmal auf dem Bild gesehen, welchen Eindruck mein nackter Vater in Gesellschaft ebenso nackter Mädchen macht!«

Boltenstern kniff die Lippen zusammen. Dieses Rindvieh von Toni, dachte er. Noch heute fahre ich zu ihm und verlange die Herausgabe des Albums! Wer hat übrigens diese kompromittierenden Aufnahmen gemacht? Hat er etwa automatische Kameras in seinem Sternenhimmel-Zauber eingebaut? Es paßte zu Huilsmann und seinem Haus, in dem jede Wand ein Geheimnis verbarg.

»Komm! Wir gehen!« sagte er laut und sprang auf.

»Darauf gibst du mir also keine Erklärung?« rief Jutta hell.

»Ich habe es nicht nötig, meiner Tochter Rechenschaft über mein Privatleben abzugeben! Ein paar hinter die Ohren kannst du haben!«

»Das ist eurer Weisheit letzter Schluß! Schläge! Mit der Hand,

mit der Reitpeitsche! Glaubt ihr, damit eure Kinder zu erziehen?!
Kinder leben nach dem Vorbild ihrer Eltern! Wenn ich mich so
benehmen würde, wie du dich auf deinen Parties . . .«

Boltenstern atmete tief auf. Er machte drei Schritte vorwärts,
stand vor Jutta und schlug sie mit der flachen Hand in das wütende, gerötete Gesicht. Ihr Kopf flog zur Seite, und der Schlag war
so hart, daß sie schwankte und sich an dem gespannten Seil, auf
der vorhin die Reithose zum Trocknen hing, festhalten mußte.

»Paps«, stammelte sie. »Paps . . . was tust du . . .«

»Das war seit vierzehn oder fünfzehn Jahren wieder der erste
Schlag«, sagte Boltenstern keuchend. »Er soll dir beweisen, daß
du noch nicht alt genug bist, um nicht mehr erzogen zu werden!
Und wenn du vierzig bist und ich ein Greis . . . du bleibst meine
Tochter, und ich verlange Achtung von dir!«

»Das hättest du nicht tun dürfen, Paps . . .«, sagte Jutta leise.
Sie strich sich die Haare von den geröteten Augen und zog ihre
Stiefel an. »Das war ein großer Fehler . . .«

»Muß ich mir mit meinen sechsundvierzig Jahren von meiner
Tochter sagen lassen, daß ich ein Schwein bin?« schrie Boltenstern plötzlich. Er sah ein, daß er unüberlegt gehandelt hatte.
Zum erstenmal hatte er unlogisch gehandelt in einer Kette von
genau überlegten Ereignissen. Das Fotoalbum Tonis. Es kann einen um den Verstand bringen, dachte er. Was hatte Huilsmann
alles fotografiert? Wie lange ließ er seine versteckten Kameras
schon arbeiten? Warum machte er diese Bilder? Die Katastrophe
war nicht ausdenkbar, wenn das Album in fremde Hände geriet.

Und dann die große Frage, die brennendste, die Boltenstern innerlich zerglühte: Hatte Huilsmann auch die letzte Party gefilmt?
Den LSD-Rausch, den Mord an Erlanger, den völlig nüchternen
Boltenstern, der unbeweglich im Sessel saß, inmitten einer entfesselten Hölle des Wahnsinns, und sich auch nicht rührte, als
Schreibert mit einem trompetenden Lachen den weißen Seidenschal um den Hals Erlangers knotete . . .

Gab es jetzt Bilder davon?

Jutta hatte ihre Stiefel angezogen. Sie war fertig zum Gehen.
Mit herabgezogenen Mundwinkeln betrachtete sie ihren Vater,

111

dessen Gesicht plötzlich bleich und erschreckend alt geworden war. »Wir wollen über diese bösen Dinge nicht mehr reden, Paps, sie sind zu sumpfig«, sagte sie, und Mitleid kam in ihr hoch, wie sie ihren Vater so dasitzen sah, auf einer Tonne mit Viehsalz, ein wenig vorgebeugt, von den Anklagen seiner Tochter wie mit Säure überschüttet. »Ich wollte dir nur zu verstehen geben, daß ich kein kleines Gör mehr bin, wie du mich so gerne noch betrachtest. Ich habe offene, gute und schnell blickende Augen. Und ich habe viel gesehen ... auch hinter deinem Rücken! Es mag dir eine Beruhigung sein, daß ich trotz allem, was ich weiß, noch dein *Kind* bin. Obgleich es mir oft schwergefallen ist ... wie heute vielleicht ... denn aus dem Mädchen mit den langen Zöpfen ist eine normale Frau geworden, Paps.«

Boltenstern nickte. »Gehen wir, Spätzchen«, sagte er heiser.

7

»Wo stecken die Kameras?« fragte er laut.

Huilsmann zog die Schultern hoch, als wäre er eine Schildkröte, die sich in ihren Panzer verkriecht.

»Welche Kameras?« fragte er zurück.

»Mit denen du uns seit Monaten oder schon Jahren fotografierst.«

»Ich? Euch? Alf, du hast wirklich einen zuviel getrunken.«

Boltenstern schüttelte den Kopf. »Was für ein feiger Hund bist du doch!« sagte er verächtlich. »Wir hätten dich damals in Meseritz lieber vor die T 34 werfen sollen! Fotografiert uns mit den Mädchen und sammelt die Bildchen auch noch in einem ledernen Album. Du mieses Ferkel du!«

Mit einem Ruck beugte sich Boltenstern vor, ergriff Huilsmann vorn an der Jacke und riß ihn aus dem Sessel hoch.

»Wo sind die Bilder?« brüllte er. »Gib die Bilder raus, du Saustück, oder ich werfe dich gegen die Wand, daß dir alle erweichten Knochen brechen!«

Einen Augenblick war Huilsmann überrumpelt, hing er wehrlos in den Fäusten Boltensterns und dachte nicht an Gegenwehr. Aber dann trat er um sich, traf Boltenstern am Schienbein, und mit einem Ächzen ließ Boltenstern ihn los und warf ihn zurück in den schwarzen Ledersessel. Aber wie ein weggeschleuderter Ball schnellte Huilsmann wieder hoch und lief zum Kamin, wo er eine vergoldete kleine Truhe aufriß und an sich drückte. Und plötzlich hatte er eine Pistole in der Hand, ein kleines Ding mit weißem Perlmuttgriff, ein Spielzeug fast, aber der Tod spielte mit, wenn er den Finger durchdrückte.

»Aha!« sagte Boltenstern und massierte sich das brennende Schienbein. »Das Jüngelchen hat einen Knaller. Willst du in deinem Haus einen zweiten Mord haben?«

»Du bist besoffen!« sagte Huilsmann tief atmend. »Du bist total besoffen! Fahr nach Hause, Alf!«

»Wo hast du die Kameras eingebaut?« fragte Boltenstern. »Noch weiß es keiner. Nur ich allein. Aber wenn ich dem Major das sage und den anderen, die du mit den Mädchen beim Pi-papo fotografiert hast . . . Toni, sie hängen dich auf. Das ist dir doch klar? Kleinholz machen sie aus dir.«

Huilsmanns Augen flatterten. Er hatte Angst, das sah man ganz deutlich, und weil er Angst hatte, rettete er sich in die Frechheit, den Hafen der Feiglinge.

»Sie werden Kleinholz aus *dir* machen, wenn ich ihnen von deinem LSD erzähle! Du hast uns nämlich belogen. Du wußtest genau, daß Verbrechen dabei entstehen können. Du hast die Wirkung des Rauschgiftes verniedlicht.« Huilsmann lächelte böse. »So unbekannt ist dieses LSD gar nicht mehr. Ich habe gestern noch eine Dame der Gesellschaft gesprochen, die sich jede Woche am Samstag 60 Mikrogramm LSD gönnt, um dann Männer zu verschleißen wie Messalina. Bei ihr habe ich Bilder aus Amerika gesehen . . . und erst da wußte ich richtig, was du mit uns gemacht hast!«

»Warum hast du die Fotos gmacht?«

»Ich bin begeisterter Fotoamateur. Ein Hobby, mein Lieber . . .«

Boltenstern setzte sich wieder, zog die kleine fahrbare Spirituosentruhe zu sich und goß sich einen Genever ein. »Du bist eine ganz erbärmliche Ratte!« sagte er dabei. »Fünf Freunde waren wir, aber das scheint auf der Welt schon zuviel zu sein. Ein Lump ist immer darunter! Gib die Bilder und die Negative heraus.«

»Und wenn ich es nicht tue?« schrie Huilsmann, sicher hinter seiner kleinen Pistole. »Sprich mit mir nicht wie mit einem Säugling! Von uns allen – mit Ausnahme des armen Richard – bin ich der Erfolgreichste! Ich habe euch nicht nötig!«

»Und was wärest du jetzt, wenn wir dich in Meseritz hätten liegen lassen?«

»Meseritz! Hör mir damit auf! Ihr habt alle auch nur Angst gehabt und seid gerannt wie die Hasen! Das Leben gerettet – wenn ich das schon höre! Soll ich deswegen euer Sklave sein und eure Schuhspitzen küssen?! Ich habe Konrad ein zinsloses Darlehen von 20 000 Mark gegeben, Schreibert hat sein Haus zu einem Vorzugspreis bekommen, und dir habe ich 1960 pure 50 000 Mark geliehen! Natürlich, ja, du hast sie zurückgezahlt . . . mit Erlangers Geld übrigens, oh, ich weiß alles! . . . Aber ich wollte dir nur sagen, daß ich meine Schuld längst durch Hilfe bei euch bezahlt habe!«

Boltenstern trank den zweiten Genever. »Du bist wirklich nur eine miese Type«, sagte er. »Und so was war Fähnrich und wollte Offizier werden! Na ja.« Boltenstern erhob sich. Das Knie, vor allem das Schienbein, gegen das Huilsmann ihn getreten hatte, schmerzte noch stark. Ein großer blauer Fleck mußte sich dort bilden. Boltenstern humpelte etwas, als er in die Eingangshalle ging. Huilsmann folgte ihm, die Pistole noch immer in der Hand.

»Wo willst du hin?« fragte er.

»Ein paar Fässer Benzin holen und dein Haus anstecken!« antwortete Boltenstern. Huilsmann lachte hell.

»Nun bist du wieder der alte, Alf! Das ist schön. Warum streiten wir uns eigentlich? Wir fünf – jetzt sind es nur noch vier – sind so miteinander verwachsen, daß wir praktisch gegen uns selbst wüten, wenn wir gegeneinander streiten. Wir sind an den Hirnen zusammengewachsene Vierlinge, Alf . . . dazu wissen wir zuviel voneinander. Los, komm . . . iß zu Abend bei mir. Else ist

114

in die Stadt gefahren, sie wollte irgend etwas für die Küche einkaufen. Aber im Kühlschrank ist alles. Kaltes Huhn, echter russischer Lachs, Malossolkaviar, und ein paar Toastschnitten bekomme ich mit dem automatischrn Röster auch noch fertig.«

Boltenstern blieb stehen. Die Verwandlung Huilsmann von einer frechen, um sich beißenden Ratte zu einem gastfreundlichen Kameraden war zu abrupt. Sie geschah schneller, als sich ein Chamäleon verfärben kann.

»Hast du eigentlich gar keinen Charakter?« fragte er und drehte sich langsam um.

Huilsmann schüttelte fröhlich den Kopf. »Hätten wir mit Charakter das erreicht, was wir heute sind? Charakter ist der unverständliche Luxus, den sich der Erfolglose leistet. Hast du schon einmal Skrupel gehabt, Alf?«

Boltenstern gab keine Antwort, aber er ging in das riesige Zimmer zurück, setzte sich an den Kamin, zog die Bar wieder zu sich heran und schüttete sich einen neuen Genever ein.

»Ich esse gern etwas kaltes Huhn«, sagte er. »Und wenn du Sprudelwasser mitbringst.«

»Sofort, Alf!« Huilsmann rannte wie ein geschlagener und zur Eile angetriebener russischer Leibeigener zur Tür, die zum Küchenflur führte. »Auch Kaviar?«

»Von mir aus. Soll ich dir schon einen Whisky mischen, Toni?«

»Ja, bitte. Du weißt ja —«

»Zwei Teile schottischen, einen Teil kanadischen, drei Eiswürfel —«

»Fabelhaft.« Huilsmann blieb an der Tür stehen. »Sag mal, Alf, ist es nicht blöd, daß wir uns streiten?«

Boltenstern nickte stumm. Er wartete, bis Huilsmann in der Küche verschwunden war, dann griff er in die Tasche und holte ein kleines, würfelähnliches Stanniolpäckchen heraus. Vorsichtig, aber mit schnellen Fingern, wickelte er das Stanniol ab. Ein Stückchen Würfelzucker kam zum Vorschein, das Boltenstern in das hohe Whiskyglas fallen ließ, mit den Eisstückchen bedeckte und dann den Whisky darüberschüttete. Mit einem langen, silbernen Barlöffel rührte er so lange, bis der Zucker zerfiel und sich völlig aufgelöst hatte. Dann nahm er eine Flasche mit Cherrylikör und tropfte ein paar Spritzer Likör in den Whisky.

Er war gerade mit seinem Mixgetränk fertig, als Huilsmann wieder hereinkam, zwei Teller mit kaltem Huhn und Kaviar in den Händen.

»Mensch, habe ich einen Durst!« rief er und ging zu dem hohen Glas, das auf dem Tisch stand. »Diese Aufregung hat mich ganz ausgedörrt!« Er hob das Glas hoch und schüttelte den Kopf. »Merkwürdige Farbe hat der Whisky, Alf.«

»Ein paar Tropfen Cherrylikör ist noch drin.«

»Im Whisky? Du Barbar!«

»Es schmeckt vorzüglich. Habe es einmal in Rom getrunken. Probier es . . . wenn's dir nicht schmeckt, mische ich dir dein gewohntes Gesöff.«

Huilsmann nippte, verzog dann die Lippen, machte die Nase kraus und trank dann in drei langen Zügen das hohe Glas leer.

»Mal etwas Neues!« sagte er danach. »Schmeckt gut. Etwas süßlich. Mehr für Damen, die hart sein wollen.«

Nach zwanzig Minuten verabschiedete sich Boltenstern, ohne daß noch ein Wort über die heimlichen Fotos gesagt wurde. Huilsmann umarmte Boltenstern sogar und benahm sich etwas kindisch; das hohe Glas Whisky hatte ihn in eine euphorische Stimmung gebracht, er sang auf der Treppe vor der Haustür und winkte Boltenstern nach, als unternehme dieser eine Weltreise.

Zehn Minuten später überkam Huilsmann eine hektische Unruhe. Die exotischen Blumen in den beleuchteten Glaskästen des Atriums verfärbten sich . . . sie wurden orangerot und violett, das Licht bekam einen Schimmer, als sei es Widerschein tausender geschliffener Diamanten, der Teppich veränderte sich und wurde eine Wiese, auf der plötzlich Riesenblumen wuchsen, so hoch, daß sie die Decke durchstießen und die Sterne und den Mond umrankten.

Mit offenem Mund stand Huilsmann inmitten dieser Märchenpracht, und da rutschte ein Stern den Stengel einer Blume hinab, und dieser Stern wurde zu einem wunderschönen Mädchen mit langen, flatternden, pechschwarzen Haaren, und wie nun diese

Haare flatterten, erzeugten sie eine Musik wie Harfen, und kleine gelbe Rosen schwammen auf unsichtbaren Wellen um den schlanken Körper, der sich veränderte, von innen heraus leuchtete, als sei er aus Glas ... und nackt war das Mädchen, und Huilsmann konnte durch es hindurchsehen ... er sah die Blutbahnen und das zuckende Herz, die atmenden Lungen und den pumpenden Magen, die Leber und die zusammengelegten Windungen des Darmes, die Knochen und die Wirbelsäule, die Muskelstränge und Nervenfäden ... ein gläserner Mensch kam auf ihn zu, umarmte ihn, küßte ihn, zog ihn aus ... erst das Hemd, dann das Unterhemd, darauf die Hose, und die gläsernen Hände mit den Adern, in denen er rot das Blut fließen sah, waren warm und weich ... biegsames Glas, das sich anfühlte wie zartes Mädchenfleisch ...

»Oh –«, stammelte Huilsmann. »Oh – wer bist du?«

»Ich bin die Tochter der Venus«, sagte die Gläserne. »Hast du nicht gesehen ... ich bin an einer Blume zu dir hinuntergekommen ...« Und ihre Hände strichen über seinen Körper, und er stöhnte, umklammerte den gläsernen, nackten Leib und starrte auf das Herz, das wie ein Blasebalg pumpte, und auf die Lunge, die aus Millionen glitzernder Luftbläschen bestand.

»Tochter der Venus«, hauchte Huilsmann. »Meine Geliebte ...«

Vor dem schmiedeeisernen Tor wartete Boltenstern und sah auf seine Armbanduhr. Nachdem eine Viertelstunde vergangen war, kehrte er zu Fuß zur Villa zurück und fand den Eingang weit offen. Vorsichtig betrat er die Halle und stellte sich in den dunklen Winkel der Garderobe.

Als Boltenstern gegangen war und Huilsmann singend ins Haus zurückkam, polterte es in dem großen Barockschrank, der auf der Diele stand. Huilsmann hörte es nicht, aber Else, die Augen an den Sehschlitz gepreßt, hielt den Atem an. Sie hatte alles gesehen ... den Streit der Freunde, die Versöhnung, das kurze Essen, den Abschied ... Nun starrte sie auf Huilsmann, der sich in dem riesigen Wohnzimmer nach einer unhörbaren Musik im Kreise drehte, Walzerschritte und Quickstepsprünge

miteinander verband und die Arme ausbreitete, als laufe ihm ein
Mädchen entgegen, das er auffangen wollte.

Vorsichtig kletterte Else aus dem leeren Schrank, ordnete ihre
Haare, zupfte das Kleid zurecht und klopfte dann gegen die Holz-
verkleidung des Rundbogens, der Halle und Zimmer trennte.

»Herr Huilsmann«, sagte sie so unpersönlich, wie er es immer
wollte. »Ich bin wieder da. Soll ich Ihnen das Abendessen servie-
ren?«

»O meine Tochter der Venus«, sagte Huilsmann und tanzte mit
zierlichen Schritten auf Else zu. Seine Augen waren weit aufgerissen und glänzend, starr und wie aus Glas. Sein verzücktes Gesicht war naß von Schweiß, und während er sprach, mit einer lispelnden Stimme, bewegten sich seine Arme und Hände, als diri-
giere er einen seligen Walzer.

»Herr Huilsmann«, stotterte Else verwirrt. »Wenn Sie noch etwas warten wollen . . .«

»Meine Geliebte . . .« Huilsmann riß Else an sich. Seine Kraft
war so hart und wild, daß sie den schwachen Versuch einer Gegenwehr sofort aufgab, als sie an seine Brust gepreßt wurde. »Ich
sehe dein Herz . . . deine Lunge glänzt wie aus Millionen Diamanten . . . und dein Blut ist purpurrot . . . O Tochter der Venus . . .«

Er griff zu und riß Else die Kleider vom Leib. Da wehrte sie
sich, schlug um sich, kratzte und trat. »Herr Huilsmann!« schrie
sie grell. »Herr Huilsmann! Nein! Nein!« Aber was half es?! Ungeheure Kräfte waren in Huilsmann frei geworden. Er zerfetzte
Kleider und Wäsche Elses, er packte sie wie eine Vase und trug
die Schreiende vor sich her, und immer wieder preßte er den
nackten, strampelnden Körper an sich und rief verzückt: »Du
meine Tochter der Venus! Meine Geliebte! Neue Sonnen werden
wir zeugen, eine neue Weltenrasse, die Wesen des leuchtenden
Glases . . .«

Und er trug Else weiter herum, trat die Tür zu seinem Schlafzimmer auf, schleifte das um sich schlagende Mädchen hinein,
warf es auf das breite französische Bett und streckte die Arme
weit von sich.

»Eine neue Sonne!« schrie er. »Ein Himmel aus Purpur! Blätter aus Glas und Blüten aus Bergkristall! Ich komme zu euch... Wunderwelt, ich bleibe bei dir ...«

»Herr Huilsmann!« brüllte Else und trat um sich. »Ich liebe Sie, ja... aber jetzt sind Sie wahnsinnig! Ich will Sie nicht lieben, wenn Sie wahnsinnig sind ... Hilfe! Hilfe!«

»Hörst du, wie die Wolken singen?« Huilsmann warf sich mit ausgebreiteten Armen auf das Bett. »Oh, ich sehe dein Blut, Tochter der Venus. Rosenrot wird es ... die Farbe der unsterblichen Liebe ...«

Boltenstern wartete, bis Elses Schreien zu einem Gurgeln überging und schließlich ganz verstummte. Er ging ohne weitere Vorsichtsmaßnahmen ins Zimmer und schritt die Wände ab. Er klopfte an die Füllungen, untersuchte die Schnitzereien der Schränke, kroch in das große Feuerloch des offenen Kamins, stellte sich auf einen Stuhl und suchte die Decke ab.

Nirgendwo eine Kamera. Wenn Huilsmann sie irgendwo in diesem Zimmer montiert hatte, war die Tarnung vollkommen.

Boltenstern sah ein, daß diese Suche sinnlos war. Er wandte sich zum Bürotrakt, hörte, als er an Huilsmanns Schlafzimmer vorbeischlich, den stummen, keuchenden Kampf zweier Menschen, und beeilte sich, in Huilsmanns Atelier zu kommen.

In der Ecke stand der Panzerschrank, von dem Jutta gesprochen hatte. Die dicke Tür war geschlossen, das Kombinationsschloß eingestellt. Nur mit einem Sauerstoffgerät war es möglich, diese massive Stahltür aufzuschweißen.

Man kann nicht immer Glück haben, dachte Boltenstern und wandte sich ab. Und doch hoffte er, daß dieser Abend langsam, aber stetig den Erfolg auf ihn zutrieb. Huilsmann war ein schwacher Charakter, ein Genußmensch, der alles hergab, wenn er vom Leben Zärtlichkeit und Lust kaufen konnte. Jetzt war er in einem seltsamen LSD-Rausch ... keine Alpträume quälten ihn, keine verzerrten, apokalyptischen Bilder, sondern die Verbindung von LSD mit Zucker zauberte Märchenwelten, schenkte berauschende Bilder von Liebe und neuen Welten, versetzte ihn in einen Zustand des Glücks, den er nie vergessen würde.

Nie ... auch wenn er wieder nüchtern war.

Ein Glücksrausch, der so stark war, daß man ihn immer wieder erleben möchte.

Die Geburt der Sucht aus dem Erlebnis des Glücks.

Der Wahnsinn.

Boltenstern verließ das Haus Huilsmanns und fuhr mit dieser Hoffnung nach Hause. In den nächsten Wochen würde sich zeigen, ob Huilsmann noch ohne das LSD auskam. Verfiel er der violetten Welt des Rausches, sah Boltenstern in ihm keine Gefahr mehr.

Erst gegen Morgen ließen die Visionen nach. Die Tochter der Venus entschwebte in einer gelben Rosenblüte zu den Sternen.

Huilsmann fiel auf die Knie, sein Kopf schlug gegen den Nachttisch. Grenzenlose Übelkeit überkam ihn ... die ganze Welt erschien wie ein riesiges Spuckbecken.

Auf dem Bett lag Else. Ohnmächtig. Den weißen Körper mit Striemen übersät, mit sich bläulich färbenden Flecken, mit roten, aufquellenden Abdrücken von Zähnen, die sich in ihr Fleisch gebissen hatten.

Sie atmete kaum. Sie war untergegangen in einem Orkan, für den es keine hemmenden Grenzen mehr gab.

Jutta holte Werner Ritter am nächsten Tag vom Mittagessen vom Polizeipräsidium ab.

Sie begrüßten sich herzlich, und doch war zwischen ihnen eine merkwürdige Scheu, als hätten sie gemeinsam etwas Unrechtes getan und wären dabei ertappt worden. So sehen sich Kinder an, die von den Eltern auseinandergerissen wurden und die sich nun doch heimlich trafen, weil man so schön zusammen im Sandkasten spielen konnte.

»Hat sich dein Vater wieder beruhigt?« fragte Ritter, als sie in dem kleinen Altstadtlokal saßen, Hacksteak mit Bohnen aßen und aus den schmalen, hohen Gläsern das rheinische obergärige Bier tranken. »Ich hätte nicht gedacht, daß er ein so blendender Schauspieler ist.«

Jutta sah Werner Ritter erschrocken an. »Schauspieler?« sagte sie. »Paps war entsetzt. Ich weiß nicht, was mit dir los ist . . . was hast du eigentlich gegen Paps?«

»Es ist alles eine verfahrene Karre, Liebling.« Ritter stocherte in seinem Essen herum; er hatte gar keinen Hunger, und jeder Bissen schmeckte wie in fade Mehlsoße getunkt.

Außerdem hatte er eine böse Nacht hinter sich. Wieder eine der vielen Nächte, in denen sich die Familie Ritter gegenseitig aufrieb.

Nach der peinlichen Begegnung mit Boltenstern war er sofort nach Hause gefahren und traf seinen Vater bei der Lektüre eines Rundschreibens, das der BUND DEUTSCHER DIVISIONEN verschickt hatte und zu dem großen Treffen im August in Nürnberg einlud. Obwohl Konrad Ritter selbst dieses Rundschreiben verfaßt hatte, ärgerte er sich maßlos. Der Vorstand hatte Verbesserungen vorgenommen. Kleine Retuschen, aber Konrad Ritter war in dieser Hinsicht sehr empfindlich. Da hatte er zum Beispiel geschrieben: »Das Traditionsbewußtsein ist wie eine blutgetränkte Fahne, die uns voranflattert und die wir mit allem, was wir einzusetzen haben, schützen . . .« Der Vorstand hatte das Wort blutgetränkt weggelassen, aber gerade darauf war es Konrad Ritter angekommen.

»Als wenn man einen Aufsatz schreibt und die Lehrer korrigieren darin herum!« rief Major a. D. Ritter, als er seinen Sohn sah. »Lies dir das durch! Bin ich ein Schuljunge? Muß man mich verbessern? Aber so ist es immer und überall: Da sitzen ein paar Kerle, die sich als Nabelschnur der Welt vorkommen und die alles besser wissen! Daran kranken wir, Werner: an der verfluchten deutschen Besserwisserei!«

»Ich soll am Sonntag zwischen elf und zwölf Uhr um die Hand Juttas anhalten, Vater.« Werner Ritter lehnte sich gegen den Bücherschrank, in dem von Clausewitz bis Rundstedt alle Heerführermemoiren vorhanden waren. Konrad Ritter ließ den Rundbrief des BdD sinken. Der Ton, in dem sein Sohn diese an sich freudige Mitteilung machte, irritierte ihn.

»Wieso muß?« fragte er, denn dieses Wort stieß ihn besonders ab.

»Boltenstern verlangt es. Er hat eine Situation zwischen Jutta und mir mißverstanden und hat getobt.«

»Aha! Ihr habt euch also wieder irgendwo geknutscht? Wieder Rosengarten von Schloß Benrath?«

»Die Einzelheiten, Vater, erkläre ich dir später. Es geht vordringlich darum, daß in drei Tagen Sonntag ist.«

»Dann häng deinen dunkeln Anzug heraus, bürste ihn aus, kaufe einen schönen Blumenstrauß und mach dich auf den Weg, mein Junge«, sagte der alte Ritter gemütlich. »Meinen Segen habt ihr ja schon.«

»Es geht nicht, Vater.« Werner Ritter vermied es, seinen Vater anzusehen. »Du mußt zu Boltenstern gehen und ihm klarmachen, daß ich nicht kommen kann.«

»Einen Teufel werde ich tun!« Konrad Ritter warf den Rundbrief auf den Tisch. »Wieso kannst du nicht? Du liebst doch Jutta!«

»Ich brauche Zeit bis zum Winter . . . höchstens.«

»Warum? Von mir aus könnt ihr ja im Winter heiraten, aber was hat das zu tun mit einem Heiratsantrag?«

Werner Ritter blieb stehen. Man sah, wie groß seine innere Qual war und wie er mit sich selbst rang. »Ich kann nicht einen Mann um die Hand seiner Tochter bitten, gegen den ich wieder ermittle . . .«

Hier fiel der sagenhafte Tropfen, der einen Krug zum Überfließen bringt. Konrad Ritter sprang auf, als trompete jemand. »Auf-auf-aufs Pferd!«

»Du ermittelst schon wieder?« schrie er. »Gegen Boltenstern? Bist du denn verrückt?«

»Die Staatsanwaltschaft hat mir freie Hand gegeben.«

»Wegen dieses dämlichen LSD oder wie das Zeug heißt?«

»Ja.«

»Du glaubst doch nicht etwa, daß Boltenstern und die anderen Kameraden sich mit diesem Rauschgiftdingsda beschäftigen!«

»Ich weiß es, Vater!«

Konrad Ritter zerknüllte nervös das Rundschreiben des BdD unter seinen Händen. So etwas darf nicht sein, dachte er. Die

122

Auswirkungen wären ungeheuer, wenn die Öffentlichkeit das erführe. Männer der neuen Aristokratie der Erfolges, Offiziere und Fähnriche, geachtete Bürger . . . alle Ehre würde weggeblasen sein wie Staub.

»Du *weißt* es?« wiederholte Konrad Ritter.

»Mir fehlen nur noch die Beweise. Aber ich bin auf der Jagd!«

»Du wirst sie nie bekommen!« Major a. D. Ritter wedelte mit der Hand durch die Luft. »Du wirst immer ins Leere schießen! Beweise! Ahnst du überhaupt die Katastrophe, die du damit auslöst?«

»Es hat einen Toten gegeben!«

»Er ist mit allen Ehren begraben worden! Und seine Witwe tröstet sich bereits . . . wenn das kein Beweis vom pulsierenden Leben ist! Laß die Entwicklung so, wie sie ist.«

»Ich diene der Gerechtigkeit, Vater.«

»O Gott, jetzt wird er auch noch pathetisch!« Konrad Ritter schlug die Hände über dem grauen Schädel zusammen. »Gerechtigkeit ist ein Gummiwort! Sag mir ein präzises Beispiel von Gerechtigkeit! In Hamburg wird ein Autofahrer mit 1,0 Promille zu sechs Wochen Gefängnis und Führerscheinentzug mit einem Jahr bestraft . . . in Passau vielleicht kostet es nur 150 DM Geldstrafe. Gerechtigkeit, Junge? Wo man in den kleinsten Dingen schon so auseinandergeht? Wenn du 17 Jahre bist, kannst du zwanzig Menschen umbringen . . . was bekommst du? 10 Jahre Jugendstrafe! Gerechtigkeit? Ein Radfahrer, der ohne Rücklicht durch die Nacht fährt, wird vor den Richter geführt, ein kleiner Buchhalter, der aus Spielleidenschaft 1000 DM unterschlug, kriegt zwei Jahre, und in allen Zeitungen steht es. Man macht ihn gesellschaftlich fertig . . . aber da entdeckt eine Polizeistreife in einer öffentlichen Herrentoilette zusammen mit Strichjungen einen gutgekleideten Mann, nimmt ihn mit und entdeckt entsetzt, daß man einen Regierungspräsidenten als Homosexuellen entlarvt hat. Was geschieht? Pressesperre, der Fall wird totgeschwiegen, der Präsident läßt sich schnell pensionieren, und jeder ist froh, daß niemand draußen etwas erfährt. Gerechtigkeit? Du willst mir sagen, was Gerechtigkeit ist? Wenn ich, der kleine Konrad Ritter,

123

meinen Wagen falsch parke, wird mir ein Protokoll aufge-
brummt . . . parkt aber der Kardinal von Paderborn seinen Wagen
falsch und wird aufgeschrieben, erscheint der Polizeichef selbst
und entschuldigt sich für seinen eifrigen Beamten. Gerechtigkeit?
Mein Junge, wer in Deutschland dieses Wort noch aussprechen
kann, sollte hinterher wenigstens kotzen!«

So begann es, und bis um 1 Uhr in der Nacht schrien sich Vater
und Sohn an, und die Kluft zwischen ihnen wurde so groß, daß
Konrad Ritter sagte:

»Ich werde dafür sorgen, daß du auf eine Mauer des Schweigens stößt!«

Und Werner Ritter schrie zurück: »Und ich werde Sprengstoff
genug sammeln, um eure Mauer in die Luft zu jagen . . . auch
wenn du darauf stehst!«

Nun saß er Jutta gegenüber in dem kleinen Düsseldorfer Altstadtlokal und stocherte in seinem Beefsteak. Er wußte, daß die
nächsten Stunden eine unvorstellbare Belastung für Jutta sein
würden, aber sie mußte durch diesen Sumpf von Grausen und
Schrecken hindurch, um später zu sehen, wie rein und schön das
Leben wirklich sein konnte.

»Hast du heute nachmittag Zeit?« fragte er.

»Eigentlich ja. Ich soll mich umsehen und eine Reportage über
irgend etwas schreiben, was mir gefällt.« Jutta lehnte sich zurück.
»So wie du jetzt bist, gefällst du mir nicht. Ich werde mich also
woanders umsehen müssen.«

»Ich lade dich ein«, sagte Werner Ritter dumpf.

»Zu einem Schokoladeneis?«

»Nein. Zu einer Besichtigung von Geisteskranken.«

»Danke!« Jutta biß die Lippen zusammen. Sie sah es als einen
bösen Witz an, als eine Frechheit. »Du bist heute unausstehlich!
Ich gehe.«

»Wir werden die Landesheilanstalt besichtigen. Professor Pra-
ger hat sich bereit erklärt, mir – aber nur der Ermittlungen wegen
– einige Fälle von Süchtigen und die Anwendung des LSD bei
Schizophrenen zu zeigen. Ich werde dich als Kriminalassistentin
vorstellen.«

»Und ... und warum soll ich mir das ansehen?« Juttas Zorn
wich einer inneren Abwehr. Es ist keine vergnügliche Abwechs-
lung, ein paar Stunden unter Irren zu leben.

»Ich muß wissen, ob du mich liebst ... ob du mich so stark
liebst, daß du auch die Hölle, wenn sie um dich ist, für mich ertragen kannst. Ich muß wissen, ob ich mich auf dich verlassen
kann.« Ritters Stimme klang wie verzweifelt.

»Und dazu mußt du mich in eine Irrenanstalt bringen?« fragte
sie mit großen Augen.

»Ja! Du wirst es verstehen, wenn wir wieder herauskommen.«
Etwas bedrückt von den Aussichten, gleich in einen Abgrund
menschlicher Wesensveränderung zu blicken, fuhren sie fort.
Und auch während der Fahrt zur Landesheilanstalt sprachen sie
kaum ein Wort. Es war, als wüßten sie, daß die größte Probe ihrer
Liebe bevorstand, und sie waren noch nicht einmal verlobt ...

Um dieselbe Zeit war Toni Huilsmann in Düsseldorf unterwegs.
Nicht auf Kundenbesuch, nicht zur Kontrolle der Baustellen,
nicht zu den Bauämtern ... er fuhr vielmehr in Gegenden, in
denen sein amerikanischer Sportwagen am Tage fehl am Platze
war, weniger in der Nacht, wo sie zu den Kunden gehörten. Hinter dem Bahnhof, in einigen Gassen nahe dem Rheinufer, aber
auch in stillen Villenstraßen hielt er und klingelte die Damen aus
dem Schlaf, die erst beim Einbruch der Dunkelheit munter werden.

Überall war es das gleiche – man schimpfte, bewarf ihn mit wenig charmanten Ausdrücken, aber Huilsmann ließ sich nicht ab-
wimmeln. Er sah bleich aus, und seine Fröhlichkeit paßte gar
nicht zu seinem zerknitterten Gesicht, aus dem das Jungenhafte
verschwunden war und eine fahle Vergreisung begann.

»Haltet die schönen Klappen, Puppen!« sagte er immer wieder,
wenn er in den unaufgeräumten, nach Parfüm, Schweiß und
Nacht riechenden Zimmern stand. »Ich bin auch gleich wieder
weg. Nur eine Frage: Habt ihr LSD hier?«

Es zeigte sich, daß niemand es hatte. Auch wo es zu bekommen war, wußte kaum eine der Damen. »In London!« – »In Pa-

125

ris!« – »Da mußte nach Hollywood fahren, Kleiner.« Nur Marlies, die Star-Nutte, die eine weiße Villa bewohnte und in einem mit Weißfuchs ausgeschlagenen Bett schlief, gab eine präzisere Auskunft:

»Ich könnte rankommen, Toni. Ein Kunde von mir ist Chemiker. Wenn ich den ganz lieb bitte . . .«

»Tu das, Süße.« Huilsmann schob einen 1 000-Mark-Schein in den Ausschnitt des Nachthemdes und küßte Marlies auf die blondierten Haare. »Ich muß es schnell haben, hörst du?«

»Und warum? Es soll ein Mistzeug sein.«

»Es geht um eine Wette. Wann kommt dein kleiner Giftmischer?«

Marlies reckte sich, den Schein ließ sie zwischen ihren Brüsten liegen. Dort lag er gut verklemmt. »Gib mir mal das Terminbuch, Toni. Dort, in der Schublade.«

Sie blätterte in dem ledergebundenen Buch und suchte in den einzelnen Tagesrubriken.

»Pech, Süßer«, sagte sie dann. »Er ist mit seiner Familie in den Ferien. Hat ja noch schulpflichtige Kinder, der Liebe. Sie sind jetzt auf Borkum. Nach den Ferien muß er sofort weiter nach Basel, in irgend so ein Labor. Er hat sich bei mir erst zum 17. September angemeldet . . .«

»Scheiße!« sagte Huilsmann unhöflich. »Dann werde ich nach Paris müssen. Ich danke dir, Marlies. Und die Tausend verrechnen wir mal gelegentlich!«

Auf der Straße setzte er sich in seinen Wagen und starrte in die blühenden Büsche der Vorgärten. Eine vornehme Gegend war es. Hier wohnten Direktoren und Geschäftsleute, Kokotten und erfolgreiche Schriftsteller.

Ich werde dieses LSD bekommen, dachte Toni Huilsmann. Und ich werde es Boltenstern in seinen Genever tun, wie er es mit meinem Whisky gemacht hat! Ahnungslos wie ich wird er es saufen, und dann, mein Junge, wollen wir sehen, wie du reagierst. Ob du den Himmel einrennst oder deinen eigenen Kopf . . . ob du Frauen anfällst wie hungrige Tiger . . . oder weiße Seidenschals um die Hälse deiner Freunde knotest . . .

Wir werden es sehen. Alle, alle! Ich werde sie dazu einladen!
Die ganze große Düsseldorfer Gesellschaft.

Na? Ein Tier? Ein Teufel? Ein gefallener Engel? Ein Mensch
vom anderen Stern?

Freunde, versteckt die weißen Seidenschals!

Toni Huilsmann wischte sich über die Augen. Er glühte vor
Rache.

Und wenn es nach dem 17. September ist, dachte er. Ich habe
Zeit ... an diesem Abend ist es immer noch früh genug ...

Er irrte sich.

Er kam zu spät ...

Die Landesheilanstalt für Nervenkranke lag in einem weiten
Parkgelände. Außer dem großen Gebäude mit der Verwaltung,
den Untersuchungszimmern, den Röntgen- und OP-Sälen, den
Labors und Gymnastikräumen, vor dem ein großer Parkplatz war,
sah man auf den ersten Blick nichts mehr von den vielen Einzel-
häusern, die verstreut hinter hohen Busch- und Baumgruppen
des Parkes versteckt waren. Weit auseinander hatte man sie gebaut, mit großen Wiesenflächen und Blumengärten dazwischen,
jedes Haus eine kleine, abgeschlossene Welt für sich.

Oberarzt Dozent Dr. Laurenz empfing Werner Ritter und Jutta
Boltenstern in seinem Ordinationszimmer. Ein Pfleger führte gerade einen Patienten ab, einen hünenhaften Kerl mit kurzgescho-
renen, blonden Haaren, aber mit einem seligen Kinderlächeln auf
dem breiten Gesicht und den Bewegungen eines flirtenden, sich
seiner aufreizenden Schönheit bewußten Mädchens. Als er an
Jutta vorbeigeführt wurde, schnalzte der Riese mit der Zunge,
seine treuen Kinderaugen veränderten sich, wurden klein und
eng und böse. Der Wärter, ebenfalls ein großer, kräftiger
Mensch, zog den Patienten aus dem Zimmer, und jetzt erst sah
Jutta, daß der Riese und der Wärter durch Handschellen aneinander gefesselt waren.

»Das war Robert Hickes«, sagte Oberarzt Dr. Laurenz, als die
Tür zugeklappt war. »Dreifacher Mädchenmörder. Die Gestalt eines Bullen, aber das Hirn eines Vierjährigen. Er war gerade hier,

um sich zu beschweren. An seinem Pudding war zu wenig Himbeersaft, meinte er.« Dr. Laurenz lächelte und wies auf die herumstehenden Sessel, als er Juttas erstauntes, fragendes Gesicht sah. »Auch so etwas muß man hier tun. Höre ich mir seine Beschwerden *nicht* an, schlägt er sein Zimmer kurz und klein. So ist er nun zufrieden, ich habe ihn fünf Minuten lang angehört, habe ihm versprochen, daß er mehr Himbeersaft bekommt – und nun ist Ruhe im Bau.«

Werner Ritter stellte Jutta als Kriminalassistentin vor, aber Dr. Laurenz winkte ab, als Ritter auch noch erklären wollte, warum er die Kollegin zu dieser Besichtigung mitgebracht hatte.

»Ich kenne Fräulein Boltenstern«, sagte Dr. Laurenz ohne den geringsten Sarkasmus. »Wie klein die Welt ist, kann hier wieder demonstriert werden. Mein Vater ist im Aufsichtsrat der Wollhagen-Werke, und bei einem Ball im Park-Hotel habe ich vor einem Jahr mit Ihnen getanzt, Fräulein Boltenstern. Daß Sie sich daran nicht erinnern, beweist nur, wie wenig Eindruck ich damals auf Sie machte.«

»Aber Doktor«, sagte Jutta verlegen. »Es ist damals so viel getanzt worden!«

»Bleiben wir also bei der kleinen Lüge, Sie seien von der Kripo, wenn der Chef uns begegnen sollte. Er hat eine Abneigung gegen Journalisten. Man muß das verstehen: Zweimal hat er die Klinik von Journalisten besichtigen lassen, hat sich alle Mühe mit Erklärungen und medizinischen Auskünften gegeben ... und was erschien später in den Zeitungen? Ausgesprochener Blödsinn! Sensationsmache. Überschriften wie: Blick in die Schlangengrube ... und andere solche Dummheiten! Nicht einen Funken Objektivität, nicht eine Zeile über das schreckliche Schicksal der armen Kranken ... nur billiger Nervenkitzel!« Dr. Laurenz sah Jutta Boltenstern ernst an. »Wollen Sie etwa auch schreiben?«

»Nein!« Jutta schüttelte mit Heftigkeit den Kopf. »Ich wollte gar nicht mitkommen. Aber mein Verlobter meinte, ich müsse so etwas Schreckliches sehen. Wird ... wird es schlimm sein, Doktor? Sonst lassen Sie mich lieber hier sitzen. Ich warte gern. Es macht mir nichts aus, einen Ermordeten zu sehen und darüber zu berichten ... aber vor den Irren habe ich Angst!«

»Sehen Sie!« Dr. Laurenz wandte sich an Werner Ritter. »So etwas entsteht durch die unsachliche Berichterstattung! Warum Angst? Warum Grauen? Die Kranken sind Menschen wie wir ... daß sie anders denken, fühlen, reagieren, leben wie wir, ist ihr tragisches Schicksal, das wir – so gut wir es können – lindern sollten. Eigentlich sollte man den normal Empfindenden viel öfter diese Kranken zeigen, damit sie glücklich sind, so normal zu sein, und sich nicht immer wieder bemühen, durch Alkohol oder Rauschgift in die Gemeinschaft dieser Irren zu kommen!« Dr. Laurenz sah auf seine Armbanduhr. »Es ist jetzt eine gute Zeit zum Rundgang. Die Kranken haben Mittag gegessen, sind satt und zufrieden ...«

»Wie bei Raubtieren ...«, sagte Jutta leise.

»Fast so.« Dr. Laurenz sah auf einen Belegplan, der an der Wand hing. »Wir haben zur Zeit 2 349 Kranke hier. Sparen wir die Paralytiker aus ... diesen Anblick möchte ich Ihnen ersparen, Fräulein Boltenstern. Aber zwei Fälle von Schizophrenie muß ich Ihnen zeigen, die – wenn man so respektlos sagen darf – unsere ›Glanznummern‹ sind. Gehen wir also zu Block I.«

Nach einem Spaziergang durch Rosengärten und über gepflegte, sauber geharkte Wege – die Gartenarbeit verrichteten die leichten Fälle, wie Dr. Laurenz erklärte, meistens Männer mit leichter Verblödung, die man frei herumlaufen lassen konnte – gelangten sie zu einem zweistöckigen, im Winkel gebauten, weißgetünchten Gebäude, das den Eindruck eines Kurhotels machte. In der Sonne, auf der Wiese, standen Liegestühle unter bunten Sonnenschirmen, und die Kranken, die sich dort ausruhten, nahmen keinerlei Notiz von den drei Besuchern, sondern lasen oder hielten einen Mittagsschlaf. Ein friedliches Bild wie in einer Sommerfrische.

»Auch Kranke?« fragte Jutta leise.

Dr. Laurenz nickte. »Unheilbar.«

»Und sie sehen aus wie Urlauber!«

»Ein Schizophrener sieht aus wie Sie und ich. Nur wenn einer auf Sie zukommt und sich als Bismarck vorstellt, wissen Sie, wen Sie vor sich haben.«

Im Zimmer 32 schien die Sonne hell und heiß durch die breite Balkontür. Die Luft war stickig und verbraucht, wie ein Brutofen war das Zimmer. Werner Ritter und Jutta brach der Schweiß aus den Poren, kaum daß die Tür geöffnet wurde. Die Hitze einer überheizten Sauna prallte ihnen entgegen.

In dieser Glut saß auf einem Stuhl ein Mann, eingehüllt in einen dicken Pelzmantel, über dem Kopf eine Pelzmütze, und schlug wie ein Frierender die Arme gegen den Körper, als Dr. Laurenz eintrat.

»Der Schneesturm läßt nicht nach«, stöhnte der Mann, »bis zur Hälfte sind die Zelte zugeweht! Hören Sie, wie die Schlittenhunde jammern? Was soll ich tun? Wir müssen warten, bis sich der Sturm gelegt hat . . .«

»Darf ich vorstellen: Roald Amundsen! Er ist nahe vor seinem Ziel, dem Südpol! Wenn das Wetter besser wird, hat er ihn in vier Tagen erreicht!«

»In neun Tagen, mein Bester!« Der in der Sonnenglut frierende Kranke schüttelte sich. Offensichtlich ging ihm der Frost bis auf die Knochen. »Glauben Sie, daß die Hunde überleben?«

»Sicherlich! Sie sind zähe Burschen!« Dr. Laurenz setzte sich dem Kranken gegenüber. Jutta Boltenstern und Werner Ritter blieben an der Tür stehen. Sie bekamen kaum noch Luft, so heiß war es im Zimmer. »Wie kalt ist es eigentlich?« fragte Dr. Laurenz freundlich.

»Vierzig unter Null!« Der Kranke, der sich einbildete, Amundsen zu sein, klapperte schaurig mit den Zähnen! »Eine Katastrophe ist es. Ich war vorhin vor dem Zelt, mußte Wasser lassen! Der Urin gefror sofort zu einer Stange . . . ich mußte sie abbrechen! Und das so nahe vor dem Pol! Aber ich erreiche ihn! Als erster Mensch werde ich auf dem Südpol stehen!«

»Der zweite Fall«, sagte Dr. Laurenz später auf dem Flur von Block I, »ist schwerer. Unser Amundsen ist harmlos. Er friert bloß immer! Das Zimmer lüften können wir nur, wenn er auf der Toilette ist. Machen wir die Fenster auf, wenn er im Raum ist,

130

heult er wie ein Schlittenhund und zeigt – das ist hochinteressant – deutliche Symptome von Erfrierungen an Händen und Füßen!«

»Und wie wollen Sie diesen Armen heilen?« fragte Jutta. Der Anblick des zitternden Kranken lag schwer auf ihrem Herzen.

»Heilen?« Dr. Laurenz hob leicht die Schultern. »Wer wagt an solche Glücksfälle zu denken? Einmal, aber auch nur einmal, ist es uns gelungen, das wahre Gesicht dieses Kranken zu sehen: Wir konnten seinen Spaltungsirrsinn zurückspalten, wir holten den unterdrückten normalen Menschen hervor. Es war erschütternd. Dr. Jörg Morgans, so heißt der Kranke, war wieder Chemiker und verlangte entschieden, aus diesem ›Hotel‹ wieder zu seinem Labor gebracht zu werden. Er empfing seine Frau und die Kinder, ging mit ihnen im Garten spazieren und trank Kaffee mit ihnen. Nach neun Stunden war alles vorbei, und er fror wieder als Amundsen in seinem vom Schneesturm zugewehten Zelt am Südpol. Seitdem ist uns diese Rückwandlung nicht wieder gelungen, trotz jede Woche wiederholter LSD-Versuche.«

LSD. Das Wort war gefallen. Das Wort, auf das Werner Ritter gewartet hatte. Vor dem Zimmer 49 blieben sie stehen. Noch wußten sie nicht, was sie hinter der weißlackierten Tür sehen und hören würden.

»Welche Erfahrungen haben Sie mit LSD, Doktor?« fragte Werner Ritter. Dr. Laurenz wiegte nachdenklich den Kopf und schob die Unterlippe etwas vor.

»In der Praxis, als Medikament, hat es sich bewährt. Als Rauschgift haben wir nur die Berichte aus den USA und anderen Ländern und die eingehenden Beobachtungen der experimentellen Psychose, vor allem die Protokolle aus der Klinik für psychische und Nervenkrankheiten der Universität Göttingen. In Deutschland kennt man das LSD noch nicht als Gesellschaftsspiel . . . zumindest wurden bei uns noch keine Suchtfälle eingeliefert.«

»Das wird sich bald ändern, Doktor«, sagte Werner Ritter heiser. »Halten Sie einen Mord im LSD-Rausch für möglich?«

»Ohne weiteres. In den USA kennt man ein paar solcher Morde.«

131

»Einen Mord auf Befehl auch?«

Dr. Laurenz hob die Augenbrauen. »Das ist eine nicht zu beantwortende Frage. Mord im Hypnoseauftrag ... das kennt man. Ob das LSD auch neben seiner schizophrenen Eigenschaft einen lenkbaren Willen hervorbringt, darüber habe ich noch nie gelesen. Wie gesagt ... wir sind nur auf die Literatur angewiesen. Vom Meskalinrausch weiß man, daß Menschen im Rauschzustand zu allen Handlungen fähig sind!«

Das Zimmer 49, das sie jetzt betraten, war normal eingerichtet, hell, sauber und aufgeräumt. Das einzige Auffällige war ein dikkes Seil, das zwischen zwei Haken von Wand zu Wand gespannt war.

In der Mitte des Seiles hatte man einen dicken, völlig unentwirrbaren Knoten geknüpft. Vor diesem Knoten stand ein schlanker, eleganter, fast schön zu nennender Mann, betrachtete ihn kritisch von allen Seiten und hieb in Abständen von einigen Minuten mit einem Holzschwert auf das dicke Knäuel. Dann trat er zurück, schüttelte den Kopf, legte das Kinn in die offene rechte Hand und versank in tiefes Grübeln.

»Alexander der Große«, sagte Dr. Laurenz. Der elegante Mann ließ sich nicht durch den Besuch stören. Er umkreiste den Knoten und hieb mit seinem Holzschwert wieder zu. »Seit zwei Jahren versucht er, den zweiten Gordischen Knoten zu durchschlagen. Daß es nicht gelingt, begreift er nicht.« Dr. Laurenz beugte sich zu Ritter und Jutta vor und dämpfte die Stimme. »Wir haben ihm einen Schock versetzt in der Annahme, er würde heilen. Als er wieder einmal zuschlug, brach der Knoten auseinander, wie Siegfrieds Amboß auf der Opernbühne. Die Wirkung war schrecklich. Er weinte, fiel in Trübsinn und versuchte viermal einen Selbstmord. Erst als wir ihm einen neuen Knoten servierten, war er wieder glücklich, ärgerte sich über sein Schwert und hieb und hieb und sinniert nun weiter, wie er den Knoten durchschlagen kann.«

»Keine Heilung?«

»Nein!« Dr. Laurenz verließ wieder das Zimmer. Hinter ihnen sprach ›Alexander der Große‹ mit sich selbst ... in altgriechischer Sprache. Werner Ritter blieb wie angewurzelt stehen. Dr. Laurenz nickte.

»Sie hören richtig. Griechisch! Er spricht es fließend. Woher! Es ist eines jener Rätsel, vor denen wir fassungslos stehen. Mit seinem Irrsinn kam auch die griechische Sprache. Er ist nun mal Alexander, der Griechenkönig! Hier blicken wir durch eine winzige Ritze in der Mauer, hinter der eine Welt des Übersinnlichen liegt, von der wir gar nichts wissen. Ein Geheimnis, das wissenschaftlich nicht erklärbar ist. Mir kommt der Mensch immer wie ein Eisberg vor... wir sehen und kennen nur das, was oben sichtbar treibt, und das ist nur ein Siebentel. Die anderen sechs Siebentel sehen wir nicht... oder ab und zu nur eine Zacke, wie unser Alexander der Große.«

Jutta Boltenstern war an das Fenster getreten und sah hinaus in den sommerlichen Garten. Vier Kranke schnitten Gras mit Handmähern. Nebeneinander, wie Soldaten auf dem Kasernenhof. Auf dem Weg stand ein Pfleger und beobachtete sie.

»Mir kommt dieser Mann, der – Alexander – bekannt vor«, sagte sie leise. »Irgendwo habe ich ihn schon gesehen.«

»Im Film.« Dr. Laurenz nickte. »Es ist Walther Wendegraf. Als Filmschauspieler nannte er sich Nicolo Graff.«

»Mein Gott – Nicolo«, Jutta war entsetzt. »Ja. Er ist es!«

»Vor zwei Jahren, während eines Filmes über Alexander den Großen, begann sein Irrsinn. Er ist das Opfer aufputschender Medikamente. Seit Jahren konnte er nur spielen, wenn er immer und immer wieder und immer mehr anregende Mittel einnahm. Was daraus geworden ist... Sie haben es gesehen.«

Zwei Stunden lang führte Dr. Laurenz Werner Ritter und Jutta Boltenstern durch die Heilanstalt. Obwohl sie die Blocks der Paralytiker mieden, war Jutta nach diesen beiden Stunden am Ende ihrer Kräfte.

Sie hatte in eine Hölle geblickt, und doch waren es nur Menschen, arme, kranke, hilflose Menschen, die das Opfer eines winzigen Fehlers in ihrem Hirn waren... eine Fehlkoppelung von Nerven, eine Infektion, die Schäden hinterließ, Gifte oder Alkohol, die die empfindlichen Hirnzellen zerstören oder einfach nur

133

das große Geheimnis, das noch niemand ergründet hat: Wie ist es möglich, daß ein Mensch ein völlig anderes Wesen wird?

Eine Frage, auf die es keine Antwort gibt.

Später, wieder in Ritters altem Wagen sitzend, brauchte Jutta viel Puder, um ihre Blässe zu überdecken. In ihren Augen spiegelte sich noch die Erschütterung und das Grauen, das mächtiger war als der Wille, nur zu denken: Es sind ja Menschen wie wir ...

»Und warum sollte ich das alles ansehen?« fragte sie und schluckte mehrmals. Wie ausgedörrt war ihre Kehle, wie mit rauhem Leder ausgeschlagen. Werner Ritter steckte sich erst eine Zigarette an, ehe er antwortete. Und er sah Jutta dabei nicht an.

»Du hast die Schizophrenen gesehen«, sagte er langsam. »Du hast gesehen, wie schrecklich sich ihre Welt verändert hat. Diese furchtbare Spaltung der Persönlichkeit kann man auch künstlich herbeiführen ... durch die unvorstellbare, winzige Menge von achtzigmillionstel Gramm LSD ...«

Jutta Boltenstern sah Werner Ritter fragend an. Sie verstand nicht, was sie mit dieser Auskunft anfangen sollte.

»Liebst du mich?« fragte Werner Ritter. Er war plötzlich heiser, als habe er stundenlang geschrien.

»Aber ja! Was soll das jetzt, Werner?«

»Du brauchst diese Liebe, Jutta! Sie wird von dir eine übermenschliche Entscheidung verlangen!«

Lähmende Stille war daraufhin in dem engen Wagen. Ritter starrte aus dem Fenster auf den Parkplatz der Heilanstalt; Jutta spürte eine kalte Angst in sich aufsteigen.

»Sag die Wahrheit, Werner«, sagte sie leise. »Was ist geschehen?«

»Ich habe den Verdacht, daß dein Vater und seine Freunde LSD nehmen ...«

Dann fuhr er an, ohne ihre Antwort abzuwarten.

»Was soll nun werden?« fragte sie.

»Ich weiß es nicht, Jutta.« Werner Ritter fuhr mit der Sicherheit eines Schlafwandlers durch den Großstadtverkehr. Er blickte auf die Straße, aber es war, als sähe er gar nicht, was vor ihm ge-

134

schah. »Ich weiß es wirklich nicht. Nur eins ist sicher . . . ich werde am Sonntag nicht, wie es dein Vater befohlen hat, um deine Hand anhalten können! Erst muß ich diesen Fall Erlanger abschließen.«

»Das sehe ich ein.« Jutta legte die Hand auf Ritters Arm. Ihre Stimme war wie in Watte gebettet, sie hatte kaum noch einen Klang. »Hat . . . hat Paps dieses LSD mitgebracht?«

»Das ist es, was ich nicht weiß. Jeder der vier Freunde kann es mitgebracht und verteilt haben.«

»Soll ich Paps danach frgen?«

»Um Gottes willen, halte dich da raus!« Werner Ritter umklammerte das Lenkrad. Sie fuhren über die Königsallee, die Prachtstraße Düsseldorfs. »Wo soll ich dich absetzen?«

»Am Verlag.« Jutta Boltenstern lehnte sich zurück. Sie war müde wie nach drei durchwachten Nächten. Und sie kam sich wie mit Blei gefüllt vor.

Mein Vater, dachte sie. Nein, so etwas tut Paps nicht. Er mag seine Fehler haben, wir alle haben sie – aber er ist ein guter Mensch.

Den Gang, den Konrad Ritter am Sonntag antrat, empfand er wie den Antritt zum Sturm auf eine ungenügend beschossene, befestigte Stellung. Da alles, was Ritter dachte, sich in militärischen Vergleichen bewegte, war auch seine Vorbereitung kriegsmäßig.

Er zog seinen Sturmanzug an – das war ein schwarzer Anzug mit silbergrauem Schlips –, steckte Munition in die Taschen – das waren Zigarren, das Stück zu 80 Pfennig – und probte vor dem Spiegel die besten Scharfschüsse – das waren prägnante Sätze, mit denen er Boltenstern überzeugend niederzwingen wollte.

Pünktlich um 11 Uhr schellte er bei Boltenstern, ein Hausmädchen öffnete ihm und führte ihn in das Arbeitszimmer. Dort blieb er stehen, das Kreuz durchgedrückt wie auf der Parade, und als Boltenstern eintrat, nahm er die Haken zusammen und machte eine knappe Verbeugung.

»Major – du?« rief Boltenstern. Er sah frisch und von den Morgenritten etwas gebräunt aus und ging Ritter mit ausgestreckten

135

Armen entgegen. »Steh nicht herum wie ein Leichenwäscher . . . schließlich bist du gekommen, um eine frohe Sache zu erledigen. Einen Kognak, Major?«

»Lieber Kamerad Boltenstern . . .«, setzte Konrad Ritter an. Boltenstern blieb ruckartig stehen und musterte seinen Freund verblüfft.

»Was ist denn mit dir los?«

»Ich stehe hier als Stellvertreter meines Sohnes . . .«

»Das ist bekannt, Major! Laß die Faxen, setz dich, trink einen Kognak und sag, wann wir heiraten.«

Konrad Ritter blieb stehen. Die Freundlichkeit Boltensterns verdarb sein ganzes Konzept. Er hatte sich auf einen Kampf vorbereitet, und was geschah? Er wurde gestreichelt. Das war eine gegnerische Taktik, die man im Clausewitz nicht nachlesen konnte.

»Die Lage ist kritisch, Kamerad Boltenstern«, nahm Ritter seinen Vormarsch dann wieder auf. »Ich bin gekommen, um einige Erklärungen abzugeben und um meinen Sohn Werner zu entschuldigen. Ich stehe hier nicht, um zu werben, sondern um abzusagen.«

»Ach so.« Boltenstern stellte die Kognakflasche, die er aus einer Klappe im Bücherschrank geholt hatte, mit einem harten Laut auf den Tisch. Ritter zuckte zusammen. Der erste Schuß. Das Feuer wurde eröffnet. »Er ist ein Feigling?«

Major Ritter wurde hochrot. Es war sonst nicht üblich, daß man so miteinander sprach, und Ritter verfluchte innerlich die Zusage, die er seinem Sohn gegeben hatte, mit Boltenstern alles zu regeln.

»Mein Sohn hat zwingende Gründe«, sagte er laut.

»Die habe ich auch! Wenn ich meine Tochter dreiviertel entkleidet in den Armen eines Mannes sehe . . .« Boltensterns Stimme schwoll an. »Nur daß er dein Sohn war, rettete ihn davor, daß ich ihn damals auspeitschte! Jeden anderen Kerl hätte ich zu Boden geknüppelt!«

Konrad Ritter verlor seine Steifheit. Er warf seinen dunklen Hut auf einen der Sessel, ging zum Tisch, nahm die Kognakflasche, entkorkte sie, goß sich ein Glas voll und trank es wie eine lebensrettende Medizin.

»Alf, das Ganze ist doch lächerlich! Du weißt, daß Werner deine Jutta liebt, wir beide wissen, wie schön es wäre, wenn unsere Kinder heiraten würden, wenn unsere Familien zusammenkämen, die Ritters und die Boltensterns, wenn einmal ein Geschlecht echten Deutschtums . . .«

»Laß deine Sprüche bei mir, Major«, unterbrach ihn Boltenstern. »Warum kneift dein Sohn?«

»Er ermittelt wieder«, antwortete Ritter und trank schnell noch einen Kognak. Es war möglich, daß er in fünf Minuten keinen mehr bekam, und Boltenstern hatte einen vorzüglichen, zehn Jahre alten Prince de Polignac. Deshalb schüttete er sich auch noch einen dritten ein.

»Ermittelt?« wiederholte Boltenstern gedehnt. Er wandte sich ab und ging zum Fenster. »Gegen wen?«

»Gegen euch alle. Warum habt ihr Idioten auch solch einen Zirkus veranstaltet? Konntet ihr nicht eure Äpfelchen wegknabbern ohne diesen Affentanz? Hat es euch nicht mehr genügt, nackte Weiber wie Murmeln übern Teppich zu rollen?«

»Was sagt dein Sohn sonst noch?« fragte Boltenstern. Auf die Klagen Ritters ging er nicht ein; er hatte sie anscheinend gar nicht gehört, denn seine Gedanken arbeiteten bereits an anderen, aktuelleren Problemen.

»Hört mal . . . habt ihr bei diesem Abend irgend so ein blödes Rauschgift geschluckt?«

»Dummheit! Behauptet das dein Sohn?«

»Er deutet es an!« Major Ritter goß den vierten Kognak ein. Wo bekommt man schon zehn Jahre alten Prince de Polignac? »Alf, zu mir kannst du ehrlich sein! Das weißt du! Ich helfe euch, wo ich kann! Ich fühle mich sowieso schon wie ein Kurier, der zwischen dir, Werner und Dr. Breuninghaus, dem Oberstaatsanwalt, hin und her pendelt. Die Wahrheit, Junge: Habt ihr solch ein Sauzeug geschluckt?«

»Nein! Frage die anderen, Major, die werden es bestätigen.«

»Die anderen! Da kann ich auch den Spiegel fragen, wenn ich

137

mich ansehe!« Ritter wischte sich über die Stirn, er schwitzte heftig vor innerer Erregung. »Also kein Rauschgift?«

»Zum Teufel, nein!« Boltenstern fuhr herum. »Welches denn? Und vorher?«

»Woher, das ist kein Problem. Und welches? Haschisch zum Beispiel. Oder so 'n Zeug, eine Abkürzung, ich hab' das was gehört von Werner... klingt wie MPS oder so ähnlich. Könnte man direkt mit einer Partei verwechseln – haha!«

Boltenstern hatte in diesen Minuten keinen Sinn für Ritters gehobenen Humor. Er hatte die Lippen zusammengepreßt und die Hände in den Rocktaschen zur Faust geballt.

Die Fronten waren nun geklärt. Wie ein Jagdhund hatte Werner Ritter eine Spur aufgenommen, und Boltenstern hatte das Gefühl, daß es sinnlos war, wegzulaufen, sondern besser, sich auf eine Verteidigung einzurichten. Woher Ritter diese Spur hatte, interessierte ihn jetzt wenig; wichtig war, zu wissen, wie weit Werner Ritter mit seinen Ermittlungen war.

»Ich kenne kein Rauschgift mit so einem blöden Namen«, sagte Boltenstern laut. »Aber ich kenne einen jungen Mann, der der Ehre meiner Tochter zu nahe getreten ist und jetzt kneift. Der Sohn eines Majors! Das ist eine Schande!«

»Ich weiß. Aber was soll ich tun?« Konrad Ritter trank den fünften Kognak. Er merkte ihn bereits, um seinen Kopf kreisten die Gedanken wie kleine Mücken. Es brummte und summte, und in den Beinen wurde die Welt leicht. Als er jetzt zwei Schritte auf Boltenstern zuging, war es ihm, als berühre er gar nicht den Boden. »Aber ich bin dein Freund, Alf! Ein sehr geplagter und niedergebrochener Freund, denn solch einen Sohn habe ich nicht verdient. Soll ich dir einen Rat geben?«

»Bitte.« Boltenstern hielt den Major fest. Er war über eine Teppichfalte gestolpert.

»Fahr weg! Vier Wochen. In den Süden. Nimm Petra mit...«

Boltenstern ließ Ritter sofort wieder los. »Wieso Petra?« fragte er schnell.

»Du liebst sie doch.«

»Dummheit!«

»Mensch, leugne doch nicht alles! Man spricht doch schon darüber. Im Golfklub, beim Reiterverein, im Tennishaus. Jeder weiß
doch, daß Richard mit Petra nur eine Ehe auf dem Papier geführt
hat. Er hatte zu viel Arbeit und Erfolg, und sie war zu stolz und
kühl. Das konnte nicht gutgehen. Eisberge muß man sprengen
können . . . und du kannst das! Also, wie ist's? Fahr weg mit ihr!
Keiner nimmt dir das übel. Im Gegenteil, sie nehmen es dir alle
übel, wenn du nach Ablauf des Trauerjahres Petra *nicht* heiratest!
Und außerdem braucht die Arme Ruhe.«

Boltenstern setzte sich und legte das Kinn auf die gefalteten
Hände. So starrte er auf die halbleere Flasche Kognak und überlegte, ob das ein kluger Rat des Majors war.

»Vielleicht sollte man das tun«, sagte er schließlich. Konrad
Ritter marschierte durch den großen Raum, der Alkohol wirkte,
ließ die Augen glänzen und ihn die Situation vergessen, in der er
war. »Über das Verhalten deines Sohnes sprechen wir später, Major. Vorerst verbiete ich ihm den Umgang mit meiner Tochter!«

»Und ich ihm den Umgang mit deiner Tochter!« schrie Konrad
Ritter. »Nur – wie wollen wir das verhindern? Wir können sie
nicht an die Kette legen. Und die Kinder sind großjährig!«

»Ich werde Wege finden.« Boltenstern goß Ritter noch ein Glas
ein. »Unsere Freundschaft soll nicht darunter leiden, Major. Wir
haben schon anderes durchgestanden.«

8

Die Gesichtsverletzungen Hermann Schreiberts waren so weit
ausgeheilt, daß man im Städtischen Krankenhaus nichts mehr tun
konnte. Was jetzt kam, waren kosmetische und Wiederherstel-
lungsoperationen, für die es Spezialkliniken gab.

Nur noch einmal war Madeleine Saché, die Geliebte Schreiberts und sein Chef-Mannequin, ins Krankenhaus gekommen,
um zu klagen und ihr Böckchen zu beweinen. Weniger der Kummer trieb sie in das Krankenzimmer als vielmehr die Anweisung

Schreiberts an seinen Buchhalter, Fräulein Saché nichts mehr auszuzahlen.

Wie eine Amazone (nur nicht mit bloßem Busen) kämpfte Madeleine gegen Chefarzt, Oberarzt und Stationsschwester, um bei Schreibert vorgelassen zu werden. Schließlich wußte man sich keinen Rat mehr und rief bei Schreibert an.

»Lassen Sie sie raufkommen«, sagte Schreibert. Da seine Lippen vernarbt und dadurch etwas gekräuselt waren, lispelte er beim Sprechen. Dazwischen zischte ein Pfeiflaut, der den Eindruck hinterließ, als pfeife Schreibert neuerdings die Worte.

Schreibert stand mit dem Rücken zur Tür, als Madeleine Saché ins Krankenzimmer stürmte, die Arme ausbreitete und enthusiastisch »Mein Liebling! Mein Böckchen! Mein Wälzerchen!« rief. »Du bist gesund! Du hast keinen Verband mehr! Du kannst wieder gehen! Komm zu mir, mein Süßer! Ich sehne mich nach deinen Küssen . . .«

Schreibert schwieg. Er drehte sich bloß um und sah Madeleine an.

Wie ein Schlag traf es sie. Mit ausgestreckten Armen blieb sie wie versteinert stehen. Ein Mensch ohne Gesicht. Augen auf einer rot vernarbten glatten Fläche. Ein Mund, der wie eine aufgerissene Spalte wirkte. Ein Phantom, kein Mensch mehr . . .

»Oh –«, röchelte Madeleine Saché. »Oh, nein!«

Dann fiel sie um, wie vom Blitz gefällt, und Schreibert fing sie nicht auf, sondern ließ sie auf den Boden rollen. Dann hob der den Apparat wieder ans Ohr und ließ sich mit dem Oberarzt verbinden.

»Holen Sie Fräulein Saché ab, Doktor«, sagte er ganz ruhig mit seinem neuen pfeifenden Ton. »Die Sache hat sich blendend, schnell und wortlos geregelt. Sie wird nicht mehr wiederkommen.«

Dann wandte er sich wieder ab, nahm ein Buch und las und blickte auch nicht auf, als zwei Krankenträger Madeleine Saché auf eine Trage legten und aus dem Zimmer schafften.

»Das ist der einzige Pluspunkt meines Gesichtes«, sagte am Abend Schreibert voll giftigem Sarkasmus zu dem Oberarzt, der

140

ihn noch einmal besuchte, »daß ich Madeleine los bin! Ich hätte es unter normalen Umständen nur mit einer Riesenszene und einigen tausend Mark Abfindung geschafft. So ging es blitzschnell. Bum, da lag sie!« Schreibert leckte sich über die borkigen, verschrumpelten Lippen. »Was wird nun aus mir?«

»Wir haben Ihnen einen Platz in der Spezialklinik Dr. Hellerau besorgt. Dr. Hellerau gilt als der zur Zeit beste Gesichtschirurg in Deutschland.«

»Und wo ist er?«

»In Oberstdorf. Die Kosten hat Herr Boltenstern übernommen.«

Schreibert nickte. Der Name Boltenstern erzeugte in ihm Übelkeit. »Kennen Sie LSD, Doktor?« fragte er unvermittelt.

Der Arzt schüttelte den Kopf. »Nein! Was soll das sein?«

»Ich weiß es auch nicht.« Schreibert sah an dem Oberarzt vorbei. »Ich habe es irgendwo einmal gelesen ...«

An einem Donnerstag wurde Schreibert zum Flughafen gefahren. Die Maschine nach München war voll besetzt, aber niemand beachtete den Mann, der – in einem eleganten Anzug – seinen Platz einnahm. Er sah nicht mehr aus wie ein Phantom, wie ein Fleisch gewordener Alptraum ... er trug eine Gummimaske und hatte dadurch ein glattes, etwas starres, aber fast schönes, ebenmäßiges Gesicht. So eng lag die Gummimaske an, daß jeder sie für eine normale Haut hielt. Nur wenn er trank, benutzte er einen langen Strohhalm, denn auch die Lippen waren aus Gummi.

So flog Hermann Schreibert nach München, wurde dort von einem Privatwagen abgeholt und nach Oberstdorf gefahren.

Schon von weitem sah er das Sanatorium, als sie durch Oberstdorf hindurchfuhren. Ein schloßähnliches Gebäude an einem Berghang, umgeben von einem Park, mit Tennisplätzen und einer Reithalle.

»Das sieht ja herrlich aus«, sagte Schreibert und beugte sich aus dem Fenster.

»Auch ein großes Schwimmbad ist im Park«, sagte der Fahrer.

»Und alles Menschen ohne Gesicht?«

»Sie haben alle ein Gesicht.« Der Fahrer schaltete in einen anderen Gang. Steil ging es einen Berg hinauf, als wolle man in den Himmel fahren. »Sie werden es sehen, mein Herr . . . dort werden Sie nur hübsche Menschen treffen!«

Mit dem Gefühl, in eine andere Welt zu kommen, lehnte sich Schreibert zurück, und als sie das breite Einfahrtstor passierten, bekam er Herzklopfen wie ein Kind vor der Geburtstagsbescherung.

Mit der Energie einer racheschwörenden, altrömischen Kaiserin reiste Huilsmann nach Paris. Niemandem sagte er etwas davon, weder seinen Kunden noch Else, mit der ihn seit seinem Venusrausch eine Art Haßliebe verband. Nichts war mehr zwischen ihnen vorgefallen seit jener rasender Nacht, und Huilsmann hatte darauf gewartet, daß Else am nächsten Tag fluchtartig das Haus verließ. Aber sie blieb. Warum, das *wußte* sie selbst nicht zu erklären. Liebe war es nicht . . . dieses Gefühl war in den Stunden der Raserei Huilsmann restlos verbrannt. Wie ein Schatten glitt Else durch das riesige, gläserne Haus; sie sprach mit Huilsmann kein Wort, sie bediente ihn lautlos, sie war immer um ihn und doch nie spürbar, sie war ein Geist, den Huilsmann herbeizaubern konnte und der doch zwischen den Händen zerrann, wenn man ihn anfassen wollte.

Toni Huilsmann flog nach Paris, mit der ersten Morgenmaschine. Der Form halber mietete er sich ein Hotelzimmer, in keinem der Luxushotels, sondern in einem kleinen Haus in der Nähe der Seine und der Notre-Dame. Dort stellte er nur seinen Koffer ab, ging hinunter zum Portier, legte ihm einen Fünfzigfrancschein auf den Tisch und fragte ohne Umschweife:

»Wo bekomme ich LSD her?«

»Das kenne ich nicht, Monsieur«, antwortete der Portier. »Aber ich habe einen Bekannten, der kennt sich in solchen Fragen aus . . .«

Toni Huilsmann erhielt eine Adresse, ein Taxi fuhr vor, und zwanzig Minuten später saß er in einem Maleratelier im Quartier Latin und bewunderte ein nacktes Mädchen, das auf einem Podest Modell stand für ein Bild, das nichts von der Schönheit ihres

Körpers zeigte, nur Kreise, Winkel, Kleckse und verstreut herumliegende Augen, Gliedmaßen und kreisförmige Brüste. Der Maler, ein junger Mann mit langen Haaren und einem Spitzbart, blaß und wie ausglaugt aussehend, las den Zettel, den ihm Huilsmann überreichte.

»Haben Sie tausend Francs?« fragte der Maler. Er legte den langen Pinsel weg, ging zur Kommode im Hintergrund des kahlen Ateliers und zog eine Schublade auf.

»Natürlich!« Huilsmann sah noch einmal auf das nackte Modell. Das Mädchen hatte die erhobenen Arme heruntergenommen, drehte sich um, nahm einen Apfel vom Podestboden und begann zu essen. »Aber ist das nicht ein verdammt hoher Preis?«

»Sie können zehn Stück haben . . .« Der Maler schob die Schublade wieder zu. »Ich handle nicht. Ich habe meine festen Preise.«

Zehn Stück. Huilsmann fuhr sich mit beiden Händen durch die blonden Haare. Zehn Stück! Das ist eine komplette Hölle, die ich mitbringe, dachte er. Zehn Stück!

»Ich kaufe!« sagte er laut. Aber ihm war, als habe er gar keine Stimme mehr. »Ich kaufe!« wiederholte er deshalb. Er merkte gar nicht, daß er schrie.

Der Maler sah ihn stumm und doch voller Verständnis an, holte aus der Schublade zehn in Stanniol verpackte Zuckerstückchen und ließ sie in eine einfache Brottüte fallen. Mit zitternden Händen nahm Huilsmann sie entgegen, nachdem er zehn Hundertfrancscheine auf die Kommode gelegt hatte.

»Wie . . . stark ist die Dosis?« fragte er. Ganz oben faßte er die Tüte an, als könnten die Zuckerstückchen unter seiner Handwärme schmelzen.

»100 Mikrogramm, Monsieur.«

»Ist das nicht ein bißchen viel? Ich dachte 80 . . .«

»80 ist für Anfänger! Sie sind doch Fortgeschrittener . . . oder nicht?«

»Doch, ja ja!« Huilsmann nickte mehrmals. Sein Hals war völlig zu, er konnte nicht mehr schlucken.

»Sie können auch 80 haben! Doch mit 100 ist der Himmel noch violetter, und es hält länger an!«

»Das ist die Hauptsache, danke.«

Mit dem Mittagsflugzeug flog Huilsmann schon wieder zurück nach Düsseldorf. Niemand kontrollierte ihn. Jeder, der die Brötchentüte sah, dachte an Reiseproviant.

Nur am Zoll in Düsseldorf mußte er die Tüte öffnen. Der Zollbeamte befühlte die zehn Stückchen und wickelte ein Stanniolpapier sogar ab.

»Zucker?«

»Ja.« Huilsmann nickte. Das Herz schlug einen Wirbel. »Andenken an eine Bar auf dem Montmartre. Ich sammle Zuckerstückchen . . .«

Der Zollbeamte nickte und winkte. Der nächste. Es gibt im Rheinland einen Spruch, der eine tiefe Weisheit enthält: Jeder Jeck ist anders.

Warum soll einer nicht Zuckerstückchen sammeln?

So kehrte Huilsmann zurück in sein wunderbares Haus und traf Else an, wie sie die Blumen in den Glaskästen des Atriums goß.

»Da bin ich wieder!« rief Huilsmann. Er fühlte sich leicht und verjüngt. Zehn Stückchen Zucker mit LSD!

Else betrachtete ihn. Sie goß die exotischen Blumen weiter und zupfte verwelkte Blätter ab.

Bis zum Abendessen saß Huilsmann in seinem Büro, hatte sich eingeschlossen und die zehn Stückchen Zucker in dem Stanniol vor sich aufgetürmt. Hinter ihm stand der Panzerschrank offen . . . nichts, was bis jetzt in ihm war, hatte für Huilsmann so viel Wert wie diese zehn kleinen Würfelchen.

Aber je länger er vor den zehn silbern glitzernden Päckchen saß, um so größer wuchsen in ihm die Zweifel.

War es auch LSD?

Oder hatte er für 1 000 Franc nur einfachen Würfelzucker gekauft?

Wer garantierte ihm, daß der Zucker mit LSD getränkt war?

Er wickelte ein Stück aus und drehte es in den Fingern. Er roch

144

daran, hielt es gegen die starke Schreibtischlampe, leckte ganz vorsichtig mit der Zungenspitze über den Zucker.

Huilsmann sprang auf und lief erregt auf und ab. Wenn es nichts ist als reiner Zucker, dachte er. Wenn man mich betrogen hat? Nur eine Probe kann beweisen, ob LSD im Zucker ist... aber wie soll man es erproben, wo und mit wem?

Einen Augenblick dachte er an die Katze, die er im Haus hielt, eine schöne, getigerte Katze, die Haus und Garten von Mäusen frei hielt. Aber dann verwarf Huilsmann den Gedanken wieder. Wußte man, wie eine Katze zu reagieren hat? Vielleicht zeigte sie keinerlei Reaktion, kroch in eine Ecke und schlief? An einem Menschen mußte man es probieren. Nur an einem Menschen...

Zum Abendessen verlangte Huilsmann eine ganz bestimmte Flasche Wein, die irgendwo in den Regalen des großen Weinkellers liegen mußte. Else stieg hinunter in den Keller; sie war für eine Viertelstunde bestimmt beschäftigt mit Suchen und Umräumen. Wie ein Tänzer, auf Zehnspitzen, glitt Huilsmann in die Küche. Wie jeden Abend, so stand auch jetzt eine kleine Kanne mit Tee auf der Wärmeplatte. Else trank ihn immer... einen erfrischenden Tee aus Malvenblüten, blutrot und säuerlich, und sie süßte jede Tasse mit zwei Würfeln Zucker.

Huilsmann wickelte sein Stanniolzuckerstück aus, legte es als oberstes auf die anderen Zuckerstücke in der Dose, so offensichtlich in die Mitte, daß Else automatisch nach ihm greifen mußte, wenn sie ihren Tee süßte. Dann rannte er wieder hinaus und saß schon längst wieder im Sessel neben dem offenen Kamin, als Else mit der Flasche aus dem Keller kam.

Huilsmann sah auf die Uhr, als Else wieder in die Küche ging. 21 Uhr 12.

Nach zwanzig Minuten setzte die Wirkung ein, hatte Boltenstern gesagt. Er beeilte sich mit dem Abendessen, nahm die Weinflasche unter den Arm, ging in sein Schlafzimmer und schloß sich ein.

Um 21 Uhr 28 hörte er ein Scheppern in der Küche. Geschirr klirrte zu Boden, zerschellte auf dem Mosaikboden. Dann folgte das singende Klang zersplitternder Gläser und das dumpfe Auseinanderbrechen tönerner Schüsseln.

Else war dabei, die Küche zu zerstören.

O Himmel, dachte Huilsmann und ließ vor allen Fenstern seines Schlafzimmers die Rolläden herunter. 100 Mikrogramm! Ich hätte ihr nur die Hälfte zu geben brauchen. Es sollte doch bloß eine Kontrolle sein ... ein Beweis, daß man mich nicht betrogen hat.

In der Küche kroch Else auf allen vieren. Ihr Gesicht glänzte in hellster Verzückung.

Eine heiße Tropennacht. Riesige schwarze Krieger trommeln auf ausgehöhlten Baumstämmen. Im Mondlicht glänzt ein silberner Tempel. Er hat die Form einer Muschel, so groß, daß die Wolken unter ihrer Decke dahinziehen. Weißgekleidete Priester blasen auf goldenen Hörnern. Zwanzig herrlich gebaute Jünglinge, mit Goldstaub überzogen, tragen auf einer großen Schale aus Bergkristall ein nacktes, schlankes Mädchen, das sich ekstatisch im Rhythmus der Priesterhörner bewegt. Und der Mond läßt plötzlich Silber tropfen, und alle Bäume werfen Tau ab aus Brillanten, und alles fällt auf dieses nackte Mädchen, das nun auf der kristallenen Schale steht und sieben Brüste in den Tau aus Brillanten reckt. Und es ist keine Göttin mehr, sondern sieht aus wie Else Lechenmaier, und aus dem Tempel tritt in weißem, goldbesticktem Priestergewand Toni Huilsmann, eine Fackel in der Hand. Er steckt alle trommelnden Bäume an, ein Flammenmeer umgibt den Tempel, und er hebt Else Lechenmaier mit ihren sieben Brüsten von der kristallenen Schale und trägt sie durch die Flammen in den Tempel, der violett aufleuchtet und aus Millionen klingender Noten besteht, deren Köpfe singende Orchideen sind ...

Huilsmann zog die Schultern hoch, als zwei Fäuste gegen seine Schlafzimmertür schlugen und wild an seiner Klinke gerüttelt wurde.

»M-ach auf«, schrie Else Lechenmaier mit völlig fremder schriller Stimme. »Aufmachen! Aufmachen!« Sie rannte mit dem Kopf gegen die Tür, immer und immer wieder, fiel hin, kroch herum, grub die Zähne in die Zierleisten der Tür und leckte die Klinke ab.

Nach einer halben Stunde hörte Huilsmann, wie Else sich von seiner Tür entfernte. Irgendwo im Haus zerbrach wieder etwas; dann war es geisterhaft still, Huilsmann zog sich aus, legte sich ins Bett, nahm zwei Schlaftabletten und zog die seidene Steppdecke über seinen Kopf. Er war noch nie ein Held gewesen. Wer verlangte das auch von einem Architekten?

Huilsmann schlief bis gegen Mittag. Dann weckte ihn das unentwegte Schrillen des Telefons. Schlaftrunken nahm er den Hörer ab.

»Hier Werner Ritter«, sagte eine Stimme laut und klar. »Ich versuche Sie schon seit einer Stunde zu erreichen, Herr Huilsmann!«

»Ah, Werner! Mein Junge, was gibt's?« Huilsmann rieb sich die Augen und kratzte sich durch das blonde Haar. »Ich habe gepennt. Hatte zwei Schlaftabletten genommen. Junge, die haben mich umgehauen. Aber warum hat Ihnen Else nicht gesagt, daß ich schlafe?«

»Wir haben sie nicht fragen können.« Die Stimme Werner Ritters war ohne die geringste Aufregung.

»Wieso denn das? Ist denn Else nicht im Haus. Moment . . . ich werde über die Hausanlage einmal nachfragen . . .« Huilsmann wollte umschalten, aber Werner Ritters klare Stimme hielt ihn fest.

»Sparen Sie sich die Mühe. Fräulein Else ist bei uns.«

»Bei . . . bei Ihnen?« Huilsmann war plötzlich sehr wach. Das LSD, dachte er. Sie hat etwas gemerkt. Himmel, Arsch und Zwirn, in welchen Mist bin ich da hineingerutscht?! »Was macht sie den bei Ihnen?« fragte Huilsmann und gab seiner Stimme einen empörten Ton.

»Bitte, kommen Sie zu mir. Ins Präsidium.«

Dann gab es einen Knack in der Leitung, und Huilsmann wußte, daß es ein unangenehmer Tag werden würde.

Er wusch sich, rasierte sich sorgfältig, versuchte Boltenstern zu erreichen, aber er war nicht im Hause, rief den Major an und erfuhr, daß dieser beim Reiterverein sei, alles war also gegen ihn, und in dieser Stimmung, ein verlorener Mensch zu sein, fuhr er zum Präsidium und ließ sich zum Zimmer Werner Ritters schleusen.

Ritter war nicht allein. Dr. Lummer, das ›Kotelett‹, saß etwas abseits und studierte einige große Fotos. Ohne große Vorreden erhob sich Dr. Lummer und hielt Huilsmann eines der Bilder unter die Augen.

»Kennen Sie das Mädchen . . .«

»Mein Gott . . .«, stammelte Huilsmann. Seine Beine knickten ein, er hielt sich an der Tischkante fest und starrte auf das scharfe Foto. »Das ist doch nicht möglich . . . wieso denn . . . Das kann doch nicht wahr sein . . .«

Das Ufer des Rheines südlich Oberkassel. In den ins Wasser hängenden Zweigen einer Weide hat sich eine Leiche verfangen, vom Strom an das Ufer getrieben. Ein Mädchen mit verzerrtem Gesicht. Ein schöner, praller Körper, halb entblößt in zerfetzten Kleidern.

»Wer ist das?« fragte Werner Ritter nüchtern.

»Else Lechenmaier . . . mein Hausmädchen . . .«

»Sie erkennen sie einwandfrei?«

Huilsmann nickte wie aufgezogen. »Ja . . . ja . . .«

»Seit wann vermissen Sie Else Lechenmaier?«

»Ich vermisse sie überhaupt nicht. Sie hat mich gestern abend noch bedient, Wein aus dem Keller geholt . . . und dann bin ich zu Bett gegangen . . .«

»Und Sie haben nichts gehört oder bemerkt?«

»Ich habe geschlafen, bis man mich eben durch das Telefon weckte . . .« Huilsmann starrte auf die Fotos, die neben Dr. Lummer auf dem runden Rauchtisch lagen. Ein Stapel Fotos . . . und immer Else, von allen Seiten, ein weißer, zerschundener Körper und ein entsetztes, entstelltes Gesicht.

»Wann . . . wann . . .«, stotterte Huilsmann. Er wandte sich ab und setzte sich schwer.

»Ein Boot sah die Leiche heute morgen gegen neun Uhr im

Ufergestrüpp. Todesstunde und Todesursache werden die Obduktion ergeben.«

»Das ist ja furchtbar.« Huilsmann nahm mit zitternden Fingern eine Zigarette an, die ihm Dr. Lummer anbot. »Wie ist denn so etwas möglich?«

»Das werden wir bald wissen.« Werner Ritter sah über den gesenkten Kopf Huilsmanns zu Dr. Lummer hinüber. Er dachte an die Worte, die der Kriminalrat gesagt hatte, bevor Huilsmann gekommen war.

»Dieser Tod paßt nicht in Ihr Bild, Ritter! Sie jagen einem Nebel nach, den die nächste Sonne auflöst! Lassen Sie Boltenstern in Ruhe ... er ist ein ehrenwerter Mann.«

Sollte Dr. Lummer recht haben?

Lag der Schlüssel des Geheimnisses bei Toni Huilsmann?

Da blieb, trotz aller Nachforschungen, noch immer das Rätsel, wer in dem damals plombierten Zimmer gewesen war. Kein Siegel war verletzt worden ... aber wer in dem Zimmer gewesen war, hatte es durch das Fenster verlassen und vorher noch das Telefon zerschlagen. Wer war es? Wie kam er in das plombierte Zimmer? Warum warf er das Telefon an die Wand? Mit wem hatte er telefoniert?

Diese Fragen wurden nie gelöst ... und nun gab es einen neuen Toten. Im Hause Toni Huilsmanns!

Einige Minuten lag Schweigen über ihnen. Es wirkte wie die bleierne Windstille vor einem Orkan, es nahm einem den Atem, es drückte auf das Herz und ließ das Blut in den Adern rauschen. Toni Huilsmann rauchte, und die Zigarette flatterte zwischen seinen Fingern, als hielte er sie in einen Windstoß. Gleichmütig betrachtete der Kriminalrat Dr. Lummer die schrecklichen Fotos von Else Lechenmaiers Leiche und legte sie, nachdem er sie genau angesehen hatte, so auf den Tisch, daß Huilsmanns Blick auf sie fallen mußte, wenn er aufsah. Werner Ritter blätterte in den Berichten der Polizei über die Bergung der Toten aus dem Rhein. Das leise Rascheln des Papiers klang in Huilsmanns Ohren wie lautes Peitschen- oder Pistolenknallen.

149

»Gab es äußere Anzeichen für diesen Tod?« fragte Ritter plötzlich. Huilsmann zuckte zusammen. Er war mit seinen Gedanken in Paris gewesen. Der Maler, das Atelier, 1 000 Francs für 10 präparierte Stückchen Würfelzucker ... 100 Mikrogramm LSD pro Würfel. Es mußte mehr sein. Diese schreckliche Wirkung war nur zurückzuführen auf eine zu hohe Dosierung. Aber wer konnte das ahnen?

»Wie bitte?« fragte Huilsmann verwirrt.

»Hatte Else irgendwie Depressionen?«

»Ich habe nie welche bemerkt.«

»War sie in letzter Zeit bedrückt, trübsinnig, verschlossen, anders als sonst?«

»Nein. Im Gegenteil, sie war munter und fröhlich. Gestern sang sie noch beim Staubsaugen.«

»Wenn das kein Beweis ist!« Dr. Lummer lehnte sich zurück. »Und trotzdem geht sie ins Wasser!« Er putzte sich die Nase, griff in die Rocktasche und holte ein Etui mit Zigarren heraus. Die berüchtigten Lumm-Zigarren! Mit der Ruhe und fast zärtlichen Fingerfeinheit, mit der ein Zigarrenraucher seine Zigarren behandelt, schnitt Lummer die Spitze ab, beleckte vorsichtig den Schnitt, strich ein Zündholz an und machte ein paar kurze, aber kräftige Züge, bis die Zigarre rundherum aufglühte. Dann – wie bei einem Biertrinker ist der erste tiefe Zug die ganze Wonne eines Zigarrenfreundes – setzte sich Dr. Lummer bequem zurück und schob die Fotos zur Seite. »Wie war Ihr Verhältnis zu Fräulein Lechenmaier?« fragte er.

Toni Huilsmann kniff zwischen Zeige- und Mittelfinger seine Zigarette zusammen. »Wie meinen Sie das?« fragte er rauh.

»War es normal?«

»Selbstverständlich!« Huilsmann bemühte sich, diskret beleidigt zu sein. »Was denken Sie sich denn, Herr Rat?«

»Es gibt da merkwürdige Hausherrn-Auffassungen zwischen Junggesellen und Hausmädchen.« Dr. Lummer betrachtete die Spitze seiner Zigarre.

»Fällt weg!« sagte Huilsmann steif. »Fräulein Lechenmaier war in meinem Haus nichts als ein dienstbarer Geist. Trauen Sie mir

150

Geschmacklosigkeiten zu, Herr Rat? Ich bin im Reiterverein, im Golfklub, im Tennisklub, im Jachtklub . . . ich hätte Gelegenheiten genug, junge Damen der ersten Gesellschaft kennenzulernen.«

»Was Hausmannskost nicht ausschließt!« Dr. Lummer winkte väterlich ab. »Nach Poularde und Trüffeln einmal eine deftige Erbsensuppe . . . das schmeckt immer!«

»Ich betrachte die Liebe nicht als kulinarischen Genuß!« antwortete Huilsmann steif. »Ich bin kein Kannibale.«

»Manchmal glaubt man es, wenn man sieht, was alles so hinter dichten Gardinen passiert. Aber reden wir nicht davon. Fräulein Else war also immer fidel?«

»Ja. Ich sagte schon, gestern abend holte sie mir Wein aus dem Keller . . . ich bot ihr noch ein Glas an . . .« Huilsmann hob abwehrend die Hand, als Dr. Lummer infam lächelte. »Bitte, Herr Rat, ich tue das manchmal! Ein Angestellter soll bei mir nicht das Gefühl haben, ein Mensch minderer Klasse zu sein, nur weil ich seine Dienstleistungen bezahle. Eine kleine, unverbindliche, menschliche Geste ist immer gut für die Arbeitsatmosphäre.«

»Das ist eine weise Lebensauffassung.«

Huilsmann überlegte noch, ob dies spöttisch oder wirklich zustimmend aufzufassen war, als es klopfte und eine Sekretärin einen Zettel hereinreichte. Werner Ritter überflog ihn. Enttäuschung zeigte sich auf seinem Gesicht.

»Der erste Obduktionsbefund«, sagte er. Durch Huilsmann kroch es kalt und ekelig schwammig wie Gallert. So ist es also, wenn das eintritt, was man ›das Blut erstarrt‹ nennt, dachte er. Die Adern werden zu eng und füllen sich wie mit Pudding.

»Lesen Sie vor«, sagte Dr. Lummer gemütlich. »Das interessiert uns ja alle.«

»Ich hatte gebeten, zuallererst eine chemische Untersuchung vorzunehmen.« Werner Ritter blickte gar nicht auf den Zettel. Der Befund war gleich Null. »Sowohl im Urin wie in der Leber und Galle fanden sich keine Spuren von Lysergsäurediäthylamid. Der Tod ist durch Ersticken – also Ertrinken – eingetreten. In der Lunge fand sich Wasser, also ist Fräulein Lechenmaier tatsächlich

lebend in den Rhein gekommen. Auffällig ist nur, daß ihr zwei
Schneidezähne fehlen – sie sind abgebrochen . . .«

»Das ist neu!« sagte Huilsmann sofort, ehe man ihn fragte.
»Das hatte sie vorher nicht. Mir wäre das sicherlich aufgefallen.«

Else vor seiner Schlafzimmertür, schreiend und mit den Fäusten trommelnd. Und dann biß sie in die Zierleisten und in die
Türklinke und war wie ein wildes Tier, das gegen die Kiste wütet,
in der man es gefangen hat.

Mein Gott, wenn man das jemals erführe!

Werner Ritter beobachtete Huilsmann. Der Architekt war nervös, aber das war verständlich. Doch sonst war da nur das glatte
Gesicht eines Mannes, der ganz oben auf der Welle des Erfolges
und des Reichtums schwamm . . .

»Schade«, sagte Werner Ritter laut. »Wir müßten mit unserem
Wissen ein paar Jahre weiter sein . . . dann wäre es vielleicht
möglich, LSD im Körper nachzuweisen, auch wenn es schnell abgebaut wird!«

Wieder das schwammige Gefühl in den Adern, wieder die Kälte um das Herz. Huilsmann zerdrückte seine Zigarette. Nach außen wirkte er elegant und reserviert. Ein Erfolgsmensch, dem
man eine Stunde seiner wertvollen Zeit genommen hat.

»Was ist LSD?« fragte er leichthin. Werner Ritter lächelte fade.
Welche Schauspieler, diese Freunde und Wirtschaftswunderakrobaten! Welche Sicherheit sie mit sich tragen, nur weil ihre Brieftaschen mit Scheinen gepolstert sind. Man rennt gegen sie wie gegen eine Gummimauer.

»LSD ist ein chemischer Stoff, der sich in der Lunge bildet,
wenn ein Wassertoter nicht ertrunken ist, sondern schon vorher
tot war, bevor er ins Wasser kam«, sagte Ritter leichthin.

Und hier verriet sich Huilsmann. In seine Augen trat für eine
Sekunde maßloses Erstaunen und Verblüffung. Das ist doch
nicht möglich, dachte er in diesem Augenblick. Der Knabe erzählte doch völligen Blödsinn. Aber dann glitt der Vorhang wieder
über seine Gedanken, und die Augen wurden unbeteiligt und
von jener abweisenden Borniertheit, die Erfolgsmenschen an-

scheinend vor dem Spiegel proben, denn dieser kalte Blick ist ihnen allen gegenwärtig.

»Ich glaube, wir machen Schluß«, sagte Dr. Lummer, und es klang wie eine Erlösung. »Darf ich Ihnen mein tiefstes Mitgefühl ausdrücken, Herr Huilsmann . . .«

»Ich danke.« Huilsmann stand auf und sah steif auf Dr. Lummer herunter. »Wieso eigentlich? Ich bin kein näherer Verwandter von Else Lechenmaier.«

»Aber Sie haben nun kein Hausmädchen mehr! Bei der Knappheit in dieser Berufssparte ist das fast eine persönliche Katastrophe für Sie. Mein Beileid. Ich suche seit einem Jahr eine Hausgehilfin. Ich kann mit Ihnen fühlen!«

Verwirrt und ärgerlich, sich bewußt, von Dr. Lummer wie eine Rotznase behandelt worden zu sein, verließ Huilsmann das Präsidium. Aber er war gewarnt. Die Polizei forschte nach LSD. Wer hatte ihr diesen Wink gegeben?

Unschlüssig ging Huilsmann über die Königsallee, setzte sich an eines der Boulevardtischchen und bestellte ein Eis ohne Sahne und überlegte, wie er sich verhalten sollte.

Das beste ist die Zeit, dachte er. Nichts tun, schweigen, sich ruhig verhalten . . . Gras braucht Zeit, um zu wachsen, und auch Moos entsteht nicht über Nacht. Aber was mit Gras und Moos überwachsen ist, interessiert nicht mehr, wird unsichtbar, vergeht. Also Zeit haben . . . viel Zeit . . . am besten, erst einmal in Urlaub fahren, nach St-Tropez vielleicht, in die Arme langbeiniger, wildmähniger Mädchen, deren Moral nach Goldgewicht bemessen wird oder nach den Nullen hinter einer Zahl, die auf einem Scheck steht. Ein herrliches Leben . . .

Toni Huilsmann bezahlte sein Eis und fuhr zurück in seinen Palast aus Glas und Marmor.

Nach St-Tropez, dachte er. Ein guter Gedanke.

Um den Leichnam Else Lechenmaiers kümmerte er sich nicht. Warum auch? Gewisse Distanzen müssen bleiben . . .

Und da Else Lechenmaier keine Anverwandten hatte, nur eine alte, halbblinde Tante, die von einer kleinen Rente lebte und Else nur von Fotos kannte und es ablehnte, verwandtschaftliche Rech-

153

te und damit auch Pflichten anzumelden, fuhr man den armen, bleichen, noch im Tode wohlgeformten Körper in die Medizinische Akadmie.

Was Huilsmann erst noch plante, führte Alf Boltenstern in diesen Tagen aus.

Er erinnerte sich, daß Petra Erlanger ihm kurz nach dem Begräbnis Richards den Vorschlag gemacht hatte, zu verreisen, um in frischer Seeluft zu vergessen und das berühmte Gras über alles wachsen zu lassen. Die Flucht in die Sonne ist heute zeitgemäßer als das Vergraben hinter dem Witwenschleier, und medizinisch gesehen erholt sich ein entblößter Körper im Reizklima der See auch besser von seelischen Erschütterungen als im halbdunklen Kämmerlein hinter dem Tränenschleier vor dem Bild des geliebten Verblichenen.

Seit dem Morgen des gemeinsamen Ausrittes durch das bäuerliche Hinterland Düsseldorfs hatte Boltenstern nicht wieder mit Petra über die fernere Zukunft gesprochen. Noch zweimal traf man sich, durchtrabte die stillen Waldstücke, rastete auf Hügelkuppen und blickte versonnen über das sommerliche Land. Die Unterhaltung lief auf Filzpantoffeln. Von dem toten Richard wurde nicht gesprochen – Tote soll man ruhen lassen, sagt ein weises Sprichwort –, aber seine Gegenwart war doch irgendwie spürbar. So vieles im täglichen Leben Petras und Boltensterns – im Betrieb, im Privatleben, jetzt hier in der Landschaft bei der Reitrast, beim Tennis oder Golf –, überall eigentlich, war der Geist Richards zu finden, denn alles hatten ja die vier Freunde gemeinsam getan, wie aneinandergewachsene Vierlinge.

»Du bist so wortkarg, Alf?« sagte Petra Erlanger, als sie nach einem Ritt durch den Sonntagnachmittag in der Nähe der Waldhüterhütte im Gras saßen und über das gewellte Land sahen. Durch die Stille des Sommertages hallte ganz weit und dumpf ein Schlagen. Auf den Plätzen des Tennisklubs Grün-Weiß wurde gespielt.

»Ärger, Alf?« fragte Petra, als Boltenstern schwieg. Sie legte die Hand auf sein Knie, und er nahm sie und führte sie wortlos an seine Lippen.

»Jutta macht mir Sorgen«, sagte er dann und hielt Petras Hand fest.

»Jutta ist ein liebes Mädchen.«

»Ich vergesse immer, daß sie schon dreiundzwanzig ist. Väter und auch Mütter sehen immer mit anderen Augen.« Boltenstern legte seine zweite Hand über die schmalen Finger Petras, als wären sie eiskalt und er müßte sie wärmen. »Sie sollte sich heute vormittag verloben!«

»Sollte?« In Petra Erlangers Stimme schwang ehrliches Erschrecken. »Hat . . . hat es einen internen Skandal gegeben, Alf?«

»Skandal? Nein! Der junge Mann . . . unser Werner Ritter . . . hat seinen Vater geschickt und absagen lassen.«

»Und Konrad Ritter hat das getan?« rief Petra.

»Was sollte er machen? Die Begründungen sind fadenscheinig. Es war ein schlimmer Morgen für mich.«

»Und Jutta. Das arme Mädchen . . .«

»Das arme Mädchen gibt ihrem Bräutigam recht und steht auf seiner Seite. Zum erstenmal habe ich meine Tochter nicht erkannt! Zum erstenmal überhaupt habe ich gesehen, daß meine Tochter mir entglitten ist. Das hat mich erschüttert.« Alf Boltenstern streichelte die kalte Hand Petras. Es sah aus, als täte er es unbewußt oder aus Nervosität. »Da habe ich beschlossen, wegzufahren, einfach die Zelte abzubrechen, für ein paar Wochen andere Menschen zu sehen, eine heitere Landschaft, Palmen und Rosen, ein blaues Meer und weiße Segel, unbeschwerte Leute, denen die Zeit kein Begriff ist, die leben, wie es die Sonne oder der Regen will, der Wind oder die See. Ich habe an Rhodos gedacht. An die Roseninsel, die keine Jahrhunderte kennt.« Boltenstern sah Petra Erlanger mit glänzenden Augen an. Irritiert erwiderte sie seinen Blick. »Was hältst du von Rhodos, Petra?«

»Ich kenne es. Mit Richard bin ich für zwei Wochen hinübergeflogen. Vor vier Jahren . . .«

»Wo warst du mit Richard eigentlich nicht?« Boltenstern ließ abrupt ihre Hand los. Es war das erstemal, daß der Name Erlangers zwischen ihnen fiel. »Könntest du dir vorstellen, mit mir ein anderes Rhodos zu sehen? Was hat Richard auf Rhodos getan?«

»Drei Konferenzen geleitet und das Zimmermädchen vom ersten Stock verführt, während ich segeln war«, sagte Petra bitter. »Wir sind dann weiter nach Kairo geflogen. Dort hatte er sechs Konferenzen und ein Verhältnis mit einer Fellachin, die im Basar Seidenschals verkaufte.« Petra hob die Schultern, als Boltenstern den Arm um sie legte. Ein Trost, der gar nicht nötig war. »So war Richard eben! Die Frauen flogen zu ihm wie die Motten, und Richard war ein Mensch, der Angebote nie ausschlug. Deshalb galt er in der Gesellschaft auch als eine Art Wunderknabe.«

»Und du hast ihn trotzdem geliebt?«

»Ja.«

Das klang schlicht, aber entschieden. Boltenstern erhob sich, klopfte Grashalme von seiner Reithose und kleine Lehmklumpen vom Sitzleder. Dann zog er Petra Erlanger hoch und holte mit spitzen Fingern einen kleinen Ast aus ihren goldblonden offenen Haaren. Wie jung sie aussieht, dachte er dabei.

»Nun ist Richard tot!« sagte er fast grob. »Und wir fahren nach Rhodos! Wir allein, Petra! Ich verspreche dir, daß du von Rhodos eine andere Erinnerung mitbringst als vor vier Jahren.«

Sie gingen zu den Pferden, die zwischen den Bäumen standen und die Köpfe aneinander rieben.

»Wann fliegen wir, Alf?« fragte Petra Erlanger, als sie an ihrem weißen Pferd stand.

»Wenn du willst, schon morgen!«

»Ich bin bereit.«

»Wunderbar! Richards Maschine steht startbereit in Lohhausen. Ein Werkpilot wird uns fliegen.« Boltenstern sah Petra voll an, und zum erstenmal wich sie seinem Blick aus. Ihre Kälte wich einer mädchenhaften Unsicherheit. »Ich liebe dich, Petra«, sagte Boltenstern leise. »Wir werden in ein Paradies fliegen . . .«

Ohne Antwort saß Petra auf, drehte ihren Schimmel und ritt hinunter ins Tal. Boltenstern folgte ihr in einiger Entfernung, und als sie an den Tennisplätzen vorbeiritten, sah es aus, als hätten sie sich zerstritten und suchten jeder für sich den Heimweg.

Mit Jutta hatte Boltenstern keinerlei Schwierigkeiten.

Sie kam am Abend von der Redaktion nach Hause und sah ihren Vater inmitten von herumliegenden Anzügen und Wäschestücken.

»Du packst, Paps?« fragte sie, als überrasche sie das nicht. »Wohin geht es denn?«

»Nach Rhodos«, antwortete Boltenstern kurz.

»So plötzlich?«

»Ja.«

»Hast du alles gefunden, was du brauchst?«

»Ja.«

»Dein Rasieretui ist in der oberen Schublade der Kommode.«

»Schönen Dank.«

»Sauer, Paps?«

»Was heißt hier sauer? Welche Sprache sprichst du eigentlich?« Boltenstern legte seine Hemden in den Hemdenkoffer. »Der Wortschatz eurer Generation ist sehr fantasielos!«

»Verzeih, Paps, aber ich wußte nicht, daß dir die Leber wieder weh tut!« Jutta hob die Schultern und verließ das Schlafzimmer.

Am frühen Morgen klopfte Boltenstern an die Tür seiner Tochter. Es war ihm unmöglich, in dieser gereizten Stimmung abzufliegen.

»Was ist, Paps?« rief Jutta von drinnen.

»Ich gehe jetzt, Spatz.«

Jutta öffnete die Tür. Sie trug ein kurzes Nachthemd und sah jetzt kindlich und gar nicht erwachsen aus. Ihre Augen waren etwas gerötet, als hätte sie die halbe Nacht hindurch geweint.

»Gute Fahrt, Paps«, sagte sie leise. »Wie ... wie lange bleibst du?«

»Vielleicht vier Wochen.« Boltenstern gab ihr einen Kuß auf die hingehaltene Stirn. Kann ich sie überhaupt allein lassen, dachte er plötzlich. Wie sie so dasteht, so hilflos, so verlassen, in ihrem kurzen Hemdchen ... ein Kind ist sie doch noch. Mein Kind. Mein kleiner Spatz. »Ich fahre mit Petra Erlanger«, sagte er.

»Ich weiß.«

»Woher weißt du das denn?«

»Von allein kommst du nicht auf den Gedanken, plötzlich nach

157

Rhodos zu fliegen.« Jutta atmete tief auf und gab ihrem Vater die Hand. »Viel Glück, Paps.«

»Danke.« Boltenstern biß sich auf die Unterlippe. Auch das war kein Abschied, der ihn beruhigte. Es klang zu glatt, zu unpersönlich, zu fremd. »Wenn du ein paar Tage Urlaub bei deinem Chef herausschinden kannst ... komm auch rüber. Das Werkflugzeug bringt dich. Ich werde mit dem Piloten sprechen.«

»Vielleicht klappt es, Paps. Tschau!«

»Tschüs!« Boltenstern gab seiner Tochter noch einen Kuß und ging dann.

Und jeder wußte, daß man mit einer großen Lüge auseinandergegangen war. Boltenstern wäre gar nicht beglückt, wenn Jutta wirklich nach Rhodos flöge. Und Jutta wußte, als sie vielleicht sagte, daß sie nie kommen würde.

Die Wege trennten sich immer mehr.

9

In der ›Bergwald-Klinik‹, wie die abgeschiedene Burg der Gesichtsverletzten hieß, empfing Chefarzt Dr. Hellerau selbst den soeben eingetroffenen Schreibert.

Das Zimmer Dr. Helleraus hatte drei große Fenster zum Park und zu dem blaugekachelten Schwimmbecken, um das eine Anzahl Liegestühle stand. Sichtlich fröhliche Menschen in Badeanzügen, Bikinis und knappen Badehosen saßen unter den Sonnenschirmen, ein paar Gäste schwammen in dem kristallklaren Wasser, spielten Wasserball und schoben ein Gummifloß vor sich her. Erstaunt wandte sich Schreibert um, als hinter ihm eine Tür ins Schloß fiel. Dr. Hellerau, ein Arzt im mittleren Alter mit einer braunen Künstlermähne, lächelte Schreibert fast freundschaftlich zu und nickte, als verstünde er die stumme Frage, die im Zimmer war.

»Ja, das sind alles Gesichtsverletzte«, sagte er, als Schreibert noch nach Worten rang. »Diese Frage stellt jeder Patient, der neu zu uns kommt. Im allgemeinen herrscht die Vorstellung, daß ein so Verstümmelter sich vor der Welt verkriechen müßte. Sprechen wir klar miteinander, Herr Schreibert. Auch das ist in unserer Klinik erstes Gebot: Ehrlichkeit! Wir haben nichts mehr zu verbergen ... außer unserem Gesicht. Jeder weiß das von jedem, und das gibt eine geschwisterliche Atmosphäre. Wir sind eine große Familie. Sehen Sie hinaus ... man schwimmt, man spielt miteinander, abends wird getanzt, man flirtet ... es hat sogar schon drei Ehen in der Klinik gegeben!«

Schreibert sah auf seine Hände. Sie zitterten Leicht.

»Mein Gesicht sieht schrecklich aus«, sagte er leise. »Sie werden alle erschrecken.«

»Keiner wird das!« Dr. Hellerau gab Schreibert jetzt erst die Hand und fuhr dann mit seinen Fingern über die Gummimaske Schreiberts.

»Woher haben Sie die?« fragte er.

»Von Dr. Laurenz.« Schreibert tastete ebenfalls über die starre, glänzende, künstliche Haut. »Ist sie nicht gut?«

»Für die Fahrt hierher war sie brauchbar. Aber bei uns stellt man andere Ansprüche. Bitte, kommen Sie mit.«

Dr. Hellerau ging voraus, und Schreibert folgte ihm durch drei ineinandergehende Zimmer, bis sie in einen länglichen Raum kamen. Es war ein helles Zimmer, die Sonne flutete grell durch die Scheiben. Mit einem leisen Aufschrei prallte Schreibert an der Tür zurück.

Ein zusammengeballter Haufen Köpfe starrte ihn an.

Köpfe auf hölzernen Stielen.

Köpfe mit lebenden Gesichtern, mit wunderschönen Mienen, Köpfe von vollkommener Schönheit.

Auf der linken Seite standen die Frauen, auf der rechten die Männer. Auf besonderen Kopfpuppen flatterten die Haare der Perücken im Zugwind, den sie mit dem Öffnen der Tür hereinbrachten.

»O Himmel!« stammelte Schreibert und lehnte sich an die Wand. »Gesichter!«

Dr. Hellerau nickte. Er ging mitten unter seine gestielten Köpfe und winkte Schreibert, näher zu kommen. Aber Schreibert war nicht fähig, auch nur einen Schritt zu gehen. Mit zuckenden Lippen starrte er auf die Masken, auf dieses künstliche Leben aus bemaltem Gummi, auf diese glatte Menschenschönheit aus der Retorte.

»Sie können sich auswählen, wie Sie von heute ab aussehen werden«, sagte Dr. Hellerau und machte eine weite Handbewegung über die künstlichen Gesichter. »Allerdings muß das Gesicht etwas zu Ihrem Typ passen. So würde ich Ihnen zum Beispiel Südländer oder ein Gesicht mit einem flotten Menjoubärtchen nicht raten.«

Schreibert stand, etwas verkrümmt, die Hände ineinander verkrampft, noch immer an der Wand. Der Wald von Köpfen ließ ihn im Grauen erstarren.

»Wie ... wie das Museum eines Scharfrichters ist es ...«, sagte er kaum hörbar. »Die ... die gesammelten Köpfe der Hingerichteten ...«

»Ich lasse Sie jetzt allein, Herr Schreibert.« Dr. Hellerau nickte ihm freundlich zu. »Jeder neue Patient hat diesen Schock zu überwinden. Aber morgen schon ist alles überwunden. Schon heute abend beim gemeinsamen Essen werden Sie sehen, daß alle unsere Gäste sich ihre Gesichter hier ausgesucht haben. Und sie sind glücklich. Sie werden es auch sein, Herr Schreibert.«

»Bitte, gehen Sie nicht, Doktor ...«, stammelte Schreibert. »Lassen Sie mich nicht allein mit diesen Köpfen ... bitte ...«

»Es ist besser, wenn Sie sich völlig allein Ihr neues Gesicht aussuchen.« Dr. Hellerau schloß im Hintergrund eine andere Tür auf, und Schreibert war in Versuchung, aufzuschreien und wegzulaufen. »Hinter dem Schrank mit den Perücken ist ein großer Spiegel ... dort können Sie Ihr neues Gesicht probieren und begutachten. Denken Sie daran, wie Sie früher aussahen ... Sie werden das Passende für sich finden.«

Und dann war Hermann Schreibert allein.

Zweiundfünfzig Männerköpfe und dreiundzwanzig Frauenköpfe umgaben ihn. Er hatte sie gezählt, noch immer an der Wand lehnend, wie festgeklebt vom Grausen vor diesen künstlichen Gesichtern, von denen jedes zu leben schien, die so wirklich waren, daß Schreibert auf das Öffnen der Lippen wartete, auf ein Blinzeln der Augen, auf ein Zucken der Wimpern, auf ein Niesen oder Husten oder Räuspern oder helles Frauenlachen.

Er wußte nicht, wie lange er noch an der Wand stand, bis er die Kraft in sich spürte, ein paar Schritte zu gehen und näher an die aufgespießten Köpfe heranzutreten. Und dann plötzlich fiel der Bann von ihm ab, und eine ohnmächtige, blinde, haßgeladene, vulkanische Wut über sein Schicksal erfaßte ihn. Er stöhnte auf, riß sich seine »Reisemaske« vom Gesicht, fuhr sich mit beiden Händen über das abgeschabte Gesicht und fühlte unter seinen Fingerspitzen die Schrunden und Narben und die Haut, die sich wie ein altes zerknittertes Pergament anfaßte. Und dann ging er herum, zwischen den gestielten Köpfen, von Reihe zu Reihe, hin und her, und kreuz und quer und wieder zurück, und jedesmal hob er die Hand und schlug auf den Kopf vor sich ein, gab ihm eine Ohrfeige, prügelte ihn, schrie die glatten Gesichter an und gebärdete sich wie toll.

»Ich will ein Mensch bleiben!« schrie er. »Ich bin keine Maske! Ich lebe! Ich lebe! Ich bin kein Kopf auf einem Holzstiel, der plötzlich Beine hat und gehen kann! Ich bin Schreibert! Hermann Schreibert! Schreibert!«

Und er machte wieder seine Runde, ging von Kopf zu Kopf, und schrie in die vollendet hübschen Gesichter hinein.

Nach einer Stunde war er erschöpft und schlaff. Er setzte sich auf einen Hocker mitten unter die Köpfe und starrte auf den blanken Kunststoffboden. Nach der sinnlosen, zerstörerischen, aber befreienden Wut überfiel ihn wieder die ganze Trostlosigkeit seines Daseins und die Erkenntnis, daß er den künstlichen Gesichtern nicht ausweichen konnte, wie es auch die anderen Gäste in der ›Bergwald-Klinik‹ nicht getan hatten. Auch sie hatten das Grauen in dieser Kopfkammer überwunden und waren dann herumgegangen und hatten *ihr* künftiges Gesicht ausgesucht. Das Gesicht, mit dem sie in den nächsten Jahren leben mußten, bis unter der Gummimaske nach ungezählten kleinen, langwierigen Operationen wieder ihr normales menschliches Gesicht entstand, ein Geschenk aus der Hand des Chirurgen, der mehr Künstler als Arzt sein mußte.

Hermann Schreibert stand von seinem Hocker auf.

Sein Herz schlug ganz ruhig, als er begann, die Gesichter kritisch zu betrachten. Immer wieder schritt Schreibert durch die Kopfreihen. Er war sich unschlüssig. Mit einem Gesicht, das man von Geburt an hat, das mit einem wächst und sich verändert und reift und alt wird, ist man zufrieden, weil man's nicht ändern kann. Aber sich ein Gesicht aussuchen, mit dem man fortan leben muß, ist eine Aufgabe, die Schreibert unterschätzt hatte, als er seinen Rundgang durch die Köpfe begann.

Schließlich blieben drei Gesichter in engerer Wahl, und Schreibert trug die drei ausgewählten Masken zum Spiegel. Nacheinander zog er die Masken über seinen zerstörten Kopf, und es war ein sonderbares, unbeschreibliches Gefühl, einen anderen Menschen im Spiegel zu sehen, einen schönen, verjüngten und immer so jung bleibenden Menschen, und es doch selbst zu sein. Hermann Schreibert, von dem man einmal sagte, er habe ein genüßliches Gesicht mit einem süffisanten Lächeln.

Wie lange war das her? Ein paar Wochen? Jahre? Jahrhunderte? Wer weiß noch, wie Hermann Schreibert aussah? Wer kann ihn aus dem Gedächtnis malen? Na? Niemand konnte es. So wenig wert ist ein Gesicht in der Erinnerung ...

Hinter Schreibert klappte wieder die Tür, als er sich für die zweite der ausgewählten Masken entschieden hatte. Es war ein etwas schelmisches, lächelndes, gutmütiges Gesicht mit einer mittelgroßen, geraden Nase und ein klein wenig sinnlichen Lippen. Das Gesicht eines Lebenskünstlers und Weintrinkers, eines Mannes mit Erfahrung ... und doch das Gesicht ewiger, glatter, von keinen Lebensrunen durchzogener männlicher Schönheit, wie sie so vollendet von Gott nie geschaffen werden konnte.

»Das ist es?« fragte Dr. Hellerau hinter ihm. Schreibert nickte.

»Ja.«

»Es gefällt mir, daß Sie sich gerade dieses Gesicht ausgesucht haben. Es paßt zu Ihnen ... ich habe die Fotos Ihres echten Aussehens genau studiert. Die meisten greifen zu dem Typ ›schöne, südländische Männer‹, und es kostet Mühe, sie davon abzubringen, wenn es nicht ihrem Naturell entspricht.« Dr. Hellerau strich mit beiden Händen mehrmals über die Maske und glättete damit die letzten, fast unsichtbaren Fältchen. »Das müssen Sie immer so machen, Herr Schreibert. Ganz glatt streichen. Das dünne Gummi saugt sich an wie eine zweite Haut. Sie werden sehen . . . sogar ein Mienenspiel ist möglich . . .«

»Unheimlich . . .«, flüsterte Schreibert und starrte sein neues Ich an. »Unheimlich, Doktor . . .«

»Eine amerikanische Erfindung. Ich glaube, so etwas konnte auch nur dort erfunden werden. Wir in Europa haben nicht mehr die innere Kindlichkeit, die zu solchen Erfindungen nötig ist.« Dr. Hellerau stellte sich neben Schreibert an den Spiegel. Der Mann mit dem neuen, nie alternden Gesicht und der Arzt sahen sich durch den Spiegel an.

»Ist die Entscheidung endgültig?« fragte Dr. Hellerau.

»Ja, Doktor!«

»Einen Wechsel gibt es nicht. Sie werden nachher beim Abendessen den anderen Gästen vorgestellt mit diesem Gesicht, und Sie müssen es behalten, bis Sie wieder von uns weggehen.«

Hermann Schreibert nickte mehrmals. »Ich bleibe dabei, Doktor«, sagte er dumpf. »So . . . so schön habe ich noch nie ausgesehen.« Er wandte sich vom Spiegel weg und blickte über die Ansammlung der anderen Köpfe. »Wie sehen die anderen Gäste aus?«

»Schön! Bei uns gibt es nur schöne Menschen. Es ist gar nicht abzuschätzen, wie wichtig diese seelische Freude ist und wie tief sie sich bei den kommenden Operationen auswirkt. Ein Mensch, der schön ist, ist glücklich.«

»Davon bin ich noch weit entfernt, Doktor«, sagte Schreibert leise.

»Das glaube ich nicht.« Dr. Hellerau legte den Arm um ihn wie um einen alten Freund. »Sie ahnen gar nicht, wie schnell das Glück sein kann.«

Das Abendessen fand in der großen Halle am offenen Kamin statt. Neunundvierzig Gäste hatte die Klinik. Einundzwanzig

Männer und achtundzwanzig Damen. Es war eine gepflegte, durchaus kultivierte Atmosphäre, als der Gong zum Speisen rief und aus den Zimmern die Patienten kamen, die Herren im Smoking und die Damen in herrlich, meist kurzen Gesellschaftskleidern.

Hermann Schreibert stand steif wie auf dem Kasernenhof vor dem Kamin, als Dr. Hellerau den neuen Gast allgemein bekannt machte. Ein gespenstisches Bild war es, die Herren und Damen in ihren Abendgarderoben im Licht der Kronleuchter zu sehen, eine Ansammlung herrlicher Gesichter, überhaucht vom Zauber nie angegriffener Jugend. Schreibert küßte Hände, wechselte unverbindliche Worte, nahm an einem Vierertisch Platz und plauderte von Düsseldorf, und sein Tischnachbar, ein großgewachsener Herr mit dem Gesicht eines spanischen Caballeros, berichtete von einem Ball in Monte Carlo, bei dem die Gräfin Aspergos plötzlich in den Dessous im Saal stand, weil jemand beim Tanzen auf die Schleppe ihres Abendkleides getreten war.

Schreibert lachte. Seine verkrampfte Stimmung löste sich. Kinder, es ist ja wie überall, dachte er plötzlich. Die gleichen Gespräche, die gleiche Hohlheit im Wortschatz, die gleichen Fragen, die gleichen Erlebnisse, die gleichen Probleme ...

Und Hermann Schreibert fühlte sich wohl, fühlte sich wie zu Hause inmitten der anderen Gummimasken und prostete dem ihn beobachtenden Dr. Hellerau zu.

Nach dem Essen wurde getanzt, und Schreibert erspähte eine junge, schlanke Dame mit langen blonden Haaren, die an der geschnitzten Bar saß, an der es nur Sekt und keinerlei scharfe Getränke gab. Jung, dachte Schreibert. Sie alle sehen jung aus ... aber dieser Körper ist keine Gummimaske, dieser schlanke Körper ist echt und glatt und faltenlos. Sie mag Ende Zwanzig sein, man hat ein Auge dafür, wenn man jahrelang Mannequins für die Modeschauen aussuchte und ihre Körper so sah, wie sie in französischen Magazinen stehen. Ende Zwanzig, und die langen, blonden Haare sind auch echt. Sie leben, sie funkeln im Kerzenschein, sie glitzern voll innerer Spannung. Keine Perücke kann das.

164

Und dann tanzte Schreibert. Ein guter Tänzer war er, fast so gut wie Richard Erlanger es gewesen war; nur tanzte Schreibert enger, auf Tuchfühlung, auf Körperwärme, wie er scherzend sagte, denn tanzen, so lautete eines seiner Stammbonmots, ist Ausdruck des im Rhythmus liebenden Leibes, der eine Umarmung mit der Musik eingeht.

Die junge Dame mit den langen blonden Haaren lag in seinen Armen mit einer Schwerelosigkeit, die Schreibert begeisterte. Ein Schweben war's, aber daß sie keine verkleidete Feder war, spürte er an dem Druck ihrer Brüste und an der Wärme, die von ihrem Körper durch seinen Smoking auf seine Haut drang. Eine Wärme, die ihn verwirrte, glücklich machte und jene Unruhe in ihm weckte, die zu seinen schönsten Gefühlen gehörte.

»Schreibert«, sagte er, als eine neue Platte aufgelegt wurde und sie wartend auf der Tanzfläche standen. »Hermann Schreibert. Ich bin beglückt, an dem ersten Abend gerade Ihnen begegnet zu sein.«

Das Mädchen mit dem Gummigesicht einer venezianischen Madonna lächelte. Wirklich, die Maske verschob sich, ihr schöner Mund lächelte, ein sanftes, stilles, vollendetes, wie von da Vinci gemaltes Lächeln. Entgeistert starrte Schreibert auf diesen Mund und auf diese wie eine echte Haut mitgehende Gummihaut. Man hat mit einiger Übung ein Mienenspiel, hatte Dr. Hellerau gesagt. Hier sah es Schreibert ... ein lebendes Gesicht aus der Retorte.

»Ich bin Corinna Colman«, sagte sie. Eine helle, wohlklingende Stimme hatte sie, mit einem kindlichen Unterton, der Schreibert noch mehr davon überzeugte, daß sie jung sei, so jung wie ihre Maske. »Sie sind neu hier, und deshalb nehme ich Ihnen nicht übel, daß Sie solche dummen Komplimente machen. Wir wissen alle, was mit uns los ist. Sagen Sie mir einfach: Sie gefallen mir ... und dann ist es gut.«

»Sie gefallen mir!« sagte Schreibert. Er bemühte sich, das Pfeifen, das er beim Sprechen hatte, zu mildern, indem er seinen Sprechatem dosierte. »Und trotzdem muß ich Ihnen sagen, daß ich es als eine besondere Auszeichnung betrachte, daß Sie gerade mit mir tanzen, obwohl es so viele schöne Männer gibt in unserem Kreis.«

»Ich bin schon ein Jahr hier. Ich kenne jeden.« Corinna sah sich um. Aus dem Lautsprecher tönte der nächste Tanz. Ein Twist. »Wollen wir weiter tanzen?«

»Wenn es Ihnen Spaß macht. Allerdings muß ich vorausschikken, daß ich wie ein Elefant twiste.«

Corinna Colman lachte, und es war Schreibert, als läuteten silberne Glöckchen. Zu blöde, dachte er dann. So denken nur Verliebte! Ich bin ein Mensch ohne Gesicht . . . für mich ist auch die Liebe weggeschabt. An einem Baum auf der Chaussee nach Benrath hängt sie!

»Dann kommen Sie. Setzen wir uns in eine Nische und sehen uns das Hüftewackeln an.« Corinna faßte Schreibert am Arm und zog ihn in die Schatten einer Nische, wo ein kleiner runder Tisch stand. Sie hielt seine Hand auch noch fest, als sie schon saßen, und durch Schreibert zog es heiß und betäubend wie in seiner besten Zeit.

»Was sind Sie?« fragte Corinna Colman nüchtern. Schreibert zuckte zusammen. Einen Augenblick hatte er von seinem Haus geträumt. Von dem weiß-goldenen Schlafzimmer mit dem französischen Bett auf einem Podest. Und in dem Bett hatte er ein wunderhübsches Mädchen gesehen, mit langen, offenen blonden Haaren.

»Modeschöpfer. Ich habe in Düsseldorf einen großen Salon.« Seine Antwort kam, als sollte sie auf eine Visitenkarte gedruckt werden.

»Und Ihr Gesicht?«

»Autounfall.«

»Ich auch. Auf der Straße nach Cannes. In den Seealpen. Ein Lastwagen fuhr meinen offenen Sportwagen zusammen. Der Fahrer war betrunken.«

»Und was haben Sie früher getan?«

»Nichts. Ich bin die Tochter eines reichen Vaters. Das war mein ganzer Beruf. Vor einem Jahr standen die Bewerber um meine Hand Schlange . . . jetzt besucht mich nicht einmal mehr mein

Vater! Nur bezahlen tut er. Das genügt auch. Was geht mich die Vergangenheit an? Nur die Gegenwart gilt. Wir alle leben hier für die Gegenwart. Wissen Sie, was die Zukunft ist? Wissen Sie, ob man Ihr Gesicht wieder menschlich machen kann? Ob ich wieder ohne Schaudern in einen Spiegel sehen kann? Ich glaube nicht daran. Ich hatte eine Haut wie ein Pfirsich . . . so sagten die Männer. Über eine verschrumpelte Nuß kann keine glatte Haut mehr wachsen . . .«

»Ihre Haut ist zart wie mein weichster Samt. Nein, noch zarter.« Schreibert streichelte über ihre Arme, über die nackten Schultern, über den Halsansatz. Als er an die Gummimaske kam, fuhren ihre Hände hoch und hielten ihn fest.

»Lassen wir das!« sagte Corinna Colman, und ihre Stimme hatte keinerlei kindlichen Unterton mehr. »Es ist doch besser, wenn wir tanzen . . .«

In der Nacht, nun allein in seinem Zimmer, riß sich Schreibert die Maske vom Gesicht und warf sie wimmernd gegen die Wand.

»Du Hund!« sagte er, ballte die Fäuste und dachte dabei an Alf Boltenstern. »Du infamer Hund! Du hast mein Leben zerstört! Du hast mich zu einem Clown gemacht, der immer mit einer Maske leben muß! Aber das Leben ist noch lang, du Hund, und ich zahle es dir zurück . . . Runzel um Runzel . . . Narbe um Narbe . . . Scheiß was drauf auf Kameradschaft und Meseritz an der Obra . . . Ich habe kein Gesicht mehr . . . ich darf ein Satan sein . . .!«

Der nächste Tag war ein herrlicher Sonnentag. Schreibert zog nach dem Morgenkaffee seine Badehose an und lief zum Schwimmbecken.

Hier traf er Corinna Colman in einem engen, roten Bikini, und was Schreiberts Modeaugen schon unter dem Kleid ertastet hatten, wurde nun fast hüllenlose Wahrheit. Es war der schönste Körper, den er seit Jahren gesehen hatte.

»Corinna«, sagte er heiser, als sie nebeneinander am Beckenrand standen, so nahe, daß sich ihre Arme berührten und ihre Po-

167

ren zu knistern schienen. »Corinna, ich weiß, daß es idiotisch ist . . . aber ich liebe Sie . . .«

Die Gummimaske der venezianischen Madonna verschob sich wieder zu einem milden Lächeln.

»Unser ganzes Leben ist eine Idiotie, mein Lieber«, sagte sie. »Zimmer 9 . . .«

Sie stürzte sich mit dem Kopf zuerst ins Wasser und schwamm wie ein roter, glänzender Fisch davon.

Schreibert wandte sich ab, ging langsam durch den Park und kehrte dann zum Haus zurück. Er glühte innerlich, und er sehnte sich nach einem Eisblock, auf den er sich legen konnte.

Zimmer 9.

Zum Wald hinaus lag es, in einem Seitenflur.

Ohne zu klopfen, drückte er die Klinke herunter und trat ein.

Corinna lag auf dem Bett, umgoldet von der Sonne, eingerahmt von ihren leuchtenden blonden Haaren. Sie hatte den Kopf etwas zur Seite gedreht . . . eine nackte, mit silberner Haut blinkende Nymphe.

»O Himmel!« sagte Schreibert an der Tür. »O gütiger Himmel –«

»Ich liebe die Sonne!« Corinna hob die Arme. »Jeden Winkel unserer Schönheit leuchtet sie aus. Ich bin trunken nach Schönheit! Bin ich schön?«

»Ein Wunder bist du!«

Schreibert stürzte zu ihr. Ihre Arme fingen ihn auf und zogen ihn auf ihren flimmernden Leib.

»Wir lieben!« sagte sie. Ihre Stimme war hart, und sie grub ihre Fingernägel in Schreiberts Rücken, daß er vor Schmerzen aufseufzte. »Aber nicht unsere Herzen. Nur unsere Körper, nur sie. Nur Körper sind wir, nichts weiter! Unser Wesen haben wir verloren. Aber die Körper sind uns geblieben . . . oh, wie die Sonne über deine Muskeln streicht . . . Sag, daß du Körper bist! Sag es! Du Schuft, du Tier, du Teufel . . . sag, daß du Körper bist –« Sie hieb mit den Fäusten auf ihn ein und hielt ihn gleichzeitig fest und umarmte ihn mit ihren Beinen.

»Sei still . . .«, sagte Schreibert. Sein Kopf sank zwischen ihre

Brüste. »Sei still ... bitte ... bitte ... Sei, um alles in der Welt, still ... Ich kehre ins Leben zurück ...«

In dem sonnendurchglühten Zimmer waren es 37 Grad.

Ein ausbrechender Vulkan ist heißer ...

Werner Ritter war auf Dienstreise. Er mußte einen Raubmörder zu den Tatorten begleiten, und das führte ihn quer durch Deutschland. Von Ostfriesland bis in den Bayerischen Wald. Mit dem Mörder zusammengefesselt reiste er herum, und es war eine lehrreiche Zeit, denn der Mörder erzählte während der Reise Witze, berichtete Erlebnisse aus dem Knast und gab Auskunft über neue Geschäftspraktiken der Huren von Frankfurt. Und Werner Ritter lernte wieder hinzu, was in keinem Gesetzbuch stand: Im Gehirn eines Mörders muß das fehlen, was man eine moralische Bremse nennt. Wie kann sonst ein Mensch, der fünf Menschen tötete, auf der Fahrt zu den Orten seiner Bestialitäten Witze erzählen und von der »roten Emma« schwärmen, aus deren Bett heraus man ihn verhaftet hatte.

So war Jutta für einige Tage allein und hatte den Auftrag angenommen, im Ruhrgebiet herumzustreifen, um einige interessante Reportagen zu schreiben.

In Essen erreichte sie im Hotel der Anruf ihres Kollegen von der Lokalredaktion. Es war ein fröhlicher Mann, der sich in Essens hoher Gesellschaft dadurch beliebt gemacht hatte, daß er Adressen wußte, die in keinem Telefonbuch stehen.

»Mein Mäuschen«, sagte er lustig am Telefon, als sich Jutta meldete. »Hast du Interesse, eine Party mitzumachen?«

»Immer!« Jutta lachte. Wer nahm Harry Muck schon die Anrede Mäuschen übel? Sie gehörte zu ihm.

»Das ist aber eine besondere Party, Rehlein! Sieben Essener Stahldirektoren wollen vier schwedische Stahlimporteure aufs Kreuz legen. In des Wortes wahrer, wörtlicher Bedeutung. Ich habe die Mädchen schon besorgt und darf selbst mit einer Biene kommen. Willst du für diese Nacht mein Sumsumchen sein? Kindchen, du wirst sehen, wie weiße Westen im Schlamm gewaschen werden.«

»Wenn es gefahrlos für Leib und Leben ist...«, sagte Jutta fröhlich. »Wenn du das garantierst, Harry!«

»Für dich immer! Also? Um 23 Uhr hole ich dich ab!«

Jutta zog ihr Cocktailkleid an, ein enges, kurzes Flimmerding-chen von einem raffinierten Schnitt, den Schreibert gegen den Widerstand Boltensterns ausgedacht hatte, wie übrigens das Kleid auch ein Geschenk Schreiberts zu Juttas 21. Geburtstag war; sie toupierte ihre Haare hoch und schminkte sich so stark, daß ihr frisches Gesicht wie die Parodie der Jugend wirkte, um-zog die Augen mit einem dicken schwarzen Strich und pinselte sich Lidschatten in einem schillernden Grün auf.

Harry Muck verschlug es die Sprache, als er sie abholte, und auch der Hotelportier war ein wenig konsterniert.

»Kindchen«, sagte Muck auf der Straße und hielt die Wagentür auf, während Jutta Mühe hatte, mit ihrem engen Kleid anständig einzusteigen, »da flattert einem ja das Herz! Die vollendete Nut-te! Die Hetäre von Essen! Ich werde verdammt auf dich aufpas-sen müssen, sonst machst du wirklich noch in den einschlägigen Kreisen eine neue Karriere!«

Die Partygäste – das kleine Fest fand in einer Villa am Stadt-rand Essens statt und war Besitz eines Stahldirektors, dessen Frau sich zur Zeit auf Mallorca sonnte und sich mit iberischen Fischer-jungen beschäftigte – waren bereits in froher Erwartung, als Muck und Jutta eintrafen. Sie waren die ersten; die anderen Da-men verspäteten sich.

Noch war alles korrekt und völlig im Rahmen gesellschaftli-cher Form. Die etwas von den andeutenden Erzählungen unruhig gewordenen schwedischen Direktoren begrüßten Jutta mit Hand-kuß, man trank ein Glas Sekt, und Jutta wandte sich enttäuscht an Harry Muck, der an der Bar stand und sich einen Whisky braute.

»Wenn das alles ist«, sagte Jutta leise, »wird es fade. Genauso hat mir Paps die Parties geschildert... steif, mit reserviert höfli-chen Komplimenten, und am Ende folgt das große Gähnen.«

»Abwarten.« Muck sah auf seine Armbanduhr. »Wenn die Miezen kommen, weht ein anderer Wind. Dann segeln die stol-zen Fregatten gen Süden...«

Zehn Minuten später hallte die Villa von Mädchenlachen und sonorem Männergegacker wider. Die Schweden wurden flink, holten Getränke von der Bar und stritten sich in einer Ecke um die gerechte Verteilung der Mädchen, die vom Hausherrn zunächst in die Zimmer eingewiesen wurden, in die sie sich zurückziehen konnten, wenn die schwedischen Herren das Bedürfnis hatten, die schöne Welt horizontal zu genießen. Jutta stand ebenfalls in der Halle, kämmte sich noch einmal die Haare und kam sich plötzlich sehr deplaciert und irgendwie beschmutzt vor.

»Neu hier?« fragte eine etwas ordinäre Stimme hinter Jutta. Sie drehte sich um. Ein üppiges rothaariges Mädchen zog noch einmal die vollen Lippen nach und leckte flink über die Oberlippe. »Woher kommst du?«

»Aus Düsseldorf...«, sagte Jutta und bemühte sich, völlig unbefangen zu sprechen.

»Gute Kundschaft, was? Zahlen für die blödsinnigsten Dinge!« Sie sah sich um und fuhr sich mit beiden Händen in ihre brandroten Haare. »Ich heiße Mary.«

»Jutta.«

»Wie sehen die Scheiche da drinnen aus?«

»Ganz vernünftig. Zwei Schweden sind ausgesprochen nett.«

»Mensch, Jutta, geh mir weg...« Die rote Mary winkte ab. »Wenn die die Hosen fallen lassen, sind sie wie alle anderen! Hoffentlich haben die hier nicht auch so 'n Scheißzeug wie eure Heinis in Düsseldorf...«

»Was für ein Zeug?« fragte Jutta, und auf einmal war es kalt in ihr. »Ich kenne kein Zeug –«

»Sei froh, Jutta!« Die rote Mary warf den Kamm auf den Garderobentisch. »Da waren wir mal eingeladen in Düsseldorf... vier dicke Geldsäcke, alle so um Mitte Vierzig, wie in Solingen geschliffen so scharf... und statt den üblichen Mist kommt da einer und tut uns was ins Glas! Du, ich war plötzlich eine Riesenapfelsine, die geschält werden wollte! Stell dir das vor! Und umgebracht haben sie auch einen dabei... na, ich halt ja die Schnauze, aber unter uns... es war ein Drecksabend. Wenn die hier auch so 'n Mist machen, kneif ich! Ich schlucke nicht so schnell wieder LSD...«

»Vier Männer waren es?« fragte Jutta. Ihre Stimme war wie mit Schimmel belegt. »Und . . . und umgebracht ist einer?«

»Ja. Aber nun komm zu unseren schwedischen Hüpfern!« Die rote Mary faßte Jutta unter und zog sie mit sich fort. Aus dem großen Wohnzimmer tönte schon Lachen und das gezierte Kreischen, das einem deftigen Witz folgt. »Ich erzähl dir's nachher auf der Toilette. Junge, Junge, was man in unseren Kreisen so alles erlebt!«

Mit steifen Knien ging Jutta zurück zu den anderen. Harry Muck zog sie sofort aus dem Verkehr, wie er es nannte . . . er nahm sie mit zur Bar. »Wie siehst du denn aus, Mäuschen?« fragte er gedämpft. »Unter der Schminke erkennt man ja, wie blaß du bist . . .«

»Willst du mir einen Gefallen tun?« fragte sie leise zurück.

»Jeden!« Harry Muck schob Jutta ein Glas White Lady über den Bartisch. »Die lange Nacht der jubelnden Hormone hat begonnen! Sieh dir unsere würdigen Herrn Direktoren an . . . lebendiger kann kein Pavian sein, wenn man ihm den roten Hintern kitzelt!«

Jutta starrte über ihr Glas hinüber zu der roten Mary, die einen schwedischen Gast untergefaßt hatte und ihm etwas ins Ohr flüsterte, was den Nordländer zu schnaufendem Grinsen anregte.

»Kannst du dafür sorgen, daß ich mit der roten Mary eine halbe Stunde allein bin?« fragte Jutta. Harry Muck sah sie verblüfft an.

»Warum denn das? Willst du eine Reportage schreiben: Rotkäppchen frißt den Wolf?«

»Frag nicht, Harry . . . kannst du Mary eine Zeitlang ausschalten?«

»Das muß ich mir überlegen.« Harry Muck beobachtete das fröhliche Treiben auf den Sesseln und Couchen. Die Schlipse hatte man schon abgebunden, und die Brillengläser beschlugen vor Begeisterung. »Wann?«

»Möglichst bald.«

»Vielleicht gelingt es mit einem frivolen Spielchen.« Harry Muck trank einen langen Schluck Whisky. »Versuchen wir es.«

»Danke. Du bist ein feiner Kerl, Harry.«

Jutta wandte sich ab und setzte sich so in einen Sessel neben der Bar, daß sie die rote Mary beobachten konnte.

Die Nacht der Wahrheit war für sie angebrochen. Die Wahrheit, hinter der Werner Ritter vergeblich nachjagte.

Eine Wahrheit, die auch in ihr Leben eingriff und sie mitriß, als sei sie in einen Strudel geraten.

Es wurde ein reizvolles, rosarotes Fest. Die Herren aus Schweden waren glücklich. Wie orientalische Fürsten lagen sie auf den Couches, und um sie herum rollte ein wohldurchdachtes und oft gespieltes Programm vom entfesselten Leben ab.

Eine Blondine, die sich Mimi nannte, bot einen Striptease besonderer Art ... sie ließ sich entkleiden, aber jeder, der einen Teil ihrer Wäsche von ihrem sich drehenden und schlangenhaft beweglichen Leib löste, mußte gleichfalls ein Stück seiner Kleidung opfern. Dabei zeigte es sich, daß Mimi drei Büstenhalter und vier Höschen übereinander trug und noch verhüllt wie eine indische Bajadere tanzte, als ihr Partner schon bar aller Zivilisation auf der Couch hockte, in die Hände klatschte und Mimi dann durch das große Zimmer nachjagte, um auch die letzten Hüllen zu erobern.

Ein moderner Faun, der statt Farne und Büsche um Sessel, Sofas und Tische rannte, um seine Elfe einzufangen.

»Schiebung!« schrie einer der deutschen Direktoren und weigerte sich, seine kurze Unterhose auszuziehen, denn auch seine Partnerin, Lola nannte sie sich, ließ sich entblättern wie eine siebenschalige Zwiebel. »Das ist kein faires Spiel! Sie hat noch alles an, und ich stehe da im Hemd! Auge um Auge, Schlüpfer um Schlüpfer!«

Es war ein dicker Mann. Mit beiden Händen hielt er seine Unterhose fest, und sein Bauch wölbte sich wie ein blaßrosa Ballon über den Gummirand. Unter dem Bauch begannen dünne, etwas krumme Beine. An der linken Wade entlang zog sich ein blaues Netz von Krampfadern.

»Widerlich«, sagte Jutta leise zu Harry Muck, der immer neben

173

ihr blieb, was verhinderte, daß die im besten Schritt und Tritt befindlichen Herren sich auch auf Jutta stürzten und ihr das Kleid vom Leib rissen. »Mir wird schlecht, Harry!« Sie lehnte den Kopf nach hinten an die Wand und sah voll Ekel auf einen dürren, langen Partygast, der wie ein mit gelblicher Haut überzogenes Skelett im Zimmer herumhüpfte und nach den Takten eines Foxtrotts die Beine hochwarf, als sei er ein Hiller-Girl. »Benehmen sie sich alle so?« fragte sie und hielt Mucks Hand fest, der ihr ein neues Glas White Lady reichte.

»Das ist noch harmlos, Schätzchen.« Harry Muck winkte der roten Mary zu. Sie hatte sich eine Attraktion besonderer Individualität ausgedacht ... zwischen ihre vollen Brüste hatte sie ein Sektglas geklemmt, und nun ging sie von einem zum anderen und ließ jeden einen Schluck daraus trinken. Das erforderte eine besondere Kunstfertigkeit, fast wie das Trinken aus einem Stiefel ... o selige Studentenzeit ... und es wurden Wetten abgeschlossen, wer ohne Betropfen von Marys Busen einen tiefen Schluck aus dem eingeklemmten Glase trinken würde.

»Noch benehmen sie sich wie gutgezogene Knaben«, sagte Harry Muck, als er Juttas entsetzten Blick sah. »Wir sind erst bei der Ouvertüre ... oder, bleiben wir beim Stahlfach, beim Anheizen eines Hochofens. Wenn er erst glüht und brodelt ... mein Mädchen, die letzten Reste einer moralischen Erziehung werden da weggeschmolzen!«

Ist Paps auch so wie diese Männer da, dachte sie, und wie ein Krampf war es in ihrer Kehle. Hat es so wie hier auch bei Toni Huilsmann ausgesehen, an diesem schrecklichen 21. Mai, an dem Richard Erlanger mit einem Schal erwürgt zwischen den umgeworfenen Tischen und Sesseln lag? Kann Paps so sein wie dieser Dicke, der sich jetzt französischen Kognak über den Leib schüttet und durch das Zimmer brüllt: »Hier ist eine Kognakbohne! Wer will sie knabbern?!« O Himmel, das darf nicht wahr sein, daß Paps auch solch ein Schwein ist ... Wie könnte ich jemals auch nur noch einen Funken Achtung vor ihm haben?

Die schwedischen Gäste lagen auf den Couches und wurden ruhiger. Der Alkohol lähmte sie, machte sie träge und schlaff. Sie hielten ihre Mädchen umfaßt, stierten vor sich hin und benahmen sich wie Verblödete. Die deutschen Gastgeber, geübt in solchen Spielen, bewiesen ihre Fantasie. Der Dicke lag auf dem Rükken, auf seinem riesigen Bauch balancierte er ein leeres Sektglas, und um ihn herum lagen die anderen, flach wie auf einem Schießstand, und versuchten, prustend, lachend und grölend das Glas von dem Bauch zu blasen.

Die rote Mary hatte einige freie Minuten. Sie kam von der Toilette und setzte sich neben Jutta an die Bar.

»Du bist ja eine ganz Brave«, sagte sie. Ihr rotes Haar war verschwitzt und zerwühlt. Auf ihrer Brust brannten einige gezackte rote Flecken. Statt aus dem Sektglas zu trinken, hatten einige Herren in das schwellende weiße Fleisch gebissen. Das gehörte zum Berufsrisiko, Mary sprach darüber gar nicht. Ein bißchen Fettcreme drüber, damit es keine Entzündungen gab ... »Bisher haste nichts getan als gesoffen. Und angezogen bist auch noch! Sag mal, was willst du überhaupt hier? Die vornehme Tour? Tausend Emmchen fürs Ausziehen? Madame de Kö, was? Zieht hier nicht, Liebling! Die Kerle dort sind fürs Händchenvoll. Da kannste lange warten, bis einer zu dir kommt, sich verbeugt und sagt: ›Gnädigste, darf ich Sie zu einem Spaziergang in die hinteren Räume einladen?‹ – Pustekuchen! Das hier sind Platzspieler! Komm, Kleine, mach keinen fiesen Ärger ... zieh dich aus und rein ins Schlachtgetümmel!«

Jutta lächelte schwach. Sie schob Mary ihr Glas Cocktail zu und bemühte sich, ihrer Stimme einen gleichgültigen und etwas ordinären Klang zu geben. Harry Muck hatte sich zu den blasenden Nackten begeben. Noch immer wackelte das Sektglas auf dem riesigen Bauch, bewegte sich auf und ab im gleichmäßigen Rhythmus. Der Dicke war eingeschlafen und lag auf dem Teppich wie zwei Zentner weggeworfenes, herausgetrenntes Rinderfett.

»Wie war das damals in Düsseldorf?« fragte sie unvermittelt. »Du hast mich verdammt neugierig gemacht. Wie wirkt das, dieses LSD?«

»Du bist 'n ganz anderer Mensch ... oder ein Tier ... oder,

175

wie ich, eine Apfelsine. Mensch, das war 'n Ding! Und nach der Apfelsine lag ich plötzlich auf einer Wiese, war eine Maus, und da kommt doch eine Katze und leckt mich ab und hat lauter Schokolade auf der Zunge und leckt so lange, bis ich eine Schokoladenmaus bin! Blöd was? Aber so etwas erlebt man im LSD-Rausch. Ja, und hinterher war einer von den Jungs tot. Keiner weiß, wer's war, aber einer muß es ja getan haben! Und einer muß es wissen, denn er hat uns allen fünf Tage später durch Karin 500 Eier schicken lassen. Sag selbst, schickt jemand 500 Mark, wenn nicht etwas faul ist? Na, mir kann's recht sein, ich halt die Schnauze, ich hab' ja auch nichts gesehen ... erst Apfelsine, dann Schokoladenmaus ... nur hinterher ist mir ein Licht aufgegangen.«

»Sah ... sah der Mann denn aus wie ein Verbrecher?«

»Verbrecher? O Kindchen!« Die rote Mary lachte schrill. Sie ergriff die Whiskyflasche und setzte sie an den Mund. Nach einem tiefen Schluck warf sie die Flasche einfach auf den Teppich. »Die sehen aus wie die Generaldirektoren, und das sind sie ja auch meistens. Das sind die ganz Vornehmen, die tagsüber zugeknöpft sind wie Schnallenschuhe. Nur wenn's dunkel wird, platzt denen die Haut!«

»Und ... und wie sah der aus, der das LSD mitgebracht hat?« fragte Jutta heiser.

»Vornehm, Kleine. Ganz Gentleman! Graue Schläfen, Maßanzug, Typ abenteuerlicher Filmstar. Hatte so 'nen nordischen Namen, mit Stern am Ende ...«

Vater!

Juttas Herz stand vor Schreck still. Sie riß den Mund auf, rang nach Atem, aber nur eine Sekunde lang, dann schlug es weiter, und es war, als jage es kochendes Blut durch alle Adern.

»Was haste denn?« fragte Mary. »Kennste den geilen Knaben?«

Jutta schüttelte den Kopf. »Mir ist schlecht«, sagte sie mühsam. »Furchtbar schlecht, schon den ganzen Abend. Ich geh nach Hause ...«

»Ohne 'nen Blauen mitgenommen zu haben? Doof, meine Liebe. Leg dich wenigstens hin und tu so, als ob. Die Kerle sind sowieso so besoffen, die merken nicht, wennste markierst. Ist doch ein reelles Geschäft . . .«

Die rote Mary tippte an die Stirn, aber Jutta schüttelte wieder den Kopf. »Ich kann nicht«, sagte sie leise. Jedes Wort, jede Silbe brannten auf ihrer Zunge. Ihr Speichel schien aus Säure zu sein . . . er zerfraß ihr den Mund. »Ich gehe nach Hause.«

Die rote Mary hob die Schultern und ging zu der Gruppe der um den schlafenden Dicken Liegenden. Ihr nacktes Gesäß schwabbte etwas . . . hintenherum war sie zu dick. Die Zeit ihrer großen Geschäfte war bald zu Ende.

Niemand beachtete Jutta Boltenstern und Harry Muck, als sie die Villa am Essener Stadtrand verließen.

»Bring mich nach Düsseldorf«, sagte Jutta draußen im Wagen zu Harry Muck. »Bitte, Harry . . . wenn du es dir zutraust, noch so weit zu fahren . . . bring mich nach Hause . . .«

»Wenn du willst, fahre ich mit dir heute nacht noch bis Rom!«

»Nein – nur bis Düsseldorf. Das genügt.«

Dann lehnte sie sich zurück, legte den Kopf auf die Rückenpolster und starrte gegen die bespannte Wagendecke. Und als sie über den Ruhrschnellweg zur Autobahn fuhren, begann sie zu weinen, unvermittelt, wie eine plötzliche Explosion, so daß Harry Muck zusammenzuckte.

Vater, dachte sie in diesem Augenblick. O Vater . . . wie völlig entzaubert ist unsere Welt jetzt. Ich habe den Blick des Kindes verloren. Wie ein Fremder bist du mir jetzt . . . und doch liebe ich dich . . . weine ich um dich aus schrecklicher Enttäuschung. Und jede Träne entfernt mich mehr von dir.

Heute nacht ist meine Kindheit endgültig gestorben.

»Zuviel für die Nerven, was?« fragte Harry Muck. Sie hatten die Auffahrt zur Autobahn erreicht.

Jutta nickte. »Ja«, sagte sie dumpf. »Es war zuviel . . .«

Weiter sprachen sie nichts, bis sie Boltensterns Haus erreicht hatten. Der Schock war vollkommen, und Harry war klug genug, Jutta nur stumm die Hände zu drücken und ohne weitere Fragen wieder abzufahren.

Auf der Insel Rhodos, im Hotel ›Odysseus‹, hatten Alf Boltenstern und Petra Erlanger ein Apartment bezogen. Ein breiter Balkon vor dem Wohnzimmer hing über dem üppigen blühenden Garten des Hotels und ließ den Blick frei hinüberschweifen zu dem unwahrscheinlich tiefblauen Meer und den fast weiß in der Sonne leuchtenden Felsen der Küste, die mit geheimnisvollen Grotten durchsetzt war. Hier irgendwo hatte im Altertum eines der sieben Weltwunder gestanden, der Koloß von Rhodos, die 35 Meter hohe Statue des Gottes Apollo, vor der die Menschen stumm vor Staunen standen, bis ein Mutiger den Götterbann durchbrach und sie 224 v. Chr. umstürzen ließ. Die Welt war ärmer um ein Wunder, aber die Schönheit Rhodos' blühte über die Jahrhunderte hinweg, eine Insel, wie ein weggewehtes, reiches Samenkorn aus dem Paradies, umweht vom Duft der Rosen und dem Salzatem des Meeres, erquickend in seiner Stille und ewig wie die Bläue des Himmels und ihre Spiegelung im Meer ...

Petra Erlanger sah nur kurz zur Seite auf Boltenstern, als sie nach dem Flug zum Hotel ›Odysseus‹ gefahren wurden und der Chefportier sie mit gnädige Frau begrüßte und den Schlüssel des Apartments Nr. 7 vom Haken nahm. Erst im Zimmer, als sie allein waren, setzte sie sich auf das mit blaßgelber Seide bespannte französische Bett und strich die vom Wind etwas zerzausten Haare aus den Augen.

»Als was hast du uns angemeldet, Alf?« fragte sie. Boltenstern öffnete die breite Glastür zum Balkon. Das Rauschen der Brandung an der Felsenküste flog bis zu ihnen ins Zimmer.

»Als Herr und Frau Boltenstern«, sagte er unbefangen. »Es war nur dieses Apartment noch frei ... jetzt in der Saison ist alles besetzt. Es war eine Notlüge, Petra. Ich bitte um Verzeihung.«

»Und wie soll ich mich benehmen?«

»Ich kann dir deine Reaktion nicht vorschreiben, Petra«, sagte er langsam. In ihrem Blick sah er Abwehr und lauerndes Interesse. Eine Schlange, die sich zum Angriff aufrichtet und doch zurückweicht. »Wir haben gelernt, gute Schauspieler zu sein. Es wird den Zauber unseres Urlaubs nicht zerstören, wenn wir der Umwelt ein glückliches Ehepaar vorspielen. Was hier innerhalb der vier Wände geschieht, ist unsere Sache. Aber wir sollten aus diesen Wochen das Beste für uns machen!«

»Wo wirst du schlafen?«

»Dort, im Bett.«

»Neben mir?«

»Hast du Angst?«

Über das schmale, kühle Gesicht Petras zog der Schein eines Lächelns. »Ich hatte noch nie Angst, Alf.«

»Das weiß ich.«

»Du bist von einer faszinierenden Skrupellosigkeit.« Petra erhob sich und trat einen Schritt hinaus auf den Balkon. Ihr blondes Haar flammte auf wie Gold, das feuerflüssig aus einem Tiegel rinnt. Boltenstern trat hinter sie. Er sog den Duft ihrer Haut ein und starrte auf die blonden, flaumartigen Haare in ihrem schlanken Nacken.

»Die Kränze auf Richards Grab sind noch nicht verwelkt . . .«

»Vielleicht haben die Gärtner sie präpariert . . .«

»Ironie steht dir nicht, Alf.« Petra wandte den Kopf zu Boltenstern. Ganz nahe waren jetzt ihre Augen. Der Atem wehte von Lippe zu Lippe. »Ich liebe dich nicht«, sagte sie mit ihrer sanften Stimme. »Gegen Richards Genie bist du ein Versager. Aber ich liebe das Genie, das Außergewöhnliche, das Einmalige. Du bist ein Durchschnittsmensch . . . Genügt das?«

»Völlig.« Boltenstern lächelte sie an, aber in seinem Inneren war es kalt. So muß es einem Mörder zumute sein, bevor er zusticht oder mit den eigenen Händen würgt. An nichts denkt man. Leer ist man. Es gibt kein Gefühl mehr. Und das Herz ist ein Motor, der die Funktion des Pumpens erfüllt. »Wir werden im selben Bett liegen und doch durch Schluchten getrennt sein.«

»Sehr bildhaft, meiner Lieber!« Petra trat zurück ins Zimmer und zog ihre verstaubte Reisebluse aus. Sie reckte die Arme hoch und wippte auf den Zehenspitzen. Wie der Pfeil auf einer Bogensehne war ihr herrlicher Körper.

Du Luder, dachte Boltenstern und trat hinaus auf den Balkon. Er beugte sich über das Geländer und sah hinunter in den Garten. Zwischen einer Buschgruppe hatte man einen runden Tisch auf-

179

gestellt. Drei Männer in Shorts saßen darum und spielten Skat und tranken Bier.

». . . dreiundzwanzig . . . vierundzwanzig . . . dreißig . . . sechsunddreißig . . . Die Hosen runter! Karo! Jetzt sollt ihr mal 'ne Flöte jubeln hören . . .«

Deutsche.

Boltenstern beugte sich zurück. Hinter ihm im Zimmer lief Petra Erlanger herum. Er hörte das Klatschen ihrer nackten Füße, als sie zwischen Schrank und Badezimmer hin und her lief. Sie hat sich ausgezogen, dachte er. Gleich wird die Brause summen, und sie wird unter den Strahlen stehen, bei offener Tür, ein sich drehender, reckender, im Wasser glitzernder Körper, und sie wird darauf vertrauen, daß auch zwischen ihr und Boltenstern eine gläserne Wand steht, die alle Schönheit zeigt, aber unerreichbar macht.

Und sie wird dieses Spiel weitertreiben, Tag und Nacht, bis zum Wahnsinn, mit einer kalten, perfiden Perversion und mit dem sanften Lächeln einer Madonna auf den Lippen.

Boltenstern drehte sich nicht um, auch nicht, als wirklich das Wasser aus der Brause rauschte. Er blieb auf dem Balkon stehen und blickte starr über das Meer und die weißen Felsen. Erst, als Petra Erlanger wieder hinter ihm stand, in einem weißen Bademantel, die blonden Haare naß um den schmalen Kopf geklebt, zerbrechlich klein und zierlich, wandte er sich zu ihr.

»Erfrischt?« fragte er kühl. »Soll ich die Hotelfriseuse anrufen?«

»Du bist ein Aas!« sagte sie leise. Zum erstenmal hatte ihre Stimme einen anderen Ton. Leben klang in ihrer sonst kalten, hellen Stimme. Sie war dunkler geworden. »Du bist ein berechnender Schuft!« Ihr weißer Bademantel klaffte plötzlich auseinander, ihre Brust drängte an die Sonne. Boltenstern ging ins Zimmer zurück, wählte eine Hotelnummer und sagte ruhig: »Bitte Zimmer 7.« Dann wandte er sich um, und Petra trat vom Balkon herein, mit schmalem Mund und bösen Augen. »Die Friseuse kommt sofort, Petra«, sagte er. »Recht so?«

Sie antwortete nicht . . . Ins Badezimmer ging sie und warf die Tür zu.

Der Kampf hatte begonnen. Mit einem zufriedenen Lächeln setzte sich Boltenstern auf das Bett und steckte sich eine Zigarette an.

Nichts macht eine Frau inkonsequenter als die Mißachtung ihrer dargebotenen Schönheit.

Da werden Vorsätze zertrümmert und Moralitäten ertränkt.

Da wird der Urstoff bloß, unaufhaltsam wie Lava.

Da wird die Frau zum Weib.

Als die Friseuse kam, hatte sich Petra Erlanger bereits angezogen, und sie spielte die Ehefrau vollendet, als sie zu Boltenstern sagte: »Ach, Lieber, im Badezimmer auf der Glasplatte steht mein Haarspray. Holst du ihn mir bitte?«

Und Boltenstern ging.

Die Luft war voller Blütenduft. Rosen, Nelken und Kamelien.

Und in der Nacht würde das Meer vor ihren Fenster rauschen und die Dunkelheit leben von Tausenden unbekannten Stimmen und Lauten.

Und die Nacht kam.

Kein Licht brannte im Zimmer, als Boltenstern sich neben Petra in das gelbseidene Bett legte. Nur die fahle Helle des sommerlichen Nachthimmels glitt durch die unverhängten Fenster, und das Rauschen des Meeres war so nah, als stände das Bett zwischen den weißen Felsen über der Brandung.

Petra rührte sich nicht, als Boltenstern sich ausstreckte, das Kissen unter seinen Kopf knüllte und sich bemühte, so weit wie möglich am Rand zu liegen, um jede Berührung zu vermeiden.

So lag er zehn Minuten, starrte gegen die Decke und dachte an das Abendessen.

Ein Speisesaal im altgriechischen Stil, mit Säulen und Kapitellen, die Kellner in griechischen Togen und Schnürsandalen, ein Boden aus Mosaikmarmor (er paßte nicht dazu, denn er war römisch!), in Abständen von mehreren Metern kleine Säulen mit qualmenden Kupferbecken, in denen wohlriechende Kräuter verbrannt wurden, ein Hauch von Ewigkeit lag in diesem Raum, eine Mißachtung des Modernen, bis aus einer Ecke laut eine Stimme dröhnte: »Ober, noch 'n Bier! Aber diesmal mit 'nem richtigen Feldwebel drauf, wenn ich bitten darf!«

Und Boltenstern hatte vor sich hingenickt und gedacht: So ist es! Illusion ist alles . . .

»Ein Ehemann sagt wenigstens gute Nacht!«

Boltenstern schreckte aus seinen Gedanken. Er drehte den Kopf und sah schwach im Nachtlicht die blonden Haare Petras. Auch sie lag am äußeren Rand des Bettes . . . zwischen ihnen gähnte eine breite Leere, die Schlucht, von der Boltenstern gesprochen hatte.

»Ich würde mir als Ehemann dumm vorkommen, gute Nacht ohne einen Kuß zu sagen«, sagte Boltenstern und gab seiner Stimme einen gleichgültigen Ton. »Ich habe von einer Ehe gewisse Idealvorstellungen, die auch bis zum gute Nacht reichen . . .«

Petra schwieg. Boltenstern sah nicht, wie sie die Fäuste ballte und gegen den Mund preßte. Auf der Seite lag sie, die Beine angezogen, so daß die Knie aus dem Bett stachen, wie ein sprungbereites Tier war sie, mit engen, glitzernden Augen.

Vor dem Fenster rauschte die Brandung. Vom Hafen her kehrten späte Gäste zurück. Sie sangen vom schönen Westerwald und der Heide, auf der ein Blümelein blüht. Ein deutscher Kegelklub.

Ohne es zu wollen, entgegen aller Planungen, schlief Boltenstern ein. Das Meeresbrausen schläferte ein, der Flug hatte ihn ermüdet, die Anspannung, Petras Kühle mit noch größerer Kälte zu beantworten, hatte ihn mehr zermürbt, als er sich zugeben wollte.

Mit einem leisen Aufschrei wachte er auf. Etwas Schweres war auf seine Brust gefallen . . . einen Augenblick drückte es ihm den Atem ab, er riß die Augen auf, sah nur Dunkelheit um sich, schlug mit den Armen und traf auf glatte, kühle Haut und einen sich auf ihm dehnenden, bewegenden, schlangengleichen nackten Körper.

»Du schläfst . . .«, sagte eine samtweiche Stimme über ihm. »Du kannst wirklich schlafen neben mir . . . So gemein ist das, so widerlich gemein . . . Bin ich kein Mensch? Bin ich keine Frau?

Und du schläfst . . . Weißt du, daß ich dich hätte im Schlaf erwürgen können . . . so hasse ich dich!«

»Petra«, stammelte er ergriffen. Seine Hände glitten über ihren gewölbten nackten Rücken, über die Hüften, zu den kalten Schenkeln. Dann faßten sie zu und packten hart in die angespannten Rückenmuskeln.

»Du tust mir weh . . .«, keuchte sie. Plötzlich wehrte sie sich, wollte weg von ihm, stemmte sich ab. Aber er hielt sie umklammert wie mit eisernen Bändern.

»Ich will dir weh tun!« sagte er rauh. »Verdammt, schreien sollst du!«

»Das wirst du nie erleben! Nie!« Sie stieß mit dem Kopf nach ihm, und er lachte heiser, warf sich herum und riß sie mit sich. Wie gekreuzigt lag sie unter ihm, und selbst in der Dunkelheit erkannte er noch das Glitzern ihrer Augen.

»Gute Nacht, Frau Boltenstern!« sagte er laut.

Und dann schrie sie auf, aber er hatte seine Lippen auf ihren Mund gepreßt, und ihr Schrei vergurgelte in seinem Mund . . . er atmete ihn ein wie ein betäubendes Gift . . .

Am nächsten Morgen ging Boltenstern allein im Garten spazieren und wartete auf Petra, die zum Frühstück nachkommen wollte. Der Triumph in ihm war ungeheuer. Zum erstenmal hatte ein Mann den kalten Panzer Petras durchbrochen. Hinter dieser Kälte – das hatte er gewußt – glühte der Urstoff Mensch, und er bewunderte sich jetzt selbst, daß er nicht verbrannt war in diesem Feuer, das zum erstenmal freigelegt worden war und wie ein Vulkan sich verströmte.

Mein lieber Richard, dachte Boltenstern und lehnte sich an die Balustrade, die die Caféterrasse vom übrigen Garten des Hotels trennte, du warst ein Genie. Wir alle erkannten es an. Aber du warst nicht der Mann für diese Frau! Dein Leben lief in Zahlen und Bilanzen ab, in Produktionsziffern und Exportaufträgen . . . um Petra zu entdecken, fehlte dir der Mut. Jetzt weiß man es. Du hattest Angst vor ihr, und deshalb flüchtetest du in die Arme bezahlter Mädchen. Dort konntest du stark sein, der Held, der Sieger ... für dreihundert oder fünfhundert Mark pro Nacht. Aber wenn du Petra gegenüberstandest, warst du ein Zwerg, ein impotenter Maulesel, ein Männerplakat, weiter nichts. Um Petra zu erobern, hättest du weniger Geist und mehr Brutalität gebraucht ... nicht Smoking, Richard, sondern aufgekrempelte Hemdsärmel.

Boltenstern sah verwundert auf, als ein Herr in weißer Tennishose und blauem Pulli an ihn herantrat und ihn mit einer knappen Verbeugung begrüßte.

»Larensius«, sagte er. »Wenn ich mich Ihnen bekannt machen darf ...«

»Boltenstern.«

»Es freut mich, daß wir uns in Rhodos getroffen haben.« Und als er Boltensterns irritierten Blick bemerkte, fügte Larensius hinzu: »Rhodos ist eine schöne Insel für die ersten acht Tage. Dann wird es langweilig. Die gleichen Esel, die gleichen Kneipen, die gleichen Gespräche, die gleichen Menschen. Vor einem das Meer, hinter einem Felsen ... und man gähnt, wenn man ein vitaler Mensch ist. Sie sind gestern erst angekommen?«

»Ja«, antwortete Boltenstern knapp. Irgendwie gefiel ihm dieser Herr Larensius nicht. Nicht seine Geschwätzigkeit war es, sondern vielmehr der Blick, mit dem er Boltenstern musterte, abtastete, mit einem schlecht verborgenen Lauern.

»Wir haben Sie ankommen sehen. Wir, das sind ich und meine Frau Evelyn und ein befreundetes Ehepaar. Sellwaldt aus Hamburg. Steinreiche Handelsfamilie.«

»Interessant«, sagte Boltenstern kühl.

»Ich muß Ihnen ein Kompliment unter Männern machen, Herr Boltenstern ... Sie haben eine verteufelt hübsche Frau.«

»Danke.« Boltenstern zog die Augenbrauen zusammen. Seine Abneigung gegen Larensius wuchs.

»Seien wir ehrlich, wie es unter Leuten unserer Kreise üblich sein sollte.« Larensius leckte sich über die etwas wulstigen Lippen. »In spätestens acht Tagen werden auch Sie merken, wie Sie zu gähnen beginnen. Wir sind Menschen, Herr Boltenstern, die ein motorisches Leben führen. Die Ruhe bekommt uns nicht ...

wo andere sich erholen, werden wir nervös. Die Ruhe ist wie Gift für uns. Ich wette, Ihnen ergeht es genauso.«

»Manchmal«, sagte Boltenstern abweisend. Er blickte an der Hotelfassade empor und suchte sein Zimmer. Die Balkontür stand offen, die Gardine flatterte ins Zimmer.

»Auf Rhodos werden Sie kribbelig werden. Wir kennen das. Ohne Ihren Plänen vorzugreifen, Herr Boltenstern ... es wäre doch schön, wenn wir drei Familien uns zusammenfänden und einen Urlaub eigener Provenienz gestalteten. Wir könnten gemeinsam schwimmen, segeln, Landpartien machen, angeln, reiten, und am Abend wäre eine fröhliche Geselligkeit genau das richtige gegen die erdrückende Langeweile.« Herr Larensius lehnte sich gegen die Balustrade neben Boltenstern und sah auch hinauf an der Hotelfassade. »Wir haben Apartment 19. Sellwaldts wohnen auf Nr. 22. Meine Frau ist übrigens 28 Jahre, naturschwarz, schlank und doch dort, wo es sein muß, üppig. Ein Typ, der wirklich Freude macht ...«

Boltenstern sah Larensius aus den Augenwinkeln an. Man sollte ihn ohrfeigen, dachte er. Man sollte dieses Schwein im Maßanzug über die Mauer werfen, hinein in die Kakteen unter uns.

»Meine Frau ist dreiunddreißig«, sagte er, nur um zu hören, wie weit Herr Larensius mit seiner Angebotsliste gehen würde. »Wir sind seit elf Jahren verheiratet.«

»Eine lange Zeit, um sich vorzüglich zu kennen!« Larensius winkte zu einem Balkon hinauf. Dort stand eine halbangekleidete, brünette Frau und winkte zurück. »Frau Sellwaldt. Lucie. 31 Jahre. War früher Schauspielerin. Ein tolles Temperament.« Er wandte sich wieder Boltenstern zu und schnippte etwas nervös mit den Fingern. »Wir sind doch alle moderne, weltoffene, tolerante Menschen, nicht wahr? Als ich Sie ankommen sah, habe ich mir gleich gesagt: Das kann ein neuer, guter Partner für uns werden. Dieser Mann hat Klasse. Er versteht zu leben. Man braucht nur seine Frau anzusehen!«

»Bitte, lassen Sie meine Frau aus dem Spiel!« sagte Boltenstern hart.

Herr Larensius zog das Kinn etwas an und musterte Bolten-

185

stern wieder kritisch. Ihm schien es unmöglich, daß er sich getäuscht hatte. Ein Mann wie dieser Boltenstern ging zumindest nicht an einer Evelyn Larensius vorüber.

»Es wird ein schöner Kreis werden«, sagte er. »Ich kenne eine Badebucht, die paradiesisch ist. Dort hat man im zwanglosen Baden und Spielen Gelegenheit genug, persönliche Kontakte auszubauen.«

Boltenstern hatte genug. Er sah Petra durch den Garten kommen und ihn suchen. Jung und glücklich sah sie aus ... sie ging nicht über den Kiesweg, sie schwebte auf ihren langen Beinen. Die Sonne lag auf ihrem aufgesteckten blonden Haaren wie ein goldgesponnener Schleier.

»Merken Sie eigentlich nicht, was für ein Schwein Sie sind?« sagte er grob. »Leider – ich muß jetzt sagen leider – bin ich zu gut erzogen, um Ihnen eine herunterzuhauen. Betrachten Sie aber meine Verachtung für Ihr schweinisches Angebot als eine schallende Ohrfeige!«

Er ging Petra entgegen, faßte sie unter, zog sie vom Weg, gab ihr einen Kuß und ging mit ihr zurück zur Frühstücksterrasse. Herr Larensius sah ihnen mit hängenden Mundwinkeln nach.

Ein fader Mensch, dachte er. Ein bürgerlicher Ehemann. Elf Jahre verheiratet! Und rennt einem Spielchen davon. So etwas gibt es auch.

Man soll nicht glauben, wie eine Ehe den Mann vermuffelt.

Zwei Tage später zogen Petra Erlanger und Alf Boltenstern aus dem Hotel ›Odysseus‹ aus. Boltenstern hatte eine kleine Villa mieten können. Oben, in den Felsen, in einem verwilderten Weingarten, völlig abgeschlossen und einsam, mit einem Blick über die Insel und weit übers Meer bis zum Horizont, wo Himmel und Wasser eins wurden.

»Unser Paradies!« sagte Boltenstern, als sie Hand in Hand in den wilden Weinhängen standen. »Hier möchte ich nie wieder weg.«

Minuten später schon rannte Petra durch den Garten, schwerelos, mit schwingenden Armen, als könne sie fliegen, ein zartbron-

186

zenes, nacktes Vögelchen, ein von der Sonne abgebrochener goldener Strahl...

Und Boltenstern empfand das als ganz natürlich. Ohne es zu merken, war er vom Sieger zum Bezwungenen geworden.

Zwei einsame Tage lagen hinter Jutta.

Der Schock, den sie aus Essen heimgebracht hatte, die Erzählung der roten Mary, vor allem aber das Erlebnis, wie es bei sogenannten ›Sitzungen‹ zugeht, und sie erinnerte sich mit brennendem Herzen daran, wie oft ihr Vater zu ihr gesagt hatte: »Spätzchen, es kann spät werden... schon wieder so eine langweilige Besprechung...«, dieser Zusammenbruch einer schönen, kindlichen Welt, die eigentlich schon nicht mehr bestanden hatte, aber an die sich Jutta bis zuletzt geklammert hatte, trotz aller Nüchternheit der modernen Jugend, hatte sie niedergedrückt, als habe man nicht Richard Erlanger begraben, sondern ihren Vater.

Sie nahm sich eine Woche Krankenurlaub von der Redaktion, verkroch sich in den leeren Bungalow, saß hinter den großen Scheiben und starrte in den Garten.

Das also ist mein Vater, dachte sie immer wieder. Bisher war er ein Heros für mich, ein Vorbild, ein Denkmal. Was ist aus ihm geworden? Ein Mann wie tausend andere. Ein Mann, der die Mittel hat, sich Liebe zu kaufen. Ein Mann, der für Geld vorgaukeln läßt, daß die Welt ihm gehöre, daß er mit Menschen machen kann, was er will, der einen Geldschein auf den Tisch legt und damit einen Menschen kauft... für eine Stunde, eine Nacht, einen Rausch, einen Mord!

Das war es, was Jutta jegliche Ruhe nahm. Die große Frage, der auch Werner Ritter nachjagte und vor deren Antwort sich ihm alle Türen verschlossen: Was war in der Nacht zum 22. Mai geschehen? Wer hatte Richard Erlanger umgebracht?

Einen Zipfel des Geheimnisses hielt Jutta jetzt in den Händen. Ihr Vater hatte das LSD in die Gläser getan. Nichts gab es daran zu deuteln, und Jutta wußte, daß Werner Ritter für diese Auskunft um die Erde jagen würde, wenn es möglich war, sie zu erlangen.

Ein paarmal klingelte das Telefon. Jutta ging nicht hin, sie blieb sitzen, mit verkrampften Händen, bis das schrille Läuten verstummte. Dann, gegen Abend, ertönte die Haustürglocke. Auf Zehenspitzen schlich sie zur Tür, lehnte die Stirn an das Holz und weinte leise. Sie wußte, wer draußen stand. Und sie hörte, wie Werner Ritter zögernd wieder ging, lief zum Fenster der Küche und sah ihm nach, wie er immer wieder stehenblieb und zurückblickte zu dem langgestreckten, dunklen Haus.

Und dann kamen die Nächte, die schrecklichen, langen Nächte, in denen sie im Haus herumlief, ruhelos und hilflos, in denen sie das Bild Alf Boltenstern herumtrug und ihn immer und immer wieder ansah und ihn schließlich anschrie: »Warum hast du das getan? Warum genügte dir dein Leben nicht! Warum bist du nicht das Vorbild geblieben, das du 23 Jahre lang warst?! Was habe ich nun auf der Welt? Wie soll ich dich ansehen, Vater, wenn du zurückkommst?«

Und dann war die Angst da, die Angst vor Werner Ritters Nachforschungen, vor dem kühlen Verstand Dr. Lummers, vor der Möglichkeit, daß irgendwie einmal ein Wort durch die Mauer des Schweigens sickerte ... das Wort LSD zusammen mit Alf Boltenstern ... so wie es die rote Mary getan hatte im Vertrauen, zu einer Kollegin zu sprechen.

Ich bin seine Tochter – das war ein Bollwerk, das Jutta in diesen Tagen und furchtbaren Nächten um sich und ihren Vater baute. Was er auch getan hat ... ich bin seine Tochter! Die Achtung habe ich verloren, aber die kindliche Liebe ist geblieben. Er war ein guter Vater. Er war ein gütiger Vater. Er hat mich nie die Mutter vermissen lassen. Vielleicht war ich das einzige in seinem Leben, auf das er stolz war, das er wirklich liebte, für das er lebte und arbeitete.

Nur Töchter können so über ihre Väter denken.

Am dritten Tag rief Jutta bei Werner Ritter an. Ein Schwall von Fragen übergoß sie, aber sie gab keine Antworten, sondern sagte nur: »Komm zu mir, Werner. Heute abend. Nach zehn Uhr. Ich warte auf dich ...«

Mit einem großen Blumenstrauß traf Werner Ritter kurz nach

22 Uhr ein. Der Tisch war gedeckt, aus der Küche zog der Geruch gebratenen Fleisches. Sekt stand in einem Eiseimer, und das Radio spielte leise verträumte Weisen.

»Jutta!« rief Werner Ritter und stürmte in die Küche. Dort stand Jutta am Herd und überwachte die brutzelnden Steaks in der Pfanne. »Wo warst du? Drei Tage lang rufe ich an, viermal war ich hier! Alles dunkel, wie verlassen . . . ich bin in Angst und Sorge fast ertrunken . . . Wo warst du denn . . .?«

Jutta wischte sich die Hand an der Schürze ab, nahm den Blumenstrauß aus Ritters bebenden Händen, trug ihn zu einer Vase, kam zurück zum Herd und wendete die Steaks.

»Frage mich nicht, Werner«, sagte sie mit ganz ruhiger Stimme. »Wenn es ein schöner Abend werden soll, bitte, frage nicht! Ich vergesse deine Fragen nicht . . . ich werde sie einmal beantworten, nur jetzt nicht, nicht heute, nicht diese Nacht . . .«

Dann aßen sie, tranken Sekt, tanzten eng aneinandergeschmiegt, und doch war alle Zärtlichkeit wie mit Watte umhüllt und jeder Blick machte einen Umweg, ehe er den anderen traf.

»Dein Vater ist auf Rhodos?« fragte Werner Ritter.

»Ja. Mit Petra Erlanger. Ich bin ganz allein im Haus.«

Eine klare Feststellung, und doch schwang das Geheimnis des Erlebnisses darin. Werner Ritter spürte es, und er legte den Kopf auf Juttas Schulter und küßte ihre Halsbeuge.

»Liebst du mich?« fragte sie mit ganz klarer Stimme.

»Warum fragst du das noch, Jutta?«

»Wann heiraten wir?«

»Wenn du willst . . . in drei Wochen. Sofort, wenn es ginge. Die drei Tage ohne dich waren höllisch. Ich hätte nicht geglaubt, daß es so etwas gibt . . .«

Sie standen an der Tür zur Terrasse und hatten sich umschlungen. Draußen rauschte der Regen über die Bäume und Sträucher, der Rasen wurde zu einem Sumpf.

»Wir heiraten, wenn Vater wiederkommt, nicht wahr?« sagte sie. Ihre Finger strichen über seine Augen, und er nahm ihre Hand und drückte sie gegen seine Lippen.

»Wir hatten uns geschworen, nie romantisch zu sein«, sagte er leise. »Gibt es etwas Romantischeres als uns? Mein Gott, Jutta ... ich hätte nie erklären können, was Liebe ist.«

»Jetzt kannst du es?«

»Nein ... jetzt kann ich es erst recht nicht. Es ist wie ein süßes Sterben —«

Um Mitternacht ging Jutta hinaus, aber sie blieb nicht lange. Als sich die Tür wieder öffnete, stand sie da wie eine Statue, und das bodenlange Hemd war wie ein durchsichtiges Gespinst.

»Jutta«, sagte Werner Ritter heiser und wischte sich über die Augen.

»Komm«, sagte sie ruhig. »Komm ... und lösch das Licht.«

»Jutta ...«

»Gib mir die Hand und komm!«

Und er gab ihr die Hand, und sie führte ihn durch die Dunkelheit in ihr Zimmer.

10

Der dritte Morgen in der ›Bergwald-Klinik‹ begann für Hermann Schreibert mit einer Überraschung.

Corinna Colman war nicht zum Frühstück erschienen. Das machte ihn unruhig, und er erkundigte sich vorsichtig, bei Dr. Hellerau, ob sie krank sei. Die Antwort erstaunte ihn.

»Ja«, sagte Dr. Hellerau. »Fräulein Colman liegt zu Bett. Ein tragischer Fall, es ist gut, daß Sie mich darauf ansprechen, das erleichtert mir viele Fragen.« Dr. Hellerau sah Schreibert ernst an. »Corinna hat einen Selbstmordversuch begangen ...«

»O Himmel!« Schreibert fuhr von seinem Stuhl empor. »Das ist ja schrecklich! Kann ich zu ihr, Doktor?«

»Nein!« Es war eine laute, harte Absage. »Warum erregt Sie das so, Herr Schreibert?«

»Fräulein Colman und ich ... wir hatten einen netten Kontakt ... Wir hatten uns angefreundet, so weit dies in der Kürze der Zeit möglich ist.« Schreibert sah an Dr. Hellerau vorbei auf ein paar Bilder an der Wand. Landschaften. Wiesen, Berge, Alm-hütten. »Wie . . . wie ist es denn geschehen?«

»Sie wollte sich erhängen. Am Fenster. Es ist übrigens der zwölfte Versuch. Ein Rekord, nicht wahr.« Dr. Hellerau beugte sich zu Schreibert vor und legte ihm die Hände auf die Knie. Er zuckte zusammen wie unter einem Tatzenhieb. »Jedesmal, wenn sich Corinna verliebt, begeht sie hinterher Selbstmord. Wir ken-nen das schon. Seien Sie ehrlich zu mir, Herr Schreibert . . . hatte sich Corinna in Sie verliebt?«

Und hier wurde Schreibert ein Feigling. Er kroch in sich zu-sammen und war froh, eine Gummimaske zu tragen, die immer gleichblieb, die keine Reaktionen verriet, die immer schön war, mit einem inneren, eingegossenen Lächeln.

»Nein!« sagte er laut. »Ein paar galante Worte, weiter nichts! Ich habe andere Gedanken, glauben Sie mir das, Doktor. Ich habe mich noch nicht daran gewöhnt, ein Mensch ohne Gesicht zu sein.«

Dr. Hellerau brach die Unterhaltung ab, und Hermann Schrei-bert ging in den Park. Er sah verwundert auf, als ihm vom Schwimmbecken ein hochgewachsener Mann entgegenkam und ihm winkte, am Waldrand stehenzubleiben. Der Mann trug die Gummimaske eines Nordländers, ein schmales, ebenmäßiges Kunstgesicht, nur die blonden, an den Schläfen angegrauten Haa-re waren echt. Sie waren lang und fielen über den oberen Ansatz der Maske.

»Sie wünschen?« fragte Schreibert mit seiner leicht pfeifenden Stimme. Er hatte den Herrn schon beim Essen gesehen . . . meist saß er am Kamin, ein paar Tische von ihm entfernt, und er hatte ihn bis auf die Vorstellung nicht mehr begrüßt.

»Wer ich bin, mein Herr«, sagte der Nordländer mit merkwür-dig schnarrender Stimme, »wen kümmert es? Auch wer Sie sind, ist uninteressant. Wir haben unser Ich verloren und leben mit-einander wie die namenlosen Ameisen. Das schließt aber nicht aus, daß wir einen Ehrenkodex haben. Darf ich bitten, mir zu folgen.«

Etwas verwirrt ging Schreibert dem Nordländer nach, bis sie im

191

Wald stehenblieben und den Blicken der anderen Gäste entzogen waren.

»Sie haben ein Verhältnis mit Corinna . . .«, sagte der Nordländer plötzlich laut. Schreibert zog die Schultern hoch. Seine Handflächen wurden feucht.

»Wie kommen Sie auf diese . . .«, schrie er, aber er vollendete den Satz nicht. Der Nordländer winkte mit beiden Händen ab.

»Engagieren Sie sich nicht in billigem Abstreiten«, sagte er fast angewidert. »Sie wissen, daß Corinna mit jedem Neuankommenden ins Bett geht?«

»Mein Herr!« schrie Schreibert und ballte die Fäuste. »Soll ich Ihnen zeigen, wie man die Ehre einer Frau verteidigt?!«

»Sparen wir uns doch solch große Worte! Wozu?« Der Nordländer schüttelte den Kopf. »Ohne Gesicht sollte man ehrlich leben . . . nur die Lüge braucht die Mimik . . . und wir haben keine mehr! Erkennen wir doch klar, wie wir leben: Corinna liebt stets das Neue. Immer wieder muß sie bestätigt bekommen, daß sie schön ist. Und dann, eines Tages, früher oder später, ist sie satt, und sie versucht, sich ihr wertloses und unnützes Leben zu nehmen. Ich möchte Ihnen große Umfragen ersparen . . . alle Männer, die sich zur Zeit in der Klinik befinden, haben schon mit ihr geschlafen! Ich war der letzte . . . bis Sie eintrafen. Ich habe Corinna und Sie beobachtet, mit den Augen eines Eifersüchtigen, und sie sind scharf wie Falkenaugen! Ich habe alles gesehen. Ich habe gestern nacht sogar an der Tür gestanden und habe zugehört. Es sind dünne Türen, mein Lieber. Und es waren die gleichen Worte, die sie allen gesagt hat . . . auch mir. Nur gibt es hier einen Unterschied . . . ich liebe sie! Ich verzeihe ihr die vergangenen Männer, aber ich weigere mich, Sie als Nachfolger anzuerkennen! Verstehen Sie mich?«

Schreibert sah sich um. Sie waren allein im Wald, und plötzlich empfand er so etwas wie Mordlust, wie einen Zwang, vorzustürzen und ein Leben auszulöschen.

»Das zu beurteilen ist doch wohl allein Sache von Corinna«, sagte er mit rostiger Stimme. »Wenn sie nun mich liebt?«

»Sie tut es nicht! Hätte sie sonst versucht, sich aufzuhängen?«

Der Nordländer atmete tief auf. »Nur einmal hat sie diesen Versuch nicht unternommen ... bei mir! Bei mir fühlte sie sich wie ein lebensfrohes Wesen, sie begann, ruhiger zu werden, sie glaubte wieder an das Schöne ... und dann kamen Sie! Am Abend im Smoking ... am nächsten Mittag in Ihrer widerlichen Dreiecksbadehose! Ich sah, wie Corinna zu zittern begann, wie das Raubtier wieder in ihr erwachte, und ich war machtlos, es aufzuhalten. Aber ich kann verhindern, daß es sich fortsetzt.«

»Und wie wollen Sie das verhindern?« fragte Schreibert. Zu Boden schlage ich ihn, dachte er. Mit einem Handkantenschlag. Und dann würge ich ihn, reiße ihm die Maske vom Gesicht und stopfe sie in seinen Mund. An seinem eigenen Gesicht soll er ersticken.

»Wir duellieren uns«, sagte der Nordländer steif.

»Gut!« Schreibert grinste unter seiner Gummimaske. »Aber ich glaube kaum, daß Dr. Hellerau Pistolen oder schwere Säbel zur Verfügung stellt.«

»Säbel und Pistolen sind Duellwaffen der normalen Menschen. Wir rechnen nicht mehr dazu.« Der Nordländer strich sich über seine langen blonden Haare. »Unsere Waffen sind unsere Gesichter. Der Häßlichste von uns soll Corinna behalten, denn die größte Zerstörung ist hier das größte Anrecht auf körperliches Glück. Wir werden Corinna selbst entscheiden lassen ... wir werden vor sie hintreten und vor ihr unsere Masken abziehen ...«

Über Schreibert kroch es kalt. »Sind Sie verrückt?« sagte er leise. »Mein Gott, Sie sind ja total verrückt!«

»Weigern Sie sich? Dann gehört Corinna mir! Und ich werde mit meinen Fäusten meinen Besitz verteidigen. Sind Sie häßlicher als ich ... bitte, ich werde Ihr Recht auf Glück respektieren. Ich bin ein Ehrenmann!«

»Ich nehme nie die Maske ab! Nie!« schrie Schreibert hell. »Ich kann Corinna mein Gesicht nicht zeigen! Auch Sie können es nicht!«

»Ich kann es! Für Corinnas Körper kann ich alles! Ich wäre bereit, mich noch mehr zu verstümmeln, um der Häßlichste von uns zu sein!«

»Und Corinna ... was wird Corinna dazu sagen ...?« Schrei-

193

bert spürte, wie unter der Maske der Schweiß über sein zerstörtes Gesicht rann. Ein Schweiß, der in den Augen und auf den Lippen brannte wie Säure. »Sie wird sich weigern, Schiedsrichter in diesem irrsinnigen Duell zu sein.«

»Wie wenig kennen Sie Ihre Geliebte! Ich habe mit ihr gestern darüber gesprochen, bevor Sie zu ihr gingen. Sie begrüßte den Gedanken mit Freude. Wissen Sie nicht, daß Corinnas Hirn die Ausgeburten der Fantasie liebt?« Der Nordländer sah hinüber zu der Wiese mit dem Schwimmbad und begann, zurückzugehen. Schreibert folgte ihm, und er schwankte leicht. »In drei, vier Tagen wird Corinna wieder wohlauf sein. Die zwölfmalige Erfahrung beweist das. Sind Sie mit dem Duell einverstanden?«

»Ja!« schrie Schreibert verzweifelt und stolperte hinter dem Nordländer her. »Zum Teufel, ja! Und wenn es das Irrsinnigste ist, was es gibt!«

»So dürfen Sie es nicht sehen.« Der Nordländer blieb stehen und reichte Schreibert seine Hand, als verabschiedeten sich Freunde von einem Waldspaziergang am Sonntagvormittag. »Wir leben in einer Hölle ... denn die Hölle sind wir selbst ... und um einen Engel zu erobern, bedarf es einer höllischen Überzeugungskraft.«

Vier Tage später war es soweit.

Corinna Colman war gesund, sie schwamm wieder, als habe nie ein zerrissenes Bettlaken um ihren schönen Hals gelegen. Ihre langen blonden Haare flatterten im Wind, wenn sie über den Rasen lief ... ein brauner Körper in einem weißen Bikini, eine Elfe im satanischen Reich.

»Es ist soweit«, sagte der Nordländer und verneigte sich leicht vor Schreibert. »In einer halben Stunde oben im Wald.«

Schreibert nickte stumm. Seine Kehle war zusammengeschnürt. Er beobachtete, wie Corinna leichtfüßig zum Wald rannte, einen Luftball in die Sonne werfend und ihn auffangend, ein herrliches, spielendes Kind mit dem Körper einer Venus. Langsam folgte ihr der lange Nordländer, ein harmloser Spaziergänger, der den Schatten des Waldes sucht.

Ächzend erhob sich Hermann Schreibert aus seinem Liegestuhl. Aber dann blieb er stehen, umklammerte den Stiel des Sonnenschirmes und drückte den Kopf gegen seine schweißnassen Hände.

Nein, schrie es in ihm. Nein! Wahnsinn ist es! Die Maske vom Gesicht! Das kann man nicht ertragen! Man kann nicht in eine Fratze sehen und sich dabei erinnern an die Nächte. Sie wird vor Ekel ausspucken, krümmen wird sie sich vor Schaudern... O Gott, mein Gott, was soll ich tun?

Er starrte zum Waldrand. Dort stand Corinna, hob die Arme und winkte ihm zu.

Und da ging er. Tappend wie ein müder Bär stieg er den leichten Hang hinauf... mit hängenden Armen ging er durch die Lücken zwischen den Stämmen, bis er Corinna und den Nordländer erreicht hatte, die schon auf ihn warteten.

»Ich finde es schön, daß ihr um mich kämpft«, sagte Corinna, bevor Schreibert ein Wort hervorbringen konnte. Keuchend stand er vor dem Nordländer, bis zu den Zehen lief sein Zittern. »Es wird ein herrliches Duell sein, denn ich kann beurteilen, was Häßlichkeit ist. Ich brauche mich nur selbst in einem Spiegel zu sehen.«

Schreibert starrte sie an. Ihre Gummimaske lächelte mild. Vollkommen war ihre Schönheit...

»Also, mein Herr!« sagte der Nordländer laut. Er faßte mit beiden Händen in den Rand seiner Gummimaske, unterhalb des Haaransatzes. Schreibert tat es ihm nach, seine grantigen Lippen und wimpernlosen Augen zuckten. »Auf los ziehen wir sie ab —«

»Auf los —«, keuchte Schreibert.

»Ich zähle, mein Herr! – Drei... zwei...«

Schreibert sah Corinna an, während der Nordländer langsam und betont zählte. Seine Finger krallten sich in den Maskenrand. Ich liebe dich, dachte er. Du hast mir neuen Mut gegeben.

»... eins...«

Stoß mich nicht zurück... schrei nicht auf, wenn du mein Gesicht siehst... wir waren so glücklich in den vergangenen Nächten –

»... null... los!«

»Los!« wiederholte Schreibert dumpf.

Er sah, wie sich Corinna Colman vorbeugte. Wie in einem Logenplatz, wie am Rande der Arena, in der der Stier unter ihr getötet wird.

Und dann sah er zur Seite auf den Kopf des Nordländers . . .

Schreibert stieß einen kehligen, röchelnden Schrei aus. Mit einem Ruck riß er seine Gummimaske herab, zerknüllte sie zwischen den zitternden Fingern und wandte sich Corinna Colman zu.

Das bin ich! schrie es aus seinen Augen. Das ist von mir geblieben. Ein Gesicht wie die Relieflandschaft eines Globus. Bist du nun zufrieden? Schreist du nun auf?

Aber kein Entsetzen war in ihrem Blick, kein Zurückweichen vor so viel vernarbter Zerstörung, kein abwehrendes Handheben . . . sie stand da, hochaufgerichtet, in unwahrscheinlicher Schönheit, klatschte in die Hände wie über die Späße eines Clowns, warf den Kopf zurück und schüttelte die langen, goldenen Haare nach hinten, einem rassigen Pferd gleich, das weiß, wie bewundert es wird.

»Wie wunderschön häßlich!« rief sie mit leiser Erregung in der Stimme, aber es war die Erregung eines seltenen, bis zum Herzen greifenden Genusses und Entzückens. »Kommt . . . dreht euch mehr zur Sonne . . . kommt . . . ich will euch ein gerechter Richter sein!«

Schreibert senkte den Kopf, während sich der Nordländer gehorsam umwandte und aus dem Schatten der Bäume trat.

Es war nicht nötig, daß sich Schreibert ängstigte. Er hatte verloren. Er war unterlegen wie ein Zwerg, der einen fallenden Baum aufhalten will. Schon als der Nordländer seine Maske herabzog, hatte er es gesehen, und es hatte ihm ein nie gekanntes Glücksgefühl verschafft, auch wenn er nach den Regeln des Duells hiermit Corinna verloren hatte.

Im Vergleich zu dieser unmenschlichen Fratze war Hermann Schreiberts abgeschabtes Gesicht geradezu schön. Es war von einer gleichmäßigen, man muß schon sagen ebenmäßigen Zerstörung . . . aber es hatte noch eine Nase, Ansätze von Augenbrau-

196

en, Lippen, wenn auch verkrustet, Wangen zernarbt, aber doch noch aus Fleisch, das über den Knochen lag.

Dieses Gesicht aber, das ihn jetzt im grellen Sonnenlicht anbleckte, war kein menschlicher Körperteil mehr. So zeichnen Fantasten die Wesen anderer Sterne, so sieht ein krankes Hirn höllische Visionen, so verzerrt sich das Bild im LSD-Rausch. Ein Alptraum war Wirklichkeit. Ein Totenschädel mit verkrüppelter Haut war es, eine riesige, verfaulte, verschrumpelte Kartoffel, in der zwei Augen ohne Brauen und Wimpern als einzig Menschliches blinken, Augen, die in dieser Mondlandschaft keinen Sinn mehr hatten. Augen, die jemand verloren hatte.

»Ist es nicht wundervoll häßlich?« wiederholte Corinna und klatschte wieder in die Hände. Tanze, lieber Clown! Drehe dich, Bajazzo! Und der Nordländer lächelte, und es war, als platze eine Wunde.

»Ja!« Schreibert nickte. Er wandte sich ab. Selbst ihm, dem Gesichtslosen, kam Ekel hoch vor diesem Kopf.

Der Nordländer richtete sich hoch auf. Triumph war in seiner Haltung. So mußte Caesar nach der Eroberung Galliens dagestanden haben. »Mein Herr«, sagte er laut, und es war ein wahres Rätsel, woher eine so klare, wohltönende Stimme aus diesem Narbengebirge kommen konnte, »Sie sehen ein, daß ich der Sieger bin. Daß ich das größte Anrecht auf die Schönheit eines intakten Leibes habe! Benehmen Sie sich wie ein Gentleman, tragen Sie die Niederlage würdig und belästigen Sie uns nicht weiter. Bestätigen Sie es in Gegenwart unseres Gewinns.«

»Sie sind wahrhaftig der Häßlichste!« sagte Schreibert gepreßt.

»Damit haben Sie deutlich auf Corinna verzichtet.« Der Nordländer zog sich seine Maske wieder über ... und das war noch schauerlicher, denn die Schönheit seines künstlichen Gesichtes wirkte nun, da man den schrecklichen Untergrund kannte, wie ein höhnischer Aufschrei zu Gott. »Ich mache Sie damit bekannt«, sagte der Nordländer steif, »daß ich Sie als einen Lumpen ansehe und dementsprechend behandeln werde, wenn Sie sich ab sofort Corinna nähern sollten.«

Schreibert hatte seine Gummimaske noch nicht wieder übergezogen. Er schämte sich nicht mehr. Er sah noch aus wie ein Mensch, dieses feste Bewußtsein gab ihm Kraft. Er zerknüllte seine Maske zwischen den Händen. Das Gummi war glatt und glitschig vom Schweiß. »Was sagst du dazu, Corinna!« fragte er stockend. »Ist das nicht alles Wahnsinn? Das alles ... das Duell, unsere Häßlichkeit, dieses Auslosen deiner Liebe, als sei sie eine Handelsware, die man ersteigern kann. Wir haben außer unserem Gesicht doch auch unser Herz ... ein Gefühl ... Mein Gott, ich liebe dich, Corinna!«

»Räumen Sie endlich auf mit Ihren altmodischen Moralitäten. Werfen Sie die Mottenkiste überlebter Romantiken weg!« Der Nordländer legte den Arm um Corinnas Schulter, seine langen Finger streichelten ihren hohen, festen Brustansatz. Eine deutliche Demonstration des Eigentums. Schreibert wurde es übel.

»Natürlich ist Corinna ein Handelsobjekt. Ihr Körper ist eine Ware, die man erwerben kann. Begreifen Sie noch immer nicht, daß wir andere Lebensmaßstäbe haben? Um uns herum ist eine hohe Hecke ... sie verbirgt eine Mauer, auf deren oberem Rand Glassplitter liegen. Wie in einem Zuchthaus, mein Lieber. Innerhalb dieser Mauern ist unsere eigene Welt, mit eigenen Gesetzen ... was außerhalb der Mauer liegt, wen kümmert es noch?! Sehen Sie sich um ... ein Wald, eine Wiese, ein Schwimmbekken, Blumenbeete, ein großes Haus mit sauberen Zimmern, eine Küche, die für unser leibliches Wohlergehen sorgt, über allem ein Himmel, der in der Sonne glänzt oder grau voll Regen ist, genau wie außerhalb der Mauern! Vermissen wir etwas? Ist das nicht eine kleine, abgeschlossene, wunderschöne, ruhige Welt, in der wir leben? Was hat hier die übliche Moral zu suchen? Wie die Spatzen paaren wir uns – das ist ganz natürlich. Uns geht die Welt da draußen nichts mehr an!«

»Aber mich!« sagte Schreibert laut. Noch immer hielt er seine Gummimaske in der Hand und sah Corinna an. »Ich will wieder zurück in die andere Welt! Ich will mein Gesicht operieren lassen, ich will wieder leben, wie ein richtiger Mensch, ich will nicht begraben werden mit einer Maske über dem Gesicht. Ich habe noch nicht wie ihr alle resigniert!«

»Er ist ein Spinner, Liebste«, sagte der Nordländer verächtlich. »Siehst du, daß du einem Unwürdigen deinen Körper gegeben hast? Komm, laß ihn allein . . . er will wieder zurück in die Welt. Er paßt nicht zu uns . . . er verrät uns . . . Meine gute Erziehung verbietet mir, ihn einfach anzuspucken. Wissen Sie überhaupt, wer ich bin, mein Herr?«

»Das interessiert mich nicht!« schrie Schreibert.

»Ich verachte Sie!« Der Nordländer zog Corinna an sich, und sie hob sich auf die Zehenspitzen und küßte seinen zuckenden Adamsapfel, ein Bild, das Schreibert fast um den Verstand brachte. »Sprechen Sie mit Dr. Hellerau, verlangen Sie Ihre Verlegung in ein anderes Haus . . . Sie sind zu hübsch für uns . . . Sie stören uns!«

Schreibert blieb im Wald, bis Corinna und der Nordländer zum Schwimmbad gegangen waren und sich dort unter den Sonnenschirmen niederließen. Dann ging auch er zurück zum Haus, schloß sich in sein Zimmer ein und starrte hinaus in den Park und auf den weißen, engen Bikini Corinnas, der in der Sonne gleißte wie geschmolzenes Silber.

Für Schreibert war es klar, daß er auf Corinna nicht verzichtete. Das Duell war in seinen Augen ein kindischer Blödsinn. Zwar war ihm bewußt, daß er die Feindschaft des Nordländers erwerben würde, wenn er sich trotzdem um Corinna kümmerte, und es würde eine Feindschaft werden, die keine Rücksicht auf Gesetz und Sitte nehmen würde, aber für Schreibert war es etwas anderes, als nur die Gier nach einem makellosen Körper. Er hatte sich in den vergangenen Tagen oft selbst gefragt, ob er nicht doch durch den Unfall einen Hirnschaden mitbekommen habe, aber dann ertappte er sich dabei, daß er zu sich selbst sagte: »Nein, du bist nicht irrsinnig . . . du liebst diese Corinna wirklich!« Warum? Darauf gab es keine Antwort wie auf so viele Fragen, die Klärung für anomale Reaktionen suchen. Solange Schreibert ein Gesicht hatte und aussah wie ein zufriedener, erfolgreicher Lebemann, spielten die Frauen bei ihm die Rolle wie etwa ein guter Nachtisch oder eine Havanna-Zigarre: Man genoß sie. An echte Liebe hatte er weder gedacht noch sie gesucht noch an sie geglaubt.

Auch sein Verhältnis zu Madeleine Saché war eben nur ein Verhältnis, das außerdem noch einen besonderen Marktwert besaß, weil Madeleine als Star-Mannequin Geld in seine Kassen brachte. Aber Liebe? Schreibert hätte früher gelacht, wenn dieses Wort im Freundeskreis gefallen wäre. Für ihn war Liebe nur das Kribbeln unter der Haut gewesen, wenn er eine schöne Frau sah. Und dieses Kribbeln hörte spätestens nach der Nacht auf, die er sich mit List, Geld, Geschenken und manchmal auch mit nachhelfender Gewalt erkaufte.

Nun war Corinna Colman in sein Leben getreten. Und zum erstenmal sehnte er sich nach einer Frau, obgleich er jeden Teil ihres Körpers kannte, mit Ausnahme des Gesichtes.

Schreibert überraschte sich selbst dabei, daß er Pläne schmiedete. Corinna und er draußen im Leben ... das Modeatelier ... vielleicht war Corinnas Gesicht genau wie seines wieder reparabel, nur Geduld mußte man haben, und er würde sie heiraten und es würde ein Himmel um sie sein, denn was bedeuteten ihnen ihre Gesichter, wenn ihre Körper die wahre Liebe in sich verströmten.

Zwei Tage verließ Schreibert nicht sein Zimmer, nur zu den Mahlzeiten kam er herunter in die große Halle, saß in einer Ecke an einem Einzeltisch und beachtete Corinna und den Nordländer nicht, die zusammen neben dem Kamin saßen wie ein Ehepaar. Dr. Hellerau schwieg ebenfalls, aber er beobachtete alles scharf. Ein paarmal nahm er von Schreiberts Gesicht Abdrücke ab, fotografierte es von allen Seiten und im Detail und begann, mit weichem Ton, wie ein Bildhauer, das Antlitz Schreiberts so zu formen, wie es einmal nach unzähligen kosmetischen Operationen und Transplantationen gestielter Hautlappen aussehen sollte.

»Gefällt es Ihnen so?« fragte Dr. Hellerau einmal und zeigte Schreibert den Modellkopf. Schreibert hob die Schultern.

»Sie machen sich eine unendliche Arbeit mit mir, Doktor«, sagte er. »Aber, um ehrlich zu sein, mir ist es gleichgültig, wie ich später aussehe.«

»Ihr altes Gesicht werde ich nicht wieder hinkriegen, aber eine gewisse Ähnlichkeit doch.« Dr. Hellerau formte mit einem Modellierholz noch etwas an der Nase, ehe er wieder das feuchte Tuch über den Tonkopf Schreiberts legte. »Sie lieben Corinna?« fragte er plötzlich. Schreibert zuckte zusammen. Auf diese Frage war er nicht gefaßt.

»Ja«, antwortete er dann ehrlich. »Ist das verwunderlich?«

»Corinna ist ein Schmetterling.« Dr. Hellerau drückte seine Ansicht über Corinna Colman poetisch und vorsichtig aus. »Sie liebt den Wechsel der Blumen.«

»Sie ist verzweifelt, Doktor.«

»Worüber verzweifelt?«

»Ein so herrliches Wunder der Natur, wie sie . . . und ein zerstörtes Gesicht. Kann man da nicht alle Konventionen von sich werfen?«

Dr. Hellerau schwieg. Er sah Schreibert nur ein wenig mitleidig an, wie es schien, und wandte sich dann ab zum Fenster.

»Wollen Sie sehen, wie Corinna ohne ihre Maske aussieht?« fragte er plötzlich.

Schreibert zuckte erneut zusammen. Unter seiner Kopfhaut jagten Tausende Ameisen. »Um Gottes willen, nein, Doktor!« rief er heiser. »Lassen Sie mir die Illusion ihrer engelreinen Maske.«

»Sie sollten ihr Gesicht aber doch sehen . . . vielleicht heilt der Anblick Ihre Liebe.«

»Und wenn sie wie ein Insekt aussieht . . . ich will es nicht wissen. Ich liebe sie so, wie ich sie sehe.« Er trat neben Dr. Hellerau an das Fenster. Auf dem Schwimmbecken stand Corinna. Sie hob die Arme in die Sonne, ihr langes goldenes Haar wehte im Sommerwind. Dann sprang sie in das klare Wasser, ein silberner Pfeil. »Ich habe noch nie ein solch herrliches Mädchen gesehen, Doktor«, sagte Schreibert leise.

Dr. Hellerau schwieg wieder. Nur über sein Gesicht lief ein Zucken, als verberge er eine innere wilde Erregung. Verwundert sah ihn Schreibert von der Seite an, aber er fragte nicht weiter. Nur ein häßlicher Gedanke kam in ihm auf, und er setzte sich bei ihm fest wie ein Bazillus: Liebte auch Dr. Hellerau seine Patientin Corinna Colman? War er einer der zwölf Liebhaber, nach deren Liebesnächten Corinna jedesmal zum Strick griff, um ihr Leben wegzuwerfen? Sprach aus Dr. Hellerau eine unter Kontrolle gehaltene, aber bohrende Eifersucht?

Hermann Schreibert hatte Zeit genug, über alles genau nachzudenken. Er saß am Fenster und beobachtete Corinna und ihren langen Schatten, den Nordländer. Er sah, wie sie ihn sichtlich quälte, wie sie ihm den Sieg in dem Duell der Häßlichkeit sauer machte; wie ein Hündchen lief er ihr nach, trug ihre Badesachen herum, kämmte ihr die nassen Haare, wenn sie aus dem Becken stieg, frottierte sie ab, rannte nach erfrischenden Getränken, bediente sie wie ein Sklave, aber in der Nacht ließ sie ihn nicht in ihr Zimmer, so leise und lange er auch klopfte und zärtliche Worte durch die Türritze flüsterte.

Am dritten Tag entschied es sich. Auf dem Flur prallten sie aufeinander, ungewollt; Corinna wollte zum Massagezimmer, Schreibert suchte die Stationsschwester, denn er hatte im Bett gefrühstückt und Tee über sein Bettlaken gegossen. Ganz allein waren sie auf dem hellen Flur, standen voreinander und sahen sich durch ihre Gummimasken an.

»Corinna«, sagte Schreibert zuerst. Er bemühte sich jetzt nicht mehr, das Pfeifen in seiner Stimme zu verbergen. Kam es jetzt noch auf solche lächerlichen Äußerlichkeiten an? Mit hängenden Armen stand er vor ihr. So steht ein Mensch vor der Guillotine, bevor er geköpft wird. »Corinna«, wiederholte er leise.

»Warum tust du nichts?« sagte sie. »Bist du ein Feigling?«

»Was soll ich denn tun, Corinna?«

»Weiß ich es? Sei der Stärkere, bezwinge ihn, bring ihn um...«

»Wenn ich wüßte, daß du mich liebst...«

»Ich liebe dich – warum fragst du danach?« Sie ging um ihn herum, aber als sie neben ihm war, legte sie für eine Sekunde ihren Kopf auf seine Schulter. Dann rannte sie weiter, und Schreibert sah ihr erstarrt, bis ins Innerste aufgewühlt, nach.

Das war der entscheidende Augenblick. Schreibert ging zurück in sein Zimmer und schrieb einen Brief an Alf Boltenstern.

Es war ein kurzer, brutaler Brief, der einzige Stil, den Boltenstern anerkannte und auf den er reagierte.

»Ich erwarte Deinen Besuch in der ›Bergwald-Klinik‹ in den nächsten Tagen. Bring drei Streifen ›Löschpapier‹ mit! Ich nehme nicht an, daß Du Dich weigerst, denn Werner Ritter ist schnell angerufen. Ich brauche drei ›Löschpapiere‹ in der stärksten Konzentration, die möglich ist.

Hermann.«

Der Brief wurde vom Postamt Düsseldorf I nach Rhodos nachgeschickt. Er kam erst gar nicht in das Haus Boltensterns, wo ihn Jutta in Empfang genommen hätte. Aber die Nachsendung nach Rhodos dauerte über eine Woche, und Schreibert wartete verzweifelt auf den Besuch Boltensterns und verfluchte ihn und sann sich Rachepläne aus und war doch im Grunde genommen so wehrlos wie ein Regenwurm, der auf der Schaufel eines Köder suchenden Anglers liegt.

Fünf Tage nach dem Abgang des Briefes erhielt Schreibert doch Besuch. Aber nicht Boltenstern war es, sondern Major Konrad Ritter, der sich um seinen Kameraden kümmern und Dr. Hellerau fragen wollte, ob Schreibert Ende August Urlaub bekommen könnte, um an dem großen Divisionstreffen in Nürnberg teilnehmen zu können.

Hermann Schreibert besaß noch so viel schwarzen Humor, sich sorgfältig zu frisieren und seine Maske schön glatt zu streichen, als man ihm den Besuch meldete, der in der Halle wartete. Dann ging er langsam die große Freitreppe hinunter und sah Konrad Ritter am Kamin sitzen und eine Zigarette rauchen. Ritter sah auf, musterte Schreibert, der auf dem unteren Treppenabsatz stehen blieb und blickte wieder weg.

»Guten Tag«, sagte Schreibert mit seiner merkwürdig pfeifenden Stimme. Er trat an Ritter heran, der ihm kurz zunickte und deutlich zu erkennen gab, daß er keine Unterhaltung mit dem fremden Menschen führen wollte.

»Tag!« erwiderte Konrad Ritter.

»Sie suchen jemanden?«

»Ich erwarte jemanden«, sagte Ritter knapp. Es klang wie ein zackiges ›Stillgestanden!‹

»Herrn Schreibert?«

»Ja.«

»Dann leg mal die unsichtbare Uniform ab, Major, und benimm dich vernünftig.«

Major Ritter tat einen kleinen Aufschrei, die Zigarette fiel auf den Tisch und brannte ein Loch in die Tischdecke.

»Du . . . Verzeihung, Sie . . . Himmel, Arsch und Wolkenbruch noch mal . . . wie siehst du denn aus, Hermann?« stotterte Ritter. »Ich denke, du hast die Fresse . . . verdammt, ich bin ganz durcheinander . . . du siehst ja vernünftig aus, aber völlig anders! So etwas gibt es doch nicht!«

»Alles Gummi, Major«, sagte Schreibert ruhig.

»Gummi? Teufel noch mal!« Ritter hob die Hand und tastete vorsichtig mit den Fingerspitzen über Schreiberts glattes Gesicht. »Tatsächlich, eine Maske. Kerl, sieht aus wie Natur. Was man heute alles macht! Verflucht, das haut einen um. Ich bekomme einen Schweißausbruch. So wirst du also jetzt immer aussehen? Wissen das die anderen schon?«

»Nein! Wo ist Alf?«

»Verreist. Auf Rhodos.«

»Ach so –«

»Warum?«

»Ich habe ihm geschrieben.«

»Die Post wird nachgeschickt.«

»Bestimmt?«

»Du kennst doch Alf! Er organisiert eine Reise wie der Oberquartiermeister den Nachschub einer Armee.« Ritter starrte Schreibert noch immer ungläubig an. Es war unfaßbar, daß Schreibert nun mit einem neuen Gesicht herumlief. Man mußte sich daran gewöhnen, aber es bedurfte dazu starker Nerven. »Ich bin gekommen, um dir zu sagen, daß alles für das Divisionstreffen vorbereitet ist. Es wird eine Bombensache, Hermann! General v. Sachsfeldt wird die Festrede halten. Hinterher werde ich die ›Jugendgruppe des BdD‹ gründen. Der Wehrgedanke und die Vaterlandsliebe müssen schon im Kinderherzen geweckt und gefestigt werden. Wenn man sieht, wie die Stimmung im Volk ist – zum Kotzen, Junge! Als wenn wir nicht gekämpft hätten, sondern nur unsere Uniformen vollschissen! Da muß die Jugend 'ran, Hermann! Wir haben die Pflicht, den soldatischen Geist zu vererben, wo alles verflacht und genußsüchtig wird! Nur ein starkes Volk ist ein ewiges Volk!«

»Hurra!« sagte Schreibert sarkastisch. »Sag mal, Major, andere Sorgen habt ihr wohl nicht?«

Ritter warf seine Zigarette in den Kamin, nachdem sie nun auch die Tischplatte angesengt hatte. Er war ein wenig konsterniert, denn er hatte von Schreibert andere Reaktionen erwartet.

»Ich weiß, Hermann, daß du andere Sorgen hast«, sagte er begütigend. »Wir alle stehen wie ein Mann zu dir! Wir helfen dir, wo wir können, wenn du es verlangst...« Major Konrad Ritter sah wieder kopfschüttelnd in das Gummigesicht Schreiberts.

»Die alten Kameraden werden wie ich umfallen, wenn sie dich so sehen. Du kommst doch zum Treffen nach Nürnberg.«

»Ja!« sagte Schreibert fest. Das war eine neue Einstellung. Zuerst hatte er ein abruptes Nein sagen wollen. Er wollte keine Attraktion sein, keine Zirkusnummer: Seht euch den Hermann an! Gummimaske. Jungs, wenn wir das schon 1944 gehabt hätten. Alle Gesichtsverletzten k. v.! Das hätte einen Jubel bei den Stabsärzten gegeben! Und der Goebbels erst! »Mit künstlichen Gesichtern eroberten unsre tapferen Soldaten Stalingrad zurück!« Und die Schlagzeile, nicht zu bezahlen: Die Division der Masken.

Und Schreibert würde dazwischenstehen, angestarrt wie ein Wundertier, und er würde innerlich heulen wie ein getretener Hund.

Doch jetzt sagte er ja. Und es war eine ganz nüchterne Überlegung. Vor dem Divisionstreffen kam er nicht mehr mit Alf Boltenstern zusammen. Brieflich alles auszumachen, war zu beschwerlich. Aber in Nürnberg, im Kreise der anderen Kameraden, konnte Schreibert seine Forderungen stellen: Genügend LSD, um den Nordländer unschädlich zu machen, und ein neues Gesicht auch für Corinna Colman, die künftige Frau Schreibert.

»Komm«, sagte Schreibert und klopfte Major Ritter auf die Schulter. »Gehen wir im Park spazieren. Es ist schön, daß du mich besuchst. Erzähl mir, was sich draußen so alles getan hat. Wie geht es deinem Sohn?«

»Der ist auf der Balz! Er umgirrt Alfs Jutta.«

»Und Toni?«

»Verrückt wie immer. Seit seine Else sich in den Rhein gestürzt hat, gibt er Knipskarten für die Weiber aus, die bei ihm anmarschieren. Er verliert sonst die Kontrolle.«

Sie lachten, und der erste Schock, die Dumpfheit zwischen einem Kranken und einem Gesunden, waren verflogen.

Sie gingen in den Park und setzten sich auf eine weiße Bank in der Nähe des Rosengartens.

Und Konrad Ritter begann wieder von dem großen Tag in Nürnberg zu erzählen, an dem man die Jugend aufrütteln wollte, vaterländisch zu denken und die Schmach von zwei verlorenen Kriegen nicht zu vergessen.

»Das Versagen der Heimat im letzten Kriegsjahr werde ich besonders in meiner Rede herausstellen!« rief Konrad Ritter mit sonorer Stimme. »Wir Soldaten haben den Krieg nicht verloren – es war das schwache Rückgrat der rückwärtigen Gebiete!«

Hermann Schreibert nickte, als höre er gespannt zu. Dabei waren Ritters Worte nur ein Plätschern an seinem Ohr. Er beobachtete Corinna.

Sie lag am Waldrand und sonnte sich. An einen Baum gelehnt, saß der Nordländer und bewachte sie wie ein Bluthund.

Schreibert empfand große Lust, ihn zu töten.

Über Toni Huilsmann war eine große Leere gekommen.

Der Selbstmord Else Lechenmaiers, ausgelöst durch den Wahnsinnsrausch des LSD, ergriff ihn mehr, als er zuerst angenommen hatte. Nicht daß er in Else mehr sah als ein Objekt seiner wilden Orgie, die wiederum allein das teuflische Werk Alf Boltensterns war, aber die Wirkung des LSD, wenn man es nicht steuerte, machte auf ihn einen ungeheuren Eindruck, und er sagte sich völlig vernünftig, daß der Tod Else Lechenmaiers nicht nötig gewesen wäre, vor allem nicht als Folge eines Experimentes. Denn mehr sollte das Stückchen Zucker in Elses Tee ja nicht sein.

Huilsmann betäubte seine trübsinnigen Gedanken durch einen vermehrten Konsum weiblicher Schönheit. Ein, zwei Wochen lang war das große gläserne Haus eine Art Bienenhaus; es summte und schwirrte und girrte in den riesigen Räumen, und das Duftgemisch von Alkohol und Parfüm hing in den Möbeln und Seidentapeten wie Sirup. Dann hatte es Huilsmann endgültig satt.

»Immer dasselbe!« schrie er eines Nachts. »Teufel, wie ekelt mich das an! Raus mit euch allen! Raus! Ich kann diese nackten Ärsche nicht mehr sehen!« Und er tat etwas, was schon berühmtere Männer als er getan hatten, wenn zu viel weibliche Schönheit rülpsende Sattheit erzeugte: Er griff einen harten Gegenstand, – in Huilsmanns Fall war es eine algerische Kamelpeitsche, die an der Wand als Andenken hing – und prügelte die schreienden und kreischenden Mädchen aus dem Haus.

Darauf folgten drei Tage Katzenjammer. Er lag im Bett, erledigte Kundengespräche per Telefon, schrie einige Mädchen an, die sich telefonisch meldeten und sagten: »Na, mein Süßer, ist der Koller vorbei? Wir kommen heute abend . . .«, aß so gut wie gar nichts und gelangte zu der Erkenntnis, daß das ganze Leben Mist sei, wenn man erst einmal so viel erreicht hatte, daß keine Wünsche mehr offen bleiben. Zum Kotzen langweilig ist das Leben dann. Man ist so satt, daß einem der Gedanke an neue Weiber, an Parties, an Pfänderspiele, an Bäumchen-wechsel-dich und wie die Spielchen alle heißen, regelrechte Übelkeit bereitet . . . kurzum, die weite Welt ist wieder klein geworden, denn ob in Hongkong oder Los Angeles, in Tokio oder Rom, in Rio de Janeiro oder auf den Bahamas . . . liegt ein glatthäutiger Frauenkörper erst einmal unter der Bettdecke, gibt es weder räumliche, rassische noch biologische Unterschiede. Es ist immer das gleiche.

Die Welt der Satten ist so groß wie ihre Matratze. Eine Erkenntnis, die Huilsmann maßlos erschreckte und wie in eine Panik trieb.

So dämmerte ihm langsam die schreckliche Sehnsucht, das genossene Leben auf einer anderen Ebene weiterzuführen. Wegzugehen aus dem tristen Land, in dem er jeden Stein kannte und dreimal umgedreht hatte, und hineinzuwandern in ein herrliches, freies, unbekanntes Märchenland, wo die Bäume silberne Blätter trugen, der Himmel in allen Farben spielte, vom lichten Grün bis zum tiefsten Violett, wo ein Apfel sprechen konnte und eine Taube einen Menschenkopf trug, wo Mäuse auf der Straße saßen und den Pilgerchor aus Tannhäuser sangen und aus dem Wasser des Rheins eine große Krake kroch und mit hundert Fangarmen winkte, und die Saugnäpfe an den Fangarmen waren keine Saugnäpfe, sondern wunderschöne, knospende Mädchenbrüste.

Eine Zauberwelt, jenseits aller Erkenntnisse, weit weg von vernünftigen Erklärungen ... eine Welt, die nur Ausgewählten gehört ...

Drei Stunden lang saß Toni Huilsmann vor seinem größten Schatz, den neun in Stanniol gewickelten Zuckerstücken aus Paris. Er saß vor der offenen Stahltür seines Panzerschrankes, als betrachte er einen ungeheuren Wert, und so empfand er es auch, denn was vor ihm lag, war der Eintritt in das Zauberreich, in dem es weder eine Langeweile noch eine dumpfe, drückende Sattheit gab.

Am Abend schloß Huilsmann alle Türen, ließ die Jalousien vor die Fenster, räumte alle harten Gegenstände aus dem Zimmer, polsterte die Wände rund um den offenen Kamin mit den losen Daunenkissen aller Sessel und Couchen des Hauses. Dann holte er aus dem Schlafzimmer den bis zur Erde reichenden Frisierspiegel und stellte ihn vor das Feuerloch des Kamins, setzte sich auf den dicken Teppich, umgab sich mit den marokkanischen Sitzkissen wie mit einem gepolsterten Wall, goß sich ein Glas Sekt ein und pellte ein Stück Zucker aus dem Stanniol.

Doch bevor er es im Sekt auflöste, sah er sich noch einmal im Spiegel an ... und was er sah, war so deprimierend, daß es ihm in der Kehle würgte. Ein auf der Erde hockender, von Sitzkissen umgebener Mensch, mit einem blassen Gesicht und hohlen Augen, ein Zucken um die Lippen wie ein Morphiumsüchtiger, der spürt, wie das Gift in seinem Körper nachläßt, die Haare zerwühlt und verschwitzt, mit offenem Kragen und heruntergezogenem Schlips ... das Bild einer Auflösung, die Verzerrung des Menschen Huilsmann, von dem man einmal sagte, er sei einem

208

Modejournal entsprungen und besitze die natürliche Begabung eines männlichen Mannequins.

»Nein!« sagte Huilsmann laut zu seinem Spiegelbild. »Man muß haushalten! Nur ein halbes Stück ... es wird genügen.«

Er zerbrach das Zuckerstückchen und warf die eine Hälfte in das Sektglas, die andere wickelte er sorgfältig wieder in das Stanniol und legte sie neben den Spiegel an den offenen Kamin.

Als betrachte er eine interessante Theateraufführung, beobachtete er, wie sich der Zucker auflöste, wie Körnchen nach Körnchen sich mit dem Sekt verband und nur ein kleiner Bodensatz übrig blieb, den Huilsmann durch mehrmaliges Schwenken des Glases gleichfalls verschwinden ließ.

Nun habe ich die Zauberwelt im Glas, dachte er, und ein Beben überfiel ihn, das ihn selbst beim Anblick der schönsten Frau nie ergriffen hatte. Mit beiden Händen umfaßte er das Sektglas, führte es zum Mund und trank es mit einem tiefen Zug leer. Eine Gier war in diesem Schluck, die ganz von ihm Besitz ergriff.

Dann saß er vor dem Spiegel und wartete. Er betrachtete sich genau. Weiten oder verengen sich die Augen? Wird der Mund schief? Wackelt der Kopf? Beginne ich zu lachen? Zucken die Glieder? Ein wahrhaft herrliches Spiel war es, sich so zu sehen, zu warten, bis die Pforte zum Zauberreich aufgestoßen wird und man eintreten kann in einen Garten, gegen den das Paradies verunkrautet war.

Ein wenig schwindlig wurde ihm, und er beugte sich vor, um sein Spiegelbild zu kontrollieren. Ein bleiches Gesicht, große blaue Augen, die ihn anstarrten, als wollten sie ihn fragen: Toni Huilsmann –, was machst du mit mir ...?

Und dann war kein Spiegel mehr da, kein Mensch, den er beobachten konnte, wie er die Schwelle zur violetten Hölle überschritt. Auf dem Rücken lag er, die Beine hochgestemmt und dann wieder anziehend, als fahre er an der Decke des Zimmers Rad, und seine Arme bewegten sich wie bei einem Schwimmer und schienen schwerelos über dem Teppich zu schweben.

Wie weit war die Welt!

Ein Ballon schwebt durch den Himmel, und der Himmel ist

gelbrot kariert, und in jedem Karo hängt eine kleine Sonne mit dem Gesicht eines Mädchens. Und der große Ballon, der da herumschwebt, ist der Kopf Huilsmanns, und er singt dabei, und alle Sonnen antworten ihm mit einem Zwitschern, wie ein riesiger Schwarm Schwalben, bevor sie im Herbst nach Süden ziehen.

Eine Stadt. Häuser, bemalt mit Fratzen. Häuser in Grün, Rot und Orange, leuchtende Häuser, als seien die Wände aus buntem Glas. Und der Ballon schwebt durch die Straßen und sieht in alle Zimmer. Aber da wohnen keine Menschen drin, sondern nur einzelne Gliedmaßen ... ein Bein, ein Arm, zehn einzelne Finger, ein Knie, ein Ohr, zwei Nasen, die miteinander schnäbeln, eine Brust, ein männlicher Unterleib, auf einer goldenen Schüssel sich ausruhend, ein himmelblaues Herz mit einer roten Baskenmütze, und alle diese Gliedmaßen leben und winken dem Ballon zu, und der Kopf Huilsmann ruft ihnen zu: »Guten Morgen, Freunde! Guten Morgen! Es ist die Zeit der Venus! Heraus! Heraus!«

Und die Gliedmaßen kommen aus den gläsernen Häusern, schnallen sich Flügel um und fliegen dem Ballonkopf nach ... das Bein, der Arm, die Nasen, die Brust, das Herz mit der roten Baskenmütze, der männliche Unterleib ... sie fliegen, schön ausgerichtet wie eine Jagdfliegerstaffel, hinter Huilsmann her und landen auf einer silberbestickten Wiese und tanzen einen Ringelreihen und wachsen und wachsen und werden fertige Körper, Männer und Frauen, die jauchzend zueinander und übereinander stürzen und den karierten Himmel und die silberne Wiese mit brünstigem Gebrüll erfüllen ...

Toni Huilsmann lag vor seinem großen Frisierspiegel, inmitten seiner Mauer aus Sitzkissen, zusammengekrümmt und mit zuckendem Körper. Sein schweißnasses Gesicht war überglänzt von höchster Wonne, seine Lippen stammelten heisere, stoßweise Laute.

Das Zauberland ... er hatte es gefunden!

Mit diesem Abend wurde Toni Huilsmann ein anderer Mensch. Die normale Welt hatte allen Reiz für ihn verloren ... sie war dumpf, farblos, öde! Es war eine Welt, in der man fror.

Toni Huilsmann beugte sich dem teuflichen Zauber des LSD.

Der künstliche Wahnsinn wurde zu seinem Lebensraum. Die Unterbrechungen, in denen er in der normalen Welt leben und arbeiten mußte, machten ihn unglücklich und trübsinnig.

Noch zweimal versetzte er sich in den violetten Traum, und jedesmal war es ein Genuß, von dem er zehrte, von dem er zu sich selbst schwärmte wie ein junges Mädchen von seinem ersten Kuß. Dann verreiste er. Ganz plötzlich, aus einer wilden Eingebung heraus, die ihm die seligsten Erwartungen vorspiegelte.

Mit fünf Stücken LSD-Zucker reiste er an die Riviera. Nach St-Tropez.

»Die schönsten, stolzesten und reichsten Frauen wirst du dir erobern«, sagte er zu seinem Spiegelbild, bevor er wegging. Vor der Tür wartete schon das Taxi, das ihn zum Flugplatz bringen sollte. »Du hast eine Waffe in der Hand, gegen die es keine Gegenwehr gibt! Ein Herrscher über alle wirst du sein!«

Dann trat er in den großen Spiegel, und mit der klirrenden Zerstörung zerbrach auch endgültig das Bild des Toni Huilsmann.

Nach St-Tropez flog ein Wahnsinniger. Nur wußte und sah es keiner . . . am allerwenigsten Toni Huilsmann selbst.

Auf Rhodos zogen sich die Tage zäh hin wie tropfender Leim. Um so schneller vergingen die Nächte. Aus Alf Boltenstern war ein Sklave, ein Rechtloser, ein Getretener, Gejagter und Vergewaltigter geworden.

Eine unheimliche Wandlung hatte sich an Petra Erlanger vollzogen. Sprachlos und ebenso wehrlos konnte Boltenstern beobachten, wie sich jeden Tag bei ihr eine Wandlung vollzog: Beim Morgengrauen häutete sie sich zu einem kalten, hoheitsvollen, keinen Widerspruch duldenden, sklavischen Gehorsam fordernden Biest, und sie blieb es den ganzen Tag über, solange die Sonne ihr Licht über die Erde goß . . . beim Abenddämmern aber fiel alles das von ihr ab, als entschuppe die langsam kommende Nacht sie Stück um Stück, und es blieb in der Dunkelheit der Nacht nur ein heißer, sich bäumender, unersättlicher Körper übrig, der mit seiner Glut Boltenstern versengte und bis zur Atemlosigkeit auslaugte.

211

In diesen Tagen auf Rhodos begann Boltenstern, Richard Erlanger ehrlich zu bedauern. Er hatte es 11 Jahre ausgehalten neben dieser herrlichen Hexe. 11 Jahre hatte er diese Launen ertragen, 11 Jahre hatte er still, ohne zu den anderen Freunden zu klagen, in einem Martyrium gelebt, das keiner begriffen hätte, auch wenn er jemals darüber gesprochen hätte. Sie alle hatten ihn nur beneidet ... um seine schöne, junge Frau, um das Millionenvermögen, das er mit ihr geheiratet hatte, um die Fabriken und das gesellschaftliche Ansehen. Wie schwer das alles erkauft war ... Boltenstern konnte es jetzt ermessen. Und er verstand nun auch, warum Erlanger, gerade er, den sie alle bewunderten als das große Wunderkind der Wirtschaft, Petra wie einen toten Gegenstand seiner schloßartigen Villa betrachtete, wie einen Schrank etwa oder einen Tisch oder einen Sessel, und sich mit anderen Mädchen vergnügte, die sich zwar für ihre Liebe bezahlen ließen, aber keine anderen Forderungen stellten, als nicht gebissen oder über Gebühr mißhandelt zu werden.

Alf Boltenstern bemerkte selbst, wie sehr er sich von Petra Erlanger verwandeln ließ. Aber er wehrte sich nicht dagegen. Bis zur Hochzeit, so dachte er, will ich alles tun, was sie in dem Glauben bestärkt, in mir einen neuen Sklaven zu haben. Nach der Hochzeit, meine schöne Hexe, nach deinem Jawort vor dem Pfarrer und dem Standesbeamten, wird es für dich ein bitteres Erwachen geben. Mit System zerbreche ich dich!

Und so ließ er sie in dem Glauben, den stärkeren Willen zu haben, und ertrug ihren Stolz am Tage und ihre Zügellosigkeit in der Nacht und wurde – so traurig er es selbst fand – zu einem Harlekin, der nach ihrer Flöte tanzte und Grimassen schnitt, wenn sie es befahl.

Jeden Tag wiederholte sich das gleiche Spiel. Es faszinierte Boltenstern, daß Petra nicht müde wurde, es immer wieder zu spielen.

In der Schönheit, wie Gott sie schuf, lief sie tagsüber durch den verwilderten Weingarten, ein brauner, glatter, glänzender Körper, ein geschmeidiger Fischleib, und es war so selbstverständlich, daß sie in aller Blöße herumlief, am Tisch saß und aß,

was Boltenstern aus Büchsen zusammenkochte, denn er mußte
für das Essen sorgen, trug auf, räumte ab, wusch das Geschirr
und saß dann unter einer Pergola wilder Rosen und sah Petra zu,
wie sie in der Sonne stand, als bete sie sie an.

Einmal kam sie in einem Bikini an den Tisch. Boltenstern sah
sie verwundert an.

»Bist du krank?« fragte er.

»Warum?« fragte sie verschlossen.

»Du bist angezogen.«

»Ich hatte Lust, mich anzuziehen.«

An diesem Tage versuchte Boltenstern einen Vorstoß zum eigenen Willen. Während Petra noch am steinernen Tisch saß
und leichten roten Wein trank, ging er ins Haus und zog sich
aus. Mit hochgezogenen Brauen betrachtete ihn Petra Erlanger
und spuckte dann den Wein aus, den sie gerade im Mund hatte.

»Du verdirbst mir den schönen Wein!« sagte sie hart. »Was
soll das?«

»Was?« fragte er zurück. Innerlich knirschte er.

»Dein Aufzug!« Ihr hochmütiges Gesicht war kalt wie aus
braunem Marmor. Und doch war es von einer Sanftheit, die nur
der Teufel als Maske tragen kann.

»Du läufst die ganzen Tage so herum!« sagte Boltenstern und
setzte sich an den Tisch.

»Ich habe einen schönen Leib anzubieten.« Petra Erlanger drehte sich zum Garten, als ertrage sie nicht den Anblick von Boltensterns Nacktheit. »Nur wirkliche Ebenmäßigkeit hat das Recht,
sich der Sonne zu zeigen! Sieh dich an, geh vor einen Spiegel . . .
findest du dich schön? Du bekommst einen Bauch, auf deinen
Hüften liegt Speck, die Haare auf deiner Brust werden grau, deine Schenkel wirken weibisch. Du bist häßlich! Warum beleidigst
du mich mit deinem Anblick?«

Boltenstern schwieg verbissen. Man sollte sie erwürgen, dachte er in dieser Sekunde. Man sollte sie von den Felsen ins Meer
stoßen. Aber er tat nichts . . . er ging ins Haus und zog wieder
seine Badehose an und darüber ein weites weißes Hemd.

213

Und wieder verlief der Tag wie alle anderen. Petra schickte ihn herum wie einen Laufjungen.

»Alf! Hol mir einen Schluck Wasser!«

»Alf! Bring mir eine Apfelsine.«

»Alf! Trage mir den Liegestuhl in den Schatten!«

»Nein! In die Sonne!«

»Zurück in den Schatten!«

»In den Weinberg, Alf!«

»Hinunter zur Terrasse . . .«

Und Boltenstern lief und bediente sie und umkreiste ihren gleißenden Körper, der am Tage unerreichbar war wie der Leib eines Delphins.

Einmal versuchte er es mit Gewalt. Er sprang sie an, riß sie ins Gras und warf sich auf sie. Da wurde sie zu einer Hyäne, sie biß und trat um sich, schlug ihm mit den Fäusten auf die Nase, daß sie heftig blutete, bohrte das Knie in seinen Unterleib, und er schrie auf, von einem bestialischen Schmerz durchzuckt, und rollte wehrlos zur Seite.

»Du Schwein!« sagte sie ruhig, wischte ihre blutigen Hände – Blut aus Boltensterns Nase – an einigen Grasbüscheln ab und ging weiter in den verwilderten Weinberg hinein . . . schlank, glänzend, wie schwerelos. Ein Tropfen aus der Sonne. Und Boltenstern krümmte sich auf der Erde und schwor, sie doch noch umzubringen.

Dann war wieder die Nacht da, und er schloß sich in einem anderen Zimmer ein. Da tobte und schrie sie, holte eine Axt aus dem Stall und schlug die Tür ein. »Du Feigling!« stammelte sie, als sie in seinen Armen lag. »Du wolltest vor mir fliehen? Wer kann das? Sag, wer kann das?!«

»Niemand!« antwortete er dumpf. »Ich denke, ich bin häßlich?«

»Du bist der herrlichste Mann auf der Welt!«

»Ich bekomme einen Bauch, ich habe Speck auf den Hüften, meine Schenkel wirken weibisch . . .«

»Schön bist du . . . schön . . .«, sagte sie mit fast weinerlicher, kindlicher Stimme. Und sie kroch um ihn herum und küßte jeden geschmähten Teil seines Körpers, und Boltenstern erlag wieder dieser Glut und verfluchte sich selbst.

Sie ist eine Hexe, dachte er immer wieder. Warum ist das Mittelalter vorbei? Verbrennen würde man sie, und ich wäre der erste, der die Fackel auf den pechgetränkten Scheiterhaufen wirft!

Einmal aber gelang es ihm, sich zu rächen.

Sie unternahmen eine Wanderung in die Berge, eine Idee von Petra Erlanger, die Boltenstern blödsinnig fand. Nackte Felsen umgaben sie, die Sonne brannte die Haut fast weg; jede menschliche Siedlung lag weit hinter ihnen, und es war Boltenstern, als stiegen sie geradewegs in die Sonne hinein. Petra stieg ihm voraus, mit einer zähen Kraft, die Boltenstern nicht verstand. Immer wieder fragte er sich, woher sie nach den wilden Nächten die Kraftreserven nahm, am Tage herumzuspringen wie ein ausgeruhtes Fohlen. Diese Frau war ein Wunder, das war das einzige, das Boltenstern so irrsinnig an sie fesselte. Ein Wunder an Schönheit, Zähigkeit, Kraft und Teufelei. Ein Gegner, dessen Niederwerfung wie die Eroberung des Weltalls war.

Nach zwei Stunden Kletterei durch ödeste, heiße Felsen blieb Petra Erlanger stehen. Vor ihnen fiel der Berg steil ins Meer ab ... tief unter ihnen donnerte die Brandung um spitze Klippen, spritzte der Gischt haushoch gegen das Gestein, brüllte das Meer unter der Wut, sich an den Felsen schlagen zu lassen. Schaudernd sah Boltenstern hinab in die Tiefe, und dann ging er schnell drei Schritte weg vom Abhang, von einer plötzlichen Angst getrieben, denn Petra stand hinter ihm. Sie sprach kein Wort, aber um ihren Mund lag wieder das Madonnenlächeln. Federnd ging sie zum Rand des Abgrundes, drehte sich zu Boltenstern und neigte etwas den Kopf zur Seite wie in Erwartung eines zarten Gesanges.

»Nun?« fragte sie. Ihre Stimme war ganz klar. Boltenstern zog die Schultern hoch.

»Was heißt nun?« fragte er heiser.

»Warum stößt du mich nicht hinunter? Du hast doch daran gedacht ...«

»Nein!« rief er laut.

»Warum lügst du? Du wärest kein Kerl mit Stolz in der Brust, wenn du daran nicht gedacht hättest!«

»Warum sollte ich dich hinunterstoßen, Petra?«

»Weil du mich haßt, wie du Richard gehaßt hast.«

»Laß Richard aus dem Spiel!« sagte Boltenstern tief atmend. Schweiß sammelte sich in seinen Handflächen. Er dachte an die Tiefe, an das donnernde Meer, an die spitzen Klippen in dem Gischt. Sie waren allein. Es gab keine Zeugen. Es würde der perfekte Mord sein. Heulend würde er hinunter in die Stadt rennen und von dem grauenhaften Unfall erzählen können . . .

»Ich habe Richard elf Jahre lang verkannt . . . weil ich dich nicht kannte!« sagte er dumpf. »Geh von dem Abhang weg, Petra!«

»Warum? Du bist ein Mann, der bisher jede Chance wahrgenommen hat! Sogar mich erträgst du mit einer mir unheimlichen Geduld! Das Leben ist grausam zu dir, Alf Boltenstern. Immer, wenn du zu den Sternen greifst, verglühen sie dir die Hände! Was hast du mit mir vor?«

»Ich werde dich heiraten!«

»Du wirst ein Spielzeug in meinen Händen sein! Ich dulde keinen anderen Willen als meinen eigenen!«

»Wir werden uns zusammenleben, Petra«, sagte Boltenstern.

»Was tätest du nicht für einige Millionen, nicht wahr, Alf? Sogar zu einem Sklaven wirst du! Sieh mich nicht an wie ein ausgesetzter Hund! Habe ich dich erkannt?! Es gibt keinen Mann, der mich ehrlich lieben könnte! Ich kenne mich! Ich bin ein Sadist . . . ich habe eine Lust zu quälen, und wenn es dunkel wird, bin ich wie eine Wölfin, die eine Beute reißen muß und sich am besiegten Opfer berauscht.« Petra Erlanger lächelte.

»Und das hat Richard elf Jahre lang ertragen?«

»Nein! Nach zwei Jahren nahm er mich, riß mich aus dem Bett, warf mich gegen die Wand und prügelte mich, bis ich ohnmächtig war! Dann beachtete er mich nicht mehr. Er war ein Mann! Ein richtiger Mann!«

Kunststück, dachte Boltenstern. Er hatte sie geheiratet, er hatte die Fabriken und die Millionen. Mehr wollte er nicht. Warte nur, mein Teufelchen, bis ich dich eingefangen habe. Mit zwanzig

Streifen Löschpapier voll LSD bringe ich dich in ein Irrenhaus! So hat noch kein Mann seine getretene Ehre zurückerobert!

»Laß uns gehen, Petra!« sagte er laut. »Es zieht ein Gewitter herauf. In Minutenschnelle kann der Himmel dunkel sein, und die Blitze zucken herunter. Komm.«

»Du stößt mich nicht hinab?« fragte Petra und wippte auf den Zehenspitzen. Es sah so aus, als wollte sie sich selbst vom Felsen abschnellen und hinunterwerfen ins brüllende Meer.

»Nein!« schrie Boltenstern. »Komm zurück! Verdammt, ich liebe dich doch!«

Er drehte sich herum und begann, den Berg hinunterzusteigen.

Wie er es vorausgesagt hatte, so wurde es. Der Himmel überzog sich unwahrscheinlich schnell mit dicken, dunklen Wolken, Blitze zuckten herab, der Donner krachte in den Felsen, als zerberste der ganze Berg, und dann sanken die Wolken herab, umgaben die Felsen und hüllten Petra und Boltenstern in einen graugelben Nebel. Gleichzeitig begann es zu regnen, dicke, klatschende Tropfen, die auf die Haut prallten wie Schläge Hunderter trommelnder Finger. Boltenstern lief den Berg hinab, hinter sich hörte er die Rufe Petras, aber er blieb nicht stehen, er wartete nicht, bis sie nachkam durch den wallenden Nebel, den Vorhang der dicken Tropfen und der Blitze, die fast auf gleicher Höhe mit ihnen aus den Wolken zuckten. Ja, es roch sogar nach Schwefel, und Boltenstern dachte gehässig: Jetzt holt der Teufel sie. Ein Hexensabbat ist's!

In einer Höhle verkroch er sich, mit einem bösen Lächeln, als er Petras Schreie durch den Nebel und das Donnerrollen hörte. Er drückte sich an die Felswand und rührte sich nicht. So sah er sie vorbeihetzen, in heller Angst, mit nassen, verklebten Haaren und einem Kleid, das an ihren Körper geleimt war.

»Alf!« schrie sie, als sie an ihm vorbeilief. »Alf! Hilfe! Hilf mir doch! Alf!«

Drei Meter neben ihm kroch sie unter einen überhängenden Felsen und rollte sich zusammen wie eine nasse Katze. Er konnte sie ganz deutlich sehen, wenn er sich etwas vorbeugte . . . sie lag im Schutz des Überhanges, aber immer noch vom schräg fallenden Regen gepeitscht, und die Blitze grellten ins Tal, und der Donner schien die Berge aufzureißen.

Ein Genuß war es für Boltenstern, sie so leiden zu sehen. Er erfreute sich an ihrer Angst wie an einem Glas gut temperierten Rheinweins. Als ein Blitz in der Nähe irgendwo in die Felsen schlug und die Erde bebte, schrie sie auf und rief wieder nach ihm.

»Alf!« schrie sie. »Hilf mir! Wo bist du? Ich liebe dich! Verzeih mir! Verzeih mir! Alf, laß mich nicht allein!«

Boltenstern rührte sich nicht. Er lächelte sogar, als er in seine kleine Höhle kroch und sich dort auf den kalten Stein legte. Um ihn herum zitterte der Berg. Wie Granaten krachten die Donner.

Löse dich auf vor Angst, du Hexe, dachte er voll Triumph. Schrei nach mir! Jeder Ton deiner Angst ist Musik für mich!

Oh, er war wie rasend vor Rache. Er schwelgte in ihr.

Und es war im Grunde genommen doch nichts weiter als eine Bestätigung seiner Ohnmacht, daß er den Himmel brauchte, um ein billiger Rächer zu werden.

11

In das Leben Jutta Boltensterns und Werner Ritters war eine wundervolle, von Seligkeit erfüllte Ruhe gekommen. Sie waren wie zwei Wildbäche, die ineinander mündeten und nun als Fluß ruhig und gebändigt zum Meer flossen, dem Meer, das bei ihnen die Ehe, die immerwährende Liebe bedeutete. Seit jener Nacht in Boltensterns verlassenem Bungalow, in dem Jutta ihre letzte Kindheit abwarf und zur Frau reifte, war auch Werner Ritter in eine Rolle hineingewachsen, in der ihn Jutta sehen wollte und vor der sie sich jetzt schämte, daß sie sie mit ihrem Körper geschaffen hatte: Er fühlte sich mit Jutta so innerlich verbunden, daß alles Denken nur um die Frage kreiste: Machte er sie glücklich?

Major Konrad Ritter hatte seinen Segen gegeben, als Werner Ritter ihm am nächsten Morgen die Wahrheit sagte, denn dem

Alten war es aufgefallen, daß sein Sohn nicht nach Hause gekommen war, obwohl er keinen Nachtdienst hatte, wie er gegen 24 Uhr beim Präsidium telefonisch erfuhr.

»Keine Indiskretionen, mein Sohn!« sagte er am Morgen mit abwehrender Handbewegung, als Werner zu einer Erklärung ansetzte. »Ich habe dich als Kavalier erzogen! Ich nehme aber an, daß du dich ehrenhaft betragen hast!«

»Sobald Alf Boltenstern zurückkehrt, halte ich um Juttas Hand an.«

»Aha! Da warst du also!« Es war eine wenig kavaliersmäßige Bemerkung, und Werner lächelte versteckt.

»Ja, Vater.«

»Eigentlich müßte ich wieder toben!« rief Konrad Ritter.

»Und warum diesmal, Vater?«

»Weil du mich zum Idioten stempelst! Erst sollst du um Jutta anhalten, das willst du nicht, und ich muß zu Boltenstern und lasse mich abkanzeln wie einen Stiefelpisser! Und kaum ist er weg, gehst du mit Jutta ... na ja ... also, hm ... findet ihr euch ... ist's so diskret ausgedrückt? ... und willst nun doch um ihre Hand anhalten. Hin und her! Eine labile Jugend haben wir, Gott sei's geklagt! Aber es ist nun gut so. Ich habe immer gehofft, daß zwischen dir und Jutta einmal etwas mehr werden wird als nur eine Jugendfreundschaft.«

Damit war das Thema für Konrad Ritter erledigt. Abgeschlossene Dinge legte er weg wie ein Aktenstück. Aber da war noch etwas, was die Familie belasten konnte, und darüber wollte er nun sprechen.

»Wie ist es mit den Ermittlungen, Junge?« fragte er und tat so, als sei diese Frage nur von allgemeinem Interesse.

»Sie sind eingestellt, Vater.« Werner Ritter zog sich den Rock aus, streifte die Krawatte ab und öffnete das Hemd. Er mußte sich noch rasieren. Aus einer gewissen Scheu heraus, noch nicht vollständig zur Familie zu gehören, hatte er Boltensterns zweiten elektrischen Rasierapparat nicht benutzt, obwohl Jutta ihn ins Bad gebracht hatte. »Es ergeben sich keine neuen Momente.«

»Gott sei Dank!« sagte Ritter ehrlich befreit. »Es wäre ja auch

219

ein Unding gewesen, gegen einen unserer Kameraden zu ermitteln. Und gegen Boltenstern im besonderen. Er ist ein Ehrenmann, und zweitens als dein Schwiegervater . . .«

»Das wäre kein Hindernis, Vater.«

»Fang nicht schon wieder an, Werner!« Konrad Ritter bekam wieder einen rotfleckigen Hals, ein Zeichen, daß die Erregung an ihm hochkroch. »Und was ist mit diesem LSD?«

»Es ist ein Teufelszeug.« Werner Ritter ging ins Badezimmer, und Konrad Ritter folgte ihm. »Wenn man die Möglichkeit kennt, die es schafft, kann es einem Kriminalbeamten schwindelig werden. Hier gibt es nur eins: Ein sofortiges staatliches Verbot. Aber das wird lange auf sich warten lassen bei dem Schneckentempo, das sich entscheidende staatliche Gehirne zugelegt haben . . .«

Und auch mit Jutta war eine Wandlung vorgegangen. Der Chefredakteur ließ sie zu sich rufen und sagte: »Mädchen, was ist los mit Ihnen? Ihre Reportagen sind um 100 Prozent besser! Keck, spritzig, mutig, mit dem richtigen Blick geschrieben! Sagen Sie mal – sind Sie verliebt?«

»Ja!« antwortete Jutta fröhlich.

»Dann ist ja alles klar! Ein Kollege?«

»Nein. Kriminalbeamter.«

»Prost Mahlzeit! Journalismus und Beamtentum! Wenn das gutgeht! Mädchen, Sie haben wirklich Mut!«

An einem Abend brachte Werner Ritter einen Korb in Boltensterns Haus und tat sehr geheimnisvoll. Jutta wartete schon mit dem Essen auf ihn, denn es hatte sich so eingebürgert, daß Werner bei ihr zu Abend aß, was Konrad Ritter mit dem Knurren kommentierte: »Eine deutliche Demonstration, daß ihm mein Fraß nicht schmeckt.« Womit er gar nicht unrecht hatte, denn Jutta hatte eine Begabung, am Kochherd zu zaubern und eine simple Kartoffel wie Trüffel schmecken zu lassen.

»Du sollst jetzt einmal erleben, was wir am Vormittag im Labor versucht haben«, sagte Werner Ritter und hob den Deckel des Korbes. Eine graue Katze hockte auf dem Boden. In einem Karton, mit Klebestreifen gesichert, der neben ihr stand, krabbelte und rumorte es. »Das ist Murmel, die Katze von Dr. Blei, dem II.

Gerichtschemiker«, sagte Werner Ritter. »Warum sie Murmel heißt, wissen nur die, die sie so rufen. In den Kästchen ist eine kleine weiße Maus. Flöckchen genannt. Die garantiert kleinste weiße Maus, die im Labor zu finden ist. Und nun paß einmal auf, was geschieht!« Werner Ritter holte die Katze Murmel aus dem Korb und setzte sie auf die Erde. Es war eine liebe Katze, sie blieb sitzen und sah aus grünen, geschlitzten Augen neugierig in die Gegend.

»Meine Koteletts brennen an!« sagte Jutta, wie eigentlich alle Frauen reagieren, wenn sie kochen. »Das hat doch Zeit bis später. Was soll ich mit einer Katze hier?«

»Du erlebst ein biologisches Wunder, Jutta. Geh hin und nimm die Koteletts von der Pfanne.«

Als Jutta aus der Küche zurückkam, kniete Werner Ritter auf dem Teppich und hatte auch den kleinen Karton mit Flöckchen, der weißen Maus, herausgeholt. Jutta wich ein paar Schritte zurück.

»Bist du verrückt?« rief sie aus. »Willst du mir zeigen, wie eine Katze eine Maus zerreißt?«

»Du wirst dich wundern, Kleine.« Aus einer Blechschachtel nahm Ritter ein Stück Stanniol, wickelte es auf und schüttete ein paar Zuckerkrümel auf die flache Hand. Dann hielt er die Hand der Katze hin, und Murmel begann gierig, den Zucker abzulekken. In Jutta stieg ein grausamer Verdacht hoch.

»Was . . . was ist das, Werner?« fragte sie und wich bis zur Wand zurück.

»Zucker mit LSD! Wir haben es von England bekommen. Von Scotland Yard. Und nun paß einmal auf, was mit Murmel und Flöckchen geschieht.«

Es dauerte ungefähr fünf Minuten, da verengten sich die Augen der Katze, als sähe sie in eine gleißende Helligkeit. Vorsichtig ließ Ritter die kleine weiße Maus aus dem Karton, und es war wirklich die kleinste Maus, die Jutta je gesehen hatte.

»Jetzt!« sagte Ritter mit plötzlich stumpfer Stimme. »Sieh dir Murmel an.«

Die Katze duckte sich . . . und dann kroch sie zurück, Stück um

Stück, je näher das Mäuslein Flöckchen kam ... und als die Maus schneller lief, miaute Murmel und versteckte sich unter der Couch.

»Sie flüchtet ...«, stammelte Jutta fassungslos. »Die Katze flüchtet vor der kleinen Maus ... Sie hat Angst ...«

»Murmel ist im LSD-Rausch. Sie sieht Flöckchen riesengroß, eine Mammutmaus, die sie zermalmen will.« Werner Ritter fing die kleine weiße Maus wieder ein und tat sie zurück in den Karton. Um Murmel kümmerte er sich nicht mehr ... sie lag angsterfüllt an der Wand unter der Couch und zitterte vor Furcht. »So verändert LSD den Charakter. So wandelt es das Wesen völlig um. Aus Raubtieren werden Feiglinge ... aus Feiglingen mutige Löwen. Kannst du dir vorstellen, wie ein Mensch darauf reagiert? Was aus einem normalen Menschen werden kann, wenn er LSD nimmt? Wir sehen hier in Abgründe, deren Boden gar nicht erkennbar ist. Für die Kriminalität kommen hier Probleme, denen wir noch nicht gewachsen sind.«

Jutta verstand, was Werner Ritter damit andeutete.

Das rauschende Fest am 21. Mai bei Toni Huilsmann.

Der Tod Richard Erlangers. Erwürgt, mit einem Seidenschal um den Hals.

Und sie dachte an die rote Mary, die genau wußte, was in dieser Nacht geschehen war. Die das sagen konnte, wonach Werner Ritter suchte, wie ein Blinder, der ein Geldstück auf der Straße klingeln hört und nun herumkriecht, um es zu finden.

Am nächsten Tag handelte Jutta schnell und überlegt.

Sie fuhr nach Dortmund und fragte sich bei den Kolleginnen der roten Mary durch, bis sie ihr Zimmer fand. Es lag in der Nähe des Steinplatzes hinter dem Bahnhof, ein großes Zimmer in einem Altbau, in dem es nach Sauerkohl und französischem Parfüm roch.

»Unsere Königin der Kö!« rief Mary, als Jutta eintrat, denn die Tür war nicht verriegelt. Mary lag halb entkleidet im Bett und rauchte. Morgenkundschaft lehnte sie ab ... es genügte, wenn man sich die Nacht um die Ohren schlug. »Was willste, Puppe? Knapp bei Kasse? Hier im Revier ist nichts mehr frei!«

»Hast du Lust zu verreisen?« fragte Jutta und setzte sich auf Marys schmuddeliges Bett. »Weit weg ... für ein paar Wochen ...?«

»Besoffen, Kleine?«

»Ich will, daß du wegfährst!« sagte Jutta hart. »Und ich will, daß du den Mund hältst von der Nacht damals, mit dem LSD ...«

»Oha! Es weht der Wind von Süden! Ist wohl dein Krabbelhündchen einer von der Sorte, was?« Die rote Mary lachte fett. »Was bietest du?«

»Hier hast du 3000 Mark! Das reicht. Wie ich dich kenne, verdienste dir genug dazu.«

»Und ob! Wer reitet so spät durch Nacht und Wind ... es ist die Mary, mach ihr kein Kind ...! Frei nach Goethe!« Die rote Mary lachte wieder und sprang aus dem Bett. »Wohin soll ich denn, mein Süßes? Nach Rio reicht's nicht.«

»Wohin, ist mir gleich.« Jutta stand von dem Bett auf. Es kostete eine Überwindung, so zu sprechen, wie es Mary am besten verstand. »Nur eins sage ich dir ... wenn du nicht fährst – ich lasse dir die Fresse polieren!«

»Verstehe!« Die rote Mary war plötzlich sehr ernst. Sie erinnerte sich daran, daß man im Frühjahr einer Kollegin Salzsäure ins Gesicht geschüttet hatte. Bis heute wußte keiner, wer es war. »Ich fahre. Und wann?«

»Heute noch.«

»Morgen! Heute nacht hab ich 'nen Kunden, der zahlt Sondertarif. Ein perverses Luder. Tut nichts. Guckt nur zu, wie ich auf 'n Nachtpott sitze wie 'n Baby. Und dafür 300 Mark! Engelchen, leichter kann man's nicht verdienen.«

»Also dann morgen! Ich kontrolliere morgen abend.«

»Ehrenwort!« sagte die rote Mary. Und es war nicht zum Lachen ... das Ehrenwort einer Hure ist oftmals mehr wert als der Schwur eines Ehrenmannes.

Und Mary fuhr am nächsten Morgen weg. In den Süden. Zu ihrer immer schon großen Sehnsucht: An die Riviera. Und ausgerechnet nach St-Tropez, weil davon so viel in den Illustrierten stand. Filmstars, Playboys, reiche Männer.

223

Die rote Mary brach in St-Tropez ein wie ein rotes Schneege-
stöber. Nach vier Stunden war sie im Hafen bekannt, nach sechs
Stunden hatte sie im Notizbuch zwölf Adressen und neun feste
Bestellungen.

»Das Pflaster schwitzt ja Geld!« sagte die rote Mary ergriffen.
»Mädchen, hier sollte man seßhaft werden!«

Am Abend sah sie dann Toni Huilsmann. Es war ein fatales
Wiedersehen, denn in der Bar ›Carmichel‹, wo Huilsmann brav
seinen Pernod trank, hieb ihm plötzlich jemand auf die Schulter
und rief:

»Na, du alter Giftschlucker! Auch hier? Wie geht's den anderen
Knaben?«

Toni Huilsmann wurde etwas blasser, als er schon war. Er erkannte die rote Mary sofort wieder und spürte instinktiv, daß er
hier einer Gefahr gegenüberstand, die er nur mit Gewalt zum
Schweigen bringen konnte.

Seine Flucht nach St-Tropez in die atemlose Angst, die das
schlafende Tier im Menschen weckt und zum Vernichter werden
läßt.

Die rote Mary war glücklich. Ihr Leben hatte sich bisher nur
unter der Dunstglocke des Ruhrgebietes entwickelt, abgesehen
von einigen kleinen Ausflügen nach Düsseldorf und einmal sogar nach Paris. Von Paris konnte sie allerdings später recht wenig
erzählen ... sie kannte nur von der sagenhaften Stadt ihres Ge-
werbes ein Doppelbett im Hotel ›Eremitage‹ und ein halbdunkles
großes Zimmer in einer Villa in den Seineniederungen. Außerdem brachte sie eine gewisse Hochachtung von ihren französischen Kolleginnen mit. »Das sind raffinierte Biester!« erzählte sie
später in Dortmund. »Die tun die Hälfte, was wir anstellen, und
kassieren das Doppelte. Alles nur Schau! Kinder, da kann man
noch was lernen!«

Sonst aber war das Leben der roten Mary ausgesprochen mies,
zumal es ihr noch nicht gelungen war, die feste Freundin eines
Industriellen zu werden.

Nun aber war sie in St-Tropez, und sie sah, daß man selbst im
verwöhnten Frankreich noch Chancen hatte, sich emporzuarbei-

ten, wenn man etwas zu bieten hatte. Und Mary, das wissen wir, hatte etwas zu bieten. Daß ihr der alte Bekannte Huilsmann über den Weg lief, nahm sie als gutes Zeichen. Empfehlungen sind im geschäftlichen Leben das Salz in der Suppe ... ob man nun Millionär ist oder bloß eine kleine Nutte aus dem Ruhrgebiet.

»Freust du dich?« fragte die rote Mary unnötigerweise und setzte sich neben Huilsmann auf einen Barhocker. Sie roch stark nach Veilchen, wie er feststellte.

»Und wie!« Huilsmann nahm einen tiefen Schluck Pernod. »Zum Teufel sollst du gehen!«

»Inkognito, was?« fragte die rote Mary und blinzelte vertraut. »Ich verrate nichts, mein Kleiner! Mir kommt das überhaupt wie ein dummer Film vor. Gestern noch in 'ner Mietskaserne, und heute geh' ich am Hafen lang, und wer guckt mich an wie 'n Kannibale? Der Rossa! Weißt du, der Sänger. Davon hab' ich nie geträumt ...«

Huilsmann interessierte sich wenig für die seelische Verfassung der roten Mary. Er kannte die Mentalität dieser Mädchen zu gut und wußte, daß auch Mary in Kürze mit offener Hand dastehen würde. Wissen ist ein Kapital.

»Wo wohnst du?« fragte er und trank seinen Pernod aus.

»In einer Pension am Hafen. Kleines, nach Fisch stinkendes Zimmer. Mit dem, was ich in der Tasche habe, kann ich nicht hüpfen wie 'n Känguruh. Aber nun bist du ja da, und ich nehme an, ich bekomme von dir ein vernünftiges Zimmer.«

»Wieso bist du in St-Tropez?« fragte Huilsmann, schob dem Barkeeper einen Schein über die blanke Barplatte und ließ sich vom hohen Hocker gleiten.

Die rote Mary dachte an die wenigen Worte, die sie mit Jutta gewechselt hatte, und ihr Gesicht erstarrte etwas.

»Wer fragt, weiß zuviel!« sagte sie hart. »Ich bin hier, genügt das nicht? Ich hab' noch nicht einmal die Koffer ausgepackt, und schon ist mein Notizbuch voll! Aber lieber ist mir so einer wie du! Nur mit dem Sauzeug, diesem LSD, bleib mir von der Figur! Hast du was?«

»Nein!« sagte Huilsmann heiser.

»Gott sei Dank!« Die rote Mary rutschte an seine Seite. »Weißt du übrigens, daß die Kripo alle von uns verhört hat? Wegen dieser Party bei dir? Natürlich war keine von uns dabei. Muß ja ein dicker Hund gewesen sein, damals! Ist wirklich einer ermordet worden?«

In Huilsmann wurde es kalt, als habe man ihn in eine Tiefkühltruhe geschoben. Er sah sich um, schob die rote Mary vor sich her aus der Bar ›Carmichel‹ und atmete erst auf, als sie auf der Straße standen. Der Salzwind des Meeres zerzauste ihre Haare. Es roch nach Tang, Maschinenöl, Fischen und getrocknetem Schlamm.

»Halt den Mund!« sagte er grob. »Du hast nichts gesehen! Wir alle haben nichts gesehen!«

»Es ist merkwürdig!« Die rote Mary blieb stehen und schüttelte die brandroten Locken. »Ihr haltet uns alle für doof! Warum eigentlich? Weil wir nicht mit 'n Hirn, sondern mit 'n Hintern arbeiten? Damals, bei dir, ist eine ganz große Sauerei passiert, und ich sehe eigentlich nicht ein, warum man so etwas nicht verkaufen kann.«

»Verkaufen?« Huilsmann sah die rote Mary von der Seite an. Sein blasses, jungenhaftes Gesicht war maskenhaft und um Jahre älter geworden. »Was heißt das?«

»Du bist doch Millionär, nicht wahr?«

»Quatsch.«

»Das sagen sie alle, wenn man auf ihr Portemonnaie klopft. Wenn du mir 10 000 gibst, als Anfangskapital für St-Tropez, könnte ich unter Garantie alles vergessen.« Mary hatte den Kopf etwas schief gelegt, und der Wind zerwühlte ihr Haar. Sie sah bezaubernd aus, wenn sie den Mund nicht aufmachte und sprach. »Ich will in St-Tropez bleiben. Menschenskind – hier ist jeder Händedruck schon einen Hunderter wert!«

Toni Huilsmann antwortete nicht. Er war zu sehr mit seinen Gedanken beschäftigt, um sich um die Pläne der roten Mary zu kümmern. Sie hatten auch keinen Einfluß auf sein Denken. Viel mehr erschreckte es ihn, daß die Kriminalpolizei in aller Heimlichkeit weiter ermittelte, daß die rote Mary – und mit ihr die anderen drei Mädchen dieses Abends – mehr gesehen hatten, als Boltenstern es ihnen verraten hatte, und daß er, Huilsmann, ab sofort in die Lage gedrängt wurde, für ein Wissen zu zahlen, das sich zu einer lebenslangen Rente entwickeln konnte.

»Komm!« sagte er kurz. »Wir holen dein Gepäck, und du wohnst heute nacht bei mir. Morgen besorge ich dir ein gutes Zimmer.«

»Und 10 000 Emmchen?«

»Auch.«

Das runde Gesicht der roten Mary glänzte. So macht man Karriere, dachte sie glücklich. Himmel, wie viel Zeit hat man doch in Dortmund verplempert! Immer die gichtigen Knacker, die schon nach dem Pfänderspiel Atembeschwerden bekommen, oder die herzkranken Manager, die nach einem Ringelreihen japsend auf der Couch liegen und von ihrer Ehefrau philosophieren, die geistig nicht in die Stellung des Mannes mitgewachsen ist. Wie muffig ist das alles, wie hausbacken ...

In dieser Nacht schlief die rote Mary glücklich wie ein Kind, das dem Nikolaus in den Sack sehen durfte und sich die Geschenke selbst aussuchte. Sie merkte nicht, wie Huilsmann wieder fortging ... die Fahrt nach St-Tropez, die neun Bestellungen im Notizbuch, 10 000 Mark, ein neues Zimmer ... das ist wahrhaftig genug für den ersten Tag. Man darf ausschlafen.

Huilsmann aber wanderte durch die laue, von Stimmen und Musik durchsetzte Nacht. Er war in keiner Panikstimmung mehr, er wußte bereits, was er zu tun hatte, nur war er sich nicht einig, wie es vonstatten gehen sollte, ohne Aufsehen, glatt und spurenlos. Und Skrupel hatte er, trotz der Notwendigkeit, es zu tun, weil er sonst keinen anderen Ausweg sah. Er war nicht Boltenstern, der kühl bis ans Herz handeln konnte ... er hatte nichts gemeinsam mit Richard Erlanger, der vor Intelligenz fast geborsten war, er besaß nicht die entwaffnende Naivität Schreiberts, und ihm fehlte der Schneid des Majors Ritter. Er war ein Künstler. Weich und labil, scheu vor allen Konsequenzen und ängstlich, wo andere mutig und hart werden. Er wich aus, statt zurückzuschlagen; er sah zur Seite, um nichts zu sehen und um seine

Meinung gefragt zu werden; er leugnete und log, statt einen festen Standpunkt zu haben. Er liebte die Sorglosigkeit des Lebens, er betete den Genuß an, ohne dafür zahlen zu müssen.

Und ihn, den Weichen, den Feigling, den ständig Ausweichenden, machte das Schicksal jetzt zum Henker.

Wer kann ermessen, was im Inneren Huilsmanns vor sich ging?

Er wanderte ruhelos durch die engen Gassen der Altstadt, rauchte und wich Betrunkenen aus, floh vor einer Schlägerei in einen dunklen, stinkenden Hausflur und wanderte dann weiter durch die Nacht.

Plötzlich stand er vor der alten Kirche, und es zwang ihn ein innerer Drang, einzutreten und langsam durch das schmale Kirchenschiff zu gehen bis zu einer großen Christusfigur, die auf einem Steinsockel stand. Vier lange Kerzen flackerten vor dem hölzernen Korpus und belebten das wurmstichige Holz zu einer erschreckenden Gegenwärtigkeit.

Toni Huilsmann sah hinauf zu der alten, dicken Balkendecke der Fischerdorfkirche, dann glitt sein Blick über den Marienaltar zurück zu dem großen, hölzernen Christus vor sich. Er konnte nicht behaupten, jetzt ruhiger zu sein – im Gegenteil, etwas Revolutionäres kam in ihm hoch, eine fremde Art von Stärke, die einen Blutschwall in sein Gesicht trieb.

»Ich glaube nicht an Gott!« sagte er laut und schrak zusammen, weil seine Stimme in der leeren nächtlichen Kirche dröhnte, als spräche er über große Lautsprecher. »Auch an dich glaube ich nicht«, sagte er etwas leiser und klopfte mit dem Knöchel des Zeigefingers gegen den Fuß des Christus. »Ich sage das ganz offen. Und ich bin nicht hier, weil ich Hilfe oder Schutz oder Rat suche! Aber ich kann dir alles erzählen, du unterbrichst mich nicht, ich höre keine dummen Predigten, du kannst dich nicht entsetzen, und doch siehst du mich an wie ein lebender Mensch.«

Huilsmann sah hinauf zum Kopf Christi.

»Wer bin ich?« fragte er laut. »Bitte, das ist keine Beichte, sondern eine nüchterne Betrachtung. Ich hatte Glück im Leben, weiter nichts. Ich fand genug Dumme, die reich genug waren, sich von mir Häuser bauen zu lassen, die Denkmäler ihres Größenwahns wurden! Dabei wurde ich selbst reich. Ich betrog sie, wo ich nur konnte ... ich setzte höhere Löhne und Materialkosten ein, und ich war überall beteiligt: bei den Baustoff-Firmen, die vom Zement bis zum Dachziegel alles verteuerten, beim Bauunternehmer, bei der Zulieferindustrie, beim Elektriker und Klempner, Schreiner und Installateur. Überall erhielt ich Prozente, wenn ich ihnen die Aufträge zuteilte. Das ist kein Verbrechen, lieber Sohn Gottes ... das ist die Geschäftspraktik, wie sie heute ab einer bestimmten Größenordnung üblich ist! Und die dummen Reichen zahlten, bezogen ihre Glaspaläste und leben darin als moderne Maharadschas.«

Huilsmann richtete eine Kerze gerade, sie brannte schief ab, was seinem Schönheitssinn widersprach. Dann sah er wieder hinauf zum Gesicht Christi, und es war sehr ernst und nahe, ja es war, als habe es größere Augen bekommen.

»Ich lebe nun genauso ... ich kaufe mir, was ich haben will ... vom zwanzig Jahre alten Whisky bis zum zwanzig Jahre jungen Mädchen! Auch das ist ganz natürlich ... von einer bestimmten Einkommensklasse an hören die Wünsche auf, und die Welt verwandelt sich zu einem Kaufhaus, wo die Kassen klirren und die Waren über die Theke geschoben werden. Das Leben wird illusionslos. Man geht durch dieses Kaufhaus, und plötzlich sieht man mit Schrecken, daß das Angebot immer gleich ist ... die gleichen Schaufensterpuppen, nur in anderen Fähnchen, mit anderen Frisuren, mit anders gedrehten Köpfen und Händen und Beinen und Füßen. Und du stehst in diesem Kaufhaus und ringst mit dem Kotzen, und die Langeweile ist da, und du wirst senil oder kindisch-blöd, arrogant-frech oder herrschsüchtig, liebestoll bis zum Wahnsinn oder ganz verzweifelt. Das ist der Mensch ... und ihr nennt ihn ein Abbild Gottes!«

Huilsmann betrachtete wartend die hölzerne Christusfigur. Der Kerzenschein ließ das fließende Gewand sich bewegen, und um den schmalen Mund lag ein mitleidiges Lächeln, das Huilsmann vordem nicht bemerkt hatte. Er hob beide Hände, winkte ab und begann, vor der Figur hin und her zu gehen.

»Ich bin gekommen, um dir zu sagen, daß ich einen Menschen

töten werde!« Mit einem Ruck blieb Huilsmann stehen und sah Christus in die Augen. Und jetzt waren sie lebloses Holz und starrten an ihm vorbei wie der Blick eines Toten. Aber das erschreckte ihn nicht – im Gegenteil, nun, da er es ausgesprochen hatte, kam er sich befreit und wie mit sprudelnder Kraft durchtränkt vor.

»Ich *muß* es tun, das ist es, was ich beweisen wollte. Ich bin ein feiger, hinterhältiger, ganz dem Genuß lebender Mensch. Ich erkenne mich genau. Es ist nicht so, daß ich mich vor meinem Bild fürchte, daß ich flüchte vor mir selbst! O nein! Ich weiß genau, welch ein armseliges Geschöpf ich bin und daß in mir eine Art von Irrsinn ist, die man vornehm mit Lebensangst und Lebensgier umschreibt. Hunderttausende leiden darunter, und sie wissen es nicht! Ich aber weiß es von mir! Soll ich mein geliebtes Leben durch einen Akt der Moral opfern? Soll ich mich erpressen lassen, mich der Polizei stellen, mich völlig ändern? Wozu? Warum? Was kommt dabei heraus? Ich bin ein Feigling, man muß das immer wieder betonen! Und nun frage ich dich: Was soll ich anderes tun, als den Menschen umzubringen, der diese Feigheit stört?«

Huilsmann klopfte an das Holz von Christus' Faltengewand. Dann nahm er plötzlich die Faust und hieb gegen den Sockel.

»Sag etwas! Nicht deine Sprüche: Liebe deinen Nächsten wie dich selbst! – Vergib, und dir wird vergeben werden! – Du sollst nicht töten! – Was sind das für Worte? Richtet sich jemand danach? In der Welt werden jedes Jahr Milliarden ausgegeben, um Waffen zu kaufen, die den Nächsten töten sollen! Es heißt, in der Bibel stehe auf jede Frage eine Antwort! Wo ist die Antwort? An alles habt ihr gedacht . . . nur nicht an die Lust eines Feiglings, leben zu wollen!«

Huilsmann schwieg. Die Kerzen flackerten. Christus war aus Holz, aus altem, graubraunem, wurmstichigem Holz. Über seine linke Wange zog sich ein Riß, die rechte Hand hatte nur noch drei Finger. In den Falten des Gewandes fehlten Stücke. Und die Augen blickten über Huilsmann hinweg in die Ferne. In die Unendlichkeit.

Toni Huilsmann kehrte ebenso leise in sein Zimmer zurück, wie er gegangen war. Die rote Mary lag auf dem Rücken, hatte die Decke von sich gestrampelt, und da sie völlig nackt war, schenkte sie einen fast ästhetisch schönen Anblick mit ihren sich hoch wölbenden, festen Brüsten, dem flachen Magen, den sich wegschwingenden Hüften und den langen, schlanken Beinen. Nur ihr Mund, im Schlafe halb offen und einen pfeifenden Atem ausstoßend, war ordinär, eine häßliche Kerbe in dem rätselhaft jugendlichen, ja kindlichen Gesicht.

Huilsmann deckte sie wieder zu, zog sich aus, legte sich daneben und schlief schnell ein. Er hatte eine schauerliche innere Ruhe gewonnen, und als er schlief, bekam sein jungenhaftes Gesicht etwas Brutales, das niemand an ihm kannte, er vielleicht selbst nicht.

Es gibt Situationen, in denen ein Mensch erkennt, daß er keine Chancen mehr hat und die einzige Möglichkeit, weiterzuleben, die Flucht in die Resignation ist.

Bei Petra Erlanger war dieses Phänomen eingetreten. Sie hatte sich seit ihrer wahnwitzigen Liebe zu Boltenstern immer dagegen gewehrt, bis zu dem Gewitter in den Bergen, als sie sich wimmernd vor Angst in die kleine Felsbucht verkroch und eine Stunde lang von Blitzen und krachenden Donnern geschüttelt wurde.

Spätestens nach diesem Gewitter erkannte sie, daß ein Flüchten vor der Wahrheit sinnlos war.

Nach dem letzten Blitz, nach dem letzten verebbenden Donner trat Boltenstern, völlig trocken und fast fröhlich, an ihre Felseinbuchtung heran und sah zu ihr, dem zitternden, durchnäßten, aufgelösten Kleiderbündel, herunter.

»Das war ein Wetterchen!« sagt er mit der Impertinenz des Angstlosen. »So etwas kommt auf Rhodos alle hundert Jahre vor. Es ist ein Ereignis, daß wir das erleben konnten!«

Petra Erlanger blieb auf dem nassen Steinboden hocken wie ein fast ertränktes Kaninchen. Nur ihre Augen starrten Boltenstern mit offenem Haß an.

»Wo warst du?« fragte sie. Sie wunderte sich, wie dünn ihre Stimme klang.

»Gleich neben dir. In einer schönen, trockenen Höhle.« Boltenstern strich sich über die graumelierten Haare. Eine aufreizend elegante Bewegung: Sieh her, ich habe nicht gelitten ...

»Hast du mich nicht gehört?« fragte Petra. Ihre Lippen zitterten unter dieser Frage.

»Doch«, antwortete Boltenstern gleichgültig.

»Du hast alles gehört? Alles?!« Es war beschämend, das zu fragen, und es war der Anfang ihrer Kapitulation.

»Ja. Jedes Wort.«

»Und warum bist du nicht gekommen?«

»Ich wäre sehr naß geworden.« Boltenstern sah an seinem trockenen Anzug hinunter. »Ich habe von jeher eine Aversion gegen feuchte Kleidung.«

Er bückte sich, gab ihr beide Hände, zog sie hoch und stellte sie in die Sonne, die plötzlich wieder vom Himmel brannte, als habe sie jemand mit einem Schalter angeknipst. Fern über dem Meer jagte die dunkle Wolkenwand dahin. Der Boden dampfte. Aus den Gärten und Weinbergen stieg der Dunst wie Nebel. Es roch betäubend nach Hunderten von Blüten, ein Duftgemisch, für das es nie einen Namen geben wird.

»Zieh dich aus!« sagte er.

»Hier?« Petra Erlanger starrte ihn an. »Was soll das?«

»Du kannst nicht mit den nassen Kleidern gehen.«

»Sie werden am Körper trocken.«

»Das ist ungesund.« Boltenstern sah ihr kalt in die flimmernden Augen. »Zieh dich aus.«

»Wenn jemand kommt —«

»Bis zu unserem Garten sind es dreihundert Meter. Jetzt kommt keiner die Felsen herauf.« Er hob abwehrend die Hand, als sie nochmals widersprechen wollte. »Ich *will*, daß du dich ausziehst!« sagte er mit einer Kälte, die Petra Erlanger umgab wie die Ausdünstung eines Eisberges. »Es ist nicht meine Art, Kleider vom Leibe zu reißen ...«

Da zog sie sich aus, und zum erstenmal schämte sie sich ihrer

Nacktheit. Tagelang war sie als Elfe durch die Sonne gerannt, in der Wärme des Tages unerreichbar für ihn, und es hatte ihr eine selige Wonne bereitet, ihn wegzustoßen, wenn er ihr nachlief wie ein trunkener Faun. Nun ging sie vor ihm her, den Felsenpfad hinunter, die nassen Kleider zu einem Bündel geknüllt in der Hand, und ihr schmaler, bronzefarbener Körper war die ersten hundert Meter noch naß, die Sonne trocknete die Tropfen auf ihrer glatten Haut, und sie spürte mit ihren überempfindlichen Nerven das leise Kribbeln, wenn sich die Tropfen auflösten zu unsichtbaren kleinen Wasserwölkchen.

Boltenstern ging hinter ihr und pfiff leise vor sich hin. Er beobachtete das Spiel ihrer Muskeln unter der bronzenen Haut. Das Federn der Beine und Hüften, die leichte Drehung des Beckens, das Zucken der großen Rückenmuskeln bis hinunter zum Gesäßansatz.

Sie ist unbeschreiblich schön, dachte er. Sie ist ein wundervolles, wildes Tier. Aber sie ist zu bändigen, und sie spürt, daß sie jetzt ihren Willen verliert.

Er blieb stehen und ließ sie ein paar Schritte vorgehen.

Ein heißer Tag wird es noch, empfand er. Ein schwarzer Panther ist ein Kätzchen gegen sie. Wir alle haben sie verkannt und Erlanger beneidet. Man hätte ihn bedauern müssen ... er war von ihr gefressen worden!

Mit gesenktem Kopf stieg Petra abwärts. Kein Wort wechselten sie miteinander. Die Erniedrigung war so vollkommen, daß es keiner Worte mehr bedurfte. Wie eine Sklavin trieb er sie hinunter, und sie hatte Angst vor dem Augenblick, da sie den eigenen Garten betraten und untertauchten in den verwilderten Weinberg.

Als sie das Dach ihres Hauses sah, blieb sie stehen und ließ Boltenstern an sich herankommen. Er ging an ihr vorbei, öffnete das alte, rostige Gittertörchen und betrat den in der Sonne dampfenden Garten. Das noch nasse hohe Gras klatschte gegen seine Hosenbeine.

Dann lehnte er sich gegen eine der alten, morschen Stützmauern, die die Weinhänge abfingen, und betrachtete Petra Erlanger,

233

die langsam, zögernd, eine ungewisse Gefahr ahnend, durch das Tor schritt. Sie drückte das nasse Bündel ihrer zusammengeknüllten Kleider gegen ihre Brust, und sie sah ängstlich und ergreifend keusch aus, als wäre sie die aus dem Paradies verjagte Eva, die das Land der Erkenntnis betritt.

Boltenstern wartete, bis Petra vor ihm stand. Er lächelte, und dieses Lächeln kam Petra auf einmal schrecklich vor. Er zog ihr das nasse Bündel von der Brust, und als sie sich daran klammerte, als sei es Rettung vor dem Ertrinken, riß er es mit einem Ruck weg und warf es in den verwilderten Wein. Mit der gleichen stummen Kraft ergriff er sie, und sein Lächeln verstärkte sich, als sie um sich schlug, zu kratzen begann, ihn in den Unterleib treten wollte, und sich wehrte wie eine Bestie. Er hob sie hoch, so wild sie auch strampelte, und warf sie in das hohe nasse Gras. Dort rollte sie sich zusammen wie ein Igel, aber Boltensterns verbissene Kraft zerbrach innerhalb kürzester Zeit allen Widerstand. Seine Hände klatschten auf ihre nasse Haut, und ineinander verkrampft kollerten sie über die Erde, die nach Moder und Weinlaub roch, nach Lavendel und Nelken.

Der Sieg Boltensterns war vollkommen.

Man sprach nicht darüber, auch von dem Gewitter wurde nie mehr ein Wort gesagt, aber nun waren die Tage wie die Nächte, glühend und weit wie der Himmel über Meer und Insel.

Und Petra Erlanger entdeckte in sich ein Gefühl, das sie nie gekannt hatte: Glück in der Gegenwart Boltensterns, und Sehnsucht, wenn sie ihn nicht sah. Die Niederlage ihres Wesens, zu herrschen und alles untertan zu machen, die Lust am Spiel mit dem Gefühl, verwandelte sich vor ihren eigenen staunenden Augen in eine Seligkeit des Geborgenseins, die nur noch ab und zu, wie ein fernes Wetterleuchten, vom Haß durchzuckt wurde, besiegt worden zu sein.

Aber etwas Neues kam hinzu, und darüber schwieg sie völlig. Nur nachts, wenn Boltenstern schlief – oder es sah so aus, als ob er schliefe, denn er war wach und beobachtete Petra verstohlen –, saß sie manchmal vor dem Spiegel und starrte sich an.

Werde ich wahnsinnig, dachte sie dann. O Himmel, ist es möglich, daß ich irrsinnig werde? So sieht doch kein Mensch aus, dessen Geist sich verwirrt! So denkt doch kein Wesen, das auf der Grenze der Vernunft steht!

Sie beugte sich vor und versuchte, in ihren Augen, in ihrem Blick zu lesen. Angst umkrampfte ihr Herz... und Angst war auch das einzige, was ihr im Spiegel entgegensah.

Und doch kehrte es immer wieder... nachts... morgens... manchmal auch plötzlich am Tag...

Nur ein leichter Anfall. Ein Schwindel fast, weiter nichts. Eine merkwürdige Schwerelosigkeit. Der Himmel wurde blauviolett. Die Bäume glänzten wie Silber. Das Gras war aus Glas. Die Sonne war wie eine aufgebrochene Orange. Das Meer hatte plötzlich eine Stimme und sang. Silberhell.

Nur Sekunden dauerten diese Visionen. Dann stand sie meistens regungslos im Garten, starrte auf die herrlichen Bilder, und so schnell wie sie gekommen waren, zerrannen sie wieder, als habe jemand ein Kaleidoskop geschüttelt und die zusammengesetzte Pracht zerstört. Dann war das Gras wieder grün, der Himmel stahlblau, die Sonne ein Feuerball, das Meer rauschte tief unten gegen die Klippen. Und Petra Erlanger stopfte die Faust in den Mund, biß auf die Knöchel und schrie innerlich mit der ganzen Angst eines Menschen, der seinen Tod in allen Einzelheiten vor sich sieht.

Wahnsinn, dachte sie. Das ist er! So sieht er aus! Die Welt verändert sich. Das Meer kann singen, und die Sonne kann sich schälen wie eine Apfelsine.

Wahnsinn! Wahnsinn! Wahnsinn!

Nach solchen Sekunden der Visionen rannte sie durch den verwilderten, hitzeflimmernden Garten, verkroch sie sich wie ein krankes Tier und wartete auf die weiteren Sekunden der Weltveränderung.

Aber meistens war es nur ein einzelner Anfall. Sie kam dann zurück zu Boltenstern, als sei nichts geschehen, aber er merkte es an ihrer besonders leidenschaftlichen Hingabe, daß die Angst in ihr fraß.

Nur winzige Mikrogramm-Mengen LSD verwandte Bolten-

235

stern für diesen Plan einer langwierigen, systematischen Zerstörung der Persönlichkeit Petra Erlangers. Ob Petra ein Glas Mineralwasser trank, ob sie abends den köstlichen Rotwein probierte, ob sie sich eine Zitronenlimonade von Boltenstern machen ließ ... immer waren winzigste Mengen LSD in den Flüssigkeiten, veränderten in Sekundenräuschen die Welt Petras und pflanzten ein Grauen vor sich selbst in ihre Seele, das einmal – Boltenstern rechnete mit gut einem Jahr – zu einer echten Psychose, zu einem richtigen Wahn sich auswachsen würde.

In einem Jahr, wenn er Petra geheiratet hatte und Besitzer der Wollhagen-Werke war.

Eines Tages, völlig unverhofft und ohne Anmeldung, traf Jutta auf Rhodos ein und stand plötzlich Petra Erlanger gegenüber, die wie immer nackt durch den Garten ging und Rosen für den Abendtisch schnitt.

Die Begegnung war peinlich, denn sie ließ zwischen den beiden Frauen keine Frage mehr offen, wie das Verhältnis zwischen Boltenstern und Petra Erlanger war.

»Dein Vater wird sich freuen, wenn du plötzlich am Tisch sitzt«, sagte Petra nach den ersten Minuten eines wiederentdeckten Restes von Scham. »Warum hast du nicht angerufen?«

»Ich wollte Paps überraschen.«

»Was dir sicherlich vollkommen gelingt.« Petra lächelte etwas sauer. Sie sah an sich herunter und nickte, als Jutta schwieg. »Ja, so ist das, Jutta –«, sagte sie langsam. »Du bist kein Kind mehr ... und jeder Mensch, wenn er allein in seiner eigenen kleinen Welt ist ...«

»Warum entschuldigst du dich?« unterbrach Jutta sie. Mit Nachdruck vermied sie es, Petra Erlanger anzusehen, und blickte hinunter zu den spielzeugkleinen Häusern des Dorfes, über dem der rote Schimmer des Abends lag. »Es ist meine Schuld. Ich hätte wirklich anrufen sollen. Zumindest unten vom Dorf.«

»Ja, es wäre vielleicht besser gewesen.« Petra Erlanger hielt den Rosenstrauß vor sich, als könne er ihre Nacktheit verdecken. »Aber nun ist es geschehen ...«

Sie wandte sich zum Gehen, und Jutta folgte ihr langsam, die

Geschmeidigkeit und Schönheit ihres braunen Körpers bewundernd. Plötzlich, als sie die Terrasse des Hauses sah, blieb sie stehen.

»Läuft ... läuft Paps auch so herum?« fragte sie unsicher. »Vielleicht gehst du vor und sagst ihm, daß ich gekommen bin. Ich möchte Paps nicht so ... so sehen ...«

Petra Erlanger lachte leise. Es war nicht zu erkennen, ob es ein freundliches, ironisches oder böses Lachen war.

»Dein Vater ist immer ein Gentleman«, sagte sie dann. »Außerdem ist es ihm unangenehm, daß er einen Bauchansatz hat.«

Jutta schwieg. Sie spürte die Spannung, die hier in dem abgeschiedenen Paradies herrschte. Zwei Menschen genügen schon zur Hölle, dachte sie. O Gott, Paps ... wie soll das alles noch werden?

Boltenstern war ehrlich erfreut, als er seine Tochter plötzlich auf der Terrasse stehen sah. Er lief ihr entgegen, umarmte sie, drückte sie an sich, küßte sie und benahm sich so, wie sich alle Väter in der Freude benehmen, wenn ihre Tochter zu Besuch kommt. Er holte herrlichen, goldgelben Wein und gebrochenes, schneeweißes Brot, und Petra Erlanger war so klug, die beiden allein zu lassen und im Haus für das Abendessen zu sorgen.

»Was macht Düsseldorf?« sagte Boltenstern und sah seine Tochter liebevoll an. »Hier höre und erfahre ich nichts. Ich lebe wie Adam.«

Jutta nickte. »Eva kam mir ja entgegen ...«

Boltenstern lächelte etwas verkniffen. »Du wunderst dich über deinen alten Vater, was? Ach Schätzchen, das Leben ist verworren. Wenn wir einmal viel Zeit haben, werde ich dir allerhand erzählen können. An dir habe ich gesehen, wie die Zeit gerast ist. Ich habe dich noch in Gedanken an der Hand, wie du mit einer großen Tüte voller Süßigkeiten vom ersten Schultag nach Hause gingst ... und dann die Ferien auf Norderney, unsere erste lange Schiffsreise nach Schweden ... die Konfirmation, als sich Tante Ella ein Glas Rotwein über das weißseidene Kleid schüttete ... Und man blinzelt etwas mit den Augen ... sieht genauer hin ... und das Kind ist erwachsen! Wo sind die Jahre hin? Und jetzt ist es auch für mich noch Zeit genug, an das eigene Glück zu denken. Noch bin ich kein Tattergreis . . .«

»Warum versuchst du, dich zu entschuldigen, Paps?« Jutta beugte sich vor und strich Boltenstern über das braune Gesicht. »Du wirst Tante Petra heiraten?«

»Ja«, sagte Boltenstern fest.

»Es freut mich, wenn du mit ihr glücklich werden kannst.« Sie lehnte sich zurück und nagte an der Unterlippe. »Wegen einer Hochzeit bin auch ich gekommen. Werner und ich . . .«

»Ach!« Boltenstern spürte einen heißen Stich im Herzen. Die Zeit arbeitet für mich, dachte er. Es war wirklich das beste, wegzufahren und in Düsseldorf alles sich selbst zu überlassen. »Hat er endlich den Mut gefunden?«

»Ich habe ihn gefunden, Paps.« Es klang sehr gefaßt, und plötzlich wußte Boltenstern, was Jutta damit sagen wollte. Wie jedem Vater war dieser Gedanke auch ihm schmerzlich. Der letzte Rest der Kindheit war genommen – nicht er, der Vater, hatte ein ausschließliches Recht auf sein Kind, sondern ein anderer Mann zog das junge Leben zu sich hinüber. Man kommt sich merkwürdig einsam vor, verlassen, weggestoßen, verraten.

»Du bist alt genug, Spätzchen«, sagte er mit belegter Stimme. »Aber hätte das nicht noch Zeit gehabt?«

»Nein, Paps.« Auch das klang sicher und fest. »Es hat sich vieles dadurch geändert . . .«

Boltenstern sah seine Tochter fragend an, aber er schwieg. Man soll nicht nach Dingen fragen, die in der Vergessenheit besser ruhen. Er trank seinen Wein, aß bedächtig einen Kanten des weißen Brotes und schnupperte zum Haus hin, woher der Duft gebratenen Fleisches zog. »Wann wollt ihr heiraten?« fragte Boltenstern endlich. Er zerschnitt damit eine Spannung, die plötzlich zwischen ihnen gelegen hatte, ein Mißtrauen, das in der Nacht geboren wurde, als Jutta vor der Leiche des erwürgten Richard Erlanger stand.

»Zu Weihnachten, Paps. Und du?«

»Wir halten das Trauerjahr ein . . . der Gesellschaft wegen. Ich weiß, so etwas ist unmodern und zwischen Petra und mir auch

Dummheit, aber man muß in gewissen konventionellen Formen leben – unsere Stellung verlangt es eben.« Boltenstern wischte mit seiner großen gepflegten Hand durch die von Rosenduft und orangenem Abenddunst gesättigte Luft. »Schluß damit! Reden wir morgen darüber. Ich freue mich so, daß du hier bist! Und ich weiß, daß auch Petra sich freut.«

»Du hast ein völlig schiefes Bild von unserer Generation«, sagte Major a. D. Konrad Ritter in diesen Tagen zu seinem Sohn, als sie abends auf der Couch zusammensaßen und Ritter die Plakate begutachtete, die zum ›Treffen deutscher Divisionen‹ in Nürnberg überall angeklebt werden sollten.

Es war ein schönes, ein dekoratives Plakat. Unter einer wehenden Fahne lag, eingebettet in saftiges Gras, ein deutscher Stahlhelm.

Rot leuchtete die Schrift. Major a. D. Ritter war stolz, daß man seinen Vorschlag in so vollendeter grafischer Manier verwirklicht hatte. Zwar hatte er vorgeschlagen, im Hintergrund ein Birkenkreuz zu zeigen, aber – und das sah er ein – der Festausschuß hatte gemeint, dieses Kreuz sei zu trist für ein Plakat und erinnerte an die Millionen Toten. Man wolle aber keine Totenfeier veranstalten, sondern ein fröhliches Kameradentreffen. Natürlich mit einer Gedenkminute, Trommelwirbel und stahlhartem Blick ... aber sonst ... Ritter erkannte das voll an, und das Birkenkreuz wurde gestrichen.

»Ihr denkt immer, wir seien die ewigen Gestrigen!« erklärte Konrad Ritter, als Werner ihn kritisch und abwehrend ansah. »Dem ist nicht so, mein Sohn! Aber ein Volk ohne Tradition, ein Volk ohne das militärische Bewußtsein, ein Volk ohne völkischen Herzschlag ... das ist wie eine Maschine, die Nähnadeln ohne Öhre produziert! In zwei Weltkriegen, die wir nur durch Verrat verloren, haben wir die Heimat verteidigt gegen eine Übermacht von Feinden, und wenn damals, 1945, die intakte Armee in Schleswig-Holstein mit amerikanischer Hilfe nach Osten marschiert wäre, dann hätten wir jetzt ...«

»Vater, um Himmels willen, hör auf damit!« Werner Ritter ließ den Verschluß seiner Bierflasche aufknallen. »Wir leben jetzt in einer anderen Zeit!«

»Ist sie besser?« schrie Major Ritter. »Gammler auf den Straßen, in den Lokalen Tänze, wo man wie ein Urwaldaffe mit dem Hintern wackeln muß, Musik, die sich anhört wie eine Katze, die sich den Schwanz eingeklemmt hat, Bilder, die ein blinder Gorilla mit Farbe bespritzt zu haben scheint, eine Literatur wie das Stammeln eines Kretins ... ist das die Visitenkarte des neuen Deutschlands? Ha, im August, in Nürnberg, wirst du hören und sehen, wie das deutsche Herz noch unverfälscht schlägt! Wie sich die Beine straffen, wenn die Märsche ertönen! Wie die alte deutsche Kraft in die Augen steigt, wenn über den Häuptern die Fahnen im Wind knattern! Wir sind eben ein Volk, anders als die anderen Völker! Das germanische Erbe ist unauslöschbar!«

Werner Ritter seufzte und ließ seinen Vater weiterreden. War Major Ritter erst einmal im Redefluß, schwamm er solange in den wogenden Wellen, bis er heiser und erschöpft war. An diesem Abend willigte Werner Ritter auch ein, eine Sitzung des Festausschusses des BUNDES DEUTSCHER DIVISIONEN zu besuchen. Er sagte ja, nur um den Alten ruhiger werden zu lassen und den Abend vor dem Fernsehschirm zu retten.

Es wurde eine gespenstische Sitzung.

Im Hinterzimmer der Wirtschaft ›Onkel Theodor‹ war die Rückwand mit einer alten Kriegsflagge bespannt. Davor stand ein langer, weißgedeckter Tisch, an dem das Präsidium des BdD residierte. Einzeln oder in Gruppen trafen die alten Kämpen ein, im Knopfloch die Ordensschleifchen, und stellten sich an den Wänden auf, als sollten sie ausgestellt werden. Auch Major Ritter dirigierte seinen Sohn an eine Wand und baute sich, linker Fuß vor, auf. Auf die Frage: »Warum setzen wir uns denn nicht?« zischte Major Ritter seinem Sohn zu: »Gleich kommt der General! Du kannst dich doch nicht hinsetzen, bevor der Kommandeur kommt!« Werner Ritter hob die Schultern und blieb neben seinem Vater stehen.

Und dann ging ein Ruck durch die alten Soldaten. Eine Stimme schrie von der Tür: »Der Herr General!« Wie ein Klicken ging es

240

durch die Reihen der Wartenden, wie das Einschnappen eines Schlosses. Verblüfft sah Werner Ritter, wie die alten Männer strammstanden, das Kinn an den Kragen drückten und die Gesäße von sich stießen. Feierliche Stille herrschte im Saal. Durch die Tür kam ein kleiner dicklicher Mann mit einer roten Nase, sah sich wohlwollend um und steuerte, begleitet von vier anderen, sehr zackig gehenden Männern, auf den weißen Tisch unter der Fahne zu.

»v. Rendshoff . . .«, flüsterte Major Ritter ehrfurchtsvoll. »Eichenlaub mit Schwertern . . .«

»Na und?« sagte Werner Ritter.

Major Ritter wurde bleich wie bei einem Kreislaufkollaps. Er schielte zur Seite und schwankte leise. Unbeeindruckt von der Szene stand sein Sohn da und steckte sich eine Zigarette an. Ein Heiligtum wurde entweiht!

»Zigarette weg!« zischte Major Ritter.

»Warum?« fragte Werner zurück.

»Der General . . .«

»Soll ich ihm eine anbieten?«

»Flegel!«

Major Ritter bekam rotumränderte Augen. Sein Kehlkopf zuckte wild. Man müßte jetzt um sich schlagen dürfen, dachte er. Wahrhaftig, man müßte vortreten dürfen, »Ich bitte Herrn General um Verzeihung!« sagen und dem Bengel eine runterhauen! Er raucht, während der General noch gar nicht die Versammelten begrüßt hat! So etwas ist mein Sohn!

»Guten Abend, Kameraden!« sagte General Rendshoff laut. Er hatte eine helle Stimme und machte zwischen jedem Wort eine kleine Pause. Es hörte sich an, als spucke er die Worte aus.

»Guten Abend, Herr General!« donnerte die Versammlung zurück.

»Bitte Platz zu nehmen.«

Stühlerücken, Tischeschieben, Füßescharren. Major Ritter trat seinem Sohn auf den rechten Fuß. »Benimm dich!« sagte er mit flackernden Augen. »Mir zu Gefallen! Blamier mich nicht! Ich bin immerhin der Schatzmeister des BdD! Wenn du schon Vaterlandstreue nicht verstehst, dann benimm dich wenigstens wie ein guterzogener Mensch!«

Eine Stunde lang hielt Werner Ritter bei der Versammlung aus. Er hörte einen Vortrag des Generals über die Kesselschlacht bei Wjasma an, wo der General das Ritterkreuz erhielt, was mit Klatschen und einem dreimaligen zackigen Hoch! Hoch! Hoch! belohnt wurde. Dann folgte ein Erinnerungsbericht über den Brükkenkopf am Bug, der Major, der damals vier Tage lang mit neunundsiebzig Landsern eine ganze sowjetische Brigade aufhielt, war zugegen und erhielt ein dreimaliges, klirrendes Hurra! Hurra! Hurra! – Aber als dann Major Konrad Ritter das Podium bestieg und eine Rede begann über die Erfordernisse, Deutschlands Jugend wieder für den Dienst unter der Fahne zu interessieren, verließ Werner Ritter den Saal, weil es einfach eine Welt der Gespenster war, über die der Modergeruch von Millionen Gräbern schwebte.

Man hätte doch das Kreuz auf das Plakat setzen sollen, dachte er, als er die Tür hinter sich zuzog. Sie feiern das Heldentum ... und 55 Millionen sind dafür elend krepiert.

Was geht bloß in diesen Gehirnen vor?

Er fuhr zum Polizeipräsidium und kam gerade zur rechten Zeit.

Kriminalrat Lummer, das ›Kotelett‹, obgleich Chef der Mordkommission, hatte sich in eine Aktion eingeschaltet, für die die Sittenpolizei und das städtische Ordnungsamt verantwortlich zeichneten. In einer Blitzrazzia mit zehn ›Grünen Minnas‹ und allen verfügbaren Funkwagen hatte man von den Plätzen und Straßenecken, den Parkbänken und aus den Bedürfnisanstalten die ›nächtlichen Wanderer‹ eingesammelt. Nun saßen ungefähr neunzig langmähnige, blasse, schmutzige Gammler, Jungen und Mädchen, auf den langen Bänken im Präsidium, protestierten gegen die Verhaftung, gegen das Rauchverbot, gegen die Behandlung, legten sich auf die Flure und waren gerade dabei, einen Sitzstreik zu veranstalten, als Werner Ritter eintraf.

»Was ist denn hier los?« fragte er und sah über die Knäuel der langmähnigen Gossentypen. Vier Jungen und drei Mädchen lagen der Länge nach auf dem Rücken mitten im Flur, und einige Polizisten waren dabei, sie an den Füßen wegzuziehen wie nasse Säcke.

»Ein Aufmarsch von Deutschlands Hoffnung und Zukunft!« sagte Kriminalrat Lummer sarkastisch und hatte Sehnsucht nach einer seiner gefürchteten Zigarren. Mit dem Einzug der neunzig Gammler roch es im Präsidium plötzlich nach Schweiß, Schmutz und Kloake. Mit sichtlicher Wonne ließen die Verhafteten ihre Winde ab, und keiner konnte sie daran hindern. Es war eine billige, aber wirksame Note des Protestes.

»Sie stinken wie die Böcke!« sagte Ritter und stieß einen Gammler auf die Bank zurück, der zu ihm gekommen war und ihn anschrie, er müsse scheißen, und wenn man ihn nicht zum Lokus ließe, würde er mitten im Flur abprotzen. »Warum hat man sie einkassiert?«

»Die Sitte ist da auf eine tolle Spur gekommen, Ritter!« Dr. Lummer zog Werner in sein Büro. Es war wohltuend, den Gestank nicht mehr zu riechen. »Ich habe ein paarmal versucht, Sie zu erreichen. Waren wohl im Kino?«

»So ähnlich. Mein Vater hat mich zu einer Sitzung des Bundes deutscher Divisionen mitgenommen.«

»Hochinteressant, was?«

»Ergreifend.« Werner Ritter wartete, bis sich Dr. Lummer eine seiner Zigarren angezündet hatte, die man auch im Präsidium ›Räucherkerzen‹ nannte. Mit ihnen war es leichter, die Umgebung zu ertragen. Mit dem Rauchen dieser Zigarren hatte Dr. Lummer angefangen, als man eine Leiche exhumierte. Um den schrecklichen Verwesungsgeruch nicht einzuatmen, hatte er sich diese Sorte Zigarren angesteckt. Nun hatte er sich so an sie gewöhnt, daß sie zu ihm gehörte wie eine Brustwarze zur Brust.

»Die Sitte hat in einem Lokal in der Altstadt sieben Pärchen ausgehoben, die auf dem Teppich saßen und wie Mondsüchtige aussahen. Sie warten jetzt in einem Nebenzimmer. Nummer 176. Als die Beamten sie ansprachen, erzählten sie von einem Flug in die Stratosphäre, von Besuchen auf anderen Sternen, von einem See, in dem goldene Elefanten baden . . .«

Durch Werner Ritter lief ein leichtes Zittern. Sein Mund zuckte plötzlich.

»LSD«, sagte er leise.

»Ich wußte, daß ich Sie hocherfreuen könnte. Genau das scheint es zu sein. LSD oder Meskalin oder Psilocybin – was die Brüder da geschluckt haben, ist noch nicht heraus! Auf jeden Fall sind unsere Ärzte und Chemiker wild geworden. Sechs sind dabei, die sieben Pärchen nach allen Regeln der chemischen Kunst zu durchforschen. Es scheint aber, daß sie LSD in sich haben. Die Sitte das hören – und los! Sie haben alles aufgesammelt, was sich da herumdrückte. Oberrat Plüger leitet selbst die Verhöre ... sollten die Kollegen von der Sitte auf LSD stoßen, so bringen sie uns die Gammler herüber. Warten wir also ab ...«

Sie warteten eine Stunde, rauchten und riefen ab und zu bei Oberrat Plüger an, wie die Aktien ständen. Die sieben Pärchen in Zimmer 176 hatten mittlerweile gestanden. Von einem Mann im Hofgarten hatten sie LSD gekauft.

»Na also!« sagte Dr. Lummer sarkastisch. »Nun ist's auch in Düsseldorf! Wurde Zeit, mein Lieber. Als Landeshauptstadt darf man nicht zurückstehen. Mir graut nur davor, was alles auf uns zukommt. Jeder kleine Mord wird jetzt auf doof gespielt werden. ›Ich war im Rausch, Herr Kommissar!‹ – Das wird eine Scheiße, Ritter!«

Gegen 23 Uhr führten zwei Polizisten einen großen, hageren Bengel in Dr. Lummers Zimmer. Die Haare hingen ihm in Locken bis auf die Schultern, er trug enge, hellblaue Leinenhosen, ein kariertes Hemd, eine Kunstlederjacke und stank nach Wermut. Mit heruntergezogenen Mundwinkeln sah er Dr. Lummer und Werner Ritter an und rülpste aus Protest.

»Prost!« sagte Dr. Lummer gemütlich. »Auch furzen kannst du, mein Junge. So intensiv wie Leichengeruch kannste es doch nicht ... und den überdeckt meine Zigarre! Also, genier dich nicht. Drück ab!«

Der Gammler sah sich um. Die Polizisten waren wieder gegangen und standen nun draußen auf dem Flur vor der Tür. Er war allein, und das kam ihm plötzlich unheimlich vor. Auch benahmen sich die beiden Kriminaler anders als die von der Sitte, und das Wort Leichengeruch war auch unangenehm.

»Ich protestiere!« sagte der Gammler erst einmal.

»Das steht dir auch zu.« Dr. Lummer nickte. »Nach dem Grundgesetz kann jeder gegen eine ungerechte Behandlung protestieren! Ich nehme den Protest zur Kenntnis! Weiter!«

»Was wollt ihr überhaupt? Ich stehe ahnungslos im Hofgarten an einem Baum und pinkele, und da kommt so ein Bulle und kassiert mich! Darf man in Deutschland nicht mal mehr pinkeln?«

»Von mir aus kannst du einen Wasserfall spielen!« Dr. Lummer gab Werner Ritter unter dem Tisch einen leichten Tritt gegen das Schienbein. »Aber du scheinst gar nicht zu wissen, wo du bist!«

»Im Präsidium.«

»Hier im Zimmer –«

»Ich denke, Sitte . . .«

»Nein, mein Junge«, sagte jetzt Ritter kühl. »Mordkommission.«

Der Gammler wurde etwas bläßlich unter seiner schmutzigen Haut. Mit einer mädchenhaften Bewegung strich er sich die Locken aus dem Gesicht.

»Damit habe ich nichts zu tun! Das ist ein Irrtum! Ich heiße Bernd Haskow. Mein Vater ist Direktor bei Rheinrohr . . .« Er sah von Dr. Lummer zu Werner Ritter, und plötzlich hatte er Angst. »Was wollen Sie denn von mir? Mordkommission! Das ist ein Irrtum!«

»Weiß dein Vater, daß du als Gammler im Hofgarten herumstrolchst?«

»Mein Vater ist dauernd unterwegs. Jetzt ist er seit sechs Wochen in Kanada.«

»Und deine Mutter?«

»Meine Eltern sind geschieden.«

»Und warum gammelst du?«

»Mich ekelt dieses bürgerliche Leben an!«

»Die typische Wirtschaftswunderpflanze!« Dr. Lummer blies

245

den Rauch seiner Zigarre ins Zimmer. Der Gammler hustete. Gegen Lummers Zigarren kam keiner an.

Werner Ritter beugte sich etwas vor.

»Was du von der Welt und der Gesellschaft hältst, ist mir wurscht!« sagte er laut und scharf. »Aber daß du LSD verkaufst . . .«

»Nein!« sagte der Gammler Bernd Haskow. »Das tue ich nicht!«

»Junge, sei kein Hosenscheißer! Auf Zimmer 176 liegen sieben Pärchen, die LSD getrunken haben. Einer liegt im Sterben. Und deshalb biste auch bei der Mordkommission! Du hast ihnen das LSD verkauft! Für 50 Mark das Blättchen.«

»Das ist gelogen!« schrie Bernd Haskow. »Sie haben nur 25 Mark bezahlt!«

»Danke!« sagte Ritter und lächelte. Über das Gesicht des Gammlers zog helle Röte. Von diesem Augenblick an haßte er den Kriminalassistenten. Dr. Lummer beugte sich zum Ohr Ritters.

»Ein klarer Erfolg – aber außerhalb der Legalität! Suggestivfragen sind nicht erlaubt! Wenn der einen guten Anwalt besorgt, nimmt der Sie auseinander!«

»Gib mir mal die Streifen her«, sagte Ritter und stand auf. Bernd Haskow wich zur Tür zurück, aber Ritter kam nach und schüttelte den Kopf. »Junge, mach doch keinen Ärger. Ich kann dich ausziehen lassen, und ein Arzt wird jede Körperöffnung von dir nachsehen! Was wir finden wollen, finden wir. Vor allem, wenn wir wissen, daß du das bei dir hast, was wir suchen. Also, Bernd . . .« Ritter streckte seine rechte Hand offen hin. »Sei kein störrischer Esel . . . her mit den Streifchen.«

Der Gammler zögerte eine Sekunde. Dann bückte er sich, zog seine Schuhe aus, löste die Zwischensohle und holte aus jedem Schuh vier in Stanniol gewickelte Streifchen Löschpapier heraus. Stumm sahen ihm Dr. Lummer und Werner Ritter zu. Dann lagen die Streifchen auf dem Tisch, und Dr. Lummer hatte plötzlich eine unbekannte Scheu, sie zu berühren.

»Wie stark?« fragte Ritter.

»100 Mikrogramm.«

»Woher?«

»Aus England.« Der Gammler Haskow hatte seine Sicherheit wiedergefunden. »Was wollen Sie eigentlich von mir? LSD steht nicht unter Rauschgiftgesetz. Ich habe mich nicht strafbar gemacht! Ob ich Nüsse verkaufe oder LSD ... vor dem Gesetz ist das gleich!«

Werner Ritter wandte sich ab. Das war es, die große Fessel, die er überall zu spüren bekommen hatte. Kein Gesetz verbot es, das im deutschen Strafgesetzbuch noch unbekannte LSD zu verkaufen. Nur wenn unter Einwirkung von LSD ein Verbrechen geschah, konnte man es verfolgen ... ein vages Verbrechen, vor dem bis jetzt immer der Schutz des § 51, Absatz 1 – Unzurechnungsfähigkeit –, stand. Eine Ohnmacht der Justiz, die schrecklich war.

»Ich möchte einen Anwalt!« sagte der Gammler laut. »Rufen Sie unseren Hausanwalt, Dr. Lechenrat. Ich sage kein Wort mehr ohne unseren Anwalt aus!«

Dr. Lummer winkte ab, als sich Ritter zu ihm wandte. »Du kannst gehen«, sagte er fast väterlich. »Gib deine Personalien bei der Wache an, und dann hau ab zu deinen bepinkelten Hofgartenbäumen.«

Ritter stieß die Tür auf, Bernd Haskow ging hinaus und wurde von den wartenden Polizisten in Empfang genommen. Der Flur war fast leer. Nur noch siebzehn Gammler saßen auf der Erde, wie schläfrige, aus dem Sumpf geholte Affen.

»Sie freuen sich gar nicht, Ritter?« sagte Dr. Lummer, als Ritter vorsichtig eine der Stanniolhüllen entfernte und ein schmales Blatt Löschpapier freilegte. Ein rosa Papierstreifen.

Ritter sah auf das harmlose Löschpapier. Sein Herz war plötzlich schwer wie ein Mehlsack.

»Ich sollte mich freuen, ja ...«, sagte er leise. »Ich habe einen Beweis bekommen ...«

Er dachte an die Reste des Löschpapiers, die er aus dem Kamin Toni Huilsmanns gerettet hatte.

Die Kette schloß sich.

Eine Kette, die Alf Boltenstern einschloß.

Den Vater Juttas.

Dr. Lummer schien seine Gedanken zu erraten. Fast zärtlich legte er seinen Arm um Ritters Nacken.

»Ritter, Sie sind Beamter«, sagte er leise. »Kriminalbeamter. Sie vertreten das Gesetz und beschützen die Menschen.«

»Ich werde es nie vergessen, Herr Rat«, sagte Ritter heiser. »Ich habe mir das gleiche eben selbst vorgesagt –«

Noch nie war eine Nacht so dumpf wie diese.

12

Es war widerlich und zerriß Schreiberts Herz in kleine, blutige Fetzen, anzusehen, wie der Nordländer seinen Sieg der Häßlichkeit demonstrierte und seine Beute nicht mehr von seiner Seite ließ.

Ob Corinna Colman am Waldrand sich sonnte, ob sie im Schwimmbecken planschte, unter dem Sonnenschirm lag, mittags und abends aß ... immer war der lange Nordländer an ihrer Seite, tätschelte ihre Hand, küßte ihre Halsbeuge und am Waldrand –, Schreibert konnte es ganz deutlich vom Fenster seines Zimmers aus sehen – streichelte er sogar ihre Brust.

Seit dem schrecklichen Duell sprachen sie nicht mehr miteinander. Schreibert zog sich im Speisesaal in die von Corinnas Tisch am weitesten entfernte Ecke zurück, und er tat noch etwas anderes, obgleich er dazu gar keine Lust hatte: Er begann einen Flirt mit einer Dame, die schwarze künstliche Haare hatte und deren Gummimaske ein ständiges, etwas trauriges Lächeln trug. Schreibert erfuhr, daß sie 32 Jahre alt sei, geschieden aufgrund ihrer Gesichtsverletzung – ein guter Anwalt ihres Mannes hatte es als ekelerregende Verletzung hingestellt, was eine Scheidung möglich machte –; sie hatte zwei Kinder, niemand besuchte sie, und sie war dankbar, daß Schreibert sie ansprach, denn sie kam sich so einsam vor wie Schreibert auch.

Zweimal ging er mit der Dame, die sich Doria nannte, spazieren, dann wurde ihm die Bekanntschaft zu gefährlich, denn Doria erzählte, daß sie früher sehr lebenslustig gewesen sei und daß ihr das jetzt sehr fehle.

In der Nacht darauf wachte Schreibert mit einem leisen Aufschrei auf, weil jemand in sein Bett kroch und seine kalten Füße gegen seinen Bauch stemmte. Es war eine mondlose Nacht, und in der völligen Dunkelheit tastete Schreibert schlaftrunken nach dem Druckknopf der Nachttischlampe. Eine kalte, aber starke Hand hielt ihn fest.

»Kein Licht«, flüsterte eine ihm bekannte Stimme. »Hab' mich lieb . . .«

»Corinna . . .«, stammelte Schreibert. Sein Herz begann zu zucken, als schnitte man es in Streifen.

»Du wolltest die andere Frau lieben, nicht wahr? Das lasse ich nicht zu! Ich liebe dich . . .«

»Ich habe das Duell verloren! Du hast dich für den Nordländer entschieden. Es gibt einen Skandal, wenn er erfährt, daß du heute nacht bei mir warst.«

»Hast du Angst, mein Liebling?«

»Dummheit! Ich habe nie Angst!« Schreibert legte die Arme um den glatten, kalten Körper. Seine Seligkeit war unbeschreiblich. »Ich war krank vor Kummer«, flüsterte er und wühlte sich in ihre langen blonden, nach Jasmin duftenden Haare. »Du bist für mich das zweite, neuentdeckte Leben, weißt du das?«

»Nicht reden, mein Liebling. Jedes Wort kostet Zeit . . . und die Zeit ist gegen uns.« Sie legte sich in seine Arme wie ein Hündchen, kroch an seine Brust und verschlang ihre Beine mit den seinen. Ihre Haut atmete Pfirsichduft aus. Schreibert hielt den Atem an – er war wie betäubt.

»Wollen wir heiraten?« fragte er mit völlig fremder Stimme.

Sie schüttelte den Kopf, aber es war keine Ablehnung, sondern nur eine Abwehr für den Augenblick.

»Du sollst mich lieben . . .«, flüsterte sie, mit den feuchten Lippen an seinem Hals. »Keine Pläne . . . keine Zukunft . . . wir leben doch nur den Tag!«

Gegen Mittag des nächsten Tages geschah etwas Merkwürdiges im Sanatorium ›Bergwald-Klinik‹.

Im Zimmer Hermann Schreiberts brannte es.

Als Dr. Hellerau und zwei Schwestern, zwei Pfleger und der Hausmeister in das verschlossene Zimmer einbrachen, indem sie einfach die Türfüllung eintraten, quoll ihnen dichter Qualm entgegen, der sie keuchen und husten ließ.

Das Bett glimmte.

In dem Bett, unter der rauchenden Decke, lag Schreibert und rührte sich nicht mehr.

Der Hausmeister riß das Fenster auf, die Pfleger zerrten die glimmenden Decken weg, Dr. Hellerau und die beiden Schwestern trugen den besinnungslosen Schreibert auf den Flur.

»Hat im Bett geraucht!« sagte der Hausmeister und nahm vom Fußboden eine halbe Zigarette auf. »Das alte Lied! Hat noch Glück gehabt, daß es nur glimmte und nicht lichterloh brannte.«

Nach einer Stunde Beatmung und Herzmassage war Schreibert gerettet. Er fiel von der Ohnmacht in einen tiefen Schlaf, aber seine Lungen saugten wieder reine Luft, und das Blut bekam guten Sauerstoff. Am Abend war er soweit, daß er mit Dr. Hellerau sprechen konnte, der ihn in sein eigenes Bett gelegt hatte.

»Das war knapp«, sagte Dr. Hellerau und fühlte dabei den Puls. »Es ist auch das erstemal, daß hier so etwas passiert. Haben Sie ihn nicht ins Zimmer kommen sehen?«

»Nein, ich schlief.« Schreibert hustete. Ein Rest Rauch lag noch in den Lungenbläschen. »Was ist eigentlich passiert?«

»Jemand wollte Sie umbringen.« Dr. Hellerau sagte es ganz nüchtern, auch als Schreibert zusammenzuckte. »Ein Mordversuch. Simpel, sicher und dabei vollendet! Jemand kommt zu Ihnen, gibt Ihnen einen Schlag gegen die Schläfe – links, fühlen Sie mal, da haben Sie eine Beule –, zündet eine Zigarette an, läßt sie halb abbrennen, steckt das Bett an, verläßt das Zimmer, schließt es von außen ab . . . das ist einfach, denn nicht jede Tür im Haus hat ein separates Schloß, es gibt Wiederholungen in den Schlössern . . . und keiner merkt etwas, bis entweder das Zimmer in hellen Flammen steht oder – wie vorhin – der Qualm unter der Tür her in den Flur zieht. Theoretisch hätten Sie tot sein müssen...«

»Danke«, sagte Schreibert schwach.

»Haben Sie einen Verdacht, wer es gewesen sein könnte?«

Schreibert schwieg und starrte an die Decke. Dr. Hellerau erhob sich von der Bettkante.

»Spielen wir doch kein Theater, Herr Schreibert. Ich weiß so gut wie Sie, daß wir keine Beweise haben, nur einen richtigen Verdacht. Es gibt jetzt nur zwei Möglichkeiten: Entweder Sie verlassen die Klinik – oder Sie bleiben und werden eines Tages umgebracht, mit Erfolg, wenn Sie nicht von Corinna Colman lassen.«

»Und die dritte Möglichkeit... wenn Sie diesen... diesen anderen Mann entlassen?«

»Habe ich dazu einen Grund? Können wir ihm etwas nachweisen?«

Schreibert schüttelte den Kopf. Er hustete wieder und begriff erst jetzt richtig, wie knapp er zum zweitenmal dem Tode entronnen war. Ein Frieren durchzog seinen Körper.

»Ich liebe Corinna«, sagte er leise. »Gut, Doktor – ich verlasse die Klinik. Aber nur, wenn ich Corinna mitnehmen kann!«

»Denken Sie daran, daß sie eine Maske trägt«, sagte Dr. Hellerau mit gepreßter Stimme.

»Mir ist ganz gleich, wie sie darunter aussieht. Schrecklicher als ich oder dieser Nordländer kann sie nicht aussehen. Kommt es darauf an?«

Dr. Hellerau trat an das Fenster. Die Nacht schob sich wieder über die Berge. Vom Dorf herauf klangen dünn die Glocken. Feierabend. Im Speisesaal wurde jetzt das Abendessen aufgetragen. Der Tisch Schreiberts war leer, und Corinna würde zu ihm hinüberschielen und sich fragen, warum er nicht zum Essen kam.

»Ich möchte Ihnen etwas raten«, sagte Dr. Hellerau langsam, »was sonst zu den Todsünden der Klinik gehört! Für Sie wäre es eine Therapie... eine Heilung! Ziehen Sie Corinna die Maske vom Gesicht.«

Schreibert fuhr in seinem Bett hoch. Der Atem stockte ihm.

»Nie!« stotterte er. »Nie! Sie ist wie ein Engel für mich!«

»Sie sollten es tun!« Dr. Hellerau wandte sich ab und verließ das Zimmer.

Schreibert sank in die Kissen zurück. Ein Hustenanfall schüttelte ihn wieder. Er keuchte, rang nach Luft und spuckte bitteren, nach Brand riechenden Schleim aus.

Dann lag er still, beobachtete die Wolken, die über den Wald zogen, und die Dunkelheit, die hinter ihnen herkroch.

Die Maske von ihrem Gesicht, dachte er.

Soll ich mich denn selbst umbringen . . .

Mit einem Flugzeug der griechischen Luftfahrtgesellschaft landete Werner Ritter, von Athen kommend, auf Rhodos.

Er hatte sich nicht angemeldet, denn sein Besuch war kein freudiges Familienereignis. Bei der Präfektur erfuhr er die Adresse Boltensterns; er mietete einen Wgen, fuhr in die Berge und erreichte nach zwei Stunden den alten, verwilderten Landsitz.

Das Tor stand offen. Petra Erlanger und Jutta waren weggefahren nach Kremasti, einem verträumten Küstenort, wo man Ausgrabungen aus altgriechischer Zeit erwerben konnte. Jutta wollte Werner Ritter eine solche Ausgrabung als Geschenk mitbringen, und Petra hatte sich erboten, sie darin zu beraten.

Etwas zögernd stieg Ritter die ausgewaschenen Steintreppen zu dem umrankten Herrenhaus empor. Schon von weitem hörte er Holzhacken. Boltenstern machte Kaminholz und Scheite für den großen gemauerten Grill.

Nach weiteren zwanzig Stufen konnte Ritter die große Terrasse übersehen. Boltenstern stand an einem Hackklotz, schwang die Axt und ließ die Scheite fliegen. Er machte es ziemlich fachmännisch und mit großer Kraft.

Als spüre er den Blick im Rücken, drehte sich Boltenstern um und sah Ritter auf der Treppe stehen.

»Ja, so was!« rief er, warf die Axt zur Seite und kam auf Werner Ritter zu. Dabei wischte er seine Hände an den Hosen ab. »Die Familie scheint sich zu Experten für Überraschungen zu verwandeln! Erst Jutta und jetzt du, mein Junge! Willkommen im Paradies! Weiß Jutta, daß du kommen wolltest? Natürlich, sie weiß

252

es nicht! Welche Frage! Junge, wird sie sich freuen! Hast du Urlaub?« Boltenstern streckte beide Arme weit aus. »Ich bin wirklich glücklich, daß ihr euch liebt!«

Werner Ritter ließ sich umarmen und an Boltensterns Brust drücken, aber er war steif und erwiderte die Herzlichkeit kaum. Um seine Augen lagen Schatten, und als er Boltenstern nach dem ersten Begrüßungssturm ansah, war sein Blick wie umflort und tief traurig.

»Ich habe keinen Urlaub«, sagte er tief atmend. »Und ich bin froh, daß wir allein sind . . . können wir uns setzen?«

»Aber ja, mein Junge, ja!« Boltenstern führte ihn zu der großen Steinbank und dem riesigen Tisch. »Müde von der Reise, was? Ich hole dir einen Wein, der alle Lebensgeister wieder weckt!«

»Bitte nicht!« Ritter hielt Boltenstern am Hemd fest. Verwundert blieb dieser stehen und wandte sich um. Wie nach einem Donnerschlag war alle Herzlichkeit verflogen . . . die Schwelle eines Gewitters senkte sich über sie.

»Was ist los?« fragte Boltenstern hart.

Werner Ritter griff in die Tasche und legte etwas Flaches, Glitzerndes auf den Steintisch.

Stanniol.

Über Boltenstern zog eine eisige Ruhe.

Ritter löste das Stanniol voneinander. Ein Streifen rosa Löschpapier lag in der Sonne.

Das Gesicht Boltensterns wurde zu Stein.

»Herr Boltenstern –«, sagte Werner Ritter betont, aber er vermied es dabei, den Vater Juttas anzusehen. Mit jedem Wort rang er, man hörte es deutlich. »Kennen Sie diese kleinen Löschpapiere?«

Boltenstern beugte sich über die Platte des Steintisches, als sei er kurzsichtig, betrachtete den lächerlichen Papierstreifen, ergriff ihn und hielt ihn mit ruhiger Hand bis zu den Augen empor. Dann ließ er ihn zurückfallen auf den Tisch, so wie man einen dummen Papierschnipsel wegflattern läßt, und sagte:

»Nein!«

In diesen Augenblicken bewunderte Werner Ritter die Selbstbeherrschung und die Kaltblütigkeit Boltensterns. Er deckte wieder das Stanniol über den blaßrosa Streifen.

»Sie wissen wirklich nicht, was das ist?« fragte er dabei.

»Sie stellen dumme Fragen, Werner. Natürlich kenne ich Löschpapier. Vom ersten Schulheft an, ja, schon früher! Als Kind habe ich mit Löschpapier gespielt – ich fand es lustig, daß man an einen dicken Tropfen eine Papierkante legt, und wie von Zauberhand verschwand der Tropfen in dem Papier. Das war ein schönes Spiel als Kind ...«

Boltenstern lehnte sich gegen die dicke Steinplatte des Tisches. Er hatte keine Sorge, daß Jutta und Petra Erlanger so bald zurückkamen. Vor Abend brachte sie ein Taxi nicht wieder in die wilden Weingärten. Wenn Frauen unterwegs sind, einzukaufen, was ihnen gefällt, ist die Uhr das unwichtigste Ding der Welt.

»Ich habe allerdings noch nie gesehen – und deshalb mein klares Nein –, daß man Löschpapier in Stanniol verpackt.« Boltenstern beobachtete Ritter, wie er das flache Päckchen wieder in die Tasche steckte. In ihm war alles ruhig und gefaßt. Er konnte nicht mehr überrumpelt werden. Ihn bluffte keiner mehr. Es gab niemanden, der ihn aus seiner Sicherheit stoßen konnte. Manchmal wunderte er sich selbst über seine Wandlung. Der Alf Boltenstern der vergangenen Jahre war zwar ein eleganter, kluger, gesellschaftlich perfekter Mensch gewesen, aber sein Leben war nie in ein großes Wagnis verwickelt worden. Er war mit dem, allerdings sehr gut verdienenden Alltag ausgekommen, er hatte Risiken vermieden oder sich nicht – wie Richard Erlanger – ohne Bedenken an eine Frau verkauft, die ihm Millionen in die Hand gab und ihn dafür quälen durfte. Er hatte auf die anderen geschaut und war ihnen nachgezogen, er hatte immer einen vor sich gehabt, an den er sich dranhängen konnte ... Nun, unmerklich, war er frei geworden. Er hatte aus eigenem Risiko gehandelt, er war um seine Vorgänger herumgegangen, er hatte vor sich eine freie Straße ... Wie lächerlich war es da, daß man ihm ein Streifchen rosa Lösch -

papier in den Weg legte, als sei es ein Felsblock, über den er stolpern müßte!

Boltenstern lächelte mokant, als Werner Ritter auf seinen erzählenden Ton nicht einging, sondern dienstlich knapp blieb.

»Dieses Löschpapier ist präpariert!« sagte Ritter.

»Natürlich.« Boltenstern zeigte seine weißen gepflegten Zähne. Es war bedauerlich, daß kein Zuhörer vorhanden war. So viel innere Sicherheit ist einen Zuschauerkreis wert. »Sonst wäre es ja gewöhnliches Papier und kein Löschpapier.«

Werner Ritters Gesicht wurde eine Nuance blasser. Spott trifft mehr als Schläge.

»Das Papier enthält LSD! 100 Mikrogramm!« sagte er heiser.

»Ach! Interessant.« Boltenstern sah auf den Fleck, wo das Streifchen auf dem Tisch gelegen hatte. Ein Hauch von Feuchtigkeit überzog den rauhen Stein. »Wenn ich jetzt über diesen Nässefleck lecke, höre ich die Engelchen singen, nicht wahr?«

Ritter schluckte auch diesen Spott, auch wenn er in seiner Kehle wie kochende Galle lag. »Sie kennen LSD?« fragte er.

»Ich habe neulich darüber gelesen. In irgendeinem amerikanischen Magazin. Mit Bildern sogar. Ein total verrücktes Gesellschaftsspiel! Sicherlich eine Modeerscheinung wie diese Tänze, wo man wie ein Urwaldaffe mit dem Hintern wackeln muß. Man macht viel zuviel Aufhebens davon.«

»Es sind im LSD-Rausch Selbstmorde und auch Morde geschehen!« Ritter lehnte sich neben Boltenstern an die dicke Kante des Steintisches. Gemeinsam blickten sie über die Hänge und Terrassen mit den Rosen und verwilderten Weinreben. Das Meer schimmerte in der Sonne wie eine Scheibe polierten Goldes. Man brauchte sich nicht mehr anzusehen, um in der Mimik zu lesen, was der andere fühlte ... wie auf dem Theater war's, die Schminke der Maske überdeckte die wahren Regungen.

»Es gab schon Morde, bevor man LSD entdeckte«, sagte Boltenstern leichthin. »Rauschgift spielt in der Kriminalistik eine große Rolle. Verbrechen im Haschisch- oder Meskalinrausch, die Willenlosigkeit der Opiumraucher ...«

»Sie kennen sich genau in dieser Sparte aus, Herr Boltenstern?«

»Die Lektüre des amerikanischen Magazins.« Boltenstern lächelte höflich, aber in den Mundwinkeln lag jetzt eine zurückgehaltene Gefährlichkeit. »Die Amerikaner berichten präzise!« Seine Worte trieften vor Sarkasmus.

»Wir haben einen solchen mit LSD getränkten Löschpapierstreifen auch bei Herrn Huilsmann gefunden!« sagte Ritter knapp.

Boltenstern zeigte keinerlei Reaktion. Nur sein Hirn arbeitete fieberhaft. Es war möglich, daß durch die Nässe ein paar Stückchen nicht völlig verbrannt waren. Aber nie und nimmer waren sie so erhalten, daß man an ihnen LSD nachweisen konnte. Es verdunstete in der Hitze der flammenden Kaminscheite. Was Ritter aus der Asche gekratzt hatte, konnten nur Fetzchen sein. Und über Boltenstern kam eine wunderbare Ruhe. Statt erschreckt zu sein, fühlte er sich befreit. Es gab keine Beweise, das erkannte er jetzt.

»Interessant!« sagte er leichthin. »Bei Toni!«

»Im Kamin!«

»Kann man Kaminholz auch in einen LSD-Rausch versetzen? Brennt es dann eckig ab?«

Werner Ritter fuhr herum. Es gibt eine Grenze der Duldung – bei ihm war sie überschritten.

»Herr Boltenstern!« rief er hart. »Ihre Flucht in den Spott und Sarkasmus ist ein guter Trick, aber er ist leicht zu durchschauen! Wir haben die Papierreste, halb verkohlt, im Kamin Herrn Huilsmanns gefunden nach der Party, auf der Herr Erlanger verunglückte. Ich drücke mich vorsichtig aus, obgleich ich davon überzeugt bin, daß damals ein Verbrechen geschehen ist. Einer von Ihnen hat dieses LSD mitgebracht, und was dann geschehen ist, wissen nur die damals Anwesenden. Daß es uns gelungen ist, bei einer Razzia in Düsseldorf diese LSD-Papierchen zu entdecken, bringt uns jetzt im Fall Erlanger weiter. Und es wird ein Fall werden – dafür sorge ich!«

»Ach!« Boltenstern hob die Augenbrauen hoch. Sein Gesicht

256

drückte beleidigenden Hochmut aus. »Sie wollen damit sagen: Einer von uns vier Freunden ist der Mörder Erlangers.«

»Ja!« antwortete Ritter fest.

»Haben Sie darüber schon mit Ihrem Vater gesprochen?« fragte Boltenstern kalt.

»Ich wüßte nicht, was mein Vater damit zu tun hätte?«

»Er ist der einzige, dem man zumuten kann, kraft seines väterlichen Rechts Ihnen eine herunterzuhauen.«

»Herr Boltenstern!« Werner Ritter prallte zurück. Und plötzlich war Haß zwischen ihnen, unverhüllt und so eiskalt, daß sie die Wärme der Sonne nicht mehr spürten. »Ich werde beweisen, daß Richard Erlanger am 21. Mai ermordet wurde!«

»Für einen Schwiegersohn haben Sie eine merkwürdige Art zu reden.«

»Meine Liebe zu Jutta hat mit Gesetz und Recht nichts zu tun.«

»Und wie denkt meine Tochter darüber?«

»Sie wird in einen großen Konflikt kommen, aber ich bin mir gewiß, daß sie richtig handeln wird.«

Boltenstern nickte. »Wir können sie ja nachher fragen.«

»Nein.« Werner Ritter wischte sich über die Augen. »Ich fliege in zwei Stunden wieder zurück. Es ist ein Glücksumstand, daß Jutta nicht hier ist – davor hatte ich Angst. Es wäre für uns alle besser, wenn sie von meinem Besuch nichts erfahren würde.«

»Einverstanden. Wenn ich meine Tochter schonen kann, bin ich Ihrer Meinung.« Boltenstern lächelte böse. »Wir werden ein merkwürdiges Schwiegervater-Schwiegersohn-Verhältnis praktizieren, Werner. Sie haben mich verdächtigt, beleidigt, des Mordes angeklagt. Sie werden von mir Gegenmaßnahmen erwarten müssen!«

»Acht Personen waren an dieser Party vom 21. Mai in Huilsmanns Villa beteiligt.« Werner Ritter sah in die kalten Augen Boltensterns, und plötzlich wußte er, daß er zu dem einzigen Mann sprach, der das Geheimnis um Richard Erlangers Tod erklären konnte. »Einer wurde getötet . . . aber diese Kette aus sieben Personen hat ein schwaches Glied. Ich werde es finden! Es gibt nicht sieben Menschen, die gleich stark sind!«

Boltenstern blieb an seinem großen Steintisch stehen, als Werner Ritter wieder das Haus verließ. Er hörte das eiserne Tor knirschen, und einen Augenblick dachte er darüber nach, wie Ritter zurück zum Dorf kam. Zu Fuß natürlich ... ein steiniger Weg von über zwei Stunden. Aber er war ja noch jung, und die Aussicht, einen Mörder zu überführen, beflügelte ihn sicherlich.

Sie waren als offene Gegner geschieden. Ein Händedruck, weiter nichts. Nicht einmal die Höflichkeitsfloskel ›Gute Reise‹ oder ›Guten Flug‹ oder ›Einen schönen Gruß an den Major‹ ... Beide erkannten die Gefährlichkeit des anderen. Wie in einem Dschungel war's, wo sich zwei Raubtiere begegnen, ihre Stärke erkennen, wieder auseinandergehen und darauf lauern, wann der andere hinterrücks geschlagen werden kann.

Für Boltenstern war es sicher, daß in der Kette von sieben Personen, von der Werner Ritter gesprochen hatte, nur ein schwaches Glied vorhanden war! Toni Huilsmann. Hermann Schreibert schied aus ... seine Fingerabdrücke waren am Schal (was man bisher damit erklärte, daß er Erlanger in der Garderobe den Schal abgenommen hatte), und er war es auch, der Erlanger erdrosselt hatte, auch wenn er nichts mehr davon wußte. Hinterher hatte er an einem Chausseebaum sein Gesicht verloren – aus ihm würde Werner Ritter nie einen Ton herausbekommen. Aber Huilsmann war gefährlich. Er war eine ängstliche Natur, ein weichlicher Mann, ihn konnte man bluffen mit diesem Streifchen Löschpapier, das Werner Ritter mit sich herumtrug.

Alf Boltenstern meldete eine telefonische Verbindung nach Deutschland, nach Düsseldorf, an.

Zwei Stunden mußte er warten, bis ihm das Amt in Rhodos über Athen mitteilte, daß sich niemand meldete.

»Versuchen Sie es jede Stunde!« sagte Boltenstern erregt. »Ja, bis in die Nacht hinein! Jede Stunde! Ob damit die Leitung nach Deutschland blockiert wird, ist mir gleichgültig! Ich bezahle es! Ja, den Blitzgesprächtarif! Ich *muß* den Gesprächspartner haben!«

Ein Wettrennen mit der Zeit begann. Jetzt lobte Boltenstern den Einfall Petra Erlangers, mit Jutta einkaufen zu fahren. Solange er allein war, konnte er ungehindert sein Netz ausspannen ...

er rief bei der Flughafenauskunft in Rhodos an, wann ein Herr Ritter abgeflogen sei. Er ließ sich aus Athen melden, wann die Maschine mit der Buchung Werner Ritters abging, wann sie in Frankfurt eintraf, in Düsseldorf-Lohhausen, und dann rechnete er ganz nüchtern seine Zeitchancen aus. Die letzte Maschine von Athen bekam Ritter nicht mehr. Er mußte in Athen übernachten und flog mit der 7-Uhr-Maschine. Das war günstig. Für Boltenstern blieben eine ganze Nacht und ein Vormittag, um überall die Vorhänge über die Nacht vom 21. zum 22. Mai zuzuziehen. Werner Ritter würde gegen das Phantom von Schulterzucken und Nichtverstehen kämpfen, und wo er hineinstach, würde er auf Watte treffen. Ein Jung Siegfried der Lächerlichkeit. Ein neuer Don Quichotte.

Boltenstern war sehr zufrieden, als er die Daten und den Zeitplan überblickte. Es kam jetzt nur darauf an, Huilsmann zu sprechen. Am besten schickte man ihn weg, ließ ihn einfach nach Rhodos kommen.

Am Abend, schon im Dunkeln, kehrten Jutta und Petra Erlanger aus Kremasti zurück. Jutta hatte einen griechischen Jünglingskopf gekauft, eine garantiert echte Ausgrabung aus den Gebieten um Kameiros, dem Ruinenfeld des Altertums. Voller Stolz baute sie den Kopf vor Boltenstern auf, ein Gesicht von klassisch reinen, edlen Zügen, und Boltenstern lobte den Kauf und bestätigte, daß sich Werner Ritter sicherlich sehr über dieses Geschenk freuen würde.

Im übrigen war er an diesem Abend unruhig und wortkarg.

»Ich erwarte einen Anruf aus Deutschland«, sagte er, als Petra ihn leise fragte, warum er so nervös sei. Und er sagte es so kurz und hart, daß Petra, in ihrer neuen Art von Duldsamkeit, nicht weiter nach diesem Anruf forschte.

Da keine rechte Stimmung aufkam, gingen Jutta und Petra bald in ihre Zimmer. Boltenstern blieb auf, setzte sich neben das Telefon und las. Mehrmals fragte er beim Amt in Rhodos an; die Auskunft war immer die gleiche: In Düsseldorf meldet sich keiner.

Bis drei Uhr morgens hielt es Boltenstern wartend aus, dann

259

ließ er die Nummer ändern, und nun erhielt er schnell eine Verbindung.

Konrad Ritter schrak aus seinem Bett hoch wie bei einem Alarm, als das Telefon schrillte. Nach einem Blick auf den Wekker sprang er auf, schlurfte ins Nebenzimmer und riß den Hörer hoch.

»Ritter!« brüllte er. »Zum Teufel, wer ist denn da?«

»Hier ist Alf, Major«, sagte Boltenstern im fernen Rhodos, und es klang so klar, als rufe er aus Düsseldorf selbst an.

»Besoffen?« schrie Ritter. »Guck mal auf die Uhr!«

»Sie liegt in meinem Blickfeld. Ich brauche nur eine Auskunft, Major.«

»Um drei Uhr nachts?«

»Wo ist Toni? Seit Stunden kommt keine Verbindung zustande.«

»Toni ist an der Riviera. Ich glaube, in St-Tropez.«

»Weiß das dein Sohn?«

»Ja.«

»Scheiße! Du mußt mir helfen, Major. Hast du eine Ahnung, wo dein Sohn ist?«

»Auch verreist. Nach Berlin zu einer Tagung, sagte er.«

Boltenstern lachte bitter auf. »Berlin heißt Rhodos, und die Tagung war ich! Dein Sohn war heute bei mir und wollte mich auseinandernehmen! Mit einem Schnipsel Löschpapier voller LSD kam er an!«

Major Ritter schwieg. Er wußte, was Boltensterns Anruf bedeutete . . . es war der in fade Sicherheit verpackte Hilfeschrei eines Ausweglosen.

»Ich kann dir nicht helfen, Alf«, sagte Ritter mit schwerer Zunge. »Wenn mein Junge Beweise auflegt, wird auch Kamerad Breuninghaus nichts mehr bagatellisieren können. Himmel noch mal, warum habt ihr auch damals so 'n Quatsch gemacht!«

»Es hat keinen Sinn, jetzt zu jammern, Major. Ich muß Toni unter meine Fittiche bekommen! Toni ist der einzige, der weich werden könnte.«

»Er ist in St-Tropez.«

»Und Hermann?«

»Noch in der ›Bergwald-Klinik‹.«

»Wenn du noch einmal mit Oberstaatsanwalt Breuninghaus sprechen würdest, Major . . .«

»Das hat keinen Sinn, Alf.« Konrad Ritter schabte mit dem dikken Zeh seines rechten Fußes seine linke Wade. Er war im Nachthemd, fror, denn seit zwei Tagen regnete es, und Schläfrigkeit lag noch in seinen Hirnwindungen. »Mein Gott, es war doch ein Unfall! Ich weiß überhaupt nicht, warum ihr alle so geheimnisvoll spielt. Gut, gebt dieses LSD zu, wenn ihr's gesoffen habt . . . es bleibt immer noch ein Unfall, der jetzt diskret behandelt wird, denn wer spricht noch über Erlanger? Ihr seid eben über ein unbekanntes Medikament ausgerutscht, habt nicht die Wirkung gewußt, seid alle Opfer gewesen, und der arme Richard hat's gründlich mit sich selbst getan! Wer will euch einen Vorwurf machen, außer den der Dummheit? Wie kleine Jungen wart ihr, die ein neues Spielzeug ausprobierten und sich dabei die Finger quetschten. Wenn man es so hinstellt, kann mein Junge einen Berg LSD-Beweise zusammentragen – es bleibt bei euch ein Nachtisch, an dem ihr euch den Magen verdorben habt, weil ihr nicht wußtet, wie giftig die Früchte waren.«

Boltenstern legte auf. Knurrend schlurfte Konrad Ritter zurück ins Bett, drehte sich in die Steppdecke und schlief sofort wieder ein. Er übersah nicht, was Boltenstern und Werner Ritter zu Gegnern machte: Der Tod Erlangers war kein Zufall mehr!

»Wir fliegen in einer Stunde nach Deutschland zurück«, sagte Boltenstern am nächsten Morgen. »Ich muß zurück – es geht um ein wichtiges Geschäft!«

Weder Jutta noch Petra Erlanger widersprachen oder fragten nach Einzelheiten. Sie fanden Boltenstern wie verwandelt. Eine Steinfigur war er, mit dem erschreckenden Zauber eines kalten Lebens.

Das Schicksal, so behaupten Sarkastiker, besitzt eine sadistische Veranlagung. Es handelt nicht logisch, sondern pervers. Sokrates, der große Menschenfreund, mußte sich auf Befehl mit einem

Schierlingsbecher töten; Barbarossa ertrank dummerweise im Flusse Saleph, als er das Heilige Grab von den Heiden zurücker- obern wollte; der Dichter Kleist, der die Freiheit glühend liebte, erschoß sich; Lenin, der die Weltrevolution proklamierte, bekam die Paralyse, und die Beatles werden unsterblich, während den Besieger des Kindbettfiebers – Semmelweis – kaum einer, nur der Mediziner, kennt.

Bei Alf Boltenstern spielte das Schicksal Blindekuh. Es ließ Werner Ritter zuerst zu Schreibert fahren und nicht zu Toni Huilsmann nach St-Tropez, und es ließ eine Einladung an alle ge- sellschaftlichen Größen an Rhein und Ruhr schicken:

Generaldirektor Dr. Siegmund Hollwäg von der Mittelrheini- schen Stahl- und Walz-Union lud zu einem Sommerfest auf den Rheinwiesen bei Duisburg ein.

Auf den Rheinwiesen südlich Duisburgs wurde ein großes Festzelt aufgeschlagen. Generaldirektor Dr. Hollwäg hatte diese glänzende Idee entwickelt. Bälle in Luxushotels oder alten Jagdschlössern sind ein alter Hut, so hatte er zu seinen Freunden gesagt. Werden wir volkstümlich, praktizieren wir bäuerliches Le- ben, zeigen wir etwas von erdgebundener Frohnatur: In den Mu- seen stehen wir bewundernd vor den Bildern Breughels mit sei- ner derben Fröhlichkeit; außerdem wirft man uns vor, wir hätten den Kontakt zur arbeitenden Masse verloren! Gehen wir hinaus ins volle Leben – was dem Walzarbeiter sein Kirmeszelt, das kann der Frau Generaldirektor auch das Festzelt des Sommerfests der rheinischen Industrie werden.

Von diesen Gedanken beseelt, die Beifall fanden, weil sie au- ßergewöhnlich waren, ließ Dr. Hollwäg ein großes Zelt aufbauen. Aber er begnügte sich nicht mit der bloßen Leinwand ... um den Rahmen doch etwas exklusiver zu machen, wurde das Zelt ganz mit himmelblauem Samt ausgeschlagen, ein Dielenboden wurde eingezogen, und darauf standen weißgedeckte Tische zwischen gepolsterten Stühlen, Kristall glänzte, ausgesuchtes Porzellan, sil- berne Bestecke ... die Atmosphäre eines Grandhotels unter ei- nem blauen Samthimmel, der die häßliche Zeltfarbe verdeckte. Ein Heer von Kellnern in weißen italienischen Jacketts marschierte auf; das obligate Kalte Büfett wurde mit Thermoswagen aus Düsseldorf herangefahren.

»Bezaubernd!« sagte die Baronin Jeppkan, als sie das große Zelt betrat. »Diese Idee, einmal einfach zu sein! Ich finde es bezaubernd, wirklich.« Und sie freute sich, daß jedermann bemerkte, daß sie eine neue Chinchillajacke trug. Baron Jeppkan konnte es sich leisten – er saß in 23 Aufsichtsräten von Aktiengesellschaften.

Ein wenig unglücklich war es allerdings, daß am Tage des Sommerfestes der rheinischen Industrie in dem mit Samt ausgeschlagenen Zelt auf den Rheinwiesen ein Interwiev mit Generaldirektor Dr. Hollwäg in den Zeitungen erschien. Hollwäg beklagte darin die schlechte Auftragsdecke der Stahlwerke und Walzenstraßen, erläuterte die Konkurrenzunfähigkeit Deutschlands auf dem Stahlweltmarkt, machte die Regierung in Bonn verantwortlich und kündete an, daß man im Herbst vorerst 6000 Arbeiter entlassen müsse und vielleicht zu Kurzarbeit übergehe, wenn nicht etwas geschähe, die kritische Lage an Rhein und Ruhr aufzufangen.

Es gab Leute, und es waren gute Demokraten, die an diesem Abend zu den Rheinwiesen gingen und hinuntersahen zu dem abgesperrten Festzelt. Auf den Parkplätzen standen die schweren Wagen, in einem etwas abseits stehenden, kleineren Zelt saßen bei alkoholfreien Getränken die Chauffeure, und wer, wie einige besonders ausgewählte Zeitungsleute, das Glück hatte, mit einem Monatsgehalt vom Werte eines halben Abendkleides doch für würdig befunden zu werden, einen Blick in das Samtzelt zu werfen, begann zu rechnen und kam zu dem erstaunlichen Ergebnis, daß der an diesem Abend vereinte Schmuck und Pelz, zusammengelegt mit den Aufsichtsratsgebühren der Herren, ausgereicht hätte, die von der Entlassung bedrohten 6000 Arbeiter noch ein weiteres Jahr zu beschäftigen.

Auch Boltenstern, Major Ritter, Oberstaatsanwalt Dr. Breuninghaus, dessen Frau eine geborene von Raggitz war, Petra Erlanger und alle Bekannten aus den Reitklubs, Golfklubs, Tennisklubs und Jachtklubs waren eingeladen, und es war ein Wiedersehen mit ungeheuer geistvollen Gesprächen.

Boltenstern ließ Petra Erlanger im Gewühl der anderen Damen, die sich über ihre Hausangestellten beklagten. Er suchte Generaldirektor Hollwäg, und es gelang ihm, diesen in eine stille Ecke zu ziehen.

»Das ist ja allerhand«, sagte Hollwäg konsterniert, als ihm Boltenstern in dürren Worten seine Sorgen erzählt hatte. »Aber so sind diese kleinen Beamten. Auf Kosten der anderen Karriere machen. Überlassen Sie das mir, Alf, ich werde das regeln. Ministerialdirektor Dr. Hollermann vom Innenministerium ist auch hier, wir sind Bundesbrüder, beide Saxo-Borussen, und unter uns Alten Herren ist so etwas gar kein Problem. Es wird uns schon etwas einfallen. Ist das Ihre ganze Sorge, Alf?«

Boltenstern atmete auf. In seine Augen kam wieder Glanz.

»Ja, Herr Dr. Hollwäg. Das wäre alles.«

»Geschäftlich?«

»Geht alles gut. Danke.«

»Man munkelt, daß Sie Frau Erlanger heiraten werden?«

Boltenstern lächelte höflich, was eigentlich schon eine Antwort war. »Wir werden das nächste Jahr abwarten müssen . . .«

»Gestatten Sie mir, Ihnen jetzt schon zu gratulieren. Die Wollhagen-Werke sind eine sehr solide Firma. Sehr solide. Keine Krisen, für Jahre mit Aufträgen eingedeckt.« Dr. Hollwäg hatte Hochachtung vor guten Bilanzen.

»Sie werten meine Patente aus«, sagte Boltenstern schlicht.

»Wir sollten uns einmal näher unterhalten, Alf.«

»Das wäre bestimmt ein fruchtbares Gespräch.«

Generaldirektor Dr. Hollwäg, früherer Wehrwirtschaftsführer, trennte sich von Boltenstern mit dem besten Eindruck und einigen noch stillen Plänen.

Als nach dem massiven Kalten Büfett der freiere Teil, der Tanz, die Sektstunde und das whiskyumplätscherte Männergespräch begannen, als die Jugend zu twisten begann und die Damen in kleinen Gruppen zusammenstanden und über die Damen der anderen Gruppen sprachen, als es richtig gemütlich wurde, ent-

264

schied sich in einer Ecke, nahe dem himmelblauen Samt des Zelt-
daches, das Schicksal des kleinen Kriminalassistenten Werner
Ritter. Wer unbedingt laut schreien muß und wem man den
Mund nicht zuhalten kann, den schickt man in den Wald oder in
die Wüste, wo er ungeniert brüllen kann.

Werner Ritter wurde an diesem Abend während eines Gesprä-
ches zwischen Generaldirektor Hollwäg und dem Vertreter des
Innenministeriums, dem auch die Polizei untersteht, zum Kommissar befördert und erhielt eine freie Planstelle als Leiter einer
Dienststelle.

Er wurde nach Emmerich, an die holländische Grenze, versetzt.

Gegen zwei Uhr morgens verabschiedete sich Boltenstern von
dem Gastgeber Dr. Hollwäg. Man hatte noch ein kleines Feuerwerk am Rhein abgebrannt und amüsierte sich über drei Fremde,
die eingeladen waren, einen guten Smoking trugen, aber während
des ganzen Abends allein an einem runden Tisch abseits saßen
und die Millionendamen anstarrten.

»Es sind Schriftsteller«, sagte Dr. Hollwäg, wenn er nach den
drei Fremden gefragt wurde. »Man soll nicht sagen, wir akzep-
tierten nicht den Linksintellektualismus! Wir haben das Format,
tolerant zu sein. Der eine schreibt Romane, der andere soziale
Dramen, der dritte berichtet in der Illustriertenspalte: Ein Pin-
scher bellt. Ich nehme an, sie fühlen sich unwohl. Der Klassenun-
terschied ist doch zu groß – aber sie sollen es ruhig spüren! Was
soll's, meine Herren: Früher hielt sich jeder kleine Landesfürst
seine Hofnarren!«

Man fand diese Bemerkung klassisch, gab sie weiter und erfreute sich am Esprit des Generaldirektors.

»Es ist alles klar, Alf«, sagte Dr. Hollwäg, als er Boltenstern
zum Abschied die Hand drückte. »Keine Sorgen mehr. Renitenz
wird durch Ordnung besiegt! Besuchen Sie mich doch in den
nächsten Tagen mal.«

Boltenstern fuhr nach Düsseldorf zurück in dem Bewußtsein,
eine große Schlacht gewonnen zu haben.

Und das Schicksal spielte mit.

Schreibert weigerte sich in der ›Bergwald-Klinik‹, mit Werner Ritter zu sprechen. Dr. Hellerau bedauerte.

»Wenn Sie dienstlich hier wären, Herr Ritter, mit einem Hausdurchsuchungsbefehl oder was man so braucht, bitte . . . Aber solange Sie Herrn Schreibert privat sprechen wollen, stelle ich mich vor meine Patienten, wenn sie sich weigern.«

Werner Ritter fuhr zurück nach Düsseldorf. Sein nächster Weg sollte nach St-Tropez führen. Aber dazu kam er nicht. Dr. Lummer empfing ihn mit wackelnder Nase und schob ihm einen Briefbogen über den Tisch.

»Nach Emmerich, mein Lieber«, sagte Dr. Lummer, als Ritter sich mit plötzlich weichen Knien setzen mußte und das Schreiben seiner vorgesetzten Behörde durchlas. »Unter Beförderung zum Kommissar. Nun können Sie sogar heiraten!«

»Man schiebt mich ab«, sagte Ritter leise. »Ich hätte nie gedacht, daß Boltenstern einen so weiten Arm hat.«

»Emmerich ist eine schöne Stadt. Brave Bürger, wenige Delikte . . . Sie werden sich dort zu einem Schachmeister entwickeln, wenn Sie Schach mögen. Ihr Vorgänger hat sich eine große elektrische Modelleisenbahn-Anlage gebaut und hatte Zeit genug, damit intensiv zu spielen . . .«

Werner Ritter kniffte den Brief und steckte ihn ein. Mit zitternden Fingern nahm er eine Zigarette aus dem Holzkasten auf Dr. Lummers Schreibtisch. Ganoven-Zigaretten, wie sie genannt wurden.

»Soll ich Beschwerde gegen die Versetzung einreichen?« fragte er stockend. »Was raten Sie mir, Dr. Lummer? Sie sind doch mein kriminalistischer Vater. Können Sie mir helfen?«

»Werden Sie Kommissar, mein Junge, und gehen Sie nach Emmerich. Ich werde Ihren LSD-Fall weiter in der Stille bearbeiten und Ihnen alle Informationen an den Niederrhein weitergeben.«

Werner Ritter sah seinen Chef dankbar an. Zum erstenmal hatte er gute Worte nötig gehabt, und Dr. Lummer hatte die richtigen gefunden.

»Sie sehen mich nicht wie alle anderen für einen Spinner an?« fragte er leise.

Dr. Lummer schüttelte den Kopf. Zum erstenmal bewußt erkannte Ritter, daß Lummer, das ›Kotelett‹, auch sehr ernst sein konnte.

»Ich weiß«, sagte Lummer, »daß der Tod Erlangers ein Verbrechen war. Aber was bedeutet schon Wissen? Eine feste Mauer mit einem Rammbock einzurennen ist leichter, als gegen eine Gummimauer zu prallen. Immer wird man wieder zurückgeschleudert. Es braucht eine Zeit, bis man sich daran gewöhnt hat. Gehen Sie ruhig nach Emmerich . . . ich mache hier weiter.«

Ein Floh kann einen Elefanten rasend machen, sagt ein afrikanisches Sprichwort.

Man sollte wirklich mehr auf Sprichwörter hören!

Es gibt Gelegenheiten, die sich nur einmal bieten in einem Leben. Hat man ein waches Auge und ein Gefühl für diese günstige Stunde, kann man sein ganzes weiteres Dasein damit beeinflussen.

Für Toni Huilsmann kam diese einmalige Gelegenheit, als er ein Motorboot mietete, die rote Mary von einer felsigen Bucht abholte und mit ihr hinaus in das von der Sonne überglänzte Meer fuhr.

Die rote Mary träumte mit offenen Augen ein Märchen. Was sie in Filmen und Illustrierten bisher nur gesehen hatte, war Wirklichkeit geworden: St-Tropez, ein schnelles Motorboot, das Mittelmeer, neue Kleider, eine Wohnung, die Huilsmann ihr versprochen hatte, Männer, denen Geld kein Begriff mehr ist, das Leben in einem Paradies, wo der Genuß vor dem Denken kam – es war ein Leben so voller wechselnder Überraschungen, daß die rote Mary es sich abgewöhnte, nach Einzelheiten zu fragen.

Nun lag sie hinter Toni Huilsmann auf einer weißen Schaumgummimatratze, ihr grellrotes Haar flatterte im Fahrtwind, das Salzwasser spritzte über sie, sie lachte, griff in die Luft, als wollte sie die Sonne streicheln, und ihr wohlgerundeter Körper mit den starken Brüsten glänzte weiß in betörender Nacktheit.

Huilsmann raste mit dem Boot so weit in das Meer hinaus, bis man die Küste Frankreichs kaum noch als Streifen am Horizont erkennen konnte. Dann hielt er an und drehte sich auf seinem Sitz zu Mary herum.

Sie waren allein hier draußen. Die Gummiboote und -flöße schwammen nur in der Küstennähe herum, die anderen Motorboote mit den Wasserskiläufern zeichneten sich weit entfernt als von Gischt umspritzte Punkte gegen den tiefblauen Himmel ab. Die Hochseejachten – falls sie überhaupt ihre Ankerplätze verließen – kreuzten mitten auf dem Meer. Huilsmann war sehr zufrieden nach seinem Rundblick und wandte sich Mary zu.

»Zufrieden?« fragte er.

»Es ist wunderschön, mein Süßer.« Die rote Mary räkelte sich auf dem weißen Schaumgummikissen. »Mensch, was wissen die im Ruhrpott, wie schön das Leben sein kann! Da gehen die Kolleginnen für lumpige 50 Mark auf 'n Strich und müssen nehmen, was se kriegen und was bezahlen kann – und hier hat man die Auswahl und kann sich in einer Saison gesundstoßen.«

Sie rutschte zurück ins Boot, band um ihre roten Haare ein weißes Stirnband und wedelte mit der Hand durch das Wasser. Huilsmann betrachtete sie. Aber es war kein begehrliches Ansehen; ganz nüchtern stellte er fest, daß Mary einen herrlichen Körper hatte, der morgen nicht mehr so herrlich aussehen würde. Er bedauerte das sehr, denn er war als Künstler ein Ästhet, und deshalb blickte er auch weg von Mary und beugte sich über Bord.

»Das Wasser ist wunderbar warm«, sagte er.

»Ich will schwimmen!« rief die rote Mary. »Oder gibt es hier Haie?«

»Quatsch«, sagte Huilsmann gefaßt. »Kannst du denn gut schwimmen?«

»Nicht wie 'n Fisch!« Die rote Mary setzte sich auf die Bootskante. »Ich springe rein, schwimme dreimal ums Boot, und dann ziehst du mich rein, ja? Mensch, wann kann man denn schon schwimmen? Im Hallenbad. Und zweimal war ich an der Möhnetalsperre und einmal am Haltener See. Wenn ich winke, ziehste mich rauf, nicht wahr?«

»Ja«, sagte Huilsmann heiser. »Schwimm nur. Das Wasser ist wunderbar!«

268

Die einmalige Gelegenheit seines Lebens ... hier war sie. Er erkannte sie, und er wurde kalt und entschlossen.

Mary ließ sich ins Wasser plumpsen, ein weißer Körper, der in das klare, blaue Wasser tauchte wie ein riesiger, seltener Fisch.

»Herrlich! Herrlich!« rief sie, als sie wieder auftauchte. Ihr rotes Haar leuchtete wie ein Blutfleck auf dem Meer. »Du, das Wasser prickelt auf der Haut! Als wennste in Mineralwasser schwimmst!«

»Das macht das Salz!« rief Huilsmann zurück. Er wartete, bis Mary ein paar Schwimmstöße vom Boot weg war. Dann ließ er den Motor an und schoß davon.

»Toni!« schrie die rote Mary und warf die Arme hoch. »Toni! Was machst du? Toni!«

Huilsmann sah kurz zurück. Der rote Fleck auf dem Wasser, wie Blut, darunter das weiße Gesicht, aufgerissene grünliche Augen, die aus dem Wasser ragten, Finger, die wie zerfetzte Fahnen verkrampft waren. Und ein breiter Mund, der schrie und schrie und dessen Worte das Knattern des Motors übertönte.

Huilsmann warf den Kopf herum. Die letzte Sekunde von Menschlichkeit ging unter im Gedröhn der Schraube und im Zittern des durch das aufspritzende Meer rasenden Bootskörpers.

»Hilfe!« schrie die rote Mary und trat unter sich das Wasser weg. »Hilfe! Gott hilf! Gott!«

Sie schluckte Wasser, hustete, warf sich herum, starrte in den blauen Himmel mit der goldenen Sonne ... sie schwamm und schrie, und die Todesangst gab ihr unheimliche Kräfte. Doch dann sah sie die Küste, einen fahlen Strich über dem Wasser, und das Boot mit Huilsmann war wie ein kleiner Vogel, der fröhlich ins Wasser stößt und wieder auftaucht und wieder hineinstößt und aufflattert und sich freut, daß das Wasser schäumt und er mit den Wellen spielen kann.

Die rote Mary schloß die Augen. Und dann schrie sie wieder, aber es war mehr ein Kreischen, ein helles, sirenenhaftes Heulen, ein Zerbersten ihrer mit Grauen angefüllten Seele.

Es stirbt sich schrecklich mit vollem Bewußtsein ...

Vier Tage später wurde die Leiche eines nackten rothaarigen

Mädchens bei Cap Camarade angeschwemmt. Fischer fanden den unförmig aufgetriebenen, gar nicht mehr schönen Körper zwischen den Klippen schaukelnd. Da niemand die Tote kannte, niemand sie vermißte, wurde sie auf dem kleinen Dorffriedhof begraben. Die Frau des Mesners setzte ein kleines Holzkreuz auf den Erdhügel, denn es war anzunehmen, daß die Tote ein Christenmensch gewesen war. Die Meldung, die in allen Zeitungen stand, daß eine unbekannte Frauenleiche angeschwemmt sei, wurde kaum beachtet.

Die Riviera war weit entfernt, und wer ins Wasser geht, muß damit rechnen, daß er ertrinkt.

Anders sah es bei Toni Huilsmann aus.

Er war kein geborener Mörder. Ihm fehlte die Kälte, Geschehenes zu vergessen. Er begann seit diesem Tage vor sich selbst zu flüchten, ja, er rasierte sich sogar nicht mehr, weil er den Blick seiner eigenen Augen nicht mehr ertragen konnte, die ihn aus dem Spiegel anstarrten und ihm sagten: So sieht ein Mörder aus!

Er begann zu verfallen.

Am Tage lief er herum, suchte einsame Buchten, hockte sich auf Klippen und saß an steinigen Stränden, starrte auf das spiegelnde Meer und kam nicht davon los, überall die roten Haare Marys auf dem Wasser treiben zu sehen ... ein Blutfleck in der Bläue des Wassers. Ein Motiv für einen abstrakten Maler.

Wenn der Abend über St-Tropez dämmerte und in den Bars das wahre Leben der Riviera begann, die Jachten sich illuminierten und der Hafen zur Kulisse langmähniger Mädchen wurde, verkroch sich Huilsmann in sein Zimmer, legte sich ins Bett, trank ein Glas Sekt und löste im letzten Glas der Flasche ein halbes Stück Würfelzucker mit LSD auf.

50 Mikrogramm.

Die Dosis der vorsichtigen Anfänger.

Für Huilsmann wurde sie die einzig mögliche Flucht vor sich selbst. Vor seinen Gedanken. Vor dem Schrei der roten Mary, den er durch den Motorenlärm gehört hatte und der in seinen Ohrwindungen klebte wie Schmierfett. Dieser Schrei bohrte sich in sein Gehirn, und es gab nur eine Möglichkeit, ihm zu entge-

270

hen, ihn zu betäuben, zu ersticken ... der Rausch der violetten Zauberwelt, die ein halbes Stückchen Zucker mit LSD heranholte.

An dem Abend, als man den Körper der roten Mary in den Klippen von Cap Camarade fand und in den Nachrichten des Rundfunks kurz die Meldung brachte, nahm Huilsmann ein ganzes Stück Zucker.

Er wälzte sich in einem herrlichen Traum, durchwanderte eine glückliche Welt, und als er gegen Mittag des nächsten Tages erwachte und die Nüchternheit der Wahrheit ihn wieder überfiel, erkannte er mit maßlosem Schrecken, daß er ohne dieses LSD nicht mehr leben konnte.

Die Wirklichkeit war für ihn zum Alptraum geworden – die fantastische Welt des Rausches wurde sein einziger erträglicher Lebensraum. Er hatte sich mit dem Satan verbündet und erkannte die Hölle plötzlich als Paradies.

Am sechsten Tag geriet Huilsmann in eine Panik. Seine Flucht in die Unwirklichkeit war begrenzt. Nur noch zwei Stückchen LSD-Zucker hatte er ... vier Tage Vergessen nur noch, wenn er sie halbierte. Was sind vier Tage in einer Welt, die einem Gebirge gleicht, das über einem zusammenstürzt?

Toni Huilsmann verließ St-Tropez an dem Tag, an dem der Körper der roten Mary einsam, nur begleitet von dem Pfarrer, der Frau des Mesners und dem Totengräber, auf dem steinigen Dorffriedhof begraben wurde.

Er fuhr nach Paris. Er suchte das Maleratelier auf dem Montmartre.

Es war leer. Die Concièrge berichtete, daß der Maler ausziehen mußte, weil er alles Geld, das er verdiente, und viel war's nicht, versoffen und mit Rauschgift vertan hatte. Hinausgeworfen hatte man ihn, mitsamt seinem Modell, das sich die Augen schwarz ummalte wie eine Brillenschlange.

Toni Huilsmann ließ sich zu dem Hotel fahren, in dem er damals die Adresse des Malers erhalten hatte. Aber der früher so freundliche Portier war zugeknöpft und erinnerte sich keinesfalls an die Adresse, den Maler, an Huilsmann und überhaupt an ein Mittel, das LSD heißen sollte.

»Das ist ja zum Wahnsinnigwerden!« schrie Huilsmann. »Woher sollte ich sonst in Paris die Adresse haben? Hier, vor Ihrer Theke habe ich gestanden . . .«

Zwei Hausdiener geleiteten Huilsmann vor die Tür, als er weiter den Portier anschrie und sogar beleidigte. In dieser Nacht nahm er wieder ein ganzes Zuckerstückchen mit LSD, versetzte sich in ein in den Wolken schwebendes Land aus Kristall, aber am Morgen saß er bleich und zitternd auf dem Bett und starrte das kleine Stanniolklümpchen an, das auf dem Nachttisch lag.

Nur noch ein Stück Zucker!

Und die grausame wirkliche Welt erdrosselte ihn . . .

Wie ein hungriges Raubtier rannte Huilsmann einen ganzen Tag lang durch Paris. Er ging unter alle Seine-Brücken, wo die Clochards lagen, die Gammler und Zivilisationsfeinde. Er fragte nach LSD, und alle sahen ihn an aus hohlen Augen, hoben die Schultern und sagten: »No, monsieur! Je ne comprend pas.«

Nur einer sagte ihm die Wahrheit, ein deutscher Gammler, der in Paris das Paradies der Freiheit suchte und es unter den Seine-Brücken fand.

»Die Interpol, mein Herr«, sagte der Freiheitsuchende, dessen Haare lang und lockig waren wie bei einem Mädchen. »Die ist seit einigen Tagen scharf hinterher. Und wenn so einer kommt wie Sie, den keiner kennt, machen sie den Laden sofort dicht.«

Huilsmann gab dem Gammler zwanzig Francs und verließ Paris.

Jetzt gab es nur noch einen, der helfen konnte.

Boltenstern.

Wie ein Frierender zitternd saß er im Zug. Er hatte Angst. Nur noch ein Stück Zucker. Nur noch zwei Nächte Träume. Und dann war die Stimme der roten Mary wieder da – und überall sah er ihren Haarschopf treiben . . . ein großer Blutfleck auf blauem Wasser . . .

Herrgott, hilf!

Nein: Boltenstern hilf!

Die Welt bricht über mir zusammen!

Als Wrack kehrte Toni Huilsmann nach Düsseldorf zurück. Und sofort rief er Alf Boltenstern an.

»Komm her!« sagte er kurz und legte dann auf.

Und Boltenstern kam sofort.

13

Die Kriminalbeamten in Emmerich empfingen ihren neuen Chef mit Neugierde und großen Erwartungen. Man hatte ihnen gesagt, der Kommissar Werner Ritter sei ein scharfer Hund, Vater Major a. D., und man habe ihn nur nach Emmerich versetzt, um etwas Schwung in den Laden zu bringen. Das war allerdings schwer, denn wenn die Bevölkerung so brav ist wie die Emmericher und keine Straftaten vollbringt, nutzt der ganze Schneid nichts.

Der Abschied von Düsseldorf fiel Werner Ritter nicht schwer. Glücklose Menschen haben wenige Freunde, aber um so mehr Beobachter, Schaulustige und Schadenfreudige. Im Präsidium hieß es ganz offen, daß Ritter über die Affäre Erlanger gestolpert sei, weil er seinem zukünftigen Schwiegervater eins auswischen wollte. Ritter dementierte diese Flüsterparole nicht, auch Dr. Lummer sah es unter seiner Würde an, hier etwas richtigzustellen, im Gegenteil, es war ganz nützlich, eine Niederlage offenkundig werden zu lassen, die alle weiteren heimlichen Nachforschungen wunderbar verdeckte.

Selbst Konrad Ritter, als Vater über diese Demütigung seines Sohnes maßlos empört, als Kamerad Boltensterns aber ebenso empört über seinen Sohn, sagte zum Abschied: »Man kann nicht gegen den Wind pissen, mein Junge, ohne sich selbst vollzumachen. Das ist eine alte Landserweisheit! Hättest du gedient, würdest du das kennen! Ich sage immer: Die beste Schule des deutschen Mannes ist das Militär!«

In Emmerich verbreitete Ritter durchaus nicht den Eindruck eines ›scharfen Hundes‹. Er war zu allen freundlich, studierte die noch nicht abgeschlossenen Akten über die kleinen Alltagsgaunereien, ließ sich vom bisherigen kommissarischen Leiter einen Vortrag halten über die Lage der Kriminalpolizei im Grenzgebiet und kommandierte in Zusammenarbeit mit der Schutzpolizei gleich als Einstand in sein neues Amt eine Sache nach einem Wilddieb.

Schon am dritten Tag kam Besuch nach Emmerich.

Jutta.

Werner Ritter wohnte in einem Hotelzimmer, bis man eine Junggesellenwohnung gefunden hatte, in einem Neubau, der kurz vor der Vollendung stand.

»Es ist schön, daß du den Verfemten besuchst«, sagte Ritter bitter und küßte Jutta mitten in der Hotelhalle, was sich schnell in Emmerich herumsprach. »Was bringst du aus Düsseldorf mit?«

»Mich, Werner«, sagte Jutta unbefangen, und Ritter fand, daß dies auch das Schönste aus Düsseldorf war.

Sie gingen zusammen in Ritters Zimmer und blieben dort drei Stunden, was auch in Emmerich bekannt wurde. »Scheint ein flotter Bursche zu sein!« meinte man bei der Polizei augenzwinkernd. »Nur sollte er damit warten, bis er seine eigene Wohnung hat!«

Wie immer war die Fantasie der Umwelt schmutziger als die Wirklichkeit. Natürlich küßten sich Werner und Jutta, aber das Bett an der Wand ließen sie unberührt, sie setzten sich ans Fenster um den kleinen runden Tisch.

»Ich habe über manches nachgedacht, Werner«, sagte Jutta und rauchte nervös eine Zigarette. »Der Bruch zwischen Vater und dir ist tiefer als je, und Paps verlangt, daß ich mich von dir trenne. Offiziell sogar. Er hat schon mit deinem Vater gesprochen. Es muß eine schreckliche Aussprache gewesen sein.«

Werner Ritter nickte. Er konnte es sich denken, was geschehen war. Der Major hatte getobt, gegen seinen Sohn, gegen Boltenstern, gegen die Kameradschaft, gegen die moderne Jugend, gegen die Bonner Regierung, gegen alles. Welche Sorgen machten sie sich alle! Nur zwischen ihnen, zwischen Werner und Jutta, fiel die Entscheidung, und die Stunde dazu war gekommen.

»Was soll geschehen?« fragte Ritter ganz nüchtern, denn es

hatte keinen Sinn, sich selbst mit romantischen Worten zu beschwichtigen.

»Wir heiraten!« sagte Jutta ebenso fest.

»Gegen allen Widerstand?«

»Sind wir nicht erwachsene Menschen, Werner? Wir müssen *unser* Leben führen, und wir werden es anders führen als unsere Eltern, das weiß ich jetzt!«

»Weißt du, daß du da von dir eine große Entscheidung verlangst?« Werner Ritter sah sie groß an, und Jutta blickte zur Seite. Der Panzer ihrer Stärke fiel ab, und sie konnte ihn nicht mehr halten.

»Ich weiß«, sagte sie leise.

»Es gibt jetzt nur noch Alternativen: dein Vater – oder ich . . .«

»Warum bin ich denn gekommen, Werner?«

»Es werden für uns harte Wochen und Monate werden, Jutta.«

Sie nickte und tastete nach Ritters Hand. »Ihr redet alle in Andeutungen. Sag mir die Wahrheit, Werner: Was ist mit meinem Vater? Ist er wirklich ein . . . ein schlechter Mensch . . .?«

Ritter zögerte und suchte nach einer Zigarette. Was soll man da antworten? dachte er. Himmel noch mal, man kann ihr doch nicht die volle Wahrheit sagen . . .

Sie hielt seine Hand fest und umklammerte sie. »Lenk jetzt nicht ab, Werner. Sag mir die volle Wahrheit. Belüge mich nicht auch noch!«

Werner Ritter sah an Jutta vorbei gegen die kahle Wand. Wie kann man einer Tochter sagen, daß ihr Vater ein Verbrecher ist?

»Noch habe ich keine Beweise . . .«, sagte er ausweichend.

»Beweise wofür?«

»Jene Nacht am 21. Mai.«

»Der Tod von Onkel Richard?«

»Ja.«

»Kein Selbstmord?«

»Nein!«

»Mord?«

»Ja!«

»Mein Vater?«

»Der geistige Urheber. Der Mann, der die anderen durch einen LSD-Rausch wie Marionettenpuppen in seinen Händen dirigierte. Den Schal um Erlangers Hals zugezogen hat vielleicht Schreibert ... aber den Befehl dazu gab Boltenstern!«

Jutta schwieg. Sie forschte in Ritters Gesicht, als betrachte sie jede Pore, um zu erkennen, wo sich Unsicherheit verbarg.

»Ist ... ist das die volle Wahrheit?« fragte sie endlich.

»Was ist Wahrheit wert ohne Beweise? Für *mich* ist es die Wahrheit ... wie andere sie auffassen – du siehst ja, wo ich jetzt bin!«

»Und wie willst du Vater diesen ... diesen – ich kann's nicht aussprechen, Werner – beweisen?«

»Das weiß ich noch nicht. Aber ich werde eines Tages den Beweis haben. Es genügt nur, daß ich sicher weiß, daß man damals LSD getrunken hat! Mit diesem Wissen reiße ich jede Mauer ein!«

Werner Ritter stand auf und trat an das Fenster. Der Blick hinaus war nicht erwähnenswert. Er sah auf einen Hinterhof und auf die sich drehenden Trommeln des Waschsalons.

»Nun weißt du alles, Jutta«, sagte er gepreßt. »Es *kann* zwischen deinem Vater und mir keine Verständigung mehr geben. Was zwischen uns ist, kann nicht beeinflussen, daß ich ein Verbrechen verfolgen und aufklären muß! Es ist dein Vater, ja ... und ich weiß, wie die Töchter an ihren Vätern hängen. Ich kann verstehen, wenn du jetzt weggehst und wir uns nie wiedersehen ...«

»Aber ich gehe nicht«, sagte sie leise. Sie stand hinter ihm und legte ihren Kopf auf seine Schulter. Er schrak zusammen, als ihre Locken über seine Wange kitzelten. »Ich bin gekommen, und ich werde immer wiederkommen, und einmal werden wir für immer zusammen sein. Es ist *unser* Leben, Werner ...«

»Du wirst deinen Vater dabei verlieren, Jutta.«

»Ich weiß es, Werner. Aber das ist ein Schmerz, den ich mit mir allein ausmachen muß. Dabei kann mir keiner helfen. Da bin ich ganz allein.« Sie legte das Gesicht an seinen Hals, und plötzlich weinte sie. »Aber ich werde es überstehen«, schluchzte sie. »Man kann so vieles überstehen, Werner.«

Einen Tag später erhielt Alf Boltenstern einen Brief. Er war anonym, aus Buchstaben einer Zeitung zusammengesetzt, in Düsseldorf zur Post gegeben.

Gehen Sie nach Südamerika. Am besten Brasilien. Noch ist es Zeit zur Rettung. Sie können noch 20 oder 30 Jahre leben. Überlegen Sie nüchtern Ihre Lage.

Boltenstern saß in seinem Büro und las diesen Brief mehrmals. Er überlegte, wer ihm solches schreiben konnte, und fand keinen, der so informiert war, ihm diese Ratschläge geben zu können. Nur drei waren es: Major Ritter, Schreibert und Huilsmann.

Mit dem Major hatte er gestern noch gesprochen – er schied aus. Toni Huilsmann war ein Halbirrer geworden, der nur noch leben konnte, wenn er in einem leichten Rausch war. Also war es Schreibert, der diesen Brief geschickt hatte. Aber wie kam der Poststempel Düsseldorf auf das Kuvert?

Boltenstern rief in Oberstdorf an. Die Pfortenschwester der ›Bergwald-Klinik‹ war verblüfft, als jemand fragte, ob sich ein Herr Schreibert noch im Hause befände. »Aber natürlich«, sagte sie. »Wer ist denn am Apparat?«

Boltenstern legte wortlos auf. Hatte Schreibert einen Mittelsmann in Düsseldorf? Kam die größte Gefahr nicht von Huilsmann, sondern von ihm? Verlor der Gesichtslose wieder die Nerven?

Boltenstern verzichtete darauf, sich diese Fragen selbst zu beantworten. Er hielt mehr von klaren Antworten.

Mit dem Nachtzug noch fuhr er nach Oberstdorf, um Hermann Schreibert zu sprechen.

Die Tage in der ›Bergwald-Klinik‹ wurden für Schreibert ein qualvolles Komödienspiel. Er ging Corinna Colman aus dem Weg, beachtete sie gar nicht, lag immer weit entfernt von ihr im Park unter seinem Sonnenschirm und las. Aber den großen Nordländer beobachtete er. Solange er in seiner widerlichen, Besitz demonstrierenden Art um Corinna herum war, schied er aus Schreiberts

Interesse aus ... aber sobald er sich von ihr trennte und allein war, wurde Schreibert lebendig und schlich sich in seine Nähe.

Er wartete auf einen günstigen Augenblick.

Unverhofft kam er, an einem Nachmittag, als Schreibert aus dem Keller, wo die Massageräume lagen, mit dem Fahrstuhl wieder emporfahren wollte. Die Tür des Fahrstuhls öffnete sich, und der Nordländer war im Begriff, den Keller zu betreten.

Schreibert handelte schnell. Mit einem Stoß vor die Brust warf er seinen Widersacher in den Fahrstuhl zurück, sprang selbst hinein und schloß die Tür. Dann drückte er den Fahrknopf, hielt aber zwischen Keller und Parterre den Fahrstuhl an, indem er den Sonderhebel HALT hinunterdrückte.

»Sind Sie verrückt?« fragte der Nordländer steif.

»Auf keinen Fall bin ich eine im Bett erstickte Leiche!« sagte Schreibert ohne besondere Betonung. »Aber um vorweg eine Erklärung zu geben: Ich bin zwar mit den Jahren ein bißchen dick und bequem geworden, aber 1944 war ich Regimentsmeister im Boxen, und wie beim Radfahren oder Schwimmen verlernt man die Grundregeln nicht, auch wenn man nicht mehr im Training ist. Ich freue mich, die Gelegenheit zu haben, Ihnen das zu beweisen.«

Noch bevor der lange Nordländer in Abwehrstellung gehen konnte, knallte ein Fausthieb in seine Magengrube. Er knickte nach vorn zusammen, sein Kinn lag genau vor Schreibert, und es war diesem eine sichtliche Wonne, mit aller Kraft, aus der Schulter heraus, einen Schlag genau auf die Spitze zu setzen.

Mit einem Ächzen fiel der lange Nordländer um. An der Rückwand des Fahrstuhls rutschte er in die Knie, hob die Hände schützend gegen das Gesicht, aber Schreibert, in einem Taumel der Rache, schlug sie ihm hinunter und riß dann mit einem Ruck die Maske ab. Dann hieb er in das zerstörte, maßlos häßliche Gesicht hinein, immer und immer wieder, bis seine Knöchel blutig wurden.

Über die Kellertreppe stieg er später empor in die Halle, ging in sein Zimmer, wusch sich, zog sich um zum Abendessen und setzte sich gemütlich an den breiten Kamin im Eßsaal.

Zwei Pfleger fanden den mit Blut übergossenen Nordländer wenig später im Fahrstuhl, trugen ihn ins Bad, wuschen ihn und brachten den Besinnungslosen ins Bett. Dr. Hellerau untersuchte ihn, stellte keine großen Verletzungen fest, nur ein paar Platzwunden und einige Blutergüsse und Beulen, und verordnete strenge Bettruhe für die nächsten acht Tage.

»Der Rachegedanke ist eine ekelhafte Eigenschaft des Menschen«, sagte er beim Abendessen beiläufig zu Hermann Schreibert. »Selbst das Christentum hat es nicht unterdrücken können. Was meinen Sie?«

Und Schreibert nickte und antwortete: »Billige Rache beweist einen minderwertigen Charakter. Aber es ist nun einmal so, daß das Schlechte mehr reizt als das Gute.«

In der Nacht kam wieder Corinna zu ihm.

Ihr nackter, schlanker, kühler Leib kroch zu ihm unter die Decke, und ihre weichen Arme umschlangen ihn.

»Mein mutiger Ritter«, sagte sie und drückte ihr Gesicht auf seine Brust. »Du hast ihn zugerichtet, als hätte er noch sein Gesicht! Sag, würdest du ihn totschlagen, wenn ich es wollte . . .?«

Schreibert lag steif und starr unter ihrem kühlen Leib und starrte auf ihr glattes, madonnenhaftes Gummigesicht. Er spürte den Druck ihrer festen Brüste, aber er empfand eben nur den Druck, nicht das Gefühl der Wonne oder des Begehrens. Er ließ es zu, daß sie ihn streichelte, von den Zehen bis zum Hals, und dabei kroch sie über ihn wie eine Schlange und schmiegte sich in jede Beugung seines Körpers.

Ich tue es, dachte Schreibert. Ich muß es tun, um nicht in diesem wahnwitzigen Spiel umzukommen. Ich liebe diese Frau, und verdammt, ich werde sie noch mehr lieben, wenn ich sehe, daß ihr Gesicht so zerstört ist wie meines und wir aufeinander angewiesen sind und unsere eigene Welt aufbauen müssen!

»Corinna«, sagte er leise.

»Mein Ritter . . .«

Er umfaßte Corinnas glatten Körper, er streichelte ihren zitternden Rücken, und sie dehnte sich unter seinen Händen wie eine schnurrende Katze. Zärtlich führte er seine Hände hinauf bis zu ihrem Gesicht, wühlte in ihren langen blonden Haaren und ergriff plötzlich den Rand ihrer Gummimaske.

Schreibert hielt den Atem an. Ein Seufzen zerriß seine Brust. Dann zog er mit einem Ruck die Maske von Corinnas Gesicht.

Ein greller Schrei prallte gegen ihn. Ihr Körper warf sich herum, das Gesicht drückte sie in das Bett, und ihre Hände preßten die Kissen um ihren Kopf.

Schreibert machte Licht und sah sie an.

Manchmal hat man das Gefühl, man stecke in einem Panzer, der den ganzen Körper fest umschließt und einem kaum den Raum zu einer Bewegung, ja nicht einmal zum Atmen läßt. Nicht anders fühlte sich Schreibert in diesen Minuten. Äußerlich war er ruhig. Eine merkwürdige Kälte umgab ihn, die nicht mehr auf den schlanken, blanken Körper reagierte, der vor ihm lag, auf den Bauch gedreht, mit zuckenden Rückenmuskeln und bebenden, im Licht der Lampe glänzenden, leicht gewölbten Gesäßhälften. Über Schulter und Kopf, wie ein zerfetztes Netz, schimmerten die Strähnen der langen blonden Haare.

»Dreh dich um!« sagte Schreibert heiser, aber laut genug, daß sie es nicht überhören konnte. »Sieh mich an, Corinna.«

Sie rührte sich nicht. Den Kopf behielt sie in das Kissen gepreßt, nur ihr rechtes Bein zog sie etwas an, und ihre Oberschenkelmuskeln spannten sich wie bei einer Riesenkatze, die sich zum Sprung vorbereitet.

Und dann, unvermittelt, aus der Bauchlage heraus, mit einer unvorstellbaren Energie und Kraft, sprang sie auf, blindlings das Kissen mit beiden Händen umklammernd und gegen das Gesicht drückend.

Mit drei wilden Sätzen war sie an der Tür, riß an der Klinke und fiel dann mit einem hellen Ächzen gegen das Holz, stand aufrecht in aller nackten Schönheit, den Kopf in das schützende Kissen gewühlt, und hieb mit den Füßen gegen die Tür.

»Sie ist abgeschlossen«, sagte Schreibert, als sie mit dem Treten aufhörte, sich zu ihm drehte und auf eine Reaktion von ihm zu warten schien. Er setzte sich auf die Bettkante, ein Bollwerk zwischen Corinna und dem Fenster, das nun der einzige Fluchtweg war. »Nimm das Kissen herunter ... bitte ...«

Sie schüttelte den Kopf. Irgend etwas schrie sie in das schützende Kissen, aber Schreibert verstand es nicht.

»Es ist unfair«, sagte Schreibert und wunderte sich selbst über seine Geduld. »Wir mußten die Masken vor dir abnehmen, um zu beweisen, wer der Häßlichste ist. Warum weigerst du dich, dein Gesicht zu zeigen? Was haben wir noch zu verbergen? Wir lieben uns ... und da sollten wir doch ehrlich sein bis zur letzten Runzel in unserem Gesicht. Komm her, sieh mich an, Corinna ...«

Sie rührte sich nicht. Sie stand an der Tür, ein herrlicher schlanker, brauner, glänzender Körper, ihre Brüste zuckten, und die Finger krallten sich fester in das Kissen.

Als sie hörte, daß Schreibert sich vom Bett erhob und auf sie zukam, zog sie die Schultern hoch, als fröre sie.

Schreibert steckte den Schlüssel in das Schloß, aber er schloß die Tür nicht auf. Er legte die Hand auf Corinnas Kopf, und sie fuhr zurück, als habe er sie verbrannt.

»Wenn ich dein Gesicht gesehen habe«, sagte er leise, »und du meinst, weglaufen zu müssen – du kannst gehen. Ich öffne die Tür ... aber ich weiß, daß ich dich wieder zurückholen werde. Mein Gott, ich liebe dich doch!«

Corinna rührte sich nicht. Es war, als könne sie durch das Kissen blicken und sehe ihn jetzt mit Augen an, in denen alle Panik eines Menschen gesammelt war.

»Bitte«, sagte Schreibert noch einmal, fast flehend.

Er wartete eine Minute. Stumm standen sie sich gegenüber, und er war versucht, über ihre zitternden Brüste zu streicheln und sie auf seine Arme zu nehmen und zurück zum Bett zu tragen, das Licht zu löschen und die Nacht so zu verbringen, wie die vergangenen Nächte gewesen waren. Warum muß ich ihr Gesicht sehen, dachte er auf einmal. Ihr Körper ist eine ganze Welt für sich ... Sagte sie nicht einmal: Unser Leben ist nur noch Leib geworden? Wie recht hatte sie.

Aber nach dieser Minute des Nachgebens stieß Schreibert

wieder gegen seinen unsichtbaren Panzer, der ihn umgab. Er konnte nicht mehr ausbrechen. Es mußte jetzt sofort eine Entscheidung geben.

Mit beiden Händen griff er an das Kissen und riß es nach unten. Corinna schien das erwartet zu haben; sie stieß einen dumpfen Schrei aus, ihr Kopf fuhr nach unten, und gleichzeitig trat sie nach Schreibert, traf ihn am rechten Schienbein, aber da ihre Füße nackt waren, klatschte es mehr, als daß es weh tat. Doch dann versuchte sie, mit dem Knie gegen Schreiberts Unterleib zu stoßen, eine gemeine Abwehr, die einen Mann völlig kampfunfähig macht, doch sie traf ihn nicht, stieß gegen seinen Oberschenkel und krümmte sich zusammen, als Schreibert rücksichtslos zugriff und ihre Arme herunterdrückte.

Keuchend rangen sie miteinander. Sie fiel vor der Tür auf den Boden, wälzte sich herum, krümmte sich wie ein angequetschter Wurm, und immer hielt sie das Kissen vor das Gesicht gepreßt und konnte sich nur wehren mit ihren Beinen.

Schreibert kniete neben ihr. Er wartete auf einen günstigen Moment, warf sich dann auf ihre herumschlagenden Beine, preßte ihren zuckenden Körper mit dem Gewicht seines Leibes auf den Boden, und nun, da sie wehrlos war, war es ein leichtes, ihre Arme herunterzuziehen und das Gesicht freizulegen.

»Nein!« schrie sie hell. »Nein! Nein!«

Sie lag still, als Schreibert mit roher Gewalt an ihren Handgelenken riß und das Kissen von ihrem Gesicht schleuderte. Es war eine Sekunde der Lähmung, der totalen Niederlage ... die Sekunde, in der es keine Corinna Colman mehr gab.

Schreibert saß auf ihrem nackten, schweißüberzogenen Leib und starrte sie an.

Er begriff es nicht. Er glaubte nicht, was er sah.

Er schloß die Augen, öffnete sie wieder – dann strich er mit der Hand über das Gesicht vor sich, sich überzeugend, daß es kein Trugbild war.

Ein vollkommenes Antlitz.

Keine Narben. Keine Schrunden. Keine Runzeln. Keine fehlenden Muskeln. Keine verletzten Hautflächen.

Ein normales, gesundes, junges, ungemein hübsches, unerträglich glattes Gesicht!

Große blaue Augen starrten ihn an. Gesunde, volle Lippen öffneten sich. Sie hatte Augenbrauen und Wimpern, eine zierliche gerade Nase, eine gerade Stirn, kleine Ohren. Ein Gesicht, so vollendet wie ihr Körper.

Schreibert erhob sich und taumelte durch das Zimmer.

»Ich bringe dich um ...«, stammelte er. »Mein Gott ... mein Gott ... ich bringe dich um ... Du hast ein Gesicht ... du hast ein Gesicht ... du bist gar nicht häßlich wie wir ... Ich bringe dich um!«

Er fiel auf das Bett, mit ausgebreiteten Armen, und japste nach Luft. Sein Herz setzte nach jedem dritten Schlag aus, und er dachte: Nun sterbe ich! Das kann ich nicht ertragen! Mein Herz bricht einfach auseinander. Jetzt habe ich zum zweitenmal mein Gesicht verloren! Jetzt ist die Welt für mich doppelt so leer.

Corinna erhob sich vom Boden. Stumm warf **sie** das Kissen zum Bett zurück, schleuderte die langen Haare mit einem Schwung aus ihrem starren, blassen Gesicht, strich mit beiden Händen die Strähnen glatt, drehte den Schlüssel herum und verließ das Zimmer, ohne sich noch einmal umzublicken.

Auf dem Flur, neben der Tür, stieß sie auf Dr. Hellerau. Wie lange er schon davor gestanden hatte, wußte niemand. Ohne sich ihrer völligen Nacktheit zu schämen, hob Corinna die Schultern, schürzte die Lippen und ging stolz an dem Arzt vorbei, den Flur entlang, zu ihrem Zimmer.

Ihre nackten Fußsohlen patschten leise und rhythmisch über den glatten Kunststoffbelag.

Dr. Hellerau sah ihr nach, bis sie um eine Biegung des langen Flures verschwunden war. Dann betrat er das Zimmer Schreiberts.

Hermann Schreibert lag noch auf dem Bett, mit ausgebreiteten Armen, als solle er gekreuzigt werden, und rang nach Luft. Er hatte Corinna nicht weggehen hören und schrak zusammen, als sich der Arzt über ihn beugte. Mit einem Schrei fuhr er hoch und

283

suchte Corinna. Aber nur ihre Gummimaske lag neben dem Bett auf dem Boden, und er bückte sich, riß sie an sich, drückte sie gegen sein zerstörtes Gesicht und küßte sie.

»Warum habe ich das getan?« sagte er. »Warum? Warum? Es ist wie ein Selbstmord . . .«

»Es war nötig.« Dr. Hellerau setzte sich auf das Bett, drückte Schreibert zurück und deckte ihn zu, wie man einen kranken, unruhigen Jungen behandelt, der nicht weiß, daß er sich nicht losstrampeln darf. »Sie werden es schnell einsehen. Nicht diese Nacht . . ., aber bestimmt morgen früh. Es war ein Schock . . . aber besser so etwas, als wenn Sie an Corinna zerbrochen wären. Sie hätte Sie nie geheiratet, sie hätte nie mit Ihnen die Klinik verlassen, sie hätte Sie mit jedem anderen Mann betrogen, den sie noch nicht kannte. Corinna Colman ist ein Wesen, das keine Seele besitzt. Ich sage bewußt Wesen, nicht Mensch . . . denn was die Kreatur erst zum Menschen macht, ist seine Seele! Corinna ist nur Kreatur, sonst nichts! Wollen Sie die Geschichte der Corinna Colman hören?«

»Nein!« Schreibert deckte beide Hände über seine Augen. »Bitte, lassen Sie mich allein, Doktor.«

»Das ist genau das, was ich nicht tun werde! Sie werden meine Gesellschaft bis zum Morgen ertragen müssen. Ich weiß, wie Ihnen zumute ist. Da läßt man keinen Menschen allein . . . eben wegen der angeknacksten Seele!«

»Kümmern Sie sich um Corinna! Sie wird wieder eine Dummheit machen.«

»Kaum. In ihrem Zimmer wartet Oberschwester Johanna auf sie und wird ihr eine Injektion geben. Sie wird 24 Stunden schlafen, und dann wird alles wie früher sein. Sie lebt eben kreatürlich.« Dr. Hellerau ging zu dem kleinen Wandschrank, der neben dem Kleiderschrank hing, holte eine Flasche Kognak heraus, goß ein halbes Glas voll und verdünnte ihn mit Wasser und gab es Schreibert zu trinken. Gehorsam, als sei es Medizin, schluckte Schreibert das Getränk.

»Corinna Colman«, sagte Dr. Hellerau im Erzählton, »ist die Tochter eines reichen französischen Industriellen.«

»Das weiß ich«, sagte Schreibert rauh. »Bis dahin hat sie also nicht gelogen.«

»Sie wuchs in einer ausgesprochen glanzvollen Atmosphäre auf ... ein Schloß an der Loire, großer Park, eigene Reitpferde, Tennisplatz, Segeln, Motorboot an der Côte d'Azur, Swimmingpool, Parties ... vom ersten Augenblinzeln an war sie eine Prinzessin des Geldadels. Bis zu ihrem 17. Lebensjahr wurde sie teils zu Hause durch Hauslehrer, später in einem deutschen Internat erzogen – ihre Mutter ist Deutsche – und galt als gute Schülerin. Kurz vor dem Abitur schickte man sie nach Hause und bat Roger Colman, den Vater, um eine Unterredung. Er kam aus Deutschland völlig gebrochen zurück. Corinna hatte eine entsetzliche Verwandlung durchgemacht, die unerklärlich war. Irgendwie muß sie ihr erstes Erlebnis mit Männern unter Zwang gehabt haben ... sie schweigt darüber, aber alle konsultierten Ärzte sind der Meinung, daß sie vergewaltigt worden ist. Von da ab verlor sie völlig ihre Seele, das Gefühl für Moral und Recht, das Gewissen, eben alles, was einen Menschen bildet. Sie wurde Körper. Und sie nahm für ihren Körper, was sie bekommen konnte. Im Internat vom alten Hausmeister bis zum Gärtner, vom Mathematiklehrer – der sich heroisch wehrte, aber schließlich doch diesem Körper erlag – bis zum Maurerlehrling, der die Gartenmauer ausflickte. Es war unerträglich. Wie die Hunde schlichen die Männer nachts um das Internat herum, und Corinna empfing sie in einer Gartenlaube, der Reihe nach, wie sie über die Mauer kletterten.«

»Hören Sie auf, Doktor«, stöhnte Schreibert gequält. »Ich will es nicht hören!«

»Sie kam also wieder zurück ins Schloß an der Loire und gab ihren Einstand, indem sie den Koch verführte. Roger Colman sperrte sie ein. Er hielt sie wie eine Gefangene, brachte ihr selbst das Essen, redete ihr ins Gewissen – das sie nicht mehr hatte –, klagte und weinte, flehte sie an und drohte. Was half es? Corinna sah über ihren Vater hinweg. Ihr Sexualtrieb wurde zum Wahnsinn, aber niemand ahnte das. Ich war ein Jugendfreund von Madame Colman, der Mutter, und man rief mich, um Corinna zu helfen. Ich hatte neben meiner plastischen Chirurgie mich auch mit Hormonforschung beschäftigt und glaubte, durch Injektionen von Androgenen – das sind männliche Hormone – diese Triebhaftigkeit abstoppen zu können. Drei Monate lebte ich auf dem Schloß Colmans und behandelte Corinna. Sie wurde nicht geheilt, aber ich wurde schon nach drei Tagen ihr Geliebter und hielt es drei Monate lang aus . . .«

»Doktor«, stammelte Schreiber. »Das erzählen Sie mir . . .«

»Nur Ehrlichkeit heilt, mein Bester.« Dr. Hellerau goß sich einen Kognak pur ein und trank ihn mit einem langen Zug. »Nach drei Monaten hatte sich alles verschoben . . . Corinna war zu einem gefräßigen, nie satt werdenden Raubtier geworden – ich war entnervt, von Vorwürfen zerfressen, ein Sklave in ihren zarten, aber unbarmherzigen Händen. Ich sprach mit Roger Colman und erwartete eine Tragödie. Aber Colman war vernünftig. Er war immer ein kühler Rechner gewesen, und als nun die Rechnung mit seiner Tochter nicht aufging und nie aufgehen würde, machte er einen Strich darunter und schloß die Bilanz. Er zeigte einen großen Weitblick: Mit seinem Geld baute ich hier die ›Bergwald-Klinik‹ für Gesichtsplastik, studierte in den USA die neuesten Korrekturmethoden, entwickelte – auch auf amerikanische Anregung hin – die Gummimasken und hatte damit doppelten Erfolg: Einen psychologischen, denn die Menschen mit den wieder ›schönen‹ Gesichtern lebten auf und vergaßen alle Qual ihrer Verletzungen, und einen chirurgischen, denn ich konnte nun in aller Ruhe die langwierigen Operationen durchführen. Es sind Operationen darunter, die bis zu fünf und mehr Jahren dauern, bis ein zerstörtes Gesicht wieder menschenwürdig ist. Das Schwierigste dabei ist die Wiederherstellung zerstörter Lippen.«

Dr. Hellerau goß sich noch einen Kognak ein. Er war erregter, als man es ihm anmerkte.

»Für Roger Colman war die ›Bergwald-Klinik‹ nicht so sehr der Platz der Wiederherstellung zerstörter Gesichter, als vielmehr eine luxuriöse Irrenanstalt für seine Tochter. Es entsprach völlig ihrem Charakter, daß auch sie eine Gummimaske über ihr engelreines Gesicht zog, die Verletzte spielte und sich hemmungslos mit dem beschäftigen konnte, was ihr einziger Lebensinhalt war: ihr

Körper. Ob die Männer, die sie nahm, keine Gesichter mehr hatten, war ihr völlig gleichgültig. Ihre Nymphomanie war so unbändig, daß für sie der Mensch nur ab der unteren Hälfte begann . . .«

»Hören Sie auf, Doktor. Bitte.« Schreibert wandte den Kopf zur Seite. »Mir wird schlecht . . .«

Dr. Hellerau überhörte diese Bitte, er erzählte weiter.

»Ab und zu geschah dann etwas Merkwürdiges . . . sie verliebte sich ehrlich. Das war faszinierend für mich, denn dann brach die zerfetzte Seele aus dem Untergrund hervor, eine arme, nicht lebensfähige Seele, die Corinna zum Selbstmordversuch trieb . . . aus Ekel vor sich selbst. So war es auch bei Ihnen. Und dann kam jenes Duell der Häßlichkeit, und ich wußte, daß die alte Corinna noch lebte, das Biest ohne Herz, der Vulkan der Perversität, der Wahnsinn des absurden Genusses. Darum – um Sie vor einem lebenslangen Schock zu schützen – riet ich Ihnen, ihr die Maske vom Gesicht zu reißen: Sie glaubten, sie sei von schrecklicher Häßlichkeit . . . das hätten Sie ertragen!«

»Ja«, sagte Schreibert kaum hörbar. »Ja, Doktor.«

»Aber sie war von fast überirdischer Schönheit! *Das* sollten Sie sehen! Und Sie sollten erkennen, daß Sie nur ein Ball waren, mit dem sie spielte . . . so wie wir alle für sie nur ein Spielzeug sein können und sind, weil sie eben nur Kreatur und nichts weiter ist . . .«

Am nächsten Tag traf Alf Boltenstern zu Besuch ein.

Schreibert empfing ihn sofort, und auch Boltenstern erging es wie Major a. D. Konrad Ritter: Er erkannte Schreibert in seiner Maske nicht, war dann verblüfft und voll des Lobes über diese Lösung eines schweren Problems.

»Hast du mir einen Brief geschrieben?« fragte Boltenstern nach den üblichen hingeplätscherten Reden.

Schreibert nickte. »Ja.«

»Ich soll nach Südamerika?«

»Blödsinn! Wer sagt denn das?«

»Dein Brief!«

»Ich habe dir geschrieben, als du auf Rhodos warst. Das wußte ich nicht.«

»Den Brief habe ich nach meiner Rückkehr bekommen. Und der nächste Brief . . .«

»Ich habe dir nur einmal geschrieben!«

Boltenstern sah Schreibert forschend an. Dann holte er den anonymen Brief aus der Brieftasche und zeigte ihn Schreibert.

»Du traust mir doch nicht zu, solch einen Quatsch zu schreiben!« sagte Schreibert und warf den Brief auf den Tisch. »Was ich dir zu sagen habe, kann ich ohne diesen Hokuspokus mit ausgeschnittenen Buchstaben und Anonymität. Aber es ist gut, daß du gekommen bist. Ich will weg von hier! Und zwar sofort!«

»Aber warum denn? Es gibt keine bessere Klinik als . . .«

»Ich will weg!« sagte Schreibert eigensinnig. »Meine Gründe sind meine Privatsache.«

»Also eine Frau!«

»Ja!«

Boltenstern schüttelte den Kopf. »Ich kann dich doch nicht durch die ganze Welt schicken. Morgen in Frankreich . . . wieder ein Weib – weiter! In Italien. Zwei Weiber – weiter. Nach Amerika. Wieder ein Weib . . . Hermann, das geht nicht!«

»Ich habe mir mein Gesicht nicht selbst genommen!« sagte Schreibert leise. Aber Boltenstern hörte deutlich die Drohung, die Gefährlichkeit hinter diesen Worten. »Vor wenigen Tagen war Werner Ritter hier. Ich habe ihn nicht empfangen. Aber es könnte sein, daß ich die Nerven verliere und doch spreche.«

»Das ist eine in medizinische Watte gepackte Erpressung.«

»Ich will weg!« Schreibert trat an das Fenster und sah hinaus in den Park. Corinna Colman lag wieder am Schwimmbecken. Er erkannte sie nur an ihrem einmaligen Körper. Ihr neues Gesicht war anders, etwas südländisch, was zu den blonden Haaren einen erstaunlichen Gegensatz bildete. Vier Männer lagen um sie herum auf den heißen Einfassungssteinen des Beckens. Er hörte ihr helles Lachen bis zu sich. »Ich *muß* weg, Alf!« sagte er rauh. »Ich kann nicht garantieren, daß meine Nerven das noch lange aushalten. Du weißt, daß mein Leben jetzt mit dem deinen fest verkettet ist.«

Boltenstern nickte. »Ich will mich umhören«, sagte er. »In Bologna soll eine gute Klinik für plastische Chirurgie sein. Willst du nach Bologna?«

»Überall hin – nur weg von hier!« Schreibert wandte sich ins Zimmer zurück und sah auf den Brief, der noch auf dem Tisch lag. »Wer hat bloß diesen Wisch da geschrieben?«

»Ich weiß es nicht«, sagte Boltenstern ehrlich.

»Toni?«

»Nein! Ganz bestimmt nicht.«

»Dann gibt es noch jemanden, der von dem 21. Mai weiß!« Schreibert nahm den Brief, las ihn noch einmal, faltete ihn zusammen und gab ihn Boltenstern zurück. »Es ist eine verteufelte Situation für dich. Ich würde an deiner Stelle nicht mehr ruhig schlafen können!«

Boltenstern schwieg. Er hatte das gleiche Gefühl.

Aber so etwas gesteht man nicht.

Die Aufregungen rissen nicht ab.

Es war Jutta, die Boltenstern überraschte, indem sie sagte: »Ich habe dich belogen, Paps! Ich war gestern nicht in Hamburg, um eine Reportage über den Freihafen zu schreiben. Ich war in Emmerich bei Werner!«

Boltenstern nahm diese Mitteilung ohne Aufbrausen entgegen. Nur seine Augen wurden hart, und Jutta fand, daß ihr Vater jetzt völlig fremd aussah.

»Was soll dieses Geständnis?« fragte er.

»Es soll eine Entscheidung einleiten«, antwortete sie in dem gleichen geschäftsmäßigen Ton. Er hatte bisher nie zwischen ihnen geherrscht, er war neu, aber er drückte nun die Spannung aus, die zwischen Vater und Tochter lag.

»Es freut mich, daß du mich in deine Entscheidungen einweihst«, sagte Boltenstern kühl. »Ich hatte in den letzten Wochen den Eindruck, daß du dich mehr an deine 23 Jahre und der damit verbundenen Handlungsfreiheit erinnerst als an die Tatsache, daß ich dein Vater und für dein Leben verantwortlich bin. Es ist nicht so, daß es einem Vater ab dem 21. Lebensjahr seines Kindes gleichgültig ist, was aus ihm wird.«

»Das weiß ich, Paps.«

»Sehr schön. Wie sieht Emmerich aus? Ich war noch nie dort.«

Jutta sah ihren Vater mit zusammengekniffenen Lippen an. Seine kalte Sicherheit, sein Sarkasmus, sein offener Spott trafen sie um so mehr, als sie jetzt wußte, was ihr Vater dahinter verbarg. Es war schwer für sie gewesen, sich daran zu gewöhnen, daß ihr Vater, ihr Vorbild in all den Jahren, ihre bisher sorglose Kindheit und Jugend, die sich mit ihm unauslöschbar verband, sie systematisch belogen hatte. Er hatte ein zweites Leben geführt, von dem nur ein kleiner Kreis Eingeweihter wußte. Männer, die sie Onkel genannt hatte, weil sie zusammenhielten wie Brüder.

Dieses Erbe der Kindheit gab es nicht mehr. Im Gegenteil – ein Frösteln zog über Juttas Rücken, wenn sie ihren Vater genau ansah. Das war so furchtbar für sie als Tochter, daß sie es vermied, in Boltensterns Augen zu blicken.

»Ich war bei Werner!« sagte sie noch einmal betont.

»Ich hatte es vernommen.«

»Als Kommissar kann er jetzt heiraten.«

»Sehr gut sogar. Aber nicht dich.«

»Nur mich, Vater!«

Boltenstern sah auf. Zum erstenmal nach langer Zeit sagte sie statt Paps nur Vater. Er konnte sich nicht erinnern, wann sie es zum letztenmal gesagt hatte. Vater – das war ein Zustand; die Zärtlichkeit, die im Worte Paps lag, fehlte völlig.

»Ich werde es nicht zulassen!« sagte Boltenstern ohne Erregung. Jutta nickte.

»Es tut mir leid, dich dann doch daran erinnern zu müssen, daß ich 23 Jahre alt bin.«

»Ich kann dich nicht hindern, gewiß nicht.« Boltenstern suchte nach einer Zigarette. Nachdem er sie angeraucht hatte, schnippte er eine Tabaksfussel von der Unterlippe. »Vor bald zwölf Jahren habe ich deine Mutter verloren . . . ich werde dann auch dich ver-

290

lieren. Wir sollten so ehrlich gegeneinander sein, daß wir uns an diesen Zustand schon gewöhnen können.«

»Bitte nicht diesen Ton, Vater!« rief Jutta.

Boltenstern zog die Brauen hoch. »Welchen Ton?«

»Der Druck auf das Mitleid, auf die Tränendrüse, auf das Andenken von Mama! Müssen wir mit solchen Mitteln operieren? Ich liebe Werner, und er liebt mich, er ist ein anständiger Mensch, der Sohn deines hochverehrten Majors ... konnte ich mir einen besseren Mann suchen?«

»Unter normalen Umständen nein. Aber wir haben diese normalen Umstände nicht!«

»Was hast du gegen Werner? Sag es frei heraus, Vater!«

Boltenstern sah auf die glühende Spitze seiner Zigarette.

»Ich kann keinen Schwiegersohn akzeptieren, der gegen seinen Schwiegervater, gegen den Vater seiner Frau, ermittelt! Das ist absurd! Jeder gibt mir da recht!«

Das große Problem war angesprochen! Jutta hielt einen Augenblick den Atem an. Es war das erstemal, daß sie allein mit ihrem Vater über den Abend des 21. Mai sprechen konnte. Allein und ohne Fragen zu stellen. An dem Wegfall dieses seelischen Hindernisses merkte sie, wie sehr sie in den letzten Wochen gereift war. Sie hatte den letzten kindlichen Bann abgeschüttelt.

»Werner tut nur seine Pflicht«, sagte sie. »Oder tut er Unrecht?«

Boltenstern starrte seine Tochter an. Auch er spürte, daß sie auf die Stunde der Wahrheit zutrieben. Und er war gewillt, diese Stunde für sich zu haben. »Ich verstehe diese Frage nicht.«

Jutta atmete tief auf. »Gut, Vater. Dann will ich genauer fragen. Es sind Fragen, die mein weiteres Leben bestimmen können. Bitte, nimm sie ernst auf!«

»Frage!« antwortete Boltenstern kurz.

»Was ist am 21. Mai geschehen?«

»Wir hatten eine fröhliche Zusammenkunft unter Freunden.«

»Mit Frauen?«

»Ja.«

»Käufliche Frauen.«

»Ja. Onkel Toni besorgte sie.«

»Es wurde eine Orgie?«

»Ein dummer Ausdruck. Wir amüsierten uns. Onkel Hermann hatte das richtige Bonmot dafür: Zum Nachtisch wilde Früchte!«

»Wie starb Erlanger?«

»Wenn wir das wüßten! Er lag plötzlich tot zwischen uns. Mit seinem weißen Seidenschal erdrosselt. Ich habe sofort die Polizei angerufen. Du weißt es doch . . . du bist ja mit dem jungen Ritter gekommen!«

»Niemand erdrosselt sich selbst! Es sei, er weiß nicht mehr, was er tut.«

»Onkel Richard hatte sehr viel konsumiert. Die Blutuntersuchung ergab noch am nächsten Morgen nach seinem Tod 1,0 Promille Alkoholgehalt.«

»Dabei bringt man sich nicht um.«

»Jeder Mensch reagiert anders. Wie soll ich dir gegenüber ein Rätsel lösen, vor dem ich selbst fassungslos stehe?«

»Habt ihr Rauschgift genossen, Vater?«

»Nein!«

Boltenstern sagte es klar und ohne Zögern. Er sah Jutta sogar dabei an, mit seinen ehrlichen, aber kalten Augen, und sie wurde unsicher.

»Du kennst Meskalin?« fragte Jutta weiter.

»Ja.« Er nickte mehrmals. »Ich habe darüber gelesen.«

»LSD?«

»Auch! In Amerika nehmen es Tausende, vor allem Studenten, um ›eine Reise‹ zu unternehmen, wie sie es ausdrücken. Sie erleben neue Welten, sie entdecken völlig neue Seiten unserer Welt. Ein interessantes Gebiet – aber doch verrückt! Eine Modesache, die zur Beatmusik paßt!«

»Habt ihr am 21. Mai LSD genommen, Vater?« fragte Jutta laut.

Boltenstern ließ sich nicht überrumpeln. Er hatte auf diese Frage ja gewartet. Er hatte sie förmlich herbeigesehnt. Nun lehnte er sich zurück und ließ über sein Gesicht einen fast tragischen Schatten gleiten.

»Traust du mir so etwas zu, Jutta?«

»Bitte, stelle nicht solche Fragen, Paps...«, antwortete Jutta stockend.

Paps. Sie sagt wieder Paps. Um die Mundwinkel Boltensterns glitt ein Lächeln.

»Ich verabscheue alle diese Mittel, du weißt es doch«, sagte er. »Ich habe nie Verständnis für Morphiumsüchtige, Preludin-schlucker, Opiumraucher oder Kokainschnupfer gehabt. Für mich sind solche Menschen einfach Verrückte! Bin ich ein Verrückter, Jutta? Nein – beim Andenken an deine Mutter: An jenem 21. Mai ist alles normal, wenn auch ein wenig turbulent zugegangen...« Boltenstern zerdrückte seine Zigarette in dem großen Aschenbecher aus Achat. »Zufrieden, Spätzchen?«

»Ja, Paps.«

Jutta sagte es wie ein Gefolterte, die alles gesteht, um der Qual weiterer Befragungen zu entfliehen.

Aber als sie allein auf ihrem Zimmer war, weinte sie.

Sie wußte, daß ihr Vater gelogen hatte. Und er schämte sich nicht, das reine Bild der Mutter zu beschwören.

An diesem Tage verlor Jutta endgültig ihren Vater. Zwar lebte er mit ihr und neben ihr, aber im Grunde wurde er immer fremder, das spürte sie. Die Kindesliebe starb ab wie ein morscher Ast.

Er lügt, dachte sie immer wieder. Er lügt um seinen Kopf.

O Gott, was für einen Vater habe ich –

Mit Toni Huilsmann wurde es von Tag zu Tag schlimmer.

Es sprach sich in Düsseldorf schnell herum, daß der Star-Architekt der ›großen weiten Welt‹, wie man Huilsmann nannte, eine total verrückte Tour habe. Seine Häuser, die er entwarf, bestanden aus violett getönten Glaswänden, die Zimmerböden schwebten an Ketten frei in der Luft und schaukelten, sogar das Dach war aus Glas und bestand aus goldenen Strahlen. Zwei Angestellte seines Büros hatten bereits gekündigt, weil sie gezwungen werden sollten, diesen Blödsinn tatsächlich im Detail zu zeichnen, auszurechnen und zu konstruieren.

Huilsmann nahm diese Entwürfe sehr ernst. »Wir leben in einer Scheinwelt!« sagte er zu seinen verblüfften Kunden, die lieber normale Häuser entworfen haben wollten. »Die wahre Welt ist anders. Wenn Einstein sagte, alles sei relativ, so stimmt das! Sie sehen diesen Baum dort mit grünen Blättern ... warum kann er nicht silberne Blätter haben? *Sie* sehen sie nur grün, die anderen Menschen auch, weil das Auge – relativ gesehen – in der Mischung der Regenbogenfarben grün sieht! Aber ich sage: Die Blätter sind silbern und zum Teil durchsichtig wie Kristall! Wer will mir das Gegenteil beweisen? Die Botaniker und Biologen! Mein Gott, auch sie sehen ja nur relativ ...«

Man hörte sich Huilsmanns Vorträge an, aber da er ein berühmter Architekt war, ließ man doch von ihm die Häuser entwerfen und strich einfach alles Unsinnige weg.

Eines Tages rief Huilsmann wieder bei Boltenstern an.

Der schreckliche Augenblick war wieder eingetreten: Das LSD war verbraucht. Die Welt sah wieder normal aus. Die Ziegelsteine waren rot, der Himmel blau, das Gras grün und die Erde braun. Dumpfe Farben gegen die Pracht der anderen Welt, in der sich Huilsmann eingelebt hatte. Die Rückkehr zum Alltag war wie das Aussetzen eines Nackten auf einem Eisberg. Er fror, verkroch sich in sein Haus, hüllte sich in dicke Pullover und lief zähneklappernd und wie gehetzt in seinen riesigen Zimmern herum.

»Ich habe nichts mehr!« sagte Boltenstern, als er Huilsmann in diesem Zustand der völligen Auflösung antraf. »Du mußt es dir besser einteilen!«

»Du lügst!« schrie Huilsmann. »Ich habe bei dir genug Papierchen gesehen!«

»Du kannst mich untersuchen, Himmel noch mal, von mir aus kannst du mein Haus auf den Kopf stellen ... ich habe nichts mehr.«

Huilsmann hockte auf der Lehne eines seiner Ledersessel und klapperte wie bei 40 Grad Kälte. Seine fiebrigen Augen starrten Boltenstern flehend an. »Nur eins noch, Alf. Ein Streifchen. Diese normale Welt ist so schrecklich!«

»Ich schwöre dir – ich habe nichts mehr!« schrie Boltenstern.

»Dann besorge etwas, Alf!«

»Ich weiß nicht, wo.«

»Schon wieder eine Lüge. Du kennst die Quellen genau!« Huilsmann wackelte mit dem Kopf. Er sah schrecklich aus, so als bräche gleich sein Hals ab und der Kopf rollte über den Teppich. »Ich habe alle gefragt... ich bin bei allen Huren gewesen, bei den Zuhältern, bei den Strichjungen ... sie haben nichts! Nur du allein kannst etwas besorgen!«

»Das ist ein Irrtum, Toni! Begreif es doch!«

Boltenstern betrachtete seinen Freund. Wie ein Mensch in zwei Monaten zusammenfallen kann, dachte er. Wer hätte daran gedacht, daß dieses LSD aus Huilsmann ein lallendes Kind macht? Nun wird er elend zugrunde gehen ohne dieses LSD. Er wird wahnsinnig werden oder sich das Leben nehmen, denn die wirkliche Welt wird ihm zur Hölle.

»Du wirst dich erinnern, Alf, wo man es erhält«, sagte Huilsmann leise. »Sieh dir das an!«

Er ging voraus, und Boltenstern folgte ihm neugierig. Sie kamen in einen kleinen Raum hinter dem großen Zeichenbüro. Vor den beiden Fenstern waren lichtdichte Rollos heruntergelassen. Eine Leinwand aus silberglänzendem Stoff hing an der Schmalwand. Huilsmann blieb hinter einem Filmapparat stehen.

»Hier führe ich den Kunden Farbfilme über meine schönsten Häuser vor. Jede Vorführung hat bisher einen Auftrag eingebracht. Willst du ein paar schöne Häuser sehen, Alf?«

Boltenstern setzte sich in einen der tiefen Sessel und schlug die Beine übereinander.

»Wenn es dir Spaß macht, Toni. Es wird deine erste Aufführung sein, die keinen Auftrag einbringt.«

»Wer weiß?« Huilsmann spannte einen Film in den Projektor, der Apparat begann leise zu surren. Auf der Leinwand erschien ein großes, weißes Rechteck. Licht.

Boltenstern war gespannt. Er ist ein halb Verrückter dachte er. Man soll solchen Menschen nicht widersprechen. Und hinterher werde ich seine Häuser loben und ihn zu einem Genie erklären. Toni ist ein eitler Mensch, ein Narziß, der sich selbst liebt und bewundert. Lassen wir ihm das Vergnügen ...

Der weiße, zitternde Fleck erlosch. Ein Haus erschien auf der Leinwand . . . langgestreckt, aus Travertin und Glas, ein Traumhaus, wie man heute sagt, aber unter den Händen Huilsmanns zur Wirklichkeit geworden.

Boltenstern sah sich erstaunt um. »Das ist dein eigenes Haus, Toni!«

»Ja!« Die Stimme Huilsmanns war rauh. »Warte ab.«

Das Bild wechselte. Ein harter Schnitt.

Innenaufnahme.

Das große Zimmer mit dem Kamin, den gläsernen Kästen mit den exotischen Blumen im Innenhof, der Sternendecke. Aufgenommen mit einem Weitwinkelobjektiv, das alles in dem Raum erfaßte.

Auch die vier Männer, die auf der Erde saßen, und die vier halbnackten Mädchen, die um sie herumsprangen.

Die rote Mary mit bloßem, quellendem Busen.

Schreibert in der Unterhose.

Erlanger mit einer Blonden.

Boltenstern mit der Schwarzen.

Huilsmann, wie er Gebäck servierte.

Ein neuer Schnitt. Eine neue Szene. Später.

Boltenstern hängt in jedes Sektglas einen Streifen Papier. Die anderen umdrängen ihn. Man sieht Schreibert gestikulieren. Erlanger küßt unlustig seine Partnerin auf den Brustansatz.

»Du Schwein!« sagte Boltenstern in das leise Rattern des Projektors hinein. »Du grandioses Schwein!« Er sprang auf, so heftig, daß der Sessel über den Boden schlidderte und gegen die Wand krachte. »Du hast die ganze Party gefilmt. Du hast *alles* gefilmt!«

»Alles!« sagte Huilsmann fast fröhlich. »Willst du es sehen? Wie Mary zur Apfelsine wird, wie Schreibert als russisches Nerzmännchen über die Taigabäume springt, wie ich tausend Türen entlangrenne und ein Klo suche . . .«

Der Film lief weiter.

Die ersten Anzeichen der LSD-Wirkung. Richard Erlanger saß auf dem marokkanischen Kissen und schien dumpfe Laute auszustoßen. Sein Mund war weit offen. Die rote Mary kugelte über den Teppich. Schreibert rannte hin und her, blieb vor Erlanger stehen und begann auf einem Bein zu hüpfen.

»Jetzt paß mal auf, Alf, wie sich das im Film ausnimmt«, sagte Huilsmann rauh. »Du gehst gleich in die Garderobe, holst – nachdem du dir Handschuhe angezogen hast – den Schal von Richard, drückst ihn Hermann in die Hände und zeigst auf Richards Hals. Und Hermann beugt sich vor – Paß auf... jetzt stößt du dich vom Kamin ab und gehst in die Halle...«

Boltenstern war mit einem Sprung bei dem Projektor, packte ihn mit beiden Händen und schleuderte ihn gegen die Wand. Wie mit einem Aufschrei zerbarst er, die Splitter klirrten herunter, der Film ringelte sich wie eine flache Riesenschlange über den Boden. Gleichzeitig mit dieser Zerstörung knipste Huilsmann das Licht an und sah mit einem fast blöden Lächeln auf den rasenden Boltenstern. Er hätte Angst haben müssen, aber er wußte genau, daß er jetzt der Stärkere war.

»Das war nur eine Kopie!« sagte er, als Boltenstern keuchend aufhörte, in sinnloser Wut auf dem Projektor herumzutrampeln. »Das Original liegt in einem Banktresor. Mein Rechtsanwalt hat den Auftrag, bei meinem plötzlichen, also gewaltsamen Tode den Film zu entnehmen und der Polizei vorzuführen.«

»Du erbärmlicher Hund!« sagte Boltenstern. Er schwitzte, und es war ein klebriger, kalter Schweiß. »Man sollte dich wirklich totschlagen wie eine Ratte!«

»Der Film, Alf... Vergiß ihn nicht!« Huilsmann lehnte sich genießerisch an die Wand. Es war schon ein Vergnügen, den großen Boltenstern, das Genie aus Klugheit und Gewissenlosigkeit, so hilflos und ohnmächtig zu sehen. »Es ist schade, daß du ihn nicht zu Ende gesehen hast. Den Tod Erlangers unter den Händen Schreiberts kann kein Schauspieler jemals nachgestalten. So stirbt man wirklich nur einmal...«

Boltenstern hatte sich beruhigt. Er überblickte seine Lage völlig klar, und sie war trostlos, wenn Huilsmann nicht weiter schweigen würde.

»Was willst du?« fragte er deshalb und schleuderte die Film-schlange von seinen Füßen.

»LSD!«

»Es wird einige Tage dauern. Ich muß dazu verreisen.«

»Gut! Du hast wirklich nichts mehr?«

»Glaubst du, in dieser Situation belüge ich dich noch?«

»Nein.« Huilsmann nickte. »Ich kann drei Tage warten. Solange ertrage ich diese miese Welt!«

»Und wie soll das zu Ende gehen, Toni?« Boltenstern sah hin-unter auf den Film. »Willst du uns alle zugrunde richten?«

»Solange ich lebe, wird niemand diesen Film sehen. Sterbe ich eines natürlichen Todes, vernichtet mein Anwalt den Film unge-sehen. Nur bei meinem unnatürlichen Tod –«

»Ich weiß!« Boltenstern winkte ab. Ihm war plötzlich speiübel. Er verließ den Vorführraum und ging zurück in das große Zim-mer und hinaus in den Innenhof mit den Glaskästen der tropi-schen Blumen. Huilsmann folgte ihm wie ein flinker treuer Hund.

»Soll ich dir etwas zu trinken bringen?« fragte er.

»Ja. Gift!«

Huilsmann lachte und ging hinein zur Bar. Er mixte einen lan-gen Drink mit Sekt und brachte ihn Boltenstern in den Innengar-ten.

»Wir sind doch Freunde«, sagte er. Das Glas zitterte in seiner Hand. Die Flüssigkeit schwabbte über. »Solange du mir LSD be-sorgst, ändert sich daran nichts. Und merk dir eins: *Du* hast mir das Zeug gegeben. Nur durch dich habe ich diese andere Welt kennengelernt!«

Mit dem Gefühl, enthäutet zu sein, verließ Boltenstern wenig später die Villa Huilsmanns.

Mit dem Nachtzug fuhr er nach München. Ein Gammler auf der Leopoldstraße war bereit, für 500 Mark eine Adresse zu ver-raten. Sie war echt. Ein Chemiestudent stellte in einer alten Gara-ge selbst das LSD her. Wer den Trick kennt, für den ist es nicht schwer. Wie nach einem Kochbuch kann man es herstellen. Man nehme ...

298

Mit fünfzig Faltpapierchen voll Pulver kehrte Boltenstern nach Düsseldorf zurück. Für den Studenten in München bedeutete der Kauf ein Jahr lang Miete und Essen.

»Pulver?« sagte Huilsmann kritisch, als er das erste Faltpapier geöffnet hatte.

»Man kann LSD flüssig, in Pulverform oder zu Tabletten gepreßt haben.« Boltenstern schnupperte an dem auch ihm fremden Pulver. »In Flüssigkeit löst es sich farblos auf.«

»Das ist kein Schwindel?«

»Ich habe dreitausend Mark dafür bezahlt.«

Huilsmann griff in die Brusttasche und zog ein Bündel Hundertmarkscheine heraus. »Ordnung muß sein. Hier, such dir 3000 raus!« Dann scharrte er die fünfzig Päckchen zusammen und rannte damit zu seinem Tresor, als bringe er einen Diamantenschatz in Sicherheit.

Nur ein Päckchen ließ er liegen ... die neue Wonne für den kommenden Abend.

»Die Dosis stimmt auch?« fragte er, bevor Boltenstern sich verabschiedete.

»Natürlich. 100 Mikrogramm.«

An diesem Abend lernte Toni Huilsmann Himmel und Hölle kennen. Er wurde in eine schizophrene Anfallsphase geschleudert, die alles bisherige übertraf.

Boltenstern hatte ihn belogen. Das Pulver enthielt 250 Mikrogramm LSD, genug, um die Sterne vom Himmel fallen zu sehen.

14

Mitte August – 12 Tage vor dem großen Divisionstreffen in Nürnberg – erschien in den ›Niederrheinischen Tagesnachrichten‹ ein großer Artikel, der überall Aufsehen erregte.

In allen Direktionszimmern der Großindustrie wurde er gelesen, und Generaldirektor Hollwäg rief sofort Boltenstern an. Auch Oberstaatsanwalt Dr. Breuninghaus meldete sich bei Major

Ritter, der den Artikel ebenfalls gelesen hatte und sich die grauen Stoppelhaare gerauft hatte.

Überschrieben war der Zeitungsaufsatz ganz harmlos:

Anatomie eines Schleiers.

Diese Überschrift erregte Neugier, und sie war berechtigt. Denn was der Artikelschreiber da veröffentlichte, war atemlos. Es handelte von nichts anderem als von der Anklage gegen Staatsanwaltschaft und Gesellschaft, ein Verbrechen in den eigenen Reihen zu vertuschen.

Sogar die Namen wurden genannt.

Ein Toter: Richard Erlanger.

Die Zeugen: Huilsmann, Schreibert, Boltenstern.

Die Randfiguren: Jutta und Petra Erlanger. Werner Ritter. Major a. D. Ritter. Oberstaatsanwalt Dr. Breuninghaus.

Und am Ende die fette Frage: »Wieviel kostet es, ein Verbrechen zu verschleiern? Geld oder alte Kameradschaft?«

Unterzeichnet war der Artikel mit Harry Muck.

Ein Skandal zog wie eine dunkle Regenwolke über Düsseldorf, denn der Schreiber schien bestens informiert zu sein.

»Was wollen wir unternehmen?« fragte Dr. Hollwäg am Telefon Boltenstern. »Das können wir nicht wortlos schlucken, zumal unter dem Artikel steht: Fortsetzung folgt! Ich erwäge zunächst gegen die Zeitung drakonische Maßnahmen. Stornierung aller Anzeigenaufträge! Das ist der erste Volltreffer! Da werden Verleger weich und Chefredakteure pensionsreif!«

»Lassen Sie das bitte«, antwortete Boltenstern. Seine Stimme klang etwas müde. »Ich werde mit diesem unbekannten Harry Muck unter vier Augen reden. Jede Sache hat ihren Preis. Auch ein Mann namens Muck! Ich habe schon bei ihm angerufen ... ich treffe ihn heute abend im ›Malkasten‹. Ich bin sicher, daß ›Fortsetzung folgt‹ sich als großer Druckfehler herausstellt.«

Aber es sollte anders kommen, denn der zweite Artikel lief schon über die Rotationsmaschinen, die die neue Morgenausgabe druckten.

Harry Muck saß bereits in dem Künstlerlokal ›Malkasten‹, trank ein Bier und rauchte eine Zigarette, als Boltenstern eintrat und sich suchend umblickte. Ein paar Tische weiter, in einer Ecke, hatte sich Dr. Lummer hinter einer Zeitschrift versteckt und las sie mit sichtlichem Unbehagen. Es war die ›Rundschau für moderne Kunst‹ – der Kellner hatte sie Dr. Lummer empfohlen –, und nun schlug sich Lummer geistig mit den Abbildungen herum, die man als Gemälde und Skulpturen bezeichnete und die in seinen Augen vollgekleckste Leinwände und verbogene Drähte waren. Für wie dumm hält man uns eigentlich, dachte er gerade mit deutlichem Grimm, daß man uns so etwas als Kunst anbietet, und wie herrlich dumm sind die, die solche Werke kaufen und stolz an die Wand hängen und behaupten, sie empfänden – wie der Künstler – die innere Spannung im Rhythmus von Farbe und Form. Kopfschüttelnd wollte er die Zeitschrift weglegen, als Boltenstern eintrat, und so mußte Dr. Lummer sich weiter mit den modernen Kunstwerken beschäftigen, um unsichtbar zu bleiben. Er seufzte, nannte innerlich den Beruf eines Kriminalbeamten wirklich aufopfernd und betrachtete eine Freilandplastik, die aus zerbeulten Teilen eines Fahrrades zu bestehen schien.

Harry Muck erhob sich und setzte sich wieder. Boltenstern hatte es bemerkt und trat auf ihn zu. Er trat an den Tisch heran, nicht als Gegner oder mit dem Hochmut des Stärkeren, sondern freundlich, jovial, fast kameradschaftlich, und lächelte Muck mit einer erschreckenden und entwaffnenden Fröhlichkeit an.

»Herr Muck, nicht wahr?« sagte er und setzte sich an den Zweiertisch. »Es freut mich, daß wir uns einmal sprechen. Als ich Ihren Artikel las und darunter den Autornamen Muck, da sagte ich mir: Nein, das ist nicht der kleine Muck aus dem Märchen von Hauff – das ist ein ernst zu nehmender Mensch.«

Harry Muck schwieg. Er musterte Boltenstern. Die hingeworfene Bemerkung vom ›kleinen Muck‹ verstand er sehr wohl... es klang wie eine witzige Aphorisme und war doch eine Kampfansage. Erkenne, wie winzig du bist, sollte das heißen. Der Märchen-Muck war noch ein Riese gegen dich... hinter mir steht die Großindustrie, das Kapital von Milliarden. Von jeher wird ein Land beherrscht von der indirekten Macht der Reichen... man will es nur nicht wissen auf den Ministersesseln, und das Volk soll es schon gar nicht erfahren. Wie würde sich das Weltbild verschieben, wenn die wahren Machtverhältnisse bekannt würden!

Harry Muck sah Boltenstern zum erstenmal. Einmal hatte er in einer Finanzzeitung ein schlechtes Bild von ihm gesehen – aber der persönliche Eindruck war ungleich stärker. Wer Alf Boltenstern so sah, wie er jetzt im ›Malkasten‹ saß, elegant, mit angegrauten Schläfen, in der geraden Haltung eines alten Offiziers und Herrenreiters, mit sonnengebräuntem Gesicht – die Tage auf Rhodos hatten ihm sichtlich gutgetan – und einem dreikarätigem Brillanten am linken kleinen Finger, mit klaren, forschenden Augen und dünnen, von der Andeutung eines Lächelns überhauchten Lippen, der fand sich plötzlich in einer inneren Befangenheit wieder, in einem leisen Minderwertigkeitskomplex, gegen den schwer anzukämpfen war. Die Gestalt Boltensterns als Gesamtheit drückte Überlegenheit aus. Es war schwer, gegen sie anzukommen.

»Zu was darf ich Sie einladen?« fragte Boltenstern leichthin. »Trinken Sie einen guten Rheinwein mit mir?«

»Danke, ich habe mein Bier.« Muck schüttelte die unangenehme Befangenheit ab, so gut es ging. Er ist mein Gegner, dachte er immer wieder. Wir sitzen hier nicht, um zu plaudern, sondern um uns die Köpfe einzuschlagen. Nicht mit einem Hammer oder einem Brecheisen, dazu sind wir zu vornehm... ein Boltenstern hat andere Möglichkeiten... von einem Wink zur Steuerfahndung, sich einmal um das Einkommen des Harry Muck zu kümmern, bis zur eleganten Erpressung des Verlegers, den lästigen Journalisten Muck zu entlassen. Mit Geld ist es einfach, einen unbequemen Menschen aufrecht sterben zu lassen!

»Gut, bleiben wir beim guten deutschen Bier! Für ein Männergespräch ist das auch die beste Würze.« Boltenstern lehnte sich zurück. In seinem Rücken saß Dr. Lummer, betrachtete ein Bild: ›Visionen‹ und fragte sich, ob der Maler bei der Ausführung dieses Gemäldes auch in einem LSD-Rausch gewesen sein mochte.

Anders waren die ›Visionen‹ nicht zu erklären. »Woher kennen Sie mich?« fragte Boltenstern geradezu, als der Kellner auch ihm ein Bier gebracht hatte.

Harry Muck lächelte zurück. »Ich kenne Sie überhaupt nicht, Herr Boltenstern. Das heißt ... ich kenne Sie nicht persönlich. Gehört habe ich genug von Ihnen. Als Erfinder, als Stütze der Düsseldorfer Gesellschaft, als Sieger in Reitturnieren, und auch sonst so ...«

»Das ›auch sonst so‹ interessiert mich nicht besonders.« Boltenstern trank sein Bier an. »Sie haben über die Affäre Erlanger geschrieben, obgleich es keine Affäre ist. Erst durch Sie wurde sie der Öffentlichkeit überhaupt bekannt, und zwar einseitig. Ich kenne die journalistischen Gepflogenheiten genau; in meinem eigenen Haus werden Dinge zusammengebraten – von meiner Tochter, die eine Kollegin von Ihnen ist –, die später, wenn man sie liest, genau die Morgenkaffeelektüre ausmachen, die der Leser wünscht, obgleich dahinter nichts steht. Eine schillernde Seifenblase! Lehrer mißhandelte Schulkinder! Was war wirklich! Er hat einem aufsässigen Bengel eine Ohrfeige gegeben!« Boltenstern sah Harry Muck aus seinen hellen, kalten Augen an. Ein Blick, der bis zum Gehirn drang! »Der tragische Tod meines Freundes Erlanger eignet sich nun sehr wenig zu journalistischen Spielereien. Ich habe eine doppelte Pflicht, mich um diese Sensationsmache zu kümmern: Einmal im Angedenken meines besten Freundes und Kriegskameraden, auf dem ich nicht den geringsten Schatten dulde, und zweitens als Interessenwahrer der Witwe, der Ihre Berichterstattung einen Nervenzusammenbruch einbrachte.«

Harry Muck schwieg bewundernd. Wie elegant er das sagt, dachte er. Mit einer versteckten Träne, die Mitleid erregt. Mein bester Freund und Kriegskamerad. Keine Schatten auf ihn ... Man sollte aufspringen und dem Ehrenmann Boltenstern stumm und ergriffen die Hand drücken.

»Jedes Ding hat zwei Seiten«, sagte Muck. Boltenstern lächelte mokant.

»Sehr klug bemerkt. Haben Sie Philosophie studiert?«

303

Muck biß sich auf die Unterlippe. Da war es... der kalte, überlegene Spott, die Verachtung, die er tropfenweise zuteilte.

»Ein Anzug besteht aus Stoff, Einlage und Futter«, sagte Muck gepreßt. »Jeder sieht nur die Eleganz von außen... ich liebe es, das Futter aufzutrennen und mir die Einlagen anzusehen. Die Qualität liegt nicht allein im äußeren Eindruck...«

»Ach, Sie waren auch einmal Schneider?« fragte Boltenstern höflich.

»Nein, Anatom. Ich seziere. Mein erster Artikel war ein Schnitt in die Oberhaut... die anderen Artikel werden Schicht um Schicht bloßlegen, bis wir im Inneren sind, bis wir den Krankheitsherd erreicht haben und ihn herausoperieren können.«

»Klingt das nicht ein wenig vermessen und großspurig, Herr Muck?« Boltenstern trank wieder einen Schluck Bier. »Sie sezieren, um eine Luftblase zu finden.«

»Ich weiß, was ich finden werde«, antwortete Muck fest.

Boltenstern hob etwas die Augenbrauen. »Sind Sie so genau informiert?« fragte er. Die Frage klang leichthin, aber sie umschloß alles, was Boltensterns stille Angst war. Muck nickte mehrmals.

»Ich habe blendende Informationen.«

»Von wem?«

»Erwarten Sie, daß ich diese Frage beantworte?«

Boltenstern sah über Mucks Kopf hinweg gegen die Wand. Er zweifelte keinen Augenblick daran, daß es stimmte. Die Gefährlichkeit Harry Mucks war eklatant. Noch gefährlicher aber war der Informant, der Mann im Hintergrund. War es Toni Huilsmann? War es Hermann Schreibert? Oder war es sogar der Major, aus gekränktem Vaterstolz heraus?

»Was verdienen Sie denn an diesen Artikeln?« fragte Boltenstern plötzlich.

Muck zuckte zusammen. Es kam genauso, wie es Dr. Lummer ihm vorher gesagt hatte: Er wird versuchen, Sie zu kaufen.

»Man lebt davon...«, wich Muck aus. Boltenstern nickte freundlich.

»Sie können besser leben. Ich zahle Ihnen den zehnfachen Betrag, wenn Sie Ihre Informationen, die zu widerlegen leicht wäre, in der Schublade lassen. Im Interesse meines toten Freundes und seiner Witwe will ich keinen Prozeß mit Ihnen und Ihrer Zeitung. Es ist Leid genug über die Familie Erlanger gekommen. Ihre Artikel sind eine Tagessensation ... in einer Woche spricht keiner mehr darüber. Für den zehnfachen Betrag können Sie ein Jahr lang sich unabhängig von wirtschaftlichen Überlegungen um bessere Themen kümmern.«

»Was wollen Sie verschleiern?« fragte Muck geradezu. Boltensterns Lächeln erstarb nicht. Es war nicht leicht, ihn zu überrumpeln.

»Nichts!« sagte er freundlich.

»Ich weiß von einer LSD-Party ...«

»Blödsinn!«

»Ich werde den Ablauf genau schildern ...«

»Ich bewundere Ihre Fantasie ... nur schillert sie am falschen Objekt. Warum wollen Sie einen offenen Kampf? Ich werde Sie der Lüge überführen können, Sie werden einen so dicken Verleumdungsprozeß an den Hals bekommen, daß Sie ihn nie überleben werden, Ihre Zeitung wird eine Schadenersatzklage durchstehen müssen, die ihr den Ruin einbringt ... Sie glauben mir doch wohl, daß ich über die Mittel verfüge, immer das letzte Wort zu haben ... vor der Öffentlichkeit und vor den Gerichten.«

»Das ist das einzige, was ich Ihnen rückhaltlos glaube«, sagte Harry Muck. Seine Stimme war jetzt heiser. Der erbarmungslose Kampf war eröffnet. O Himmel, dachte er, laß Jutta Boltenstern nicht in kindlicher Reue umfallen. Ich stehe wirklich allein und vernichtet da, wenn sie mir nicht die volle Wahrheit sagt ...

»Sie überlegen sich das alles noch einmal, nicht wahr?« sagte Boltenstern mit entwaffnender Freundlichkeit. »Das Leben ist relativ kurz, und man sollte es nicht mit Prozessen verleben.«

»Der nächste Artikel ist bereits im Satz«, Harry Muck sah auf seine Armbanduhr. »Nein – er ist bereits in der Rotation.«

»Und was steht darin?« fragte Boltenstern plötzlich steif.

»Um bei dem Beispiel des Anzuges zu bleiben: Nach dem Auftrennen des Futters bin ich jetzt bei der Watteabdeckung. Linke

Schulter. Die Frontkameraden von Meseritz an der Obra, die sibirische Gefangenschaft, die Rückkehr, der gesellschaftliche Aufstieg und als Höhepunkt und Abschluß des Artikels: Der stille, aber verbissene Kampf der Kameraden Erlanger und Boltenstern um die Millionärstochter Petra Wollhagen. Sieger: Richard Erlanger.«

Boltenstern erhob sich abrupt. »Das wird die größte Dummheit Ihres Lebens, Herr Muck! Lassen Sie den Artikel herausnehmen.«

»Das geht nicht. Die Morgenausgabe ist mitten im Druck.«

»Ihr Verleger wird Sie morgen mittag spätestens mit einem Tritt aus dem Gebäude der Zeitung jagen.«

»Das glaube ich nicht. Mein Verleger war noch nie so sportlich.«

»Ihr Informant ist ein Lügner!«

»Das wird sich herausstellen, wenn Sie Ihre Prozeßlawine gegen mich anrollen lassen.«

»Sie wollen es also darauf ankommen lassen?«

»Ja!« sagte Harry Muck mutig und fest.

Boltenstern hob die Schultern, legte ein Fünfmarkstück für sein Bier auf den Tisch und verließ das Restaurant des ›Malkastens‹.

Es ist Schreibert, dachte er, während er draußen zwischen den hohen Bäumen des Hofgartens stehenblieb und tief durchatmete. Verdammt, es kann nur Schreibert sein. Toni ist dauernd auf der ›Reise‹ . . . er lebt mit seinem LSD in anderen Welten. Der Major hat sich nie viel um unser Privatleben gekümmert . . . er wurde nur immer gerufen, wenn es Falten auszubügeln galt. Nur allein Schreibert wußte und weiß genau, wie das damals zwischen Erlanger und mir war, als wir Petra Wollhagen umwarben und ich an dem alten Wollhagen scheiterte, der mir ins Gesicht sagte: »Ich werde einer Ehe meiner Tochter mit Ihnen nie zustimmen. Sie sind ein Blender, Boltenstern.« Das war eine Niederlage, die ich nie überwunden habe. Sie wurde zu einem Trauma für mich, solange Erlanger lebte . . .

Boltenstern ging langsam zu seinem Wagen und fuhr, sehr unsicher, da er mehr nach innen dachte, als auf den Verkehr zu achten, nach Hause. Von dort rief er Generaldirektor Dr. Hollwäg an, der schon wieder ein Gartenfest in seiner Villa hatte, diesmal mit einigen Bankdirektoren und Repräsentanten ausländischer Firmengruppen. Die Gesellschaft war wieder zusammen . . .

»Den neuen Artikel können wir nicht mehr verhindern«, sagte Dr. Hollwäg in richtiger Einschätzung der Lage. »Aber eine Nummer 3 wird es nicht geben. Überlassen Sie das nur mir, lieber Alf! Keine Sorgen. Wir wissen ja, wer Sie sind! Seien wir erhaben über dieses Geschwätz eines tintenpissenden Journalisten.«

Im ›Malkasten‹ konnte Kriminalrat Dr. Lummer endlich seine Zeitschrift mit den modernen Gemälden und Plastiken weglegen und sich zu Harry Muck begeben, als anzunehmen war, daß Boltenstern weggefahren war und nicht noch einmal zurückkam, um vielleicht doch noch etwas mit Verhandlungen zu erreichen.

»Er ist nervös!« sagte Dr. Lummer zufrieden. »Ich habe ihn beobachtet. Er ist sehr nervös.«

»Den Eindruck hatte ich nicht.« Muck kam sich sehr bedrückt vor. Er kannte die Macht der Großindustrie . . . sie war wie ein Berg, der auf eine Ameise fällt. »Er war sehr sicher!«

»Sie haben ihm nur in die Augen gesehen, Muck! Ich aber auf seine Hände. Er hat seinen Brillantring immer rund um den Finger gedreht. Er platzte vor Nervosität.« Dr. Lummer klopfte Harry Muck auf die Schulter. »Morgen wird er noch nervöser werden! Nichts ist fataler, als wenn man seinen Gegner nicht genau kennt!«

Petra Erlanger ließ Dr. Lummer fast eine Stunde warten, bis sie ihn im Blauen Salon empfing. Sie trug ein schwarzweißes Seidenkleid und verbreitete den Eindruck einer ehrlich trauernden Witwe. Schon in der Halle der schloßähnlichen Villa erinnerte eine Neuerung daran, daß man ein Trauerhaus betrat: Neben dem großen Gemälde des alten Wollhagen, einem Porträt, das ihn auf einem Renaissancesessel sitzend zeigte, hing gleich groß, in einem schweren Goldrahmen, ein Bild von Richard Erlanger, das ein bekannter Düsseldorfer Porträtist vor zwei Jahren gemalt hatte: Erlanger vor dem Hintergrund einer grünenden Hügellandschaft, in weiß-rotem Jagddreß, die Reitpeitsche quer vor den Bauch gelegt, mit einem Blick, der in die Weite geht. Ein schönes Bild geldunterstützter Herrlichkeit.

Um den dicken Goldrahmen flatterten dichte schwarze Schleier. In einer riesigen chinesischen Vase leuchteten jeden Tag frische Blumen unter diesem Bild. Und ergriffen beobachtete das Personal, daß Petra Erlanger jedesmal, wenn sie an diesem Bild vorbeischritt, den Kopf leicht senkte und wieder hob ... sie grüßte ihren toten Gatten.

Auf Dr. Lummer machte dieser Totenkult keinen Eindruck. Er wußte, daß Petra Erlanger nicht wie eine griechische Witwe auf Rhodos gelebt hatte, und er war nicht gewillt, an dem Schauspiel mitzuwirken, das man der Umwelt bot und das weithin geglaubt wurde.

Petra Erlanger gab Dr. Lummer eine lange, schmale, kalte Hand und erschöpfte damit alle Höflichkeit. Einen Platz bot sie ihm nicht an, was Dr. Lummer auch nicht erwartet hatte.

»Der Besuch der Polizei ist immer unangenehm ... das hat mit Ihnen persönlich nichts zu tun, lieber Doktor«, sagte Petra kühl. »Ist es wichtig?«

»Nur eine Formsache, gnädige Frau!« Dr. Lummer freute sich, in solcher Gelassenheit eine Bombe explodieren zu lassen. »Ich bitte lediglich um Ihre Erlaubnis, Ihren Gatten zwecks einer nochmaligen ärztlichen Untersuchung exhumieren zu lassen.«

Bewundernd sah Dr. Lummer, daß Petra diesen Schock mit starrer Haltung überwand. Nur ihre Wimpern zuckten, und in den Mundwinkeln entstanden kleine Falten. Was sie nicht verhindern konnte, war eine Röte, die langsam vom Hals aus in ihrem Gesicht emporkroch.

»Nein!« sagte sie mit fester Stimme. »Warum? Richard soll endlich seine Ruhe haben. Auch diese Artikel in der Presse, dieser Schmutz, der auf mich geworfen wird ... *hier* sollte die Kriminalpolizei eingreifen und die Bürger schützen!«

»Genau das wollen wir mit einer Exhumierung. Wir wollen beweisen, daß alle Anschuldigungen haltlos sind. Es geht jetzt auch um das Ansehen der Justiz! Bisher konnte man das intern behandeln ... aber jetzt ist die Öffentlichkeit alarmiert! Es liegt ein Anruf des Justizministeriums vor. Nichts ist unangenehmer, als wenn ein Beamter unter Beschuß der Presse gerät. Die Exhumierung ist deshalb . . .«

»Ich erlaube es nicht!« unterbrach Petra Erlanger abrupt Dr. Lummer. »Ihre Argumente sind fade! Ich will, daß mein Mann endlich Ruhe hat! Ist das Sensationsbedürfnis der Massen wichtiger als die Ruhe eines Toten und die Rücksicht auf seine Witwe? Nein, ich erlaube es nicht!«

Dr. Lummer nickte. Er zog einen Bogen Papier aus der Tasche, faltete ihn auf und reichte ihn Petra hin.

»Auf Veranlassung der Generalstaatsanwaltschaft und des neu bestimmten Untersuchungsrichters findet die Exhumierung morgen früh statt.« Da Petra Erlanger die Verfügung nicht annahm, legte sie Dr. Lummer auf einen Tisch. »Sie ersehen daraus, daß die Ermittlungen wiederaufgenommen wurden.«

»Ich werde sofort Beschwerde einlegen!« sagte Petra Erlanger steif.

»Gegen staatsanwaltliche Handlungen gibt es keine Beschwerden!«

»Das werden meine Anwälte klären.«

»Es tut mir leid, gnädige Frau.« Dr. Lummer verbeugte sich knapp. »Ich war nur der Bote, weiter nichts.«

Petra wartete, bis Dr. Lummer den Blauen Salon verlassen hatte . . . noch als die Klinke hochklappte, rannte sie zum Telefon und rief Boltenstern an.

»Sie exhumieren Richard!« rief sie hell. Ihre Stimme bekam einen hysterischen Klang. »Alf, verheimlicht ihr mir alle etwas? Warum kümmert sich die Staatsanwaltschaft darum? Ist Richard nicht normal gestorben? War es kein Selbstmord?! Belügt ihr mich alle über diesen 21. Mai?«

»Keine Aufregungen, Liebste!« Die Stimme Boltensterns war dunkel und ruhig. Es tat gut, sie zu hören. Sie war wie kühlende Salbe auf einer Schürfwunde. »Wann exhumieren sie?«

»Morgen früh!«

»Sie tun nur ihre Pflicht, Liebste. Es kann sogar eine Entlastung gegen die blöden Zeitungsartikel sein.«

»Das sagte Dr. Lummer eben auch.«

»Siehst du, mein Liebling . . . Keine Aufregungen, bitte.« Boltensterns Stimme war warm wie ein Sommerwind. »Wir treffen uns nach dem Essen im Golfklub, nicht wahr? Daß man Richard in seiner Ruhe stört, ist zwar schändlich, aber wie kann man von einem Staatsapparat Pietät erwarten?«

Nur halbwegs beruhigt legte Petra den Hörer wieder auf.

Alf Boltenstern aber saß lange auf der Terrasse und starrte in seinen Garten. Die Rasensprenger drehten sich, es war ein heißer Sommertag.

Man muß die Wahrheit sagen, dachte er. Die Wahrheit, so wie sie nützlich sein kann. Nicht die brutale Wahrheit, wie sie Toni Huilsmann auf einen Filmstreifen aufgenommen hat . . . diese Wirklichkeit wird niemand sehen. Aber schon die Hälfte der Wahrheit wird genügen, um aus diesem Sturm nur mit zerzausten Haaren herauszukommen.

Und zerzauste Haare kann man wieder kämmen und glätten.

Über eine Stunde brauchte er, um endlich eine Verbindung mit Oberstaatsanwalt Dr. Breuninghaus zu bekommen. Dr. Breuninghaus war sehr knapp in seinen Worten. Nicht einmal klang der alte Kameradengeist durch. Anscheinend hatte er Besuch.

»Suchen Sie mich morgen nachmittag gegen 16 Uhr auf«, sagte er militärisch abgehackt. »Vorher paßt es leider nicht in meinen Terminplan.«

Boltenstern sagte zu.

Um 16 Uhr war die Obduktion Richard Erlangers längst vorbei. Hatte man etwas gefunden, war es noch immer Zeit, an die sibirischen Plenny-Lager zu erinnern und an die Kanten Brot, mit denen man den verhungernden Breuninghaus gerettet hatte. Fand man nichts, so konnte man um 17 Uhr die Staatsanwaltschaft als ein unbescholtener Mann verlassen. Mit dem Reinheits-Attest des Staates in der Tasche war es leicht, Männer wie Harry Muck, Werner Ritter und Dr. Lummer von der Bildfläche zu fegen wie lästige, das Bilderglas bekackende Fliegen.

Boltenstern ging zurück in sein Arbeitszimmer und schlug noch einmal die Seiten auf, die sich mit dem Nachweis von LSD im menschlichen Körper befaßten. Es war ein Standardwerk der experimentellen Psychose, und es gab Aufschluß darüber, daß ein Nachweis von LSD im menschlichen Körper nicht möglich war. Da stand:

»Von verabreichtem radioaktiv-markiertem LSD-25 werden innerhalb 12 Stunden in Urin, Faeces und in der Ausatmungsluft nur 7–8 % der Gesamtaktivität gefunden. Hingegen läßt sich ein größerer Teil radioaktiven Materials im Darminhalt nachweisen, da der Hauptausscheidungsweg wahrscheinlich über Leber und Galle, nicht dagegen über die Niere geht. Auch im Darminhalt dürfte das intakte Molekül kaum mehr enthalten sein . . .«

Mit anderen Worten: LSD ist nur nachweisbar, wenn es – zu wissenschaftlichen Zwecken – radioaktiv angereichert wird. Reines LSD, wie es Erlanger genommen hatte, kann nicht im Körper entdeckt werden . . . es baut sich zu schnell ab. Es verschwindet im Nichts . . .

Beruhigt klappte Alf Boltenstern das Buch wieder zu.

Es gibt tatsächlich eine Pforte der Hölle, die nie aufgestoßen werden wird . . .

Am nächsten Morgen um 6 Uhr in der Frühe betrat eine kleine Gruppe sommerlich gekleideter Männer den Friedhof und ging langsam über den breiten, langen Hauptweg zu dem parkähnlichen Teil des Totenfeldes, wo sich die Eigengräber und die pompösen Gruften der Reichen hinter Büschen und Blütenstauden verbargen.

Der städtische Totengräber Erich Saritzki wartete schon am geöffneten Grabe Richard Erlangers. Er war schlechter Laune. Da er ein Monatsgehalt bezog, wurden Sonderleistungen wie das Öffnen eines Grabes im Morgengrauen nicht gesondert bezahlt, ebensowenig wie der Verlust von vier Stunden Schlaf. Da hatte es ein Fabrikarbeiter besser. Der tat keinen Schlag Sonderleistung ohne einen Aufschlag des Stundenlohnes. Aber so ist es nun eben: Immer sind die behördlich Beschäftigten die Stiefkinder des Wirtschaftswunders.

Solche sozialistischen Gedanken um 6 Uhr früh sind keine

Plattform für Fröhlichkeit. Deshalb sah Erich Saritzki auch mißmutig den Herren entgegen, die um die hohe Hecke bogen und sich gemessen, als handle es sich um ein wirkliches Begräbnis, der offenen Gruft Erlangers näherten. Zwei Polizisten, ebenfalls Gehaltsopfer des Staates, standen auf dem Weg herum, um etwaige Neugierige abzuwehren. Man rechnete um diese frühe Zeit zwar nicht damit, aber es gehört zur Ordnung, abzusperren.

Professor Dr. Landeros, Medizinalrat Dr. Boller, Dr. Lummer, Staatsanwalt Dr. Fleigel und der Anatomiediener Waldemar Sepplich blieben vor dem Grab stehen und sahen hinab auf den noch unversehrten, von der Schaufel Saritzkis angekratzten Deckel des dicken Eichensarges. Ein paar Seile waren bereits darunter hergezogen ... neben dem Grab hatte Saritzki vier Bohlen hingelegt, auf denen ein Tisch stand.

Die Herren nickten dem Totengräber stumm zu und warteten dann. Nicht aus Pietät, sondern notgedrungen, bis Anatomiediener Sepplich seine Utensilien ausgepackt hatte. Säuberlich baute er auf dem Tisch auf: ein paar verzinkte Dosen, ein paar dicke Plastiksäcke, Gummihandschuhe, Skalpelle, scharfe Löffel, Zangen und Scheren und ein Gerät, das aussah wie ein Schaumlöffel oder ein großer Omelette-Wender.

»Fertig, Herr Professor«, sagte Sepplich nach dem Aufbau und trat auch an das Grab. Die beiden Polizisten wurden herangewinkt, und zusammen mit Saritzki und Sepplich griffen sie nach den Seilenden.

»Auf Hauruck ziehen wir alle gleichzeitig!« sagte Saritzki, der Fachmann. »Und dann langsam hoch. Nicht schräg oder kanten, dann haut uns der Kasten ab und knallt auf die Ecke! Das gibt dann immer eine dämliche Schieberei! Also – packen wir's?«

Die Polizisten und der Anatomiediener Sepplich nickten. Die anderen traten vom Grab zurück. Professor Landeros und Medizinalrat Dr. Boller holten aus ihren Taschen Gummischürzen, legten die Röcke ab, hängten sie über die Grabsteine der Nachbargräber und zogen die dicken Sezierhandschuhe an. Dr. Lummer holte aus einem Etui eine seiner gefürchteten Zigarren und brannte sie an. Er kannte das, was jetzt folgte, er hatte es oft genug erlebt. Nur starker Zigarrenrauch war in der Lage, den Geruch ertragen zu lassen, der nach dem Öffnen des Sargdeckels sie alle umgeben würde.

»Hauruck!« kommandierte Saritzki. »Und noch einmal! Verdammt, die Erde ist feucht und klebt. Hauruck! Langsam! Mit Gefühl! Er bewegt sich ... und jetzt hoch ... Hand nach Hand ... gut so ... er kommt ... Herr Wachtmeister auf dem linken Flügel ... ein bißchen schneller ... der Kasten wird schief ...«

Langsam, ruckartig stieg der Sarg Erlangers an die Oberfläche. Er zeigte keinerlei Veränderungen bis auf ein paar dunklere Nässeflekken. Zwei Monate Grab waren spurlos an ihm vorbeigegangen.

»Man sieht, ein guter Sarg lohnt sich«, sagte Dr. Lummer in die Stille hinein, die folgte, als der Sarg endlich auf dem Tisch stand. »Wenn jetzt die Verschraubungen sich noch lösen lassen ...«

»Wenn sie gut geölt waren, Herr Kriminalrat, ist das Deckelheben kein Problem!« sagte Saritzki und wischte sich mit dem Unterarm den Schweiß von der Stirn. Jetzt war die Sonne voll da. Ein heißer Tag wurde es wieder. Auch die beiden Ärzte sahen in den blauen Himmel. Eine Obduktion im Hochsommer ist alles andere als schön.

Dr. Lummer sog an seiner Zigarre. Ein süßlicher Geruch umwehte sie bereits, ein Geruch von fast greifbarer Fettigkeit.

»Geölt!« rief Saritzki laut. Die Herren schraken unwillkürlich zusammen. Saritzki drehte glücklich an der ersten Deckelschraube. Der Anatomiediener Sepplich klappte die Zinkbüchsen auf und blies in die Plastiksäcke, damit die Seiten nicht aneinanderklebten. Dann setzte er Prof. Landeros einen großen Strohhut auf, denn er wußte, wie sonnenempfindlich sein Chef war.

»Noch vier Umdrehungen, und die Auferstehung kann beginnen«, sagte Saritzki fröhlich. Die Schraubenköpfe, geschmiedet aus Bronze, ragten aus dem Sargdeckel. Dr. Lummer sah den Totengräber ernst an.

»Etwas mehr Pietät, bitte!« sagte er laut.

Saritzki schwieg beleidigt. Nicht einmal mit Humor darf man seinen tristen Beruf aufhellen, dachte er. Verdammt, ich kündige

und gehe in die Industrie. 42-Stunden-Woche, keinen Leichengeruch, kein Gemecker von vorgesetzten Beamten, nicht immer
heulende Hinterbliebene, endlich bezahlte Überstunden.

»Fertig!« sagte er steif, als die letzte Schraube herausgedreht
war. »Soll ich öffnen?«

»Bitte!« antwortete Staatsanwalt Dr. Fleigel mit belegter Stimme. Er war noch ein junger Mann und ließ sich von solchen Akten erregen. Mit bebenden Fingern zündete er sich eine Zigarette
an; Dr. Lummer stieß dicke Rauchwolken aus seiner Zigarre. Er
bewunderte in diesem Augenblick – wie immer bei Exhumierun-
gen – die Ärzte, die scheinbar unbeeindruckt bereitstanden.

Saritzki und Sepplich hoben den schweren Deckel ab und legten ihn zur Seite auf den Erdhügel. Eine Wolke Verwesungsdunst
umgab Dr. Lummer, er roch sie trotz seiner dampfenden Zigarre.
Die Polizisten traten weg, hinter die Hecke. Es gehörte nicht zu
ihrem Dienst, so etwas einzuatmen.

Auf den mit Stockflecken übersäten Kissen des Sarges lag Richard Erlanger in einem merkwürdig sauberen schwarzen Smoking. Sein Gesicht war bläulich und begann bereits zu zerflie-
ßen . . . wie wäßriger Ton war das verwesende Fleisch, bespren-
kelt wie mit Tintenspritzern. Aber noch hatte es seine Form, man
erkannte, daß dort Erlanger lag, wenn er auch mit seinen blecken-
den Zähnen und dem aufgerissenen Mund keinen schönen Anblick bot. Zwischen seinen gefalteten Händen lag noch, wie mu-
mifiziert, der Teerosenstrauß, den ihm Petra mühsam in die Finger geschoben hatte.

Waldemar Sepplich machte sich an die Arbeit. Er schnitt die
Smokingjacke auf, das weiße Hemd, zog alles zur Seite und legte
die Brust des Toten frei. Eine breite, notdürftig vernähte Narbe
vom Schlüsselbein bis zum Schambein kam zum Vorschein.

»Nanu!« sagte Professor Landeros und drehte sich zu Dr. Lummer und Staatsanwalt Dr. Fleigel herum. »Der ist doch schon ob-
duziert worden!«

»Denken wir daran, meine Herren«, sagte Dr. Lummer und
kam durch eine Wolke Rauch auf den Sarg zu, »was wir vorhin
besprachen. Es geht um den Nachweis von LSD! Bei der ersten

314

Obduktion haben wir diesen Faktor nicht berücksichtigen können, weil wir noch nicht das wußten, was wir jetzt wissen. Damals ging es nur um die bloße Todesursache, und die war Erstikken.«

»Also machen wir wieder auf«, sagte Medizinalrat Dr. Boller.

»Ich bitte darum!« sagte Staatsanwalt Dr. Fleigel.

Professor Landeros zog die Fäden der grob vernähten Naht und half mit einem Skalpell nach, bis der Brustkorb, Bauch und Unterbauch wieder aufklafften. Waldemar Sepplich, mit jedem Handgriff seines Chefs vertraut, zog die Wundränder auseinander, was gar nicht so einfach war, denn das Muskelgewebe war im Stadium der Zersetzung und glitt immer weg, als sei es aus Gummi oder Gallert.

»Das ist ein Schildbürgerstreich!« sagte Professor Landeros nach einem Blick in den geöffneten Körper Erlangers. »Hier fehlt ja alles! Der Mann ist ja nur eine leere Röhre!«

Dr. Lummer überwand seinen Abscheu vor dem Geruch und trat an den Toten heran. Es stimmte. Bei der ersten Obduktion hatte man alles Innere herausgenommen. Herz, Lungen, Magen, Leber, Galle, Milz und Därme fehlten, ebenso die Blase. Worauf es Dr. Lummer vor allem ankam, auf Darm und Leber, war wahrscheinlich schon in den vergangenen zwei Monaten als Sezierpräparate zerschnitten worden.

»Das Gehirn, meine Herren«, sagte Staatsanwalt Dr. Fleigel. »Da LSD ein Gift ist, das im Hirn . . .«

»Im Hirn ist gar nichts nachweisbar!« sagte Professor Landeros grob. »Das ist ja wirklich ein tolles Stück! Was soll ich denn nun bekunden? Bei der Exhumierung wurde festgestellt, daß der obduzierte Körper leer war . . .« Er warf das omeletteheberähnliche Instrument weg, das ihm Sepplich angereicht hatte und mit dem er die Lungen herausholen wollte, und zog seine dicken Gummihandschuhe aus. »Das einzige, was ich noch sehen kann, sind Strangulierungsverfärbungen an der Halshaut! Ein LSD-Nachweis, so gering von Beginn an schon die Hoffnung darauf war, ist völlig ausgeschlossen!«

»So etwas nennt man unter Männern Scheiße!« sagte Dr. Lum-

315

mer laut. »Ich habe noch nie erlebt, daß die Kriminalpolizei so viel Niederlagen hintereinander einstecken mußte wie in diesem Fall!«

Die Morgensonne war bereits sehr heiß. Mücken und Wespen, angelockt von dem süßlichen, fetten Verwesungsgeruch, umkreisten brummend und summend den geöffneten Sarg und drängten zu dem gespaltenen Körper. Waldemar Sepplich wehrte sie ab ... mit einem der nun nutzlosen Plastikbeutel, in die er Herz und Leber, Magen und Dickdarm verpacken wollte, fächelte er über den Leichnam Erlangers und verscheuchte die wie verrückt anfliegenden Wespen und Schmeißfliegen.

»Zumachen!« sagte Professor Landeros und trat vom Sarg weg. »Meine Herren, ich komme mir vor, als sei ich zum Tünnes gemacht!«

Auch Medizinalrat Dr. Boller trat zurück. Er enthielt sich aller Kommentare. Er war Beamter. Ein guter Beamter schluckt Fehler des Staates wie gezuckerten Lebertran. Staatsanwalt Dr. Fleigel hatte einen roten Kopf, Dr. Lummer verbarg sich hinter Qualmwolken. Totengräber Saritzki grinste. Es war die lustigste Exhumierung, die er bisher erlebt hatte.

Der einzige, der arbeitete, war Waldemar Sepplich, der Anatomiediener. Er vernähte mit noch gröberen Stichen wieder den Körper Erlangers, deckte das zerschnittene Hemd darüber, zog den aufgeschnittenen Smoking gerade, faltete die Hände wieder über der Brust, schob den mumifizierten Rosenstrauß in die Finger und klemmte eine Watterolle zwischen Schlüsselbein und Kinn, denn der offene Mund störte jetzt sehr an der Gestalt im schwarzen Smoking. Sorgfältig zog Sepplich sogar einige Falten gerade und war dann zufrieden mit seinem Restaurierungswerk.

»Deckel wieder drauf?« fragte Saritzki, als sich niemand rührte und keiner sprach.

Dr. Lummer nickte stumm.

Saritzki und Sepplich holten den Deckel vom Erdhügel, stemmten ihn hoch auf den Sarg und rückten ihn gerade. Dann zog auch Sepplich seine Handschuhe aus, sah auf die Uhr und setzte sich neben den Tisch auf einen Hocker.

»Kann ich zuschrauben, oder muß ich die Schrauben noch nachölen? Wird der Herr noch einmal gebraucht?« fragte Saritzki in die Stille hinein.

»Schrauben Sie zu!« schrie Dr. Lummer. »Ich verbitte mir Ihre dämlichen Äußerungen!«

Saritzki beugte sich über den Sargdeckel und schraubte. Ich kündige, dachte er wütend. So eine Behandlung! Keine bezahlte Überstunde! Als wenn man Dreck wäre! Nicht mit mir!

Neben dem Sarg saß Waldemar Sepplich, der Anatomiediener, hatte aus einer Aktentasche ein Paket Brote geholt und frühstückte. Ab und zu wehrte er mit dem Plastikbeutel die Wespen und Fliegen ab. Obwohl der Sarg nun wieder zu war, war es, als klebe der süßliche Geruch am Holz, am Tisch, in den Büschen, an der Erde, am Marmor der umstehenden Grabsteine.

»Schmeckt's?« fragte Saritzki bei der letzten Schraube.

»Danke.« Sepplich nickte und hob ein Brot hoch. »Gekochter Schinken . . .«

Dr. Lummer wandte sich ab. Der Anblick des fröhlich frühstückenden Sepplich neben dem Sarg drehte ihm den Magen um. Er ging um die Hecke herum, die die Grabstelle vom Weg abschirmte, hielt die Zigarre von sich weg und atmete tief die frische, von Blumenduft satte Morgenluft ein. Es kam ihm vor, als habe er noch nie so schön geatmet.

»Diesen Fall können Sie begraben«, sagte Staatsanwalt Dr. Fleigel später, als sie wieder zum Ausgang des Friedhofes gingen, zu Dr. Lummer. Vor ihnen schritten die beiden Ärzte zum Ausgang wie zwei zürnende Rachegöttinnen. Dr. Lummer blieb ruckartig stehen.

»Können Sie Ihren Bericht 24 Stunden zurückhalten?« fragte er. »Nur 24 Stunden Zeit brauche ich. Außer unserem kleinen Kreis weiß keiner, was hier heute morgen geschehen ist. Vor allem Boltenstern nicht. Ich weiß nicht, ob er ein 24 Stunden langes Gebratenwerden aushält!«

»Boltenstern ist zu Ihrem Trauma geworden, Doktor!« Staatsanwalt Dr. Fleigel nickte. »Gut. Ich schicke meinen Bericht erst

317

übermorgen an den Oberstaatsanwalt. Zusammen mit den Arzt-
berichten. Vorher sind sie doch nicht da.«

»Danke.« Dr. Lummer gab dem jungen Staatsanwalt die Hand.
»Drücken Sie beide Daumen, daß uns hier nicht ein perfektes
Verbrechen unter die Weste geschoben wird!«

Bis gegen acht Uhr hatte Saritzki zu tun, das Grab wieder zu-
zuschaufeln und zu planieren. Er war gerade dabei, mit seinen
Gummistiefeln die Erde festzustampfen und befand sich über der
linken Schulter Erlangers, als er eine tief verschleierte Dame kurz
in der Lücke der Hecke sah. Sie trat sofort auf den Weg zurück,
als er aufblickte, und ging weiter.

»Neugierig sind se alle!« sagte Saritzki laut und planierte weiter. »Selbst hinter Schleiern müssen se durch Schlüssellöcher
gucken!«

Durch einen Seitenausgang verließ Petra Erlanger wieder den
gerade geöffneten Friedhof. Niemand sah sie. Es war noch ein
früher Tag ... die erste Beerdigung begann um neun.

Pünktlich um 16 Uhr war Alf Boltenstern bei Oberstaatsanwalt
Dr. Breuninghaus. Er mußte im Vorzimmer etwas warten. Der
Herr Oberstaatsanwalt ist noch besetzt, hieß es. In Wirklichkeit
trank er eine Tasse Tee und betrachtete einen Haufen schweini-
scher Fotos, die bei den Akten lagen und bei einem sich Modefo-
tograf nennenden, mehrmals vorbestraften Erpresser gefunden
worden waren. Es waren technisch hervorragende Fotos, die Dr.
Breuninghaus mit Genuß in Augenschein nahm, um sich später
in der Verhandlung ehrlich darüber entrüsten zu können.

»Mein lieber Boltenstern«, sagte er später, als Boltenstern endlich vorgelassen wurde, »Sie machen ja Sachen!« Dr. Breuninghaus wählte bewußt das steife Sie, obgleich sie sich sechs Jahre
lang in Sibirien geduzt hatten.

»Ich?« Boltenstern lächelte höflich und doch abwehrend. »Ihre
Dienststellen spielen verrückt! Wie ich von Frau Erlanger höre,
ermittelt man zum drittenmal! Wogegen eigentlich? Heute morgen hat man unseren Freund Richard exhumiert ... ich finde das
empörend.«

Dr. Breuninghaus wischte sich über das Gesicht, schob Boltenstern eine Kiste mit Zigarren zu und griff selbst hinein.

»Für mich ist die ganze Angelegenheit ebenfalls peinlich«, sagte er, indem er seine Zigarre mit kräftigem Saugen anzündete. »Zweimal habe ich die Untersuchungen abgestoppt, weil sie mir blöd erschienen, und dieser Meinung bin ich heute noch! Unser Kamerad Erlanger ist das Opfer eigener Willensschwäche geworden, um es galant auszudrücken. Der Major hat mir ja alles erzählt... kleine Mädchen, Tonis Sternenhimmel, Sauferei, gegen Mitternacht Marscherleichterung, kleine Spielchen mit Pipapo... man ist ja kein Sittenapostel, lieber Boltenstern, auch wenn juristisch solche privaten Orgien als Kuppelei gelten, aber Schwamm drüber, wir sind alle nur Männer am Rande drohender Impotenz, da ist es psychologisch verständlich, wenn man sich immer wieder selbst von seiner Mannbarkeit überzeugt. Darüber will ich gar nichts sagen... aber diese Artikelserie in der Zeitung, die dem Minister zwischen Hemd und Haut gerutscht ist wie ein Eisblock, hat uns geradezu gezwungen, Spuren nachzugehen, die ich selbst wiederum für völlig sinnlos halte.«

»Welche Spuren?« fragte Boltenstern und kannte doch die Antwort.

»LSD!« Dr. Breuninghaus lächelte breit. »Auch hier ist strafrechtlich nichts drin, denn bis jetzt fällt LSD nicht unter den Rauschgiftparagraphen. Nur der Selbstmord Richards würde etwas dramatischer werden. Anders ist es, wenn Richard in einer allgemeinen Rauschgiftorgie das Opfer eines anderen geworden ist, also Opfer eines Deliktes im Rausch. Das könnte vieles ändern.«

»Wieso?« fragte Boltenstern ruhig. Dr. Breuninghaus blätterte in einem dicken Gesetzbuch und legte seinen Finger auf eine der kleinbedruckten Seiten.

»Hier«, sagte er dabei. »§ 330a des Strafgesetzbuches: ›Wer sich vorsätzlich oder fahrlässig durch den Genuß geistiger Getränke oder durch andere berauschende Mittel in einen der Zurechnungsfähigkeit ausschließenden Rausch versetzt, wird mit Gefängnis oder Geldstrafe bestraft, wenn er in diesem Zustand

eine mit Strafe bedrohte Handlung begeht.‹ Das ist ganz klar ausgedrückt, mein Lieber!« Dr. Breuninghaus schlug das Buch zu
und sah Boltenstern forschend an. »Habt ihr alten Knaben nun
LSD geschluckt? Ja oder nein?«

»Ist das ein Verhör?«

»Nein, eine Frage unter Kameraden.«

»Ja!«

»Was ja?«

»Wir haben LSD geschluckt!«

»Du grüne Neune!« Dr. Breuninghaus ließ seine Zigarre in den
großen Aschenbecher fallen. »Weiß das der Major?«

»Ja und nein. Er ahnt es.«

»Woher hast du denn das Zeug?«

»Aus Paris mitgebracht. Unter den Seine-Brücken wurde es
verkauft.«

»Aber du wußtest nicht, wie es wirkt?«

Plötzlich sagte Breuninghaus wieder du. Das Gefühl der Kameradschaft kam in ihm hoch. Damals in Sibirien lag er auf der
Schnauze, ein Skelett mit aufgetriebenen Gelenken. Dystrophie.
Da hatten ihn die anderen, die arbeiten konnten, miternährt. Sein
Leben verdankte er ihnen. Wer kann das je vergessen? Nun waren die anderen in Gefahr, und *er* konnte helfen; ein Hundsfott,
wer da noch zögert!

»Nein«, antwortete Boltenstern leise. »Ich wußte nur, daß es
schöne Träume schenken sollte. Was an diesem 21. Mai geschah,
war entsetzlich! Richard erwürgt sich im Rausch ... Kannst du
verstehen, daß wir alles versucht haben, das nicht publik werden
zu lassen? Der gesellschaftliche Skandal, schon das Bekanntwer-
den, daß wir uns mit kleinen Miezen amüsierten, und dann noch
mit LSD, als seien wir solche ›Säureköpfe‹, wie sich die süchtigen
Gammler nennen ... das durfte nie bekannt werden!« Boltenstern atmete auf, so laut, daß Dr. Breuninghaus Mitleid mit ihm
hatte. »So, nun ist es heraus. Jetzt ist mir leichter.«

»Und mir auch.« Dr. Breuninghaus machte sich einige Notizen.
»Ich werde mit dem Generalstaatsanwalt morgen von Mann zu
Mann sprechen. Ich bin fast sicher, daß der ganze Zirkus wegen

320

Geringfügigkeit wieder niedergeschlagen wird, und diesmal endgültig! Wenn du willst, kann ich dir ein Gespräch mit dem ›General‹ vermitteln. Gestehe ihm alles. Nach der Rechtslage ist außer
Kuppelei nichts drin, und auch Kuppelei ist Blödsinn, denn ihr
habt es ja nicht geschäftsmäßig gemacht. Ein paar wilde Früchte
naschen... Junge, auch Juristen sind Menschen mit Hormo-
nen...«

Nicht ganz zufrieden verließ Boltenstern nach einer Stunde die
Staatsanwaltschaft. Er hatte nichts über die Exhumierung erfahren. Er wußte noch immer nicht, wer hinter dieser ganzen Aktion
stand. Er hatte seine Tochter Jutta verhört und Werner Ritter be-
schuldigt, nur um ihre Reaktion zu sehen. Sie war empört gewesen, hatte geschworen, daß Werner Ritter den Fall nicht mehr be-
arbeitet und dann war sie wütend nach Emmerich gefahren.

Und doch gab es jemanden, der über alles informiert war und
Harry Muck mit Material versorgte.

Hermann Schreibert?

Boltenstern beschloß, diese Frage sofort zu beantworten.

Es wurde unerträglich, weiter in der ›Bergwald-Klinik‹ zu leben.
Seit der erschreckenden Wahrheit vergrub sich Schreibert in seinem Zimmer. Dort nahm er die Mahlzeiten ein, dort hauste er
zwischen Büchern, von denen er nur die ersten Seiten las, weil
ihn die Unruhe hin und her trieb, wie ein Eremit, und dort saß er
auch am Fenster, starrte in den Park hinaus und verzehrte sich in
Sehnsucht, wenn er am Schwimmbecken die herrliche Gestalt
Corinna Colmans sah, von der Sonne umflossen, als habe ihr
Körper die Fähigkeit, die Sonnenstrahlen in wirkliches Gold zu
materialisieren.

»Ich habe nie gewußt, was Leidenschaft ist«, sagte er einmal zu
Dr. Hellerau, der ihn jeden Tag besuchte und mit ihm sprach.
»Bisher hielt ich das, was ich mit Frauen erlebte, für Liebe, für
erotische Erregung, für Erfüllung von sexuellen Höhepunkten.
Mein Gott, es war alles wie Zuckerwasser gegen den Champa-
gner, der Corinnas Anblick in mir auslöst. Ich liebe diese Frau,

Doktor, und wenn sie noch so verrückt, kalt, pervers, männertoll und was sonst noch ist! Ich komme nicht mehr von ihr los!«

»Herr Boltenstern hat gestern angerufen«, sagte Dr. Hellerau an diesem Tage. »Er holt Sie ab. Er will Sie in eine Klinik nach Turin bringen. Ich glaube, das ist die beste Lösung aller Probleme.«

»Und Corinna? Werden Sie ihr das sagen?«

»Wenn sie weg sind, natürlich.«

»Und wie wird sie reagieren?«

»Es liegen bisher neun Anmeldungen vor. Wir sind besetzt, aber da Ihr Zimmer frei wird, können wir einen neuen Gast aufnehmen. Er wird 26 Jahre alt sein. Autohändler aus München. Gesichtsverstümmelung durch Unfall, das übliche. Größe 1,83, sportlich trainiert, Rallyefahrer, Tennisspieler, elegante Erscheinung. Sie haben gar keine Chance, Herr Schreibert, bei Corinna auch nur einen Hauch von Erinnerung zu hinterlassen.«

»Sie sind grausam, Doktor.« Schreibert sah an die Decke. »Sie verstümmeln mich nun auch noch seelisch.«

»Sie sollen mit der Wahrheit leben. Wer Corinna so verfallen ist wie Sie, kann nur durch die Wahrheit geheilt werden.«

»Und wenn ich nicht geheilt werden will? Wenn ich Sie anflehe, Corinna mit mir nach Turin zu lassen? Wie lange wird es dauern, bis mein Gesicht wieder menschlich ist? Ehrlich, Doktor? Wie lange?«

»Ich schätze . . . drei Jahre. Auch vier! Es kommt auf Ihre Heilbereitschaft an. Bei jedem Menschen ist das anders.«

»Vier Jahre!« Schreibert wandte den Kopf zum Fenster. Corinna war nicht im Park, er suchte sie vergebens. »Was kann mir Corinna in diesen vier Jahren alles geben! Sie kann zu meinem Engel werden.«

»Oder zu Ihrem privaten Satan. Das glaube ich eher. Ganz davon abgesehen, daß Corinna nicht mitgehen darf. Ich bin ihrem Vater gegenüber verantwortlich, daß sie hier isoliert lebt. Betteln Sie nicht weiter, Herr Schreibert . . . es geht nicht!«

Dann kam der Tag, an dem Alf Boltenstern seinen Freund abholte. Ein wenig frostig begrüßte Boltenstern den krampfhaft fröhlichen Freund und sah auf die Uhr. Aus dem Zimmer trugen

322

zwei Pfleger schon die Koffer zu Boltensterns Wagen. Nur der Abschied von Dr. Hellerau stand noch aus.

»Dauert es lange?« fragte Boltenstern. »Ich will heute noch Italien erreichen. Bis Turin schaffen wir es doch nicht.«

»Eine halbe Stunde, Alf.« Schreiberts Stimme schwankte. Erst jetzt merkte er, wie sehr er sich in diese Welt der Gummimasken eingelebt hatte, wie ängstlich er vor der neuen Welt war, die in Turin auf ihn wartete. Eine Welt ohne Corinna. Gab es diese Welt überhaupt?

Mit seiner Gummimaske in der Hand betrat er das Zimmer Dr. Helleraus. Mit langsamen Schritten ging er zum Schreibtisch und legte die Maske hin.

»Hier haben Sie mein Traumgesicht wieder, Doktor«, sagte er leise. »Ich möchte Ihnen für alles danken, aber ich kann es nicht. Leben Sie wohl.«

»Wir sehen uns wieder, Herr Schreibert.« Dr. Hellerau gab ihm die Hand, und in diesem Händedruck lag ein Versprechen. »Wenn wir uns wiedersehen, werden Sie mir danken können.«

Dr. Hellerau wandte sich um, trug die Maske Schreiberts in den Hintergrund des Zimmers und spannte sie über einen der hölzernen Köpfe, die auf ihren Stangen herumstanden.

Mit großen Augen starrte Schreibert auf sein nun lebloses Gummigesicht. Der Mund war etwas verzerrt, die Augenschlitze schlugen Falten. Der Holzkopf war etwas zu klein für die Maske.

»Was ist aus mir geworden...«, sagte Schreibert leise. »O Himmel, was ist aus mir in einer einzigen Nacht geworden! Das kann er nie wiedergutmachen...«

Er wandte sich brüsk ab und verließ das Zimmer Dr. Helleraus wie auf der Flucht. Im Flur aber blieb er stehen und sah noch einmal hinaus in den Park.

Corinna war da.

Vom Tennisplatz kam sie. In einem kurzen weißen Plisseerock, in einer weißen dünnen Bluse. Darunter trägt sie nichts, wußte Schreibert. Ihre Brust ist fest. Wie oft habe ich sie umfaßt und dabei gewußt, daß sie das manifestierte Leben ist... Corinna!

Er sah ihr zu, wie sie näher kam, mit dem Tennisschläger durch

323

die Luft schlagend, ein spielendes wildes Tier, das wie durch einen Nebel aus Gold schreitet.

Schreibert drückte das entstellte Gesicht gegen die Scheibe und weinte. Und durch die Tränen sah er Corinna ins Badehaus gehen, wo sie sich umziehen würde, um in ihrem weißen Bikini wieder herauszukommen, ein Wesen, dessen Schönheit nicht mehr menschlich war.

Schreibert wartete dies nicht mehr ab. Er riß sich los, ging noch einmal in sein nun leeres Zimmer, das aussah, als habe man ihn als Toten herausgetragen, denn die Betten waren schon abgezogen und die Matratzen zum Lüften ans Fenster gestellt, wusch sich die Augen, trocknete sich mit einem Taschentuch ab, denn auch die Handtücher waren weggenommen, und ging dann zurück zu dem wartenden Boltenstern.

»Wir können!« sagte er hart, verließ die Klinik, als gehe er mit Verachtung, und setzte sich in Boltensterns Wagen. Und er blickte auch nicht zurück, als sie den Berg hinunterfuhren nach Oberstdorf.

Auf halber Strecke hielt Boltenstern plötzlich an und parkte in einer Ausbuchtung der Straße. Er griff an Schreibert vorbei in das Handschuhfach, holte eine Zeitung heraus, faltete sie auseinander und hielt sie Schreibert unter die verblüfften Augen.

»Warum läßt du Saukerl so etwas schreiben?!« sagte Boltenstern mit erschreckender Kälte. »Versuche nicht zu leugnen. Ich weiß, daß du der Informant bist! Man sollte dich aus dem Wagen holen und in die Schlucht werfen!«

Schreibert saß einen Augenblick starr vor Schrecken hinter der ihm vorgehaltenen Zeitung, ehe er zugriff und sie aus der Hand Boltensterns riß. Er überflog den Artikel, und er brauchte keine Einzelheiten zu lesen, um zu wissen, was er bedeutete.

»Das ist ja allerhand«, sagte er stockend.

»Warum hast du . . .?« setzte Boltenstern erneut an, aber Schreibert warf ihm die Zeitung in den Schoß. Sein zerstörtes Gesicht – solange sie allein fuhren und nicht ausstiegen, trug Schreibert nicht seine Reisemaske – begann zu zucken.

»Du glaubst doch nicht, daß ich . . .«, sagte er dumpf.

»Wer weiß sonst die Einzelheiten als nur du?«

»Toni ...«

»Toni ist krank«, sagte Boltenstern steif. »Sehr krank. Er hat andere Sorgen, als sich als Informant für solch eine Schmiererei zur Verfügung zu stellen. Der einzige, der Langeweile hat, bist du!«

Sie sahen sich an und schwiegen. Nicht nur Mißtrauen lag jetzt zwischen ihnen, auch ein stiller, schwelender, vernichtender Haß.

»Welchen Nutzen hätte ich, solche Artikel zu lancieren?« fragte Schreibert endlich.

»Was weiß ich es?! Dämliche Rache!« Boltenstern starrte auf die Felsen neben sich. Ein paar Autos fuhren an ihnen vorbei und hupten, weil Boltenstern zu nahe an einer Kurve geparkt hatte. »Gibst du mir die Schuld, daß du gegen einen Baum fährst und dir das Gesicht abschabst?!«

»Wenn wir damals nicht dein verdammtes LSD genommen hätten – wenn du dieses Teufelszeug nicht mitgebracht hättest – wenn du –«

»Wenn ... wenn ... wenn ...« Boltenstern warf die Arme hoch. »Hinterher klagen, ist die Art alter Weiber! Als ich euch von dem LSD erzählte, wart ihr alle wild darauf! Was dann geschah – wer konnte das voraussahnen?! Daß du hingehst und Richard mit einem Schal ...«

»Hör davon auf!« brüllte Schreibert und schlug Boltenstern mit der Faust gegen die Schulter. »Ich weiß davon nichts!«

»Aber du hast es getan.«

»Keiner weiß es! Alle waren im Rausch.«

»*Ich* habe es gesehen, Hermann.«

»Du hast allen Grund, das nicht zu sagen.«

Boltenstern senkte den Kopf. Er faltete die Zeitung zusammen und legte sie wieder in den Handschuhkasten. Wenn man logisch dachte – und hier war die Logik der einzige Beweis –, konnte Schreibert wirklich nicht die Artikel veranlaßt haben. Zu sehr lastete das Schuldgefühl auf ihm, seinen Freund Erlanger im Rausch erwürgt zu haben. Kein Mensch stößt in die schützende Mauer, die sein Geheimnis umschließt, selbst ein Loch, um die

325

anderen hineinblicken zu lassen. Das wäre eine Art Selbstzerfleischung, und Schreibert war nicht der Typ eines Masochisten.

»Es gibt noch einen Zeugen«, sagte Boltenstern leise.

Über Schreiberts Gesicht, über diese flache Landschaft aus Narben und Schrunden und Runzeln, zuckte es wie unter Nadelstichen.

»Wer?« fragte er heiser.

»Das Auge einer automatischen, irgendwo im Zimmer eingebauten Filmkamera Tonis . . .«

»Nein –«, stammelte Schreibert. Seine Augen in dem wegradierten Gesicht wurden rund und starr. Fischähnlich.

»Toni hat mir den Film selbst vorgespielt. Ich war wie gelähmt. Jede Einzelheit ist zu sehen. Wie du aufstehst, zur Garderobe schwankst, den Seidenschal holst, dich über Richard beugst . . . im Film sieht es aus, als ob du sogar dabei gesungen hättest . . .«

Schreibert warf die Hände an seine Ohren und schloß die Augen. »Aufhören!« schrie er. »Aufhören!«

Boltenstern sah ihn kalt an. So betrachtet eine Schlange das Kaninchen, das von ihrem Blick hypnotisiert ist. Dieser Mensch ist fertig, dachte Boltenstern zufrieden. Toni Huilsmann ist das Opfer seiner violetten Träume geworden . . . Hermann Schreibert wird zugrunde gehen an seinem Schuldgefühl und an der Angst, man könnte die Wahrheit erfahren.

Nein – keiner von beiden konnte diese Artikel unterstützen. Und doch erschienen sie weiter, das ahnte er. Morgen, übermorgen, die ganze Woche lang. Bis der Name Boltenstern so unmöglich geworden war, daß die Gesellschaft ihn fallenlassen mußte, um ihr eigenes, maskiertes Gesicht zu wahren. Was aber ist ein Mensch in der Industrie ohne die Empfehlung, Mitglied der Geldaristokratie zu sein? Zum Genie kann er wachsen . . . er wird immer ein Bettler mit dem Hut in der Hand bleiben.

Aber wer, mein Gott, wer informiert diesen Harry Muck für seine Artikel?

Noch einmal sah Boltenstern den verzweifelten Schreibert an. Er beugte sich zur Seite und riß ihm die Hände von den Ohren.

»Man hat Richard exhumiert!« sagte er laut.

Schreibert zuckte zusammen, als habe man ihn mit einer Keule getroffen.

»Ja . . .«, antwortete er wie geistesabwesend.

»Petra hat gesehen, wie man gegen 8 Uhr das Grab wieder zuschaufelte. Da war schon alles wieder vorbei.«

»Mir ist alles egal . . .«, sagte Schreibert tonlos.

»Aber mir nicht! Soll wegen solch einer dummen Party unser aller Leben zusammenbrechen? Ich bin zu Oberstaatsanwalt Dr. Breuninghaus gegangen und habe gebeichtet.«

»Bist du verrückt, Alf?« stöhnte Schreibert. »Bist du total verrückt? Sie werden uns alle verhaften.«

»Im Gegenteil. Breuninghaus will den Fall unter den Tisch fallenlassen. Er hat Gutachten aus den USA und England angefordert, wo das LSD zum Alltagsbild gehört.«

»Und du . . . du hast ihm gesagt . . . daß ich . . . ich . . .«

»Nein! Ich habe die Selbstmordthese Erlangers aufrechterhalten. Die Gutachten werden bestätigen, daß LSD-Süchtige zu unkontrollierbaren Handlungen bereit sind, auch zum Selbstmord. Es gibt Fälle, bei denen sich Menschen im LSD-Rausch aus dem Fenster stürzten, weil sie glaubten, sie könnten wie ein Vogel fliegen . . . Wissen wir, was Richard geträumt hat und sich in diesem Traum zwangsläufig ermorden *mußte?!* Das ist ein Gebiet, wo die gesamte Psychiatrie versagt. Man muß – wie in der Religion – glauben!«

Schreibert sah Boltenstern groß an. Seine Augen waren rot umrändert, als habe er tagelang geweint. In der zerklüfteten Fläche seines Gesichtes sahen sie aus, als schwämmen sie in Blut.

»Das hast du raffiniert hinbekommen, Alf«, sagte er leise. »Du warst schon immer ein kluger Kopf . . .«

Boltenstern lächelte mokant. Er ließ den Wagen wieder an und blickte in den Rückspiegel. »Also weiter nach Turin!« sagte er, als er wieder auf der Straße war. »Petra und ich werden Weihnachten schon heiraten . . .«

»Vor Beendigung des Trauerjahres?« Schreibert schielte zu Boltenstern. »Was sagen die anderen?«

»Sie sind darauf vorbereitet. Man erwartet es direkt von uns.

Petra und ich zeigen uns dauernd zusammen in der Öffentlichkeit, wir reiten aus, wir besuchen gemeinsam die Parties, wir geben gemeinsam unsere eigenen Einladungen heraus. Man sieht ein, daß ein Betrieb wie die Wollhagen-Werke nicht ohne eine männliche Leitung sein kann. Ob ein Jahr Trauer oder nicht ... Richard nützt es nichts mehr. Es geht um größere Werke als um Pietät.«

»Dann solltest du mir, unter Freunden, dankbar sein.« Schreiberts Stimme war ganz klein und dünn. Er zog pfeifend den Atem ein. »Ich habe Richard zur richtigen Zeit getötet ... zur richtigen Zeit für dich ...«

»Was verlangst du?« fragte Boltenstern steif.

»Kein Geld! Das kannst du dir an den Hut hängen wie einen Gamsbart!« Schreibert starrte hinaus in die sommerliche Berglandschaft. Ein Wildbach, ein paar Ställe, verwitterte Zäune, saftgrüne Wiesen, rotbunte Kühe mit dicken Glocken um den Hals. Ein wolkenloser blauer Himmel, gegen den die Bergspitzen sich abheben wie Scherenschnitte auf weißem Papier. »Ich will Corinna haben!« sagte er heiser.

»Was kostet sie?« fragte Boltenstern knapp.

»Blödsinn! Ihr Vater hat mehr Millionen, als der alte Wollhagen hinterließ. Du mußt sie aus der Klinik herausholen und zu mir bringen.«

»Nach Turin? Unmöglich.«

»Wir werden uns irgendwo, abseits von allen anderen Menschen, ein Haus mieten und dort zusammen leben. Du mußt Corinna Colman nur überzeugen, daß dies für sie das richtige Leben ist.«

»Ist das so schwer?«

»Ja«, antwortete Schreibert leise. »Aber ohne Corinna gehe ich ein, Alf, das ist keine dumme Rede! Das ist kein Rückfall in das Liebesgestammel eines Primaners! Es ist bitter ernst! Noch nie habe ich eine Frau so geliebt wie sie! Noch nie wurde ich so geliebt wie von ihr.«

»Die Corinna muß ein Wunder sein!«

»Ein Satan in der Gestalt eines Engels! Aber ich brauche

328

ihn . . .« Schreibert faßte Boltenstern an den Arm und riß an seinem Ärmel. »Verstehst du das, Alf?«

»Nein! Aber ich werde dir deine Corinna bringen.«

Bis Turin lag Frieden zwischen Boltenstern und Schreibert. Aber es war ein trügerischer Frieden. Es gibt Katastrophen, die man vorausahnt, nur weiß man nicht, wie und wo sie beginnen werden. Ein Zustand der Hilflosigkeit ist es, der schrecklich ist.

Und genauso fühlte sich Alf Boltenstern, als er am nächsten Tag, auf der Rückfahrt von Turin, in Salzburg die ›Niederrheinischen Tagesnachrichten‹ kaufte und den dritten Artikel Harry Mucks las.

15

Die Expertengutachten aus den USA und England kamen auf dem Funkwege nach Deutschland. Ein junger Assessor der Staatsanwaltschaft übersetzte sie und ordnete sie zu einem gründlichen Dossier. Es waren erschreckende Berichte über Orgien in Studentenkreisen und in Beatschuppen, es waren Zahlen, die alarmierten, eine Liste von Verbrechen blätterte auf, die von Notzucht bis Mord reichte, von Selbstzerfleischung bis zur kaum mehr menschlich zu nennenden Perversität; es waren apokalyptische Bilder von atemloser Wirklichkeit, und alles nur erzeugt von einer Droge, die jeder Chemiestudent herstellen konnte, wenn er die Formel wußte. Noch erschreckender aber war die Machtlosigkeit der Behörden, dagegen vorzugehen. LSD war zu einem Gesellschaftsspiel geworden. Man schätzte allein in den USA 3–4 Millionen Menschen, die LSD nahmen und sich damit auf die ›Reise‹ begaben, in eine andere Welt, die schöner, leichter und problemloser war, überdimensional und frei von aller Relativität. Eine Welt der Genies mit kristallenen Sonnen.

Dr. Breuninghaus, der das umfangreiche Dossier genau durchstudierte, war nach der Lektüre wie gelähmt. Er überblickte die Ohnmacht der Polizei, die sich ergeben würde, wenn auch in

Deutschland das LSD zum Volksrausch werden würde. Jegliches Verbrechen würde dann als im Zustand der Unzurechnungsfähigkeit begangen bezeichnet werden, denn jeder würde sagen: Ich habe LSD genommen! Niemand konnte ihm das Gegenteil beweisen, niemand konnte ihn deswegen verurteilen, denn LSD gehörte noch nicht unter die amtlich festgelegten Rauschgiftdrogen! Noch war es etwas wie eine Schlaftablette, wie Baldriantropfen, wie Vitamin-C-Brause ... niemand kümmerte sich darum!

»O Himmel!« sagte Dr. Breuninghaus zu seinen engsten Mitarbeitern, den beiden Ersten Staatsanwälten. »Da kommt etwas auf den Gesetzgeber und auf uns zu, was wir noch gar nicht in seiner Tragweite erfassen können! Wenn wir Deutschen das LSD-Fressen übernehmen wie die Virginiazigaretten oder das Whiskysaufen ... dann Gnade uns Gott! Nicht alles, was von draußen kommt, ist Kultur und Zivilisation! Wir sollten in Bonn einmal die Karten auf den Tisch legen!«

Die beiden Ersten Staatsanwälte schwiegen. Nur ihre Mienen drückten Unbehagen aus. Bonn, dachten sie. Wie lange würde es dauern, bis das Dossier LSD alle Instanzen durchlaufen hatte? Erst im Justizministerium, dann im Innenministerium, zuletzt im Gesundheitsministerium. Abteilung nach Abteilung, Referent nach Referent. Und jeder zeichnet ab und läßt es mindestens eine Woche liegen, denn man muß ja beweisen, wie überlastet man ist.

Anders wäre es, wenn jemand den Bundestagsabgeordneten und Ministern lächerliche 80 Mikrogramm LSD in den Kaffee träufeln würde. Geruchlos, geschmacklos, farblos!

»Warum grinsen Sie so?« fragte Dr. Breuninghaus seine Staatsanwälte, als er von dem erschreckenden Bericht aus Amerika aufblickte. Er hatte nach dieser Lektüre keinen Humor mehr und auch keine sarkastische Fantasie. »Die Fröhlichkeit wird Ihnen vergehen, wenn Sie die erste Serie von LSD-Verbrechen zu bearbeiten haben.«

Dr. Breuninghaus war an diesem Tage wirklich humorlos. Richtig zu spüren kriegte es Dr. Lummer, der gebeten wurde,

zum Oberstaatsanwalt zu kommen. Es war eine kurze Aussprache, und Dr. Lummer hatte es auch gar nicht anders erwartet.

»Mir liegen genaue Berichte aus den USA vor«, sagte Dr.
Breuninghaus und legte seine Hand auf den Aktendeckel, unter
dem die erschreckenden Seiten zusammengeheftet waren. »Ihre
Ermittlungen erstreckten sich im Falle Erlanger auf den Verdacht
eines Mordes, ausgeführt im LSD-Rausch. Die Staatsanwaltschaft hat sich davon überzeugen lassen, daß im Falle Erlanger
die Komplexe LSD und Tod des Erlanger zwei getrennte und
doch im ursächlichen Zusammenhang stehende Dinge sind. Das
klingt paradox ... aber diese ganze LSD-Sache ist für uns noch
ein Paradoxum. Wenn die Teilhaber der Party vom 21. Mai LSD
genommen haben, so ist das nach den heutigen deutschen Gesetzen keine strafbare Handlung. Oder bestrafen Sie Schnupfta-
bak?«

»Nein, Herr Oberstaatsanwalt ...«, sagte Kriminalrat Dr. Lummer gedehnt.

»Also. Komplex I entfällt als Ermittlungsgrund! Tod Erlangers.
Uns liegen eingehende Berichte vor, daß Personen im LSD-
Rausch Selbstentleibungen vornahmen. Sie sprangen ins Wasser,
weil sie glaubten, sie seien Riesenfische, sie sprangen aus dem
Fenster, weil sie sich für Vögel hielten ... ein Mann in Texas
grub sich sogar in einen Sandberg ein und erstickte, weil er sich
für einen Regenwurm hielt. Es steht für die Staatsanwaltschaft
außer Zweifel, daß Richard Erlanger in seiner künstlichen Schizophrenie sich gewissermaßen ›verpflichtet‹ fühlte, sich umzubringen. Was er geträumt hat, wissen wir nicht. Wir konnten nur
die Auswirkung sehen! Es ist ein tragischer Unglücksfall. Unter
diesen Aspekten habe ich angeordnet, die Ermittlungen abzubrechen und die Akte endgültig zu schließen. Noch Fragen, Doktor?«

»Ja, Herr Oberstaatsanwalt.« Dr. Lummer sah an Dr. Breuninghaus vorbei gegen die Wand. Dort hing ein Bild von Bundesprä-
sident Lübke. Er lächelte mild und treu aus dem Rahmen aus
schwarzem Holz. Er sah so brav aus, daß man ihn hätte streicheln
mögen ... »Der Schal war um den Hals Erlangers verknotet.

331

Zweimal sogar. Ich habe in fast 40jähriger Praxis noch nie erlebt, daß sich ein Selbstmörder, nachdem er sich stranguliert hat, also keine Luft mehr bekommt, noch selbst Knoten ins Mordwerkzeug dreht –«

»Im LSD ist alles möglich!« sagte Dr. Breuninghaus steif. »Wenn Sie die Berichte aus Amerika lesen. Da hat sich in New Orleans ein Mann die Haut vom Körper gezogen, weil er glaubte, er sei eine Salami und müßte die Pelle abziehen ...«

»Zwei Knoten, nachdem man schon besinnungslos ist, sind aber auch im LSD unmöglich!« sagte Dr. Lummer bestimmt.

»Hören Sie mal, Doktor.« Dr. Breuninghaus beugte sich etwas vor. Er hatte immer ein wenig Achtung vor Dr. Lummer gehabt. Unter seiner Leitung war das Mordkommissariat modern, schnell und gefürchtet geworden. Die Logik Dr. Lummers, seine väterliche Art, hinter der ungeheure Schläue sich verbarg, seine schnellen Reaktionen und sein Spott, der schon viele aus der Ruhe getrieben hatte, waren einzigartig im gesamten Rheingebiet. Aber hier ging es nicht mehr um Dr. Lummer, sondern um das Wegschieben eines Falles, dessen Aufbauschung niemandem nutzte.

»Die Staatsanwaltschaft hat eine feste Überzeugung gewonnen.« Dr. Breuninghaus sprach wie auf einem Lehrgang. Einmal im Monat hielt er einen Zwei-Stunden-Vortrag in der Volkshochschule, Thema: ›Rechtsfragen des Alltags‹, und genauso redete er jetzt zu Dr. Lummer, mit einer eindringlichen, belehrenden Impertinenz. »Diese Überzeugung ist maßgebend! Ich bin der Auffassung, daß es Selbstmord ist, und schließe die Akte. Wie alt sind Sie eigentlich, lieber Doktor?«

»Sechzig, Herr Oberstaatsanwalt«, sagte Dr. Lummer ungerührt.

»Es gibt ein Alter, in dem man den Überblick verliert und die großen Zusammenhänge nicht mehr erkennt. Mein lieber Doktor, lassen wir doch bei Ihrer berühmten Intelligenz nicht den Verdacht aufkommen, Sie stäken in einer beginnenden Sklerose! Unsere Zusammenarbeit war doch immer freundschaftlich und erfolgreich. Soviel ich weiß, liegen bei Ihnen noch drei ungeklärte Mordfälle ... ich wäre Ihnen sehr dankbar, wenn Sie diese Fälle mit aller Ihrer Klugheit noch einmal durcharbeiten würden, ehe sich Staub und Schimmel auf die Akten setzen . . .«

Dr. Lummer ging nach einigen Höflichkeitsfloskeln, blieb im Treppenhaus stehen und rauchte eine seiner gefürchteten Zigarren an.

Es hat keinen Sinn, dachte er, nachdem er ein paar Züge geraucht hatte und drei Beamte an ihm vorbeiliefen, als trainierten sie für eine Beamtenmeisterschaft im Hindernislauf. Im Bannkreis von Lummers Zigarre kam man sich vor wie eine Motte in der Wolke eines Giftzerstäubers. Es hat wirklich keinen Sinn, gegen diesen reißenden Strom von Kameradschaft zu schwimmen. Gut. Erlanger hat sich selbst umgebracht. Er muß ein Wunderknabe gewesen sein, der noch in der Besinnungslosigkeit zu manuellen Handlungen fähig war. Wie gut, daß es LSD gibt, von dem man nur weiß, daß jeder Mensch anders darauf reagiert. So wird es nicht zur Anklage, sondern zur Verteidigung eines Verbrechens. Man kann es wunderbar drehen nach dem Wind, so wie er wehen soll, und es knarrt nicht einmal wie ein alter Wetterhahn.

Dr. Lummer zog die Augenbrauen hoch, sagte laut: »Scheiße!« und das in Gegenwart eines Oberinspektors, der gerade an ihm vorbeiging, den Atem anhielt und hustete, als er aus den Rauchschwaden der Zigarre wieder heraus war, und verließ dann die Staatsanwaltschaft.

Amtlich war Boltenstern gerettet.

Aber das Schicksal kümmert sich nicht um amtliche Beschlüsse. Es hat seine eigene Meinung von den Dingen.

Die Windstille vor der Katastrophe hielt an.

Die beste Art, unangenehme Dinge zu überleben, ist das Schweigen.

Früher dementierte man, verklagte den Störenfried, bemühte Anwälte und machte sich Kosten, es gab Skandale, die sich über Generationen hinzogen und ganze Sippen erfaßten, und es war doch alles so sinnlos, so dumm und so wenig psychologisch. Das änderte sich alles, nachdem die Verhaltensforschung ein wissenschaftlicher Zweig für sich wurde und eindrang in die intimsten Lebensbereiche. Erstaunt, ja geradezu verblüfft erkannte man, daß nichts besser und schneller eine unangenehme Situation bereinigt als tiefes Schweigen.

Die ersten, die das erkannten, waren die Politiker. Das ist nicht verwunderlich, denn sie haben am meisten zu verschweigen. Außerdem praktizieren sie mit Erfolg die Grundregel des ›tötenden Schweigens‹: Nur der kommt aus dem Duell als Sieger heraus, der am längsten den Atem anhalten kann. Einmal schreit sich auch der hartnäckigste Gegner heiser, wird müde und mürbe. Der Schweiger behält seine Kraft. Und das Volk vergißt schnell. Das Erinnerungsvermögen der breiten Masse umfaßt oft nicht einmal den Rundlauf über ein Zifferblatt.

Wen wundert es, daß Generaldirektor Dr. Hollwäg nach einer neuerlichen Aussprache mit Boltenstern und später auch mit Dr. Breuninghaus die Parole ausgab, die Artikel des Harry Muck zu ignorieren und totzuschweigen. Ja, mit der Macht seiner Industrie-Imperien holte er zu einem Gegenschlag aus, der Harry Muck zu einem kleinen kläffenden Köter werden ließ: Dr. Hollwäg gab ein Essen im ›Palmenhaus‹, und Fotoreporter knipsten Boltenstern, Petra Erlanger und die Großen der Industrie am Kalten Büfett, wie sie sich zuprosten als alte, gute Freunde.

»Es ist zum Kotzen, Püppchen!« sagte Harry Muck, als er wieder mit Jutta Boltenstern zusammentraf, in einem kleinen Café in Kleve am Niederrhein. »Du kannst mit einem Taschenmesser nicht eine Burgmauer aufschlitzen! Was nützen mir die besten Informationen von dir, wenn meine Artikel zu Windeiern werden? Man lacht ja schon über mich. Der Muck, der gegen den Wind spuckt und sich selbst anrotzt, nennen sie mich schon! Der Chef hat mich kommen lassen und wurde zum Philosophen: ›Wenn wir der Gerechtigkeit dienen, muß die Gerechtigkeit auch bereit sein, gerecht zu sein‹, sagte er. ›Ist sie das? Zugegeben: Sie schreiben die Wahrheit! Wen interessiert sie? Glauben Sie, die Erde drehte sich besser um die Sonne, wenn Sie Boltenstern im Hemd dastehen lassen? Keineswegs. Aber wir verlieren die Anzeigen, der Verleger ist in der gleichen Partei wie Dr. Hollwäg,

334

was schon Reibereien gegeben hat, der Oberstaatsanwalt ist ein alter Kamerad von Boltenstern, die Großmutter des alten Wollhagen und die Großmutter Hollwägs waren Schwestern ... was wollen Sie noch, Muck?«–« Harry Muck holte tief Atem. »Das habe ich mich auch gefragt, Püppchen. Und ich weiß die Antwort: Ich lasse die Serie sterben.«

»Sie kneifen also?« sagte Werner Ritter bitter. Er war von Emmerich zu diesem Treffen nach Kleve hinübergekommen. Auch was er gehört hatte in diesen Tagen, war wenig ermutigend. In Emmerich las man die Artikel nur am Rande. Nicht einmal beim Friseur sprach man darüber, ein Beweis, wie wenig man sich für einen Boltenstern interessierte. »Einmal muß doch einer nervös werden! Auch ein Bär wacht einmal auf, wenn er dauernd gezwickt wird.«

Harry Muck hob die Schultern. In der Theorie sieht manches schön aus, und mancher Wein ist schon zu Essig geworden.

»Es hat keinen Zweck mehr, Freunde!« sagte er bestimmt. »Sie sitzen am längeren Hebel! Ich kann nichts mehr für euch tun.«

»Ich kann mich damit nicht abfinden!« Werner Ritter hieb auf den Tisch und sah in das bleiche Gesicht Juttas. Sie war in diesen wenigen Wochen wie zusammengefallen. Gegen den eigenen Vater zu stehen, in dieser Heimlichkeit, mit den Methoden der Heimtücke, hatte sie innerlich verzehrt. Der Bruch zwischen Vater und Tochter war offensichtlich geworden, als Boltenstern vor drei Tagen verlangt hatte, schon jetzt Petra Erlanger als Dame des Hauses zu betrachten.

»Ich werde ausziehen!« hatte Jutta darauf gesagt. Und Boltenstern, der bisher liebende Vater, der Mann, dem seine Tochter mehr gegolten hatte als alles, hatte nur genickt und kühl gefragt:

»Wann?«

»So schnell als möglich.«

»Du wirst nach Emmerich ziehen?«

»Ja.«

»Es ist schmerzlich, aber nicht zu ändern. Ich hätte nie gedacht, meine Tochter auf diese Art zu verlieren.«

Das war ein Augenblick, wo Jutta bereit war, ihm alles entgegenzuschreien, was sie fühlte. ›Du Heuchler!‹ hätte sie schreien können. ›Jahrzehntelang hast du eine Maske getragen! Keiner hat dich wirklich gekannt, wir alle nicht, Mutter nicht, ich nicht . . . du hast uns ein vollendetes Schauspiel vorgeführt, und wir haben es als Wahrheit aufgenommen! Nun sehe ich dich, und es ist schrecklich, sagen zu müssen: Das ist mein Vater! Er war mein Vorbild! Ihn habe ich verehrt!‹

Aber sie sprach es nicht aus. Sie sah Boltenstern nur an, mit den Augen eines traurigen Rehs, und der Rest Kindesliebe, den man nie verliert, blutete in ihrem Herzen und zehrte sie auf.

»Sollen wir kapitulieren?« rief Werner Ritter. »Verdammt noch mal, man könnte zu einem anarchistischen Fanatiker werden, wenn man die Macht des Geldes so deutlich sieht.«

»Es wird sich alles regeln, Werner.« Jutta legte ihre Hand begütigend auf den Arm Ritters. Blasse, kalte Finger, wie bei einem frierenden Kind. »Du mußt mir nur Zeit lassen, zu begreifen, daß ich keinen Vater mehr habe . . .«

Es erwies sich also als völlig richtig, was Dr. Hollwäg als letzten Ausweg eingeschlagen hatte: das Schweigen.

Weniger schweigsam dagegen war Major a. D. Ritter. Als Organisationsleiter des großen Divisionstreffens in Nürnberg hatte man ihm einen Schock versetzt, und das vierzehn Tage vor dem großen Aufmarsch.

Die Nürnberger Behörden lehnten als Festplatz das Maifeld ab. Die Begründung war knapp: Bauarbeiten.

»Das ist Schikane!« schrie Konrad Ritter und bekam seinen hellroten Kopf. »Das ist das beliebte In-den-Hintern-Treten der kleinen Scheißer, die sich als Götter vorkommen! Bauarbeiten! Nicht ein Maurer ist auf dem Platz! Aber da werde ich aufräumen! Jungs, da wird einmal deutsch gesprochen.«

Konrad Ritter fuhr mit dem Zug nach Nürnberg. Erster Klasse, in einem FD-Zug. Hier hatte er sein Publikum, und schon hinter Bonn wußte sein Waggon, welche undeutsche, ja geradezu das Soldatentum verhöhnende Verfügung aus Nürnberg gekommen war.

»Der Stolz der Nation ist wieder die Bundeswehr!« verkündete er. »Der Stolz Deutschlands war immer seine Armee! Von Arminius bis v. Hassel, ganz gleich, unter welchen Regierungen: Der deutsche Soldat tat immer seine Pflicht für Volk und Vaterland!«

Jemand im Wagen sagte daraufhin »Heil!«, was Ritter zähneknirschend überhörte. Aber in Nürnberg fiel er beim Ordnungsamt ein wie die Attacke einer Schwadron.

»Was soll das?« schrie er. »Man verweigert den alten Soldaten das Maifeld?! Wie alt sind Sie, mein Herr? Ich schätze Sie auf 26 Jahre! Als wir das Vaterland vor der roten Flut verteidigten, haben Sie noch mit Murmeln im Sand gespielt! Wie können Sie sich Urteile erlauben?! Die Männer, die in 14 Tagen hier durch Nürnberg marschieren werden, hatten schon ihre Eisernen Kreuze, ihre Deutschen Kreuze, ihre Ritterkreuze und Nahkampfspangen, als Sie noch nach der Mutterbrust tasteten! Und Sie wollen mir sagen, was deutsch und national ist? Haben Sie schon einmal Pulverdampf gerochen? Haben Sie die Stalinorgeln heulen hören? Die einzigen krachenden Geräusche, die Sie kennen, sind die auf dem Lokus!«

Man ließ den Alten toben. Ein deutscher Beamter, und sei er noch so jung, hat bereits die abgeklärte Ruhe, die es ihm ermöglicht, seine Pensionsberechtigung 40 Jahre lang abzusitzen. Erst, als Major Ritter Luft holte, holte der junge Beamte ein Schreiben aus der Schublade.

»Ich gebe Ihnen – obgleich ich das gar nicht darf – Kenntnis von einem Schreiben, das wir vom Innenministerium in Bonn erhielten. Dort ist man der Ansicht, daß ein Aufmarsch auf dem Maifeld zu viele Erinnerungen an die Aufmärsche im Dritten Reich wachrufen könnte. Man will alles vermeiden, was Reminiszenzen . . .«

»Soll man es für möglich halten?!« brüllte Ritter. »Wir sind alte Soldaten, keine braune Horden! Über die ganze Welt verstreut liegen die Gräber unserer gefallenen Kameraden . . . vom Nordkap bis in die tunesische Wüste . . .«

»Ist das meine Schuld?« fragte der junge Beamte. Konrad Ritter setzte sich erschüttert.

»War ihr Vater Soldat?« fragte er heiser.

»Natürlich. Feldwebel.« Der junge Beamte sah auf seine Hände. Sie begannen jetzt zu zittern. »Er ist blind. Kopfschuß. Bei der letzten Rundstedt-Offensive in den Ardennen. Sie können ihn sehen, Herr Ritter . . . er ist unten in der Pförtnerloge an der Fernsprechanlage und Hausvermittlung.«

Major Ritter wischte sich über das schwitzende Gesicht. »Und . . . und was sagt Ihr Vater über unser Divisionstreffen?«

»»Man sollte den Platz abriegeln und mit Feuerwehrschläuchen dazwischenhalten . . .‹, sagte er . . .«

Ritter erhob sich steif. Der Geist stirbt, dachte er fast traurig. Es war eine heroische Traurigkeit, die ihn überflutete. Der gute alte preußische Geist ist tot. Sie denken an die Beatles, und ihr Ideal ist der quellende Busen einer Filmschönheit. Welche Welt! Haben wir dafür sieben Jahre lang im Dreck gelegen, daß eine solche Jugend heranwächst?! O Vaterland, wo bist du . . .?

»Also kein Maifeld, gut!« sagte er steif. »Wo dürfen wir also unsere Kameraden begrüßen? Was gibt man uns gütigst frei?«

»Einen schönen Platz außerhalb der Stadt, an der Pegnitz. Er wird auch für große Kirmesveranstaltungen benutzt . . .«

»Kirmes!« sagte Ritter bitter. »Kirmes! So weit sind wir also schon –«

»Und noch eins.« Der junge Beamte schob Ritter ein mit Siegel und mehreren Unterschriften versehenes Schreiben über den Tisch. »Wir wollten es Ihnen schon zuschicken.«

»Was ist das?« fragte Ritter ahnungsvoll.

»Die Regelung der Veranstaltung. Keine politischen Reden, keine Embleme des Dritten Reiches und keinen Parademarsch.«

»Wie bitte?« Ritter zog die Schultern hoch. »Keinen Parademarsch?«

»Nein!«

»General v. Rendshoff erwartet aber einen Vorbeimarsch.«

»Das können Sie machen, aber ohne Stechschritt.«

»Und warum nicht?« fragte Ritter. Sein Atem pfiff aus den Lungen, als habe er ein Loch in der Brust.

»Der Stechschritt ist Überbleibsel aus einer Zeit, die in der Erinnerung gestrichen werden soll.«

»Den Parademarsch hat schon mein Großvater gekloppt!«
schrie Ritter. »Und wir werden ihn marschieren!«

»Nein!« sagte der junge Beamte ruhig.

»Doch! Und doch! Und doch!«

»Wir müßten die Veranstaltung bei Zuwiderhandeln der Richt-
linien auflösen.«

»Uns auflösen! Uns, die wir in Rußland für euch gelitten und
geblutet haben! Wir haben in Sibirien Gras gefressen, als ihr
vor den vollen Tellern saßet!« Konrad Ritter holte tief Luft.
»Doch keine Erinnerungen, Sie haben recht! Aber wie ist das
mit den Aufmärschen der Sudetendeutschen Landsmannschaften?! Mit Fanfarenchor und Landsknechtstrommeln, mit Wim-
peln und Fahnen, mit Lederhosen, weißen Hemden, Nackentü-
chern und Tuchknoten?! Und die Reden des Herrn Seebohm?
Die Verteidigung der hitlerischen Verträge?! ›Wir werden unsere Heimat wiederbekommen, notfalls mit Waffengewalt!‹ Wer
hat das gesagt?! Und das alles ist demokratisch, nur weil es von
Bonn kommt? Mein junger Freund –«, Ritter beugte sich vor:
»Was dem Seebohm seine Fanfarenbläser und Trommler sind,
ist unser Parademarsch! Leben wir in einer Demokratie, in der
jeder die gleichen Rechte vor dem Gesetz hat? Also: Ich verlange für einen in Ehren pensionierten General die gleichen Rechte, wie sie sich ein heimatvertriebener Minister nimmt! Wir
werden an General v. Rendshoff, Eichenlaub mit Schwertern,
vorbeimarschieren, und ich möchte den sehen, der uns daran
hindern wird!«

Die Aussprache endete unentschieden. Der junge Beamte meldete den Vorfall an den Oberbürgermeister und überließ ihm die
Entscheidung. Zwei Tage blieb Major Ritter in Nürnberg, besich-
tigte den zugewiesenen Festplatz, machte eine Lagezeichnung
und beschäftigte sich abends im Hotelzimmer mit der Taktik des
Aufmarsches. Bis auf den Meter wurde der Platz aufgeteilt. Hier
die Festzelte, dort die Buden, vor allem Schießbuden, um den militärischen Charakter zu wahren. Auch eine Achterbahn sollte
aufgebaut werden. Die Schausteller, die sich bei Ritter um einen
Platz beworben hatten, waren genau unter die Lupe genommen

worden. Nur alte Soldaten wurden zugelassen; es war eine aufreibende Arbeit gewesen, das alles nachzuprüfen.

Andere Buden als Schießstände, die Achterbahn, zwei Losbuden und drei Bierzelte hatte Ritter abgelehnt. Geradezu als Beleidigung hatte er es aufgefaßt, daß sich zum Divisionstreffen Schausteller meldeten, die anzubieten hatten: einen Liliput-Zirkus; eine Geisterbahn; die dickste Frau der Welt, die mit einem Elefantenbaby ringt; Galva, der mit 10 000 Volt geladene elektrische Mensch, und schließlich der Mann ohne Kopf. Eine Frechheit war das Schreiben des Schaustellers Norbert Jackel aus Hamburg. Er schrieb: »Zur Belustigung aller Ihrer Gäste kann ich Ihnen meinen Flohzirkus anbieten. Ich kann zweihundert Flöhe in historischen Uniformen stellen, die naturgetreu die Schlacht bei Leipzig vorführen . . .«

Konrad Ritter hatte den Brief sofort verbrannt. Es war unmöglich, daß der gebildete ›Führungsstab Divisionstreffen‹ so etwas las.

Aber nun war alles klar. Man hatte einen Platz, auf dem Plan herrschte die Ordnung eines generalstabsmäßigen Aufmarsches . . . Konrad Ritter fuhr zurück nach Düsseldorf in dem Bewußtsein, in vierzehn Tagen der Welt zeigen zu können, daß nicht allein die Grande Armee in Frankreich Tradition in Europa besitzen darf, sondern auch der deutsche Soldat.

Auf der Rückfahrt gab er einem zufällig im Abteil mitfahrenden Journalisten ein Interview. Es erschien vier Tage später im ›Journal de Paris‹ in Frankreich. Überschrift: ›Am 30. August marschiert in Nürnberg der deutsche Revanchismus!‹

»So wird man verkannt!« sagte Konrad Ritter, als ihm General v. Rendshoff den Artikel vorhielt. »Es ist die Tragik unserer Nation, Herr General, verkannt zu werden. Darunter leiden wir ja seit Generationen. Lassen wir uns nicht mürbe machen. Wie rief Herr General beim Angriff auf Shitomir? ›Der Sonne des Sieges entgegen – marsch – marsch!‹ Das soll ein Motto sein!«

General v. Rendshoff nickte ergriffen.

Welch große Zeiten liegen hinter einem . . .

Die Klinik in Turin, in die Boltenstern nach langem Suchen Hermann Schreibert gebracht hatte, unterschied sich wesentlich von der feudalen Privatklinik Dr. Helleraus in Oberstdorf.

Hier gab es keine amerikanischen Gummimasken, keine Gesellschaften, keinen Tanztee, kein Schwimmbecken, kein Tennis, keinen Park, keine Liebeleien. Ein nüchterner Krankenhausbetrieb war es, mit Ordensschwestern in großen, beim Gehen wehenden Hauben, mit einem kleinen Heer von Ärzten, die jeden Morgen Visite machten, mit Gesichtsverletzten, die nichts hinter einer Fassade verbargen, sondern ihr schreckliches Leid offen trugen. Die einen mit unförmigen, wurstähnlichen Gebilden im Gesicht ... überpflanzte Roll-Lappen, die eine neue Gesichtspartie ergeben sollten, die anderen mit noch frischen Wunden, wo man auf die endgültige Deformierung des Gesichtes wartete, bis man an eine Plastik gehen konnte. In diesem Kreis war Schreibert nichts anderes als der Patient von Zimmer 78, er erhielt sein Essen, wurde untersucht, konnte sich Bücher kaufen und war im übrigen dazu verurteilt, zu warten, bis der Professor – er hieß Umberto Sarnizzi – das Startzeichen gab und – wie er sagte – zunächst mit der Plastik der linken Wange beginnen wollte.

In diesen Tagen des Wartens empfing Schreibert zwei Briefe.

Der erste wurde ihm am 21. August ausgehändigt, der zweite am 25. August. Und beide Briefe warfen ihn in eine Hölle.

Corinna Colman schrieb aus der ›Bergwald-Klinik‹:

»Mein Liebster!
Dieser Brief wird durch die Putzfrau Emma herausgeschmuggelt. Ich habe ihr dafür meinen Brillantring geschenkt. Es ist nicht viel, was ich Dir zu sagen habe. Dr. Hellerau hat mit Dir gesprochen, ich weiß es, und alles, was er sagte, war Lüge. Ich liebe Dich, und ich würde mit Dir ziehen, wohin Du willst, und glücklich mit Dir sein –, nur eines mußtest Du wiederhaben: Dein Gesicht. Solange ich in der Welt der Masken lebe, ist meine Liebe tatsächlich Spiel ... hättest Du ein Gesicht, Liebster –, ich könnte die seligste Frau werden ...«

Hermann Schreibert trug diesen Brief herum wie eine Ikone. Mit

Heftpflaster hing er ihn an die Wand und saß davor, las ihn immer wieder und lernte ihn auswendig.

Wenn du ein Gesicht hättest ...

Ein Gesicht.

Ein Gesicht!

Gesicht!

Er erkannte nicht die höllische Qual, die dieser Brief in ihm erzeugen sollte, er war blind für die teuflische Lust Corinnas, die diesen Brief schreiben ließ ... er glaubte ihn, er saugte die Worte in sich wie Honig, und er begann, aus dem Wissen heraus, nie ein Gesicht mehr zu haben, das Corinna erfreuen würde, Boltenstern so zu hassen, daß dessen Vernichtung zu seinem einzigen Ziel wurde.

Der zweite Brief, abgestempelt in Düsseldorf, war anonym, mit einer Schreibmaschine geschrieben.

Er enthielt eine eingehende Schilderung der Nacht vom 21. zum 22. Mai, in der Richard Erlanger erwürgt wurde. Eine Schilderung, die anders war als das, was Boltenstern immer erzählt hatte. Ob es die Wahrheit war ... wer wußte es. Auch Harry Muck wußte es nicht, als er diesen Brief schrieb, aber er wußte, wie groß die Wirkung bei einem Mann sein mußte, der nur aus Angst den Mund hielt, für den Mörder gehalten zu werden.

»O Gott!« stammelte Schreibert, als er diesen Brief gelesen hatte. »O mein Gott! Wenn das wahr ist! Wenn es so gewesen ist ... und so *muß* es gewesen sein, denn – o Gott, du weißt es – ich hätte nie, nie Richard umgebracht. Er war mein bester Freund!«

Dann saß er wieder vor dem Brief Corinnas, und als sein Blick von der zierlichen Mädchenschrift hinunter zu der nüchternen Maschinenschrift wanderte, immer hin und her, wußte er, daß das Leben von ihm eine Entscheidung verlangte.

Am Abend klagte er über Magenschmerzen, verlangte Schlaftabletten, erhielt sie von der Nachtschwester und spielte dann einen Schläfrigen, um den man sich in dieser Nacht nicht mehr zu kümmern brauchte.

Morgens um eins, es war eine helle Nacht, verließ Hermann Schreibert durch das Fenster die Klinik. Er ließ allen Ballast zurück . . . nur seinen Anzug trug er, einen Hut, einen Wettermantel. In der Tasche hatte er seinen Paß, genügend Geld und die beiden wertvollen Briefe.

Um ein Uhr neununddreißig Minuten hielt an der Straße Turin–Mailand ein Lastwagen und nahm den winkenden Mann mit.

»O Madonna!« sagte der Fahrer. »Was haben sie mit deinem Gesicht gemacht?«

Schreibert schwieg, drückte sich in die Ecke der Fahrerkabine, zog den Hut über die Augen und starrte hinaus in die Nacht. In Mailand gab er dem Fahrer hundert Mark, das sind fast sechzigtausend Lire.

»Signore«, schrie der Fahrer. Er hatte Melonen geladen für den Großmarkt in Mailand. »Das muß ein Irrtum sein!«

Schreibert winkte ab, schlug den Mantelkragen hoch und ging hinüber zur Markthalle. Im Gewühl der Menschen verschwand er, und man sah ihn auch nicht wieder.

Am Morgen, als die Flucht des Patienten aus Zimmer 78 bemerkt wurde, wußte man sich keinen anderen Rat, als Boltenstern in Düsseldorf anzurufen.

»Ich danke Ihnen, meine Herren«, sagte Boltenstern ruhig, als er erst mit dem Oberarzt, dann mit Professor Sarnizzi selbst gesprochen hatte. »Machen Sie sich gar keine Sorgen. Zwei Briefe hat er bekommen? Das überzeugt mich, daß Herr Schreibert auf dem Weg zu mir ist.« Dann zögerte er einen Augenblick, ehe er hinzufügte: »Ich bitte Sie, mir die Rechnung zu schicken. Sie können über das Zimmer 78 wieder verfügen . . . Herr Schreibert braucht es nicht mehr!«

Nachdenklich legte Boltenstern den Hörer auf.

Der 27. August.

Das Schicksal war in Bewegung gekommen.

Am 29. August rückten aus allen Teilen Deutschlands sternförmig die alten Soldaten an. Sonderzüge kamen aus Großstädten, Omnibusse rollten über die Autobahnen und Landstraßen, aus Düsseldorf, Essen, Köln, Duisburg und Frankfurt landeten eine Anzahl Privatflugzeuge. Mit ihnen erschienen die Prominenten. Direktoren, Dr. Breuninghaus, Boltenstern mit Petra Erlanger, Toni Huilsmann, abgemagert und mit tiefliegenden, flackernden Augen, General v. Rendshoff und sein Adjutant, Major Zecke, einige Manager der Industrie und der Ehrengast, der 91jährige General aus dem Ersten Weltkrieg, Waldemar v. Kloph, den man in einem Rollstuhl herumfuhr und wie ein Museumsstück zeigte.

Von Hermann Schreibert hatte man nichts mehr gehört. An der Markthalle von Mailand verlor sich seine Spur, aber Boltenstern gab sich keinerlei Illusionen hin. Irgendwo war er diese drei Tage untergekrochen. Er hatte Geld genug bei sich, um sich von dem Entsetzen der anderen vor seinem Gesicht freizukaufen.

Major a. D. Konrad Ritter war schon seit vier Tagen in Nürnberg, leitete den Aufbau der genehmigten Buden, kontrollierte den Bau der großen Festtribüne mit dem Baldachin, unter dem die Ehrengäste sitzen sollten, und dann begann er einen Rundlauf von Schießbude zu Schießbude und überprüfte die Treffsicherheit der Büchsen.

»Miserabel!« schrie er immer wieder. »Wie sind die Dinger denn eingeschossen? Damit kann man ja um die Ecke schießen! Da geht einem alten Soldaten ja das Frieren über den Rücken. Hier«, er zeigte auf das Gewehr, das er gerade in der Hand hielt, »ich ziele auf diese Rose da. Und wohin geht der Schuß? Einen Daumensprung nach links auf den Teddybären! Ein Skandal! Ich war der beste Schütze im Bataillon. Zweimal die Schießschnur! Ihre Gewehre sind Scheiße!«

Am letzten Tag vor dem großen Einrücken befuhr er die Achterbahn. Hier hatte er nichts zu sagen. Ein wenig käsig im Gesicht verließ er nach einer donnernden Berg-und-Tal-Fahrt den kleinen Wagen und bemühte sich, aufrecht und ohne zitternde Knie wegzugehen. Man ist eben doch in einem gewissen Alter, Gottverdammt noch mal, dachte er.

So war alles bereit, als am 29. August und am 30. August die Marschkolonnen hinaus zur Pegnitz rückten. Da man es im alten Geist machen wollte, hatte sich außerhalb des Festplatzes, direkt am Fluß, ein Zeltlager gebildet, wo in kürzester Zeit zweitausend alte Soldaten hausten. Der Geruch von Erbsensuppe zog über das Land, im Fluß badeten nackte Männer, Gesang durchbrach den Sommertag, an Leinen zwischen den Zelten schaukelten wieder gewaschene Socken und Unterhemden.

Major Ritter trieb es die Tränen in die Augenwinkel. Er stand oben auf der Straße und überblickte das Gewimmel im Zeltlager.

Manöver in Brandenburg, dachte er.

Polenfeldzug. Biwak an der Weichsel.

Der Sommervormarsch in Frankreich.

Die August-Offensive an der Rollbahn.

Sie haben es nicht vergessen, die Kumpels! Sie benehmen sich wie damals. Wie gut das dem Herzen tut.

Am 30. August, morgens um elf Uhr, begann der große Vorbeimarsch an General v. Rendshoff und General v. Kloph. Der 91jährige saß zusammengesunken in seinem Rollstuhl, ließ sich die Fliegen vom Gesicht wedeln und fragte alle zehn Minuten hinter der vorgehaltenen Hand: »Wann kommt der Kaiser?«

Die Aufmarschstraße war durch Seile abgesperrt und breit genug für eine Zwölferkolonne. Links von der Ehrentribüne begann der Teil der Buden, Verlosungsstände und die Achterbahn. Gegenüber lagen die drei Festzelte mit den langen Tisch- und Sitzbankreihen. Vor dem Festplatz, zum Zeltlager hin, formierten sich die Marschkolonnen.

Major Ritter fuhr in einem offenen Jeep herum, schlichtete, brüllte, drohte, kommandierte und stand stramm. Die Kompanien standen endlich, die Ehrengäste saßen auf der Tribüne, die Fahne der Bundesrepublik und eine große schwarzweißrote Fahne gingen an den Masten empor, ein Anblick, der in die Knochen fuhr und die Augen heroisch blicken ließ.

»Noch zehn Minuten!« sagte Major Ritter und blickte auf seine

345

Armbanduhr. Order Nummer 1, der die Spitze – Soldaten sagen tête dazu – auf die Reise schicken mußte, nickte. Vor der Ehrentribüne nahmen die Posten Aufstellung. Posten 1: Beginn des Stechschrittes, Posten 2: Kommando – Die Augen . . . links! Posten 3: Augen – geradeaus! Posten 4: Übergang in normalen Marschschritt . . .

Noch zwei Minuten.

General v. Rendshoff erhob sich von seinem Korbstuhl und trat drei Schritte vor an den Rand der Tribüne. Neben ihm rollte der alte v. Kloph heran. Seine Augen waren verschleiert.

»Es lebe Euer Majestät . . .«, stammelte er.

Die Kapelle der tête – Verzeihung, der Spitze – hob die Instrumente. Trommel rum, Klöppel hoch, Querpfeifen an die Lippen.

»Achtung!« rief Ordner Nummer 1: »Fahnenkompanie fertig!«

Über die Achterbahn ratterte noch ein Wagen. Major Ritter sprang in seinen Jeep. Ein Feldherr muß bei seinen Truppen sein!

In diesem Augenblick sah er den Mann, der an der Wand einer Holzbude lehnte und hinüberstarrte zu der großen, von Fahnen und Girlanden umwehten Tribüne.

Ein Mann in einem zerknitterten Anzug. Ohne Orden, ohne die Festplakette im Knopfloch. Mit einem breitkrempigen Hut, den er weit über die Stirn gezogen hatte.

Und darunter war kein Gesicht mehr, sondern die Miniaturausgabe einer Mondlandschaft. Ein zerklüftetes Gebirge aus Narben und Hautfalten.

»Hermann . . .«, stotterte Ritter. Er sprang aus dem Jeep und rannte auf den einsamen Menschen zu. »Mensch . . . Hermann . . . was machst du denn hier? Wie siehst du denn aus? Wo kommst du her? Warum versteckst du dich? Schreibert . . . erkennst du mich denn nicht. Dein Major . . .«

Ritter holte tief Atem. Ein Frieren durchlief ihn. Schreibert starrte an ihm vorbei zur Tribüne. Er hatte den Blick eines ausgehungerten Stieres.

»Wir alle erwarten dich . . .«, stotterte Ritter. »Alle sind da . . . Toni, Alf, Wilhelm, Hans, Werner, Josef, sogar der krumme

Hund, der Müller 5, die ganze Kompanie, die noch überlebte, ist da . . . vierzehn Jungs . . . Hermann!«

Ordner Nummer 1 ließ die Hand fallen. »Los!«

Das Trommlerkorps hämmerte und flötete los. Ihm folgte der Musikzug des Regiments. Dann traten die Spitzenoffizier an, gefolgt von der Fahnenkompanie. Einhundert Fahnen knatterten im warmen Sommerwind. Es war mühsam, die Stangen gerade zu halten. Schließlich war man ja aus der Übung.

General v. Rendshoff straffte sich. Der 91jährige v. Kloph legte die Hand an den mumifizierten Kopf.

»Hurra dem Kaiser!« rief er mit dünner, heller Greisenstimme. Sein Salut ging unter im einsetzenden Marsch des Musikzuges.

Fridericus Rex . . .

Der Zug schwenkte ein. Es klappte wie in alten Zeiten. Tambour und Musikmeister marschierten im Stechschritt vor die Kolonne. Die Klöppel flogen bis über die Köpfe. Erster Beifall rauschte auf. Die Augen v. Rendshoffs leuchteten blau.

Major Ritter lehnte neben Hermann Schreibert an der Holzwand der Schießbude. Der Schweiß rann ihm über die Augen.

»Mein Gott, Hermann, was ist denn?« fragte er. »So sag doch ein Wort. So habe ich dich noch nie gesehen . . . nicht mal damals in Sibirien, als vor unseren Augen Willi in die Säge geriet und durchgeschnitten wurde . . .«

»Komm!« sagte Schreibert. Seine pfeifende Stimme war in diesem Augenblick hohl wie ein Holzrohr, an das jemand klopft. »Komm. Sehen wir uns die Parade an . . .«

Mit langsamen Schritten ging er über den Festplatz, der blumenleuchtenden Tribüne zu.

Alf Boltenstern sah ihn kommen und erhob sich. Niemand bemerkte es.

Die Fahnenkompanie marschierte vorbei.

Es war ein herrliches Bild. So etwas fesselt die Augen.

Mit festem Schritt ging Boltenstern Schreibert entgegen. Der Staub von Hunderten paradierender Beine quoll als träge Wolke über das Land. Der Wind stand günstig, er wehte zur Pegnitz hin.

Hermann Schreibert nahm seinen Hut ab, als er Boltenstern

von der Tribüne kommen sah. Hinter ihm her lief Major Ritter wie ein verstörtes, verirrtes, ängstliches Hündchen.

Sie kamen aufeinander zu wie zwei einsame Gegner in der Wüste. Niemand schien mehr um sie zu sein; allein nur sie waren auf der Welt, sich allein sahen sie, hörten ihre Schritte, belauerten ihre Bewegungen, warteten auf die Sekunde, da sie aufeinanderprallten wie zwei Züge, die auf dem gleichen Gleis liefen, ohne Möglichkeit, auszuweichen.

An der Tribüne vorbei zog nach dem Fahnenkorps nun ein kleiner Block ehemaliger Offiziere. Ein bißchen weniger zackig, mit der lässigen Art der Kollegialität. General a. D. v. Rendshoff nickte ihnen gütig zu. Kameraden, dachte er, Freunde, Kampfgenossen, welch ein Augenblick! Der deutsche Geist erwacht wieder! So etwas macht die Augen feucht.

Neben ihm wurde der 91jährige v. Kloph unruhig. Er wackelte mit dem Mumienkopf, legte die zittrigen Hände über die Augen und versuchte, in den Staubwolken, die unter den marschierenden Stiefeln aufquollen, etwas zu erkennen.

»Es ist ja gar nicht Seine Majestät...«, sagte er entrüstet, als die Fahnenkompanie vorbeigezogen war. »Es ist ja der Führer! So etwas! Gehen wir, v. Rendshoff! Ein dummer Gefreiter! Ich möchte weg von hier!«

Er beugte sich aus dem Rollstuhl, zog v. Rendshoff am Ärmel und zitterte vor Empörung.

Bei den aufgestellten Kompanien, die Ordner 3 bis 6 losschikken sollten, gab es wieder Streit. Es ging um ein Transparent, das die 3. Kompanie mitführen wollte und auf dem stand: ›Deutschlands Jugend ein Vorbild – das Ideal der Eltern!‹

»Es geht nicht, Leute!« schrie der Ordner Nummer 5. »Erstens habt ihr das Schild nicht angemeldet, zweitens ist es unmilitärisch, mit Transparenten zu marschieren, drittens riecht das nach östlichem Wind, und viertens ist es Blödsinn, so 'n Schmarren mitzuführen!«

»Die 3. Kompanie marschiert nicht ohne dieses Schild!« brüllte der Oberleutnant Dr. Pfannenmacher zurück. Er war Fabrikant für Brotbeutel und belieferte auch die Bundeswehr. »Ist die Wahrheit schon wieder verboten? Dürfen wir keine Ideale mehr haben? Ist der uralte Wehrgedanke schon wieder verpönt?! Entweder das Transparent vor der Kompanie – oder wir treten nicht an!«

Ordner Nummer 5 begann zu schwitzen. »Das muß Major Ritter entscheiden!« rief er und wedelte mit einem Taschentuch über sein gerötetes Gesicht. »Wo ist der Major! Hat ihn jemand gesehen?«

Konrad Ritter war unterdessen stehengeblieben, als sich Boltenstern und Schreibert auf sechs Schritte genähert hatten. Ihn umgab so etwas wie ein luftleerer Raum. Er glühte und bekam keinen Atem und hörte sein Herz schlagen wie eine Kesselpauke. Was ist das bloß? dachte er erschrocken. Mein Himmel, was gibt das da?! Sie gehen sich entgegen wie zwei Mörder. Sie haben die Hände an den Seiten hängen, aber die Finger sind gespreizt und die Köpfe zwischen die Schultern gezogen.

Kameraden! Jungs! Kerls! Denkt an Meseritz! Denkt an die Gefangenschaft! Sibirien! Die Wälder bei Tobolsk! Die Sägewerke von Jarzewo! Die Flößerei auf dem Jenisseij! Das Hungerlager bei Asbest! Das Lazarett von Larjak!

Jungs! Ihr könnt es doch nicht vergessen! Auch wenn es fast zwei Jahrzehnte her ist! Ihr seid doch Freunde –

Er war stehengeblieben und begriff einfach nicht, was sich vor seinen Augen abspielte. Die Marschmusik – noch immer der gute alte Fridericus Rex – umdröhnte ihn wie ein Gewitter, das den gesamten Himmel zerreißt.

»Schreibert!« schrie Konrad Ritter, als sich Boltenstern und der Gesichtslose zwei Schritte entfernt gegenüberstanden. »Boltenstern! Stehengeblieben!«

Seine Stimme war schrill, überschlug sich, brach aus seinem Mund. Er riß beide Arme empor, wie damals in Meseritz, als die sowjetischen Panzer aus dem Wald brachen und auf sie schossen wie auf armselige flüchtende Hasen.

Boltenstern und Schreibert blieben wirklich stehen. Aber nicht,

349

weil sie den Aufschrei Ritters hörten, sondern weil sie nahe genug waren, um einander in die starren Augen zu blicken.

»Guten Tag, Hermann!« sagte Boltenstern gepreßt. »Ich freue mich, daß du doch noch gekommen bist. Ohne dich wäre das Divisionstreffen halb so schön gewesen. Der General will dich sprechen . . .«

Schreiberts verkrustete Lippen kräuselten sich. Es sah schrecklich aus; der Zerfall eines Gesichtes im Zeitraffertempo.

»Ich habe meine Maske abgenommen«, sagte Schreibert dumpf. »Warum trägst du deine noch immer, Alf? Nimm sie ab . . .«

»Hermann, ich möchte . . .«

»Nimm sie ab!« schrie Schreibert grell. »Ich kann keine Masken mehr sehen! Sei so, wie du bist . . .«

Boltenstern zog das Kinn an. Eisige Kälte durchflutete ihn. Er betrachtete Schreiberts schrecklich entstelltes Gesicht und hatte Mühe sich vorzustellen, wie er früher einmal ausgesehen hatte: etwas dicklich, gemütlich, genüßlich, mit einem Schuß Spießertum, das eine glatte Lüge war, denn wenn einer aus dem Freundeskreis zu leben verstand, war es Hermann Schreibert gewesen.

Hinter den Tribünen her kam ein Motorrad gerast. Ordner Nummer 2 hatte endlich den Major Ritter entdeckt und kam in einer wirbelnden Staubwolke zu dem Karussellplatz. »Herr Major!« brüllte er durch den Motorenlärm. »Wir suchen Sie! Es gibt Krach mit der 3. Kompanie! Sie wollen ein Transparent spannen! Kommen Sie schnell!«

Ritter wischte sich über das Gesicht. »Es ist zum Kotzen«, stotterte er. »Immer alles auf einmal!« Dann siegte sein militärisches Gewissen, er kletterte auf den Soziussitz des Motorrades und ließ sich zu den bereitstehenden Truppen entführen. Aber er sah noch mehrmals zurück zu den beiden einsamen Gestalten auf dem Platz vor der Schießbude, und er war zufrieden, daß sie nicht aufeinander stürzten wie zwei Hirsche.

»Komm«, sagte Boltenstern ruhig, als Ritter hinter den Tribünen verschwunden war.

»Wohin?« fragte Schreibert und setzte seinen Hut wieder auf.

350

»Zu den anderen.«

»Wer ist alles da?«

»Der ganze Verein.«

»Auch Toni?«

»Natürlich. Und Petra Erlanger . . .«

»Deine zukünftige Frau.«

»Ja.«

»Und darum mußte Richard Erlanger sterben . . .«

Boltenstern schob die Unterlippe vor. Schreibert sah es und lächelte. Wenn ein Mensch ohne Gesicht lächelt, sind die Fratzen der Alpträume wie eine Kinderzeichnung.

»Du hast mir eine Million geboten, wenn ich schweige«, fuhr Schreibert fort. »Für jede Backe 500 000!«

»Es bleibt dabei«, sagte Boltenstern knapp. »Oder willst du mehr?«

»Ich verzichte auf dein Mistgeld!« Schreibert reckte den Kopf vor. »Ich will nur eines, und das ist ganz umsonst: Ich will den Film sehen, den Toni von dieser Nacht gedreht hat!«

»Bitte. Ich werde mit Toni sprechen!« sagte Boltenstern mit einer unbegreiflichen Kälte. »Ich glaube kaum, daß er es tut.«

»Toni sitzt dort auf der Tribüne. Ich brauche keine Vermittlung . . . ich rede allein mit ihm!« Schreibert lächelte wieder. »Ich bin sicher, daß er mir den Film vorführt.«

»Willst du sehen, wie du Richard langsam erdrosselt hast? Wie du über ihm kniest und singend den Schal zuknotest? Wie du hinterher um seinen verkrümmten Körper kriechst wie ein Molch, der Spinnen sucht? Weißt du, daß Toni mit diesem Film dich jederzeit der Polizei ausliefern kann?«

»Nimm deine Maske ab, Alf . . .«, sagte Schreibert wieder und ballte die Fäuste. »Himmel, nimm deine aalglatte Maske ab, oder ich schlage dir in die Fresse! Du weißt genau, was der Film aufgezeichnet hat! Deine Sicherheit ist nichts als Angst! Siehst du denn nicht, wie sinnlos es ist, zu bluffen? Soll ich dir sagen, was der Film zeigt?«

»Bitte«, antwortete Boltenstern. Sein Herz wurde plötzlich schwer. Es kann nicht sein, dachte er. Schreibert kann den wah-

351

ren Inhalt nicht kennen. Es ist dumm von ihm, mich auf diese Art unsicher machen zu wollen.

»Der Film zeigt, wie wir alle umeinanderkugeln, in einem Rausch deines verfluchten LSD! Jeder von uns hat seine Träume, aber jeder reagiert anders darauf. Unsere Körper, unsere Bewegungen sind anders als das, was wir im Rausch erleben. Ich war ein gehetztes Nerzmännchen in Sibirien, ein Jäger wollte mich töten, er kletterte mir nach auf die Bäume, schließlich war es nur noch sein runder Kopf mit den glitzernden Augen und dem vereisten Bart, der mir von Baum zu Baum nachsprang... Aber während ich das träumte, war ich willenlos, meine Persönlichkeit war gespalten, und während die eine Hälfte in der Taiga als Nerzmännchen um sein Leben flüchtete, wartete die andere Hälfte auf deine Befehle. Und sie kamen! Du befahlst mir, Richard Erlanger zu erwürgen, und ich tat es, willenlos, wie ich war, und ohne es zu wissen! *Das* zeigt der Film, nicht wahr?«

Boltenstern war es, als umgebe ihn feuchter Nebel. Die Marschmusik, der Klang der Hunderte Stiefel, die an der Tribüne vorbeidefilierten, die Vielzahl der Stimmen, alles versank in graue Feuchtigkeit. Auf seiner Haut bildete sich eine Schweißschicht, und es war ein kalter Schweiß. Totenschweiß.

»Komm!« sagte er rauh.

»Wohin?« fragte Schreibert wieder.

»Weg von hier. Toni, du und ich müssen über das alles sprechen. In einer halben Stunde. Oder willst du den Vorbeimarsch stören? Nach der Parade hält v. Rendshoff noch eine kurze Ansprache... und dann treffen wir uns in einer stillen Ecke und werden alles klären.«

Boltenstern wollte sich umwenden und zurück zur Tribüne gehen, aber Schreibert hielt ihn fest. Er hieb seine Finger wie Krallen in den Ärmel Boltensterns. Sein Gesicht war fürchterlich verzerrt, der Kopf eines unbekannten Wesens, das vielleicht vom Mond kommt und Abbild der Kraterlandschaft ist.

»Ist... ist es wahr, Alf?« keuchte Schreibert. Ganz nahe war seir entstelltes Gesicht, so dicht bei Boltenstern, daß dieser den Atem spürte und roch. »Mensch, sag ein klares Nein oder Ja! Ist

352

es wahr so? Habe ich Richard auf deinen Befehl umgebracht? Bist *du* sein wirklicher Mörder . . . wegen Petra, wegen der Millionen, wegen der Geschichte damals vor 13 Jahren, als du bei Petra unterlagst . . . So sag doch etwas, Alf! Nimm doch den Druck von mir, schuldig zu sein!«

»Gehen wir hinter das Festzelt, Hermann.« Boltenstern verlor nicht die Ruhe. Er war versucht, sich selbst zu bewundern. Immer hatte er sich vorgestellt, wie er in jenem Augenblick reagieren würde, der jetzt eingetreten war, und immer hatte er keine befriedigende Antwort gefunden. Aber so, wie er sich jetzt benahm, wie er dachte, wie er plante, war es einfach vollkommen und bewundernswert. »Wir warten dort, bis der Rummel vorbei ist. Dann hole ich Toni. Oder willst du so, wie du bist, zur Tribüne kommen?«

»Ich habe mir mein Gesicht nicht selbst zerfetzt!«

»Aber es sind viele Damen auf der Tribüne. Wenn du wenigstens deine Maske –«

»Ich setze keine Maske mehr auf!« sagte Schreibert laut. »Ich bin so, wie ich bin, und es kotzt mich an, daß ihr alle anders sein wollt, als ihr seid! Ich bin in diesen Wochen anders geworden, Alf! Ich gehöre nicht mehr zu eurem heuchlerischen Klub!«

»Das befürchte ich auch«, sagte Boltenstern kühl. »Aber trotzdem appelliere ich an dich als Kavalier, den Damen auf der Tribüne deinen Anblick zu ersparen.«

Schreibert wollte noch etwas entgegnen, aber dann winkte er sich selbst ab und wandte sich um. Es hatte keinen Sinn mehr, Boltenstern einen Blender zu nennen – was kam dabei heraus? Nur die Wahrheit war noch zu klären, und dann die Abrechnung für ein auf immer verlorenes Gesicht. Ich werde ihn zwingen, sich der Polizei zu stellen, dachte Schreibert, als er langsam zu dem Bierzelt ging. Das wird seine größte Strafe sein, größer als jeder folgende Richterspruch: Er muß sich selbst zu Grabe tragen, er, der sich selbst so liebt wie nichts, was um ihn lebt. Der Tod des Narziß . . .

Boltenstern folgte Schreibert. Zweimal drehte er sich um und blickte zur Tribüne zurück. Er sah, wie Petra Erlanger sich von

353

der Sitzbank erhoben hatte und zu ihm herüberstarrte. Da winkte er ihr zu, fröhlich, beruhigt, jungenhaft, mit einem sonnigen Lächeln auf dem Gesicht, und wieder bewunderte er sich, daß ihm dieses Lächeln nicht schwerfiel, sondern fast wirklich aus seinem Herzen kam. Ein Lächeln, das nichts mehr gemeinsam hatte mit den Gedanken, die ihn beschäftigten.

An der Tribüne zog jetzt das zweite Musikkorps auf. Die Zuschauer klatschten begeistert. Der Tambour, Oberfeldwebel Ludwig Henneswald, war schon 1943 eine Berühmtheit: Er konnte beim Stechschritt die Beine waagerecht hochwerfen, eine ballettreife Leistung, die ihn für allen Kriegseinsatz tabu werden ließ, denn für Paraden, vor allem vor Staatsbesuchern, wurde er ausgeliehen und demonstrierte mit blitzenden Stiefeln, was ein deutscher Vorbeimarsch ist. Er war der Star unter den Tambouren, dem sogar Hitler einmal die Hand gedrückt hatte, was 1946 bei der Entnazifizierung schwer ins Gewicht fiel. Auch heute noch, im Alter von 45 Jahren, war Ludwig Henneswald ein Marschierer von Gottes Gnaden ... sein heutiger Parademarsch war wieder ein Glanzstück, die Damen klatschten enthusiastisch, General v. Rendshoff winkte ihm zu, nur der greise General v. Kloph sagte fast weinerlich: »Wie kann man einem Gefreiten applaudieren? So eine Schande! Kamerad, entfernen Sie mich!«

Der zweite Block marschierte heran. Die 3. Kompanie ohne Transparent und ein wenig vergrämt. Major Ritter hatte den Streit mit einem salomonischen Spruch geschlichtet: Kein Spruchband bei der Parade, dafür spannt man es im Bierzelt an der Stirnseite auf! Im letzten Augenblick – die 2. Kompanie marschierte schon los – hatte Ritter diese Lösung erreicht; nun saß er auf einem Klappstuhl neben den noch wartenden Marschkolonnen und trank mit langen Zügen eine Flasche Zitronenlimonade. Er war erschöpft. Alles kann man nicht allein machen, sagte er sich mit tiefer Bitterkeit. Und die anderen benehmen sich wie Halbidioten. Wie doch zwanzig Jahre die Menschen verändern können. Unfaßbar, daß man mit solchen Typen bis kurz vor Moskau gekommen war ...

Hinter dem Bierzelt holte Boltenstern den vor ihm gehenden

354

Schreibert ein. Ein Stapel Bierfässer umgab sie, und Boltenstern setzte sich auf ein hohes Faß.

»Endstation, Hermann!« sagte er fast fröhlich. Es war nicht klar, ob es nur ein Ausdruck war oder ein bewußtes Wortspiel. »Hier warten wir auf den Großen Zapfenstreich! Komm, setz dich . . .«

Schreibert blieb stehen, kam zurück und nahm neben Boltenstern auf einem anderen, etwas niedrigerem Faß Platz. Es sah aus, als setze sich ein Hofnarr neben seinen Herrn. Hinter ihnen, nur getrennt durch eine dünne Zeltleinwand, begann ein Blasorchester die Instrumente auszupacken. Eine Posaune brauste kurz auf, ihr folgte ein Klarinettentriller. Dann Stimmen, undeutlich, Gläserklirren. Boltenstern legte die Hand auf Schreiberts Schulter. Schreibert zuckte zusammen und zog den Kopf ein, als habe ihm jemand einen Strick um den Hals geworfen.

»Laß das . . .«, sagte er grob und schüttelte Boltensterns Hand ab. »Was willst du?«

»Nichts!« Boltenstern zog die Hand zurück.

Mit dieser Bewegung erstarb der letzte Funken Gefühl in ihm. Hermann Schreibert war ihm weniger wert als eine Fliege, die man mit einer zusammengefalteten Zeitung an der Wand erschlägt.

In diesen Minuten nahmen auf der hintersten Reihe der Tribüne noch zwei Personen Platz. Niemand beachtete sie, denn der begnadete Marschierer Henneswald schwenkte gerade an der Spitze des Musikzuges ein.

Werner Ritter und Jutta Boltenstern waren gekommen, und sie suchten ihre Hände und hielten sich in plötzlicher Angst fest, als sie den Platz Alf Boltensterns in der Reihe der Ehrengäste leer sahen.

Der dritte und letzte Marschblock war vorbeiparadiert, mit dem in die Herzen und die Beine fahrenden Marsch ›Alte Kameraden‹. Der dritte Musikzug schwenkte zum Abmarsch ein, noch einmal grüßte General a. D. v. Rendshoff mit dem herrlichen Gefühl, eine große Stunde erlebt zu haben. Der 91jährige v. Kloph schlief in seinem Rollstuhl. Es war zuviel für ihn gewesen. Erst kam der Kaiser nicht, dann kam der Gefreite Hitler, und am Ende bemerkte er sogar, daß die Paradierenden in Zivil waren, was ihn völlig aus der Bahn warf. Erschreckt, erschüttert, ratlos, was um ihn herum eigentlich vorging, schloß er die Augen, und so schlief er ein, ohne es zu merken. Man rollte ihn vorsichtig und sanft von der Tribüne, als Musikzug III abgerückt war und die letzten Klänge der ›Alten Kameraden‹ in den gelbweißen Staubwolken verhallten. Dafür begann vom Festplatz wieder das Geschrei aus den Lautsprechern, im großen Bierzelt begann die Blaskapelle mit einem bayerischen Ländler, die ersten Durstigen des Marschblokkes I und der Fahnenkompanie rückten ins Zelt ein. Sie hatten die Fahnen zusammengerollt und trugen sie vor sich her wie überschwere Bärenspieße. Major Ritter verzichtete darauf, noch einmal von Bude zu Bude zu rennen und zu brüllen, es sei zu früh, der General spreche noch . . . »Es ist eben überschäumende Lebensfreude, Kamerad . . .«, sagte er zu einem Hauptmann der 1. Kompanie, der mit langen Schlucken seinen Maßkrug leerte. »Das Wiedersehen, die Erinnerung . . . die Jungs sind außer Rand und Band.«

Die Tribüne leerte sich. Ein würdiger Zug von Ehrengästen bewegte sich zum Festplatz, an der Spitze die Mumie v. Kloph. Er schlief noch immer und wurde mit aller Vorsicht über den staubigen Platz geschoben. Mit einem lebenden Denkmal muß man zärtlich umgehen!

»Ich werde Vater suchen«, sagte Jutta Boltenstern, als sie mit Werner Ritter ebenfalls die Tribüne verließ. Am Festzelt wurde laut geklatscht . . . das Transparent der 3. Kompanie wurde hereingetragen.

Werner Ritter nickte. »Ich werde in der Nähe von Huilsmann bleiben«, sagte er. »Wir treffen uns wieder im Zelt.«

Major Ritter rannte zwischen den Buden herum wie eine Glukke, die ihre Küken verloren hat. Er suchte Boltenstern und Schreibert, aus einer dunklen Ahnung heraus, daß ihr Alleinsein eine Katastrophe bedeutete. Aber er fand sie nicht . . . im Zelt waren sie bestimmt nicht, hinter den Buden sah er nur Gerümpel, sogar

356

die leere Tribüne suchte er von hinten ab und fand nichts als leere Bierflaschen, Schokoladenpapier, Tempotaschentücher, zerknüllte Tüten und Zeitungen, Zigarettenschachteln, angebissene Butterbrote, Teile von Brezeln und sogar einen linken Damenschuh. Das große Bierzelt umging er nicht. Das war ein Fehler, denn hier, noch immer zwischen den Fässern, saßen Boltenstern und Schreibert. Boltenstern las den Brief, den Schreibert in Turin bekommen hatte, den Brief, der schilderte, was auf dem Film Toni Huilsmanns zu sehen war.

»Stimmt es?« fragte Schreibert, als Boltenstern das Papier sinken ließ. »Sag die Wahrheit, Mensch!«

»Nein!« Boltenstern gab den Brief an Schreibert zurück. Seine Stimme war ganz klar, ohne das geringste Flimmern der Erregung. »Wer das geschrieben hat, ist ein gemeiner Hund! Mich wundert, daß du solche anonymen Schmierereien überhaupt ernst nimmst!«

»Ich habe an diesem Abend mein Gesicht verloren!« Schreibert faltete den Brief sorgfältig zusammen und steckte ihn in seine Brieftasche. Boltenstern sah ihm mit einem leichten Lächeln in den Mundwinkeln zu. »Ich habe nie verstanden, warum ich in dieser Nacht weg von Toni bin, in meinen Wagen geklettert bin und nach Hause fuhr. Du weißt, daß ich das nie tue! Ich fahre nie mit besoffenem Kopf! Ich habe immer meinen Wagen stehenlassen und habe ein Taxi gerufen, wenn ich merkte, ich habe genug. Aber in dieser Nacht bin ich gefahren! So, als ob ich gar keinen Willen mehr hätte!« Er sah Boltenstern groß an, und seine Augen waren das einzig Lebende in dieser toten Kraterlandschaft seines Gesichtes. »Ich hatte Zeit, darüber nachzudenken, als ich diesen Brief bekam. Alf . . .«

Boltenstern wandte sich halb um. Sein schönes, gepflegtes Gesicht zeigte einen Anflug von Hochmut.

»Ja, Hermann?«

»War mein Tod auch eingeplant? Hast du mich mit dem Wagen losgeschickt in der Hoffnung, daß ich mir irgendwo auf der Strekke den Hals breche? War es nur Pech für dich, daß ich auf der

Chaussee nicht krepierte, sondern mir das Gesicht wegschabte? War das der große Fehler in deinen Berechnungen?«

»Du redest ausgesprochenen Blödsinn, Hermann«, sagte Boltenstern kühl. »Wenn du den Film Tonis ansiehst, wirst du mir recht geben, daß alle deine Verdächtigungen sinnlos sind. *Du* hast Richard erwürgt, natürlich ohne es zu wollen, und wir alle bilden eine Mauer um diese Nacht, die niemand einrennen wird, weil es keine Beweise gibt! Die verschiedenen Ermittlungsverfahren, die übereifrige Kriminalbeamte eingeleitet hatten, sind alle von Oberstaatsanwalt Dr. Breuninghaus eingestellt worden. Es geschieht dir nichts, wenn du selbst bloß den Mund hältst!«

»Breuninghaus ist hier?« fragte Schreibert dumpf.

»Ja.«

»Ich will mit ihm sprechen.«

»Warum? Es ist alles erledigt.« Boltenstern schielte zu Schreibert. Er sah, wie es über sein Gesicht zuckte, als seien die Falten und Runzeln und Narben mit Elektrizität aufgeladen.

»Ich will Breuninghaus auf Tonis Film aufmerksam machen.«

»Das wäre kompletter Irrsinn!«

»Ich will Gerechtigkeit, verdammt noch mal!« Schreibert sprang von seinem Bierfaß auf. Er stand vor Boltenstern, und er war mit seinem weggeschabten Gesicht wie ein brüllendes, Entsetzen verbreitendes Phantom. »Ich will die Wahrheit! Was mit dir, mit Toni, mit mir passiert ist, ist mir jetzt gleichgültig. Was habe ich noch zu verlieren? Was bin ich denn? Innerlich ein Mensch, mit einem Herzen, mit Gefühlen, mit Sehnsüchten, mit Hunger nach Liebe ... aber äußerlich eine Fratze, die Entsetzen in die Augen springen läßt und Ekel und Abscheu und widerliches Mitleid! Ist das noch ein Leben? Meinen besten Freund. Ja, er war es. Nicht du oder Toni oder der Major ... und ihn sollte ich erwürgen? Das will ich sehen ... das will ich in allen Einzelheiten sehen, um es zu glauben! Und dann kann man mit mir machen, was man will ...«

Boltenstern hob leicht die Schultern. Er war in diesen Minuten bereit, alle Zugeständnisse zu machen. Sie blieben doch nur Worte, und sie beruhigten Schreibert etwas.

»Gut«, sagte er. »Ziehen wir Breuninghaus zu der Filmvorführung zu.«

Im Zelt begann jetzt die Rede des Generals v. Rendshoff. Ein Tusch schaffte Stille unter den 3000 Männern, die an den langen Holztischen hockten und Bier tranken und Bratwürstel kauten. Die Ehrengäste – sie saßen an einem weißgedeckten Tisch auf einer Art Tribüne hinter dem Rednerpult – aßen Eisbein, eine Stiftung der Vereinskasse des BdD, das Denkmal v. Kloph war aus dem Schlaf erwacht, ließ sich einen leichten Moselwein reichen, schlürfte ihn mit bebenden Lippen und sah sich um. Sein Blick fiel auf den strammen Henneswald. Dieser stand, auf seinen Tambourstab gestützt, vor der Knüppelmusik, um militärische Töne in den Zeltsaal zu trommeln, wenn die Bayernkapelle verschnaufen mußte.

»Wer ist das?« fragte der alte v. Kloph und zeigte mit seinen Skelettfingern auf Henneswald.

»Ein Mann namens Henneswald«, antwortete General v. Rendshoff, der im Geist noch einmal seine Rede durchging.

»Ah! Henneswald! Ein Nachkomme des Majors, der am 18. April 1864 die Düppeler Schanzen stürmte! Gut, gut! Oh, unser lieber, tapferer Prinz Friedrich Karl . . .«

Der 91jährige bekam helle Augen. General v. Rendshoff erhob sich etwas konsterniert und betrat das Rednerpult. Im Zelt erstarb das Rauschen von 3000 Kehlen. Nur an der Biertheke war noch Lärm . . . dort reklamierte ein Bayer seinen Maßkrug, der mehr Schaum als Bier enthielt.

»Kameraden!« sagte v. Rendshoff mit seiner hellen, die Worte zerhackenden Stimme. »Meine verehrten Ehrengäste! Der heutige Tag wird ein Markstein sein in dem Denkmal, das der BUND DEUTSCHER DIVISIONEN in allen deutschen Herzen errichtet, denen Tradition und Vaterlandsliebe eine heilige Verpflichtung sind.«

Am Zelteingang erschien Major Ritter. Er hatte Durst, das Hemd war durchschwitzt, die Stoppelhaare bogen sich vor Nässe. Er hatte Boltenstern und Schreibert einfach nicht gefunden und hoffte, sie doch im Zelt zu sehen. Als er seinen Sohn am Biertresen stehen sah, drängte er sich schnell durch die Bankreihen und zog Werner zur Seite.

»Wo ist Boltenstern?« fragte er. »Junge, hast du ihn irgendwo gesehen?«

»Nein. Aber Jutta wird bei ihm sein.«

»Das ist gut. Das ist sehr gut.« Major Ritter atmete befreit auf, winkte zum Bierhahn und ließ sich einen Maßkrug reichen. »Seit wann bist du hier?«

»Ich bin gekommen, als euer Wundermarschierer seine Beine in die Staubwolken warf.«

Konrad Ritter verzichtete darauf, seinem Sohn einen Vortrag über den preußischen Parademarsch zu halten. Er war zu müde dazu, zu durstig und zu erschöpft. Er trank einen tiefen Schluck Bier und lauschte dann, was General v. Rendshoff weiter sprach.

». . . solange ein deutscher Soldat die Stellung hielt, konnte die Heimat voll Vertrauen sein! In der Geschichte des deutschen Soldatentums hat es nie einen Versager gegeben, und wenn wir zwei Kriege verloren haben, so nicht militärisch, sondern wirtschaftlich! Das deutsche Heldentum war immer ein leuchtendes Beispiel . . .«

Hinter dem Zelt lehnte Hermann Schreibert an einem Faß und wischte sich über die Augen. Boltenstern ging vor ihm auf und ab, den Kopf etwas nach vorn gesenkt, als grübele er über große Probleme nach. Zwischen ihnen war nicht mehr viel zu sagen . . . es gab keine Erklärungen mehr, keine unverbindlichen Worte, keine freundschaftliche Bindung. Was sie zusammenhielt, war die Tat vom 21. Mai und der Drang, die Wahrheit zu erfahren oder die Wahrheit zu ersticken.

Seitlich von ihnen, hinter der herunterhängenden Sonnenblende einer Losbude, stand Jutta Boltenstern und beobachtete ihren Vater. Zuerst hatte sie zu ihm laufen wollen, aber dann erkannte sie an den merkwürdig hölzernen Bewegungen ihres Vaters und den in die Luft geworfenen Armen Schreiberts, daß sie Zeuge einer erbarmungslosen Abrechnung sein würde. Da verbarg sie sich hinter dem Zeltvorhang und verfolgte die unstete Wanderung ihres Vaters zwischen den Bierfässern. Zwei Wochen hatte sie ihn seit ihrem Weggang nach Emmerich nicht mehr gesehen, und er kam ihr erschreckend alt und verfallen vor.

»Soll ich dir ein Bier holen, Hermann?« fragte Boltenstern und blieb stehen. Im Zelt brauste Beifall auf. General v. Rendshoff hatte über das Recht auf die deutschen Ostgebiete gesprochen.

Schreibert schüttelte den Kopf. »Wann kann ich Toni sehen?«

»Ich will versuchen, ihn mit dem Bier mitzubringen. Außerdem wird mich Petra suchen. Sie weiß ja gar nicht, was los ist. Sie sitzt allein am Ehrentisch. Ich werde ihr ein paar Erklärungen geben und komme dann mit Toni zu dir zurück. Einverstanden?«

Schreibert nickte. Er nahm seinen Hut wieder ab. Jutta Boltenstern hielt den Atem an. Voll fiel das Sonnenlicht auf Schreiberts zerstörtes Gesicht. Da senkte sie den Blick und wandte sich ab. O Himmel, dachte sie. Das ist grauenhafter, als ich je gedacht habe. Wie muß sich solch ein Mensch fühlen, wenn er in einen Spiegel blickt?

Boltenstern ging zwei Meter an ihr vorbei um das Zelt herum. Er bemerkte sie nicht, und sie wartete, bis er einen kleinen Vorsprung hatte. Dann ging sie ihm nach und stellte erstaunt fest, daß er nicht zum Zelteingang ging, sondern hinüber zu einer Gruppe Wagen eilte, die mit Sonderausweisen an den Frontscheiben auf einem kleinen Parkplatz abgestellt waren.

Sie sah, wie ihr Vater einen Wagen aufschloß – es mußte ein Wagen Petra Erlangers sein –, wie er sich vorbeugte und aus dem Handschuhkasten etwas herausholte. Hinter einem Kombiwagen versteckte sie sich und beobachtete Boltenstern durch die Autoscheiben. Er öffnete ein Briefkuvert, holte etwas silbern Glitzerndes heraus und ließ es in die Rocktasche gleiten. Und in diesem Augenblick wußte Jutta, was hier vor sich ging.

Zwei Streifen Stanniol. Dazwischen ein feuchtes Streifchen Löschpapier. Geruchlos, geschmacklos, farblos ... der Schlüssel für die Reise in eine violette Hölle. 100 Mikrogramm LSD.

Jutta umklammerte den Griff der Tür vor sich und starrte durch die Autoscheibe auf ihren Vater. Er schloß Petra Erlangers Wagen wieder ab, ging ein wenig in die Knie, betrachtete sich in der spiegelnden Seitenscheibe, strich sich über die melierten Haare und die weißen Schläfen, so, als beträte er gleich einen Ballsaal und müsse durch seine Erscheinung eine galante Wirkung erzielen, klopfte seine Tasche mit einer lässigen Bewegung ab, die Tasche, in der die Stanniolplättchen staken, dann richtete sich Boltenstern wieder auf und ging in aufrechter Haltung und mit festen Schritten zum Zelt zurück.

Jutta wartete. Einmal schrak sie zusammen . . . aus dem Zelt donnerte aus dreitausend Kehlen »Hurra! Hurra! Hurra!« General v. Rendshoff hatte der Kesselschlacht bei Wjasma und Brjansk gedacht. Hinter ihr ratterten die Wagen der großen Achterbahn ins Tal und die Steigungen wieder hinauf. Quietschen flatterte zu ihr herüber. Aus irgendeinem Lautsprecher schrie die Stimme Elvis Presleys im Zweikampf mit Heidi Brühl, die »Wir wollen niemals auseinandergeh'n!« beteuerte. Der Kirmesplatz war erwacht, die ersten Betrunkenen schwankten aus dem Bierzelt und versammelten sich vor den Schießbuden.

»Heini! Wetten? Jeder Schuß ein Treffer!« schrie jemand.

Aus dem Zelt dröhnte jetzt Marschmusik. General v. Rendshoffs Ansprache war beendet. Der Marsch des alten Derfflinger krönte die Feierstunde. Vom Badenweiler-Marsch hatte man in der Festleitung abgesehen, um niemanden zu provozieren.

Jutta wartete hinter dem Kombiwagen, bis ihr Vater wieder aus dem Zelt kam. Es dauerte etwas länger als erwartet. Boltenstern hatte sich erst noch zur Tribüne vorgekämpft und Petra Erlanger um Geduld gebeten.

»Schreibert ist da«, sagte er, aber so leise, daß es Toni Huilsmann nicht hörte, der bleich und eingefallen, mit flatternden Augen, neben einem Major saß und sich nach 50 Mikrogramm LSD sehnte und den silbernen Wiesen, auf denen nackte Elfen ihn umtanzten. »Er will wegen seines Gesichts nicht ins Zelt kommen, der arme Kerl. Ich bringe ihm ein Bier und komme schnell zurück. Nach der offiziellen Feier treffen wir uns alle irgendwo. Dann sind wir unter uns. Aber du darfst nicht zeigen, wie du dich entsetzt, wenn du Hermann wiedersiehst . . .«

Petra Erlanger nickte. Dieses Zelt voller schwitzender, grölender, stinkender Männer war ihr zuwider. Sie wußte nicht, was sie hier sollte. Boltenstern stellte sie allen als seine zukünftige Frau vor ... das war der einzige Sinn, warum sie mit nach Nürnberg gekommen war. Der Stolz Boltensterns, eine so schöne und vor allem reiche Frau als sein Eigentum präsentieren zu können. Petra Erlanger wußte das, aber sie war nach der Niederlage auf Rhodos nicht mehr mutig genug, sich dagegen zu wehren. Sie war ein Ausstellungsstück für Boltenstern geworden, eine Siegestrophäe ... er war wie ein römischer Cäsar, der seine Beute herumreichte und durch die Straßen führen ließ. Außerdem war sie müde geworden. Die merkwürdigen Halluzinationen waren in den letzten Tagen ausgeblieben, aber ihr Körper war irgendwie aufgestört, aus dem normalen Rhythmus geraten, und es erschreckte sie immer wieder von neuem, daß sie sich dabei überraschte, den ausbleibenden Halluzinationen nachzutrauern, ja, sie zu vermissen.

»Ich bin schnell wieder zurück, Liebes«, hörte sie Boltenstern noch einmal sagen. Ihre Antwort ging in der einsetzenden Musik unter. General v. Rendshoff kam zu ihr, mit einem Weinglas in der Hand. Er prostete ihr zu, als dem schönsten Ehrengast. Dabei nahm er die Hacken zusammen und machte eine zackige Verbeugung.

Der Hohenfriedberger Marsch.

Die Maßkrüge donnerten auf die Holztische. Brezelverkäuferinnen schoben sich durch die Bankreihen. Hier und dort tauchte auf den Köpfen völlig unmilitärisch ein grünes Miniatursepplhütchen auf, auf dem linken Ohr, mit einem Gummiband festgehalten. Strohhüte wurden verkauft, Gamsbärte und Kirmestrompeten. In einer Ecke machte sich eine neue Kapelle auf, mit Kinderblechtrommeln und quietschenden Kinderpfeifen. Die Stimmung stieg.

Boltenstern kam aus dem Zelt und stellte sich in den Sichtschutz eines Autos. Durch ihre Autoscheibe, keinen Meter entfernt, sah Jutta zu, wie er das Stanniolpäckchen aus der Tasche zog, das Bier auf die Kühlerhaube des Autos stellte, das Stanniol abzog und den schmalen Streifen Löschpapier in den Maßkrug hing. Mit trockener Kehle zählte Jutta die Sekunden ... sie waren unendlich, wie Jahrhunderte, und doch waren es nur zehn Sekunden, bis Boltenstern den Löschpapierstreifen wieder aus dem Bierschaum zog, ihn zerknüllte und unter das Auto in den Staub warf. Dann faßte er den Maßkrug fest mit den Fingern, wie ein gelernter Kellner, und ging so ruhig, als trage er nicht die Hölle in seiner Hand, sondern wirklich nur ein köstliches, kühles, schäumendes Bier um das Zelt herum.

Jutta rannte um die andere Seite des Zeltes zu ihrem früheren Beobachtungsplatz. Worte prallten gegen sie.

Mehrere junge Männer hielten sie fest und zogen sie mit zu den Buden. Sie versuchte verzweifelt, sich zu befreien, aber es gelang nicht. Gegen ihren Willen wurde sie von den torkelnden Gestalten mitgeschleppt. Alles um sie herum verlor an Wirklichkeit und Greifbarkeit. Die Musik war wie in Watte gepackt. Der Lärm der Achterbahn war wie ein Summen. Die Stimmen schwebten noch im Raum. Der Trubel um sie herum zerfloß zu schemenhaften Gebilden . . . sie fühlte sich hilflos und wehrlos in der Angst, die sie um ihren Vater empfand.

Inzwischen gab Boltenstern hinter dem Zeltvorhang den kühlen Maßkrug an Schreibert weiter.

»Wo ist Toni?« fragte Schreibert, den Maßkrug in beiden Händen.

»Er kommt sofort nach. Ich habe ihm gesagt, wo wir sind. Der General unterhält sich gerade mit ihm.«

»Hast du ihm gesagt, was ich will?«

»Natürlich.«

»Und?«

»Er ist einverstanden. Morgen fahren wir nach Düsseldorf zurück, und er spielt dir den Film vor . . .«

»Bestimmt?«

»Du kannst ihn ja nachher fragen, Hermann . . .«

Schreibert sah in den kalten Bierschaum. Die Sicherheit Boltensterns war ihm rätselhaft. War der Brief wirklich eine Lüge? War er, Schreibert, wirklich der Mörder seines besten Freundes?

Schreibert schloß die Augen. »Was ist aus uns bloß geworden, Alf?« sagte er leise. »Mein Gott, warum mußtest du das Mistzeug mitbringen? Waren wir alle denn so schweinisch übersättigt, daß wir so etwas schluckten? Wir waren doch alle nicht mehr normal, Alf! Uns hat doch das Geld verrückt gemacht, nicht wahr?«

»Trink, mein Junge.« Boltenstern legte Schreibert den Arm um die Schulter, und diesmal wehrte sich Schreibert nicht gegen die Umarmung. Wie gute Freunde saßen sie zusammen auf den Bierfässern, aneinandergelehnt, und Schreibert hob den Krug an den verkrusteten Mund.

»Prost, mein Junge!« sagte Boltenstern mit aller Freundschaft. »Du mußt ja verdursten bei dieser Hitze. Aber trink langsam – das Bier ist eiskalt . . .«

Schreibert nickte, den Krug an den Lippen, und trank in kleinen, vorsichtigen Schlucken, bis sich sein Magen an die kalte Flüssigkeit gewöhnt hatte und einen längeren Schluck aufnehmen konnte.

Ohne eine Bewegung beobachtete Boltenstern den Trinkvorgang. Das Schlürfen, das Zucken des Adamsapfels, das Schlucken, es war fast, als könne man, wie bei einem gläsernen Menschen, sehen, wie das Bier von der Mundhöhle durch die Speiseröhre in den Magen rann.

»Das tut gut, Alf!« sagte Schreibert, als er den Maßkrug absetzte und sich mit dem Ärmel über den Mund wischte.

»Das glaube ich, mein Junge.« Boltenstern sah auf seine Uhr. 13 Uhr 29 Minuten.

Um 14 Uhr konnte alles vorüber sein.

Er lächelte, holte sein Zigarettenetui aus der Tasche und zündete sich eine Zigarette an.

»Nicht so hastig!« sagte er sogar, als Schreibert erneut trank. »Wie leicht kann man sich den Magen erkälten!«

Schreibert winkte ab und trank den Krug leer. Er stellte ihn auf einem der Fässer ab und holte sich aus Boltensterns Etui eine Zigarette. Dann setzte er sich wieder auf ein Faß, ließ die Beine pendeln und starrte gegen die Zeltwand.

Im Zelt hatte man zu singen begonnen. Die alten Landserlieder. »Auf der Heide blüht ein blaues Blümelein, und das heißt –

365

Eeeerika –« Die Stimmen waren ganz nah. Nur die Zeltleinwand trennte sie ja von den Singenden, und doch war hier, zwischen den Fässern, eine andere Welt als an den Tischreihen.

»Was hast du vor, Alf?« fragte Schreibert. Sein Kopf war merkwürdig schwer, in den Schläfen hämmerte es wie in einer Schmiede.

»Ich werde Petra zu Weihnachten heiraten«, antwortete Boltenstern mit ruhiger Stimme.

»Bist du so sicher?«

»Ja.«

»Du rechnest nicht damit, Weihnachten im Zuchthaus zu sitzen?«

»Keinesfalls.« Boltenstern sah wieder auf seine Uhr.

13 Uhr 34 Minuten.

Das LSD begann, sich im Hirn festzusetzen. Die ersten Anzeichen wurden sichtbar: Schreiberts Augen bekamen einen hektischen Glanz. Die Hände wurden unruhig, sie fuhren an den Schenkeln auf und ab, mit trommelnden Fingern.

»Weißt du, daß du ein Schwein bist, Alf?« sagte Schreibert. Er lallte schon ein wenig, und sein Kopf machte kreisförmige Bewegungen, als säße er nicht auf einem Hals, sondern auf einem rotierenden Plattenteller.

Im Zelt ertönte, greifbar nahe, ein lautes Kommando.

»Der Westerwald! Drei – vier –« Und dann die Stimmen: »Oh, du schöööner Westerwald . . .« Auf dem Podium fiel die Knüppelmusik des strammen Henneswald ein, Fäuste hieben auf den Holztischen den Takt. Es war ein erinnerungsschwerer Gesang. Die Übungen in der Wahner Heide, im Sand von Brandenburg, in den Wäldern bei Grafenwörth, im Kusselgelände Ostpreußens . . . Jungs, haben wir da Schweiß gelassen!

» . . . weht der Wind so kalt . . .«

Boltenstern beobachtete Hermann Schreibert wie ein Raubtier sein Opfer an der Tränke. Die Augen Schreiberts hatten einen unnatürlichen Glanz, sein vernichtetes Gesicht hätte jetzt – wenn es noch menschlich gewesen wäre – vor innerer Wonne geleuchtet, so aber war nur sein Mund etwas aufgeklafft, und der Kopf

366

rollte stärker im Kreis, als säße er auf einem Gelenk aus gutgeölten Kugellagern.

»Alf, das war ein starkes Bier!« sagte Schreibert mühsam. »Ich hab' es wirklich zu schnell getrunken. Komm, führ mich weg. Bring mich zu deinem Wagen. Ich will schlafen . . .« Er streckte beide Arme nach Boltenstern aus, wie ein Kind, das seine ersten Gehversuche unternimmt und die Mutter sucht.

Boltenstern rührte sich nicht. Er warf nur die Zigarette weg.

»Ich muß dir etwas sagen, Hermann!« Seine Stimme klang kühl und fast geschäftsmäßig wie die eines Auktionators, der ›Zum ersten . . . zum zweiten . . . zum dritten . . .‹ in den Saal ruft. »Ich weiß nicht, woher der anonyme Schreiber deines Briefes die Wahrheit weiß – aber so war es! Daß Richard Erlanger damals Petra Wollhagen heiratete, habe ich nie verwunden. Für mich hing damals alles davon ab, ob ich sie bekomme oder Richard. Ich hatte Patente entwickelt, fantastische Erfindungen auf elektronischem Gebiet, Steuergeräte für Raketen. Nur das Kapital Wollhagens machte es möglich, diese Forschungen weiterzutreiben, und ich gestehe, ich war damals ein Besessener, ich war völlig eingesponnen in meinen Erfindungen. Aber Richard heiratete Petra, und meine Patente kaufte er auf für ein Butterbrot, denn ich brauchte ja Geld, ich war ein armer Erfinder, dem man sagen kann: ›Alf, du bist wirklich ein Genie‹ . . . und den man dann abspeist wie in der Küche eines Obdachlosenasyls. Zugegeben, ich habe später nicht schlecht gelebt, Richard war großzügig . . . von den Millionen, die er durch meine Erfindungen verdiente, bekam ich 10 Prozent . . . zehn Prozent, obwohl mir 100 Prozent zustanden! Ist es nicht ein Akt der Gerechtigkeit, daß ich jahrelang auf einen Augenblick wartete, wo ich mir meinen vollen Anteil holen konnte? Dieser Tag kam am 21. Mai, als ihr, wie immer lüstern auf Weiber und Saufen, bei Toni zusammentraft und ich euch von dem hier noch unbekannten LSD erzählte. Ich *wußte*, daß ihr es schlucken würdet – das Neue, das Unbekannte reizte euch maßlos. Ihr alle habt LSD genommen, auch die Mädchen . . . nur ich nicht. In eurer Aufregung, umgeben vom Duft halbnackter

Mädchenkörper, habt ihr nicht gesehen, wie ich mein Glas zur Seite stellte.«

»Du Schwein . . .«, stammelte Schreibert. Er rutschte von seinem Bierfaß und umklammerte es mit beiden Händen. Seine Beine gehorchten schon nicht mehr, aber ein Teil seines Gehirns nahm noch klar auf, was Boltenstern sagte. »O du Schwein . . .«

»Ich habe gewartet, bis ihr alle ›auf der Reise‹ wart, wie es die Fachleute des LSD nennen. Dann – als du herumkrochst auf dem Teppich und piepsende Laute ausstießt – bin ich in die Halle gegangen, habe meine Handschuhe angezogen und Richards Seidenschal aus der Garderobe geholt. Du kamst mir entgegen und schriest immer wieder: ›Er kriegt mich! Er kriegt mich! Hilfe! Hilfe!‹ Und ich habe zu dir gesagt, nur um etwas zu sagen: ›Sei still! Du träumst es nur!‹ Und sofort warst du ruhig. Da erst habe ich gemerkt, daß du auf Befehle von draußen reagierst, ohne es später zu wissen. Und mein Plan wurde plötzlich eine geradezu fantastische Wirklichkeit!« Boltenstern sah Schreibert interessiert an. Speichel tropfte aus seinem zerklüfteten Mund. »Kannst du mich noch hören, Hermann?« fragte er eindringlich und beugte sich vor. »Hermann, hörst du mich noch?«

»Ja . . .«, lallte Schreibert. »Ja . . . ja . . .« Er sank auf die Knie und legte den Kopf auf den Faßdeckel. »Ja –«

»Ich gab dir den weißen Seidenschal Richards in die Hand«, sagte Boltenstern mit einer teuflischen Ruhe, »und zeigte auf Richard, der neben einem Mädchen auf dem Teppich lag und ruckartige Armbewegungen machte, als steche er mit einer Lanze zu. ›Leg ihm den Schal um den Hals und knote ihn zu‹, habe ich da zu dir gesagt, und du bist hingegangen, hast dich über Richard gebeugt und hast ihn mit dem Schal erdrosselt. Niemand konnte Zeuge sein – alle waren in einem Wunderland. Nachdem du Richard getötet hattest, habe ich dich bis zur Haustür begleitet und dir befohlen, nach Hause zu fahren. Du hast alles getan wie eine Maschine. Nur einen Fehler, ich gebe es zu, habe ich gemacht: Ich hatte damit gerechnet, daß du tödlich verunglückst. Als ich am Morgen erfuhr, daß du den Unfall überlebt hast, mußte ich alle meine Pläne ändern. Es ist schade, mein Junge, daß sich alles so entwickelt hat . . . dein zerstörtes Gesicht, deine unglückliche Liebe zu dieser Corinna, diese anonymen Briefe . . . es wäre alles so einfach gewesen, wenn du damals an dem Chausseebaum gestorben wärst, wie du solltest . . .«

Boltenstern schwieg. Hermann Schreibert umklammerte das Bierfaß wie eine Geliebte. Er küßte den schmutzigen Deckel und leckte über das verkorkte Spundloch. Boltenstern sah auf seine Uhr. 13 Uhr 47 Minuten.

Das LSD hatte das Gehirn umklammert. Schreibert befand sich auf der Reise in eine Wunderwelt.

Im Zelt hatte man den ›Westerwald‹ endlich abgesungen. Jemand sprach auf der Tribüne. Es war Major Konrad Ritter, der in der Gesangspause daran erinnerte, man sollte nicht zuviel saufen, denn am Abend gäbe es ja noch ein Feuerwerk und vor allem einen ›Großen Zapfenstreich‹.

Händeklatschen. Ein neues Lied.

Boltenstern beugte sich über Schreibert, faßte ihn unter die Schultern und hob ihn von den Knien hoch. Er stellte ihn gegen einen Stapel Bierkästen und schüttelte ihn. Schreibert grunzte und lächelte schrecklich. Aber er blieb stehen und starrte mit fiebrig glänzenden Augen in den heißen Sommerhimmel.

Die Handlungen, die Boltenstern jetzt vollzog, waren von einer satanischen Präzision. Er streifte sich Handschuhe über, rollte ein leeres Faß an die Zeltwand, stieg auf dieses Faß und schlang um einen Balken, der dem Steilwandzelt als Stütze diente, ein dickes Tau. Dann knüpfte er eine Schlinge, steckte selbst den Kopf hindurch, um zu probieren, ob sie groß genug war, nickte zufrieden, stieg vom Faß hinunter und zog an dem Seil, hob die Beine vom Boden und ließ sich kurz hin und her schwingen, was ihm bewies, daß er einen guten Knoten gemacht hatte.

»Komm her, mein Junge!« sagte Boltenstern kalt, als er wieder auf der staubigen Erde stand. Er zog die Handschuhe aus, sie waren nicht mehr nötig.

Gehorsam löste sich Schreibert von den Bierkästen und schwankte zu Boltenstern. Vor dem leeren Faß blieb er stehen

369

und starrte interessiert auf die Schlinge, die über seinem Kopf pendelte.

»Steig hinauf!« sagte Boltenstern hart.

Schreibert versuchte es. Zweimal rutschte er aus, fiel in den Staub, richtete sich auf und kroch dann auf das Faß.

»Komm, ich helfe dir«, sagte Boltenstern, gab ihm die Hand, stützte ihn, drückte mit beiden Händen gegen Schreiberts Gesäß, als er seinen Körper nicht hoch bekam, und hielt seine schwankenden Beine umklammert – als er endlich stand, ein gesichtsloses Wesen auf einem wackelnden Bierfaß.

»Leg dir das Halsband um, Hermann!« sagte Boltenstern keuchend. Er hatte Mühe, Schreibert festzuhalten. »Nun mach schon ... leg es um ...«

Schreibert griff nach oben in die Schlinge, schob sie über seinen Kopf, um den Hals, und dabei lachte er und schnalzte mit der Zunge.

Boltenstern ließ die schwankende Gestalt los und trat drei Schritte zurück. Im Festzelt hieben sie wieder mit den Fäusten den Takt auf die Holztische. Kameraden, welch ein lustiger Tag.

»Schwarzbraun ist die Haselnuß,

schwarzbraun bin auch ich, ja ich.

Schwarzbraun muß mein Mädel sein –«

Boltenstern atmete tief. »Spring!« sagte er. »Hermann, spring!«

Schreibert erlebte in diesen Minuten eine herrliche Welt. Auf einer goldenen Wolke, die aussah wie ein Schlitten, fuhr er rund um die Sonne, und alle Wolken, denen er begegnete, waren wunderschöne Mädchen, die alle aussahen wie Corinna Colman. Jeder winkte er zu, und jede schwenkte in seine Laufbahn ein, und so zog er um die Sonne, hinter sich ein Heer nackter, betörender Mädchen, und die Winde wurden zur Musik, die Sterne reihten sich zu diamantenen Ketten auf ... und da war plötzlich ein Tor aus Rosen mitten im blauen Himmel, und hinter dem Tor schwebte ein Bett aus Kristall, und darauf lag, hingestreckt in Tigerfellen, die richtige Corinna Colman und winkte ihm und rief ihm mit heller, wie Glocken klingender Stimme zu: »Spring, Lieb-

370

ster, spring!« Und sie breitete die Arme aus, und ein goldenes Leuchten brach aus ihrem Schoß.

Schreibert stöhnte auf. Alle Sehnsucht zwischen Himmel und Erde zersprengte ihn.

Er sprang... und der Himmel wurde plötzlich rot, ging in Flammen auf, die Wolken, das Rosentor, das kristallene Bett, die nach ihm ziehenden Wolken mit den Mädchen explodierten... im Nacken spürte er einen höllischen Schmerz...

»Corinna –!« schrie er hell.

Und dann war Nacht –

Boltenstern sah ernst auf die in der Schlinge pendelnde Gestalt. Der Körper, mit zuckenden Beinen und Armen, schlug gegen die Zeltwand und traf innen im Zelt einen Mann in den Rükken.

»Besoffener Hund!« schrie der Mann und stieß die Faust gegen die Zeltwand. »Hau ab!«

Schreibert pendelte zurück und hing dann still. Der Körper streckte sich, aus dem Mund quoll dick und bräunlich die Zunge.

In diesem Augenblick erreichte Jutta wieder ihren Beobachtungsposten hinter der Sonnenblende der Losbude und sah ihren Vater vor dem am Seil hängenden Schreibert. ›Nein, nein, nein!‹ schrie es in ihr. ›Das darf nicht wahr sein!‹ Lähmende Angst erfaßte sie.

Das Gesicht ihres Vaters, seine kalten Augen machten sie bewegungsunfähig. So sieht ein Mörder aus, dachte sie. Und dieser Mörder ist mein Vater!

Wie durch einen Schleier bemerkte sie, wie ihr Vater irgend etwas aus der Jackentasche des Toten zog. Es war der belastende Brief mit der Schilderung der wirklichen Geschehnisse auf der Party; das Schreiben, das Harry Muck anonym an Hermann Schreibert geschickt hatte.

Jutta zitterte am ganzen Körper. Und dann schloß sie die Augen, wandte sich um und rannte wie gehetzt davon.

Auch Boltenstern ging, in entgegengesetzter Richtung. Er ging mit leicht federndem Schritt, als käme er gerade von einem Tennisplatz. Vor dem Zelteingang kontrollierte er noch einmal den Sitz seiner Krawatte, ehe er eintrat.

Brüllender Gesang umgab ihn. Bierkrüge reckten sich ihm entgegen.

». . . hollahi . . . hollaho . . . ja geradeso wie ich . . .«

Von der Empore winkte Petra Erlanger, und er winkte ihr zurück und lachte fröhlich und kaufte sich von einer Händlerin einen lustigen kleinen Sepplhut, den er übermütig auf seinen Kopf klemmte.

17

Es war Konrad Ritter, der den in der Schlinge hängenden Hermann Schreibert als erster entdeckte. Ein reiner Zufall war es . . . Ritter wollte auf die Toilette, verirrte sich, geriet hinter das Zelt und prallte auf die leicht hin und her schwingende Gestalt.

Fassungslos starrte Ritter auf den Toten, ehe er begriff, was hier geschehen war und was dies für das Divisionstreffen bedeutete. Er ließ Schreibert hängen und rannte zurück ins Zelt, riß seinen Sohn von der Biertheke weg und zerrte ihn an der Hand wie ein störrisches Kind ins Freie.

»Bist du verrückt?« rief Werner Ritter und riß sich von seinem Vater los. »Was soll das?«

»Junge . . . hinter dem Zelt . . . Schreibert . . . o Himmel! Ich bekomme einen Herzanfall! Halt mich fest, Junge . . . Das ist ja schrecklich . . . schrecklich . . .« Konrad Ritter lehnte sich gegen seinen Sohn, fahle Blässe überzog sein Gesicht, und da erst erkannte Werner Ritter, daß sein Vater weder betrunken noch übergeschnappt war. Er ließ ihn stehen, rannte um das Zelt herum und kam nach wenigen Minuten wieder. Auch er sah jetzt bleich und sehr ernst aus.

»Was . . . was hast du mit ihm gemacht?« stotterte Konrad Ritter.

»Nichts. Er ist tot. Es muß gerade geschehen sein ... Er ist noch ganz warm.«

»In der Sonne sind es ja auch fast 40 Grad, Junge ...«, stammelte Ritter.

»Ich lasse sofort alles absperren! Ein Glück, daß der Oberstaatsanwalt selbst hier ist! Wo ist Boltenstern?«

»Im Zelt ...«

»Seit wann?«

»Ich weiß nicht. Er sitzt auf der Empore neben dem General ...«

»Keiner kommt hinter das Zelt! Bleib hier stehen, Vater! Ich hole die Schutzpolizei ...«

»Um Himmels willen – keinen Skandal!« Ritter hielt seinen Sohn fest. »Mach es so unauffällig wie möglich! Soll das ganze Divisionstreffen zusammenbrechen? Schreibert hat die Nerven verloren ... sein Gesicht, das Bewußtsein, nicht mitmachen zu können in der fröhlichen Runde ... das war zuviel für ihn! Junge, mach keinen Rummel daraus!«

»Ihr habt schnell Erklärungen bei der Hand!« sagte Werner Ritter erregt. »Aber wenn es dich beruhigt ... ich werde diese Tragödie mit Samthandschuhen behandeln ...«

Und so geschah es auch.

Nicht die Polizei, sondern die Feuerwehr sperrte den hinteren Zeltteil ab. Das war unauffälliger. Oberstaatsanwalt Dr. Breuninghaus, Alf Boltenstern, Toni Huilsmann, Major Ritter und ein ehemaliger Stabsarzt umstanden den Körper Schreiberts. Zwei Feuerwehrmänner hatten ihn abgeschnitten ... nun lag er auf einer Trage, die Schlinge noch um den Hals, und seine Augen hatten selbst im Tod nicht einen Ausdruck der Verzückung verloren. Der ehemalige Stabsarzt, jetzt Besitzer einer guten Allgemeinpraxis, knöpfte das Hemd über der Brust Schreiberts wieder zu.

»Tot«, sagte er. »Todesursache ist ja wohl klar.«

»Und wann?« fragte Dr. Breuninghaus heiser.

»Vor höchstens einer halben Stunde ... Als er starb, entleerte sich die Blase. Das ist oft so bei Strangulierungen. Die Hose ist noch ganz naß . . . bei der starken Sonneneinstrahlung wäre sie es nicht mehr, wenn er länger tot wäre . . .«

»Schrecklich . . .«, sagte Boltenstern und wandte sich sichtlich erschüttert zur Seite. »Und ich habe ihm kurz vorher noch ein Bier gebracht. Da hat er noch gelacht und freute sich auf das Wiedersehen mit den alten Kameraden nach dem offiziellen Fest.«

»Die Nerven, meine Herren, die Nerven!« Oberstaatsanwalt Dr. Breuninghaus schwieg, bis ein Feuerwehrmann eine Decke über das Gesicht Schreiberts gezogen hatte. »Auch unser Kamerad Hermann war nur ein Mensch. Er zerbrach an seinem tragischen Schicksal.« Er sah sich um und begegnete dem Blick Werner Ritters, der mit ausdruckloser Miene hinter der Trage stand. »Diskretion, meine Herren! Das ist jetzt oberstes Gebot! Es liegt gar kein Anlaß vor, den Kopf zu verlieren. Wir haben einen Kameraden zu betrauern . . . aber das soll die Freude der anderen 3000 nicht stören! Wir verstehen uns? Seit Jahren haben die anderen Kameraden auf diesen Tag gewartet, sie sind aus ganz Deutschland angereist . . . vergällen wir ihnen nicht die Freude.« Er winkte dem Zeltwirt zu, der ebenfalls mitgekommen war, denn schließlich hatte die ganze Sache auf seinen Fässern und zwischen seinen Bierkisten stattgefunden. »Wo kann man den Toten unauffällig unterbringen, bis der Sarg eintrifft?«

»Am besten dort im Materialwagen . . .« Der Wirt zeigte mit bebenden Händen auf einen geschlossenen Lastwagen hinter dem Zelt. »Dort sind auch Eisstangen drin . . . wenn ich die später ersetzt bekomme . . .«

Dr. Breuninghaus überhörte diese Bemerkung. Zwei Feuerwehrleute trugen die zugedeckte Trage zu dem Lastwagen, öffneten die Tür und schoben den Toten hinein.

»Niemand darf etwas davon erfahren!« sagte Boltenstern. Er wirkte sehr ergriffen. »Vor allem der General nicht. Nicht auszudenken, wie er reagiert, bei seiner Labilität . . .«

Major Ritter nickte und rannte zurück ins Zelt. Es war jetzt seine Aufgabe, v. Rendshoff abzuschirmen. Die Bayernkapelle blies wieder einen fröhlichen Ländler. Auf dem Podium tanzte man, es war ein fürchterliches Gedränge und Geschiebe.

»Das war der zweite«, sagte Toni Huilsmann leise, als man Schreibert in den Lastwagen schob. Dabei sah er Boltenstern aus kleinen Augen an. »Ich garantiere, daß ich nicht der dritte bin . . .«

Boltenstern hob die Augenbrauen, wandte sich um und ging davon . . . Seine Haltung war stolz. So verläßt ein Torero den Kampfplatz, während man den Stier hinausschleift . . .

Vor dem Wagen Petra Erlangers stand Jutta und weinte laut, mit offenem Mund, den Kopf in den Nacken gelegt. Aller Schmerz, den Menschen empfinden können, lag in diesem Weinen. So stand sie minutenlang, einer in der verschneiten Taiga verirrten Wölfin gleich, die die Sterne anheult, bis nach dem seelischen Schmerz das Entsetzen kam, die Ernüchterung, der Schrecken und das Bewußtsein, etwas tun zu müssen, was noch nie eine Tochter für ihren Vater getan hatte.

Sie wußte genau, daß Werner Ritter jetzt seinen lange gesuchten Beweis hatte. Im Körper Schreiberts war jetzt mit Leichtigkeit das LSD nachweisbar . . . neun Stunden lang, bis es sich abgebaut hatte. In diesen neun Stunden würde das Anklagematerial gegen Alf Boltenstern zusammengestellt werden, und es gab keine Ausflucht mehr, einer Anklage wegen Doppelmords zu entgehen. Was jetzt geschah, mußte geschehen, um das Glück zu retten, auf das sie und Werner Ritter warteten, um den Namen Boltenstern nicht zu einem Begriff werden zu lassen, der auch ihr Leben ständig belasten würde. Es galt, eine doppelte Schuld zu sühnen, aber so zu sühnen, daß nicht unendliches Elend über die Unschuldigen hereinbrach.

Mit steifen Fingern öffnete Jutta Boltenstern die Wagentür.

Der Handschuhkasten.

Eine harmlose Tüte.

Darin ein Kuvert.

In dem Kuvert drei flache Stanniolpäckchen.

Nur noch einmal zögerte sie, ehe sie die drei Päckchen herausnahm und in ihre Handtasche steckte. Dann schloß sie wieder den Wagen, trocknete ihre Tränen von den Wangen und Augen,

375

hob das Gesicht in die Sonne, um die letzten Tränenspuren trocknen zu lassen, und ging dann zurück ins Festzelt.

An der Biertheke stieß sie mit ihrem Vater zusammen. Er hatte einen Maßkrug in der Hand und brachte gerade ein Hoch auf sein Regiment aus. Er sah fröhlich und bierselig aus, nur um seine Augen lagen Schatten.

»Ja, wer ist denn da?!« rief Boltenstern und breitete die Arme aus. »Meine Herren . . . Sie sehen hier die einzige vollkommene Leistung, zu der ich in meinem Leben fähig war: meine Tochter Jutta!«

Jutta starrte ihren Vater an. Sie rührte sich nicht, als er sie umarmte und auf die Stirn küßte. Es war ihr, als brenne dieser Kuß ein glühendes Mal in ihre Haut, und jedermann müsse jetzt erkennen: Sie ist von einem Mörder geküßt worden!

»Deinen Bräutigam habe ich schon begrüßt, Schäfchen«, sagte Boltenstern. Er nahm seinen Maßkrug, bat die anderen Herren durch ein freundliches Nicken um Verzeihung und zog Jutta von der Biertheke weg in eine stille Ecke des Zeltes. Erst dort wurde er ernst. »Hast du es schon gehört? Onkel Hermann ist tot . . .«, sagte er leise.

Jutta durchzog ein eisiger Schauer. »Nein . . .«, sagte sie mühsam. »Nein, Paps . . . Ich bin mit Werner während der Parade gekommen, und plötzlich war er weg. Was . . . was ist denn geschehen?«

»Ein tragischer Fall, Schäfchen. Wir sind noch alle bis ins Tiefste erschüttert.« Boltenstern fuhr sich über seine Stirn. Jeder mußte ihm seine Ergriffenheit glauben. Er sah sich um und bemerkte Dr. Breuninghaus, der gerade wieder das Zelt betrat. Der ehemalige Stabsarzt begleitete ihn. »Dort kommt Breuninghaus«, sagte Boltenstern und stellte seinen Maßkrug auf einem wackeligen Tisch ab, den man zur Seite gestellt hatte. »Ich werde ihn schnell nach dem Neuesten fragen. Warte hier, Kleines . . . ich komme gleich wieder zurück.«

Mit verschleierten Augen sah Jutta ihrem Vater nach. Er boxte sich durch die Menge der Angetrunkenen bis zu Dr. Breuninghaus durch; dann sah sie ihn eindringlich mit ihm sprechen.

Jetzt! Nur jetzt geht es, dachte sie.

Mein Gott, verzeih mir.

Ich liebe ihn ... er ist mein Vater ... nur aus Liebe geschieht es ...

Sie stellte sich so, daß sie den Maßkrug mit ihrem Körper verdeckte, öffnete die Handtasche, holte die drei Stanniolpäckchen heraus, schälte die Löschpapierstreifen hervor und hing sie in den dreiviertelvollen Krug.

300 Mikrogramm LSD. Eine Menge, die für drei volle ›Reisen‹ reicht. Drei Höllen auf einmal. Ob das Gehirn davon auseinandersprang ...?

Sie zählte langsam zehn Sekunden, ehe sie die Streifen wieder herausnahm. Dann zerknüllte sie das Löschpapier und steckte es zurück in ihre Handtasche.

Ganz langsam drehte sie sich um.

Boltenstern stand noch immer bei Dr. Breuninghaus. Werner Ritter war hinzugekommen und der Hauptmann der Feuerwehr.

Leb wohl, Paps ... dachte sie.

Es ist besser so ... für uns alle ...

Auf der Empore wurde noch getanzt. Ein langer Tisch schunkelte. Rheinländer, die auch in Nürnberg sich nicht von ihrem ›Kornblumenblau ist der Himmel am herrlichen Rheine‹ trennten. In einer anderen Ecke des Zeltes sang ein Männerchor aus Hamburg von der Waterkant.

Leb wohl, Paps.

Sie wandte sich ab und verließ durch einen kleinen Notausgang das Zelt. Verwundert sah sich Boltenstern um, als er zurück in die Ecke kam, nahm seinen Bierkrug und schob sich nach vorn zur Tribüne, wo noch immer Petra Erlanger mit dem General v. Rendshoff flirtete.

»Zum Wohle!« rief Boltenstern und schwenkte seinen Krug. Petra winkte ihm zu. »Auf die schönste Frau, die ich kenne!«

»Ich halte mit!« General v. Rendshoff erhob sich zackig. »Boltenstern! Auf die Frauen, die unser Leben verschönen! Ex!«

»Ex, Herr General!«

Boltenstern drückte den Krug gegen die Brust und setzte ihn

377

dann an die Lippen. Sein Blick flog über den Krugrand zu Petra, ein Blick voll Stolz und Triumph, ein Blick, wie ihn Tiger haben, wenn ihr Gebrüll den Dschungel erzittern läßt.

Dann trank er. Mit langen, durstigen Zügen.

Hinter dem Zelt, zwischen den Rückwänden der Schießbuden, zwischen Fässern und aufgestapelten Bierkästen, suchte Werner Ritter, in der Hocke sitzend, den sandigen Boden ab. Vier Feuerwehrmänner sperrten noch immer den Zugang ab, einer stand Wache vor dem Lastwagen, in dem der Körper des armen Schreibert zwischen zwei Blöcken aus Kunsteis lag und auf den Sarg wartete. Der Zeltwirt hockte auf einem leeren Faß und wischte sich nervös mit einem schmutzigen Taschentuch über das Gesicht, obgleich er gar nicht schwitzte, sondern es ihm eher kalt ums Herz war.

»Bloß keinen Skandal, Herr Kommissar!« sagte er heiser. »Wenn das bloß keiner erfährt! Gerade jetzt, wo's im Zelt so richtig läuft. Der nasse Sommer bisher . . . Mistgeschäft war's, schlechter als alle anderen Jahre . . . da hat man so ein gutes Geschäft nötig. Leben nur von der Saison . . . Glauben Sie, daß man den . . . den Toten unbemerkt wegschaffen kann? Daß keiner den Sarg sieht?«

Werner Ritter überblickte zum wiederholten Male die Umgebung des Fasses, auf dem Schreibert gestanden haben mußte, ehe er es unter sich wegstieß . . . wie es Dr. Breuninghaus rekonstruierte. Das war eine Auffassung, die Ritter nicht teilte, und er sagte es jetzt auch.

»Hier haben *zwei* Personen gestanden!« Er zeigte auf einige Sohlenabdrücke nahe der Zeltwand, einen Bodenstreifen, den niemand bisher betreten hatte, auch nicht die Feuerwehrmänner, die Schreibert vom Strick schnitten. Dr. Breuninghaus, nach einem Glas Bier gestärkt, beugte sich neben Ritter zu Boden. Deutlich waren zwei unterschiedliche Schuhgrößen zu sehen . . . einer der Männer trug eine längsgerillte Sohle.

»Wie viele Leute sind im Laufe der letzten halben Stunde hier herumgelaufen!« sagte Dr. Breuninghaus steif. Er witterte wieder Unannehmlichkeiten. Die Geschäftigkeit des jungen Ritter war ihm lästig. Nie lag ein Selbstmord klarer als dieser! Ein Gesichtsloser zerbricht an seiner tragischen Last! Wenn das kein hundertprozentiges Motiv ist! Aber so sind die jungen Leute ... alle verhinderte Filmdetektive! In einem zerbeulten Mülleimer sehen sie eine gelandete Weltraumkapsel!

Werner Ritter legte sein Taschenbuch vorsichtig ausgebreitet über die Sohlenabdrücke. Dr. Breuninghaus sah es mit Mißfallen.

»Ritter!« sagte er steif, ehe dieser etwas sagen konnte. »Man sollte von Amts wegen allen jungen Kriminalisten verbieten, Kriminalromane zu lesen und Hitchcock-Filme zu sehen. Sie verbilden nur und führen von der Realität weg! Was soll das alles?«

Werner Ritter richtete sich auf. Seine Knie zitterten etwas von der langen Hockstellung. »Herr Oberstaatsanwalt«, sagte er mit einer betonten Deutlichkeit, »der Abdruck von zwei verschiedenen Schuhen beweist, daß Schreibert nicht allein war!«

»Natürlich nicht. Boltenstern war bei ihm. Er hat ihm sogar ein Bier gebracht! Das wissen Sie doch!«

»Und Schreibert lebte noch, als Boltenstern wieder ins Zelt kam?«

»Natürlich!« Dr. Breuninghaus zog das Kinn an. »Hören Sie mal, Ritter! Ihre Fragestellung ist impertinent. Jawohl, das ist sie! Sie klingt so, als trauten Sie meinem Freund und Kriegskameraden Boltenstern zu, seinen Freund Schreibert aufgeknüpft zu haben! Das ist absoluter Blödsinn! Das ist eine Frechheit, wenn Sie wirklich so etwas denken sollten! Ihnen fehlt der Geist der Kameradschaft, der uns alte Soldaten beseelt, sonst würden Sie die Sinnlosigkeit solcher Gedanken einsehen. Was sage ich ... solche Gedanken kämen gar nicht auf! Ich habe Boltenstern mehr im Zelt als draußen gesehen! Wenn Sie *das* überzeugt, Herr Ritter!«

Das ›Herr‹ war dahergeschnarrt wie in guten alten Kasernenhofzeiten. Es rasselte gegen das Ohr und verlangte Eingang zum Herzen. Aber Werner Ritter war in dieser Sitation nicht gewillt, nachzugeben. Auch er war die ganz Zeit über im Zelt gewesen, an der Biertheke, von der aus man die Ehrenempore gut sehen konnte. Er hatte Boltenstern nur ganz kurz vor Petra Erlanger und General v. Rendshoff stehen sehen, und als er sich herumdrehte,

379

um ein neues Bier zu verlangen, war Boltenstern schon wieder weg.

»Ich werde die Leiche sofort obduzieren lassen!« sagte Ritter ruhig. »Darf ich Ihnen, Herr Oberstaatsanwalt, schon jetzt sagen, was man feststellen wird?«

»Tod durch Genickbruch, natürlich.«

»Und Vorhandensein von LSD im Körper!«

Dr. Breuninghaus wurde es heiß unter der Hirnschale. Er sah an Ritter vorbei und wünschte sich, zu diesem Treffen nicht gekommen zu sein. Er wollte ja auch gar nicht kommen, seine Frau hatte ihn schon fast überredet, diesen schönen Sonntag, dieses lange Wochenende, nicht auf einer staubigen Wiese bei Nürnberg, sondern an der Nordsee, auf Norderney, in würziger Salzluft und bei rauschendem Meer zu verbringen. Schon halb hatte er zugesagt, als der Anruf des Majors Ritter aus Nürnberg kam, die jungen Beamten des Ordnungsamtes machten dämliche Schwierigkeiten und stellten sich stur gegen das Traditionsbewußtsein alter Soldaten.

»Ich muß nach Nürnberg!« hatte da Dr. Breuninghaus geschrien und auf den Tisch geschlagen. »Diese Degeneration unserer Jugend! An die See können wir noch immer . . . aber diese Gelegenheit, den jungen Schlipsen zu zeigen, was Deutschtum ist, gibt es nur selten! Ich fahre nach Nürnberg! Mit dem ganzen Gewicht meines Amtes werde ich . . .«

Nun war er hier, stand hinter dem Bierzelt, in dem zweitausend nicht mehr nüchterne alte Soldaten von der ›Looore – Loooore – Loooore –‹ sangen, und das ganze Gewicht seines Amtes warf er nicht unwilligen, sturen Beamten entgegen, sondern der Auffassung, der Tod des Kameraden Schreibert sei etwas anderes als eine menschliche Tragödie.

Welch eine Verschiebung der Aspekte!

»Sie mit Ihrem LSD!« sagte er abwertend und lächelte milde wie bei dem kindlichen Gestammel eines Geisteskranken. »Wenn es nach Ihnen ginge, müßten jetzt alle Festteilnehmer untersucht werden, damit Sie feststellen können, ob noch jemand LSD genommen hat!«

Der Zeltwirt grinste breit, selbst Dr. Breuninghaus lachte über das ganze Gesicht. Ihm gefiel dieser Witz. Werner Ritter sah hinüber zu dem Lastwagen, in dem der Körper Schreiberts neben den Eisstangen lag. Der Feuerwehrmann, der davor Wache hielt, trank aus einer Flasche Limonade.

»Ich möchte Herrn Boltenstern noch einmal befragen«, sagte er laut. Dr. Breuninghaus zog die Augenbrauen hoch.

»Ritter, Sie überziehen!«

»Ich tue nur meine Pflicht.«

»Die Übererfüllung der Pflicht kann sogar strafbar sein. Andere hat man dafür aufgehängt!« Dr. Breuninghaus wedelte mit der Hand durch die Luft, als suche er Kühlung. Es war auch sehr heiß ... hier hinter dem Zelt, zwischen den Budenwänden, sogar drückend und auf dem Herzen lastend. »Ich danke Ihnen für Ihre schnelle Hilfe, Herr Ritter. Den Fall wird ab sofort meine Staatsanwaltschaft in Zusammenarbeit mit der Nürnberger Staatsanwaltschaft bearbeiten.«

Das war kurz und deutlich. Werner Ritter holte tief Atem. Die Wahrheit! schrie es in ihm. Mein Gott, ich will doch nur die Wahrheit haben! Recht ist Wahrheit ... gilt denn dieser Satz nicht mehr?

»Herr Oberstaatsanwalt ...«, sagte er heiser. Aber Dr. Breuninghaus unterbrach ihn wieder schroff.

»Ich betrachte die Angelegenheit als erledigt. Sie nicht, Herr Ritter?«

»Die beiden Spuren ...«

»Himmel noch mal, sind wir bei Karl May?« schrie Dr. Breuninghaus. »Spielen wir Winnetou? Ich will kein Wort mehr hören, verstehen Sie mich?«

Werner Ritter nickte stumm. Von irgendwoher hörte er den Aufschrei mehrerer Stimmen ... dann gellte eine Sirene auf, wie sie geblasen wird, wenn Feuer in einer der Buden entsteht.

»Ein verrückter Tag!« sagte Dr. Breuninghaus. Sein Herz schlug wie wild. Er ahnte plötzlich, daß das Treffen des BUNDES DEUTSCHER DIVISIONEN nicht bloß aus alten Erinnerungen bestehen würde. »Was ist denn das schon wieder?«

381

Aus Richtung der Achterbahn, so schien es Werner Ritter, gellten neue Schreie. Das Trappeln Hunderter von Füßen übertönte die Stimmen. Sogar im Zelt brach die Musik ab.

Bevor man Klarheit hinter dem Zelt hatte, erschien Major Konrad Ritter. Er sah schrecklich aus, verschwitzt, mit zerwühlten Haaren, bleich und mit hervorquellenden Augen. Er zitterte stark und lehnte sich gegen die Stapel Bierkästen, holte tief Luft, fuchtelte mit den Armen durch die heiße Luft und brauchte eine lange Zeit, um sprechen zu können. Und auch dann waren es nur Bruchstücke.

»Auf der Achterbahn...«, stotterte er. »Kommt mit... es ist schrecklich... schrecklich...« Dann warf er sich herum und rannte wieder um das Zelt herum auf den Festplatz.

Dr. Breuninghaus und Werner Ritter folgten ihm. Eine Woge aus Menschenleibern, die aus dem Zelt quoll, riß sie mit zur Achterbahn. Ihr blaugestrichenes Eisengefüge ragte gegen den Sommerhimmel wie ein riesiges Skelett.

Mit Alf Boltenstern ging eine merkwürdige Veränderung vor.

Nicht plötzlich kam sie, sondern langsam, schleichend, so wie ein Theatervorhang ganz langsam zugleitet, wenn die letzten Takte der Musik verwehen. Niemand bemerkte es... Petra war in ausgelassener Stimmung, scherzte mit dem General und verkündete kokett, daß man die Hochzeitsreise auf einem Schiff unternehmen wolle... auf einer Fahrt in die Karibische See sollte die große Liebe gefestigt werden.

»Ich verstehe, Gnädigste«, schnarrte General v. Rendshoff, der im Geiste rekapituliert hatte, wo die Karibische See überhaupt lag, nahm die Hacken zusammen und prostete zackig zu. »Blauer Himmel, Salzwasser, Tropensonne, das Wiegen der Wellen, der Tanz der Delphine, wie sie mit dem Schwanz durch das Wasser schlagen... ungemein aufregend, ungemein...« Dann lachte er, wie andere hau ruck rufen, und freute sich über sich selbst. Toller Kerl, man selbst, dachte er. Beste Kasinolaune! Und tolle Frau, diese Petra Erlanger. Zwanzig Jahre jünger, und man hätte den Boltenstern strammstehen lassen. »Eine Frechheit, als Hauptmann solch eine Frau zu wollen! Die ist einen Oberst wert!« Haha! Zackiges Prösterchen, Gnädigste –

Boltenstern saß auf den Stufen der Ehrenempore und starrte in den Saal. Die Musik nahm verwunderliche Gestalt an ... er sah die Töne leibhaftig aus den Instrumenten kommen. Sie kletterten aus den Trompeten und Klarinetten, rutschten aus dem großen Trichter der Tuba, tanzten auf den Trommelfellen, kreiselten in den Waldhörnern, wurden aus den Posaunen geblasen ... lauter kleine, silbern gekleidete Männchen mit Mützchen wie Notenschwänzchen ... Und sie lösten sich in der Luft auf wie Tautropfen in der Sonne, aber jeder von ihnen hatte einen Klang –

Das ist schön, empfand Boltenstern und sah den silbernen Tonmännchen zu. Das ist wirklich eine Attraktion. Er lächelte zur Kapelle hin und schüttelte dann den Kopf. Die Instrumente hatten sie gewechselt, die Teufelskerle. Jetzt bliesen sie auf vergoldeten Knochen, wie die Neger in früheren Zeiten ... die Trompete war ein Oberschenkelknochen, die Tuba eine Hüftschale, das Saxophon die Wirbelsäule mit dem Steiß. Und die Posaune – Jungs, ihr seid eine Bande! – war ein Unterarm, und sie schoben die Elle vor der Speiche hin und her und bliesen und bliesen ...

Boltenstern erhob sich. Er schwankte nicht, nichts an ihm zeigte eine Veränderung. Im Gegenteil: Mit gerader Haltung, mit durchgedrücktem Kreuz, als sitze er zur Parade auf einem Pferd, stieg er die Stufen der Empore hinab in den Saal. Er ging mit durchgedrückten Beinen, ein wenig hölzern, aber fest im Schritt, den Kopf gerade und die Arme leicht pendelnd an den Seiten.

Mit starrem Blick schob er sich durch die Menge der alten Soldaten. Er drückte Hände, sagte ein paar allgemeine Worte zu denen, die ihn ansprachen, trank sogar einen Freundschaftsschluck Bier aus einem Maßkrug und strebte dann ins Freie. Dort blieb er stehen und bewunderte die Welt.

Ein orangeroter Himmel.

Ein Gebirge aus blauschimmerndem Kristall vor ihm, über das die Wolken zogen wie goldene Wagen. In ihnen saßen Elfen, deren lange Haare im Wind flatterten.

»Wie schön!« sagte Alf Boltenstern. »Wie unbeschreiblich schön!«

Mit langen Schritten rannte er dem Kristallberg zu, und als er die ersten leuchtenden Kristalle berührte, waren sie nicht kalt, sondern schmiegten sich in seine Finger wie das sehnsüchtige Fleisch einer liebenden Frau.

Überall war nun Musik um ihn, überall tanzten die kleinen silbernen Männchen mit den Notenmützchen. Er winkte ihnen zu, er sang die Melodien mit, die er kannte, und siehe da ... auch aus seinem Mund quollen die Männchen und tanzten vor ihm her, den leuchtenden Kristallberg hinauf, der mit seiner Spitze den orangenen Himmel anbohrte.

Die Rufe und Schreie um ihn herum verwandelten sich ebenfalls in Musik und in kleine, quicklebendige Silbermännchen. Einer der goldenen Wagen, die ja Wolken waren, ratterte an ihm vorbei. Er hörte die Elfen lachen, und sie hatten ganz große, leuchtende Augen und violette Gesichter, wie getöntes Glas, hinter dem man schemenhaft die Einzelheiten erkennt ... die Knochen, die Adern, die Sehnen, das Hirn ... leuchtende Wesen ...

Unter Boltenstern versammelten sich in einer riesigen Staubwolke fast zweitausend Menschen. Mehr gebannt als entsetzt starrten sie hinauf zu dem Mann, der außen an dem Eisengestänge der Achterbahn hinaufkletterte, sich von Strebe zu Strebe schwang, mit einer unheimlichen Sicherheit und Schnelligkeit. Von den Buden heulten die Sirenen. Die Bremser und der Besitzer der Achterbahn standen hilflos im Innern der Eisenkonstruktion. Die letzten Wagen ratterten bergauf und talab, sie waren ja nicht anzuhalten und mußten ihre Strecke abrasen, und in den Wagen hockten, sich an den Griffen festkrampfend, die vor Sekunden noch fröhlich kreischenden Menschen und starrten wie gelähmt auf den Mann, der immer höher und höher kletterte. Sie rasten an ihm vorbei, zweimal, dreimal, ehe sie endlich unten ausliefen und gebremst wurden.

»Er singt!« schrien sie in die starre Menge vor der Achterbahn. »Er singt beim Klettern!«

Feuerwehr und Polizei rasten mit Sirenen und Blaulicht heran.

Dr. Breuninghaus hatte sich den Schlips vom Kragen gerissen. Er sah aus, als habe man ihn verprügelt. Hinter ihm drängten sich Petra Erlanger und der General v. Rendshoff; selbst den alten v. Kloph hatte man mit seinem Rollstuhl hinausgerollt, denn sein Pfleger wollte ja auch etwas sehen.

»Was ist?« fragte der Greis und legte die Hände an die Ohren. »Kommt jetzt das Feuerwerk?«

»Absperren!« schrie Breuninghaus und warf die Arme hoch. »Zurücktreten! Sie verhindern die Rettungsaktion! Feuerwehr durch! Und Ruhe! Zum Teufel, hat niemand einen Lautsprecher?«

»Nein, so was! So was!« sagte v. Rendshoff und stützte Petra Erlanger. »Was soll das alles? Ich verstehe das nicht! Ist er verrückt geworden?«

Boltenstern kletterte weiter. Der Zauberberg um ihn glänzte und sang. Als er einmal zurücksah, war die Erde unter ihm voll blühenden, wogenden Grases, übersät mit Blumen aller Farben. In der Ferne aber leuchtete weiß ein herrliches Gebirge, und in seinem Herzen erwachte so etwas wie die Sehnsucht eines Adlers, der sich im hellen Morgen hinausschwingt in die Lüfte und über die Berge schwebt als König zwischen Felsen und Sonne.

»Ein Sprechchor!« schrie Major Ritter. Er hatte seine Jacke weggeworfen und rannte in Hemdsärmeln hin und her, zwischen der Polizei, die absperrte, zwischen der Feuerwehr, die Sprungtücher entfaltete, und dem Motorwagen, der brummend die lange Leiter hochschwenkte und ausfuhr. »Wir müssen ihn in einem Sprechchor rufen! Kameraden! Herhören! Im Rhythmus: Bol-tenstern . . .« Ritter hob beide Arme wie ein Dirigent. ». . . drei . . . vier . . .«

Einige hundert Kehlen brüllten los. Ein Donnern war es, das den kletternden Boltenstern umgab.

»Bol-ten-stern . . . Bol-ten-stern . . .!«

Zehnmal Boltenstern. Es hinterließ keine Wirkung. Er kletterte weiter . . . die Eisenstreben hinauf . . . dem Mittelpunkt der Achterbahn zu, auf dem eine kleine Fahne flatterte.

»Da kommen wir mit der Leiter nicht hin!« sagte der Feuerwehrhauptmann schwitzend. »Der klettert ja kreuz und quer. Wenn man wüßte, was er will . . .«

»Wenn ich das wüßte, brauchte ich Sie nicht!« schnauzte Dr. Breuninghaus. Er winkte auch Ritter zu, der noch einmal seinen Sprechchor dirigieren wollte. »Aufhören! Lassen Sie es mich versuchen!«

Man hatte ein Mikrophon, das mit dem Lautsprecher einer Losbude verbunden war, durch Verlängerungskabel bis zu ihm gelegt. Der Verstärker war auf volle Stärke gedreht . . . ein Räuspern war schon ein Krachen.

Dr. Breuninghaus hielt das Mikrophon vor die zitternden Lippen.

»Kamerad Boltenstern!« rief er. Unter dem Gedröhn seiner Stimme schrak er zusammen. Er legte die Hand über das Mikrophon und wandte sich an die weinende Petra Erlanger. »Wenn er das nicht hört, weiß ich keinen Rat mehr«, sagte er. »Das weckt ja Tote auf!«

»Lassen Sie mich, bitte . . .«, sagte Petra stockend. Sie nahm das Mikrophon und trat einen Schritt vor. Und plötzlich war es still auf dem Platz bis auf das Schnurren der ausfahrenden Feuerwehrleiter.

»Alf . . .«, sagte Petra. Ihre Stimme gellte über die Achterbahn. Sogar im Zeltlager war sie deutlich zu hören, so gut war der Verstärker. »Alf! Komm herunter! Ich bitte dich – Alf . . . Ich rufe dich. Ich, Petra!«

Stille.

Boltenstern kletterte weiter. Ihm war es, als spiele ein himmlisches Orchester, und die Erzengel sangen dazu. Immer näher kam er dem Himmel, und immer weiter wurde das Land und immer schöner die ferne Felswand. Und immer mehr steigerte sich in ihm das Gefühl, ein Adler zu sein.

»Ich kann nicht mehr . . .«, stammelte Petra. Das Mikrophon fiel ihr aus den Händen. »Ich kann nicht mehr . . .«

General v. Rendshoff hielt sie aufrecht. Er stützte sie an seiner Seite, als halte er eine Fahne umklammert.

»Bol-ten-stern . . . Bol-ten-stern . . .«, schrie der Sprechchor

386

wieder. Major Ritter raufte sich die Haare und heulte wie ein ge-
prügelter Hund. Dr. Breuninghaus beschimpfte den Feuerwehrhauptmann, er sei zu langsam.

»Diese Lahmärschigkeit!« brüllte er. »Jetzt weiß ich auch, warum die Brandschäden so hoch sind! Ehe Sie die Leiter herausge-
fahren haben, brennt ein Hochhaus ab!«

Beleidigt wandte sich der Brandmeister ab und ging zu seinem
Wagen zurück. Drei Gruppen Feuerwehr rannten im Innern der
Achterbahn hin und her und versuchten, die Sprungtücher aus-
zuspannen. Es war sinnlos . . . wo Boltenstern kletterte, war kein
Platz mehr, ihn aufzufangen, wenn er abstürzte. Außerdem würde er auf verschiedene Zwischenträger fallen und sich alle Knochen brechen.

»Wir stehen hier herum wie die Bettnässer!« schrie Dr. Breuninghaus außer sich. »Gibt es denn keine Möglichkeit, den Mann
zurückzuholen? Er hat den Verstand verloren! Sollen wir denn tatenlos zusehen? Das ist ja beschämend . . .«

In den Zelten, an den Buden war nun kein Mensch mehr. Alles
umstand die Achterbahn und starrte hinauf auf den kleinen Menschen, der gewandt wie ein Eichhörnchen von Gestänge zu Gestänge turnte und der Fahne auf der Spitze des Eisengerüstes zu-
strebte. Was der Brandmeister erkannt hatte, wurde nun ein Beweis . . . die Leiter erfaßte nicht den Punkt, wo die Fahne flatterte,
denn sie lag in der Mitte des Gerüstes. Zwischen Leiterspitze und
Fahne lag eine tote Strecke von etwa zehn Metern.

»Leider gibt es noch keine Leiter, die einen Bogen macht«, sagte der Brandmeister, als er zu Dr. Breuninghaus zurückkam. »Unsere Leute können von der Leiter aus nur auf ihn einreden . . .«

»Vielleicht mit einem Lasso?« sagte v. Rendshoff. »Das ist *die*
Idee, meine Herren! Mit einem Lasso von der Leiter aus . . .«

»Ich werde verrückt!« Dr. Breuninghaus ließ die Gruppe stehen und rannte zu Major Ritter. Der suchte vergeblich Freiwillige, die Boltenstern nachklettern sollten.

»Schlappschwänze sind sie alle geworden!« schrie Ritter. »Dick
und vollgefressen, und die Kraft haben sie in den Betten gelassen! Wenn ich früher sagte: Freiwillige vor . . . dann trat die gan-

ze Kompanie vor! Jungs, bei Smolensk! Der Einsatz am Brückenkopf! Und jetzt macht ihr euch in die Hosen! Was ist aus euch
bloß geworden?! Satte, fette Demokraten! Man sollte euch die
EKs von den Anzügen reißen . . .«

Es half alles nichts . . . keiner wollte nachklettern. Sie waren
nun Familienväter, hatten ihren Beruf, ihr Geschäft, ihr Häus-
chen im Grünen, ihr Auto . . . Wenn ein Verrückter die Achterbahn hochklettert, und wenn's der Hauptmann Boltenstern ist,
soll man das alles aufs Spiel setzen? Nee! Die Zeiten ändern
sich. Damals, bei Smolensk, da war man ein junger Hüpfer. Ein
hirnloses Wesen in grauer Montur. Jawoll, Herr Major, so ist
das heute. Reif sind wir geworden. Und überhaupt . . . warum
klettert der Hauptmann die Achterbahn hoch? So 'n versoffener
Hund . . .

Major Ritter gab es auf. Er ging mit Breuninghaus zum Eingang der Achterbahn, wo man durch das Gitterwerk der Eisenstreben genau den kletternden Boltenstern beobachten konnte.
Der Besitzer und die Bremser standen herum und rauchten.

»Hundert Mark für den, der ihn herunterholt!« sagte Dr. Breuninghaus laut.

Niemand rührte sich.

»Zweihundert Mark!«

Schweigen.

»Fünfhundert Mark!«

»Es hat keinen Sinn!« sagte der Besitzer langsam. »Meine Jungs
sind sonst nicht bange . . . sie montieren die Bahn ja auch und
klettern dran herum. Aber wissen Sie, was der Kerl da tut, wenn
jemand in seine Nähe kommt? Wenn er ihn wegstößt . . . nee, das
ist zu gefährlich . . .«

»Aus!« sagte Dr. Breuninghaus und legte schwer die rechte
Hand auf Ritters Schulter. »Vertrauen wir auf Gott! Ich verstehe
das alles einfach nicht. Vor einer halben Stunde war Boltenstern
doch noch völlig normal . . .«

Um Boltenstern herum war die Welt völlig versunken. Er stieg
seinen Kristallberg hinauf, durch wogende Wolken, die alles Irdi-
sche verdeckten. Nur die Schneegipfel sah er, und seine Sehn-

sucht wurde riesengroß, zu ihnen zu fliegen und ein Geschlecht der königlichen Adler zu gründen.

Die Spitze! Der Gipfel!

O herrliche Freiheit!

Boltenstern stand auf dem schmalen Eisenträger und hielt sich an dem eisernen Fahnenmast fest. Unter ihm war unheimliche Stille. Zwei Sprungtuchmannschaften rannten herum, um sich dort aufzustellen, wo nach ihren Berechnungen der Körper niederfallen mußte, wenn er stürzte. Auf der Leiter stand ein älterer Feuerwehrmann und sprach auf Boltenstern ein. Aber es war, als zerfließe seine Stimme, noch ehe sie das Ohr Boltensterns erreicht hatte.

Die Schneeberge in der Sonne! Die Majestät der Unberührtheit! Dort ist man Gott nahe ... dort wird man ein König sein und mit weiten Schwingenschlägen über das Land ziehen. Unter sich die blühenden Wiesen, über sich der kristallene Himmel. Gibt es Schöneres?

Boltenstern lehnte sich gegen den eisernen Fahnenmast und breitete die Arme weit aus. So stand Ikarus da, ehe er zur Sonne flog und das Wachs schmolz, das die Federn seiner Flügel zusammenhielt.

Ein Adler! Ein Adler!

Gibt es Gewaltigeres, als frei unter der Sonne zu schweben ...?

Zwischen den parkenden Autos drückte Jutta den Kopf gegen die Brust Werner Ritters. Nach langem Suchen hatte er sie gefunden, versteckt hinter den Autodächern. Sie konnte von hier aus ihren Vater sehen ... einen dunklen Strich gegen den blauen Sommerhimmel, umgeben vom Glast der Sonne, als schwebe er schon jetzt.

»Entsetzlich ...«, sagte Werner Ritter leise, als er Jutta gefunden hatte, die den Kopf auf ein heißes Autodach gelegt hatte und laut weinte. »Kannst du das verstehen?«

»Ja!« schrie sie. »Ja! Ja!« Es waren grelle Schreie, als läge sie auf einem flammenden Holzstoß und verbrenne bei lebendigem Leib.

389

Eine dumpfe Ahnung stieg in Ritter auf. Er zog Jutta an sich und legte beide Arme um ihren zuckenden Kopf.

»Sag alles . . .«, sagte er leise. »Mein Gott, Jutta . . . sag es mir . . .«

»Er hat LSD genommen . . .«, schrie sie gegen seine Brust.

»Woher?«

»Von mir!«

»Wieviel?«

»300 Mikrogramm!«

»Gott steh uns bei!« Werner Ritter drückte die schreiende Jutta an sich. »Und . . . und . . . warum?«

»Er hat Schreibert ermordet . . . und Erlanger auch . . .«

Werner Ritter atmete tief auf. So löst man keine Probleme, dachte er, das ist eine Flucht . . . aber vielleicht ist es besser so. Es wird nie einen Prozeß geben, der Name Boltenstern wird nie auf ihr lasten, wir werden nach Monaten des Sichwiederfindens vielleicht glücklich werden und diese Alpträume der vergangenen Wochen vergessen können.

Es waren die gleichen Gedanken, wie sie Jutta hatte. Es waren Gedanken von Liebenden, die ihr Glück erobern wollten in einer Welt, mit der sie nichts gemeinsam hatten als die Tatsache, daß sie in ihr lebten.

Auf der Spitze der Achterbahn stand Boltenstern mit ausgebreiteten Armen, das Gesicht der Sonne zugewandt. So standen die Inka-Könige auf den Tempeltreppen, bevor sie an den Altar mit den Menschenopfern traten.

»Verzeih mir, Vater . . .«, sagte Jutta leise. »Wenn du wüßtest, wie sehr ich dich liebe . . .«

Sie preßte den Kopf an Ritters Brust und umschlang ihn.

»Sag nichts . . .!« schrie sie dumpf. »Sag nichts . . . Ich will nichts hören . . .«

Da preßte er seine Hände gegen ihre Ohren und starrte über ihren Kopf hinweg auf die Gestalt hoch oben auf der Achterbahn.

Boltensterns Gesicht glänzte überirdisch. Es war, als sauge er die nahe Sonne in sich und lade sich mit ihren goldenen Strahlen auf. Er trat einen Schritt vor und bewegte die ausgebreiteten Arme wie die Schwingen von Flügeln.

Von der Erde empor klang ein dumpfes Grollen.

Dreitausend Menschen stöhnten auf.

»Die Sprungtücher!« schrie der Brandmeister. »Die Sprungtücher!«

Petra Erlanger wandte sich ab. Dr. Breuninghaus und Konrad Ritter stützten sie. In ihren Augen lag die schreckliche Ohnmacht, dies tatenlos mitansehen zu müssen.

»Vielleicht doch mit einem Lasso . . .«, stotterte v. Rendshoff neben ihnen.

Boltenstern sah hinüber zu den Schneebergen. Rosig überhaucht waren die Gipfel . . . und nun öffneten sich die Berge wie ein weites Tor, und dahinter lag ein violett glänzendes, unendliches Land, und eine Stimme über ihm sagte: »Das alles gehört dir . . . dir allein . . . dem Kaiser der Adler . . .«

»Ich komme . . .«, rief Boltenstern glücklich. »Ich fliege zu euch, ihr unendlichen Berge . . .«

In höchster Seligkeit stieß er sich ab, breitete die Arme weit aus und schwebte über das Land.

Ein Adler! Ein Adler!

Der Kaiser aller Adler –

Auf der Erde schrien sie auf.

Breuninghaus schloß die Augen, v. Rendshoff wandte sich ab, nur Major Ritter starrte empor zu dem fliegenden und fallenden Menschen, hatte die Hacken zusammengenommen und grüßte den Tod seines Kameraden und Freundes in strammer, stummer Haltung.

Zwei Meter neben dem Sprungtuch II, zwischen zwei Streben, wo man nicht hinreichte, schlug Boltenstern auf.

Mit dem Kopf zuerst. Die Hirnschale platzte wie eine Kastanienkapsel. Er war sofort tot, nicht einmal den Aufschlag spürte er. Und die Feuerwehrmänner deckten sofort das Sprungtuch über die verkrümmte Gestalt.

In dem großen, leeren Festzelt verpaßte nur einer diese schrecklichen Minuten von der Seligkeit und dem Sterben eines

391

ungewöhnlichen Menschen. Er lag unter einem Tisch, betrunken bis zur Besinnungslosigkeit, und schlief mit weit offenem Mund.

Toni Huilsmann.

Er wußte seit Stunden nicht mehr, was um ihn herum vorging.

Sanitäter holten ihn später ab, fünf Minuten nach dem Abtransport von zwei Särgen, zwischen denen es kein Geheimnis mehr gab!...

18

Ein Doppelbegräbnis ist eine Strafe Gottes – so wenigstens empfand es Konrad Ritter. Noch verteufelter aber ist es, wenn der eine auf dem Nord-, der andere auf dem Südfriedhof begraben wird.

Drei Tage lang versuchte Konrad Ritter, diese Begräbnisse zu ›koordinieren‹. Es erwies sich als unmöglich, schon rein rechtlich. Schreibert hatte schon vor fünf Jahren eine Gruft auf dem Nordfriedhof gekauft... Boltenstern gar wurde neben seiner Frau beerdigt, für die er – und für sich und seine Tochter – eine riesige Grabstelle gekauft hatte. Nur die Zeiten konnte Ritter mit den Friedhofsverwaltungen und den Pfarrern abstimmen. Begräbnis Schreibert am Donnerstag um zehn Uhr vormittags... Begräbnis Boltenstern um zwölf Uhr mittags.

»Das ist knapp!« stöhnte Ritter. »Das ist verflucht knapp! Mit den Fahnen, den Ehrenkompanien, den Kapellen quer durch die Stadt... um die Mittagszeit... das gibt eine Hetze!«

Und so wurde es auch.

Auf dem Nordfriedhof ging es noch gut durchorganisiert ab: Omnibusse brachten die Ehrenabordnungen heran, die Salutschießer des BdD und des Schützenvereins, die Fahnen und die Ehrengäste. Vierzehn Omnibusse hatte Ritter im Namen des BdD gemietet, hinzu kamen genau neunundsechzig Privatwagen, die vor dem Friedhof auffuhren und ausgerichtet wurden durch vier Ordner mit – es war ja ein Trauerfall – schwarzen Armbinden. Sie

hatten große Mühe mit den Wagen der Industrie, denn die Herr-
schaftschauffeure hatten ihren eigenen Kopf und weigerten sich,
Befehle von unbekannten Windpissern – wie sich einer unfein
ausdrückte – entgegenzunehmen. So gab es schon vor der großen
Trauerfeier Krach und fast eine Schlägerei auf dem Parkplatz.

Aber sonst war es ein würdiges Trauerfest.

Im Gegensatz zu dem Musikliebhaber Erlanger, für den man in
der großen Kapelle Wagner spielte, bekam Schreibert, ein sonst
unmusikalischer Mensch trotz seines Modeateliers, einen Abge-
sang mit zwei Kirchenliedern. Dafür sprach Major Ritter besonders bewegende Kameradenworte, und auch General v. Rendshoff gedachte des Toten in markigen Worten und blieb eine Minute lang in stummem Gruß vor dem schweren, dunklen Eichensarg stehen.

Später, am offenen, mit Tannengrün ausgelegten Grab, ertönte
wieder das Lied vom Guten Kameraden, senkten sich die Fahnen,
schossen die beiden Abordnungen in knirschender Schußge-
meinschaft den letzten Salut, wobei wieder – wie bei Erlanger –
jemand nachschoß und nicht festzustellen war, ob es einer vom
BUND DEUTSCHER DIVISIONEN oder von der Schützengilde
gewesen war, sang der Gesangverein und sprachen die Vertreter
aller Vereine gutgemeinte Worte . . . der Tennisklub, der Reiterverein, der Golfklub, der Segel- und Jacht-Verband, der Motor-
klub, der Verband deutscher Modeschöpfer, eine rothaarige De-
legierte der Mannequin-Vereinigung (sie trug ein so enges Kleid,
daß sie sich kaum über die Grube bücken konnte, man sah pla-
stisch ihre Hinterbacken, was die Feierlichkeit etwas störte, denn
die Mehrzahl der Trauergäste waren ja Männer) und am Ende eine unbekannte, junge hübsche Frau, die mit einem kleinen, drei-
jährigen Mädchen an das Grab trat und haltlos weinte.

So erfuhr man erst jetzt, daß Hermann Schreibert Vater eines
außerehelichen Kindes war . . .

Die weiblichen Trauernden schluchzten auf.

Ich hatt' einen Kameraden . . .

Major Ritter stand ungeduldig neben dem Grab und sah ab
und zu auf die Uhr in seiner Hand.

Wie die Minuten wegrennen! Wie lange so eine Rede dauert! Um 12 Uhr ist Boltenstern dran!

Der letzte Redner! Die letzte Blume auf den Sargdeckel. Allerhöchste Zeit!

»Kameraden! In die Wagen!« kommandierte Konrad Ritter.

Ein Heerwurm schwarzer Gestalten wälzte sich zum Ausgang. Die ersten Omnibusse fuhren schon ab, als die letzten noch durch das Friedhofstor eilten.

»Wir kommen zu spät!« sagte Konrad Ritter. »Unmöglich ist das! Gerade bei Boltenstern, dem Muster an Pünktlichkeit, muß das passieren! Los, in die Wagen und ab wie die Feuerwehr!«

An diesem Donnerstagmittag erlebte Düsseldorf die Durchfahrt von vierzehn Omnibussen und 69 Privatwagen durch die Innenstadt. Eine rasende, brausende, hupende, heulende, lebensgefährliche Durchquerung, die Alarm im Polizeipräsidium auslöste.

Die Polizisten an den Kreuzungen standen erstarrt, als die Armada der wilden Omnibusse heranbrauste, mit offenen Schiebedächern, aus denen die Fahnen herausragten. Das war aber auch das einzig Fröhliche an diesem wilden Zug ... in den Bussen und den nachfolgenden Privatwagen saßen ernste, schwarzgekleidete oder in Galauniform gehüllte Männer und Frauen und blickten starr geradeaus.

Major a. D. Konrad Ritter überholte mit einem schnellen Sportwagen, der dem Sohn eines Fabrikdirektors gehörte, die lange Kolonne der Trauernden und setzte sich an die Spitze. Noch immer sah er auf seine Uhr und schabte die Schuhsohlen nervös aneinander.

»Wir kommen zu spät! Blamabel ist das!« jammerte er. »Ein deutscher Soldat ist nie eine Minute zu spät da ... und wir haben schon fünf Minuten über die Zeit!«

Hupend und quietschend langte die Kolonne auf dem großen Parkplatz vor dem Südfriedhof an. Exakt, wie auf dem Papier genau eingezeichnet, fuhren die Wagen auf ... die Omnibusse nebeneinander in einer Reihe, die Privatwagen gestaffelt hintereinander. Ein feierliches und imponierendes, ein deutsches Bild.

394

Major Ritter sprang als erster aus seinem Sportwagen und hob wie ein Dirigent vor der Ouvertüre die Arme.

Zehn Minuten nach zwölf.

»Bewegung! Bewegung, Herrschaften!« brüllte Ritter. »Keine Müdigkeit! In Marschkolonne aufgestellt! Fahnen in Sechserreihe! Himmel, wo bleibt die Kapelle? Los, los, Herrschaften!«

Vor der großen Trauerhalle winkte ein Posten ins Innere. Die Orgel begann zu spielen, die leisen Gespräche der Anwesenden verstummten; Ergriffenheit glitt über die Gesichter.

Von der Familie Boltensterns war niemand erschienen. Jutta lag mit einem schweren Nervenfieber im Bett. Eine Krankenschwester bewachte sie, nachdem Jutta zweimal versuchte hatte, in die Küche zu kommen und die Hähne des Gasherdes aufzudrehen. Sie wußte davon nichts mehr ... es waren Reflexhandlungen einer zerstörten, verzweifelten Seele gewesen.

Auch Petra Erlanger fehlte. Sie war verreist. Irgendwohin, keiner wußte es genau, nicht einmal der Butler oder die Post, die keinen Postnachsendeantrag bekommen hatte. So saß nur Werner Ritter als Schwiegersohn in der ersten Reihe neben dem Pfarrer – der andere freie Stuhl war reserviert für Konrad Ritter, den ›Major‹. Toni Huilsmann hatte sich entschuldigen lassen ... er begriff noch gar nicht, was in Nürnberg geschehen war.

Ehrfürchtig rückten die Fahnen in die Halle ein. Die Ehrenabordnungen in ihren Uniformen. Schützen, Jäger, Reiter, Feuerwehr, Kriegerverein. Dann die Gäste, an der Spitze Generaldirektor Dr. Hollwäg und Oberstaatsanwalt Dr. Breuninghaus. Der ganze Golfklub. Die Tennisfreunde.

Erschrocken sah sich der Pfarrer um. Das war keine Trauergemeinde mehr ... das war der Aufmarsch eines Heeres.

Die Orgel schwieg. Vor das verkleinerte Sinfonieorchester trat der Dirigent. Es war still in der großen Halle, jedermann hielt den Atem an.

Boltensterns letzter Musikwille.

Und das Orchester brauste auf, mit mächtigen Akkorden und schmetternden Fanfaren.

Wagner.

Der Walküren-Ritt.

Major Ritter wischte sich über die Augen. Er weinte. So geht ein großer Mensch dahin, dachte er. Freund Boltenstern – zieh ein in Walhall!

An einem Oktobertag, es war regnerisch und neblig, wurde der Architekt Toni Huilsmann aus seiner Traumvilla abgeholt. Zwei weißgekleidete, kräftige Männer nahmen ihn in ihre Mitte und führten ihn zu einem geschlossenen Wagen. Huilsmann ging ohne Gegenwehr mit ... er tänzelte zwischen den großen weißen Gestalten, lachte den nebligen Himmel an und hüpfte von einem Bein auf das andere.

Nachbarn hatten das Krankenhaus alarmiert. Man hatte beobachtet, wie Huilsmann nackt vor den offenen Fenstern herumturnte oder auf einem Schrank hockte und unartikuliert sang. Ein Arzt, der in das unabgeschlossene Haus eindrang und Huilsmann eine Beruhigungsinjektion gab, stellte eine manische Verblödung fest, die ihm in einem solchen Ausmaß noch unbekannt war.

Als Huilsmann eine Stunde später in die psychiatrische Klinik eingeliefert wurde und sofort ein Einzelzimmer erhielt, setzte er sich auf das saubere Bett und starrte den Oberarzt verzückt an.

»Apollo ...«, sagte Huilsmann mit merkwürdig hoher, singender Stimme. »Ich habe immer gesagt: Die Farbe der Liebe ist nicht rot, sondern violett ...«

Der Oberarzt nickte und ging hinaus. Auf dem Flur traf er den Klinikchef, der sich den Neueingang auch ansehen wollte.

»LSD, Herr Professor!« sagte er. »Die typische ›violette Halluzination‹! Wenn das in Deutschland um sich greift, werden wir noch allerhand zu tun bekommen. Dann sollte man statt Sozialwohnungen lieber Irrenhäuser bauen ... wir werden sie nötiger haben!«

Der Professor hob die Schultern, nahm seine Goldbrille ab und putzte sie. »Wem sagen Sie das, mein Lieber«, sagte er leise.

In seinem Zimmer sang Toni Huilsmann mit fast mädchenhaft heller Stimme. Eine fremde, nie gehörte Melodie ... schwebend und sich hinziehend. Sphärenklänge.

Sein Gesang drang bis auf den Flur . . . und es klang noch nicht einmal schlecht, nur fremd.

Unbemerkt, fast heimlich, wurden drei Tage vor Weihnachten Jutta Boltenstern und Werner Ritter getraut. Trauzeugen waren Kriminalrat Dr. Lummer und ein anderer Kollege Werners. In einem Hinterzimmer des Lokals ›Malkasten‹ feierte man zu fünft diesen großen Tag der Liebe, denn außer den Trauzeugen war nur noch Konrad Ritter zugegen.

Und auch er blieb nach zwei Stunden allein zurück und winkte von der Treppe dem Wagen zu, mit dem Werner und Jutta Ritter in die Einsamkeit der ersten Ehetage fuhren, eine Einsamkeit, die sie suchten, um gemeinsam vergessen zu können. Die Trauzeugen waren schon vorher gefahren . . . ein Anruf befahl sie ins Präsidium. Mordversuch an einem Taxifahrer am Rande der Golzheimer Heide . . .

Konrad Ritter wischte sich über die Augen, Stirn und Haare. Er kam sich vor wie in einem luftleeren Raum. Plötzlich war er allein, die Welt hatte sich grundlegend verändert, er erkannte sie kaum noch und fand sich nicht in ihr zurecht – wie ein Zuchthäusler, den man nach einem halben Menschenalter ins Freie setzt und zu ihm sagt, als sei er ein Hase: »Nun lauf los . . .«

Eine Welt, deren Verwandlung seine Augen zwar gesehen, aber nicht zum Hirn weitergegeben hatten; nun, da er allein stand, kam er sich erschreckend überflüssig vor.

Am 21. Januar 1945 rannten fünf Männer bei Meseritz an der Obra durch den Schnee. Sie rannten um ihr Leben.

Zwanzig Jahre später lebte nur noch einer von ihnen und wunderte sich, wie merkwürdig das Leben sein kann.

So wie wir uns alle einmal wundern werden.